Dziesięć lat temu Donna Tartt przebojem wdarła się na szczyty literackiej sławy. *Tajemna historia* — metafizyczny, literacki thriller, kultowa powieść — okrzyknięta została najważniejszym debiutem ostatniej dekady. Drobna, skromna pisarka z Południa Stanów Zjednoczonych rzuciła na kolana większość krytyków i stała się obiektem czytelniczego uwielbienia. Po debiucie znikła z oczu czytelników, by obecnie tryumfalnie powrócić książką *Mały przyjaciel*.

Urodzona w 1963 roku w Greenwood w stanie Missisipi, wychowała się w pobliskiej Grenadzie. Studiowała na Uniwersytecie Missisipi, studia ukończyła w 1986 roku w Vermont. Studiowała razem z m.in. Bretem Eastonem Ellisem (*American Psycho*) i Jonathanem Lethemem (*Osierocony Brooklyn*).

Jej debiutancka *Tajemna historia* nie tylko była bestsellerem, ale nieprzerwanie przez dziesięć lat najchętniej kupowaną powieścią. W Polsce, mimo iż autorka była zupełnie nieznana, sprzedano ponad dwadzieścia tysięcy egzemplarzy. Książka wspaniale napisana, pełna filozoficznych i literackich aluzji opowiada o grupie studentów, którzy zafascynowani kulturą antycznej Grecji podczas urządzonych krwawych bachanaliów zabijają przypadkową osobę, a następnie zwracają się przeciwko jednemu spośród swoich. Powieść o zbrodni i karze, fascynuje autentycznością, złem i metafizyką; napisana z werwą godną autora najpoczytniejszego thrillera. Połączenie Dostojewskiego z Grishamem, Nietzschego z Piotrusiem Panem.

Przez dziesięć lat Donna Tartt milczała, była nieobecna na rynku książki, choć pisała drugą powieść. Pisze wolno, jak mówi: „Po to, aby dobrze pisać, muszę się znajdować w rozmarzonym, niemal sennym stanie. Czasem najlepiej pisze mi się po przebudzeniu w środku nocy, czasem bardzo, bardzo wcześnie rano".

Mały przyjaciel to opowieść o tajemnicy, o dorastaniu, o odróżnianiu dobra i zła i niebezpiecznym nawyku wtykania nosa w nie swoje sprawy. Bohaterka powieści należy do sprytnych i inteligentnych outsiderów i będą się z nią utożsamiały rzesze czytelników. Wydaje się, że *Mały przyjaciel* skazany jest zarazem na sukces komercyjny, jak i na pozycję literackiego klasyka. Jest to powieść, o której czytelnicy mogą powiedzieć, że jej autorka czyta im w myślach, mówi o ich sprawach i serwuje im owoce zakazanej wiedzy.

Donna Tartt

MAŁY PRZYJACIEL

Tłumaczył Paweł Lipszyc

KAMELE🟤N

Zysk i S-ka
Wydawnictwo

Tytuł oryginału
THE LITTLE FRIEND

Redaktor serii
Tadeusz Zysk

Redaktor
Hanna Koźmińska

Cytaty z Pisma Świętego zaczerpnięto z:
Pismo Święte Starego i Nowego Testamentu w przekładzie polskim W.O. Jakuba Wujka S.J.,
Wydanie trzecie poprawione. Wydawnictwo Apostolstwa Modlitwy, Kraków 1962.

Wydanie I

ISBN 83-7298-434-4

Zysk i S-ka Wydawnictwo
ul. Wielka 10, 61-774 Poznań
tel. (0-61) 853 27 51, 853 27 67, fax 852 63 26
Dział handlowy, tel./fax (0-61) 855 06 90
sklep@zysk.com.pl
www.zysk.com.pl

Dla Neala

Najmniejsza nawet okruszyna prawdy, jaką możemy zdobyć z poznania rzeczy najwyższych, cenniejsza jest niż najpewniejsze poznanie rzeczy najniższych.

ŚWIĘTY TOMASZ Z AKWINU,
SUMA TEOLOGICZNA I, 1, 5 AD 1
(tłum. Pius Bełch OP, Katolicki Ośrodek Wydawniczy „Veritas",
Londyn 1975)

Panie i panowie, jestem teraz skuty kajdanami, nad którymi pewien brytyjski ślusarz pracował przez pięć lat. Nie wiem, czy uda mi się z nich uwolnić, ale zapewniam państwa, że uczynię, co w mojej mocy.

HARRY HOUDINI, HIPODROM W LONDYNIE,
DZIEŃ ŚWIĘTEGO PATRYKA 1904

PROLOG

Charlotte Cleve do końca życia miała się obwiniać o śmierć syna, ponieważ kolację z okazji Dnia Matki postanowiła zorganizować o osiemnastej zamiast w południe, po kościele, jak to było w zwyczaju Cleve'ów. Starszyzna rodziny wyraziła niezadowolenie ze zmiany, a choć przyczyna tkwiła głównie w podejrzliwości wobec nowatorstwa, Charlotte czuła, że powinna była zwrócić uwagę na szmer utyskiwań — drobną, ale złowróżbną przestrogę przed tym, co miało nadejść. Chociaż nawet widziana z perspektywy czasu przestroga ta była niejasna, to chyba w tym życiu nie możemy mieć nadziei na nic bardziej wyraźnego.

Mimo iż Cleve'owie uwielbiali opowiadać sobie nawet o drobnych wydarzeniach z historii rodziny — stosując stylizowaną narrację i retoryczne przerywniki, powtarzali słowo w słowo całe sceny na łożu śmierci albo oświadczyny sprzed stu lat — to o wypadkach tego strasznego Dnia Matki nigdy nie rozmawiali. Nie rozmawiali o nich nawet w potajemnych dwuosobowych grupach podczas długich podróży samochodem ani w kuchni w bezsenną noc. Było to niezwykłe, bo właśnie dzięki takim rodzinnym rozmowom Cleve'owie odnajdywali się w świecie. Stale odgrywali nawet najokrutniejsze i najbardziej przypadkowe katastrofy — śmierć jednego z małych kuzynów Charlotte w ogniu; wypadek na polowaniu, w wyniku którego zginął wuj Charlotte, kiedy jeszcze chodziła do szkoły podstawowej — łagodny głos babci i surowy głos matki łączyły się harmonijnie z barytonem dziadka i paplaniną ciotek, z ozdobnymi drobiazgami improwizowanymi przez śmiałych solistów, które chór skwapliwie podchwytywał i rozwijał, aż w końcu wspólnym wysiłkiem zaczynali śpiewać jedną pieśń; pieśń, której następnie uczyli się na pamięć i śpiewali raz po raz, a ona powoli nadżerała pamięć i zajmowała miejsce prawdy: gniewny strażak, któremu nie udało się reanimować maleńkiego ciałka, zostaje słodko przemieniony w strażaka łkającego; markotna

9

suka myśliwska, przez kilka tygodni zdumiona śmiercią pana, zostaje ponownie obsadzona w rodzinnej legendzie w roli pogrążonej w żałobie Queenie, która bez wytchnienia szukała ukochanego po całym domu, przez całą noc wyła niepocieszona w budzie i radośnie szczekała na powitanie, ilekroć do podwórza zbliżał się drogi duch, duch, którego tylko ona widziała.

— Psy widzą to, czego my nie potrafimy dostrzec — mawiała zawsze śpiewnie Tat, ciotka Charlotte, w odpowiednim miejscu opowiadania. Tat miała coś z mistyczki, a duch był jej innowacją.

Ale Robin: ich kochany mały Robs. Po upływie ponad dziesięciu lat jego śmierć pozostawała agonią; nie było żadnego upiększania szczegółów; potworność nie mogła zostać naprawiona ani przedstawiona w innej permutacji za pomocą jednego ze znanych Cleve'om zabiegów narracyjnych. Co więcej, ponieważ ta zamierzona amnezja zapobiegła przetłumaczeniu śmierci Robina na ów słodki, stary język ojczysty rodziny, który wygładzał nawet najbardziej gorzkie tajemnice w wygodną, czytelną formę — wspomnienia o wypadkach tamtego dnia były chaotyczne i fragmentaryczne jak jasne szklane odłamki koszmaru, które rozpalały się od zapachu wistarii, skrzypienia sznura do prania, pewnego burzowego wiosennego światła.

Czasami te wyraźne przebłyski wspomnień przypominały fragmenty złego snu, jak gdyby nigdy nic podobnego się nie wydarzyło. A jednak pod wieloma względami było to jedyne rzeczywiste wydarzenie w życiu Charlotte.

Jedyną metodą narracyjną, jaką mogła narzucić tej zbieraninie obrazów, była narracja rytuału, niezmienna od jej dzieciństwa — ramy zjazdu rodzinnego. Ale nawet to stanowiło niewielką pomoc. Tamtego roku wzgardzono procedurami, zignorowano domowe zasady. W retrospekcji wszystko było znakiem wskazującym na katastrofę. Kolacja nie odbyła się w domu dziadka, jak zwykle, ale w domu Charlotte. Bukieciki do staników z orchidei cymbidium zamiast zwyczajowych róż. Krokiety z kurczaka — które wszyscy lubili, Ida Rhew przygotowywała je przepysznie, Cleve'owie jedli je podczas urodzinowych kolacji i na Wigilię — ale nigdy wcześniej nie jedli ich w Dniu Matki; wszyscy byli zgodni, że nigdy w tym dniu nie jedli niczego oprócz zielonego groszku, budyniu kukurydzianego i szynki.

Burzowy, świetlisty wieczór wiosenny; niskie, rozmazane chmury i złote światło, trawnik rozgwieżdżony mleczami i kwiatami cebuli. Powietrze pachniało świeżo i rześko jak deszcz. W domu śmiech i rozmowy, swarliwy głos Libby, starej ciotki Charlotte, na chwilę rozbrzmiał żałośnie:

— Dlaczego? Ależ nigdy nic podobnego nie zrobiłam, Adelaide, nigdy w życiu nic takiego nie zrobiłam!

Wszyscy Cleve'owie uwielbiali droczyć się z ciotką Libby. Była starą panną, która bała się wszystkiego: psów, burz, ciasteczek owocowych z rumem, pszczół, Murzynów, policji. Silny wiatr grzechotał sznurem do prania, rozpłaszczał wysokie chwasty na pustym placu po drugiej stronie ulicy. Drzwi z siatki trzasnęły. Robin wybiegł z domu, zaśmiewając się z dowcipu, który opowiedziała mu babcia („Dlaczego list był mokry? Bo trzeba mu było z m i e n i ć z n a c z e k"), zbiegał po dwa stopnie.

Ktoś powinien był przynajmniej wyjść na dwór i przypilnować dziecko. Harriet nie miała wtedy jeszcze roku. Była grubą, poważną dziewczynką z czupryną czarnych włosów, która nigdy nie płakała. Znajdowała się na chodniku przed domem, przytroczona do przenośnego bujaka, który kołysał się po nakręceniu. Jej siostra Allison, która miała cztery lata, cicho bawiła się na schodach z kotem Robina imieniem Weenie. W przeciwieństwie do Robina, który w jej wieku nieprzerwanie i komicznie gadał ochrypłym głosikiem i turlał się po ziemi, zaśmiewając się z własnych dowcipów, Allison była nieśmiałą i kapryśną dziewczynką, która wybuchała płaczem, kiedy ktoś próbował ją nauczyć alfabetu. Babcia dzieci (która absolutnie nie miała cierpliwości do takiego zachowania) poświęcała jej mało uwagi.

Wcześniej ciotka Tat bawiła się z dzieckiem na dworze. Sama Charlotte, która biegała między kuchnią a jadalnią, parę razy wysunęła głowę na zewnątrz — ale nie uważała zbyt dokładnie, ponieważ Ida Rhew, gospodyni (która postanowiła zacząć poniedziałkowe pranie), co chwilę wychodziła na dwór, gdzie rozwieszała pranie na sznurze. Właśnie to fałszywie uspokoiło Charlotte, ponieważ w zwykły dzień prania, poniedziałek, Ida była stale w zasięgu słuchu — czy to na podwórzu, czy przy pralce na werandzie za domem — dlatego nawet najmłodsze dzieci można było zostawiać na dworze. Jednak tamtego dnia Ida miała prawdziwe, fatalne urwanie głowy: musiała zajmować się gośćmi, pilnować kuchni i dziecka; była rozdrażniona, bo zazwyczaj w niedzielę wracała do domu na pierwszą, a teraz nie tylko jej mąż Charley T. musiał sam sobie zrobić kolację, ale ona, Ida Rhew, nie zdążyła na mszę. Uparła się, że przyniesie radio do kuchni, żeby móc przynajmniej posłuchać pieśni gospel z Clarksdale. Ponuro krzątała się po kuchni w czarnej sukience z białym fartuchem, radio nastawiła uparcie na pełen regulator, nalewała mrożonej herbaty do wysokich szklanek, podczas gdy czyste koszule na sznurze trzepotały, skręcały się i wyrzucały w górę ręce, zrozpaczone nadciągającym deszczem.

Babcia Robina też w pewnym momencie znajdowała się na werandzie, czego dowodziło zrobione przez nią zdjęcie. W rodzinie Cleve'ów nie było wielu mężczyzn, a wymagające wytrwałości męskie zajęcia, takie jak przycinanie drzew, naprawy domowe, wożenie starszych osób do sklepu i kościoła, w znacznym stopniu spadły na jej barki. Babcia Robina wykonywała te czynności wesoło, z pełną wigoru pewnością siebie, której jej płochliwe siostry nie mogły się nadziwić. Żadna z nich nie umiała nawet prowadzić samochodu, a biedna ciotka Libby tak strasznie bała się wszelkich urządzeń i mechanizmów, że płakała na samą myśl, że miałaby zapalić kuchenkę gazową albo zmienić żarówkę. Chociaż aparat fotograficzny intrygował siostry, to wolały mieć się na baczności. Z podziwem patrzyły, jak ich siostra energicznie i śmiało radzi sobie z tym męskim przyrządem, który wymagał ładowania, celowania i strzelania jak z broni palnej.

— Spójrzcie na Edith — mówiły, patrząc, jak przewija film albo zręcznie i z wprawą ustawia ostrość. — Edith umie wszystko.

Według jednej z rodzinnych mądrości, Edith — pomimo zdumiewających zdolności w rozmaitych dziedzinach — nie miała ręki do dzieci. Dumna i niecierpliwa, nie wzbudzała ciepłych uczuć, a jej jedyna córka Charlotte zawsze biegła do ciotek (zwłaszcza do Libby) po pociechę, czułość i otuchę. I chociaż maleńka Harriet nie pokazywała jeszcze wyraźnie, że woli jedną osobę od drugiej, to Allison była przerażona dziarskimi próbami babci wybicia jej z milczenia i płakała, kiedy miała spędzić jakiś czas w domu Edith. Ale, och, jak matka Charlotte kochała Robina i jak on odwzajemniał tę miłość. Edith — pełna godności dama w średnim wieku — bawiła się z wnukiem w berka na podwórzu przed domem, a w swoim ogrodzie łapała dla niego węże i pająki do zabawy. Uczyła go śmiesznych piosenek, których sama nauczyła się od żołnierzy, kiedy pracowała jako pielęgniarka podczas drugiej wojny światowej:

Znałem raz Peg niebogę,
Co drewnianą miała nogę

a Robin wtórował swoim ochrypłym słodkim głosikiem.

EdieEdieEdieEdieEdie! Nawet jej ojciec i siostry nazywali ją Edith, ale Robin nazwał ją Edie, kiedy dopiero zaczynał mówić i uganiał się jak szalony po trawniku, wrzeszcząc z rozkoszy. Pewnego razu, kiedy miał może cztery lata, nazwał babcię, z całą powagą, s t a r ą   d z i e w c z y n ą.

— Biedna stara dziewczyna — powiedział poważnie jak sowa i poklepał ją po czole małą piegowatą rączką.

Charlotte nigdy nie przyszłoby do głowy takie spoufalanie się ze swoją ostrą, konkretną matką, a już z pewnością nie wtedy, gdy leżała z bólem głowy w sypialni, ale tamto zdarzenie bardzo rozbawiło Edie i stało się jedną z jej ulubionych opowieści. Kiedy jej wnuk przyszedł na świat, była już siwa, ale w młodości miała tak samo płomiennorude włosy jak Robin. „Dla Robina Krasnobrzuszka" albo „Dla mojego Czerwonego Robina", pisała na karteczkach przyczepianych do urodzinowych i gwiazdkowych prezentów. „Z miłością od Twojej biednej starej dziewczyny". EdieEdieEdieEdieEdie! Robin miał dziewięć lat, ale teraz był to rodzinny żart, jego tradycyjne powitanie i pieśń miłosna dla niej; jak zwykle zaśpiewał ją na podwórzu, gdy Edith wyszła na werandę tamtego ostatniego popołudnia, kiedy go widziała.

— Chodź, pocałuj starą dziewczynę — zawołała. Ale chociaż Robin zazwyczaj lubił, kiedy robiono mu zdjęcia, czasami kaprysił — wychodził na zdjęciach jako rudowłosa plama umykająca z kadru na ostrych łokciach i kolanach — więc teraz ujrzawszy na szyi Edith aparat, dał nogę, czkając ze śmiechu.

— Natychmiast wracaj do mnie, łazęgo! — krzyknęła Edith, po czym pod wpływem impulsu uniosła aparat i pstryknęła. To było ostatnie zdjęcie Robina. Nieostre. Płaska połać zieleni przycięta wzdłuż krótkiej przekątnej, z białą barierką i ciężkim, połyskliwym krzewem gardenii na pierwszym planie, na skraju werandy. Mętne, burzowo-wilgotne niebo, zmienny kolor indygo i łupków, wrzące chmury przeszyte szprychami światła. W rogu fotografii zamazany cień Robina odwróconego plecami do obiektywu, biegnącego przez trawnik na spotkanie śmierci, która — niemal widzialna — czekała na niego w ciemnym miejscu pod drzewem tupelo.

Wiele dni później, kiedy Charlotte leżała w pokoju z zaciągniętymi żaluzjami, przez jej zamroczony proszkami umysł przemknęła myśl. Ilekroć Robin gdzieś się wybierał — do szkoły, do przyjaciela, aby spędzić popołudnie z Edie — zawsze było dla niego ważne, żeby się pożegnać, czule, a często także rozwlekle i uroczyście. Charlotte zachowała tysiąc wspomnień o napisanych przez niego karteczkach, pocałunkach dmuchniętych przez okno, o drobnej rączce, która machała do niej z tylnych siedzeń odjeżdżających samochodów: „Do widzenia! Do widzenia!" W dzieciństwie nauczył się mówić „pa-pa", na długo zanim opanował „cześć"; w ten sposób witał się z ludźmi i żegnał. Fakt, że tym razem obyło się bez „do widzenia", wydał się Charlotte szczególnie okrutny. Z powodu roztargnienia nie potrafiła sobie przypomnieć ostatnich słów zamienionych z Robinem, nie pamiętała nawet, kiedy ostatni raz go widziała, a potrzebowała czegoś konkretnego, jakiegoś drobnego ostatniego wspomnienia, które podałoby jej dłonie i przeprowadziło — po omacku, z potykaniem się — przez tę nagłą pustynię rozciągającą się przed nią od chwili obecnej do końca życia. Na wpół oszalała z bólu i bezsenności, bełkotała i bełkotała do Libby (to właśnie ciotka Libby przeprowadziła ją przez tamten okres, Libby z mokrymi okładami i auszpikami, Libby czuwająca przy Charlotte całymi nocami, Libby, która nigdy jej nie odstępowała, Libby, która ją ocaliła); ponieważ ani mąż Charlotte, ani nikt inny nie był w stanie dodać jej choćby cienia otuchy; chociaż jej własna matka (która zdaniem osób postronnych „była w dobrej formie") nie zmieniła zwyczajów ani wyglądu i nadal dzielnie wykonywała codzienne obowiązki, już nigdy nie miała być taka jak dawniej. Żal zamienił ją w kamień. Strasznie było na to patrzeć.

— Wstawaj z łóżka, Charlotte! — warczała, podnosząc żaluzje. — Masz, napij się kawy, uczesz się, nie możesz tak leżeć bez końca.

Nawet niewinna stara Libby wzdrygała się czasem na widok zimnego spojrzenia Edie, która odwracała się od okna, by spojrzeć na córkę leżącą nieruchomo w ciemnym pokoju — gwałtowna, bezlitosna jak Arktur.

— Życie toczy się dalej. — Było to jedno z ulubionych powiedzeń Edie. Było kłamstwem. W tamtych dniach Charlotte budziła się w delirium spowodowanym środkami odurzającymi, żeby wyprawić martwego syna do szkoły; pięć czy sześć razy w nocy zrywała się z łóżka, wołając jego imię. Niekiedy, przez jedną czy dwie krótkie chwile, wierzyła, że Robin jest na górze, a to wszystko było złym snem. Ale kiedy jej oczy przywykały do ciemności, do ohydnego, rozpaczliwego śmietnika (chusteczki higieniczne, buteleczki z lekarstwami, zwiędłe płatki kwiatów) rozrzuconego na nocnym stoliku, znowu zaczynała szlochać — chociaż szlochała już tyle, że bolała ją klatka piersiowa — ponieważ Robina nie było ani na górze, ani w żadnym innym miejscu, z którego kiedykolwiek mógłby powrócić.

Robin miał zwyczaj wtykać karty w szprychy roweru. Chociaż Charlotte nie zdawała sobie z tego sprawy, póki żył, to właśnie dzięki terkotaniu kart wiedziała, że syn przyjeżdża albo odjeżdża. Jakieś dziecko z sąsiedztwa miało rower, który wydawał identyczny odgłos, a ilekroć słyszała go w oddali, jej serce biło mocniej przez pełną niedowierzania, cudownie okrutną chwilę.

Czy Robin ją wołał? Myślenie o jego ostatnich minutach rozdzierało jej duszę, ale mimo to nie potrafiła myśleć o niczym innym. Jak długo?

Czy cierpiał? Przez cały dzień wpatrywała się w sufit sypialni, aż zaczynały się po nim ślizgać cienie; potem leżała bezsennie, patrząc na fosforyzującą tarczę zegara w ciemności.

— Nikomu na świecie nie pomagasz, płacząc w łóżku przez cały dzień — mówiła energicznie Edie. — Poczułabyś się znacznie lepiej, gdybyś się ubrała i poszła do fryzjera.

W snach wymykał się jej, był odległy, coś przed nią ukrywał. Charlotte marzyła, żeby powiedział choć słowo, ale on nigdy nie patrzył jej w oczy, nigdy się nie odzywał. W najgorsze dni Libby szeptała jej coś raz po raz, coś, czego Charlotte nie rozumiała. On nigdy nie miał należeć do nas, kochanie. Nie był naszą własnością. Mieliśmy szczęście, że spędził z nami tyle czasu.

Właśnie ta myśl przypłynęła do Charlotte przez narkotyczną mgłę w tamten gorący poranek w pokoju z żaluzjami. Libby powiedziała jej prawdę. Prawdą było też, że w taki czy inny dziwny sposób, odkąd był małym chłopcem, Robin przez całe życie próbował się z nią pożegnać.

Edie była ostatnią osobą, która go widziała. Nikt nie potrafił powiedzieć dokładnie, co się działo potem. Kiedy jej rodzina rozmawiała w salonie — chwile milczenia wydłużały się, wszyscy miło rozglądali się dokoła, czekając na zaproszenie do stołu — Charlotte na czworakach szperała w komodzie w salonie, szukając lnianych serwet (kiedy weszła, zobaczyła, że stół jest nakryty zwykłą bawełną; Ida — co dla niej typowe — twierdziła, że nigdy nie słyszała o innych serwetach i znalazła tylko piknikowe w kratkę). Charlotte właśnie znalazła te, których szukała, i już miała zawołać do Idy („Widzisz? Dokładnie tu, gdzie mówiłam"), kiedy uderzyło ją przeświadczenie, że stało się coś złego.

D z i e c k o. Ten instynkt obudził się w niej pierwszy. Zerwała się, pozwalając serwetom spaść na dywan, po czym wybiegła na werandę.

Ale Harriet nic się nie stało. Wciąż przytroczona do bujaka, spojrzała na matkę dużymi, poważnymi oczami. Allison siedziała na chodniku z kciukiem w buzi. Kołysała się w przód i w tył, bucząc przy tym jak osa — najwyraźniej nic jej się nie stało, ale Charlotte zobaczyła, że mała płakała.

— Co się stało? — spytała Charlotte. — Skaleczyłaś się?

Ale Allison, nie wyjmując kciuka z buzi, potrząsnęła przecząco głową. Kątem oka Charlotte dostrzegła błysk ruchu na skraju podwórza — Robin? Kiedy jednak podniosła wzrok, nikogo tam nie było.

— Jesteś pewna? — zadała kolejne pytanie Allison. — Czy kot cię podrapał?

Allison potrząsnęła przecząco głową. Charlotte uklękła i pospiesznie obejrzała dziewczynkę — żadnych guzów ani siniaków. Kot zniknął.

Wciąż czując się nieswojo, Charlotte pocałowała Allison w czoło, zaprowadziła ją do domu („Może pójdziesz zobaczyć, co Ida robi w kuchni, kochanie?"), a potem wyszła znowu szukać dziecka. Już wcześniej przytrafiały jej się takie zjawiskowe przebłyski paniki, zazwyczaj w środku nocy, zanim dziecko skończyło sześć miesięcy; zrywała się z głębokiego snu i pędziła do kołyski. Ale Allison nic się nie stało, a dziecko było bezpieczne... Charlotte poszła do salonu, zostawiła Harriet pod opieką ciotki Adelaide, podniosła serwety z dywanu w jadalni, po czym — nie wiedziała, czemu porusza się jak lunatyczka — ruszyła do kuchni po słoiczek moreli dla dziecka.

Mąż Charlotte, Dix, uprzedził ją wcześniej, żeby nie czekała z kolacją. Wybrał się na polowanie na kaczki. W porządku. Kiedy Dix nie był w banku, zazwyczaj albo polował, albo odwiedzał matkę. Charlotte pchnęła drzwi do kuchni i przysunęła taboret, żeby wyjąć z szafki morele. Nisko pochylona Ida Rhew wyciągała z pieca blachę z bułeczkami. *Bóg*, śpiewał w radio łamiący się murzyński głos. *Bóg nigdy się nie zmienia.*

Tamten program z pieśniami gospel prześladował Charlotte, chociaż nigdy nikomu o tym nie wspomniała. Gdyby Ida nie włączyła radia tak głośno, może by usłyszeli, co się dzieje na podwórzu, może domyśliliby się, że coś jest nie w porządku. Z drugiej strony (myślała, przewracając się w łóżku i usiłując prześledzić wydarzenia aż do możliwej Pierwszej Przyczyny), to przecież ona kazała pobożnej Idzie pracować w niedzielę. „Pamiętaj, abyś dzień sobotni święcił". Jehowa ze Starego Testamentu zawsze karał ludzi za drobniejsze przewinienia.

— Te bułki są prawie gotowe — oznajmiła Ida Rhew, ponownie schylając się nad piecem.

— Wyjmę je, Ido. Chyba zanosi się na deszcz. Może zbierz pranie i zawołaj Robina na kolację.

Kiedy Ida, naburmuszona i nadęta, wróciła z naręczem białych koszul, powiedziała:

— On nie chce przyjść.

— Każ mu natychmiast wracać.

— Nie wiem, gdzie on się podział. Ja wołała go z dziesięć razy.

— Może poszedł na drugą stronę ulicy.

Ida wrzuciła koszule do kosza z rzeczami do prasowania. Drzwi z siatką stuknęły.

„Robin", Charlotte usłyszała wołanie gospodyni. „Wracaj albo ci nogi powyrywam".

16

Potem znowu: „Robin!"

Robin się nie pojawił.

— O, na miłość boską — westchnęła Charlotte, wytarła ręce w ściereczkę i wyszła na podwórze.

Kiedy się tam znalazła, zdała sobie sprawę — co zirytowało ją najbardziej — że nie ma pojęcia, gdzie szukać. Rower Robina stał oparty o werandę. Chłopiec wiedział, że nie powinien się oddalać przed kolacją, zwłaszcza kiedy mieli gości.

— Robin! — zawołała. Czy on się chował? W sąsiedztwie nie mieszkały dzieci w wieku Robina, a chociaż czasami obdarte dzieciaki — czarne i białe — zapuszczały się znad rzeki na szerokie, ocienione dębami chodniki ulicy George, w tej chwili Charlotte ich nie widziała. Ida zabraniała Robinowi bawić się z nimi, ale czasami i tak to robił. Najmłodsze dzieci, z kolanami pokrytymi strupami i brudnymi stopami, budziły litość; chociaż Ida Rhew wyganiała je obcesowo z podwórza, to Charlotte, w przypływach dobroci, dawała im ćwierćdolarówki albo szklanki lemoniady. Kiedy dzieci dorastały — miały po trzynaście, czternaście lat — Charlotte z radością chowała się do domu i pozwalała Idzie wyganiać dzieci tak gwałtownie, jak chciała. Urwisy strzelały z wiatrówek do psów, kradły rzeczy z werand, przeklinały i biegały po ulicach przez całą noc.

Ida powiedziała:

— Kilku tych śmieciowych chłopaków biegało przed chwilą po ulicy.

Mówiąc „śmieciowych", miała na myśli białych. Ida nienawidziła biednych białych dzieci, które z jednostronną gwałtownością obwiniała o wszystkie przykre zdarzenia na podwórzu, także o te, z którymi — o czym Charlotte była przekonana — nie mogły mieć nic wspólnego.

— Czy Robin był z nimi? — spytała Charlotte.

— Nie.

— Gdzie oni teraz są?

— Wypędziłam ich.

— Dokąd?

— W kierunku stacji.

Stara pani Fountain z sąsiedztwa, w białym swetrze i okularach arlekina, wyszła na podwórze zobaczyć, co się dzieje. Tuż za nią dreptał jej złachany pudel Mickey, z którym łączyło ją komiczne podobieństwo: ostry nos, sztywne siwe loki, podejrzliwie wysunięty podbródek.

— Jak tam? — zawołała wesoło. — Macie duże przyjęcie?

— Tylko rodzina — odkrzyknęła Charlotte, lustrując wzrokiem ciemniejący horyzont za ulicą Natchez, gdzie tory kolejowe niknęły w dali. Powinna była zaprosić panią Fountain na kolację. Sąsiadka była wdową, której jedyny syn zginął na wojnie koreańskiej, ale ona stale narzekała i złośliwie wtykała nos w nie swoje sprawy. Pan Fountain, właściciel pralni chemicznych, zmarł w dość młodym wieku, a ludzie żartowali, że żona zagadała go na śmierć.

— Co się stało? — spytała pani Fountain.

— Nie widziałaś może Robina?

— Nie. Przez całe popołudnie sprzątałam ten strych. Wiem, że wyglądam jak straszydło. Widzisz, ile śmieci wytaszczyłam? Wiem, że śmieciarz przyjeżdża dopiero w czwartek i nie cierpię zostawiać tych gratów na ulicy, ale nie wiem, co mam zrobić. Dokąd pobiegł Robin? Nie możesz go znaleźć?

— Jestem pewna, że nigdzie daleko — powiedziała Charlotte, wychodząc na chodnik, żeby rozejrzeć się po ulicy. — Ale jest już kolacja.

— Za chwilę będzie grzmiało — stwierdziła Ida Rhew, patrząc w niebo.

— Chyba nie myślisz, że wpadł do stawu rybnego, co? — spytała zaniepokojona pani Fountain. — Zawsze się bałam, że jedno z dzieci tam wpadnie.

— Woda w stawie nie ma nawet stopy głębokości — odparła Charlotte, ale mimo to zawróciła i ruszyła na podwórze za domem.

Edie wyszła na werandę.

— Coś się stało? — spytała.

— Nie ma go na tyłach — zawołała Ida Rhew. — Już patrzyłam.

Mijając otwarte kuchenne okno, Charlotte wciąż słyszała program gospel:

Cicho i słodko woła Jezus,
Woła ciebie i mnie.
Spójrz, czeka w bramie, czeka i patrzy...

Podwórze za domem było opustoszałe. Drzwi szopy z narzędziami były otwarte na oścież: pusto. Powierzchnię stawu ze złotymi rybkami pokrywała nieprzerwana błona rzęsy wodnej. Kiedy Charlotte podniosła wzrok, czarne chmury przeszyła splątana błyskawica.

To pani Fountain zobaczyła go pierwsza. Usłyszawszy krzyk sąsiadki, Charlotte zamarła. Odwróciła się na pięcie i pobiegła, szybko, szybko, nie dość szybko — w oddali mruczał suchy grzmot, dziwne światło spowijało wszystko pod burzowym niebem, ziemia wznosiła się ku niej, kiedy podeszwy butów grzęzły w błocie, gdzieś wciąż śpiewał chór, nagły porywisty wiatr, zimny od nadciągającego deszczu, przeczesał dęby nad jej głową jakby w poszumie wielkich skrzydeł, trawnik wyginał się, zielo-

18

ny, pofalowany, rozkołysany wokół niej jak morze, a ona, potykając się w przerażeniu, biegła na oślep ku temu — krzyk pani Fountain mówił wszystko — co musiało być najgorsze.

Gdzie była Ida, kiedy Charlotte dotarła na miejsce? Gdzie była Edie? Charlotte pamiętała tylko panią Fountain, która przyciskała do ust zmiętą chusteczkę i szaleńczo przewracała oczami za okularami w perłowej oprawce; pani Fountain, rozszczekany pudel i — rozbrzmiewające znikąd, skądś i ze wszystkich kierunków jednocześnie — nieziemskie wibrowanie krzyków Edie.

Robin wisiał za szyję na sznurze przerzuconym przez niską gałąź czarnego drzewa tupelo, które rosło obok zarośniętego ligustrowego żywopłotu, oddzielającego domy Charlotte i pani Fountain. Chłopiec nie żył. Czubki oklapłych tenisówek dyndały sześć cali nad trawą. Kot Weenie leżał na brzuchu na gałęzi i zwinną łapką markował ciosy w rude włosy Robina, które powiewały i lśniły na wietrze, i były jedyną rzeczą z nim związaną, która miała właściwy kolor.

Wracajcie do domu — śpiewał melodyjnie chór w radiu.
Wracajcie do domu...
Wszyscy utrudzeni wracajcie do domu.

Czarny dym bijący przez kuchenne okno. Krokiety z kurczakiem zapaliły się na piecu. Wcześniej były rodzinnym przysmakiem, ale po tym dniu już nikt nie był w stanie ich tknąć.

Rozdział 1

ZDECHŁY KOT

Dwanaście lat po śmierci Robina nikt nie wiedział więcej o tym, w jaki sposób zawisł na drzewie na własnym podwórzu, niż wiedziano w dniu, kiedy to się stało. Ludzie z miasteczka nadal rozmawiali o śmierci chłopca. Zazwyczaj określano ją jako „wypadek", chociaż fakty (o czym dyskutowano przy brydżu, u fryzjera, w sklepach z przynętą na ryby, w poczekalniach gabinetów lekarskich i w głównej sali restauracyjnej Country Club) wskazywały na coś innego. Z pewnością trudno było sobie wyobrazić, by dziewięcioletni chłopiec zdołał się powiesić w wyniku niefortunnego przypadku czy pecha. Wszyscy znali szczegóły, które stanowiły źródło licznych domysłów i debat. Robina powieszono na sznurze — niezbyt często spotykanym — którego czasami używali elektrycy, a nikt nie miał pojęcia, skąd się wziął ani skąd Robin mógł go wytrzasnąć. Sznur był gruby i toporny, a śledczy z Memphis powiedział miejscowemu szeryfowi, że jego zdaniem mały chłopiec taki jak Robin nie mógł zrobić węzłów własnoręcznie. Sznur przywiązano do drzewa w nieporadny, amatorski sposób, ale nikt nie wiedział, czy świadczyło to o braku doświadczenia czy o pośpiechu zabójcy. Ponadto ślady na ciele chłopca (tak twierdził pediatra Robina, który rozmawiał ze stanowym biegłym medycznym, który z kolei zapoznał się ze sprawozdaniem koronera) wskazywały, że przyczyną śmierci nie było złamanie kręgów szyjnych, ale uduszenie. Jedni uważali, że chłopiec udusił się tam, gdzie wisiał; inni twierdzili, że ktoś udusił go na ziemi, a po namyśle powiesił na drzewie.

Ludzie z miasteczka, podobnie jak rodzina chłopca, nie wątpili, że Robin padł ofiarą czyjejś podłości. Nikt jednak nie miał pojęcia, jaka i czyja to była podłość. Od lat dwudziestych dwie kobiety z dobrych rodzin zostały zamordowane przez zazdrosnych mężów, ale to były dawne skandale, a osoby zaangażowane w to dawno już nie żyły. Co pewien czas w Alexandrii znajdowano zabitego Murzyna, ale (na co szybko wskazywali biali) te zbrodnie popełniali najczęściej inni Murzyni, głównie z murzyńskich powodów. Zabite dziecko było czymś zgoła odmiennym — przerażającym dla wszystkich, bogatych i biednych, czarnych i białych — i nikomu nie przychodziło do głowy, kto mógł zrobić coś podobnego i dlaczego.

W okolicy mówiono o Tajemniczym Bandycie, a wiele lat po śmierci Robina ludzie nadal twierdzili, że go widzieli. Według wszystkich relacji był olbrzymiego wzrostu, ale w tym punkcie opisy się rozchodziły. Bandyta czasami był czarny, czasami biały; czasami miał dramatyczne znaki szczególne, takie jak brakujący palec, szpotawa stopa czy czerwona blizna na policzku. Podobno był płatnym zabójcą, który udusił dziecko teksańskiego senatora i nakarmił nim świnie; byłym komikiem z rodeo, który wabił dzieci w śmiertelne zasadzki za pomocą wymyślnych sztuczek z lassem; psychopatycznym półgłówkiem poszukiwanym w jedenastu stanach, który uciekł ze szpitala psychiatrycznego w Whitfield. Ale chociaż rodzice z Alexandrii przestrzegali przed nim dzieci, chociaż wielką postać widywano regularnie w pobliżu ulicy George w każde święto Halloween, Tajemniczy Bandyta pozostawał nieuchwytny. Po śmierci małego Cleve'a zatrzymano i przesłuchano wszystkich włóczęgów i podglądaczy w promieniu stu mil, ale przesłuchania niczego nie dały. Chociaż myśl o zabójcy na wolności nikomu nie była miła, lęk się utrzymywał. Ludzie bali się zwłaszcza tego, że złoczyńca nadal grasował po okolicy, obserwując bawiące się dzieci z dyskretnie zaparkowanego samochodu.

O tych sprawach rozmawiali ludzie z miasteczka. Rodzina Robina nigdy, przenigdy o tym nie mówiła.

Rodzina Robina rozmawiała o Robinie. Opowiadano sobie anegdoty z dzieciństwa, z czasów przedszkolnych i drużyny juniorów, wszystkie te słodkie, zabawne, błahe rzeczy, które kiedykolwiek powiedział czy zrobił. Stare ciotki przywoływały całe góry drobiazgów: zabawki, które miał; ubrania, które nosił; nauczycieli, których lubił albo nie cierpiał; zabawy, w które się bawił; sny, które opowiadał; rzeczy, których nie lubił, których pragnął i które kochał. Część tych wspomnień była zgodna z prawdą, inne nie; o wielu sprawach nikt nie mógł mieć pojęcia, ale kiedy Cleve'owie postanawiali zgodzić się w pewnej subiektywnej kwestii, stawała się ona — automatycznie i całkiem nieodwołalnie — prawdą, przy czym nikt nie uświadamiał sobie zbiorowej alchemii, która do tego doprowadziła.

Tajemnicze, wewnętrznie sprzeczne okoliczności śmierci Robina nie podlegały tej alchemii. Pomimo silnych instynktów rewizjonistycznych Cleve'ów nie usiłowano połączyć tych fragmentów w żadną akcję, nie wyciągano żadnych logicznych wniosków ani nauki, ani morału. Mieli tylko Robina, czy raczej to, co o nim zapamiętali, a wspaniały rysunek jego postaci — mozolnie ozdabiany na przestrzeni lat — stanowił ich największe arcydzieło. Właśnie dlatego, że był tak ujmującym urwisem, a oni kochali go właśnie za kaprysy i dziwactwa, w rodzinnej rekonstrukcji impulsywna zwinność żywego Robina ujawniała się w miejscach niemal boleśnie przejrzystych i oto właściwie mijał cię na ulicy na rowerze, pochylony do przodu, z włosami odrzuconymi w tył, naciskał mocno i wściekle na pedały, aż rower się chybotał — nierówne, kapryśne, oddychające dziecko. Jednak ta klarowność była zwodnicza, a bajkowa całość nabierała zdradliwych pozorów rzeczywistości, w innych bowiem częściach opowieść przetarła się niemal na wskroś i owszem, promieniała, ale była dziwnie pozbawiona rysów szczególnych, jak niektóre żywoty świętych.

— Ależ Robin by to uwielbiał! — mówiły ciepło ciotki. — Jak Robin by się śmiał!

Prawdę mówiąc, Robin był lekkomyślnym, zmiennym dzieckiem — niekiedy poważnym, ale w innych chwilach niemal histerycznym — a w życiu ta nieprzewidywalność w dużej mierze decydowała o wdzięku chłopca. Jednak jego młodsze siostry, które właściwie nigdy go nie znały, dorastały w przekonaniu, że znały ulubiony kolor brata (czerwony), jego ulubioną książkę (*O czym szumią wierzby*) i ulubioną postać (pan Ropuch), jego ulubiony smak lodów (czekoladowy), ulubioną drużynę baseballową (Cardinals) i tysiące innych rzeczy, których one — żywe dzieci, w jednym tygodniu wolące lody czekoladowe, a w innym brzoskwiniowe — same nie były pewne. W rezultacie relacja sióstr ze zmarłym bratem była jak najbardziej intymna, jego silny, niezmienny charakter lśnił trwale na tle ich niejasnych, niezdecydowanych charakterów i charakterów znanych im osób. Siostry dorastały, wierząc, że przyczyną takiego stanu rzeczy jest pewna rzadka, anielska promienność natury Robina, a nie fakt, że chłopiec nie żył.

Młodsze siostry Robina wyrosły na osoby bardzo różne od niego i bardzo różniące się między sobą.

Allison miała teraz szesnaście lat. Mysia dziewczynka, która łatwo się siniaczyła, spalała na słońcu i płakała przy prawie każdej okazji, nieoczekiwanie wyrosła na ładną dziewczynę: długie nogi, włosy jak sierść sarenki, do tego duże, wilgotne, sarnie oczy. Cały wdzięk Allison krył się w braku wyrazistości. Mówiła cichym głosem, poruszała się leniwie, miała rozmytą, rozmarzoną twarz, a jej babka Edie, ceniąca błyskotliwość i wyraźne kolory, była nieco rozczarowana wnuczką. Allison rozkwitała delikatnie i naturalnie, jak kwitnąca czerwcowa trawa; była w niej przede wszystkim młodzieńcza świeżość, która (nikt nie wiedział o tym lepiej niż Edie) znikała pierwsza. Allison śniła na jawie, dużo wzdychała; chodziła niezgrabnie — powłóczyła nogami, stawiając stopy do wewnątrz — i tak samo mówiła. Mimo to była ładna na swój nieśmiały, mleczno-biały sposób, a chłopcy z klasy zaczynali do niej wydzwaniać. Edie przyglądała się wnuczce (ze spuszczonym wzrokiem i czerwoną jak burak twarzą), która przyciskała słuchawkę ramieniem do ucha, raz po raz wypychała palec w półbucie i jąkała się w upokorzeniu.

Jaka szkoda, martwiła się na głos Edie, że taka u r o c z a dziewczyna (słowo „urocza" wymawiała tak, że znaczyło s ł a b a i a n e m i c z n a) nosi się tak marnie. Allison powinna uważać, żeby włosy nie wpadały jej do oczu. Allison powinna prostować plecy, stać prosto i pewnie, zamiast się garbić. Allison powinna się uśmiechać, mówić głośniej, rozwinąć zainteresowania, zadawać ludziom pytania, jeśli już sama nie potrafiła powiedzieć nic ciekawego. Takie rady, chociaż udzielane w dobrej wierze, często były wypowiadane publicznie i tak zniecierpliwionym tonem, że Allison wypadała z pokoju we łzach.

— Cóż, nic mnie to nie obchodzi — głośno mówiła Edie w ciszy, jaka zapadała po takiej scenie. — Ktoś musi nauczyć tę dziewczynę właściwego zachowania. Mówię wam, że gdybym jej się tak nie naprzykrzała, to dziecko nie chodziłoby do dziesiątej klasy.

To była prawda. Chociaż Allison zawsze zdawała z klasy do klasy, to kilka razy niebezpiecznie otarła się o powtarzanie klasy, zwłaszcza w szkole podstawowej. „Rozkojarzona", pisano w rubryce dotyczącej zachowania uczniów. „Niedbała. Powolna. Nie angażuje się".

—. No cóż, chyba po prostu będziemy musiały bardziej się starać — mówiła niejasno Charlotte, kiedy Allison wracała do domu z kolejnymi trójkami i dwójkami.

Ale chociaż ani Allison, ani jej matka najwyraźniej nie dbały o oceny szkolne, Edie o nie dbała, i to w stopniu niepokojąco wysokim. Maszerowała do szkoły i żądała spotkań z nauczycielami; prześladowała Allison listami lektur, pomocami naukowymi i problemami z zakresu dzielenia; kreśliła czerwonym ołówkiem wypracowania i zadania Allison nawet teraz, kiedy chodziła już do szkoły średniej.

Nie było sensu przypominać Edie, że sam Robin nie zawsze był doskonałym uczniem.

— Był optymistą — ucinała. — Szybko zabierał się do pracy.

W ten sposób Edie dotykała sedna problemu. Wszyscy Cleve'owie doskonale wiedzieli, że gdyby Allison była równie żywa jak jej brat, Edie wybaczyłaby wnuczce wszystkie trójki i dwójki na świecie.

Śmierć Robina i lata, które po niej nastąpiły, sprawiły, że Edie stała się nieco zgorzkniała, natomiast Charlotte podryfowała w obojętność, która znieczulała i odbarwiała wszystkie dziedziny życia. Kiedy już próbowała interesować się Allison, robiła to nieskutecznie i bez zaangażowania. Charlotte zaczęła w tym przypominać męża, Dixona, który — chociaż zapewniał rodzinie przyzwoity materialny byt — nigdy nie wspierał córek ani się nimi nie interesował. W jego obojętności nie było nic osobistego; hołdował wielu opiniom, a niskie mniemanie o dziewczynkach w ogólności wyrażał bez wstydu, z nonszalanckim humorem potocznej konwersacji. (Lubił powtarzać, że żadna j e g o córka nie dostanie w spadku ani centa).

Dix nigdy nie spędzał wiele czasu w domu, ale teraz prawie go tam nie było. Pochodził z rodziny, którą Edie uważała za nuworyszy (jego ojciec prowadził sklep z artykułami hydraulicznymi), a kiedy ożenił się z Charlotte — skuszony jej rodziną i nazwiskiem — wierzył, że żona ma pieniądze. Małżeństwo nigdy nie było szczęśliwe (praca w banku do późnych godzin, całonocne pokery, polowania, wyprawy na ryby, piłka nożna i golf, każdy pretekst do wyjazdu na weekend), ale po śmierci Robina Dix zupełnie stracił kontenans. Chciał zamknąć okres żałoby; nie mógł znieść cichych pokojów, atmosfery zaniedbania, znużenia, smutku, toteż włączał telewizor na pełen regulator, chodził po domu permanentnie sfrustrowany, klaskał w dłonie, podnosił żaluzje i mówił coś w rodzaju: „Weźcie się w garść! Stańmy na nogi! Jesteśmy drużyną!"

Dix był zaskoczony, że nikt nie doceniał jego wysiłków. W końcu, kiedy za pomocą takich odzywek nie zdołał wypędzić tragedii z domu, zupełnie przestał się nim interesować. Po coraz dłuższych okresach spędzanych poza domem, na polowaniach, pod wpływem impulsu przyjął dobrze płatną posadę w banku w innym mieście. Dix zachowywał się tak, jakby decyzja stanowiła wielką altruistyczną ofiarę, ale wszyscy, którzy go znali, wiedzieli, że nie przeniósł się do Tennessee dla dobra rodziny. Dix chciał prowadzić wystawne życie, z cadillacami, kartami, meczami piłkarskimi, nocnymi klubami w Nowym Orleanie, wakacjami na Florydzie; marzyły mu się koktajle i żona, która stale utrzymywała idealną fryzurę i nienaganny porządek w domu, gotowa na każde skinienie wyciągnąć tacę z przystawkami.

Jednak rodzina Dixa nie była efektowna i na topie. Żona i córki były ekscentrycznymi, melancholijnymi odludkami. Co gorsza, z powodu tego, co się stało, ludzie uważali ich — nawet samego Dixa — za nieczystych. Przyjaciele unikali ich. Inne małżeństwa nie zapraszały ich do siebie, znajomi przestali dzwonić. Nie było na to rady. Ludzie nie lubili, kiedy przypominało im się o śmierci czy nieprzyjemnych sprawach. Z tych wszystkich powodów Dix poczuł, że musi zamienić rodzinę na gabinet w boazerii i krzykliwe życie towarzyskie w Nashville, nie czując przy tym nawet cienia winy.

Chociaż Allison irytowała Edie, ciotki ją uwielbiały, uważając za spokojne i nawet poetyckie wiele cech, które tak frustrowały Edie. Zdaniem ciotek, Allison była nie tylko tą Śliczną, ale także Słodką — cierpliwą, nie narzekającą, łagodną wobec zwierząt, starszych i dzieci — a wszystkie te przymioty o niebo przewyższały każdą liczbę dobrych stopni i gładkich słówek.

Ciotki lojalnie broniły Allison. „Po tym wszystkim, co to dziecko przeszło", powiedziała kiedyś gwałtownie Tat do Edie. To wystarczyło, by przynajmniej na pewien czas zamknąć Edie usta. Nikt nie mógł bowiem zapomnieć, że jedynie Allison i dziecko byli na podwórzu tamtego strasznego dnia, a choć Allison miała tylko cztery lata, nie wątpiono, że zobaczyła coś, i to najpewniej tak potwornego, że nieco zachwiało to jej równowagę psychiczną.

Natychmiast po tragedii Allison została szczegółowo przesłuchana przez rodzinę i policję. Czy na podwórzu ktoś był, dorosły, może mężczyzna? Jednak dziewczynka — chociaż zaczęła z niewytłumaczonego powodu moczyć łóżko i przerażona budzić się w nocy — nie chciała odpowiedzieć ani tak, ani nie. Ssała kciuk, tuliła pluszowego pieska i nie chciała powiedzieć nawet, jak się nazywa albo ile ma lat. Nikt — nawet Libby, najłagodniejsza i najbardziej cierpliwa ze starych ciotek — nie mogła wydusić z małej ani słowa.

Allison nie pamiętała brata i nigdy nie przypominała sobie żadnych szczegółów związanych z jego śmiercią. Kiedy była mała, czasami leżała w ciemnościach, gdy wszyscy poszli już spać, wpatrywała się w dżunglę cieni na suficie sypialni i sięgała pamięcią wstecz najdalej, jak potrafiła. Poszukiwania spełzały na niczym. Zawsze odnajdywała słodką codzienność dzieciństwa — werandę przed domem, staw z rybami, kota, klomby nieskazitelne, rozświetlone, niezmienne — ale kiedy cofała się pamięcią dostatecznie daleko, niezmiennie docierała do dziwnego punktu, gdzie podwórze było puste, w opustoszałym domu niosło się echo, wszędzie było widać ślady niedawnego odejścia (pranie suszące się na sznurze, nie uprzątnięte naczynia po lunchu), ale cała rodzina odeszła, Allison nie wiedziała dokąd, a rudy kot Robina — wtedy jeszcze kociak, a nie leniwy kocur o masywnych szczękach, na jakiego miał wyrosnąć — zbzikował, pobiegł przez trawnik i dał susa na drzewo, oszalały ze strachu, jakby Allison była mu obca. W tych wspomnieniach, kiedy sięgały tak daleko wstecz, Allison nie była do końca sobą. Chociaż doskonale rozpoznawała scenerię, w której były osadzone — ulica George numer 363, dom, w którym mieszkała całe życie — ona, Allison, była nie do poznania, nawet dla samej siebie: nie była niemowlakiem ani jeszcze dzieckiem, tylko spojrzeniem, parą oczu, które trwały w znajomej okolicy i przyglądały się jej bez osobowości, ciała, wieku, przeszłości, jak gdyby przypominała sobie rzeczy sprzed własnych narodzin.

Allison myślała o tym wszystkim tylko mgliście i nie całkiem konkretnie. Kiedy była mała, nie przyszło jej na myśl, żeby dociekać znaczenia tych bezcielesnych wrażeń, a teraz, gdy dorosła, tym bardziej nie miała do tego głowy. Prawie wcale nie myślała o przeszłości, czym znacząco różniła się od rodziny, która nie myślała właściwie o niczym innym.

Nikt z rodziny nie był w stanie tego pojąć. Nie zrozumieliby tego, nawet gdyby próbowała im wyjaśnić. Dla takich umysłów, stale zaabsorbowanych wspomnieniami; umysłów, dla których teraźniejszość i przyszłość istniały wyłącznie jako powtarzające się wzory, sposób widzenia świata Allison był niewyobrażalny. Pamięć — krucha, mgliście jasna, cudowna — była dla rodziny Allison iskrą samego życia, a prawie każde zdanie zaczynali od pewnego odwołania się do pamięci:

— Pamiętasz tamten batyst w zielone gałązki, prawda? — dopytywała się matka i ciotki. — A tamtą różową floribundę? Cytrynowe ciasteczka do herbaty? Pamiętasz tamtą piękną, zimną Wielkanoc, kiedy Harriet była malutka, a ty szukałaś pisanek w śniegu i ulepiłaś dużego wielkanocnego królika na podwórzu Adelaide?

— Tak, tak — kłamała Allison. — Pamiętam.

W pewnym sensie naprawdę pamiętała. Słyszała te opowieści tyle razy, że znała je na pamięć, potrafiła powtórzyć, czasem nawet dorzucając parę pominiętych szczegółów: na przykład o tym, że ona i Harriet zrobiły śniegowemu królikowi nosek i oczy z różowych płatków rajskiej jabłoni. Te opowieści były równie znajome jak historie z dzieciństwa matki Allison czy historie z książek. Jednak żadna z nich nie miała istotnego związku z Allison.

Prawda była taka — ale Allison nigdy się do tego nie przyznała — że strasznie wielu rzeczy nie pamiętała. Nie miała wyraźnych wspomnień z czasów przedszkolnych ani z pierwszej klasy, ani w ogóle z okresu przed ukończeniem ósmego roku życia. Allison bardzo się tego wstydziła i próbowała (zazwyczaj z powodzeniem) to ukryć. Jej młodsza siostra Harriet twierdziła, że przypomina sobie rzeczy, które wydarzyły się, zanim skończyła rok.

Chociaż w dniu śmierci Robina Harriet nie miała jeszcze sześciu miesięcy, twierdziła, że pamięta go, a Allison i reszta Cleve'ów wierzyli, że to prawda. Co pewien czas Harriet wyskakiwała z dawno zapomnianą, ale zaskakująco dokładną informacją — detalami związanymi z pogodą lub strojem, jadłospisami z przyjęć urodzinowych, w których uczestniczyła przed ukończeniem drugiego roku życia — aż zamierali z niedowierzania.

Za to Allison w ogóle nie pamiętała Robina, co było niewybaczalne. Kiedy umarł, miała prawie pięć lat. Nie pamiętała też okresu po jego śmierci. O całym interludium wiedziała w najdrobniejszych szczegółach — o łzach, pluszowym piesku, o jej własnym milczeniu; o tym, jak detektyw z Memphis — masywny mężczyzna o wielbłądziej twarzy i przedwcześnie posiwiałych włosach, nazwiskiem Snowy Olivet — pokazał jej zdjęcia swojej córki, Celii, i dał batoniki z migdałami z pudła w samochodzie; o tym, jak pokazał jej też inne fotografie, kolorowych mężczyzn, ostrzyżonych na jeża białych mężczyzn o ciężkich powiekach; o tym, jak ona, Allison, siedziała na niebieskiej pluszowej kanapce w Tattycorum — w tym czasie ona i dziecko mieszkali u ciotki Tat, ich matka wciąż leżała w łóżku — łzy spływały jej po twarzy, zdrapywała czekoladę z migdałowych batonów i nie chciała powiedzieć ani słowa. Allison wiedziała to wszystko nie dlatego, że pamiętała, ale dlatego, że ciotka Tat opowiadała jej to wiele razy, siedząc na krześle przysuniętym do piecyka gazowego, kiedy Allison odwiedzała ją po szkole w zimowe popołudnia. Niedowidzące oczy ciotki w kolorze sherry patrzyły w dal pokoju, a jej głos brzmiał miło, gadatliwie, jak gdyby opowiadała o jakiejś trzeciej, nieobecnej osobie.

Bystrooka Edie nie była ani taka miła, ani tolerancyjna. Historie, które postanawiała opowiedzieć Allison, często nabierały dziwnie alegorycznego aspektu.

— Siostra mojej matki — zaczynała Edie, odwożąc Allison do domu z lekcji fortepianu. Nigdy nie spuszczała wzroku z jezdni, a jej wysoko zadarty elegancki nos przypominał sokoli dziób — siostra mojej matki znała małego chłopca, Randalla Scofielda, którego rodzinę zabiła trąba powietrzna. Wrócił ze szkoły do domu i jak myślisz, co zobaczył? Dom rozniesiony na kawałki, a Murzyni, którzy tam pracowali, wydobyli spod ruin ciała jego ojca, matki i trzech braciszków, którzy leżeli zakrwawieni, ułożeni obok siebie jak ksylofon. Jeden z braci nie miał ręki, a matce wbił się w skroń żelazny stopień. Czy wiesz, co się stało z tym chłopcem? S t r a c i ł m o w ę i przez siedem lat nie wypowiedział ani słowa. Mój ojciec mówił, że Randall wszędzie nosił ze sobą kopiowy ołówek i tekturowe tabliczki, na których zapisywał wszystko, co chciał powiedzieć. Właściciel pralni dawał mu tekturę za darmo.

Edie lubiła opowiadać tę historię. Istniały różne jej odmiany — dzieci na pewien czas traciły wzrok, odgryzały sobie język albo odchodziły od zmysłów na widok upiornej sceny. We wszystkich tych opowieściach pobrzmiewał lekko oskarżycielski ton, którego Allison nigdy nie potrafiła wychwycić.

Allison większość czasu spędzała samotnie. Słuchała płyt. Robiła kolaże ze zdjęć wyciętych z czasopism i niekształtne świece ze stopionych kredek. Na marginesach zeszytu do geometrii rysowała baletnice i małe myszki. Podczas lunchu siedziała przy stole z grupą dość popularnych dziewcząt, ale rzadko spotykała się z nimi poza szkołą. Na pozór była taka jak one — elegancko ubrana, miała ładną cerę, mieszkała w dużym domu przy ładnej ulicy; a jeśli nawet nie była bystra czy pełna życia, to nie było w niej nic, czego można by nie lubić.

— Mogłabyś być taka popularna, gdybyś tylko chciała — mówiła Edie, która nie przepuszczała żadnej okazji, jeśli chodziło o dynamikę życia towarzyskiego, nawet w dziesiątej klasie. — Gdyby tylko chciało ci się spróbować, zostałabyś najpopularniejszą dziewczyną w klasie.

Allison nie chciało się próbować. Nie chciała, żeby dzieciaki jej dokuczały albo się z niej śmiały, ale dopóki nikt jej nie nękał, była szczęśliwa. Zresztą — poza Edie — nikt jej szczególnie nie nękał. Allison dużo spała. Sama chodziła do szkoły. Po drodze przystawała, żeby pobawić się z psami. Nocami śniło jej się żółte niebo, na tle którego powiewało coś białego, jakby prześcieradło; takie sny bardzo ją przygnębiały, ale zapominała o nich tuż po przebudzeniu.

W weekendy i po szkole Allison spędzała wiele czasu z ciotecznymi babkami. Kiedy oczy odmawiały im posłuszeństwa, nawlekała dla nich igłę i czytała, wdrapywała się na drabiny, by zdejmować rzeczy z wysokich zakurzonych półek, słuchała opowieści o zmarłych szkolnych koleżankach i recitalach fortepianowych sprzed sześćdziesięciu lat. Czasami po szkole robiła cukierki — krówki, ptasie mleczko, pańską skórkę — które cioteczne babki zabierały na odpusty. Allison, skrupulatna jak chemiczka, posługiwała się termometrem, schłodzonym marmurem, nożem do masła wyrównywała poziom składników w menzurce. Cioteczne babki — dziewczęce, z uróżowionymi policzkami, w lokach, rozbawione — pa-

28

plały bez końca i bez wytchnienia, zachwycone ożywioną działalnością w kuchni wołały do siebie przezwiskami z dzieciństwa. Cóż to za wspaniała kuchareczka, śpiewały cioteczne babki. Jaka ty jesteś śliczna. Jesteś aniołem, że nas odwiedzasz. Co za grzeczna dziewczynka. Jaka ładna. Jaka słodziutka.

Mała Harriet nie była ani ładna, ani słodka. Harriet była bystra. Odkąd nauczyła się mówić, Harriet była nieco kłopotliwą osobą w domu Cleve'ów. Gwałtowna na placu zabaw, obcesowa dla towarzystwa, sprzeczała się z Edie, w bibliotece wyszukiwała książki o Dżyngis-chanie i przyprawiała matkę o ból głowy. Miała dwanaście lat i chodziła do siódmej klasy. Chociaż uczyła się wzorowo, nauczyciele nigdy nie wiedzieli, jak sobie z nią radzić. Czasami telefonowali do matki Harriet albo do Edie, ponieważ ta ostatnia — z czego doskonale zdawali sobie sprawę wszyscy, którzy wiedzieli cokolwiek o Cleve'ach — była właściwą partnerką do rozmów. Edie, marszałek polny i oligarcha, dysponowała największą władzą w rodzinie i była najbardziej skora do działania. Ale nawet Edie nie miała pewności, jak postępować z Harriet. Dziewczynka nie była nieposłuszna w ścisłym znaczeniu tego słowa ani dzika, ale zachowywała się wyniośle i potrafiła zirytować prawie każdego dorosłego, z którym się stykała.

Harriet nie miała nic z rozmarzonej kruchości starszej siostry. Krępa jak mały borsuk, o krągłych policzkach, ostrym nosie, czarnych, krótko przyciętych włosach, miała cienkie, zdecydowane usteczka. Mówiła szybko wysokim głosikiem, a nieznajomi często pytali, skąd u dziecka z Missisipi wziął się taki jankeski akcent. Jasne, świdrujące oczy przypominały oczy Edie. Podobieństwo między wnuczką a babką było wyraźne i nie obyło się bez komentarzy, chociaż żywa, sokolooka uroda babki była w przypadku wnuczki ostra i odrobinę niepokojąca. Parobek Chester lubił porównywać je na osobności do jastrzębia i pisklaka jastrzębia.

Harriet stanowiła dla Chestera i Idy Rhew źródło irytacji i rozbawienia. Odkąd zaczęła mówić, dreptała za nimi, kiedy pracowali, i przepytywała ich na każdym kroku. Ile pieniędzy Ida zarobiła? Czy Chester umiał zmówić Modlitwę Pańską? Czy mógłby ją Harriet powiedzieć? Poza tym dziewczynka rozbawiała ich, siejąc zamęt wśród pokojowo nastawionych Cleve'ów. Kilkakrotnie stała się przyczyną rozłamów, które mogły się okazać katastrofalne: opowiedziała Adelaide, że ani Edie, ani Tat nie trzymały powłoczek na poduszki, które Adelaide dla nich wyhaftowała, ale że zapakowały je i oddały obcym. Dziewczynka powiadomiła też Libby, że jej marynaty — bynajmniej nie będące takim kulinarnym rarytasem, za jakie je uważała — były niejadalne, a sąsiedzi i rodzina domagali się ich ze względu na dziwne właściwości chwastobójcze. — Czy znasz to łyse miejsce na podwórzu? — pytała Harriet. — Tam, koło werandy za domem? Sześć lat temu Tatty wyrzuciła twoje marynaty i odtąd nic tam nie rośnie.

Harriet była za tym, żeby butelkować marynaty i sprzedawać je jako środek przeciwko chwastom. Libby zostałaby milionerką.

Ciotka Libby przestała się zalewać łzami dopiero po trzech czy czterech dniach. Z Adelaide i powłoczkami było gorzej. Ona, w przeciwieństwie do Libby, lubiła chować urazę; przez dwa tygodnie nie odzywała się do Edie i Tat, chłodno ignorując polubowne ciasta i zapiekanki, które przynosiły na jej werandę; Adelaide zostawiała je psom. Libby, zdruzgotana konfliktem (w którym sama pozostawała bez winy, ponieważ jako jedyna siostra była na tyle lojalna, by zachować i używać powłoczki Adelaide, chociaż były paskudne), dreptała tam i z powrotem, próbując zawrzeć pokój. Już prawie jej się udało, kiedy Harriet ponownie wzburzyła Adelaide, mówiąc, że Edie nigdy nawet nie rozpakowywała prezentów od niej, ale zamieniała metkę i posyłała je dalej — głównie do organizacji dobroczynnych, czasami murzyńskich. Zajście to okazało się tak katastrofalne, że nawet teraz, po latach, najdrobniejsza wzmianka o nim powodowała, że Adelaide zaczynała zachowywać się jak jędza i wysuwała subtelne oskarżenia. Na urodziny i Gwiazdkę kupowała siostrom coś demonstracyjnie luksusowego — na przykład butelkę Shalimar albo koszulę nocną od Goldsmitha w Memphis — z czego zazwyczaj zapominała oderwać metki z ceną.

— Sama lubię prezent zrobiony w domu — wyjaśniała głośno koleżankom z klubu brydżowego albo mówiła do Chestera na podwórzu, podczas gdy jej upokorzone siostry rozpakowywały niechciany luksus. — Taki prezent znaczy więcej. Ś w i a d c z y o tym, że ktoś o tobie m y ś l i. Ale dla niektórych ludzi liczy się tylko to, ile pieniędzy wydali. Uważają, że prezent nic nie jest wart, jeśli nie pochodzi ze sklepu.

— Podobają mi się rzeczy, które robisz, Adelaide — mówiła zawsze Harriet, zresztą szczerze. Chociaż fartuchy, powłoczki na poduszki, ściereczki do naczyń na nic nie mogły się jej przydać, gromadziła krykliwe lniane wyroby ciotki, które wypełniały szuflady w jej pokoju. Harriet nie podobał się materiał, ale wyhaftowane na nim wzory: holenderskie dziewczęta, roztańczone dzbanki do kawy, drzemiący Meksykanie w sombrerach. Pożądała ich do tego stopnia, że wykradała je z cudzych szafek i strasznie się denerwowała, kiedy Edie oddawała powłoczki na akcje dobroczynne („Nie bądź śmieszna, Harriet. Do czego ci to, na Boga, może być potrzebne?"), podczas gdy ona ich pragnęła.

— Wiem, że ci się podobają — mruczała Adelaide głosem drżącym od użalania się nad sobą i pochylała się, by teatralnie pocałować Harriet, a w tym czasie Tat i Edie wymieniały spojrzenia za jej plecami. — Pewnego dnia, kiedy mnie już nie będzie, będziesz się cieszyć tymi rzeczami.

— Ta najmłodsza uwielbia drobiazgi — mówił Chester do Idy. Edie, która sama nie miała nic przeciwko drobiazgom, odnalazła we wnuczce godną konkurentkę. Mimo to, a może właśnie dlatego, lubiły swoje towarzystwo i Harriet spędzała wiele czasu u babci. Edie często uskarżała się na upór i brak dobrych manier Harriet, gderała, że wnuczka stale pęta się jej pod nogami, ale chociaż Harriet była denerwująca, dla Edie okazywała się bardziej zadowalającą towarzyszką niż Allison, która miała bardzo niewiele do powiedzenia. Edie lubiła towarzystwo Harriet, ale by się do tego nie przyznała, a w popołudnia, kiedy wnuczka nie przychodziła, tęskniła za nią.

Chociaż ciotki kochały Harriet, nie była ona tak uczuciowym dzieckiem jak jej siostra, a duma Harriet wprawiała ciotki w zakłopotanie. Dziewczynka była zbyt szczera. Zupełnie nie pojmowała dyskrecji i dyplomacji, w czym przypominała Edie bardziej, niż ta zdawała sobie sprawę.

Ciotki na próżno próbowały nauczyć Harriet manier.

— Czy nie r o z u m i e s z, kochanie, że jeśli nie lubisz ciasta z owocami, lepiej jest je zjeść, niż zranić uczucia pani domu?

— Ale ja nie lubię ciasta z owocami.

— Wiem, że nie lubisz, Harriet. Właśnie dlatego posłużyłam się tym przykładem.

— Ale ciasto z owocami jest okropne. Nie znam nikogo, kto by je lubił. A jeżeli powiem jej, że lubię, będzie mi je stale dawała.

— Tak, kochanie, ale nie w tym rzecz. Rzecz w tym, że jeżeli ktoś zadał sobie trud, żeby coś dla ciebie upiec, dobre maniery nakazują to zjeść, nawet jeśli nie masz na to ochoty.

— Biblia mówi, żeby nie kłamać.

— To co innego. To jest nieszkodliwe kłamstwo. Biblia mówi o innym rodzaju kłamstwa.

— Biblia nie mówi o nieszkodliwych czy szkodliwych kłamstwach. Mówi tylko o kłamstwach.

— Uwierz mi, Harriet. To prawda, że Jezus mówi nam, żebyśmy nie kłamali, ale to wcale nie znaczy, że mamy być niegrzeczni dla pani domu.

— Jezus nic nie mówi o pani domu. Mówi, że kłamstwo to grzech. Mówi, że szatan jest kłamcą i księciem kłamstw.

— Ale Jezus mówi: „Kochaj bliźniego swego", prawda? — włączyła się Libby, wyręczając Tat, której zabrakło argumentów. — Czy nie oznacza to także pani domu? Pani domu również jest twoim bliźnim.

— Właśnie — podchwyciła Tat radośnie. — Co nie znaczy — dodała pospiesznie — że pani domu musi być twoją sąsiadką. „Kochaj bliźniego swego" znaczy tylko, że powinnaś zjadać to, co ci dają, i być wdzięczna.

— Nie rozumiem, dlaczego kochanie bliźniego oznacza mówienie mu, że lubię ciasto z owocami, skoro nie lubię.

Nikt, nawet Edie, nie miał pojęcia, jak reagować na tę posępną pedanterię. Człowiek mógł tłumaczyć do upadłego. Jeszcze większą wściekłość budził fakt, że argumenty Harriet, chociaż niedorzeczne, zazwyczaj opierały się na mniej lub bardziej solidnej biblijnej podstawie. Na Edie nie robiło to wrażenia. Chociaż zajmowała się działalnością dobroczynną i misyjną, śpiewała w chórze kościelnym, to nie wierzyła, by każde słowo w Biblii było prawdziwsze niż jej prywatne, ulubione powiedzenia: na przykład, że wszystko, co się wydarzało, zawsze wychodziło na dobre, albo że w głębi serc Murzyni byli dokładnie tacy sami jak biali. Mimo to ciotki — zwłaszcza Libby — wpadały w zakłopotanie, kiedy zbyt długo myślały o tym, co powiedziała Harriet. Sofizmaty dziewczynki były niewątpliwie zakorzenione w Biblii, ale kłóciły się ze zdrowym rozsądkiem i wszystkim, co właściwe.

— Może — powiedziała niepewnie Libby, kiedy Harriet pomaszerowała do domu na kolację — może Pan nie widzi różnicy między kłamstwem nieszkodliwym a nikczemnym. Może w Jego oczach wszystkie kłamstwa są nikczemne.

— Przestań, Libby.

— Może musi nam o tym przypominać małe dziecko.

— Wolałabym pójść do piekła — warknęła Edie, która nie była obecna podczas wcześniejszej wymiany zdań — niż bez przerwy mówić wszystkim ludziom w mieście, co o nich myślę.

— Edith! — zawołały wszystkie siostry chórem.

— Edith, chyba nie mówisz poważnie!

— Owszem, mówię. Poza tym nie obchodzi mnie, co ludzie w mieście myślą na mój temat.

— Nie mam pojęcia, co takiego zrobiłaś, Edith, skoro uważasz, że wszyscy myślą o tobie tak źle — powiedziała obłudna Adelaide.

Odean, służąca Libby, która udawała, że nie dosłyszy, przysłuchiwała się tępo tej wymianie zdań, podgrzewając w kuchni krem z kurczaka i biszkopty na kolację dla starszej pani. W domu Libby nie działo się zbyt wiele, a temperatura rozmów zwykle wzrastała podczas odwiedzin Harriet.

W przeciwieństwie do Allison, którą inne dzieci akceptowały, choć nie bardzo wiedziały dlaczego, Harriet była dominującą dziewczynką, ale nie cieszącą się szczególną sympatią. Jej przyjaciele nie byli nijacy ani przypadkowi jak przyjaciele Allison. Harriet trzymała się głównie z młodszymi od siebie chłopcami, fanatycznie jej oddanymi, którzy po lekcjach pedałowali na rowerach przez pół miasta, żeby się z nią spotkać. Harriet kazała im się bawić w krzyżowców i Joannę d'Arc; zmuszała ich do nakładania prześcieradeł i odgrywania scen z Nowego Testamentu, w których ona sama rezerwowała sobie rolę Jezusa. Ulubioną sceną Harriet była Ostatnia Wieczerza. Usadowieni na wzór Leonarda, wszyscy po jednej stronie stołu turystycznego, pod ozdobioną muszkatelem pergolą na podwórzu za domem Harriet, czekali niecierpliwie na chwilę, kiedy — po wydaniu Ostatniej Wieczerzy złożonej z krakersów Ritz i fanty winogronowej — Harriet powiedzie wzrokiem wokół stołu i na moment zatrzyma lodowate spojrzenie na każdym z chłopców.

— A jednak — mówiła ze spokojem, który przyprawiał chłopaków o dreszcz — jeden z was mnie zdradzi.

— Nie! Nie! — wrzeszczeli z zachwytem, nawet Hely, chłopiec, który grał Judasza, ale Hely był ulubieńcem Harriet, a ona pozwalała mu grać nie tylko Judasza, ale także wszystkich najważniejszych uczniów: świętego Jana, świętego Łukasza, świętego Szymona Piotra. — Nigdy, Panie!

Po zabawie odbywała się procesja do ogrodu Getsemani, położonego w głębokim cieniu pod czarnym drzewem tupelo na podwórzu Harriet. Tutaj Harriet, jako Jezus, musiała zostać pojmana przez Rzymian — pojmana w gwałtowny, bardziej hałaśliwy sposób, niż o tym mówią Ewangelie — i już samo to było wystarczająco podniecające; jednak chłopcy uwielbiali Getsemani głównie dlatego, że scena rozgrywała się pod drzewem, na którym powieszono jej brata. Morderstwa dokonano, zanim większość z chłopców przyszła na świat, ale wszyscy znali tę historię, poskładali ją z fragmentów rozmów rodziców albo z groteskowych półprawd szeptanych przez starsze rodzeństwo w ciemnych sypialniach. Drzewo rzucało barwny cień na ich wyobraźnię, odkąd po raz pierwszy opiekunki przystanęły na rogu ulicy George, by klasnąć w dłonie i z szeptaną przestrogą pokazać malcom drzewo.

Ludzie zastanawiali się, dlaczego drzewo ciągle stoi. Wszyscy uważali, że powinno zostać ścięte, i to nie tylko z powodu Robina, ale ponieważ zaczęło usychać od wierzchołka; ponad brudnym listowiem sterczały połamane, melancholijne szare szczątki, jakby strzaskane przez piorun. Jesienią drzewo przybierało wściekle czerwoną barwę, przez dzień czy dwa wyglądało ładnie, po czym nagle zrzucało wszystkie liście i stało nagie. Liście, kiedy znowu się pojawiały, były błyszczące, skórzaste i tak ciemne, że wydawały się prawie czarne. Rzucały tak głęboki cień, że trawa prawie tam nie rosła; zresztą drzewo było za duże, rosło zbyt blisko domu, a specjalista od drzew ostrzegł Charlotte, że w razie silnego wiatru mogła się obudzić pewnego ranka i zobaczyć, że drzewo runęło przez okno jej sypialni. („Nie mówiąc już o tym małym chłopcu", powiedział do wspólnika, wsiadając z powrotem do ciężarówki i zatrzaskując drzwiczki. „Jak ta biedna kobieta może budzić się co rano, wyglądać na podwórze i widzieć to coś?") Pani Fountain zaproponowała nawet, że zapłaci za wycięcie drzewa, taktownie wspominając o zagrożeniu, jakie stwarzało dla jej domu. To było nadzwyczajne, ponieważ pani Fountain była taką skneruską, że myła starą folię aluminiową i zwijała w kulkę do ponownego użycia, ale Charlotte potrząsnęła tylko głową.

— Nie, dziękuję, pani Fountain — powiedziała tak niewyraźnie, że sąsiadka zaczęła podejrzewać, że Charlotte nie zrozumiała.

— Mówię ci. — Pani Fountain podniosła głos. — Proponuję, że za to zapłacę! Z przyjemnością to zrobię! Drzewo zagraża też mojemu domowi, a jeśli przyjdzie trąba powietrzna i...

— Nie, dziękuję.

Charlotte nie patrzyła na panią Fountain, nie patrzyła nawet na drzewo, gdzie w uschniętym rozwidleniu gałęzi próchniał smutno domek jej zmarłego syna. Patrzyła na drugą stronę ulicy, za pusty, zarośnięty perzem plac, gdzie tory kolejowe znikały w dali za pordzewiałymi dachami Niggertown.

— Mówię ci — powtórzyła pani Fountain innym tonem. — Mówię ci, Charlotte, myślisz, że nie wiem, jak to jest, ale ja wiem, co to znaczy stracić syna. Taka jest wola boska i trzeba się z tym pogodzić. — Zachęcona milczeniem Charlotte, ciągnęła dalej: — Zresztą on nie był twoim jedynym dzieckiem. Przynajmniej masz inne. Za to biedny Lynsie... miałam tylko jego. Nie ma dnia, żebym nie myślała o tamtym poranku, kiedy usłyszałam o zestrzeleniu jego samolotu. Szykowaliśmy się do świąt Bożego Narodzenia, stałam na drabinie w koszuli nocnej i fartuchu, próbując przywiązać gałązkę jemioły do żyrandola, kiedy usłyszałam pukanie do drzwi. Porter, niech go Bóg błogosławi, to było po jego pierwszym zawale, ale przed drugim...

Pani Fountain urwała i zerknęła na Charlotte, ale jej już tam nie było. Odwróciwszy się na pięcie, ruszyła z powrotem do domu.

To wszystko działo się wiele lat temu, a drzewo ciągle stało ze starym domkiem Robina próchniejącym na szczycie. Kiedy pani Fountain spotykała Charlotte, nie była już taka przyjacielska.

— Ona w ogóle nie dba o te dziewczynki — mówiła do innych klientek fryzjerki, pani Neely, kiedy ta układała jej włosy. — Jej dom jest zagracony śmieciami. Kiedy zajrzycie przez okno, zobaczycie sterty gazet prawie do sufitu.

— Ciekawe — powiedziała pani Neely o lisiej twarzy, sięgając po lakier do włosów i zatrzymując spojrzenie pani Fountain w lustrze — czy ona przypadkiem czasem nie popija?

— Wcale by mnie to nie zdziwiło — odparła pani Fountain.

Ponieważ pani Fountain często krzyczała na dzieci z werandy, one uciekały i wymyślały niestworzone historie na jej temat: że porywała (i zjadała) małych chłopców, a ich zmielonymi kośćmi użyźniała róże, które zdobywały medale na konkursach. Bliskość upiornego domu pani Fountain sprawiała, że odgrywanie sceny pojmania w Getsemani było dodatkowo podniecające. Ale chociaż chłopcom udawało się czasem nastraszyć kolegów panią Fountain, to nie musieli próbować straszyć się drzewem. W konturach drzewa było coś, co burzyło ich spokój; zduszona posępność jego cienia — zaledwie kilka kroków od jasnego trawnika, ale bezmiernie daleko — niepokoiła, nawet jeśli nic się nie wiedziało o historii drzewa. Chłopcy nie musieli sobie przypominać, co się stało, ponieważ przypominało o tym drzewo. Posiadało własną władzę i własny mrok.

Z powodu śmierci Robina w pierwszych latach szkoły dzieci okrutnie dokuczały Allison. („Mamo, mamo, czy mogę wyjść pobawić się z bratem? Wykluczone, wykopałaś go już trzy razy w tym tygodniu!") Dziewczynka znosiła te drwiny w pokornym milczeniu — nikt nie wiedział dokładnie jak długo — aż dobra nauczycielka odkryła, co się dzieje, i położyła temu kres.

Harriet — może z powodu gwałtowniejszej natury, a może dlatego, że jej rówieśnicy byli zbyt młodzi, by pamiętać o tragedii — uniknęła podobnych prześladowań. Tragedia rodzinna odbijała się od niej upiornym blaskiem, któremu chłopcy nie mogli się oprzeć. Harriet często opowiadała o zmarłym bracie z dziwnym uporem, który sugerował nie tylko, że go znała, ale że Robin wciąż żył. Raz po raz chłopcy zerkali na tył głowy Harriet lub bok jej twarzy. Niekiedy wydawało się im, że Harriet j e s t Robinem — dzieckiem takim jak oni, które wróciło z zaświatów i wiedziało o rzeczach im obcych. Dzięki tajemnicy wspólnej krwi, w oczach Harriet widzieli ostrość spojrzenia zmarłego brata. W rzeczywistości, choć żaden z chłopców o tym nie wiedział, nie była ona podobna do brata nawet na zdjęciach. Szybki, bystry, zwinny jak węgorz — trudno sobie wyobrazić kogoś mniej podobnego do posępnej, wyniosłej Harriet. Chłopców przykuwała siła charakteru Harriet, a nie jej zmarłego brata.

Chłopcy nie dostrzegali ironii ani zbieżności między tragedią, którą odgrywali w ciemności pod czarnym drzewem tupelo, a tragedią, która rozegrała się tam przed dwunastoma laty. Hely miał pełne ręce roboty, ponieważ jako Judasz Iskariota wydawał Harriet Rzymianom, ale także (jako Szymon Piotr) obcinał centurionowi ucho w jej obronie. Zadowolony i zdenerwowany odliczał trzydzieści gotowanych fistaszków, za które miał zdradzić swego Zbawiciela, a podczas gdy pozostali chłopcy szturchali go i popychali, zwilżał wargi kolejnym łykiem winogronowej fanty. Po to, by zdradzić Harriet, musiał ją pocałować w policzek. Raz — zachęcony przez innych uczniów — cmoknął ją w usta. Surowość, z jaką wytarła usta — pogardliwe uderzenie w usta wierzchem dłoni — podnieciły Hely'ego bardziej niż sam pocałunek.

Odziane w szaty postacie Harriet i jej uczniów wyglądały niesamowicie wśród domów. Idę Rhew, która wyglądała przez okno nad zlewem, uderzał czasem dziwny widok małej procesji kroczącej ponuro po trawniku. Nie widziała Hely'ego, który idąc, przesypywał w palcach gotowane fistaszki, ani jego zielonych tenisówek pod szatą; nie słyszała, jak inni uczniowie szepczą gniewnie, że nie wolno im przynosić pistoletów na kapiszony do obrony Jezusa. Rząd niskich, biało odzianych postaci, prześcieradła wlokące się po trawie budziły w Idzie taką samą ciekawość i złe przeczucia, jakich mogłaby doznawać, będąc praczką w Palestynie, zanurzającą ręce po łokcie w balii z brudną źródlaną wodą, zdumioną widokiem trzynastu zakapturzonych postaci przeciągających nieopodal, sunących piaszczystą drogą ku okolonemu murem gajowi oliwnemu na szczycie wzgórza — doniosłość celu ich wędrówki była widoczna w powolnych, surowych ruchach, ale charakter procesji był niepojęty: może pogrzeb? Łoże boleści, proces, uroczystość religijna? Cokolwiek to było, budziło niepokój i wystarczyło, by na chwilę odwrócić uwagę Idy, ale zaraz potem wracała do pracy, nie widząc, że mała procesja zmierzała ku czemuś na tyle niepokojącemu, by zmienić bieg historii.

— Dlaczego zawsze chcecie się bawić pod tym ohydnym starym drzewem? — pytała Harriet, kiedy dziewczynka wracała do domu.

— Bo to jest najciemniejsze miejsce na podwórzu — odpowiadała Harriet.

Od dzieciństwa Harriet fascynowała się archeologią: indiańskimi kopcami, zburzonymi miastami, zakopanymi przedmiotami. Fascynacja zaczęła się od zainteresowania dinozaurami, które przerodziło się w coś innego. Kiedy tylko dorosła tak, by móc to wyrazić, stało się jasne, że przedmiotem zainteresowania Harriet nie były same dinozaury — długorzęse brontozaury z sobotnich kreskówek, które pozwalały na sobie jeździć albo potulnie pochylały szyje, żeby dzieci mogły z nich zjeżdżać jak na zjeżdżalni — ani nawet nie ryczące tyranozaury czy pterodaktyle z koszmarów. Dla niej interesujące było to, że zwierzęta już nie istniały.

— Ale skąd w i e m y — pytała Edie, której robiło się niedobrze na sam dźwięk słowa „dinozaur" — jak one naprawdę wyglądały?

— Ponieważ ludzie wykopali ich kości.

— Ale gdybym ja znalazła twoje kości, Edie, nie wiedziałabym, jak wyglądałaś.

Edie, zajęta obieraniem brzoskwiń, nie odpowiedziała.

— Popatrz tutaj, Edie. Popatrz. Piszą, że znaleźli tylko kość z nogi.

— Harriet wdrapała się na stołek i z nadzieją wyciągnęła książkę. — A tu jest zdjęcie całego dinozaura.

— Czy nie znasz tej piosenki, Harriet? — przerwała jej Libby, pochylając się nad kuchennym blatem, gdzie drylowała brzoskwinie. Drżącym głosem zaśpiewała: — *Kość kolanowa łączy się z kością nogi... Kość nogi łączy się z...*

— Ale skąd oni w i e d z ą, jak w y g l ą d a ł dinozaur? Skąd wiedzą, że był zielony? Narysowali go zielonego. Patrz. P a t r z, Edie.

— Patrzę — powiedziała kwaśno Edie, chociaż nie patrzyła.

— Wcale nie!

— Widziałam już tam wszystko, co chciałam.

Kiedy Harriet nieco podrosła, w wieku dziewięciu czy dziesięciu lat jej fiksacja przeniosła się na archeologię. W tej dziedzinie znalazła chętną, choć mętną partnerkę do dyskusji w osobie ciotki Tat. Tat przez trzydzieści lat uczyła łaciny w miejscowej szkole średniej, a na emeryturze zainteresowała się różnymi zagadkami starożytnych, z których wiele, jej zdaniem, dotyczyło Atlantydy. Tat wyjaśniała, że Atlanci wznieśli piramidy i monolity z Wyspy Wielkanocnej; mądrość Atlantydy zrodziła trepanowane czaszki z Andów i nowoczesne baterie elektryczne znalezione w grobowcach faraonów. Półki Tat uginały się pod ciężarem pseudonaukowych książek z lat dziewięćdziesiątych dziewiętnastego wieku, które odziedziczyła po wykształconym, ale łatwowiernym ojcu, szacownym sędzi, który ostatnie lata życia spędził na próbach ucieczki w piżamie z zamkniętej sypialni. Księgozbiór, który zostawił średniej córce Theodorze — przezwanej przez niego Tattycorum, a w skrócie Tat — zawierał takie dzieła jak *Kontrowersje przedpotopowe, Światy inne niż nasz* i *Mu: prawda czy fikcja?*

Siostry nie zachęcały jej do tego typu zainteresowań, które Adelaide i Libby uważały za niechrześcijańskie, a Edith — po prostu za głupie.

— Ale jeżeli istniała taka rzecz jak Atlanta, to dlaczego nie wspomina o niej Biblia? — spytała Libby, marszcząc niewinnie czoło.

— Ponieważ wtedy jeszcze nie została zbudowana — odparła dość okrutnie Edith. — Atlanta jest stolicą stanu Georgia. Sherman puścił ją z dymem podczas wojny secesyjnej.

— Och, Edith, nie bądź złośliwa...

— Atlanci byli przodkami starożytnych Egipcjan — oświadczyła Tat.

— Proszę bardzo. Starożytni Egipcjanie nie byli chrześcijanami — powiedziała Adelaide. — Czcili koty, psy i tym podobne rzeczy.

— Oni n i e m o g l i być chrześcijanami, Adelaide. Chrystus się jeszcze nie narodził.

— Może i nie, ale Mojżesz i cała reszta przynajmniej przestrzegali Dziesięciu Przykazań. Nie oddawali czci kotom i psom.

— Atlanci — zaczęła Tat wyniośle, przekrzykując śmiech sióstr — Atlanci wiedzieli wiele rzeczy, które zainteresowałyby współczesnych naukowców. Tata wiedział o Atlantydzie, a był dobrym chrześcijaninem, lepiej wykształconym niż my wszystkie w tym pokoju.

— T a t a wyciągał mnie w nocy z łóżka, mówiąc, że nadchodzi cesarz Wilhelm, i kazał chować srebra w studni.

— Edith!

— Edith, to nie jest w porządku. On był wtedy chory. Po tym, jaki był dla nas dobry!

— Nie mówię, że tata nie był dobrym człowiekiem, Tatty. Mówię tylko, że to ja musiałam się nim opiekować.

— M n i e tata zawsze poznawał — dorzuciła skwapliwie Adelaide, która jako najmłodsza z sióstr i w swym przekonaniu, ulubienica ojca, nigdy nie przepuszczała okazji, żeby przypomnieć o tym siostrom. — Poznawał mnie do samego końca. W dniu, kiedy umarł, wziął mnie za rękę i powiedział: „Addie, kochanie, co oni ze mną zrobili?" Nie mam pojęcia, dlaczego tylko mnie poznawał. To było najśmieszniejsze ze wszystkiego.

Harriet bardzo lubiła oglądać książki Tat, wśród których były nie tylko tomy poświęcone Atlantydzie, ale także poważniejsze dzieła, takie jak *Historia* Gibbona i Ridpatha czy romanse w miękkich oprawach, rozgrywające się w czasach starożytnych, z kolorowymi ilustracjami gladiatorów na okładkach.

— To oczywiście nie są prace historyczne — wyjaśniała Tat. — To tylko lekkie powieści z tłem historycznym. Są jednak bardzo zajmujące i mają wartość edukacyjną. Dawałam je dzieciom w szkole średniej, chcąc wywołać w nich zainteresowanie czasami rzymskimi. Dzisiaj pewnie nie można by już było tego robić z książkami, jakie się pisze, ale to są czyste powieścidełka, nie dzisiejszy chłam. — Tat przesunęła kościstym palcem, o kostkach powiększonych przez artretyzm, po identycznych grzbietach książek. — *H. Montgomery Storm*. Wydaje mi się, że on pisał też powieści o okresie regencji pod kobiecym nazwiskiem, ale nie pamiętam jakim.

Powieści o gladiatorach zupełnie nie interesowały Harriet. Były to tylko historie miłosne w rzymskich kostiumach, a dziewczynka nie lubiła niczego, co miało związek z miłością czy romansami. Ulubioną książką Harriet ze zbioru Tat było duże tomiszcze pod tytułem *Pompeja i Herkulanum. Zapomniane miasta*, z barwnymi ilustracjami na całą stronę.

Tat również lubiła oglądać tę książkę razem z Harriet. Siadały na pluszowej kanapie Tat i razem przewracały strony: delikatne malowidła ścienne ze zrujnowanych willi, piekarnia doskonale zachowana, z bochenkami chleba i całą resztą, pod piętnastostopową warstwą popiołu, pozbawione twarzy, szare gipsowe odlewy martwych Rzymian, wykręconych w wymownych pozach udręki, w jakich padli dwa tysiące lat temu, kiedy na bruk spadł ognisty deszcz.

— Nie rozumiem, dlaczego ci biedacy nie wynieśli się wcześniej — powiedziała Tat. — Pewnie nie wiedzieli jeszcze, co to jest wulkan. To było chyba podobne do huraganu Camille, który uderzył w wybrzeże Zatoki Meksykańskiej. Kiedy ewakuowano miasto, sporo głupich ludzi zostało i piło dalej w hotelu Buena Vista, jak na jakimś wielkim przyjęciu. Mówię ci, Harriet, kiedy woda opadła, przez trzy tygodnie zbierali ciała z wierzchołków drzew. Z Buena Vista nie został kamień na kamieniu. Ty nie możesz pamiętać Buena Vista, kochanie. Mieli tam anioły morskie wymalowane na akwariach. — Tat przewróciła stronę. — Spójrz. Widzisz odlew tego pieska, który zginął? Trzyma w pysku biszkopt. Czytałam gdzieś urocze opowiadanie, które ktoś napisał o tym psie. Miał należeć do małego pompejańskiego żebraka, którego bardzo kochał. Pies zginął, kiedy próbował zdobyć dla chłopca jedzenie, żeby mieli czym się posilić, uciekając z Pompei. Czy to nie smutne? Oczywiście nikt tego nie wie na pewno, ale historia jest chyba bliska prawdy, nie sądzisz?

— Może pies chciał sam zjeść ten biszkopt.

— Wątpię. Jedzenie było chyba ostatnią rzeczą, o jakiej myślało to biedne stworzenie, kiedy ludzie biegali wkoło z krzykiem, a wszędzie sypał się popiół.

Chociaż Tat podzielała zainteresowanie Harriet pogrzebanym miastem, z ludzkiej perspektywy, nie pojmowała, dlaczego fascynacja Harriet dotyczy również najbardziej przyziemnych, najmniej dramatycznych aspektów ruin: potrzaskanych naczyń kuchennych, topornych odłamków garnków, zardzewiałych kawałów najzwyklejszego metalu. Tat nie rozumiała, że obsesyjne zainteresowanie Harriet fragmentami miało związek z historią jej rodziny. Cleve'owie, podobnie jak większość rodzin w Missisipi, byli kiedyś zamożniejsi niż obecnie. Tak jak w zmiecionej z powierzchni ziemi Pompei, z dawnej świetności pozostały tylko ślady, a członkowie rodziny lubili opowiadać sobie historie o utraconym bogactwie. Część z nich była prawdziwa. Jankesi naprawdę zrabowali biżuterię i srebro Cleve'ów, chociaż nie nieprzebrane bogactwa, za którymi wzdychały siostry. Kryzys roku 1929 poważnie nadwątlił majątek sędziego Cleve'a, który w starczej demencji zdecydował się na kilka katastrofalnych inwestycji; przede wszystkim utopił większość oszczędności w zwariowanym pomyśle zaprojektowania samochodu przyszłości, czyli latającego automobilu. Po śmierci sędziego jego córki odkryły z irytacją, że był jednym z głównych akcjonariuszy zbankrutowanej spółki.

Duży dom, który należał do rodziny Cleve'ów, odkąd go zbudowano w 1809 roku, musiał zostać pospiesznie sprzedany w celu spłacenia długów sędziego. Siostry nadal opłakiwały tę sprzedaż. Wychowały się w tym domu, podobnie jak sam sędzia, jego matka i dziadkowie. Co gorsza, człowiek, któremu sprzedały dom, nie marnując czasu, sprzedał go komuś innemu, kto z kolei założył tam dom starców, a kiedy licencja na jego prowadzenie wygasła, przerobił dom na mieszkania dla najuboższych. Trzy lata po śmierci Robina dom spalił się doszczętnie.

— Przetrwał wojnę secesyjną, ale czarnuchy i tak w końcu go dostały — stwierdziła Edith z goryczą.

W rzeczywistości to nie „czarnuchy" zniszczyły dom, ale sędzia Cleve. Przez blisko siedemdziesiąt lat nie przeprowadzał tam żadnych napraw, podobnie jak jego matka w ciągu poprzednich czterdziestu lat. Kiedy umarł, podłogi były spróchniałe, termity zamieniły fundamenty w gąbkę, cała konstrukcja groziła zawaleniem, ale mimo to siostry wciąż mówiły z miłością o ręcznie malowanych tapetach — błękitnych w różyczki — sprowadzonych z Francji, o marmurowych kominkach rzeźbionych w serafiny i czeskim kryształowym żyrandolu ręcznej roboty, o bliźniaczych schodach zaprojektowanych specjalnie na mieszane przyjęcia: jedne dla chłopców, drugie dla dziewcząt, i ścianie, która przepoławiała górne piętro, żeby psotliwi chłopcy nie mogli się zakradać w nocy do części dla dziewcząt. Siostry zapomniały, że w chwili śmierci sędziego schody dla chłopców, od strony północnej, nie widziały przyjęć od pięćdziesięciu lat i były tak chybotliwe, że nie nadawały się do użytku; że stary sędzia prawie doszczętnie spalił stołowy od lampy naftowej; że podłogi się zapadały, dach przeciekał, schody na werandę za domem załamały się w 1947 roku pod ciężarem człowieka z gazowni, który przyszedł odczytać licznik, a słynna ręcznie malowana tapeta obłaziła z tynku wielkimi zapleśniałymi płatami.

Zabawne, że dom nazywał się Utrapienie. Dziadek sędziego Cleve'a nazwał go tak, ponieważ twierdził, że budowa o mały włos go nie zabiła. Z domu zostały tylko bliźniacze kominy i porośnięty mchem ceglany chodnik — cegły ułożono w zmyślną jodełkę — prowadzący od fundamentów do frontowych schodów, gdzie na przednóżku pięć popękanych, wyblakłych błękitnych kafli z Delftu tworzyło napis CLEVE.

Dla Harriet te pięć holenderskich kafli stanowiło bardziej fascynujący relikt zaginionej cywilizacji niż jakikolwiek martwy pies z biszkoptem w pysku. Dla niej subtelny, wodnisty błękit kafli był błękitem bogactwa, pamięci, Europy, nieba, a Utrapienie, którego obraz budowała na ich podstawie, fosforyzowało przepychem snu.

Harriet wyobrażała sobie, że jej zmarły brat przechadzał się jak książę po pokojach tego utraconego pałacu. Dom sprzedano, kiedy Harriet miała zaledwie sześć tygodni, ale Robin zjeżdżał po mahoniowych poręczach (Adelaide powiedziała jej, że pewnego dnia o mały włos nie trzasnął w przeszklone drzwi kredensu z porcelaną stojącego u stóp schodów), grał w domino na perskim dywanie, a marmurowe serafiny ze zwiniętymi skrzydłami przyglądały się chłopcu chytrymi oczami o ciężkich powiekach. Robin zasypiał u stóp niedźwiedzia, którego jego stryjeczny dziadek zastrzelił i wypchał; widział strzałę z wyblakłymi piórami sójki, wystrzeloną przez Indianina z plemienia Natchez w jego prapradziadka podczas porannego ataku w 1812 roku, która pozostała wbita w ścianę salonu w tym samym miejscu, w które trafiła.

Oprócz holenderskich kafli, z Utrapienia zachowało się niewiele artefaktów. Większość dywanów i mebli, podobnie jak całe wyposażenie — marmurowe serafiny, żyrandol — zapakowano w skrzynie oznaczone napisem „Różne" i sprzedano handlarzowi antyków z Greenwood, który zapłacił połowę ich wartości. Słynne drzewce strzały rozsypało się w rękach Edie, kiedy usiłowała wyciągnąć je ze ściany w dniu przeprowadzki, a maleńkiego grotu w żaden sposób nie dało się wydobyć z tynku za pomocą noża do kitu. Przeżarty przez mole wypchany niedźwiedź powędrował na śmietnik, gdzie zachwycone murzyńskie dzieci ocaliły go i powlokły za nogi po błocie.

Jak więc zrekonstruować tego wymarłego kolosa? Jakie skamieliny zostały? Jakimi wskazówkami mogła się kierować? Fundamenty ciągle tam były, nieco za miastem, Harriet nie wiedziała dokładnie gdzie, ale to właściwie nie miało znaczenia; tylko raz, w zimowe popołudnie dawno temu zabrano ją, żeby obejrzała pozostałości domu. Małe dziecko odniosło wrażenie, że fundamenty podtrzymywały znacznie większą konstrukcję niż dom, prawie miasto.

Harriet zapamiętała, jak Edie (trzpiotowata w spodniach khaki) biegała w podnieceniu z pokoju do pokoju, siwa para buchała jej z ust, wskazywała na salon, stołowy, bibliotekę — chociaż to wspomnienie było mgliste w porównaniu ze strasznym, strasznym wspomnieniem Libby w czerwonym płaszczu, która wybuchła płaczem, wyciągnęła dłoń w rękawiczce i pozwoliła, by Edie zaprowadziła ją przez trzaskający na mrozie las z powrotem do samochodu, z drepczącą za nimi Harriet.

Z Utrapienia ocalono zbieraninę pomniejszych przedmiotów — obrusy, zastawy z monogramem, masywny kredens z drewna różanego, dzbanki, porcelanowe zegary, krzesła ze stołowego, porozrzucane po domu Harriet i domach ciotek: przypadkowe fragmenty, tu noga, tam kręgosłup, z których Harriet postanowiła odtworzyć spalony przepych, którego nigdy nie widziała. Ocalone przedmioty ciepło promieniowały własnym spokojnym starym światłem: srebra były cięższe, hafty bogatsze, kryształy delikatniejsze, a błękit porcelany subtelniejszy. Jednak najbardziej wymowne były przekazywane Harriet opowieści — bogato zdobione cudeńka, które dziewczynka upiększała jeszcze bardziej w mit o zaczarowanym alkazarze, bajkowym zamku, który nigdy nie istniał. Harriet była obdarzona, w stopniu niezwykłym i niewygodnym, zawężonym widzeniem, które pozwalało wszystkim Cleve'om zapomnieć o tym, czego nie chcieli pamiętać, oraz wyolbrzymiać lub w inny sposób zmieniać to, czego zapomnieć nie mogli. Ponownie składając szkielet przepadłego monstrum, które było majątkiem jej rodziny, dziewczynka nie zdawała sobie sprawy, że przy niektórych kościach manipulowano; inne należały do zupełnie innych zwierząt, a wiele masywnych i nadzwyczajnych kości w ogóle nie było kośćmi, ale imitacjami z gipsu sztukatorskiego. (Na przykład osławiony czeski żyrandol wcale nie pochodził z Czech, nie wykonano go nawet z kryształu, ale matka sędziego zamówiła go w Montgomery Ward). Przede wszystkim jednak Harriet nie wiedziała, że podczas pracy raz po raz deptała po niepozornych, zakurzonych odłamkach, które — gdyby zadała sobie trud, żeby je zbadać — dostarczyłyby jej autentycznych i dość rozczarowujących kluczy do całej struktury. Potężne, grzmiące, zamożne Utrapienie, które tak pieczołowicie rekonstruowała w umyśle, nie było repliką żadnego istniejącego domu, ale chimerą, bajką.

Harriet całymi dniami oglądała stary album ze zdjęciami w domu Edie (bungalowie z dwiema sypialniami, zbudowanym w latach czterdziestych dwudziestego wieku, piątej wodzie po Utrapieniu). Była na nich chuda, nieśmiała Libby, z zaczesanymi do tyłu włosami, która już jako osiemnastolatka wyglądała niczym bezbarwna stara panna; jej usta i oczy miały coś z matki Harriet (i z Allison). Obok stała pogardliwa Edie, lat dziewięć, z czołem jak chmura burzowa, a wyraz jej twarzyczki stanowił pomniejszoną kopię ojca, sędziego, który marszczył się za nią. Dziwna Tat o księżycowej twarzy, wyciągnięta na wiklinowym krześle z niewyraźnym cieniem kotka na kolanach, była nie do poznania. Mała Adelaide, która miała przeżyć trzech mężów, śmiała się do aparatu. Była najładniejsza z całej czwórki, ale też przypominała w czymś Allison, a w kącikach ust już wtedy gromadziło się rozdrażnienie. Na stopniach potępionego domu wznoszącego się za grupą widniał napis CLEVE z holenderskich kafli: ledwo dostrzegalny, i to tylko pod warunkiem, że przyjrzałeś się dokładnie, ale kafle były jedynym elementem fotografii, który nie uległ zmianie.

Ulubionymi zdjęciami Harriet były te, na których występował jej brat. Większość z nich zrobiła Edie, a ponieważ tak trudno było na nie patrzeć, zostały wyjęte z albumu i umieszczone oddzielnie, na półce w szafie Edie, w pudełku po czekoladkach w kształcie serca. Kiedy Harriet natknęła się na fotografie Robina — a miała wtedy może osiem lat — było to znalezisko archeologiczne porównywalne z odkryciem grobowca Tutanchamona.

Edie nie miała pojęcia, że Harriet znalazła zdjęcia i że to one były jednym z głównych powodów, dla których dziewczynka spędzała tyle czasu w jej domu. Wyposażona w latarkę Harriet oglądała fotografie w głębi pachnącej stęchlizną szafy Edie, ukryta za niedzielnymi spódnicami ciotki. Czasami wsuwała pudełko do swego podróżnego neseserka Barbie i wynosiła do szopy z narzędziami, gdzie Edie — szczęśliwa, że ma Harriet z głowy — pozwalała jej bawić się do woli. Kilkakrotnie Harriet wyniosła zdjęcia do domu na noc. Raz, kiedy matka poszła spać, pokazała zdjęcia Allison.

— Spójrz — powiedziała. — To jest nasz brat.

Allison, na twarzy której zaczął się pojawiać wyraz czegoś bardzo podobnego do strachu, popatrzyła na otwarte pudełko, które Harriet położyła jej na kolanach.

— No, dalej, popatrz. Jesteś na niektórych zdjęciach.

— Nie chcę — odparła Allison, zatrzasnęła pudełko i wcisnęła je z powrotem w ręce siostry.

Fotografie były kolorowe: wyblakłe polaroidy z zaróżowionymi brzegami, lepkie i postrzępione w miejscach, gdzie przylegały do albumu. Poplamione odciskami palców, wyglądały tak, jakby ktoś często je oglądał. Niektóre zdjęcia opatrzono z tyłu czarnymi numerami katalogowymi, ponieważ użyto ich podczas śledztwa. Właśnie na tych widniało najwięcej odcisków palców.

Harriet nigdy nie miała dość oglądania tych zdjęć. Utrwalacz był zbyt niebieski, nieziemski, a kolory samych zdjęć stały się z czasem jeszcze dziwniejsze i bardziej rozedrgane. Fotografie pozwoliły Harriet zajrzeć do magicznego, samowystarczalnego, niemożliwego do odzyskania świata snu. Oto Robin, drzemiący ze swym rudym kotkiem Weenie, hasający na wspaniałej, ozdobionej kolumnami werandzie Utrapienia, zanoszący się od śmiechu, krzyczący do aparatu, puszczający bańki ze spodeczka z mydlinami. Oto on, poważny, w piżamie w paski, w mundurze zuchów — z rozstawionymi kolanami, zadowolony z siebie; tutaj był znacznie młodszy, ubrany do przedszkolnego przedstawienia *Piernikowego ludzika*, w którym wystąpił jako chciwy kos. Kostium Robina z tej sztuki stał się sławny. Libby szyła go całymi tygodniami — czarny trykot, noszony z pomarańczowymi skarpetami, ze skrzydłami z czarnego aksamitu oraz piórami naszytymi od przegubów po pachy i od pach do szczytu uda. Do nosa Robin miał przywiązany stożek z pomarańczowej tektury, który pełnił rolę dzioba. Kostium był tak piękny, że chłopiec nosił go podczas dwóch Halloween z rzędu, podobnie jak jego siostry, a wiele lat później do Charlotte dzwoniły matki z sąsiedztwa, błagając, by pożyczyła kostium kosa ich dzieciom.

Edie wypstrykała całą rolkę filmu w noc przedstawienia — rozmaite ujęcia Robina, który biegał podniecony po domu, trzepotał rękami, skrzydła falowały za jego plecami, a zabłąkane pióro czy dwa opadało na wielki, przetarty dywan. Czarne skrzydło zarzucone na szyję nieśmiałej Libby, zaczerwienionej szwaczki. Tutaj z przyjaciółmi: Aleksem (piekarzem w białej czapie i fartuchu) i złym Pembertonem, odtwórcą roli samego Piernikowego ludzika, z twarzyczką pociemniałą z gniewu na niegodny kostium. Znowu Robin, zniecierpliwiony, wiercący się, powstrzymywany przez matkę, która na klęczkach próbowała go uczesać grzebieniem. Rozbawiona młoda kobieta na zdjęciu była niewątpliwie matką Harriet, ale matką, jakiej nigdy nie znała — beztroską, uroczą, kipiącą życiem.

Zdjęcia oczarowały Harriet. Najbardziej na świecie pragnęła prześliznąć się ze znanego świata w chłodną, błękitną przejrzystość fotografii, gdzie jej brat żył, piękny dom jeszcze stał, a wszyscy byli zawsze szczęśliwi. Robin i Edie, oboje na czworakach, w przestronnym, mrocznym salonie grali w grę planszową — nie widziała jaką — z jasnymi żetonami i wielobarwnym wirującym kołem. Tutaj znowu oni — Robin odwrócony plecami do obiektywu rzucał Edie dużą czerwoną piłkę, a ciotka komicznie przewracała oczami, skacząc, żeby ją złapać. Tutaj z kolei Robin zdmuchiwał świeczki na torcie urodzinowym — dziewięć świeczek, jego ostatnie urodziny — a Edie i Allison pochylały się, żeby mu pomóc; ich uśmiechnięte twarze odbijały w ciemności blask świeczek. Delirium świąt Bożego Narodzenia: choinkowe gałęzie i bombki, prezenty wylewają się spod drzewka, misa z rżniętego szkła pełna ponczu migocze na kredensie, słodycze na kryształowych paterach, pomarańcze i ciasta posypane cukrem pudrem na srebrnych tacach, serafiny na kominku przybrane jemiołą, wszyscy roześmiani, a żyrandol płonie w wysokich lustrach. W tle, na świątecznym stole, Harriet ledwo dostrzegała słynne bożonarodzeniowe potrawy, ozdobione czerwoną wstążką z nanizanymi pozłacanymi dzwoneczkami. Naczynia potłukły się podczas przeprowadzki — wynajęci ludzie źle je zapakowali — ocalało tylko parę spodków i sosjerka, ale na tym zdjęciu były wszystkie: niebiańska, wspaniała, kompletna zastawa.

Sama Harriet przyszła na świat tydzień przed Bożym Narodzeniem, podczas rekordowej śnieżycy w stanie Missisipi. W pudełku w kształcie serca było zdjęcie tej śnieżycy: prowadząca do Utrapienia aleja dębowa jaśniała od lodu, a Bounce, terier należący do Adelaide, którego już od dawna nie było wśród żywych, oszalały z podniecenia biegł po ośnieżonym chodniku do swojej pani fotograf, uchwycony na zawsze w momencie szczeknięcia — niewyraźne łapki ubijały śnieg na pianę — w chwili wspaniałego oczekiwania, zanim dotrze do ukochanej. W oddali, w otwartych drzwiach Utrapienia, Robin machał wesoło do obiektywu, a jego nieśmiała siostrzyczka Allison trzymała go kurczowo w pasie. Robin machał do Adelaide, która zrobiła to zdjęcie, i do Edie, która pomagała wysiąść jego matce z samochodu, a także do maleńkiej siostrzyczki Harriet, której nigdy wcześniej nie widział, bo dopiero przywożono ją ze szpitala do domu w ten jasny, śnieżny poranek wigilijny.

Harriet widziała śnieg tylko dwa razy, ale zawsze pamiętała, że urodziła się podczas śnieżycy. W każdą Wigilię (święta były teraz mniejsze, smutniejsze, wszyscy gromadzili się wokół piecyka gazowego w dusznym domu Libby o niskich sufitach i pili śmietanę z cukrem, brandy, winem i surowym jajkiem) Libby, Tat i Adelaide opowiadały tę samą historię o tym, jak to wsiadły do samochodu Edie i pojechały do szpitala w Vicksburgu, żeby przywieźć Harriet do domu w śnieżną Wigilię.

45

— Byłaś najlepszym prezentem gwiazdkowym, jaki kiedykolwiek dostałyśmy — mówiły. — Robin był taki podniecony. W noc przed naszą wyprawą do szpitala prawie nie zmrużył oka, nie dał twojej babci zasnąć do czwartej nad ranem. Kiedy wniosłyśmy cię do domu, a on zobaczył cię po raz pierwszy, milczał może przez minutę, a potem powiedział: „Mamo, musiałaś wybrać najładniejsze dziecko, jakie mieli".

— Harriet była takim dobrym dzieckiem — powiedziała ze smutkiem jej matka, która siedziała przy piecyku, obejmując kolana. Podobnie jak urodziny Robina i rocznica jego śmierci, Boże Narodzenie było dla niej szczególnie trudnym dniem, o czym wszyscy wiedzieli.

— Czy ja byłam dobra?

— Tak, kochanie. — To była prawda. Harriet nigdy nie płakała ani nie sprawiała nikomu najmniejszych kłopotów, dopóki nie nauczyła się mówić.

Ulubione zdjęcie Harriet z pudełka w kształcie serca, któremu stale i stale przyglądała się w świetle latarki, przedstawiało ją, Robina i Allison w salonie Utrapienia, obok choinki. Z tego, co wiedziała, była to jedyna wspólna fotografia ich trójki, jedyne zdjęcie Harriet zrobione w starym domu. Nie było na nim ani cienia licznych nieszczęść, które wkrótce miały spaść. Stary sędzia miał umrzeć miesiąc później, Utrapienie miało przepaść na zawsze, a Robin miał zginąć na wiosnę, ale wtedy rzecz jasna nikt o tym nie wiedział. Było Boże Narodzenie, w domu pojawiło się nowe dziecko, wszyscy byli szczęśliwi i myśleli, że pozostaną tak szczęśliwi na zawsze.

Na zdjęciu Allison (poważna w białej koszuli nocnej) stała boso obok Robina, który trzymał maleńką Harriet, a na jego twarzy malowała się mieszanina podniecenia i oszołomienia, jak gdyby Harriet była wyszukaną zabawką, a on nie był pewien, jak się z nią obchodzić. Obok dzieci migotała choinka; z rogu fotografii zerkali słodko kot Robina Weenie i ciekawski Bounce, niczym zwierzęta, które przybyły zobaczyć cud w stajence. Nad całą sceną uśmiechały się marmurowe serafiny. Światło na fotografii było rozszczepione, sentymentalne, przepojone katastrofą. Nawet terier Bounce nie miał dożyć następnej Gwiazdki.

Po śmierci Robina Pierwszy Kościół Baptystów zorganizował zbiórkę na dar ku pamięci chłopca — japońską pigwę albo nowe poduszki na kościelne ławki — ale zebrana kwota przeszła najśmielsze oczekiwania. Jeden z sześciu kościelnych witraży — każdy przedstawiał scenę z życia Chrystusa — roztrzaskała gałąź podczas nawałnicy zimowej, a okno zabito dyktą. Pastor, który do tej pory rozpaczał nad kosztami wymiany witraża, zaproponował, by przeznaczyć na ten cel pieniądze ze zbiórki. Znaczną część funduszy zebrały dzieci z miasteczka, które chodziły od drzwi do drzwi, organizowały loterie i sprzedaż wyrobów piekarniczych. Przyjaciel Robina Pemberton Hull (który w przedszkolnym przedstawieniu grał Piernikowego ludzika, kiedy Robin grał kosa) dał blisko dwieście dolarów na pamiątkę po zmarłym przyjacielu. Dziewięcioletni Pem twierdził, że wszedł w posiadanie tak pokaźnej kwoty dzięki rozbiciu skarbonki-świnki, ale tak naprawdę wyciągnął pieniądze z portmonetki babci. (Pemberton próbował dorzucić też pierścionek zaręczynowy matki, dziesięć srebrnych łyżeczek oraz masońską szpilkę do krawata, której pochodzenia nikomu nie udało się ustalić; wysadzana diamentami, była najwyraźniej warta niemało). Jednak nawet bez tych sowitych darów kwota zebrana przez kolegów z klasy Robina okazała się spora. Zaproponowano, by zamiast zastępować wybity witraż z godami w Kanie tą samą sceną, zrobić coś, co uczci nie tylko Robina, ale i dzieci, które tak ciężko dla niego pracowały.

Nowy witraż — odsłonięty półtora roku później przy okrzykach wiernych Pierwszego Kościoła Baptystów — przedstawiał miłego, niebieskookiego Jezusa, siedzącego na kamieniu pod drzewem oliwnym i pogrążonego w rozmowie z rudym chłopcem w czapce baseballowej, bardzo podobnym do Robina.

POZWÓLCIE DZIATKOM PRZYCHODZIĆ DO MNIE

głosił podpis pod witrażem, a pod spodem umieszczono tablicę z wygrawerowanym napisem:

> *Dla upamiętnienia Robina Cleve'a Dufresnesa*
> *Od dzieci z Alexandrii w Missisipi*
> *„Albowiem takich jest królestwo Boże".*

Przez całe życie Harriet widziała skąpanego w świetle brata w jednej konstelacji z archaniołem Gabrielem, świętym Janem Chrzcicielem, Józefem, Marią i oczywiście samym Chrystusem. Południowe słońce prześwietlało wzniosłą postać Robina, a czyste rysy twarzy (perkaty nos, uśmiech elfa) jaśniały tą samą błogą przejrzystością. Przejrzystość ta była tym promienniejsza, że dziecięca, bardziej bezbronna niż przejrzystość Jana Chrzciciela i innych, ale w twarzyczce Robina też była pogodna obojętność wieczności, jak wspólna tajemnica całej grupy.

Co dokładnie wydarzyło się na Kalwarii albo w grobie? W jaki sposób ciało wzbijało się z nędzy i smutku w ten kalejdoskop zmartwychwstania? Harriet nie miała pojęcia. Ale Robin to wiedział, a tajemnica jaśniała na jego przemienionej twarzy.

Przejście samego Chrystusa — całkiem stosownie — było opisane jako Tajemnica, ale ludzie byli dziwnie mało zainteresowani dotarciem do sedna. Co dokładnie znaczyło stwierdzenie Biblii, że Jezus powstał z martwych? Czy powrócił tylko duch, jakiś niezadowalający fantom? Według Biblii, najwyraźniej nie: niewierny Tomasz wsunął palec w jedną z ran po gwoździach w Jego dłoni; jak najbardziej namacalnego Jezusa zauważono na drodze do Emaus; zjadł nawet posiłek w domu jednego z uczniów. Ale jeżeli istotnie powstał z martwych w swoim ziemskim ciele, to gdzie był teraz? Jeżeli kochał wszystkich tak bardzo, jak twierdził, to czemu ludzie umierali?

W wieku siedmiu czy ośmiu lat Harriet poszła do miejskiej biblioteki i poprosiła o książki o magii. Po powrocie do domu stwierdziła z wściekłością, że książki opisywały same sztuczki: piłki znikające pod filiżankami, monety wypadające ludziom z uszu. Obok witraża przedstawiającego Jezusa i jej brata był witraż ze sceną wskrzeszenia Łazarza. Harriet raz po raz czytała w Biblii o Łazarzu, ale nie znalazła odpowiedzi nawet na najbardziej podstawowe pytania: Co Łazarz miał do powiedzenia swoim siostrom i Jezusowi po tygodniu spędzonym w grobie? Czy nadal cuchnął? Czy mógł wrócić do domu i dalej mieszkać z siostrami, a może ludzie bali się go i musiał zamieszkać na odludziu jak potwór Frankensteina? Harriet nie mogła się oprzeć myśli, że gdyby ona, Harriet, tam była, miałaby na ten temat znacznie więcej do powiedzenia niż święty Łukasz.

Możliwe, że to była tylko opowieść. Może Jezus nie powstał z martwych, chociaż wszyscy mówili, że powstał; ale jeżeli naprawdę odwalił kamień i żywy wyszedł z grobu, to dlaczego nie miałby tego zrobić jej brat, którego Harriet widziała jaśniejącego u Jego boku?

To była największa obsesja Harriet, z której brały początek wszystkie inne. Najbardziej na świecie — bardziej niż Utrapienia, bardziej niż czegokolwiek — pragnęła odzyskać brata. W drugiej kolejności pragnęła się dowiedzieć, kto go zabił.

W piątkowy poranek w maju, dwanaście lat po zamordowaniu Robina, Harriet siedziała przy kuchennym stole Edie, czytając dziennik kapitana Scotta z ostatniej wyprawy na Antarktykę. Książkę oparła między łokciem a talerzem, z którego jadła jajecznicę z grzanką. Harriet i Allison często jadły śniadanie w domu Edie w szkolne poranki. Ida Rhew, która w całości odpowiadała za gotowanie, pojawiała się w pracy dopiero o ósmej, a matka dziewczynek, która zresztą rzadko cokolwiek jadła, na śniadanie wypalała tylko papierosa i czasami wypijała pepsi. To jednak nie był szkolny poranek, ale poranek w tygodniu na początku letnich wakacji. Edie, w fartuchu w grochy, smażyła sobie na kuchni jajecznicę. Nie bardzo jej się podobało, że Harriet czyta przy stole, ale łatwiej było na to pozwolić, niż co pięć minut zwracać dziewczynce uwagę. Jajecznica była gotowa. Edie zgasiła ogień i podeszła do kredensu, żeby wyjąć talerz. W tym celu musiała przestąpić swoją drugą wnuczkę, która leżała rozciągnięta na kuchennym linoleum, łkając monotonnie. Ignorując łkanie, Edie przestąpiła znowu ciało Allison i łyżką wyłożyła jajecznicę na talerz. Potem, starannie omijając Allison, podeszła łukiem do stołu, usiadła naprzeciwko zatopionej w lekturze Harriet i zaczęła jeść w milczeniu. Była już o wiele za stara na takie rzeczy. Od piątej rano na nogach, miała już dzieci powyżej uszu.

Problemem był kot dziewczynek, który leżał na ręczniku w tekturowym pudle obok głowy Allison. Tydzień wcześniej przestał jeść. Potem zaczął zawodzić, kiedy brało się go na ręce. Dziewczynki przyniosły kota do Edie, żeby go zbadała.

Edie miała dobre podejście do zwierząt i często myślała, że mogła zostać dobrym weterynarzem albo nawet lekarką, gdyby w czasach jej młodości dziewczynki zajmowały się czymś takim. Pielęgnowała najróżniejsze kotki i szczeniaczki, karmiła pisklęta, które wypadły z gniazda, przemywała rany i nastawiała złamane kości najrozmaitszych stworzeń, którym przytrafiło się nieszczęście. Dzieci wiedziały o tym — zarówno wnuki Edie, jak wszystkie dzieci z sąsiedztwa — więc przynosiły jej nie tylko własne chore pociechy, ale wszystkie żałosne zabłąkane lub dzikie zwierzaki, jakie znalazły.

Edie co prawda lubiła zwierzęta, ale nie roztkliwiała się nad nimi. Przypominała też dzieciom, że nie jest cudotwórczynią. Po pospiesznym zbadaniu kota — który rzeczywiście zachowywał się niespokojnie, ale na pierwszy rzut oka nic mu nie dolegało — podniosła się i otrzepała dłonie o spódnicę, podczas gdy dziewczynki wpatrywały się w nią z nadzieją.

— Właściwie ile lat ma ten kot? — spytała Edie.

— Szesnaście i pół — odparła Harriet.

Edie pochyliła się, pogłaskała biedaka, który z dzikim, żałosnym spojrzeniem oczu opierał się o stołową nogę. Edie lubiła tego kota. Był kotkiem Robina, który znalazł go w lecie, leżącego na rozgrzanym chodniku — był na wpół martwy, z trudem otwierał oczy — a potem trzymając go

49

ostrożnie w dłoniach, przyniósł do Edie. Ratowanie kota okazało się piekielnie trudne. Larwy wyżarły mu w boku dziurę, a Edie wciąż pamiętała, jak potulnie i spokojnie leżał, kiedy myła ranę w płytkiej misce letniej wody i jak różowa była woda, kiedy skończyła.

— On wyzdrowieje, prawda, Edie? — spytała Allison, bliska łez. Kot był jej najlepszym przyjacielem. Po śmierci Robina przywiązał się właśnie do Allison; chodził za nią, przynosił drobne prezenciki, które ukradł albo zabił (martwe ptaki, smakowite śmieci; kiedyś, o dziwo, nie otworzoną paczkę ciastek owsianych); a odkąd dziewczynka poszła do szkoły, kot pocierał grzbietem o drzwi zawsze za kwadrans trzecia, prosząc, by go wypuszczono, żeby mógł wyjść na róg na jej spotkanie.

W zamian za to Allison obdarzała kota większym uczuciem niż jakąkolwiek inną istotę, z rodziną włącznie. Bez przerwy do niego mówiła, karmiła kąskami kurczaka i szynki z własnego talerza, a w nocy pozwalała, by spał zwinięty w kłębek na jej szyi.

— Pewnie zjadł coś, co mu zaszkodziło — powiedziała Harriet.

— Zobaczymy — odparła Edie.

Ale następne dni potwierdziły jej podejrzenia. Kotu nie dolegało nic prócz starości. Edie poczęstowała go tuńczykiem i mlekiem podawanym zakraplaczem do oczu, ale kot tylko zamknął oczy i wypluł mleko przez zęby w postaci brzydkiej piany. Poprzedniego ranka, kiedy dzieci były w szkole, Edie weszła do kuchni i ujrzała, że kotem wstrząsają drgawki. Owinąwszy zwierzę w ręcznik, zawiozła je do weterynarza.

Kiedy dziewczynki odwiedziły Edie tego popołudnia, powiedziała:

— Przykro mi, ale nic nie mogę zrobić. Dziś po południu zawiozłam kota do doktora Clarka, który powiedział, że musimy go uśpić.

Harriet — o dziwo, ponieważ potrafiła wpadać w szał, kiedy tylko przyszła jej na to ochota — przyjęła wiadomość względnie spokojnie.

— Biedny stary Weenie — powiedziała, klękając przy kocim pudle.

— Biedny kotek. — Położyła dłoń na wznoszącym się boku kota. Chociaż zwierzę prawie nie zwracało na nią uwagi, Harriet kochała kota niemal tak samo mocno jak Allison.

Allison pobladła.

— Jak to: „uśpić"?

— Po prostu uśpić.

— Nie możesz tego zrobić. Nie pozwolę ci.

— Nic więcej nie możemy dla niego zrobić — ucięła ostro Edie. — Weterynarz wie najlepiej.

— Nie pozwolę ci go zabić.

— Co masz zamiar zrobić? Przedłużać cierpienie tego biedaka?

Z drżącą wargą Allison osunęła się na kolana przy kocim pudle i wybuchła histerycznym płaczem.

To wszystko działo się wczoraj o trzeciej po południu. Od tamtej pory Allison nie opuściła kota. Nie zjadła kolacji, odmówiła przyjęcia poduszki i koca; przez całą noc leżała na zimnej podłodze, zawodząc i płacząc. Edie usiadła z nią w kuchni na pół godziny, spróbowała wygłosić krótką mowę o tym, że wszystko na świecie umiera, a Allison musi się nauczyć to akceptować. Jednak dziewczynka płakała coraz intensywniej, aż w końcu Edie poddała się, poszła do sypialni, zatrzasnęła drzwi i zagłębiła się w lekturze powieści Agathy Christie.

Wreszcie — około północy, według zegara Edie — płacz ustał. Teraz Allison znowu się rozpłakała. Edie napiła się herbaty. Harriet nie odrywała się od dziennika kapitana Scotta. Na stole stało nie tknięte śniadanie Allison.

— Allison — powiedziała Edie.

Dziewczynka nie odpowiedziała, a jej ramiona nadal dygotały.

— Allison, chodź tutaj i zjedz śniadanie. — Edie powiedziała to po raz trzeci.

— Nie jestem głodna — rozległa się stłumiona odpowiedź.

— Posłuchaj — warknęła Edie. — Mam tego dość. Jesteś za duża, żeby zachowywać się w ten sposób. Chcę, żebyś n a t y c h m i a s t przestała przewalać się po podłodze, wstała i zjadła śniadanie. Chodź, jedzenie stygnie.

Ta wymówka spotkała się z udręczonym skowytem.

— O, na miłość boską! — krzyknęła Edie, odwracając się do śniadania. — Rób, co chcesz. Ciekawe, co powiedzieliby twoi nauczyciele, gdyby zobaczyli, że turlasz się po podłodze jak duże dziecko.

— Posłuchajcie tego — powiedziała nieoczekiwanie Harriet, po czym zaczęła czytać pedantycznym tonem: — „Czuje się, że koniec Titusa Oatesa jest bardzo bliski. Bóg jeden wie, co on albo my zrobimy. Rozmawialiśmy o tym po śniadaniu; Oates jest dzielnym człowiekiem i rozumie sytuację, ale..."

— Harriet, w tej chwili nikogo tu nie interesuje kapitan Scott — przerwała Edie, która czuła, że jej cierpliwość się kończy.

— Mówię tylko, że Scott i jego ludzie byli odważni. Nie tracili ducha. Nawet kiedy szalała wokół nich burza i wiedzieli, że zginą. — Harriet czytała dalej, coraz głośniej: — „Nasz kres jest bliski, ale nie straciliśmy i nie stracimy pogody ducha..."

— Cóż, śmierć jest z pewnością częścią życia — powiedziała Edie z rezygnacją.

— Ludzie Scotta kochali swoje psy i kucyki, ale doszło do tego, że musieli je wszystkie zastrzelić. Posłuchaj tego, Allison. Oni musieli je z j e ś ć. — Harriet cofnęła się o kilka stron i znowu pochyliła głowę nad książką. — „Biedne stworzenia! Radziły sobie wspaniale, biorąc pod uwagę straszliwe warunki, w jakich pracowały, ale mimo to ciężko jest musieć je zabić tak..."

— Każ jej przestać! — zawyła z podłogi Allison, zatykając uszy rękami.

— Zamknij się, Harriet — powiedziała Edie.

— Ale...

— Żadnych ale. Allison, wstawaj z podłogi — rozkazała Edie ostrym tonem. — Płacz nie pomoże temu kotu.

— Tylko ja tutaj kocham Weeniego. Poza mną on nikogo nie o-ob-chodzi.

— Allison. A l l i s o n. Pewnego dnia — powiedziała Edie, sięgając po nóż do masła — twój brat przyniósł mi ropuchę, której kosiarka do trawy obcięła nóżkę.

Na tę wiadomość z kuchennej podłogi dobiegł taki wrzask, że Edie pomyślała, iż pęknie jej głowa, ale nadal smarowała masłem grzankę — która zdążyła zupełnie ostygnąć — i ciągnęła:

— Robin chciał, żebym wyleczyła tę ropuchę, ale nie mogłam. Dla tego biednego stworzenia nie można było zrobić nic innego, jak tylko je zabić. Robin nie mógł pojąć, że kiedy stworzenia tak cierpią, czasami najlepsze, co można dla nich zrobić, to skrócić ich cierpienie. Robin płakał i płakał. W żaden sposób nie mogłam mu wytłumaczyć, że dla ropuchy będzie lepiej, jeśli będzie martwa, niż gdyby miała tak potwornie cierpieć. Oczywiście Robin był znacznie młodszy niż ty teraz.

Ta mała przemowa nie wywarła żadnego wpływu na adresatkę, ale kiedy Edie podniosła wzrok, zobaczyła z pewną irytacją, że Harriet wpatruje się w nią z rozchylonymi ustami.

— Jak zabiłaś tę ropuchę, Edie?

— Tak miłosiernie, jak tylko potrafiłam — odparła Edie lapidarnie. Odrąbała ropusze głowę motyką — w dodatku postąpiła na tyle nieostrożnie, że zrobiła to na oczach Robina, czego żałowała — ale nie zamierzała się w to wgłębiać.

— Nadepnęłaś na nią?

— Nikt mnie nie słucha! — wybuchła Allison. — Pani Fountain otruła Weeniego. Wiem, że to zrobiła. Weenie chodził po jej podwórzu i zostawiał ślady łapek na przedniej szybie jej samochodu.

Edie westchnęła. Już to wcześniej przerabiały.

— Nie lubię Grace Fountain bardziej niż ty — powiedziała. — Jest zawistna i wścibska, ale nie przekonasz mnie, że otruła tego kota.

— Wiem, że to zrobiła. Nienawidzę jej!

— Takie myślenie na nic ci się nie zda.

— Ona ma rację, Allison — wtrąciła Harriet. — Nie sądzę, żeby pani Fountain otruła Weeniego.

— Co chcesz przez to powiedzieć? — spytała Edie, zwracając się do Harriet, zdziwiona nieoczekiwanym poparciem.

— Mam na myśli to, że gdyby go otruła, to ja bym o tym wiedziała.

— W jaki sposób mogłabyś się o czymś takim dowiedzieć?

— Nie martw się, Allison. Nie sądzę, żeby ona go otruła. Ale jeśli to zrobiła — tu Harriet wróciła do lektury — to pożałuje.

Edie, która nie zamierzała zrezygnować, chciała drążyć temat, kiedy Allison ponownie wybuchła, głośniej niż kiedykolwiek.

— Nie obchodzi mnie, kto to zrobił — załkała, trąc oczy wierzchem dłoni. — Dlaczego Weenie musi umrzeć? Czemu ci wszyscy biedni ludzie zamarzli na śmierć? Dlaczego wszystko jest zawsze takie okropne?!

— Bo tak jest urządzony świat — odparła Edie.

— W takim razie mam dość świata.

— Przestań, Allison.

— Nie przestanę. Nigdy nie przestanę tak myśleć.

— Nienawiść do świata to bardzo niedojrzała postawa — stwierdziła Edie. — Świat ma to gdzieś.

— Będę go nienawidziła do końca życia. Nigdy nie przestanę nienawidzić.

— Scott i jego ludzie byli bardzo dzielni, Allison — powiedziała Harriet. — Mimo to umierali. Posłuchaj: „Nasze położenie jest rozpaczliwe, mamy odmrożone stopy, i tak dalej. Nie mamy opału, pożywienie daleko, ale dobrze by wam zrobiło, gdybyście się znaleźli w naszym namiocie, gdybyście usłyszeli nasze pieśni i radosne rozmowy..."

— Dosyć tego — powiedziała Edie, wstając. — Zabieram kota do doktora Clarka. Wy, dziewczynki, zostańcie tutaj. — Zaczęła beznamiętnie zbierać talerze, ignorując nową falę wrzasków z podłogi u jej stóp.

— Nie, Edie — zaprotestowała Harriet, odsunęła krzesło i podbiegła do tekturowego pudła. — Biedny Weenie — powiedziała, głaszcząc drżącego kota. — Biedny koteczek. Proszę cię, Edie, nie zabieraj go teraz.

Stary kot miał na wpół przymknięte oczy z bólu. Słabo tłukł ogonem o ścianę pudła.

Dusząc się od płaczu, Allison objęła kota i przysunęła jego pyszczek do policzka.

— Nie, Weenie — czkała. — Nie, nie, nie.

Edie podeszła i zadziwiająco łagodnie odebrała kota dziewczynce. Kiedy ostrożnie go podnosiła, wydał delikatny, niemal ludzki krzyk. Posiwiały pyszczek, odsłaniający żółte zęby, przypominał twarz starego człowieka, cierpliwego i znużonego cierpieniem.

Edie podrapała kota czule za uszkami.

— Podaj mi ten ręcznik, Harriet — powiedziała.

Allison próbowała coś powiedzieć, ale płacz nie pozwolił jej wykrztusić ani słowa.

— Nie rób tego, Edie — poprosiła Harriet, która też zaczęła płakać.

— Proszę. Nie miałam okazji się z nim pożegnać.

Edie pochyliła się, sama wzięła ręcznik i wyprostowała się.

— W takim razie pożegnaj się — powiedziała niecierpliwie. — Kot idzie teraz na dwór i może tam trochę zabawić.

Godzinę później, z oczami zaczerwienionymi od płaczu, Harriet siedziała na werandzie Edie, wycinając zdjęcie pawiana z tomu *Encyklopedii Comptona* na literę P. Po tym jak stary niebieski oldsmobile Edie wyjechał z podjazdu, Harriet też położyła się na kuchennej podłodze przy pustym pudle i płakała równie gwałtownie jak siostra. Kiedy łzy obeschły, Harriet wstała, poszła do babcinej sypialni, wyjęła szpilkę z leżącej na biurku poduszeczki w kształcie pomidora i przez kilka minut zabawiała się wydrapywaniem NIENAWIDZĘ EDIE małymi literkami na łóżku Edie. Ten rodzaj zemsty nie przyniósł jej, o dziwo, satysfakcji, a kiedy siedziała, pociągając nosem, na dywanie obok łóżka, przyszedł jej do głowy weselszy pomysł. Wycięty z encyklopedii pysk pawiana zamierzała nakleić na twarz Edie na portrecie w rodzinnym albumie. Harriet spróbowała zainteresować tym projektem Allison, ale siostra, leżąca twarzą do ziemi przy pustym pudle kota, nie chciała nawet podnieść wzroku.

Furtka prowadząca na podwórze za domem Edie zaskrzypiała i wpadł Hely Hull, nie zamykając jej za sobą. Młodszy od Harriet o rok, miał jedenaście lat, a piaskowe włosy zapuścił do ramion na wzór brata, Pembertona.

— Harriet! — zawołał, tupiąc po schodkach werandy. — Hej, Harriet! — Usłyszawszy monotonne łkanie dobiegające z kuchni, przystanął. Kiedy Harriet podniosła wzrok, Hely ujrzał, że i ona wcześniej płakała.

— O, nie — wykrztusił. — Chyba nie każą ci jechać na obóz?

Obóz nad jeziorem de Selby był największym koszmarem Hely'ego i Harriet. Był to chrześcijański obóz dla dzieci, do którego przymuszono ich zeszłego lata. Chłopcy i dziewczęta (rozdzieleni na przeciwległych brzegach jeziora) musieli spędzać cztery godziny dziennie na studiowaniu Biblii, a pozostałą część czasu na zaplataniu lin marynarskich i odgrywaniu łzawych, upokarzających skeczów, pisanych przez instruktorów. Po stronie chłopaków uporczywie wymawiali imię Hely'ego w niewłaściwy sposób — nie „Hili", jak należało, ale — poniżająco — „Helly", do rymu z „Nelly". Co gorsza, podczas apelu obcięli mu włosy, ku uciesze obozowiczów. Chociaż Harriet, po dziewczęcej stronie jeziora, dosyć lubiła zajęcia z Biblii — głównie dlatego, że dawały jej oddane grono słuchaczy, przed którymi mogła przedstawiać swoje nieortodoksyjne poglądy na Pismo i łatwo ich szokować — to męczyła się na obozie nie mniej niż Hely: pobudka o piątej, gaszenie świateł o ósmej, żadnego czasu dla siebie ani książek, z wyjątkiem Biblii, za to mnóstwo „starej dobrej dyscypliny" (klapsy, publiczne ośmieszanie) w celu egzekwowania tych zasad. Po sześciu tygodniach Harriet, Hely i inni obozowicze z Pierwszego Kościoła Baptystów wyglądali apatycznie przez okna kościelnego autobusu. Wszyscy mieli na sobie zielone koszulki obozu nad jeziorem de Selby, milczeli i byli absolutnie zdruzgotani.

— Powiedz swojej matce, że się zabijesz — wyrzucił Hely bez tchu. Dużą grupę jego szkolnych kolegów wysłano na obóz dzień wcześniej; powlekli się do jasnozielonego autobusu, jakby nie jechali na letni obóz, ale prosto do piekła. — Ja zapowiedziałem rodzicom, że się zabiję, jeżeli każą mi tam wrócić. Powiedziałem, że położę się na drodze i pozwolę, żeby przejechał mnie samochód.

— Nie w tym problem. — I w krótkich słowach Harriet opowiedziała o kocie.

— Więc nie jedziesz na obóz?

— Nie, jeśli tylko będzie to ode mnie zależało — odparła Harriet. Od wielu tygodni sprawdzała korespondencję w poszukiwaniu formularzy obozowych; kiedy nadeszły, podarła je i ukryła w garażu. Jednak niebezpieczeństwo jeszcze nie minęło. Edie, która stanowiła prawdziwe zagrożenie (roztargniona matka Harriet nie zauważyła braku formularzy), kupiła już dla wnuczki plecak, nowe tenisówki i wypytywała o listę rzeczy do zabrania.

Hely podniósł zdjęcie pawiana i przyjrzał mu się.

— Do czego to ma być?

— A, to. — I Harriet wyjaśniła.

— Może inne zwierzę byłoby lepsze — podsunął Hely, który nie lubił

Edie. Zawsze droczyła się z nim z powodu długich włosów i udawała, że wzięła go za dziewczynkę. — Na przykład hipopotam albo świnia. — Według mnie, to jest całkiem niezłe.

Zajadając gotowane fistaszki z kieszeni, Hely nachylił się przez ramię Harriet i patrzył, jak naklejała wyszczerzony pysk pawiana na okoloną włosami twarz Edie. Szczerząc kły, pawian wpatrywał się agresywnie w patrzącego, podczas gdy dziadek Harriet — uchwycony z profilu — uśmiechał się w zachwycie do swej małpiej narzeczonej. Sama Edie napisała pod fotografią:

Edith i Hayward
Ocean Springs, Missisipi
11 czerwca 1935

Dzieci przyjrzały się dziełu Harriet.
— Masz rację — przyznał Hely. — To jest naprawdę niezłe.
— Tak. Myślałam o hienie, ale to jest lepsze.

Właśnie odstawili encyklopedię na półkę i odłożyli album (złocony, z tłoczoną okładką i wiktoriańskimi zawijasami), kiedy na żwirowym podjeździe zachrzęścił samochód Edie.

Trzasnęły drzwi z siatki.
— Dziewczynki — zawołała jak zwykle konkretnym tonem.
Żadnej odpowiedzi.
— Dziewczynki, postanowiłam być dobra i przywiozłam kota do domu, żebyście mogły wyprawić mu pogrzeb, ale jeśli jedna z was nie odezwie się w tej chwili, zabieram go z powrotem do doktora Clarka.

Cała trójka pogalopowała do salonu i stanęła w progu, wpatrując się w Edie.

— A cóż to za panienka? — zwróciła się Edie do Hely'ego z udanym zdziwieniem. Bardzo lubiła tego chłopca — z wyjątkiem okropnych długich włosów przypominał jej Robina — i nie miała pojęcia, że tym, co uważała za dobroduszne droczenie się, zaskarbiła sobie jego zapiekłą nienawiść. — Czyżbyś to był t y, Hely? Obawiam się, że nie poznałam cię pod twymi złocistymi lokami.

— Oglądaliśmy pani zdjęcia — powiedział Hely z uśmieszkiem.
Harriet kopnęła kolegę.
— To chyba nie było szczególnie zajmujące — powiedziała Edie, po czym zwróciła się do wnuczek: — Dziewczynki, pomyślałam, że zechcecie pochować kota na własnym podwórzu, więc w drodze powrotnej zatrzymałam się i poprosiłam Chestera, żeby wykopał grób.

— Gdzie jest Weenie? — ochrypłym głosem spytała Allison z szalonym błyskiem w oczach. — Gdzie on jest? Gdzieś go zostawiła? — U Chestera, który zawinął kota w ręcznik. Proponuję, dziewczynki, żebyście go nie rozwijały.

— Chodź. — Hely trącił Harriet ramieniem. — Popatrzymy. Dzieci stały w ciemnej narzędziowni na podwórzu Harriet, gdzie ciało Weeniego, owinięte w niebieski ręcznik kąpielowy, leżało na warsztacie Chestera. Allison, która wciąż wypłakiwała oczy, szukała w szufladach w domu starego swetra, na którym kot lubił sypiać, a ona chciała włożyć do grobu.

Harriet wyjrzała przez zarośnięte kurzem okno narzędziowni. W rogu jasnego letniego trawnika widniała sylwetka Chestera, który mocno napierał nogą na szpadel.

— Dobrze — powiedziała. — Ale szybko, zanim ona wróci.

Dopiero później Harriet uzmysłowiła sobie, że wtedy po raz pierwszy widziała i dotknęła martwego stworzenia. Nie spodziewała się, że dozna aż takiego szoku. Bok kota był zimny, sztywny, twardy w dotyku, a przez opuszki palców Harriet przebiegł przykry dreszcz.

Hely pochylił się, żeby dokładniej widzieć.

— Ohyda — stwierdził radośnie.

Harriet pogłaskała rude futerko. Wciąż było rude i miękkie jak zawsze, pomimo przerażającej twardości ciała pod spodem. Kot wyciągał sztywno łapki, jakby wzbraniał się przed wrzuceniem do wanny z wodą, a oczy — które nawet w starości i cierpieniu zachowały przejrzysty zielony kolor — przesłoniła żelatynowata błona.

Hely schylił się i dotknął kota.

— Hej! — wrzasnął, cofając rękę. — O h y d a.

Harriet nawet nie mrugnęła. Ostrożnie wyciągnęła rękę i dotknęła różowego placka na boku kota, gdzie sierść nigdy porządnie nie odrosła po tym, jak wżarły się tam larwy, kiedy Weenie był mały. Za życia kot nie pozwalał się tam nikomu dotknąć, nawet Allison. Teraz jednak leżał nieruchomo, odciągał wargi z zaciśniętych igiełek zębów. Skóra na boku była dziobata, szorstka jak czesana skóra rękawiczki i zimna, zimna, zimna.

A więc to była tajemnica, którą poznali kapitan Scott, Łazarz i Robin, którą nawet kot poznał w swej ostatniej godzinie — to było to, przejście do witraża. Kiedy osiem miesięcy później znaleziono namiot Scotta, Bowers i Wilson leżeli z głowami w śpiworach, a Scott leżał w rozpiętym śpiworze, obejmując ręką Wilsona. Tamto działo się na Antarktydzie, a teraz był wietrzny, zielony majowy poranek, ale ciało pod dłonią Harriet było zimne jak lód. Kostką dłoni przesunęła po łapce Weeniego w białej skarpetce. „Szkoda", napisał Scott sztywniejącą ręką, kiedy biel nadciągała łagodnie z białych połaci, a niewyraźne grafitowe litery blakły na białym papierze, „ale chyba nie mogę dalej pisać".

— Założę się, że nie dotkniesz jego oka — powiedział Hely, podchodząc bliżej. — Spróbuj.

Harriet prawie go nie słyszała. Oto, co zobaczyły jej matka i Edie: zewnętrzna ciemność, przerażenie, z którego nigdy nie wracasz. Słowa ześlizgujące się z papieru w pustkę.

Hely zbliżył się w chłodnym półmroku narzędziowni.

— Boisz się? — szepnął, kładąc rękę na jej ramieniu.

— Przestań. — Wzruszeniem ramion zrzuciła jego rękę.

Usłyszała trzask drzwi z siatki, potem jej matka zawołała Allison; Harriet pospiesznie zakryła kota ręcznikiem.

Zawrót głowy towarzyszący jej w tej chwili nigdy nie miał opuścić Harriet; miał w niej pozostać do końca życia, nierozerwalnie związany z mroczną narzędziownią — z błyszczącymi metalowymi zębami piły, zapachami kurzu i benzyny — oraz z trzema martwymi Anglikami pod zaspą śnieżną, z soplami migoczącymi we włosach: kry, gwałtowne przestrzenie, ciała obrócone w kamień. Potworność wszystkich ciał.

— Chodź — skinął głową Hely. — Wynośmy się stąd.

— Już idę — odparła Harriet. Serce jej waliło, brakowało tchu, lecz nie ze strachu, tylko z powodu uczucia bardzo podobnego do wściekłości.

Chociaż pani Fountain nie otruła kota, cieszyła się, że zdechł. Przez okno nad zlewem — w punkcie obserwacyjnym, gdzie codziennie spędzała kilka godzin, podglądając sąsiadów — wytropiła Chestera, który kopał dół, a teraz, zza kuchennej zasłony, patrzyła, jak wokół dołu zbiera się trójka dzieci. Jedno z nich — mała Harriet — trzymało w ramionach zawiniątko. Starsza dziewczynka płakała.

Pani Fountain zsunęła na nos okulary do czytania w perłowej oprawce, narzuciła na podomkę sweter z ozdobnymi guzikami — dzień był ciepły, ale ona łatwo marzła, więc wychodząc na dwór, musiała się otulać — wyszła tylnymi drzwiami i podreptała do ogrodzenia.

Był świeży, rześki, wietrzny dzień. Niskie chmury gnały po niebie. Trawa — prosiła się o skoszenie, to tragedia, jak Charlotte zapuściła obejście — była upstrzona fiołkami, dzikim szczawiem i dmuchawcami, wśród których wiatr rzeźbił fale i prądy jak na morzu. Z werandy zwisały falujące wici wistarii, delikatne jak wodorosty. Wistaria tak gęsto zarosła tył domu, że prawie zasłoniła werandę; kiedy kwitła, faktycznie ładnie wyglądała, ale przez pozostałą część roku była zarośniętą gęstwiną, poza tym swoim ciężarem mogła ściągnąć werandę. Wistaria to pasożyt, który osłabiał konstrukcję domu, jeśli pozwoliłeś jej się rozrosnąć, ale niektórzy ludzie muszą się uczyć na błędach.

Pani Fountain spodziewała się, że dzieci ją pozdrowią, więc przez chwilę stała wyczekująco przy ogrodzeniu, ale nie zwróciły na nią uwagi i kontynuowały pracę.

— Co wy tam robicie, dzieci? — zagruchała słodko.

Trójka podniosła wzrok, zaskoczona jak stadko jeleni.

— Czy wy coś grzebiecie?

— Nie! — odkrzyknęła mała Harriet tonem, który nie przypadł sąsiadce do gustu. Ta mała była przemądrzała.

— Ale na to właśnie wygląda.

— Nic nie grzebiemy.

— Według mnie grzebiecie tego starego rudego kota.

Żadnej odpowiedzi.

Pani Fountain zerknęła znad okularów do czytania. Tak, starsza dziewczynka płakała. Była już za duża na takie bzdury. Młodsza wkładała zawiniątko do dołu.

— Właśnie to robicie — zaskrzeczała sąsiadka. — Mnie nie nabierzecie. Ten kot był skaraniem boskim. Codziennie tu do mnie przychodził i zostawiał paskudne ślady łap na przedniej szybie mojego samochodu.

— Nie zwracaj na nią uwagi — powiedziała Harriet do siostry przez zęby. — Stara suka.

Hely nigdy wcześniej nie słyszał, żeby Harriet przeklinała. Po karku przemknął mu złośliwy dreszczyk przyjemności.

— Suka — powtórzył głośniej, a brzydkie słowo bardzo mu zasmakowało.

— Co takiego? — rozległ się świdrujący głos pani Fountain. — Kto to powiedział?

— Zamknij się — rzuciła Harriet do Hely'ego.

— Które z was to powiedziało? Kto tam z wami jest, dziewczynki?

Harriet osunęła się na kolana i gołymi rękami zaczęła sypać ziemię do dołu, na niebieski ręcznik.

— Dalej, Hely — syknęła. — Szybciej, pomóż mi.

— Kto tam jest? — skrzeczała pani Fountain. — Lepiej odpowiedzcie. Zaraz wrócę do domu i zadzwonię do waszej matki.

— Cholera! — zaklął Hely, ośmielony i zarumieniony. Klęknąwszy

59

obok Harriet, zaczął jej szybko pomagać w zakopywaniu grobu. Allison zaciskając pięścią usta, stała nad nimi, a łzy płynęły jej po twarzy.

— R a d z ę wam odpowiedzieć.

— Poczekajcie — powiedziała nagle Allison. — Poczekajcie. — Odwróciwszy się na pięcie, pobiegła przez trawę do domu.

Harriet i Hely znieruchomieli z dłońmi umorusanymi w ziemi po przeguby.

— Co ona robi? — szepnął Hely, ocierając czoło przegubem zabłoconej dłoni.

— Nie wiem — przyznała Harriet.

— Czy to jest mały Hull? — zawołała pani Fountain. — Chodź no tu. Zadzwonię do twojej matki. Chodź tu w tej chwili.

— Dalej, stara suko — mruknął Hely. — Mojej matki nie ma w domu.

Trzasnęły drzwi z siatki, Allison wybiegła z domu, potykając się, zakrywając twarz ręką, oślepiona łzami.

— Macie — powiedziała, uklękła obok nich i wrzuciła coś do grobu.

Hely i Harriet wyciągnęli szyje. Ze świeżej ziemi uśmiechała się do nich Allison na zdjęciu portretowym, zrobionym w szkole zeszłej jesieni. Ubrana w różowy sweter z koronkowym kołnierzykiem, we włosach miała różowe spinki.

Szlochając, Allison nabrała podwójną garść ziemi i wrzuciła do grobu na własną uśmiechniętą twarz. Piach zagrzechotał na fotografii. Przez chwilę widać było różowy sweterek Allison, nieśmiałe oczy patrzące z nadzieją z ziemi; przysypane jeszcze jedną czarną garścią, znikły.

— Dalej! — zawołała zniecierpliwiona do dwojga młodszych dzieci, które oszołomione wpatrywały się to w grób, to w Allison. — Dalej, Harriet! Pomóż mi!

— Dość tego — wrzasnęła pani Fountain. — Wracam do domu i dzwonię do waszych matek. Patrzcie. Wracam do domu. Mówię wam, dzieci, że g o r z k o pożałujecie.

Rozdział 2

KOS

Kilka nocy później, około dwudziestej drugiej, kiedy matka i siostra spały na górze, Harriet delikatnie przekręciła klucz w zamku szafy z bronią. Stare, sfatygowane strzelby odziedziczył ojciec Harriet po wuju, który je kolekcjonował. O tym tajemniczym wuju Clydzie dziewczynka wiedziała tylko tyle, że z zawodu był inżynierem, miał „kwaśny" temperament (zdaniem Adelaide, która chodziła z nim do szkoły średniej) oraz że zginął w katastrofie lotniczej u wybrzeży Florydy. Ponieważ „zaginął na morzu" (tak to zawsze określano), Harriet nigdy nie myślała o wuju Clydzie jak o zmarłym. Ilekroć padało jego imię, wyobraźnia Harriet podsuwała jej nieostry obraz brodatego obdartusa w rodzaju Bena Gunna z *Wyspy skarbów*, który wiódł samotny żywot na jakiejś ponurej, słonej wysepce, w podartych spodniach, z zegarkiem zardzewiałym od morskiej wody.

Ostrożnie, z dłonią na szybie, żeby nie hałasowała, Harriet mocowała się z lepkimi starymi drzwiami szafki z bronią. Drgnęły i otworzyły się. Na najwyższej półce stała skrzynka ze starymi pistoletami: maleńkie komplety do pojedynków, wysadzane srebrem i macicą perłową, dziwaczne małe derringery, liczące niewiele ponad cztery cale długości. Niżej, ustawione w porządku chronologicznym i pochylone w lewo, stały większe okazy: skałkówki z Kentucky, posępna, dziesięciofuntowa strzelba Plains, zardzewiała ładownica, która podobno widziała wojnę secesyjną. Z nowszej broni największe wrażenie robił winchester z pierwszej wojny światowej.

Ojciec Harriet, właściciel całej kolekcji, był odległą i niesympatyczną postacią. O tym, że mieszkał w Nashville, ludzie szeptali, ponieważ on i matka Harriet nadal byli małżeństwem. Chociaż Harriet nie miała pojęcia, jak doszło do zawarcia tego układu (wiedziała tylko niejasno, że wiązał się z pracą ojca), to nie widziała w nim nic niezwykłego, bo odkąd pamiętała, ojciec mieszkał daleko. Co miesiąc przychodził czek na domowe wydatki; ojciec pojawiał się na Boże Narodzenie i Święto Dziękczynienia, poza tym jesienią zatrzymywał się na kilka dni w drodze na polowanie w Delcie. Harriet taki układ wydawał się całkiem rozsądny, ponieważ odpowiadał osobowościom zainteresowanych: matki, która miała bardzo niewiele energii i większość czasu spędzała w łóżku, i ojca, który miał za dużo energii, ale niewłaściwego rodzaju. Szybko jadł, szybko mówił, a jeżeli nie miał w dłoni drinka, nie był w stanie usiąść spokojnie. Publicznie bez przerwy dowcipkował, więc ludzie uważali go za wesołka, ale prywatnie jego nieprzewidywalne nastroje nie zawsze były zabawne, a porywczy zwyczaj mówienia wszystkiego, co mu ślina na język przyniesie, często ranił uczucia domowników.

Co gorsza, ojciec Harriet zawsze miał rację, nawet kiedy jej nie miał. Wszystko było próbą woli. Kompletnie nieelastyczny w swoich opiniach, uwielbiał się spierać; nawet gdy był w dobrym humorze (rozparty na krześle z koktajlem, popatrując na telewizję), lubił dokuczać Harriet i droczyć się z nią tylko po to, by pokazać, kto jest szefem.

— Mądre dziewczyny nie są popularne — mawiał. Albo: — Nie ma sensu cię kształcić, skoro i tak dorośniesz i wyjdziesz za mąż.

Ponieważ takie gadanie — które ojciec uważał za prawdę od serca — działało na Harriet jak czerwona płachta na byka, nie przyjmowała mądrości ojca i dochodziło do scysji. Czasami okładał Harriet pasem — za odszczekiwanie się — podczas gdy Allison patrzyła szklistym wzrokiem, a matka kuliła się w sypialni. Kiedy indziej, w ramach kary, zlecał Harriet gigantyczne, niewykonalne zadania (koszenie trawnika ręczną kosiarką, własnoręczne sprzątanie całego strychu), a ona po prostu nie ruszała się z miejsca.

— Rusz się! — ponaglała ją Ida Rhew, zaglądając na strych z zatroskaną miną, po tym jak ojciec zbiegł gwałtownie na dół. — Lepiej weź się do pracy, bo w przeciwnym razie po powrocie znowu da ci popalić!

Mimo to Harriet, łypiąc groźnie spomiędzy stert gazet i starych czasopism, nie ruszała się z miejsca. Ojciec mógł chłostać ją do woli, nie szkodzi. Chodziło o zasadę. Ida często tak martwiła się o Harriet, że porzucała pracę, szła na górę i wykonywała za nią polecenie.

Ponieważ ojciec był tak swarliwy i niszczący, tak niezadowolony ze wszystkiego, Harriet uważała za właściwe to, że z nimi nie mieszkał. Dziwność tego układu nigdy jej nie uderzyła, nie zdawała też sobie sprawy, że ludzie uważają go za coś nienormalnego, aż do pewnego popołudnia w czwartej klasie, kiedy autobus szkolny zepsuł się na wiejskiej drodze. Harriet siedziała obok gadatliwej młodszej dziewczynki nazwiskiem

Christy Dooley, która miała wielkie zęby i codziennie chodziła do szkoły w białym poncho zrobionym na szydełku. Christy była córką policjanta, chociaż nie można było tego poznać po jej wyglądzie i zachowaniu białej myszki. Między łykami zupy jarzynowej z termosu paplała monotonnie, powtarzając różne tajemnice (o nauczycielach, o innych ludziach) zasłyszane w domu. Harriet wyglądała smętnie przez okno, czekając, aż ktoś przyjedzie naprawić autobus, gdy nagle zrozumiała, że Christy mówi o jej rodzicach.

Harriet odwróciła się, otwierając szeroko oczy.

— Och, w s z y s c y to wiedzieli — szepnęła Christy, przysuwając się blisko w swoim poncho (zawsze chciała siedzieć bliżej, niż to odpowiadało ludziom). Czy Harriet nie zastanawiała się, dlaczego ojciec nie mieszka w mieście?

— On tam pracuje — powiedziała Harriet.

To wyjaśnienie nigdy wcześniej nie wydawało jej się niestosowne, ale Christy westchnęła bardzo dorośle i z zadowoleniem, po czym wyjawiła Harriet prawdę. Historia sprowadzała się do tego, że po śmierci Robina ojciec Harriet chciał się przenieść do nowego miasta, żeby „zacząć od początku". Christy otworzyła szeroko oczy, podkreślając poufność tych rewelacji.

— Ale o n a nie chciała wyjechać. — Ktoś mógłby pomyśleć, że Christy nie mówi o rodzonej matce Harriet, ale o jakiejś kobiecie z opowieści o duchach. — Powiedziała, że o n a z o s t a n i e n a z a w s z e.

Harriet, którą irytowało samo siedzenie obok Christy, zsunęła się z siedzenia i wyjrzała przez okno.

— Odbiło ci? — spytała chytrze Christy.

— Nie.

— To co się stało?

— Jedzie ci z ust zupą.

Od tamtej pory Harriet słyszała inne uwagi, wypowiadane zarówno przez dzieci, jak i przez dorosłych, o tym, że w jej rodzinie było coś „wykręconego", ale wydawało się jej to śmieszne. Rodzina urządziła się praktycznie, wręcz zmyślnie. Dzięki posadzie ojca w Nashville można było płacić rachunki, ale nikogo nie cieszyły jego świąteczne odwiedziny; ojciec nie kochał Edie i ciotek, a wszystkich martwiło, że tak haniebnie, bezlitośnie dręczył matkę Harriet. W zeszłym roku wiercił jej dziurę w brzuchu, żeby poszła z nim na jakieś gwiazdkowe przyjęcie, aż wreszcie (pocierając ramiona przez cieniutki materiał koszuli nocnej) Charlotte zgodziła się. Kiedy jednak nadszedł czas, żeby się przygotować, matka siedziała przed toaletką w szlafroku, wpatrywała się w swoje odbicie w lustrze, nie malowała ust szminką ani nie wyjmowała szpilek z włosów. Kiedy Allison poszła na palcach na górę, żeby sprawdzić, co się dzieje z matką, Charlotte oznajmiła, że ma migrenę. Potem zamknęła się w łazience i puściła wodę do wanny, aż ojciec Harriet (czerwony jak burak i rozdygotany) załomotał pięściami w drzwi. To była żałosna Wigilia; Harriet i Allison siedziały sztywno w salonie obok choinki, z głośników płynęły donośne kolędy (na przemian wzniosłe i radosne), jednak nie na tyle głośne, by zagłuszyć krzyki na piętrze. Wczesnym popołudniem w Boże Narodzenie wszyscy odczuli ulgę, kiedy ojciec Harriet wgramolił się do samochodu z walizką i torbą pełną prezentów i odjechał do Tennessee, a dom z westchnieniem ponownie zapadł w drzemkę zapomnienia.

Dom Harriet był śpiącym domem dla wszystkich oprócz Harriet, która z natury była czujna i rozbudzona. Kiedy była jedyną czuwającą osobą w ciemnym, cichym domu, a zdarzało się to często, spadała na nią tak gęsta, szklista, mącąca umysł nuda, że czasami dziewczynka mogła tylko gapić się w okno czy ścianę, jak odurzona narkotykami. Matka większość czasu spędzała w sypialni, a po tym, jak Allison poszła spać — zazwyczaj wcześnie, około dziewiątej — Harriet miała wolną rękę: piła mleko prosto z kartonu, wędrowała po domu w skarpetkach, lawirując między stertami gazet piętrzącymi się prawie w każdym pokoju. Po śmierci Robina matka Harriet utraciła zdolność wyrzucania czegokolwiek, a graty poupychane na strychu i w piwnicy zaczęły teraz wpełzać do domu.

Niekiedy Harriet lubiła samotność. Zapalała światła, włączała telewizor albo gramofon, dzwoniła na „Modlitwę przez telefon" albo robiła telefoniczne psikusy sąsiadom. Wyjadała z lodówki, co chciała, wspinała się na wysokie półki, szperała w zakazanych szafkach, skakała po sofie, aż piszczały sprężyny, ściągała na podłogę poduszki, z których budowała fortyfikacje i tratwy ratunkowe. Czasami wyciągała z szafy stare ubrania matki z college'u (pastelowe swetry z powygryzanymi przez mole dziurami, rękawiczki do łokci we wszystkich kolorach, suknię z balu maturalnego w kolorze akwamaryny, która na niej ciągnęła się na stopę po ziemi). To było niebezpieczne; matka Harriet przywiązywała dużą wagę do swoich ubrań, choć nigdy ich nie nosiła. Jednak Harriet pilnowała, by wszystko poodkładać na miejsce w należytym porządku, i nawet jeśli matka zauważyła, że coś leżało nie tak, nigdy nie wspomniała ani słowem.

Żadna ze strzelb nie była naładowana. Jedyną amunicją w szafce było pudełko nabojów kaliber dwanaście. Harriet, która miała mgliste pojęcie o różnicy między strzelbą a karabinem, wytrząsnęła naboje z pudełka i poukładała w gwiazdy na dywanie. Jeden z dużych karabinów miał uchwyt do bagnetu, co było interesujące, ale ulubionym egzemplarzem

Harriet był winchester z teleskopowym celownikiem. Zgasiła światło w salonie, oparła lufę na parapecie okna i mrużąc oczy, spojrzała przez celownik — na zaparkowane samochody, chodnik migoczący pod latarniami i polewaczki syczące na soczystych, pustych trawnikach. Fort został zaatakowany; Harriet trwała na stanowisku, ponieważ od tego zależało życie wszystkich ludzi.

Dzwonki na werandzie pani Fountain pobrzękiwały na wietrze. Po drugiej stronie zarośniętego trawnika, na końcu naoliwionej lufy karabinu, Harriet widziała drzewo, na którym umarł jej brat. Lekki wiatr szeptał w połyskliwych liściach, rzucając na trawę płynne cienie.

Czasami, skradając się późną nocą po ponurym domu, Harriet czuła, że zmarły brat zbliża się do niej, a jego milczenie jest przyjazne, poufałe. Słyszała jego kroki na skrzypiącej podłodze, wyczuwała go w igrającej na wietrze zasłonie albo w drzwiach, które się same otwierały. Od czasu do czasu Robin psocił — chował książkę albo batonik Harriet, po czym odkładał na krzesło, kiedy nie patrzyła. Harriet lubiła towarzystwo brata. Niekiedy wyobrażała sobie, że tam, gdzie on przebywał, panowała wieczna noc, a kiedy jej tam nie było, Robin był sam — wiercił się osamotniony, machał nogami w salonie pełnym tykających zegarów.

„Oto jestem", mówiła do siebie, „na straży". Siedząc z karabinem przy oknie, czuła ciepłą obecność brata. Od śmierci Robina minęło dwanaście lat, w czasie których wiele rzeczy uległo zmianie albo się skończyło, ale widok z okna w salonie pozostał taki sam. Nawet drzewo wciąż tam stało.

Harriet rozbolały ręce. Ostrożnie położyła karabin przy fotelu i poszła do kuchni po loda. Zjadła go niespiesznie w ciemnym salonie przy oknie. Patyczek położyła na stercie gazet i ponownie zajęła pozycję z karabinem. Lody miały smak winogronowy, jej ulubiony. W lodówce było ich więcej; nikt nie mógł powstrzymać Harriet przed zjedzeniem całego pudełka, ale trudno było jeść lody i jednocześnie trzymać karabin w pogotowiu.

Przesunęła lufę po ciemnym niebie, śledząc nocnego ptaka, który leciał wśród rozświetlonych księżycem chmur. Trzasnęły drzwiczki samochodu. Harriet szybko odwróciła się w stronę źródła dźwięku i wycelowała broń w panią Fountain — wracała późno z próby chóru, chwiejnym krokiem szła po chodniku w mglistym świetle latarni — kompletnie nieświadomą, że jeden z jej połyskujących kolczyków lśni w samym środku celownika Harriet. Światło na werandzie gaśnie, światło w kuchni się zapala. Przygarbiona sylwetka pani Fountain o koziej twarzy przesuwa się za żaluzją jak kukiełka w teatrze cieni.

— Bum — szepnęła Harriet. Jedno drgnienie, jedno pociągnięcie palca i pani Fountain znalazłaby się tam, gdzie jej miejsce: u diabła. Paso-

65

wałaby tam doskonale — rogi wyrosłyby jej z trwałej, z tyłu sukienki wysunąłby się zakończony grotem strzały ogon. Tłukłaby się po piekle z tym swoim wózkiem na zakupy. Nadjeżdżał jakiś samochód. Harriet odwróciła się od pani Fountain i poszła za nim — powiększony podskakiwał w jej celowniku, z opuszczonymi oknami, pełen nastolatków, jechał zbyt szybko — aż czerwone tylne światła znikły za rogiem.

Wracając do pani Fountain, zobaczyła w celowniku rozświetlone okno i nagle z radością znalazła się w samym środku jadalni Godfreyów po drugiej stronie ulicy. Państwo Godfreyowie, dobrze po czterdziestce, byli rumiani i weseli, bezdzietni, towarzyscy, działali przy kościele baptystów — a widok ich obojga na nogach dodawał otuchy. Pani Godfrey stała, wykładając łyżką żółte lody do salaterki. Pan Godfrey stał przy stole, plecami do Harriet. Byli sami, koronkowy obrus, w kącie paliła się łagodnie lampa z różowym abażurem; wszystko wyraźne i intymne, włącznie ze wzorem w liście winogronowe na salaterkach i szpilkach we włosach pani Godfrey.

Winchester był jak lornetka, kamera, sposób widzenia. Dziewczynka oparła policzek na lufie, gładkiej i bardzo chłodnej.

Harriet była pewna, że Robin strzegł ją w takie noce, tak jak ona strzegła jego. Czuła na plecach oddech brata, cichego, towarzyskiego, ucieszonego jej towarzystwem. Mimo to skrzypienie i cienie ciemnego domu nadal wzbudzały w niej czasem lęk.

Z rękami obolałymi od ciężkiego karabinu, Harriet poruszyła się niespokojnie w fotelu. Czasami w takie noce paliła papierosy matki. W najgorsze noce nie była nawet w stanie czytać, a litery w jej książkach — nawet w *Wyspie skarbów* i *Porwanym za młodu*, książkach, które kochała i których nigdy nie miała dość — zmieniały się w jakąś dziką chińszczyznę: nieczytelną, złośliwą jak swędzenie, którego nie mogła podrapać. Raz, z czystej frustracji, rozbiła porcelanowego kotka należącego do matki: potem, w przypływie paniki (ponieważ matka lubiła figurkę i miała ją od dzieciństwa), zawinęła kawałki w papierowy ręcznik, wepchnęła do pustego pudełka po płatkach kukurydzianych, które umieściła na samym dnie pojemnika na śmieci. To zdarzyło się przed dwoma laty. Z tego, co wiedziała, matka nadal nie zauważyła braku kotka w szafce z porcelaną. Jednak ilekroć Harriet o tym myślała, zwłaszcza kiedy czuła pokusę, by znowu zrobić coś podobnego (rozbić filiżankę do herbaty, pociąć obrus nożyczkami), kręciło jej się w głowie i zbierało na mdłości. Gdyby chciała, mogłaby podpalić dom i nikt by jej nie powstrzymał.

Pół księżyca przesłoniła rdzawa chmura. Harriet ponownie skierowała karabin w stronę okna Godfreyów. Teraz również pani Godfrey jadła lody. Między leniwie podnoszonymi do ust łyżkami mówiła coś do męża z opanowanym, poirytowanym wyrazem twarzy. Pan Godfrey opierał łokcie na obrusie. Harriet widziała tylko tył jego łysej głowy — w samym środku celownika — i nie mogła stwierdzić, czy odpowiadał pani Godfrey i czy w ogóle słuchał. Nagle wstał, przeciągnął się i wyszedł. Pani Godfrey, która została przy stole sama, powiedziała coś. Jedząc ostatnią łyżkę lodów, odwróciła nieznacznie głowę, jakby słuchała odpowiedzi pana Godfreya z drugiego pokoju, potem wstała i podeszła do drzwi, wygładzając spódnicę wierzchem dłoni. Po chwili w teleskopie Harriet zapanowała ciemność. Światło u Godfreyów było jedynym na całej ulicy. Pani Fountain zgasiła u siebie już dawno temu.

Harriet spojrzała na zegar na kominku. Było po jedenastej, a ona musiała wstać o dziewiątej, żeby zdążyć do szkółki niedzielnej.

Nie było czego się bać — latarnie świeciły jasno na spokojnej ulicy — ale w domu było bardzo cicho, a Harriet siedziała jak na szpilkach. Chociaż zabójca przyszedł do jej domu w biały dzień, to najbardziej bała się go w nocy. Kiedy powracał do niej w snach, zawsze panowała ciemność: po domu hulał zimny wiatr, zasłony trzepotały, wszystkie okna i drzwi były otwarte na oścież, kiedy Harriet biegała, zatrzaskując okiennice, przekręcając klucze w zamkach, matka siedziała obojętnie na sofie z warstwą kremu na twarzy, nie kiwnęła nawet palcem, żeby pomóc, a Harriet nigdy nie udawało się zdążyć, pękała szyba i ręka w rękawiczce wsuwała się, by przekręcić klamkę. Czasami Harriet widziała, jak drzwi się otwierają, ale zawsze budziła się, zanim ujrzała twarz.

Na czworakach pozbierała naboje. Porządnie powkładała je z powrotem do pudełka, starła odciski palców z karabinu, zamknęła szafkę, a klucz wrzuciła na miejsce, do pudełka z czerwonej skóry w biurku ojca. W biurku można też było znaleźć obcinaczki do paznokci, zdekompletowane spinki do mankietów, dwie kostki do gry w woreczku z zielonego zamszu i mnóstwo kartoników z zapałkami z nocnych klubów w Memphis, Miami i Nowego Orleanu.

Na górze rozebrała się cicho, nie zapalając lampy. W sąsiednim łóżku Allison leżała na brzuchu jak dryfujący topielec. Światło księżyca przesuwało się po pościeli w cętkowane wzory, które zmieniały się i igrały, w miarę jak wiatr poruszał drzewami. Na jej łóżku, niczym na tratwie ratunkowej, stały pluszowe zwierzątka — słoń zszyty z łat, srokaty piesek bez jednego oka z guzika, jagniątko z czarnej wełny, kangur z purpurowego pluszu i cała rodzina misiów — niewinne sylwetki tłoczyły się wokół jej głowy w uroczej, cienistej grotesce jak postaci ze snu Allison.

℣

— Chłopcy i dziewczęta — powiedział pan Dial. Jednym chłodnym, szarym jak wieloryb okiem ogarnął klasę szkółki niedzielnej Harriet i Hely'ego, która (z powodu entuzjazmu pana Diala dla obozu nad jeziorem de Selby i propagowania go wśród rodziców) była ponad w połowie pusta. — Chciałbym, żebyście się przez chwilę zastanowili nad Mojżeszem. Dlaczego Mojżeszowi tak bardzo zależało na wprowadzeniu dzieci Izraela do Ziemi Obiecanej?

Cisza. Szacujący wzrok pana Diala, wzrok sprzedawcy, przesunął się po małej grupce nie zainteresowanych twarzy. Kościół — nie wiedząc, co zrobić z nowym autobusem szkolnym — zaczął realizować program wspierania najuboższych: białe dzieci z biednych rodzin zwożono z całej okolicy do zamożnych, chłodnych korytarzy Pierwszego Kościoła Baptystów na zajęcia szkółki niedzielnej. Umorusane, lękliwe, w całkiem niekościelnych ubraniach, wodziły oczami po podłodze. Tylko olbrzymi, niedorozwinięty Curtis Ratliff, o kilka lat starszy od pozostałych dzieci, w podziwie gapił się na pana Diala z rozdziawioną buzią.

— Albo weźmy inny przykład — ciągnął pan Dial. — Co z Janem Chrzcicielem? Skąd jego zdecydowanie, żeby pójść na pustynię i przygotować przyjście Chrystusa?

Próby docierania do tych małych Ratliffów, Scurleesów i Odumów, nastolatków z kaprawymi oczami i ściągniętymi twarzami, których matki wąchały klej, a wytatuowani ojcowie cudzołożyli, nie miały sensu. Dzieci były żałosne. Zaledwie dzień wcześniej pan Dial musiał wysłać swego zięcia Ralpha — którego zatrudniał w Dial Chevrolet — do rodziny Scurleesów w celu zajęcia nowego oldsmobile'a Cutlass. Historia stara jak świat: te smutne łajzy jeździły nowymi samochodami, żując tytoń i chlając piwo, nie dbając o to, że zalegają z płatnością za sześć miesięcy. W poniedziałek rano inni Scurlee i dwóch Odumów mogli się spodziewać odwiedzin Ralpha, chociaż jeszcze o tym nie wiedzieli.

Wzrok pana Diala spoczął na Harriet — małej siostrzenicy Libby Cleve — i jej przyjacielu, małym Hullu. Dzieci mieszkały w Old Alexandria, w ładnej dzielnicy, ich rodziny należały do Country Club, a raty za samochody wpłacały w miarę terminowo.

— Hely — wywołał pan Dial.

Hely drgnął, podnosząc szalony wzrok znad broszurki szkółki niedzielnej, którą składał na małe kwadraciki i rozkładał.

Pan Dial uśmiechnął się szeroko. Drobne zęby, szeroko rozstawione oczy i wypukłe czoło, a także zwyczaj patrzenia na klasę z profilu zamiast wprost — nadawały mu wygląd nieprzyjaznego delfina.

— Powiesz nam, dlaczego Jan Chrzciciel udał się wołać na pustyni?
— Bo Jezus mu kazał — odparł Hely, wiercąc się w ławce.
— N i e z u p e ł n i e! — powiedział pan Dial, zacierając ręce. — Pomyślmy wszyscy przez chwilę o sytuacji Jana. Zastanawialiście się, dlaczego cytuje proroka Izajasza w... — Przesunął palcem po stronie. — ...wersecie 23?
— Wypełniał plan Boga? — podsunął cichy głosik z pierwszego rzędu.
Głosik należał do Annabel Arnold, która ceremonialnie złożyła ręce w rękawiczkach na białej, zasuwanej na zatrzask Biblii, którą trzymała na kolanach.
— B a r d z o   d o b r z e! — pochwalił pan Dial. Annabel pochodziła z dobrej rodziny, z dobrej c h r z e ś c i j a ń s k i e j rodziny, nie takiej jak pijące koktajle rodziny z Country Club, jak na przykład Hullowie. Annabel, mistrzyni w wymachiwaniu pałeczką, przyczyniła się do doprowadzenia swojej żydowskiej koleżanki do Chrystusa. We wtorkowe wieczory uczestniczyła w rozgrywanych w liceum regionalnych zawodach w wymachiwaniu, których jednym ze sponsorów była firma Dial Chevrolet.
Zauważywszy, że Harriet zamierza zabrać głos, pan Dial powiedział szybko:
— Słyszeliście, co powiedziała Annabel, chłopcy i dziewczęta? Jan Chrzciciel działał w zgodzie z Bożym planem. Dlaczego to robił? Ponieważ... — Tu pan Dial odwrócił głowę i przeszył klasę drugim okiem. — Ponieważ Jan Chrzciciel miał cel.
Cisza.
— Dlaczego posiadanie celów w życiu jest takie ważne, chłopcy i dziewczęta? — Czekając na odpowiedź, przesunął stertę papierów na biurku tak, że drogi kamień w masywnym złotym pierścieniu mignął czerwonym światłem. — Zastanówmy się nad tym, dobrze? Bez celów nie mamy motywacji, prawda? Bez celów nie osiągamy dobrobytu! Bez celów nie możemy osiągnąć tego, czego Chrystus chce dla nas jako chrześcijan i członków społeczności!
Pan Dial spostrzegł z pewnym zaskoczeniem, że Harriet wpatruje się w niego dość agresywnie.
— O nie, moi państwo! — klasnął w dłonie pan Dial. — Ponieważ dzięki celom możemy się skoncentrować na istotnych rzeczach! Niezależnie od tego, ile mamy lat, ważne jest wyznaczanie sobie celów co rok, co tydzień, nawet co godzinę, bo w przeciwnym razie nie mamy siły podnieść siedzenia sprzed telewizora i zarobić na życie, kiedy dorośniemy.
W trakcie tej przemowy pan Dial zaczął rozdawać uczniom kartki papieru z kolorowymi ołówkami. Fundowanie tym małym Ratliffom i Odu-

mom odrobiny etyki pracy nie mogło zaszkodzić. Z pewnością nie mieli z niczym takim do czynienia w domach, gdzie zbijali bąki na zasiłku.

W ćwiczeniu, które właśnie miał im zaproponować, pan Dial sam uczestniczył zeszłego lata podczas Chrześcijańskiej Konferencji Sprzedawców w Lynchburgu w Wirginii i stwierdził, że niezwykle go ono zmotywowało.

— Chciałbym, żeby każde z was zapisało teraz cel, jaki pragnie osiągnąć tego lata — wyjaśnił pan Dial, złożył dłonie w piramidkę i oparł palce wskazujące na ściągniętych wargach. — To może być pewien projekt, osiągnięcie finansowe lub osobiste... sposób, by pomóc rodzinie, społeczności albo Bogu. Nie musicie podpisywać kartek, jeśli nie chcecie. Wystarczy, że narysujecie pod spodem mały znak rozpoznawczy.

Kilka zaspanych głów poderwało się w panice.

— Nic zbyt skomplikowanego! Na przykład... — Pan Dial splótł palce. — Możecie narysować piłkę, jeśli lubicie sporty! Albo szczęśliwą twarz, jeśli lubicie wywoływać uśmiech na twarzach ludzi!

Pan Dial usiadł, a ponieważ dzieci nie patrzyły na niego, ale na kartki papieru, jego szeroki, drobnozęby uśmiech skwaśniał nieco w kącikach ust. Nie, z tymi małymi Ratliffami, Odumami i tak dalej mogłeś stanąć na głowie; nie było co się łudzić, że można ich czegokolwiek nauczyć. Powiódł wzrokiem po tępych małych twarzyczkach, które niespokojnie ssały końce ołówków. Za kilka lat te małe ofermy będą nakręcać interes pana Diala i Ralpha, tak jak robili to teraz ich kuzyni i bracia.

Hely nachylił się i próbował podejrzeć, co napisała Harriet.

— Hej — szepnął. Posłusznie narysował piłkę jako swój znak rozpoznawczy, po czym przez blisko pięć minut gapił się w przestrzeń.

— Cisza tam z tyłu — powiedział pan Dial.

Z demonstracyjnym wydechem wstał i zebrał prace dzieci.

— Doskonale — powiedział, układając kartki na biurku. — Teraz niech każde z was podejdzie i wybierze jedną kartkę. Nie — warknął, kiedy kilkoro dzieci zerwało się z ławek. — Nie biegnijcie jak stado małp. Pojedynczo.

Dzieci bez entuzjazmu powlokły się do biurka. Wróciwszy do ławki, Harriet próbowała rozłożyć wybraną kartkę, złożoną do wielkości znaczka pocztowego.

Hely nieoczekiwanie parsknął śmiechem i pokazał Harriet wybraną przez siebie kartkę. Pod tajemniczym rysunkiem (bezgłowym kleksem na pałąkowatych, częściowo meblowych, częściowo owadzich nogach, przed-

70

stawiającym zwierzę, przedmiot czy nawet maszynę, której Harriet nie potrafiła zidentyfikować) koślawe litery spadały po kartce pod kątem czterdziestu pięciu stopni. „Muj cel, przeczytała z trudem Harriet, to rzeby Tata zabrał mnie do Wesołego Miasteczka".
— A teraz niech ktoś zacznie czytać — powiedział pan Dial z przodu klasy. — Nieważne kto.
Harriet zdołała rozłożyć kartkę, na której widniało pismo Annabel Arnold, krągłe, pieczołowite, z wymyślnymi zawijasami pod g i y.

„mój cel!
moim celem jest zmawiać codziennie małą modlitwę, żeby Bóg zsyłał mi nową osobę, której mogłabym pomóc!!!!"

Harriet wpatrywała się w kartkę złowrogo. U dołu dwie drukowane litery B, złączone brzuszkami, tworzyły kretyńskiego motylka.
— Harriet! — powiedział nagle pan Dial. — Zacznijmy od ciebie.
Harriet przeczytała wykaligrafowane ślubowanie beznamiętnym tonem, który — miała nadzieję — wyrazi jej pogardę.
— Cóż za nadzwyczajne ślubowanie — powiedział ciepło pan Dial.
— Jest to wezwanie do modlitwy, ale także wezwanie do służby. Oto młody chrześcijanin, który myśli o innych w Kościele i społe... Czy coś was tam śmieszy?
Bladzi wesołkowie zamilkli.
— Harriet, co to ślubowanie mówi nam o osobie, która je napisała? — spytał pan Dial podniesionym głosem.
Hely postukał Harriet w kolano. Obok nogi skrycie zrobił gest kciukiem w dół: przegrana.
— Czy jest tam znaczek?
— Słucham? — spytała Harriet.
— Jaki znaczek wybrał ten ktoś?
— Insekta.
— Insekta?
— To jest motyl — pisnęła Annabel, ale pan Dial nie usłyszał.
— Jaki rodzaj insekta? — dopytywał się nauczyciel.
— Nie jestem pewna, ale wygląda na to, że ma żądło.
Hely wyciągnął szyję.
— Ohyda — zawołał z niekłamanym przerażeniem. — Co to ma być?
— Pokażcie tę kartkę — rozkazał ostro pan Dial.
— Kto mógł narysować coś takiego? — zapytał zaniepokojony Hely, rozglądając się po klasie.

— To jest m o t y l — powiedziała głośniej Annabel.
Pan Dial wstał, żeby wziąć kartkę, a wtedy nagle — tak nagle, że wszyscy podskoczyli — Curtis Ratliff wydał zachwycony gulgot. Pokazując na coś na ławce, podniecony zaczął podskakiwać na krześle.
— A niech mnie — gulgotał. — A niech mnie.
Pan Dial zamarł. Właśnie tego zawsze potwornie się bał — że łagodny Curtis pewnego dnia eksploduje albo dostanie ataku. Błyskawicznie wstał od biurka i pognał do pierwszego rzędu.
— Czy coś się stało, Curtis? — zapytał, pochylając się nisko, a jego konfidencjonalny głos słyszała cała klasa. — Czy musisz wyjść do toalety?
Curtis gulgotał, czerwony na twarzy. Podskakiwał na jęczącym krześle — za małym na niego — tak energicznie, że pan Dial skrzywił się i cofnął.
Curtis dziabnął palcem powietrze.
— A niech mnie! — zaskrzeczał. Nieoczekiwanie zerwał się z krzesła — pan Dial cofnął się z krótkim, upokarzającym okrzykiem — i ściągnął z ławki zmiętą kartkę papieru.
Potem bardzo delikatnie Curtis wygładził kartkę i wręczył nauczycielowi. Chłopak wskazał na kartkę, potem na siebie i powiedział, promieniejąc:
— Moje.
— O — zareagował pan Dial. Z tyłu klasy dobiegły szepty i bezczelne parsknięcie wesołości. — Zgadza się, Curtis, to jest t w o j a kartka.
Pan Dial celowo oddzielił ją od prac innych dzieci. Chociaż Curtis zawsze domagał się ołówka i papieru — płakał, kiedy mu odmawiano — nie umiał czytać ani pisać.
— Moje — powtórzył Curtis, wskazując kciukiem na pierś.
— Tak — odparł ostrożnie pan Dial. — To jest t w ó j cel, Curtis. Masz całkowitą rację.
Odłożył kartkę na ławkę, ale Curtis chwycił ją znowu i wcisnął nauczycielowi, uśmiechając się przy tym wyczekująco.
— Tak, d z i ę k u j ę c i, Curtis — powiedział pan Dial, wskazując na puste krzesło chłopca. — Ach, Curtis? Możesz już usiąść. Ja tylko...
— Łiii!
— Curtis. Jeżeli nie usiądziesz, nie będę mógł...
— Łiii moje! — zapiał Curtis i ku przerażeniu pana Diala zaczął podskakiwać. — Łiii moje!!! Łiii moje!!! Łiii moje!!!
Oszołomiony pan Dial spojrzał na zmiętoszoną kartkę papieru, którą trzymał w dłoni. Nie było na niej żadnych liter, tylko bazgroły, jakie mogłoby nagryzmolić małe dziecko.

Curtis mrugnął uroczo do nauczyciela i zbliżył się do niego jak kroczący kolos. Jak na mongoła miał bardzo długie rzęsy.

— Łiiii — powiedział.

— Ciekawe, jaki cel miał Curtis? — zastanawiała się zamyślona Harriet, kiedy oboje z Helym wracali do domu. Lakierki Harriet stukały na chodniku. W nocy padało, a na mokrym betonie walały się kupki ściętej trawy o ostrym zapachu i rozgniecione płatki z krzewów.

— Chodzi mi o to, czy myślisz, że Curtis ma jakikolwiek cel? — pytała Harriet.

— M o i m celem było to, żeby Curtis kopnął pana Diala w dupę.

Skręcili w ulicę George, gdzie leszczyny i drzewa gumowe wypuściły już pełne, ciemne liście, a w mircie, jaśminach i różowych różach bzyczały roje pszczół. Stęchła, mącąca zmysły woń magnolii przenikała człowieka jak sam upał i była tak gęsta, że mogła przyprawić o ból głowy. Harriet szła w milczeniu z opuszczoną głową, z rękami z tyłu, zatopiona w myślach.

Pragnąc ożywić rozmowę, Hely odrzucił głowę w tył i wydał swoje najlepsze rżenie delfina.

— O, nazywają go Płetwacz, Płetwacz — śpiewał przymilnym głosem. — Szybszy niż bły-yskawica...

Harriet prychnęła z zadowoleniem. Z powodu rżącego śmiechu i wydatnego jak u morświna czoła przezywali pana Diala Płetwaczem.

— Co napisałaś? — zapytał Hely. Zdjął znienawidzoną marynarkę ze szkółki niedzielnej i zaczął nią wywijać w powietrzu. — Czy to ty postawiłaś ten czarny znaczek?

— Zgadza się.

Hely promieniał. Właśnie z powodu takich zaszyfrowanych, nieprzewidywalnych gestów wielbił Harriet. Trudno było pojąć, dlaczego robiła takie rzeczy, ani nawet czemu były super, ale b y ł y super. Czarny znak wytrącił pana Diala z równowagi, zwłaszcza po aferze z Curtisem. Nauczyciel zamrugał z zakłopotaniem, kiedy uczeń z tyłu klasy podniósł pustą kartkę, pustą oprócz znaczka na środku, od którego ciarki chodziły po plecach.

— Ktoś tu struga sobie żarty — warknął pan Dial, kiedy minęła chwila niesamowitej ciszy, po czym szybko przeszedł do następnego ucznia, ponieważ czarny znak przyprawiał o dreszcze. D l a c z e g o? Był to tylko narysowany ołówkiem znak, ale kiedy chłopak pokazał go wszystkim, w klasie zapanowała cisza. To był właśnie styl Harriet: potrafiła napędzić ci strachu, a ty nie wiedziałeś nawet dlaczego.

Hely trącił Harriet ramieniem.

— Powiedzieć ci coś śmiesznego? Powinnaś była napisać d u p a.
Ha! — Hely zawsze obmyślał numery dla innych; sam nie miał odwagi
ich wykręcać. — Bardzo małymi literkami, tak żeby prawie nie mógł ich
przeczytać.

— Czarny znak jest w *Wyspie skarbów* — wyjaśniła Harriet. — Kiedy
piraci zamierzali cię zabić, dawali ci tylko czystą kartkę papieru z czarnym znakiem.

Po powrocie do domu Harriet poszła do sypialni i wyjęła notes, który
chowała pod bielizną w szufladzie komody. Położyła się po drugiej stronie podwójnego łóżka Allison, gdzie nikt nie mógł jej zobaczyć od drzwi,
chociaż było mało prawdopodobne, by ktokolwiek jej przeszkadzał. Allison i matka poszły do kościoła. Harriet miała się tam z nimi spotkać —
razem z Edie i ciotkami — ale matka nie zauważy jej nieobecności, a nawet jeśli zauważy, nie bardzo ją to obejdzie.

Harriet nie lubiła pana Diala, ale ćwiczenie w szkółce niedzielnej dało
jej do myślenia. Zapytana wprost, nie potrafiła powiedzieć, jakie miała
cele — na najbliższy dzień, na lato, na resztę życia — co wprawiało ją
w zakłopotanie, ponieważ z jakiegoś powodu to pytanie łączyło się w jej
umyśle z niedawnym przykrym zetknięciem ze zdechłym kotem w narzędziowni.

Harriet lubiła wyznaczać sobie trudne sprawdziany fizyczne (kiedyś
postanowiła sprawdzić, jak długo wytrzyma, odżywiając się osiemnastoma fistaszkami dziennie, czyli racją konfederatów pod koniec wojny). Jedyny prawdziwy cel, jaki przychodził jej do głowy — raczej słaby — polegał na zdobyciu pierwszej nagrody na zorganizowanym przez bibliotekę
Letnim Konkursie Czytelniczym. Harriet uczestniczyła w nim co rok,
odkąd skończyła sześć lat — zwyciężyła dwukrotnie — ale teraz, kiedy
była starsza i czytała prawdziwe powieści, nie miała szans. W zeszłym
roku nagroda przypadła wysokiej, chudej, czarnej dziewczynie, która dwa
czy trzy razy dziennie odwiedzała bibliotekę i wypożyczała olbrzymie
sterty książek, takich jak książeczki Dr. Seussa, Ciekawskiego Jerzyka
i *Przepuśćcie kaczątka*. Harriet, wściekła jak osa, stała za nią w kolejce
ze swoim *Ivanhoe*, Algernonem Blackwoodem oraz *Mitami i legendami
Japonii*. Nawet bibliotekarka, pani Fawcett, uniosła brwi, dając jasno do
zrozumienia, co o n a o tym myśli.

Harriet otworzyła notes, który dostała od Hely'ego. Był to zwykły,
spięty spiralką notes, z rysunkiem samochodziku plażowego na okładce.

Nie szalała za notesem, ale lubiła go, bo liniowane kartki były pomarań-czowe. Dwa lata wcześniej Hely próbował używać notesu jako zeszytu do geografii w klasie pani Criswell, ale usłyszał, że ani kapitalny samocho-dzik, ani pomarańczowy papier nie nadają się do szkoły. Na pierwszej stronie Hely umieszczał (flamastrem, który pani Criswell uznała za nie-właściwy i skonfiskowała) sporadyczne notatki.

„Geografia świata   Akademia Alexandria
Duncan Hely Hull   4 września

Dwa komtynęty, które tworzą ciągłą masę lądową Euryjski i Azyjski

Połowa ziemi nad ruwnikiem nazywa się północna.

Dlaczego potrzebujemy standerdowych jednostek miary?

Jeżeli teoria jest najlepszym dostępnym wytłumaczeniem części przyrody?

Mapa składa się z czterech części".

     Harriet przyglądała się tym rewelacjom z uczuciem czułej wzgardy. Kilkakrotnie nosiła się z zamiarem wydarcia kartki, ale stanowiła ona chyba część osobowości notesu, więc najlepiej było ją zostawić.
     Otworzyła notes na stronie, gdzie zaczynały się jej własne wpisy ołówkiem. Listy książek, które przeczytała i chciała przeczytać; wierszy znanych na pamięć; prezentów otrzymanych na urodziny i Gwiazdkę wraz z informacją, od kogo je dostała; listy miejsc, które odwiedziła (żadne z nich nie było szczególnie egzotyczne); miejsc, które chciała odwie-dzić (Wyspa Wielkanocna, Antarktyda, Machu Picchu, Nepal). Byli tam wymienieni ludzie, których Harriet darzyła podziwem: Napoleon i Na-than Bedford Forrest, Dżyngis-chan i Lawrence z Arabii, Aleksander Wielki, Harry Houdini i Joanna d'Arc. Dalej ciągnęła się cała lista skarg z powodu konieczności dzielenia pokoju z Allison. Słowa ze słownika — łacińskie i angielskie — oraz koślawa cyrylica, którą Harriet pieczołowi-cie przepisała z encyklopedii pewnego popołudnia, kiedy nie miała nic do roboty. Było tam także kilka nie wysłanych listów napisanych do osób, których nie lubiła. Adresatką jednego była pani Fountain, innego — po-gardzana nauczycielka z piątej klasy, pani Beebe. Był nawet list do pana Diala. Próbując złapać dwie sroki za ogon, Harriet wykaligrafowała sta-ranne zawijasy podobne do pisma Annabel Arnold.

     Drogi panie Dial (zaczynał się list)
     jestem młodą damą, znaną panu, która od pewnego czasu po-

dziwia pana skrycie. Szaleję za panem tak bardzo, że prawie nie mogę spać. Wiem, że jestem bardzo młoda i że jest pani Dial, ale może udałoby się nam spotkać na tyłach Dial Chevrolet. Modliłam się nad tym listem, a Pan powiedział mi, że odpowiedzią jest Miłość. Wkrótce napiszę ponownie. Proszę nikomu nie pokazywać tego listu. p.s. Chyba się pan domyśla, kim jestem. Kocham, pana tajemnicza Walentynka!

Pod listem Harriet nakleiła wycięte z gazety maleńkie zdjęcie Annabel Arnold obok olbrzymiej, żółtej głowy pana Diala, którą znalazła na żółtych stronach. Nauczyciel wytrzeszczał oczy entuzjastycznie, głowę okalały mu gwiazdki z kreskówki, a nad nimi czarne litery wrzeszczały gorączkowo:

TAM, GDZIE NA PIERWSZYM MIEJSCU STOI JAKOŚĆ!
NISKIE ZALICZKI!

Widok tych liter podsunął Harriet pomysł wysłania do pana Diala listu z pogróżkami, napisanego dziecinnym pismem i pełnego błędów, aby podejrzenie padło na Curtisa Ratliffa. Potem jednak, stukając się ołówkiem w zęby, uznała, że byłoby to nieuczciwe wobec Curtisa. Harriet nie życzyła chłopcu źle, zwłaszcza po jego napaści na pana Diala.

Przewróciła stronę i na czystej, pomarańczowej kartce napisała:

„Cele na lato
Harriet Cleve Dufresnes".

Harriet wpatrywała się w ten tytuł z niepokojem. Jak dziecko drwala na początku bajki, ogarnęła ją tajemnicza tęsknota, pragnienie, by powędrować daleko i dokonać wielkich rzeczy; chociaż nie potrafiła powiedzieć dokładnie, co chciała robić, wiedziała, że było to coś wzniosłego, mrocznego i niezmiernie trudnego.

Cofnęła się o kilka stron do listy osób, które podziwiała: generałów, żołnierzy, odkrywców — samych ludzi czynu. Joanna d'Arc prowadziła wojsko, będąc zaledwie kilka lat starsza od Harriet. Mimo to na ostatnią Gwiazdkę ojciec Harriet podarował córce poniżającą grę planszową dla dziewczynek pod tytułem *Kim zostanę?* Była to wyjątkowo marna gra, która w założeniu miała pomagać w wyborze kariery, ale bez względu na to, jak grałaś, miałaś tylko cztery możliwości: nauczycielka, baletnica, matka i pielęgniarka.

Dostępne możliwości, w formie prezentowanej w podręczniku do zdrowia (postęp matematyczny od randek przez „karierę", małżeństwo i macierzyństwo), nie interesował Harriet. Największą postacią z listy Harriet był Sherlock Holmes, a przecież nie był nawet prawdziwy. Drugie miejsce zajmował Harry Houdini, mistrz niemożliwości, a co ważniejsze dla Harriet, mistrz u c i e c z k i. Houdiniego nie mogło zatrzymać żadne więzienie: wyślizgiwał się z kaftanów bezpieczeństwa, z zamkniętych na klucz kufrów wrzucanych do rwących rzek i z trumien zakopanych sześć stóp pod ziemią. Jak on tego dokonywał? N i e b a ł s i ę. Święta Joanna galopowała z aniołami u boku, ale Houdini sam okiełznał lęk. Nie potrzebował boskiej pomocy; poszedł trudną drogą i nauczył się opanowywać panikę, przerażenie związane z uduszeniem, tonięciem i ciemnością. Zakuty w kajdany, w zamkniętym kufrze na dnie rzeki, nie marnował ani uderzenia serca na strach, nie poddawał się grozie łańcuchów, ciemności i lodowatej wody; gdyby pozwolił sobie choćby na chwilowy zawrót głowy, gdyby przestraszył się czekającej go pracy bez tchu — wykonując salto na dnie rzeki — nigdy nie zdołałby wyjść z wody żywy.

Program szkoleniowy. Oto, w czym tkwił sekret Houdiniego. Codziennie zanurzał się w wannie pełnej lodu, przepływał kolosalne odległości pod wodą, praktykował wstrzymywanie oddechu, aż doszedł do trzech minut. Chociaż wanny z lodem nie wchodziły w grę, to i pływanie, i wstrzymywanie oddechu leżało w granicach możliwości Harriet.

Usłyszała matkę i siostrę wchodzące do domu; siostra mówiła coś płaczliwie i niewyraźnie. Harriet pospiesznie ukryła notes i zbiegła na dół.

— Nie mów „nienawiść", kochanie — powiedziała Charlotte do Allison w roztargnieniu. Cała trójka siedziała przy stole w niedzielnych sukienkach, jedząc kurczaki, które Ida zostawiła im na lunch.

Allison, z włosami opadającymi na twarz, gapiła się w talerz, żując plasterek cytryny wyłowiony z mrożonej herbaty. Chociaż energicznie rozkroiła mięso, przesuwała je tam i z powrotem po talerzu i układała w nieapetyczne kupki (zwyczaj, który doprowadzał Edie do szału), zjadła bardzo niewiele.

— Nie rozumiem, czemu Allison nie może mówić „nienawiść", mamo — wtrąciła się Harriet. — „Nienawiść" to całkiem dobre słowo.

— Nie jest grzeczne.

— W Biblii pada bardzo często. Pan nienawidzi tego, Pan nienawidzi tamtego. Spotykamy to słowo właściwie na każdej stronie.

— Ale ty tak nie mów.

— Dobrze! — wybuchła Allison. — G a r d z ę panią Biggs.

Pani Biggs była nauczycielką Allison w szkółce niedzielnej. Umiarkowane zdziwienie dotarło do Charlotte przez mgłę środków uspokajających. Allison była taką potulną, łagodną dziewczynką. Szalone gadanie o nienawiści do innych bardziej pasowało do Harriet.

— Ależ Allison — powiedziała matka. — Pani Biggs jest uroczą staruszką, w dodatku przyjaciółką twojej ciotki Adelaide.

— Mimo to nienawidzę jej — odparła Allison, niespokojnie grzebiąc widelcem w talerzu.

— To, że ktoś nie chciał zmówić w szkółce niedzielnej modlitwy za zdechłego kota, nie jest powodem do nienawiści.

— Dlaczego nie? Kazała nam się modlić o to, żeby Sissy i Annabel Arnold wygrały konkurs na obracanie pałeczką.

— Pan Dial też kazał nam się o to modlić. Dlatego, że ich ojciec jest dziekanem.

Allison ostrożnie położyła plasterek cytryny na brzegu talerza.

— Mam nadzieję, że upuszczą jedną z tych pałeczek — powiedziała.

— Mam nadzieję, że cała ta buda się spali.

— Posłuchajcie, dziewczęta — odezwała się niezdecydowanie Charlotte w ciszy, jaka nastąpiła. Jej umysł, który nigdy nie zaangażował się w pełni w tę sprawę z kotem, Kościołem i konkursem w obracaniu pałeczką, zdążył podryfować w inne rejony. — Czy byłyście w przychodni na szczepieniu na tyfus?

Kiedy żadna z córek nie odpowiedziała, Charlotte dodała:

— Pamiętajcie, żeby pójść tam w poniedziałek z samego rana. Oprócz tego zaszczepcie się na tężec. Przez całe lato pływacie w stawach i biegacie na bosaka...

Charlotte pogodnie urwała w pół zdania i wróciła do jedzenia. Harriet i Allison milczały. Żadna z nich nigdy w życiu nie pływała w stawie. Matka miała na myśli własne dzieciństwo, myliła je z teraźniejszością — ostatnio robiła to coraz częściej — a dziewczynki nie wiedziały, jak na to reagować.

Wciąż ubrana w niedzielną sukienkę w stokrotki, której nie zdjęła od rana, Harriet poczłapała w ciemności po schodach, a na białych skarpetkach tworzyły się szare podeszwy brudu. Była wpół do dziesiątej wieczorem, a matka i Allison pół godziny wcześniej położyły się do łóżek. Senność Allison — w przeciwieństwie do matki — nie miała charak-

78

teru narkotycznego, ale była zupełnie naturalna. Najszczęśliwsza była, kiedy spała z głową pod poduszką; przez cały dzień tęskniła za łóżkiem i rzucała się na nie, kiedy tylko dostatecznie się ściemniło. Edie, która rzadko spała dłużej niż sześć godzin w ciągu nocy, irytowało całe to wylegiwanie się w domu Harriet. Charlotte od śmierci Robina zażywała środki uspokajające i ten temat nie podlegał dyskusji, ale z Allison sprawa przedstawiała się inaczej. Wysunąwszy hipotezę o mononukleozie lub zapaleniu mózgu, kilkakrotnie zmusiła Allison do badania krwi, które dało wynik negatywny.

— Dziewczyna jest dorastającą nastolatką — powiedział lekarz do Edie. — Nastolatki potrzebują dużo odpoczynku.

— Ale szesnaście godzin! — wykrzyknęła Edie z irytacją. Doskonale zdawała sobie sprawę, że lekarz jej nie uwierzył. Podejrzewała też — całkiem słusznie — że to on wypisywał recepty na lekarstwa, które utrzymywały Charlotte w stanie permanentnego otumanienia.

— Nawet gdyby było to siedemnaście godzin — powiedział doktor Breedlove, który przysiadł jednym odzianym w biel udem na zagraconym biurku i utkwił w Edie rybie, kliniczne spojrzenie. — Jak dziewczyna chce spać, to jej pozwól.

— Ale jak dajesz radę tyle spać? — Harriet spytała kiedyś siostrę z zaciekawieniem.

Allison wzruszyła ramionami.

— To nie jest nudne?

— Nudzę się tylko na jawie.

Harriet wiedziała, co siostra ma na myśli. Jej nuda bywała tak paraliżująca, że czasami aż ją mdliło i kręciło się w głowie, jak pod wpływem chloroformu. Teraz jednak podniecała ją perspektywa samotnych godzin, a w salonie skierowała się nie do szafki z bronią, ale do ojcowskiego biurka.

W szufladzie biurka było mnóstwo interesujących przedmiotów (złote monety, świadectwa urodzenia, rzeczy, którymi nie wolno było jej się bawić). Przerzuciwszy fotografie i pudełka z anulowanymi czekami, w końcu znalazła to, czego szukała: tani stoper z czarnego plastiku — prezent od firmy finansowej — z czerwonym cyfrowym wyświetlaczem.

Harriet usiadła na sofie i wzięła głęboki wdech, włączając stoper. Houdini nauczył się wstrzymywać oddech na kilka minut, co pozwoliło mu na wykonanie największych sztuczek. Harriet postanowiła sprawdzić, na jak długo zdoła wstrzymać oddech, nie tracąc przytomności.

Dziesięć. Dwadzieścia sekund. Trzydzieści. Zdała sobie sprawę z coraz mocniejszego łomotania krwi w skroniach.

Trzydzieści pięć. Czterdzieści. Oczy Harriet zaszły łzami, w gałkach ocznych czuła bicie serca. Po czterdziestu pięciu sekundach jej płuca przeszył spazm, więc musiała zacisnąć nos i zatkać dłonią usta. Pięćdziesiąt osiem. Pięćdziesiąt dziewięć. Z oczu ciekły łzy, nie mogła usiedzieć spokojnie, wstała i zatoczyła mały gorączkowy krąg obok sofy; wachlowała się wolną ręką, oczy przeskakiwały rozpaczliwie z przedmiotu na przedmiot — biurko, drzwi, buciki ze szkółki niedzielnej ustawione czubkami do wewnątrz na gołębioszarym dywanie — pokój podskakiwał wraz z łomotaniem serca, a mur z gazet dygotał jak przed trzęsieniem ziemi. Sześćdziesiąt sekund. Sześćdziesiąt pięć. Różowe prążki na zasłonach ściemniały do krwistej czerwieni, a światło lampy rozwijało się w długich, jarzących się czułkach, które falowały poruszane niewidzialnym przypływem, aż i one zaczęły ciemnieć, czerniały na pulsujących brzegach, chociaż środek nadal płonął biało, gdzieś usłyszała bzyczenie pszczoły, gdzieś blisko ucha, choć może wcale nie blisko, może dobiegało z jej wnętrza; pokój wirował i nagle nie była w stanie dłużej zaciskać nosa, jej dłoń drżała, odmawiała posłuszeństwa i Harriet z przeciągłym, udręczonym chrapnięciem padła na tył na sofę w deszczu iskier, zatrzymując kciukiem stoper.

Dysząc, leżała tak przez długi czas, a z sufitu spływały łagodnie fosforyzujące, bajeczne światła.

Szklany młoteczek uderzał w podstawę czaszki Harriet, dźwięcząc krystalicznie. Myśli zwinęły się i rozwinęły w misterny maswerk w kolorze pozłacanego brązu, który unosił się wokół jej głowy w delikatnych wzorach.

Kiedy iskry zwolniły, a Harriet w końcu mogła usiąść — czując zawroty głowy, kurczowo trzymała się oparcia sofy — spojrzała na stoper. Minuta i szesnaście sekund.

Wynik był bardzo dobry, lepszy niż spodziewała się osiągnąć przy pierwszej próbie, ale czuła się bardzo dziwnie. Oczy ją bolały i miała wrażenie, jakby wszystkie części składowe jej głowy zostały zbełtane i zgniecione razem tak, że słuch zmieszał się ze wzrokiem, wzrok ze smakiem, a myśli pokiełbasiły się z tym wszystkim jak układanka, której nie potrafiła ułożyć.

Spróbowała wstać, co przypominało próbę stanięcia w canoe. Usiadła. Echa, czarne dzwony.

Cóż, nikt nie obiecywał, że pójdzie gładko. Gdyby wstrzymywanie oddechu na trzy minuty było łatwe, robiliby to wszyscy ludzie, nie tylko Houdini.

Harriet siedziała spokojnie przez kilka minut, jak uczyli ich na lekcjach pływania, a kiedy nieco odzyskała równowagę, wzięła kolejny głęboki wdech i włączyła stoper.

Tym razem postanowiła nie patrzyć na mijające sekundy, ale skoncentrować się na czymś innym. Patrzenie na tarczę stopera tylko pogarszało sprawę.

W miarę nasilającego się uczucia dyskomfortu i coraz głośniejszego bicia serca po czaszce Harriet przebiegały lodowate fale migotliwych igiełek, podobne do kropel deszczu. Ponieważ piekły ją oczy, zamknęła je. Na tle pulsującej czerwonej ciemności siekł niezwykły deszcz rozżarzonych węgli. Czarny kufer obwiązany łańcuchami dudnił po luźnych kamieniach na dnie rzeki, znoszony przez prąd, łup, łup, łup, łup — w środku coś ciężkiego i miękkiego, ciało — i Harriet instynktownie zatkała nos, jakby chcąc odgrodzić się od odoru, ale kufer nadal sunął po omszałych kamieniach, gdzieś w złocistym, rozświetlonym żyrandolami teatrze grała orkiestra, Harriet usłyszała wyraźny sopran Edie, górujący nad muzyką skrzypiec:

— *W toni wielu śmiałków kości. Miej się, żeglarzu, na baczności.*

Nie, to nie była Edie, ale tenor — tenor o czarnych nabrylantynowanych włosach, z dłonią w rękawiczce przyciśniętą do smokingu, z upudrowaną twarzą bladą jak kreda w blasku reflektorów, z oczami i ustami pociemniałymi jak u aktora filmu niemego. Tenor stał przed atłasową kurtyną z frędzlami, która — przy wtórze gromkich braw — rozsunęła się powoli, ukazując usytuowany pośrodku sceny olbrzymi blok lodu z zamarzniętą sylwetką na środku.

Okrzyk. Podniecona orkiestra, złożona głównie z pingwinów, przyspieszyła. Na galerii przepychały się niedźwiedzie polarne, niektóre w czapach Świętego Mikołaja. Spóźniły się, a teraz kłóciły o miejsca. Wśród niedźwiedzi siedziała pani Godfrey o szklistych oczach, która jadła lody z salaterki w kratę arlekina.

Nagle światła przyciemniono. Tenor ukłonił się i zniknął za kulisami. Jeden z niedźwiedzi polarnych wychylił się z balkonu i rzucając czapę Świętego Mikołaja wysoko w powietrze, ryknął:

— Trzy wiwaty dla kapitana Scotta!

Witany ogłuszającymi brawami błękitnooki Scott, w sztywnym od wielorybiego tłuszczu i pokrytym lodem futrze, wyszedł na scenę, otrzepując śnieg z ubrania, i uniósł dłoń w rękawicy w stronę publiczności. Za plecami kapitana drobny Bowers — na nartach — zagwizdał cicho ze zdumieniem, zmrużył oczy w blasku reflektorów i zasłonił ręką twarz spaloną słońcem. Doktor Wilson — z gołą głową, bez rękawic, w rakach do chodzenia po lodzie — wyminął go w pędzie, wybiegł na scenę, zostawiając za sobą śnieżne ślady, które w światłach rampy natychmiast topiły się w kałuże. Ignorując wybuch braw, Wilson przesunął dłonią po lodowym bloku, zapisał coś w oprawionym w skórę notesie, potem zatrzasnął go, a publiczność umilkła.

— Warunki krytyczne, kapitanie — powiedział, wyrzucając z ust biały obłok. — Z północnego zachodu wieje wiatr, a górna część lodowca najwyraźniej różni się od dolnej, co sugeruje, że lód nagromadził się warstwa po warstwie z okresowych opadów śniegu.

— Wobec tego niezwłocznie musimy rozpocząć akcję ratunkową — postanowił kapitan Scott. — Osman! Esh to — rzucił niecierpliwie do psa zaprzęgowego, który ujadał i skakał wokół niego. — Poruczniku Bowers, czekany do lodu.

Bowers wcale nie wyglądał na zdziwionego tym, że kijki do nart w jego dłoniach zmieniły się w dwa czekany. Jeden z nich rzucił zręcznie kapitanowi, do wtóru gwizdów, ryków i klaskania płetwami, po czym zdjąwszy ośnieżone opończe, obaj zaczęli rąbać zamarznięty blok, orkiestra pingwinów znowu zagrała, a doktor Wilson przedstawiał interesujące naukowe komentarze na temat natury lodu. Z proscenium zaczęły padać łagodnie wirujące płatki śniegu. Na skraju sceny nabrylantynowany tenor pomagał Pontingowi, fotografowi wyprawy, ustawić trójnóg.

— Biedny facet — powiedział kapitan Scott między uderzeniami czekana, przy czym on i Bowers prawie nie posuwali się naprzód. — To chyba jego ostatnie chwile.

— Pospiesz się, kapitanie.

— Głowa do góry, chłopcy! — ryknął niedźwiedź polarny z galerii.

— Jesteśmy w rękach Boga i jeżeli On nie wkroczy, jesteśmy zgubieni — oświadczył posępnie doktor Wilson. Na czole perlił mu się pot, a szkła staromodnych okularków migotały biało w świetle reflektorów.

— Złóżmy dłonie do Modlitwy Pańskiej i wyznania wiary.

Najwyraźniej nie wszyscy znali Modlitwę Pańską. Niektóre pingwiny zanuciły Daisy, Daisy, odpowiedź mi daj; inne, z płetwami na sercu, wyrecytowały „Ślubowanie na konstytucję". Właśnie wtedy nad sceną pojawiła się głowa zakutego w kajdany mężczyzny w stroju wieczorowym i kaftanie bezpieczeństwa, który zjechał w dół na wirującym łańcuchu przywiązanym do kostek. Na widowni zrobiło się cicho, jak makiem zasiał, kiedy człowiek — wyrywając się, miotając, czerwony na twarzy — oswobodził się z kaftana bezpieczeństwa i ściągnął go przez głowę. Potem zaczął szarpać zębami kajdany; po chwili spadły z łoskotem na deski, a wtedy — zręcznie składając się w scyzoryk i uwalniając stopy — wywinął się z łańcucha zawieszonego dziesięć stóp nad ziemią i wylądował w pozie gimnastycznej z rękami w górze, uchylając cylinder, który pojawił się znikąd. Wtedy wyfrunęło stado różowych gołębi, które zaczęły dziobać po teatrze, budząc zachwyt widzów.

— Obawiam się, że konwencjonalne metody na nic się tu nie zdadzą — powiedział nowo przybyły do zdumionych podróżników, podwinął rękawy marynarki i przez chwilę pozował z uśmiechem do błyskającego lampą aparatu. — Podczas próby wykonania tej właśnie sztuki o mały włos dwukrotnie nie zginąłem — raz w Cyrku Beketow w Kopenhadze, raz w Teatrze Apollo w Norymberdze. — To rzekłszy, wyczarował wysadzaną drogimi kamieniami lampę lutowniczą, która strzelała płomieniem długości trzech stóp, wyjął pistolet i strzelił w powietrze z głośnym trzaskiem, wzbijając obłoczek dymu. — Asystenci, do mnie!

Na scenę wbiegło pięciu Chińczyków w szkarłatnych szatach i myckach, z długimi czarnymi kitkami na plecach, uzbrojonych w toporki strażackie i piły do metalu.

Houdini cisnął w publiczność pistolet, który — budząc zachwyt pingwinów — zanim wylądował wśród nich, zmienił się w trzepoczącego łososia. Houdini wyrwał kapitanowi Scottowi czekan, zaczął nim wymachiwać w powietrzu lewą dłonią, podczas gdy w prawej płonęła lampa lutownicza.

— Pragnę przypomnieć widzom, że obiekt jest pozbawiony życiodajnego tlenu od czterech tysięcy sześciuset sześćdziesięciu pięciu dni, dwunastu godzin, dwudziestu siedmiu minut i trzydziestu dziewięciu sekund. Jest to pierwsza próba reanimacji na tę skalę na północnoamerykańskiej scenie. — Houdini odrzucił czekan kapitanowi Scottowi, po czym pogłaskawszy rudego kota, który przycupnął mu na ramieniu, skinął głową na pingwina-dyrygenta. — Bardzo proszę, maestro.

Chińczycy — pod radosną wodzą Bowersa, który w samej kamizelce pracował z nimi ramię w ramię — rąbali lód w rytm muzyki. Houdini posuwał się naprzód w fantastycznym tempie dzięki lampie lutowniczej. Na scenie pojawiła się wielka kałuża wody: pingwiny-muzycy z rozkoszą tańczyli shimmy w strugach lodowatej wody kapiącej do kanału dla orkiestry. Po lewej stronie sceny kapitan Scott robił co w jego mocy, by powstrzymać psa zaprzęgowego Osmana, który oszalał na widok kota Houdiniego — i gniewnie przywoływał na pomoc Mearesa zza kulis.

Tajemnicza postać w bąblowatym lodowym bloku znajdowała się już tylko sześć cali od lampy lutowniczej i pił Chińczyków.

— Odwagi! — ryknął z galerii niedźwiedź polarny.

Inny niedźwiedź zerwał się z miejsca. W wielkiej jak rękawica baseballowa łapie trzymał wyrywającego się gołębia, któremu odgryzł głowę, a następnie wypluł w postaci krwawej miazgi.

Harriet nie była pewna, co się dzieje na scenie, chociaż wydawało się to bardzo ważne. Nieprzytomna ze zniecierpliwienia, stanęła na palcach, wyciągając szyję, ale pingwiny, które jazgotały, stawały na łapach i właziły sobie na ramiona, były wyższe niż ona. Kilka ptaków chwiejnie zeszło z foteli i ruszyło w stronę sceny kołyszącym się krokiem, z dziobami skierowanymi w sufit i nieprzytomnie zatroskanymi zezowatymi oczami. Kiedy Harriet przepychała się przez zastępy pingwinów, mocno pchnięto ją od tyłu, a ona potknęła się w przód i nałykała tłustych piór.

Nagle w teatrze rozległ się triumfalny okrzyk Houdiniego:
— Panie i panowie! — zawołał. — Mamy go!
Tłum ruszył na scenę. W zamieszaniu Harriet dostrzegła białe błyski staroświeckiego aparatu fotograficznego Pontinga, na salę wbiegła grupa angielskich policjantów wyposażonych w kajdanki, pałki i rewolwery.
— Tędy, panowie oficerowie! — powiedział Houdini, występując do przodu, czemu towarzyszył zamaszysty gest ręki.

Gładko i całkiem nieoczekiwanie wszystkie głowy zwróciły się ku Harriet. Zapanowała okropna cisza, zakłócana tylko kap, kap, kap roztopionego lodu ściekającego do kanału dla orkiestry. Na Harriet patrzyli wszyscy: kapitan Scott, zaskoczony drobniutki Bowers, Houdini z czarnymi brwiami ściągniętymi nad bazyliszkowymi oczami. Pingwiny, zwrócone do niej lewym profilem z nie mrugającym okiem, jak na komendę pochyliły się w przód i utkwiły w Harriet żółte, rybie spojrzenie.

Ktoś próbował jej coś wręczyć. „Decyzja należy do ciebie, moja droga..."
Siedząca na sofie na dole Harriet wyprostowała plecy.

— Cóż, Harriet — powiedziała żwawo Edie, kiedy spóźniona Harriet weszła do niej tylnymi drzwiami na śniadanie. — Gdzie się podziewałaś? Nie było cię wczoraj w kościele.

Edie rozwiązała fartuch, nie zwracając uwagi na milczenie Harriet ani nawet na wymiętą sukienkę w stokrotki. Jak na siebie, była w niezwykle radosnym nastroju, odstawiona w granatowy kostium i czółenka do kompletu.

— Już miałam zaczynać bez ciebie — oświadczyła, siadając do grzanki i kawy. — Czy Allison przyjdzie? Jadę na zebranie.
— Jakie zebranie?
— W kościele. Twoje ciotki i ja wybieramy się w podróż.
Nawet dla oszołomionego umysłu Harriet to była nowina. Edie i ciotki

nigdy nigdzie nie jeździły. Libby prawie nie wystawiła nosa poza stan Missisipi; ona i pozostałe ciotki całymi dniami trwały w ponurym przerażeniu, ilekroć musiały się oddalić na kilka mil od domu. Mruczały, że woda ma dziwny smak; nie mogły spać w obcym łóżku; martwiły się, że zostawiły kawę na ogniu, martwiły się o swoje rośliny doniczkowe i koty, martwiły się, że wybuchnie pożar albo ktoś się włamie do ich domu, albo podczas ich nieobecności nastąpi koniec świata. W czasie wyjazdu musiałyby korzystać z toalet na stacjach benzynowych, które były brudne, i kto wie, jakie kłębiły się w nich zarazki. Ludzi w restauracjach nie obchodziła bezsolna dieta Libby. Co by się stało, gdyby zepsuł się samochód? A gdyby ktoś zachorował?

— Wyjeżdżamy w sierpniu — oświadczyła Edie. — Do Charlestonu. Zamierzamy zwiedzać historyczne domy.

— Będziesz prowadzić? — Chociaż Edie nie chciała się do tego przyznać, popsuł jej się wzrok, przejeżdżała na czerwonym świetle, nieprzepisowo skręcała w lewo i hamowała gwałtownie, żeby odwrócić się i pogawędzić z siostrami, które szukały w kosmetyczkach chusteczek i miętówek, równie słodko jak Edie nieświadome wyczerpanego anioła stróża o pustych oczach, który unosił się z opuszczonymi skrzydłami nad oldsmobile'em, zapobiegając potwornym zderzeniom na każdym zakręcie.

— Jadą wszystkie panie z naszego kółka kościelnego — odparła Edie, pracowicie chrupiąc grzankę. — Roy Dial ze sklepu chevroleta wypożycza nam autobus z kierowcą. Mogłabym wziąć samochód, gdyby ludzie w dzisiejszych czasach nie zachowywali się na autostradach jak szaleńcy.

— Libby powiedziała, że pojedzie?

— Naturalnie. Dlaczego nie miałaby pojechać? Jadą panie Hatfield Keene, Nelson McLemore i wszystkie przyjaciółki Libby.

— Addie też? I Tat?

— Oczywiście.

— Chcą jechać? Nikt ich nie zmusza?

— Twoje ciotki i ja nie młodniejemy.

— Posłuchaj, Edie — powiedziała nagle Harriet, przełykając biszkopta. — Czy dasz mi dziewięćdziesiąt dolarów?

— D z i e w i ę ć d z i e s i ą t   d o l a r ó w? — powtórzyła gwałtownie Edie. — Po co ci, na Boga, dziewięćdziesiąt dolarów?

— Mama nie zapłaciła za nas składki w Country Club.

— A czego ty szukasz w Country Club?

— Tego lata chciałabym pływać.

— Niech ten mały Hull cię wprowadzi.

— Nie może. Ma prawo przyprowadzić gościa tylko pięć razy.

— Nie widzę sensu dawania Country Club dziewięćdziesięciu dolarów tylko po to, żeby korzystać z basenu — powiedziała Edie. — Jeśli chcesz, możesz pływać w jeziorze de Selby.

Harriet nie odpowiedziała.

— Zabawne. Obóz zaczyna się późno w tym roku. Wydawało mi się, że pierwszy turnus już powinien się zacząć.

— Chyba nie.

— Przypomnij mi, żebym tam zadzwoniła dziś po południu. Nie wiem, co się dzieje z tymi ludźmi. Ciekawe, kiedy jedzie mały Hull?

— Czy mogę już iść?

— Nie powiedziałaś mi, jakie masz plany na dzisiaj.

— Idę do biblioteki zapisać się na konkurs czytelniczy. Chcę znowu wygrać. — Harriet pomyślała, że teraz, kiedy nad rozmową wisi cień obozu de Selby, to nie jest najlepszy moment na przedstawianie prawdziwego planu na lato.

— Cóż, jestem pewna, że ci się powiedzie — powiedziała Edie, wstała i zaniosła filiżankę do zlewu.

— Czy mogę cię o coś spytać, Edie?

— To zależy.

— Mój brat został zamordowany, prawda?

Wzrok Edie stał się nieostry. Odstawiła filiżankę.

— Jak myślisz, kto to zrobił?

Wzrok Edie unosił się przez chwilę w powietrzu, a potem — całkiem nieoczekiwanie — przyszpilił gniewnie Harriet. Po niezręcznej chwili (w której Harriet niemal czuła, jak unosi się z niej dym, jakby była kupką suchych wiórów żarzących się w snopie światła) Edie odwróciła się i włożyła filiżankę do zlewu. W granatowym kostiumie jej talia prezentowała się bardzo wąsko, a ramiona kanciasto i wojskowo.

— Zbierz swoje rzeczy — powiedziała szorstko, nie odwracając głowy.

Harriet nie wiedziała, co odpowiedzieć. Nie miała żadnych rzeczy.

Po morderczym milczeniu w samochodzie (patrzenie na szwy tapicerki, bawienie się kawałkiem luźnej pianki na oparciu siedzenia) Harriet nie miała specjalnej ochoty na wizytę w bibliotece. Edie stała jednak na chodniku jak słup, więc Harriet nie miała innego wyjścia, jak wejść po schodach (sztywno, ze świadomością, że jest obserwowana) i pchnąć przeszklone drzwi.

Biblioteka sprawiała wrażenie pustej. Tylko pani Fawcett siedziała przy głównym biurku, segregowała zwrócone w nocy książki i piła kawę. Była drobniutką kobietą o ptasich kościach, krótkich szpakowatych włosach, żylastych białych rękach (nosiła miedziane bransoletki na artretyzm) i trochę za ostrych, zbyt wąsko osadzonych oczach, tym bardziej że nos przypominał dziób. Większość dzieci bała się jej, ale nie Harriet, która uwielbiała bibliotekę i wszystko, co się z nią wiązało.

— Witaj, Harriet! — powiedziała pani Fawcett. — Przyszłaś zapisać się na konkurs czytelniczy? — Spod biurka wyjęła plakat. — Znasz zasady, prawda?

Wręczyła Harriet mapę Stanów Zjednoczonych, której Harriet przyjrzała się dokładniej, niż musiała. „Skoro pani Fawcett nie poznała, to chyba nie jestem aż tak bardzo przygnębiona", powiedziała sobie w duchu. Harriet nie dawała się łatwo urazić — w każdym razie nie przez Edie, która zawsze dostawała szału z jakiegoś powodu — ale milczenie w samochodzie wytrąciło ją z równowagi.

— W tym roku wykorzystują mapę amerykańską — powiedziała pani Fawcett. — Za każde cztery wypożyczone książki dostajesz naklejkę w kształcie stanu, którą naklejasz na mapę. Przyczepić ci ją?

— Dziękuję, dam sobie radę — odparła Harriet.

Podeszła do tablicy ogłoszeń w głębi biblioteki. Konkurs czytelniczy rozpoczął się w sobotę, zaledwie przedwczoraj. Na ścianie wisiało już siedem czy osiem map, z których większość była pusta, ale na jednej widniały trzy naklejki. Jakim cudem ktoś mógł przeczytać dwanaście książek od soboty?

— Kto to jest Lasharon Odum? — Harriet spytała panią Fawcett, wróciwszy do jej biurka z czterema książkami, które wybrała.

Pani Fawcett wychyliła się, wskazała na salę dziecięcą i skinęła głową w stronę małej postaci o skołtunionych włosach, ubranej w grubą koszulkę z krótkimi rękawami i za małe spodnie. Przycupnęła na krześle i czytała, z szeroko otwartymi oczami, oddychając ochryple przez spierzchnięte wargi.

— Tam siedzi — szepnęła pani Fawcett. — Biedne maleństwo. Od tygodnia każdego ranka czeka na mnie na schodach, kiedy przychodzę otworzyć bibliotekę, a potem siedzi cicho jak mysz do osiemnastej, kiedy zamykam. Jeżeli naprawdę czyta te książki, a nie po prostu udaje, to czyta nieźle jak na swój wiek.

— Pani Fawcett, czy wpuści mnie pani dzisiaj do działu gazet? — spytała Harriet.

— Gazet nie wolno wynosić z biblioteki. — Pani Fawcett sprawiała wrażenie zaskoczonej.

— Wiem. Prowadzę badania.

Pani Fawcett spojrzała na Harriet nad okularami, zadowolona z tej dorosłej prośby.

— Czy wiesz, o które ci chodzi?

— Och, po prostu lokalne gazety. Może też z Memphis i Jackson. Są mi potrzebne do... — Harriet zawahała się, bo nie chciała naprowadzić pani Fawcett na trop, wymieniając datę śmierci Robina.

— Cóż, naprawdę nie powinnam cię tam wpuszczać, ale jeśli będziesz ostrożna, to na pewno wszystko będzie dobrze.

Harriet — poszła dłuższą drogą, aby nie musieć mijać domu Hely'ego; prosił, żeby wybrała się z nim na ryby — wstąpiła do domu, żeby zostawić wypożyczone książki. Była dwunasta trzydzieści. Allison — zaspana, z wypiekami na twarzy, ciągle w piżamie — siedziała samotnie przy stole w jadalni i posępnie jadła kanapkę z pomidorem.

— Chcesz pomidora, Harriet? — zawołała z kuchni Ida Rhew. — A może wolisz kurczaka?

— Poproszę pomidora — odparła Harriet i przysiadła się do siostry.

— Dziś po południu idę do Country Club zapisać się na basen. Chcesz pójść ze mną?

Allison potrząsnęła głową.

— Chcesz, żebym ciebie też zapisała?

— Wszystko mi jedno.

— Weenie nie chciałby, żebyś zachowywała się w ten sposób — stwierdziła Harriet. — Chciałby, żebyś była szczęśliwa i żyła pełnią życia.

— Już nigdy nie będę szczęśliwa — odparła Allison, odkładając kanapkę. W kącikach melancholijnych, czekoladowych oczu zaczęły się zbierać łzy. — Wolałabym nie żyć.

— Allison? — zagadnęła Harriet.

Siostra nie odpowiedziała.

— Czy wiesz, kto zabił Robina?

Allison zaczęła dłubać w skórce kanapki. Oderwała kawałek, który zwinęła w kulkę kciukiem i palcem wskazującym.

— Kiedy to się stało, byłaś na podwórzu — ciągnęła Harriet, przyglądając się siostrze uważnie. — Czytałam o tym w gazecie w bibliotece. Piszą, że byłaś tam przez cały czas.

— Ty też tam byłaś.

— Tak, ale byłam mała. Ty miałaś cztery lata.

Allison oderwała kolejną warstwę skórki i zjadła ją starannie, nie patrząc na Harriet.

— Cztery lata to sporo. Pamiętam właściwie wszystko z czasów, kiedy miałam cztery lata.

W tym momencie Ida Rhew weszła z talerzem dla Harriet. Dziewczynki umilkły. Kiedy Ida wróciła do kuchni, Allison powiedziała:

— Proszę cię, Harriet. Zostaw mnie w spokoju.

— Coś m u s i s z pamiętać — stwierdziła Harriet, nie spuszczając wzroku z siostry. — To ważne. Pomyśl.

Allison nadziała plasterek pomidora na widelec i zjadła go, skubiąc delikatnie brzegi.

— Posłuchaj. Zeszłej nocy miałam sen.

Zaskoczona Allison podniosła wzrok.

Harriet, której uwagi nie umknęło to nagłe zainteresowanie ze strony Allison, starannie opowiedziała sen.

— Myślę, że ten sen próbował mi coś powiedzieć. Chyba mam spróbować odszukać zabójcę Robina.

Harriet skończyła jeść kanapkę. Allison wciąż na nią patrzyła. Harriet wiedziała, że Edie się myli, uważając Allison za głupią; po prostu niezwykle trudno było stwierdzić, co myślała, i trzeba było bardzo uważać, żeby jej nie przestraszyć.

— Chcę, żebyś mi pomogła — powiedziała Harriet. — Weenie chciałby, żebyś mi pomogła. On kochał Robina. Był jego kotkiem.

— Nie mogę — odparła Allison, odsuwając krzesło. — Muszę już iść. Czas na *Mroczne cienie*.

— Nie, poczekaj — zatrzymała ją Harriet. — Chcę, żebyś coś zrobiła. Zrobisz coś dla mnie?

— Co takiego?

— Spróbujesz zapamiętać sny, a potem spiszesz je i pokażesz mi rano? Allison spojrzała na siostrę pustym wzrokiem.

— Ty ciągle śpisz. Coś musi ci się śnić. Czasami ludzie przypominają sobie we śnie rzeczy, których nie pamiętają, kiedy się obudzą.

— Allison — zawołała Ida z kuchni. — Czas na nasz program.

Obie z Allison były fanatyczkami *Mrocznych cieni*. Latem oglądały je razem każdego dnia.

— Chodź obejrzeć z nami — Allison powiedziała do siostry. — W ubiegłym tygodniu było naprawdę bardzo ciekawie. Wracają teraz do przeszłości. Wyjaśnia się, jak Barnaba stał się wampirem.

— Możesz opowiedzieć mi o tym, kiedy wrócę do domu. Wybieram się do Country Club i zapiszę nas obie na pływalnię. Zgoda? Czy jeśli nas zapiszę, będziesz czasem ze mną pływać?

— Kiedy właściwie zaczyna się twój obóz? Nie jedziesz w tym roku?

— Chodź — ponagliła Ida Rhew, wchodząc z kanapką z kurczakiem dla siebie. Latem zeszłego roku Allison wciągnęła Idę w *Mroczne cienie*.

Początkowo służąca oglądała program podejrzliwie, ale teraz w trakcie roku szkolnego Ida nie opuszczała ani jednego odcinka, a po powrocie Allison ze szkoły opowiadała jej, co się wydarzyło.

Leżąc na zimnych kafelkach w łazience, za zamkniętymi na klucz drzwiami, z długopisem uniesionym nad książeczką czekową ojca, Harriet zebrała się w sobie, zanim zaczęła pisać. Podrabianie pisma matki wychodziło jej nieźle, ojca jeszcze lepiej, ale przy jego zawijasach nie mogła się wahać nawet przez chwilę; kiedy długopis dotknął papieru, musiała pędzić przed siebie bez zastanawiania się, bo w przeciwnym razie pismo wychodziło koślawe i niewłaściwe. Pismo Edie było bardziej wyszukane: wyprostowane, staroświeckie, baletowe w swojej ekstrawagancji, a mistrzowskie duże litery trudno było kopiować płynnie, więc Harriet musiała pracować powoli, co chwila przerywając, by porównać pracę z próbką pisma Edie. Rezultat był znośny, ale chociaż inni ludzie czasami się na niego nabierali, to nie nabierali się zawsze, a samej Edie nigdy nie udało się oszukać.

Długopis Harriet unosił się nad pustą linijką. Zza zamkniętych drzwi łazienki zaczęła się sączyć mrożąca krew w żyłach muzyka z *Mrocznych cieni*.

Zapłacić: Alexandria Country Club, napisała zamaszystym, niedbałym pismem ojca. Sto osiemdziesiąt dolarów. Następnie rozległy podpis bankiera, najłatwiejsza część. Harriet westchnęła przeciągle i przyjrzała się dziełu. Może być. To były lokalne czeki, obciążające konto w banku miejskim, więc wyciągi kierowano do domu Harriet, nie do Nashville. Kiedy anulowany czek wróci, Harriet wyjmie go z koperty, spali i nikt się o niczym nie dowie. Odkąd po raz pierwszy odważyła się próbować tej sztuczki, przywłaszczyła sobie ponad pięćset dolarów z ojcowskiego konta (w drobnych kwotach). Harriet czuła, że ojciec jest jej to winien; gdyby nie bała się zdemaskowania, z radością oczyściłaby mu konto.

— Dufresnesowie to z i m n i ludzie — powiedziała ciotka Tat. — Zawsze byli zimni. Poza tym nigdy nie uważałam ich za szczególnie kulturalnych.

Harriet zgadzała się z tą opinią. Jej stryjowie z rodziny Dufresnesów przypominali ojca: polowali na jelenie, uprawiali sporty, mówili głośno i szorstko, wczesywali czarną farbę w siwiejące włosy — starzejące się wersje Elvisa, z brzuszkami, w sztybletach z elastycznymi wszywkami. Nie czytali książek; ich żarty były wulgarne; w manierach i zaintereso-

90

niach byli oddaleni od krajanów mniej więcej o jedno pokolenie. Tylko raz spotkała babkę Dufresnes — drażliwą kobietę z różowymi plastiko- wymi koralami i w elastycznych spodniach, która mieszkała na Florydzie w kondominium z rozsuwanymi przeszklonymi drzwiami i tapetą w żyra- fy. Kiedyś Harriet spędziła u niej tydzień, podczas którego o mały włos nie oszalała z nudów, bo babka Dufresnes nie miała karty bibliotecznej, a posiadała tylko dwie książki: biografię założyciela sieci hoteli Hilton oraz dzieło w miękkiej okładce pod tytułem *Teksańczyk patrzy na LBJ*. Synowie babki Dufresnes wyrwali ją z wiejskiej nędzy okręgu Tallaha- tchie i kupili dla niej kondominium w dzielnicy emerytów w Tampie. Babka przysyłała do domu Harriet skrzynkę grejpfrutów na każdą Gwiazd- kę. Poza tym rzadko się odzywała.

Chociaż Harriet wyczuwała żal, jaki Edie i ciotki miały do jej ojca, to nie wyobrażała sobie, jak bardzo był on gorzki. Ciotki mruczały, że Dixon nigdy nie był czułym mężem ani ojcem, nawet za życia Robina. Serce się krajało na widok tego, jak ignorował córki. Serce się krajało na widok tego, jak ignorował żonę — zwłaszcza po śmierci syna. Dixon naj- zwyczajniej w świecie kontynuował pracę, nie wziął urlopu z banku i wy- brał się na polowanie do Kanady w niespełna miesiąc po pogrzebie syna. Trudno było się dziwić, że umysł Charlotte szwankował, skoro miała ta- kiego ladaco za męża.

— Lepiej by się stało, gdyby się z nią rozwiódł — powiedziała gniew- nie Edie. — Charlotte jest jeszcze młoda. Ten miły, młody Willory właśnie kupił posiadłość przy Glenwild, pochodzi z Delty, ma pieniądze...

— Cóż, Dixon utrzymuje rodzinę — mruknęła Adelaide.

— Mówię tylko, że Charlotte mogłaby dostać kogoś znacznie lepszego.

— A j a mówię tylko, że wiele się może zdarzyć między ustami a brzegiem pucharu, Edith. Nie wiem, co by się stało z małą Charlotte i dziewczynkami, gdyby Dix nie zarabiał przyzwoicie.

— No tak — przyznała Edie. — O tym nie powinno się zapominać.

— Czasami się zastanawiam, czy postąpiłyśmy słusznie, nie nama- wiając Charlotte, żeby się przeniosła do Dallas — powiedziała Libby drżącym głosem.

O takiej ewentualności rozmawiano wkrótce po śmierci Robina. Bank zaproponował Dixowi awans, gdyby zgodził się przenieść do Teksasu. Kilka lat poźniej Dix próbował nakłonić rodzinę do przeprowadzki do ja- kiegoś miasta w Nebrasce. Ciotki nie tylko nie namawiały Charlotte i dziewczynek do przenosin, ale przy obu okazjach ogarnęła je panika. Adelaide, Libby, a nawet Ida Rhew płakały całymi tygodniami na samą myśl o takiej możliwości.

Harriet dmuchnęła na podpis ojca, chociaż atrament był suchy. Matka stale wypisywała czeki na jego konto — w ten sposób płaciła rachunki — ale, jak zrozumiała Harriet, nie kontrolowała bilansu. Gdyby poprosiła, Charlotte z radością zapłaciłaby za Country Club, ale obóz de Selby pomrukiwał groźnie na horyzoncie, więc Harriet nie chciała ryzykować wzmianką o Country Club i basenie w obawie, że matka przypomni sobie o tym, że obozowe formularze nie nadeszły.

Harriet wsiadła na rower i pojechała do Country Club. Biuro było zamknięte. Wszyscy poszli na lunch do stołówki. Harriet pomaszerowała do sklepu, gdzie starszy brat Hely'ego, Pemberton, palił za ladą papierosa i czytał pismo muzyczne.

— Czy mogę dać te pieniądze tobie? — spytała. Lubiła Pembertona. Był rówieśnikiem i przyjacielem Robina. Teraz miał dwadzieścia jeden lat i zdaniem niektórych to była wielka szkoda, że matka Pembertona wyperswadowała ojcu chłopaka wysłanie go do akademii wojskowej, gdzie mógłby zrobić karierę. Chociaż Pem był w szkole średniej popularny, a jego zdjęcie zdobiło prawie każdą stronę albumu klasy maturalnej, to był próżniakiem, trochę bitnikiem, nie zagrzał miejsca w Vanderbilt ani w Ole Miss, ani nawet na Stanowym Uniwersytecie Delta. Teraz mieszkał z rodzicami. Włosy miał znacznie dłuższe niż Hely; latem pracował jako ratownik w Country Club, a zimą tylko majstrował przy samochodzie i słuchał głośnej muzyki.

— Cześć, Harriet — powiedział Pemberton. Harriet pomyślała, że pewnie musiał się czuć samotnie, sam jak palec w sklepie. Miał na sobie znoszoną koszulkę z krótkimi rękawami, madrasowe spodenki w kratę i buty do golfa na bose stopy; na ladzie obok łokcia Pembertona, na talerzu z monogramem Country Club leżały resztki hamburgera i frytek. — Chodź tu i pomóż mi wybrać magnetofon do samochodu.

— Kompletnie nie znam się na magnetofonach do samochodu. Chcę zostawić ci ten czek.

Pem założył włosy za uszy dłonią o wydatnych kostkach, wziął czek i przyjrzał mu się. Pemberton był chłopakiem o długich kościach, swobodnym sposobie bycia, znacznie wyższym niż Hely; miał takie same skołtunione włosy — jasne na wierzchu, ciemniejsze pod spodem. Rysy twarzy też miał takie jak Hely, tyle że delikatniejsze, a zęby nieco krzywe, ale dzięki temu miał więcej wdzięku, niż gdyby były proste.

— Cóż, możesz mi zostawić ten czek, ale nie jestem pewien, co z nim zrobić — powiedział w końcu. — Słuchaj, nie wiedziałem, że twój tata jest w mieście.

— Nie jest.

Pemberton podniósł chytrze brew i wskazał na datę na czeku.

— Przysłał go pocztą — wyjaśniła Harriet.

— A gdzie właściwie podziewa się stary Dix? Nie widziałem go całe wieki.

Harriet wzruszyła ramionami. Co prawda nie lubiła ojca, ale wiedziała, że nie powinna plotkować ani skarżyć się na niego.

— Cóż, kiedy się z nim zobaczysz, może powiedz, żeby i mnie przysłał czek. Naprawdę chciałbym mieć te głośniki. — Pem przesunął pismo po ladzie i pokazał Harriet.

— Wszystkie wyglądają tak samo — stwierdziła po obejrzeniu zdjęć.

— Nic podobnego, złotko. Te Blaupunkty to najseksowniejsza rzecz, jaka istnieje. Widzisz? Całe czarne, z czarnymi przyciskami. Widzisz, jaki jest mały w porównaniu z Pionierem?

— No to kup go.

— Zrobię to, kiedy twój tata przyśle mi trzysta dolców. — Pem po raz ostatni sztachnął się papierosem i zgasił go z sykiem na talerzu. — Słuchaj, gdzie się szwenda ten mój debilny braciszek?

— Nie wiem.

Pemberton pochylił się do przodu z konfidencjonalnym ruchem ramion.

— Dlaczego pozwalasz, żeby się z tobą zadawał?

Harriet spojrzała na ruinę posiłku Pema: zimne frytki, zmięty papieros syczący w kałuży ketchupu.

— Czy on nie gra ci na nerwach? — pytał Pemberton. — Dlaczego każesz mu ubierać się po kobiecemu?

Zaskoczona Harriet podniosła wzrok.

— No wiesz, w szlafroki Marthy. — Martha była matką Pema i Hely'ego. — On to ubóstwia. Stale widzę, jak wybiega z domu z głową owiniętą jakąś świrniętą powłoczką na poduszkę albo ręcznikiem. Mówi, że każesz mu to robić.

— Nieprawda.

— Daj spokój, H a r r i e t. — Wymawiał jej imię w taki sposób, jakby dostrzegał w nim coś lekko zabawnego. — Kiedy przejeżdżam obok twojego domu, na podwórzu masz zawsze siedmiu czy ośmiu małych chłopców w prześcieradłach. Ricky Ashmore nazywa was dziecięcym Ku-Klux-Klanem, ale według mnie ty po prostu lubisz, kiedy ubierają się po dziewczyńsku.

— To taka zabawa — powiedziała Harriet flegmatycznie, poirytowana jego dociekliwością. Misteria biblijne należały już do przeszłości. — Słuchaj, chciałam z tobą porozmawiać o moim bracie.

Teraz Pemberton poczuł się niezręcznie. Podniósł pismo muzyczne i zaczął je przeglądać z przesadną uwagą.

— Czy wiesz, kto go zabił?

— C ó ż — powiedział chytrze Pemberton, odkładając pismo. — Powiem ci coś, jeżeli obiecasz, że nie puścisz pary z ust. Znasz starą panią Fountain, która mieszka obok was?

Harriet wpatrywała się w niego z tak nie skrywaną pogardą, że Pemberton zgiął się ze śmiechu.

— Co? Nie wierzysz w tę historię o pani Fountain i wszystkich tych ludziach zakopanych pod jej domem? — Kilka lat wcześniej Pem śmiertelnie przeraził Hely'ego, mówiąc, że ktoś znalazł ludzkie kości wystające z kwietnika pani Fountain. Powiedział też bratu, że pani Fountain wypchała swego zmarłego męża i posadziła na sofie, żeby dotrzymywał jej towarzystwa w nocy.

— Więc nie wiesz, kto to zrobił?

— Nie — odparł dość szorstko Pemberton. Nadal pamiętał, jak matka przyszła na górę do jego sypialni (sklejał samolot; to dziwne, jakie rzeczy człowiek zapamiętuje), zawołała go do holu i powiedziała, że Robin nie żyje. To był jedyny raz, kiedy Pem widział matkę zapłakaną. On sam nie płakał: miał dziewięć lat i zero pojęcia o tym, co się stało. Po prostu wrócił do siebie, zatrzasnął drzwi i czując się coraz bardziej nieswojo, zajął się ponownie sklejaniem Sopwith Camela; wciąż pamiętał, że pęcherze kleju na złączach wyglądały jak gówno, i ostatecznie wyrzucił model, nie kończąc go.

— Nie powinnaś żartować na takie tematy — powiedział.

— Nie żartuję. Jestem śmiertelnie poważna — odparła Harriet wyniośle.

Pemberton nie po raz pierwszy pomyślał, jak bardzo różniła się od Robina, tak bardzo, że wprost trudno było uwierzyć, że byli spokrewnieni. Możliwe, że swój poważny wygląd Harriet zawdzięczała po części ciemnym włosom, ale — w przeciwieństwie do Robina — bywała zamyślona, zachowywała pokerową, nadętą twarz, nigdy się nie śmiała. Allison miała w sobie coś z narwanego ducha Robina (teraz, w szkole średniej, zaczęła ładnie chodzić; niedawno Pem obejrzał się za Allison na ulicy, nie wiedząc, kim była), ale Harriet nie miała w sobie nic słodkiego ani narwanego. Harriet była odjechana.

— Myślę, że czytasz za dużo Nancy Drew, złotko — powiedział. — To wszystko stało się, zanim Hely przyszedł na świat. — Pem wykonał zamach golfowy niewidzialnym kijem. — Dawniej zatrzymywały się tu trzy, cztery pociągi dziennie, a przy torach kręciło się znacznie więcej włóczęgów.

— Może człowiek, który to zrobił, ciągle tu jest.
— Jeśli tak, to czemu go nie złapano?
— Czy przed wypadkiem zauważono coś podejrzanego?
— Że niby co, duchy? — prychnął pogardliwie Pem.
— Nie, po prostu coś dziwnego.
— Posłuchaj, to nie było tak jak w kinie. Nie było tak, że ktoś widział wielkiego zboczeńca czy świra, który kręcił się po okolicy, i po prostu zapomniał o tym wspomnieć. — Pemberton westchnął. Wiele lat po śmierci Robina ulubiona zabawa podczas szkolnych przerw polegała na odgrywaniu morderstwa. Zabawa ta — przekazywana i modyfikowana na przestrzeni lat — wciąż cieszyła się popularnością w szkole podstawowej. Jednak w wersji z placu zabaw zabójcę chwytano i karano. Dzieci zbierały się w kręgu przy huśtawkach i tłukły na śmierć niewidzialnego zbrodniarza rozciągniętego na ziemi.
— Przez pewien czas codziennie przychodził do nas gliniarz albo ksiądz — mówił Pemberton. — Dzieciaki w szkole przechwalały się, że wiedzą, kto to zrobił, albo nawet, że same to zrobiły. Tylko dla zwrócenia na siebie uwagi.
Harriet nie spuszczała wzroku z Pembertona.
— Dzieciaki robią takie rzeczy. Danny Ratliff... Jezu. Bez przerwy chwalił się rzeczami, których nie robił, na przykład strzelaniem ludziom w rzepki kolanowe albo wrzucaniem grzechotników staruszkom do samochodów. Nie uwierzyłabyś, co on opowiadał w Pool Hall... — Pemberton umilkł. Danny'ego Ratliffa znał od dziecka: słaby chwalipięta, z gębą pełną pustych przechwałek i gróźb. Ale chociaż obraz kolegi rysował się wyraźnie w jego umyśle, Pemberton nie wiedział, jak przekazać go Harriet.
— On... Danny ma po prostu świra — powiedział.
— Gdzie mogłabym znaleźć tego Danny'ego?
— Hola. Chyba nie chcesz zadzierać z Dannym Ratliffem. Dopiero co wyszedł z więzienia.
— Za co siedział?
— Za bójkę na noże czy coś w tym guście. Nie pamiętam. Każdy z Ratliffów siedział za napad z bronią albo zabójstwo, oprócz najmłodszego, tego niedorozwoja. Hely mówił mi, że niedawno nawet on sprał pana Diala.
— To nieprawda. — Harriet była oburzona. — Curtis nie tknął go palcem.
— Przykro mi to słyszeć — prychnął Pemberton. — Nie znam człowieka, który bardziej zasługiwałby na lanie niż pan Dial.

— Nie powiedziałeś mi, gdzie mogę znaleźć tego Danny'ego.

— Posłuchaj, Harriet — westchnął Pemberton. — Danny Ratliff jest... no... w moim wieku. Ta historia z Robinem wydarzyła się, kiedy chodziliśmy do czwartej klasy.

— Może zrobił to jakiś dzieciak. Może dlatego nigdy go nie złapano.

— Nie rozumiem, czemu masz się za takiego geniusza i rozwiązujesz sprawę, której nikt nie rozwiązał.

— Mówisz, że on chodzi do Pool Hall?

— Tak, i do Black Door Tavern. Ale mówię ci, Harriet, Danny nie miał z tym nic wspólnego, a nawet jeśli miał, lepiej zostaw go w spokoju. Tych braci jest cała zgraja, a każdy jest na swój sposób pieprznięty.

— Pieprznięty?

— Nie w t y m sensie. Chcę powiedzieć... Jeden jest kaznodzieją, pewnie go widziałaś, stoi przy autostradzie i wrzeszczy o pokucie i innych gównach. Najstarszy brat, Farish, przez pewien czas siedział w szpitalu psychiatrycznym w Whitfield.

— Po co?

— Dostał w głowę łopatą czy coś w tym rodzaju. Nie pamiętam. Wszystkich braci aresztują na okrągło. Za kradzież samochodów — dodał, widząc wzrok Harriet. — Za włamania do domów. Nic z tych rzeczy, o których myślisz. Gdyby mieli cokolwiek wspólnego z Robinem, gliniarze wytłukliby to z nich już dawno temu.

Pemberton podniósł czek Harriet, który wciąż leżał na ladzie.

— W porządku, mała? To jest za ciebie i za Allison?

— Tak.

— Gdzie ona jest?

— W domu.

— Co porabia? — spytał Pemberton, opierając się na łokciach.

— Ogląda *Mroczne cienie*.

— Pewnie będzie przychodziła na basen tego lata?

— Jeśli jej się będzie chciało.

— Czy ona ma chłopaka?

— Chłopaki do niej dzwonią.

— Tak? Na przykład kto?

— Allison nie lubi z nimi rozmawiać.

— Dlaczego?

— Nie wiem.

— Ale gdybym ja do niej zadzwonił, chyba ze mną by porozmawiała?

Harriet nieoczekiwanie zmieniła temat.

— Wiesz, co będę robiła w tym roku w lecie?
— No?
— Przepłynę cały basen pod wodą.

Pemberton, którego Harriet zaczynała nużyć, przewrócił oczami.

— Co będzie dalej? — spytał. — Okładka *Rolling Stone?*
— Wiem, że dam radę. Wczoraj w nocy wstrzymałam oddech prawie na dwie minuty.

— Wybij to sobie z głowy, złotko — poradził Pemberton, który nie wierzył w ani jedno słowo Harriet. — Utoniesz. Będę cię musiał wyławiać z basenu.

Przez całe popołudnie Harriet czytała na werandzie. Ida prała, jak zwykle w poniedziałkowe popołudnia; matka i siostra spały. Zbliżała się do końca *Kopalni króla Salomona*, kiedy Allison, bosa i ziewająca, wyszła na werandę w sukience w kwiaty, która wyglądała tak, jakby należała do ich matki. Z westchnieniem położyła się na poduszkach huśtawki, którą rozkołysała, odpychając się dużym palcem od podłogi werandy.

Harriet natychmiast odłożyła książkę i przysiadła się do siostry.

— Śniło ci się coś podczas drzemki? — spytała.
— Nie pamiętam.
— Skoro nie pamiętasz, to może ci się śniło.

Allison nie odpowiedziała. Harriet policzyła do piętnastu, po czym — tym razem wolniej — grzecznie powtórzyła pytanie.

— Nic mi się nie śniło.
— Powiedziałaś chyba, że nie pamiętasz.
— Bo nie pamiętam.
— Hej — odezwał się z chodnika śmiały, nosowy głos.

Allison wsparła się na łokciach. Harriet — ogromnie poirytowana zakłóceniem — odwróciła głowę i ujrzała Lasharon Odum, umorusaną dziewczynkę, którą pani Fawcett pokazała jej w bibliotece. Dziewczynka trzymała za przegub małe, jasnowłose stworzenie o nieokreślonej płci, w poplamionej koszulce niezupełnie zakrywającej brzuch, a na drugim biodrze trzymała niemowlę w pieluszce. Jak dzikie zwierzęta bojące się podejść bliżej, stały i patrzyły beznamiętnymi oczami, które jaśniały niesamowitym, srebrnym blaskiem na opalonych twarzyczkach.

— O, witajcie — powiedziała Allison, wstała i ostrożnie zeszła im na spotkanie. Allison, chociaż nieśmiała, lubiła dzieci — białe czy czarne, a im młodsze, tym lepiej. Często zaczynała rozmowę z brudnymi obdartusami, które przyłaziły z chat nad rzeką, mimo iż Ida zabroniła jej tego.

— Nie będziesz uważała, że są takie słodkie, kiedy złapiesz wszy albo tasiemca — przestrzegała.

Dzieci przyglądały się Allison bacznie, ale nie cofnęły się, kiedy podeszła. Allison pogłaskała niemowlę po głowie.

— Jak on ma na imię? — spytała.

Lasharon Odum nie odpowiedziała. Omijając wzrokiem Allison, patrzyła na Harriet. Chociaż była młoda, miała starą, ściągniętą twarz i oczy w kolorze szarego lodu, jak oczy małego wilczka.

— Widziałam cię w bibliotece.

Harriet z kamienną twarzą odwzajemniła spojrzenie, ale nie odpowiedziała. Niemowlęta i małe dzieci jej nie interesowały. Zgadzała się z Idą, że nie powinny nieproszone wchodzić na podwórze.

— Jestem Allison — przedstawiła się Allison. — A ty?

Lasharon poruszyła się niezręcznie.

— Czy to są twoi bracia? Jak się nazywają? Co? — pytała Allison, przysiadając na piętach i zaglądając w twarz młodszemu dziecku, które trzymało za okładkę książkę z biblioteki, tak że kartki ciągnęły się po chodniku. — Powiesz mi, jak masz na imię?

— Dalej, Randy — ponagliła dziewczynka, trącając dziecko.

— Randy? Tak masz na imię?

— Powiedz: takpszepani, Randy. — Dziewczynka poprawiła niemowlę na biodrze. — Powiedz: to jest Randy, a ja jestem Rusty — powiedziała za niemowlę piskliwym, złośliwym głosikiem.

— Randy i Rusty?

Raczej Klucha i Kapucha, pomyślała Harriet. Z ledwo skrywaną irytacją usiadła na huśtawce, postukując nogą, podczas gdy Allison cierpliwie wyciągnęła od Lasharon wiek dzieci i pochwaliła ją za to, że tak ładnie się nimi opiekuje.

— Pokażesz mi swoją książkę z biblioteki? — pytała małego Randy'ego Allison. — Co? — Sięgnęła po książkę, ale chłopczyk odwrócił się od niej całym ciałem, uśmiechając się przy tym irytująco.

— To nie jego ksionżka, ale moja — powiedziała Lasharon. Jej głos, choć ostry i głęboko nosowy, był wyraźny i delikatny.

— O czym?

— O Byczku Fernando.

— Pamiętam Fernanda. To był taki mały gość, który wolał wąchać kwiatki, niż walczyć, prawda?

— Pani jest ładna — wyrwał się Randy, który dotychczas milczał. Z podnieceniem machnął ręką tak, że książka przejechała kartkami po chodniku.

— Czy tak obchodzimy się z książkami z biblioteki? — spytała Allison.

Randy, zbity z tropu, wypuścił książkę z ręki.

— Natychmiast ją podnieś — rozkazała starsza siostra, zamierzając się, jakby chciała go uderzyć.

Randy bez trudu zrobił unik, po czym, czując na sobie wzrok Allison, cofnął się i zaczął zataczać kręgi dolną częścią ciała w dziwnie lubieżnym, dorosłym tańcu.

— Dlaczego o n a nic nie mówi? — spytała Lasharon, zerkając na Harriet, która przyglądała się im z werandy, marszcząc brwi.

Allison obejrzała się na Harriet z zaskoczeniem.

— Ty jesteś jej mamą?

Co za ś m i e ć, pomyślała Harriet z płonącą twarzą.

Z przyjemnością słuchała, jak Allison zaprzecza, jąkając się, kiedy Randy zatańczył gwałtowniej, żeby ściągnąć na siebie uwagę.

— Facet ukrad samochód taty — oznajmił. — Facet z kościoła babdystów.

Chłopczyk zachichotał, wywinął się od ciosu siostry i właśnie miał kontynuować, kiedy Ida Rhew wypadła nagle z domu, drzwi z siatki trzasnęły za nią i podbiegła do dzieci, klaszcząc, jakby odganiała ptaki wydziobujące ziarno z pola.

— Wynoście się stąd, obdartusy! — zawołała.

Cała trójka znikła w mgnieniu oka. Ida Rhew stała na werandzie, wymachując pięścią.

— Nie włóczyć mi się tutaj, bo wezwę po...licję — wołała.

— Ida! — krzyknęła Allison.

— Żadne Ida.

— Przecież to małe dzieci! Nikomu nic nie zrobiły.

— Nie, i nie zrobią — powiedziała Ida Rhew. Przez chwilę patrzyła za dziećmi, potem otrzepała ręce i ruszyła z powrotem do domu. *Byczek Fernando* leżał na chodniku tam, gdzie dzieci go porzuciły. Ida schyliła się, po czym ujęła książkę kciukiem i palcem wskazującym, jakby była zanieczyszczona. Wyciągając książkę na długość ręki, wyprostowała się z gwałtownym wydechem i ruszyła do pojemnika na śmieci za domem.

— Ależ Ido! To książka z biblioteki! — zawołała Allison.

— Nic mnie to nie interesuje, skąd pochodzi — odparła Ida Rhew, nie odwracając się. — Jest brudna. Nie chcę, żebyście jej dotykały.

Charlotte z niespokojną, zaspaną twarzą wychyliła głowę przez drzwi.

— Co się stało? — spytała.

— To t y l k o jakieś dzieci, mamo. Nikomu nic nie zrobiły.

— O Boże — westchnęła Charlotte, zawiązując ciaśniej tasiemki szlafroka. — Szkoda. Chciałam pójść do waszej sypialni i przynieść tym dzieciom torbę z waszymi starymi zabawkami.

— Mamo! — wrzasnęła Harriet.

— Przecież już się nie bawicie tymi starymi rzeczami dla maluchów — powiedziała matka pogodnie.

— Ale one są moje! Chcę je mieć! — Zabawkowa farma Harriet... lalki Dancerina i Chrissy, których tak naprawdę nie chciała, ale poprosiła o nie, ponieważ miały je koleżanki z klasy... mysia rodzina w perukach i eleganckich francuskich strojach, którą Harriet zobaczyła na wystawie pewnego bardzo, bardzo drogiego sklepu w Nowym Orleanie, a potem błagała o nią, płakała, milczała, odmawiała kolacji, aż w końcu Libby, Adelaide i Tat wymknęły się z hotelu Pontchartrain, złożyły się i kupiły jej wymarzony prezent. Mysia Gwiazdka: najszczęśliwsza w życiu Harriet. Nigdy wcześniej nie była tak oszołomiona radością, jak wtedy, gdy otworzyła przepiękne czerwone pudło w burzy bibułek do pakowania. Jak matka Harriet mogła gromadzić w domu wszystkie gazety — i obrażać się, kiedy Ida wyrzuciła choćby skrawek — a próbowała oddać jej myszy brudnym obcym bachorom?

Ponieważ to właśnie się stało. W październiku mysia rodzina znikła z biurka Harriet. Po histerycznych poszukiwaniach dziewczynka odnalazła zgubę na strychu, wepchniętą do skrzyni z innymi zabawkami. Przyciśnięta do ściany, matka przyznała, że odłożyła dla biednych dzieci trochę zabawek, którymi — jak sądziła — Harriet już się nie bawiła, ale najwyraźniej nie zdawała sobie sprawy, jak bardzo Harriet kochała myszy; przynajmniej powinna była zapytać, zanim je zabrała. („Wiem, że dostałaś je od ciotek, ale czy Adelaide lub któraś z nich nie dała ci tej Danceriny? Przecież nie chcesz tej lalki"). Harriet wątpiła, czy matka pamiętała o tamtym zajściu, w czym utwierdziło ją zaskoczone spojrzenie matki.

— Czy ty nie rozumiesz? — zawołała Harriet w rozpaczy. — Chcę mieć swoje zabawki!

— Nie bądź samolubna, kochanie.

— Ale one są moje!

— Nie mogę uwierzyć, że żałujesz tym biednym dzieciom kilku rzeczy, na które jesteś już za duża — odparła Charlotte, mrugając z zakłopotaniem. — Gdybyś widziała, jak się ucieszyły, kiedy dostały zabawki Robina.

— Robin nie żyje.

— Jeżeli dasz tym dzieciom cokolwiek — wtrąciła ponuro Ida Rhew, wyłaniając się zza domu i ocierając usta wierzchem dłoni — zabrudzą to albo zepsują, zanim dojdą z tym do domu.

CR

Kiedy Ida Rhew skończyła pracę i poszła do domu, Allison wyjęła *Byczka Fernando* z pojemnika na śmieci i zaniosła na werandę. W świetle zachodzącego słońca obejrzała książkę. Wpadła w stare fusy po kawie i na krawędziach stron widniały brązowe zacieki. Allison wytarła książkę najlepiej, jak potrafiła, potem wyjęła dziesięć dolarów ze swojej szkatułki na biżuterię i wsunęła banknot pod okładkę. Pomyślała, że dziesięć dolarów wystarczy chyba z nawiązką na pokrycie szkód. Kiedy pani Fawcett zobaczy, w jakim stanie jest książka, każe dzieciom płacić albo zabroni korzystać z biblioteki, a tacy malcy w żaden sposób nie zdołają uzbierać kwoty kary. Allison usiadła na schodach z podbródkiem wspartym na dłoniach. Gdyby Weenie żył, mruczałby teraz u jej boku, z uszkami położonymi na łebku, z ogonem zwiniętym w haczyk wokół jej bosej kostki; zmrużonymi oczami lustrowałby ciemny trawnik i rozciągający się za nim niespokojny, rozbrzmiewający echem świat nocnych stworzeń, niewidzialnych dla Allison: ślimacze ślady, pajęczyny, muchy o szklistych skrzydełkach, żuki, myszy polne i wszystkie maleńkie milczące stworzenia, które walczyły pośród pisków, świergotu lub ciszy. Allison czuła, że ich mały świat był jej prawdziwym domem, tajemnym mrokiem milczenia i gorączkowego bicia serca.

Księżyc w pełni szybko przecięły strzępiaste chmury. Czarne drzewo gumowe postukiwało w powiewie, spody liści jaśniały w ciemności.

Allison nie pamiętała prawie nic z okresu po śmierci Robina, ale jedna dziwna rzecz utkwiła jej w pamięci: raz po raz wspinała się na drzewo najwyżej jak umiała, a potem skakała na ziemię. Upadek zazwyczaj zatykał jej dech w piersiach. Kiedy tylko szok mijał, otrzepywała się, wdrapywała na drzewo i skakała znowu. Łup. W kółko i w kółko. Raz śniło jej się, że robi to samo, ale we śnie nie spadła na ziemię. Ciepły wiatr porwał ją z trawy, cisnął w powietrze i poleciała, bosymi palcami stóp muskając wierzchołki drzew. Spadała z nieba szybko jak jaskółka, może dwadzieścia stóp sunęła po trawniku, potem znowu w górę, wirując i wzbijając się w powietrze i przestrzeń, od której mąciło się w głowie. Wtedy Allison była mała, nie rozumiała różnicy między snami a życiem i dlatego właśnie skakała z drzewa. Miała nadzieję, że jeśli skoczy dostatecznie wiele razy, to ciepły wiatr z jej snu dmuchnie pod nią i uniesie w niebo. Oczywiście nigdy się to nie stało. Siedząc na wysokiej gałęzi, słyszała, jak Ida Rhew zawodzi na werandzie, widziała, jak przerażona Ida biegnie ku niej. Allison uśmiechała się i skakała mimo to, a kiedy spadała, rozpaczliwy krzyk Idy wibrował słodko w jej żołądku. Skakała tyle razy, że aż stłukła sobie podbicia stóp; cud, że nie skręciła karku.

Nocne powietrze było ciepłe, a jasne jak ćmy kwiaty gardenii przy werandzie wydzielały gęsty, ciepły aromat, który uderzał do głowy. Allison ziewnęła. Skąd można było wiedzieć, kiedy człowiek śnił, a kiedy żył na jawie? We śnie człowiekowi wydawało się, że był obudzony, chociaż tak nie było. Chociaż teraz Allison miała wrażenie, że żyła na jawie, siedziała boso na werandzie, a na schodach leżała poplamiona kawą książka z biblioteki, to przecież wcale nie znaczyło, że nie leżała na górze w łóżku i nie śniła tego wszystkiego: werandy, gardenii i całej reszty.

W ciągu dnia raz po raz, kiedy krążyła po domu albo po chłodnych, pachnących środkiem dezynfekującym korytarzach szkoły, z książkami pod pachą, zadawała sobie pytanie: Czy jestem obudzona, czy śnię? W jaki sposób tu się dostałam?

Często, kiedy ocknęła się nagle, na przykład podczas lekcji biologii (owady na szpilkach, rudowłosy pan Peel opowiadający o podziale komórki), potrafiła stwierdzić, czy śniła czy nie, cofając się po szpuli pamięci. W j a k i   sposób tu się dostałam?, myślała w oszołomieniu. Co jadła na śniadanie? Czy Edie odwiozła ją do szkoły, czy pewna progresja zdarzeń doprowadziła ją do tych ścian wyłożonych ciemną boazerią, do tej porannej lekcji? A może jeszcze przed chwilą znajdowała się gdzie indziej — na pustej piaszczystej drodze, na swoim podwórzu, pod żółtym niebem, na tle którego powiewało coś jakby białe prześcieradło?

Allison zastanawiała się nad tym intensywnie, po czym stwierdzała, że jednak nie śni. Ponieważ zegar ścienny wskazywał kwadrans po dziewiątej, a o tej właśnie godzinie zaczynała się lekcja biologii; ponieważ siedziała w porządku alfabetycznym, z Maggie Dalton z przodu i Richardem Echolsem z tyłu; ponieważ styropianowa tablica z przyszpilonymi owadami nadal wisiała na tylnej ścianie — z upudrowaną pyłkiem ćmą *Actias luna* pośrodku — między plakatem przedstawiającym szkielet kota a tym prezentującym centralny układ nerwowy.

Mimo to czasami — głównie w domu — Allison z zakłopotaniem zauważała w przędzy rzeczywistości drobne skazy i supły, dla których nie było logicznego wytłumaczenia. Róże miały niewłaściwy kolor: były czerwone, nie białe. Sznur do suszenia nie wisiał tam, gdzie powinien, ale tam, gdzie burza zerwała go pięć lat temu. Przełącznik lampy był troszeczkę inny albo znajdował się w niewłaściwym miejscu. Na rodzinnych fotografiach czy obrazach tajemnicze postaci w tle, których wcześniej nie zauważyła. Przerażające odbicia w lustrze w salonie za uroczą sceną rodzinną. Dłoń machająca przez otwarte okno.

„Ależ co ty opowiadasz", mówiła matka albo Ida, kiedy Allison wskazywała na te rzeczy. „Nie bądź śmieszna. Tak było zawsze".

Jak? Allison nie wiedziała. Czy spała, czy czuwała, świat był niepewną grą: płynne sceny, bieg wypadków, echo odbijały światło. Wszystko to przesypywało się jak sól między jej odrętwiałymi palcami.

Pemberton Hull wracał do domu z Country Club błękitnym cadillakiem rocznik '62 z otwieranym dachem (podwozie wymagało ustawienia, chłodnica przeciekała, a znalezienie części było męką; napisał do jakiegoś magazynu w Teksasie i musiał czekać dwa tygodnie, zanim części dotarły, ale mimo to samochód był jego oczkiem w głowie, ukochaną, jedyną prawdziwą miłością, a każdy cent zarobiony w Country Club szedł albo na benzynę, albo na naprawy), a kiedy minął róg ulicy George, światła omiotły małą Allison Dufresnes siedzącą samotnie na schodach domu.

Pemberton podjechał pod dom. Ile ona miała lat? Piętnaście? Siedemnaście? To pewnie groziło paragrafem, ale Pem miał żarliwą słabość do wiotkich, odjechanych dziewczyn o chudych rękach i włosach opadających na oczy.

— Hej — pozdrowił ją.

Allison nie wyglądała na zaskoczoną; uniosła głowę tak sennym, nierealnym ruchem, że Pemberton poczuł na karku mrowienie.

— Czekasz na kogoś?

— Nie. Po prostu czekam.

Caramba, pomyślał Pemberton.

— Jadę do kina samochodowego — powiedział. — Chcesz się wybrać?

Oczekiwał, że Allison odpowie: „Nie" albo „Nie mogę", albo „Zapytam matkę", ale dziewczyna odgarnęła brązowe włosy z oczu, bransoletka z amuletem zadzwoniła, i powiedziała (o jeden takt za późno; Pembertonowi podobał się w niej ten leniwy, senny dysonans):

— Dlaczego?

— Co dlaczego?

Allison tylko wzruszyła ramionami. Pem był zaintrygowany. W Allison było... oddalenie, nie wiedział, jak to inaczej opisać; idąc, powłóczyła nogami, włosy miała inne niż pozostałe dziewczyny, z jej ubraniami też było coś nie w porządku (na przykład sukienka w kwiaty, którą miała na sobie, pasowała raczej do starszej pani), a mimo to w jej niezdarności była jakaś mglista, płynna aura, która doprowadzała go do szału. Umysł Pema zaczął wyświetlać fragmenty romantycznych scenariuszy (samochód, radio, brzeg rzeki).

— Chodź — powiedział. — Odwiozę cię o dziesiątej.

Harriet leżała na łóżku, jedząc tort i pisząc w notesie, kiedy przez otwarte okno dobiegł szpanerski warkot silnika samochodu. Wyjrzała w sam raz, by ujrzeć, jak jej siostra, z włosami rozwianymi na wietrze, odjeżdża z Pembertonem jego odkrytym samochodem.

Harriet, z głową wciśniętą między żółte organdynowe zasłony i żółtym smakiem tortu w ustach, klęczała na kanapie pod oknem i wyglądała na ulicę, mrugając. Była oszołomiona. Allison nigdy nigdzie nie wychodziła, najwyżej na drugą przecznicę do jednej z ciotek albo do sklepu spożywczego. Minęło dziesięć minut, potem piętnaście. Harriet poczuła leciutkie ukłucie zazdrości. Co oni mieli sobie do powiedzenia? Przecież Pemberton nie mógł się interesować kimś takim jak Allison.

Patrząc na oświetloną werandę (pusta huśtawka, *Byczek Fernando* na górnym stopniu), Harriet usłyszała szelest azalii okalających podwórze. Nagle, ku jej zdziwieniu, pojawiła się jakaś sylwetka i na podwórze cicho wkradła się Lasharon Odum.

Harriet nie przyszło do głowy, że Lasharon wróciła po książkę. W skulonych ramionach dziewczynki było coś, co doprowadzało Harriet do szału. Niewiele myśląc, cisnęła resztkę tortu przez okno.

Lasharon krzyknęła. W krzakach za nią coś się nagle poruszyło. Po chwili z trawnika Harriet czmychnął cień, pobiegł środkiem oświetlonej ulicy, a w pewnej odległości za nim pomknął drugi, mniejszy, który nie potrafił tak szybko biec.

Harriet klęczała na kanapie, z głową między zasłonami, i przez pewien czas wpatrywała się w połyskujący odcinek chodnika, gdzie znikli mali Odumowie. Noc była jednak nieruchoma jak szkło. Nie drgał nawet listek, nie miauczał kot; księżyc oświetlał kałużę na ulicy. Milczały nawet wietrzne dzwoneczki na werandzie pani Fountain.

W końcu, znudzona i rozdrażniona, Harriet opuściła posterunek. Znowu pochłonęło ją pisanie i niemal zapomniała, że powinna czekać na Allison zirytowana, kiedy przed domem trzasnęły drzwiczki samochodu.

Harriet dała susa do okna i ukradkiem rozsunęła zasłony. Allison stała na ulicy przy niebieskim cadillacu od strony kierowcy, bawiła się bransoletką z amuletem i coś niewyraźnie powiedziała.

Pemberton zarżał ze śmiechu. Złociste włosy w świetle latarni zakrywały mu twarz tak, że wystawał tylko spiczasty koniuszek nosa, a Pem wyglądał jak dziewczyna.

— Nie wierz w to, kochanie — powiedział.

K o c h a n i e? Co to niby miało znaczyć? Harriet pozwoliła zasłonom opaść i wepchnęła notes pod łóżko w chwili, gdy Allison zaczęła obchodzić samochód i zmierzać w stronę domu; gołe kolana czerwieniały w niesamowitych tylnych światłach cadillaca. Trzasnęły drzwi wejściowe. Samochód Pema odjechał. Allison poczłapała na górę — wciąż boso, wybrała się na przejażdżkę bez butów — i wpłynęła do sypialni. Ignorując Harriet, podeszła prosto do lustra na biurku i z poważną miną przyjrzała się własnej twarzy, z nosem o kilka cali od lustra. Potem usiadła na łóżku i starannie otrzepała żwir z żółtawych podeszew stóp.

— Gdzie byłaś? — spytała Harriet.

Allison ściągając sukienkę przez głowę, wydała nieartykułowany odgłos.

— Widziałam, jak odjeżdżasz. Dokąd pojechałaś? — powtórzyła Harriet, kiedy siostra nie odpowiedziała.

— Nie wiem.

— Nie wiesz, dokąd pojechałaś? — spytała Harriet ze wzrokiem utkwionym w Allison, która z roztargnieniem zerkała na swoje odbicie w lustrze, wsuwając nogi w spodnie od piżamy. — Dobrze się bawiłaś?

Allison — starannie unikając wzroku Harriet — zapięła górę od piżamy, położyła się do łóżka i zaczęła ustawiać wokół siebie pluszaki. Mogła zasnąć dopiero wtedy, kiedy zwierzęta stały dookoła niej w ściśle określonym porządku. W końcu naciągnęła kołdrę na głowę.

— Allison?

— Tak? — dobiegła stłumiona odpowiedź po chwili czy dwóch.

— Czy pamiętasz, o czym rozmawiałyśmy?

— Nie.

— O w s z e m, pamiętasz. O zapisywaniu swoich snów?

Kiedy odpowiedź nie nadeszła, Harriet powiedziała głośniej:

— Przy twoim łóżku położyłam kartkę papieru i ołówek. Widziałaś?

— Nie.

— Chcę, żebyś spojrzała. S p ó j r z, Allison.

Allison wysunęła głowę spod kołdry na tyle, by zobaczyć przy nocnej lampce wyrwaną z notesu kartkę, zatytułowaną pismem Harriet: *Sny. Allison Dufresnes. 12 czerwca.*

— Dziękuję, Harriet — powiedziała niewyraźnie, po czym, zanim Harriet zdążyła odezwać się kolejnym słowem, naciągnęła kołdrę na głowę i odwróciła się twarzą do ściany.

Po kilku chwilach wpatrywania się w plecy siostry, Harriet wyjęła spod łóżka notes. Wcześniej tego dnia zrobiła notatki z artykułu z lokalnej gazety, który w dużej mierze był dla niej nowością: odkrycie ciała; próby reanimacji (najwyraźniej Edie odcięła go z drzewa sekatorem, a następnie pracowała nad martwym ciałem aż do przyjazdu karetki); załamanie i hospitalizacja matki; komentarze szeryfa („żadnych poszlak", „to frustrujące") w tygodniach po tragedii. Harriet zapisała też wszystko, co powiedział Pem, ważne lub nie. Im więcej pisała, tym więcej jej się przypominało: najróżniejsze urywki, które zebrała tu i tam na przestrzeni lat. Że Robin umarł zaledwie kilka tygodni przed letnimi wakacjami. Że tamtego dnia padał deszcz. Że w tym okresie w okolicy dochodziło do drobnych włamań, z szop kradziono ludziom narzędzia — istnieje związek? Że kiedy na podwórzu znaleziono ciało Robina, właśnie kończyło się wieczorne nabożeństwo w kościele baptystów, a jedną z pierwszych osób, które zatrzymały się, żeby pomóc, był stary doktor Adair, emerytowany pediatra po osiemdziesiątce, który akurat przejeżdżał tamtędy z rodziną w drodze powrotnej do domu. Że ojciec Harriet był wtedy na polowaniu, więc pastor musiał wsiąść do samochodu, pojechać w las i przekazać mu wiadomość.

Jeśli nawet nie dowiem się, kto go zabił, przynajmniej dowiem się, jak to się stało, pomyślała.

Harriet miała też nazwisko pierwszego podejrzanego. Sama czynność zapisywania nazwiska uzmysłowiła jej, jak łatwo mogłaby zapomnieć, jak ważne było od tej pory zapisywanie wszystkiego, ale to wszystkiego, na papierze.

Nagle uderzyła ją pewna myśl. Gdzie on mieszkał? Wyskoczyła z łóżka i zeszła do telefonu w holu. Kiedy znalazła jego nazwisko w książce telefonicznej — Danny Ratliff — po plecach Harriet przebiegł na pajęczych nóżkach dreszcz.

W książce nie było pełnego adresu, tylko Rt 260. Harriet gryzła wargę w niezdecydowaniu, potem wykręciła numer i z nagłym zdziwieniem wypuściła powietrze, kiedy ktoś podniósł słuchawkę już po pierwszym sygnale (w tle rozlegał się przykry jazgot telewizora).

— Słuuucham! — warknął męski głos.

Z głośnym trzaskiem — jakby zamykała diabła w pudle — Harriet obiema dłońmi trzasnęła słuchawkę na widełki.

— Wczoraj wieczorem widziałem, jak mój brat próbował pocałować twoją siostrę — powiedział Hely do Harriet, kiedy siedzieli na schodach za domem Edie. Hely przyszedł po Harriet po śniadaniu.

— Gdzie?

— Nad rzeką. Łowiłem ryby.

Hely stale łaził nad rzekę z wędką i żałosnym wiaderkiem robaków.

Nikt z nim nigdy nie chodził. Nikt też nie chciał drobnych leszczy i samogłowów, które łapał, więc prawie zawsze je wypuszczał. Kiedy siedział samotnie w ciemności — najbardziej lubił nocne połowy, z kumkającymi żabami i rozległą białą wstęgą księżyca podskakującą na wodzie — marzył o tym, że on i Harriet mieszkają sami jak dorośli w małym szałasie nad rzeką. Ten pomysł zaprzątał go całymi godzinami. Umorusane twarze i liście we włosach. Palenie ognisk. Łapanie żab i żółwi błotnych. Groźne oczy Harriet, połyskujące w ciemności jak oczy małego dzikiego kota.

— Szkoda, że nie poszłaś ze mną wczoraj w nocy. — Hely zadrżał.

— Widziałem sowę.

— Co robiła Allison? — spytała Harriet z niedowierzaniem. — Chyba nie łowiła ryb.

— Nie. Posłuchaj — powiedział Hely konfidencjonalnie, przysuwając się do niej na pupie. — Usłyszałem samochód Pema na brzegu. Wiesz, jaki odgłos on wydaje... — Hely ściągnął usta i zademonstrował warkot silnika, pach, pach, pach, pach! — Słychać go na milę, więc wiadomo, że to on. Myślałem, że przysłała go matka, więc zebrałem rzeczy i wspiąłem się na drzewo. Ale Pem mnie nie szukał. — Z ust Hely'ego wyrwał się krótki, wszechwiedzący śmiech, który tak mu się udał, że chwilę później go powtórzył.

— Co cię tak śmieszy?

— N o... — Hely nie mógł zrezygnować z okazji i po raz trzeci wypróbował nowy śmiech. — Allison siedziała obok, ale Pem trzymał rękę na oparciu i pochylał się w jej stronę... — (Hely wyciągnął rękę za plecami Harriet, żeby zademonstrować). — O, tak. — Cmoknął ustami, a Harriet odsunęła się z irytacją.

— Czy ona odwzajemniła pocałunek?

— Wyglądało na to, że jest jej wszystko jedno. Podkradłem się do nich — powiedział wesoło Hely. — Chciałem wrzucić glistę do samochodu, ale Pem by mnie skopał.

Poczęstował Harriet prażonym fistaszkiem z kieszeni, ale odmówiła.

— Co ci jest? To nie t r u c i z n a.

— Nie lubię fistaszków.

— Świetnie, będzie więcej dla mnie — stwierdził Hely, wrzucając orzeszek do ust. — Chodź dziś ze mną na ryby.

— Nie, dzięki.

— Odkryłem łachę piaskową ukrytą w trzcinach. Ścieżka prowadzi do samego końca. Zakochasz się w tym miejscu. Piasek jest biały jak na Florydzie.

— N i e. — Ojciec Harriet często używał tego samego irytującego tonu, zapewniając, że Harriet „zakocha" się w tej czy innej rzeczy (piłce nożnej, muzyce tanecznej dla zgredów, piknikach kościelnych), chociaż była pewna, że ich nie cierpi.

— Co ci dolega, Harriet? — Hely'ego bolało, że Harriet nigdy nie robiła tego, co on chciał. A chciał z nią wędrować wąską ścieżką w wysokiej trawie, trzymać się za ręce, palić papierosy jak dorośli, iść z podrapanymi i zabłoconymi gołymi nogami. Na granicy trzcin zaczął padać drobny deszcz, na wodzie pojawiła się biała piana.

Adelaide, cioteczna babka Harriet, była niestrudzoną gospodynią domową. W przeciwieństwie do sióstr — których małe domy były zagracone aż po dach książkami, bibelotami, wzorami sukienek, tacami nasturcji wyhodowanych z nasion i paprociami poszarpanymi przez koty — Adelaide nie miała ogrodu ani zwierząt, nienawidziła gotować i śmiertelnie bała się tego, co nazywała „rupieciami". Skarżyła się, że nie stać jej na gospodynię, co doprowadzało do wściekłości Tat i Edie, ponieważ dzięki trzem czekom pomocy społecznej miesięcznie (co zawdzięczała uprzejmości trzech zmarłych mężów) Adelaide znajdowała się w znacznie lepszej sytuacji finansowej niż siostry. Prawda była jednak taka, że lubiła sprzątać (dzieciństwo spędzone w rozpadającym się Utrapieniu zostawiło jej w spadku przeraźliwy lęk przed nieporządkiem) i rzadko czuła się szczęśliwsza, niż kiedy prała zasłony, prasowała obrusy czy krzątała się po pustym, pachnącym środkiem dezynfekującym domku, uzbrojona w ściereczkę do odkurzania i puszkę cytrynowego środka do polerowania mebli.

Zazwyczaj kiedy Harriet do niej wpadała, zastawała Adelaide na odkurzaniu dywanów lub myciu szafek kuchennych, ale tym razem siedziała na sofie w salonie — perłowe klipsy w uszach, włosy w gustownym kolorze popielatoblond, świeżo ułożone w trwałą, nogi w nylonach skrzyżowane w kostkach. Zawsze była najładniejszą z sióstr, a ponadto, w wieku sześćdziesięciu pięciu lat, także najmłodszą. W odróżnieniu od nieśmiałej Libby, Edith w typie Walkirii czy nerwowej, roztrzepanej Tat, Adelaide miała zalotną żyłkę, tliła się w niej iskierka Wesołej wdówki, a czwarty mąż wcale nie był wykluczony, gdyby właściwy mężczyzna (elegancki, łysiejący jegomość w sportowej marynarce, posiadający — powiedzmy — szyby naftowe albo hodowlę koni) nieoczekiwanie pojawił się w Alexandrii, a ona wpadłaby mu w oko.

Adelaide studiowała czerwcowy numer „Town and Country", który właśnie nadszedł. Przeglądała akurat część „Wesela".

— Jak myślisz, które z nich ma pieniądze? — zwróciła się do Harriet i wskazała na zdjęcie bruneta o zimnych, przelęknionych oczach, stojącego obok blondynki o błyszczącej twarzy, wbitej w krynolinę, w której wyglądała jak mały dinozaur.

— Mężczyzna wygląda tak, jakby za chwilę miał zwymiotować.

— Nie rozumiem, skąd ten cały szum wokół b l o n d y n e k. Blondynki lepiej się bawią i tak dalej. Myślę, że ludzie wykombinowali to z telewizji. N a t u r a l n e blondynki zazwyczaj mają niewyraźne rysy twarzy i przypominają wymoczone króliki, chyba że solidnie zatroszczą się o własny wygląd. Spójrz na tę biedną dziewczynę. Ma twarz jak owca.

— Chciałam z tobą porozmawiać o Robinie — powiedziała Harriet, która nie widziała potrzeby delikatnego zbliżania się do tego tematu.

— Co mówisz, kochanie? — spytała Adelaide, oglądając zdjęcie z balu dobroczynnego. Szczupły młody człowiek w czarnym krawacie — jasna, pewna, niezepsuta twarz — zanosił się od śmiechu, trzymając dłoń na plecach drobnej czarnulki w różowej sukni balowej i mitenkach.

— R o b i n, Addie.

— Och, kochanie — powiedziała smutno Adelaide, odrywając wzrok od przystojnego chłopca na fotografii. — Gdyby Robin był tu z nami, przewracałby dziewczyny jak kręgle. Nawet kiedy był maleńki... kipiał radością, czasami aż pokładał się ze śmiechu. Lubił podkradać się do mnie od tyłu, zarzucać mi ręce na szyję i ssać moje ucho. Uroczy. Podobny do papużki Billy Boy, którą miała Edith, kiedy byłyśmy małe...

Adelaide umilkła, bo jej uwagę ponownie przykuł triumfalny uśmiech młodego jankesa. „Drugi rok college'u", brzmiał podpis. Gdyby Robin żył, byłby mniej więcej w tym wieku. Adelaide poczuła lekkie oburzenie. Jakie prawo miał ten F. Dudley Willard, kimkolwiek był, żeby żyć i śmiać się w hotelu Plaza, gdzie orkiestra grała w Sali Palmowej, a olśniewająca dziewczyna w atłasowej sukni uśmiechała się do niego? Mężowie Adelaide zginęli kolejno podczas drugiej wojny światowej, od zbłąkanej kuli na polowaniu i w wyniku zawału serca; pierwszemu urodziła dwóch martwych bliźniaków, drugiemu córeczkę, która w wieku osiemnastu miesięcy udusiła się dymem, kiedy w kominie mieszkania przy ulicy West Third wybuchł w nocy pożar — okrutne, bezlitosne ciosy, od których człowiekowi uginały się kolana. Mimo to (chwila po bolesnej chwili, oddech po bolesnym oddechu) wychodziło się na prostą. Teraz, kiedy myślała o martwych noworodkach, pamiętała tylko ich delikatne, doskonale ukształtowane rysy i oczy zamknięte spokojnie, jak we śnie. Ze wszystkich życiowych tragedii (których Adelaide doświadczyła aż w nadmiarze) nic nie wlokło się i nie jątrzyło tak paskudnie jak morderstwo Robina, rana, która nigdy do końca się nie zagoiła, ale ból rwał, mdlił i z czasem stawał się coraz bardziej niszczący. Harriet obserwowała zamyśloną twarz ciotki. W końcu chrząknęła i powiedziała:

— Chyba o to chciałam cię spytać, Adelaide.

— Zawsze się zastanawiam, czy włosy ściemniałyby mu z wiekiem — odparła ciotka, odsuwając pismo na długość ręki, żeby przyjrzeć się mu sponad okularów. — Kiedy byłyśmy małe, Edith miała bardzo rude włosy, ale nie tak rude jak Robin. N a p r a w d ę rude. Nic pomarańczowego.

Jakie to t r a g i c z n e, pomyślała. Te rozpieszczone jankeskie dzieciaki hasały po hotelu Plaza, a jej kochany chłopiec, który górował nad nimi pod każdym względem, leżał w grobie. Robin nigdy nie miał szansy, by dotknąć dziewczyny. Adelaide pomyślała ciepło o swoich trzech żarliwych małżeństwach i ukradkowych pocałunkach z czasów bujnej młodości.

— Chciałam spytać, czy przychodzi ci do głowy, kto mógł...

— Gdyby Robin dorósł, złamałby kilka serc, kochanie. Wszystkie małe Chi O i Tri Delt w Ole Miss biłyby się o to, która zabierze Robina na Bal Debiutantek w Greenwood. Co nie znaczy, że przywiązuję dużą wagę do tych debiutanckich głupstw, dawania czarnych gałek, koterii i małostkowego...

Puk, puk, puk — za drzwiami z siatki zamajaczył cień.

— Addie?

— Kto tam? — Adelaide drgnęła. — Edith?

— Kochanie — powiedziała Tattycorum, która wpadła do domu z szaleństwem w oczach, nawet nie spojrzała na Harriet i rzuciła skórzaną torebkę na fotel. — Kochanie, czy możesz uwierzyć, że ten łajdak Roy Dial ze sklepu chevroleta chce wziąć sześćdziesiąt dolarów od każdej kobiety z Kółka Kobiet za kościelną wycieczkę autobusową do Charlestonu? Tym zdezelowanym autobusem szkolnym?

— Sześćdziesiąt dolarów?! — wrzasnęła Adelaide. — Mówił, że wypożycza ten autobus. Mówił, że podróż będzie za d a r m o.

— Nadal mówi, że to za darmo. Twierdzi, że sześćdziesiąt dolarów jest na b e n z y n ę.

— Przecież za tyle benzyny można dojechać do komunistycznych Chin!

— Eugenie Monmouth ma zadzwonić do pastora, żeby się poskarżyć.

— Myślę, że to E d i t h powinna zadzwonić — odparła Adelaide, przewracając oczami.

— Pewnie zadzwoni, kiedy się o tym dowie. Wiesz, co powiedziała Emma Caradine? „On chce po prostu nabić kabzę".

— Z całą pewnością. Ktoś mógłby sądzić, że ten człowiek wstydziłby się zrobić coś podobnego. Tym bardziej że Eugenie, Liza, Susie Lee i cała reszta żyje z zasiłku...

— Gdyby to było d z i e s i ę ć dolarów. Dziesięć dolarów mogłabym zrozumieć.

— W dodatku Roy Dial jest podobno takim wielkim diakonem i w ogóle. S z e ś ć d z i e s i ą t d o l a r ó w? — powtórzyła Adelaide, wstała, wzięła ze stolika ołówek i notes, po czym zaczęła obliczać. — O Boże, chyba muszę wyciągnąć atlas. Ile kobiet ma jechać tym autobusem?

— Chyba dwadzieścia pięć, po tym jak pani Taylor zrezygnowała, a biedna stara pani Newman McLemore przewróciła się i złamała biodro... Witaj, słodka Harriet! — powiedziała Tat, schylając się, żeby ją pocałować. — Czy twoja babcia ci mówiła? Nasze kółko kościelne wybiera się w podróż. „Historyczne ogrody Karolin". Jestem strasznie podniecona.

— Nie wiem, czy nadal chce mi się jechać, skoro mamy zapłacić taką astronomiczną kwotę R o y o w i D i a l o w i.

— Powinien się wstydzić, koniec, kropka. Ma przecież ten duży nowy dom w Oak Lawn, wszystkie te nowiutkie samochody, Winnebago, łodzie i całą resztę...

— Chciałabym o coś spytać — wtrąciła Harriet rozpaczliwie. — To ważne. Chodzi o okres, kiedy zginął Robin.

Addie i Tat natychmiast przestały rozmawiać. Adelaide odwróciła się od atlasu drogowego. Obie kobiety stały się nagle tak drażniąco opanowane, że dziewczynka poczuła przypływ lęku.

— Byłyście w domu, kiedy to się stało — powiedziała Harriet, a w niezręcznej ciszy słowa potoczyły się z jej ust trochę za szybko. — Nic nie słyszałyście?

Kobiety spojrzały po sobie i zdawało się, że w krótkiej, pełnej zamyślenia chwili porozumiały się bez słów. Potem Tat wzięła głęboki wdech i stwierdziła:

— Nie, nikt nic nie słyszał. Wiesz, co myślę? — dodała, kiedy Harriet próbowała jej przerwać następnym pytaniem. — To nie jest najlepszy temat do zagajania rozmów.

— Ale ja...

— Chyba nie zawracałaś tym głowy mamie ani babci, co?

Adelaide powiedziała sztywno:

111

— Ja też nie sądzę, żeby to był dobry temat do rozmowy. Właściwie... — uprzedziła rosnący sprzeciw Harriet. — Myślę, że nadszedł czas, żebyś pobiegła do domu, Harriet.

Hely, na wpół oślepiony słońcem, siedział zlany potem na zaрośniętym krzakami brzegu potoku i patrzył, jak czerwono-biały spławik wędki migocze na mętnej wodzie. Robaki wypuścił, bo sądził, że poprawi mu się humor, kiedy wyrzuci na ziemię ten ohydny kłąb i będzie patrzył, jak robaki wiją się, kopią dziury w ziemi czy cokolwiek. One jednak nie zdawały sobie sprawy, że znalazły się poza wiadrem, i rozplątawszy się, zaczęły wić się spokojnie u jego stóp. To było dołujące. Hely ściągnął tenisówkę, spojrzał na pokratkowaną podeszwę i cisnął but do wody.

W szkole było mnóstwo dziewczyn ładniejszych niż Harriet i sympatyczniejszych też. Żadna nie była jednak taka sprytna i taka odważna. Hely ze smutkiem myślał o wielu talentach Harriet. Umiała podrabiać pismo — pismo nauczycieli — i jak profesjonalistka układała dorośle brzmiące usprawiedliwienia; konstruowała bomby z octu i proszku do pieczenia, naśladowała głosy przez telefon. Uwielbiała puszczać sztuczne ognie, w przeciwieństwie do wielu dziewczyn, które nie chciały się nawet do nich zbliżyć. W drugiej klasie odesłano ją za karę do domu za to, że namówiła chłopaka do zjedzenia łyżki ostrej papryki. Dwa lata temu Harriet wznieciła panikę, mówiąc, że stara stołówka szkolna w piwnicy jest bramą do piekła. Po zgaszeniu światła na ścianie ukazywała się twarz szatana. Rozchichotana grupa dziewczynek zbiegła do piwnicy, pogasiła światła, po czym wybiegła, wrzeszcząc z przerażenia. Dzieciaki zaczęły symulować choroby, prosiły, żeby puścić je do domu na lunch, byle tylko nie musiały schodzić do piwnicy. Po kilku dniach narastającego napięcia pani Miley zwołała dzieci i — razem z upartą starą panią Kennedy, nauczycielką szóstej klasy — zeszła do pustej stołówki (dziewczęta i chłopcy wtłoczyli się za nauczycielkami), gdzie zgasiła światło.

— Widzicie? — spytała pogardliwie. — Czy teraz nie jest wam wszystkim głupio?

Z tyłu rozległ się cienki, dość bezradnie brzmiący głos Harriet, który zabrzmiał jakoś tak bardziej przekonująco niż przechwałka nauczycielki:

— On jest tam. Widzę go.

— Widzicie! — zawołał jakiś mały chłopiec. — Widzicie?

Krzyki, potem dzieciaki wybiegły ze stołówki, wyjąc wniebogłosy. Gdy oczy przywykły już do ciemności, w lewym górnym rogu sali widać było błyskającą nieziemsko zielonkawą poświatę (nawet pani Kennedy mrugała zakłopotana), a kiedy patrzyło się dostatecznie długo, poświata nabierała kształtu złej twarzy o skośnych oczach, z ustami przewiązanymi chusteczką.

Całe to zamieszanie wokół stołówkowego diabła (rodzice wydzwaniali do szkoły, domagając się spotkań z dyrektorem, kaznodzieje też się włączyli, Kościół Chrystusa i Chrzciciela, seria oszołomionych, wojowniczych kazań zatytułowanych „Precz z diabłem" i „Szatan w naszych szkołach?") — wszystko to było dziełem Harriet, owocem jej suchego, bezwzględnego, kalkulującego małego umysłu. Harriet! Mimo niskiego wzrostu, na placu zabaw była ostra, a w walce stosowała niedozwolone chwyty. Pewnego razu, kiedy Fay Gardner rozpuszczała plotki na jej temat, Harriet spokojnie sięgnęła pod ławkę i rozpięła dużą agrafkę spinającą spódnicę w szkocką kratę. Przez cały dzień czekała na okazję, a po południu, kiedy Fay rozdawała jakieś papiery, Harriet uderzyła jak błyskawica i dziabnęła ją w dłoń. To był jedyny raz, gdy Hely widział, jak dyrektor bije dziewczynę. Trzy klapsy dyscypliną. Harriet nawet nie krzyknęła. „Co z tego?", spytała chłodno, kiedy Hely pochwalił ją w drodze powrotnej ze szkoły.

Jak mógł sprawić, żeby go pokochała? Chciałby wiedzieć coś nowego, ciekawego, co mógłby jej przekazać, jakiś interesujący fakt czy wspaniały sekret, który naprawdę wywarłby na niej wrażenie. Albo żeby Harriet została uwięziona w płonącym domu, albo żeby ścigali ją złodzieje, a Hely mógłby wkroczyć jak bohater i uratować ją.

Przyjechał na rowerze nad ten daleki potok, tak mały, że nawet nie miał nazwy. Nad wodą siedziała grupa czarnych chłopaków, niewiele starszych od niego, a dalej kilku samotnych starych czarnych w spodniach khaki podwiniętych do kostek. Jeden z nich — ze styropianowym wiaderkiem, w dużym słomkowym sombrero z wyhaftowanym zielonym napisem „Pamiątka z Meksyku" — podchodził ostrożnie do Hely'ego.

— Dzień dobry — powiedział.

— Hej — odparł Hely z rezerwą.

— Dlaczego wyrzuciłeś na ziemię te wszystkie dobre robaki?

Hely'emu nie przychodziła do głowy żadna odpowiedź.

— Wylałem na nie benzynę — odpowiedział w końcu.

— To im nie zaszkodzi. Ryby i tak je zjedzą. Po prostu umyj je.

— W porządku.

— Pomogę ci. Możemy je wymoczyć w tej płytkiej wodzie.

— Jak chcesz, możesz je sobie wziąć.

Stary zachichotał sucho, potem pochylił się i zaczął napełniać wiaderko. Hely poczuł się upokorzony. Siedział wpatrzony w nieruchomy spławik, posępnie żuł gotowane fistaszki z plastikowej torebki w kieszeni i udawał, że nie widzi. Jak mógł sprawić, żeby go pokochała, żeby zwracała na niego uwagę, kiedy nie był przy niej? Może mógł jej coś kupić, tylko że nie wiedział o niczym, czego by chciała, zresztą nie miał pieniędzy. Chciałby umieć skonstruować rakietę albo robota, rzucać nożami jak w cyrku; żałował, że nie ma motoru i nie umie robić sztuczek jak Evel Knievel. Mrugając sennie, Hely spojrzał na starą Murzynkę, która łowiła ryby na przeciwległym brzegu. Kiedyś po południu Pemberton pokazał mu, jak się zmienia biegi w cadillacu. Hely wyobrażał sobie, jak razem z Harriet pędzą z opuszczonym dachem autostradą numer 51. Tak, miał tylko jedenaście lat, ale w Missisipi można było dostać prawo jazdy w wieku piętnastu lat, a w Luizjanie — trzynastu. W razie potrzeby z pewnością mógł uchodzić za trzynastolatka.

Mogliby zapakować prowiant. Pikle i kanapki z galaretką. Może zdołałby ukraść trochę whisky z barku matki albo — gdyby się nie powiodło — butelkę Dr. Tichenora, środka dezynfekującego, który smakował jak gówno, ale zawartość alkoholu wynosiła sto czterdzieści. Mogliby pojechać do Memphis, do muzeum, żeby Harriet zobaczyła kości dinozaura i zmniejszone głowy. Lubiła takie edukacyjne rzeczy. Potem mogliby pojechać do centrum, do hotelu Peabody, i patrzyć, jak kaczki maszerują po lobby. Mogliby wskoczyć do łóżka w dużym pokoju, zamówić krewetki i steki, a potem przez całą noc oglądać telewizję. Nikt nie powstrzymałby ich przed wejściem do wanny, jeżeli przyszłaby im ochota. Bez ubrań. Hely czuł, że twarz mu płonie. Ile trzeba mieć lat, żeby wziąć ślub? Skoro mógł przekonać policjanta z drogówki, że miał piętnaście lat, z pewnością zdołałby przekonać jakiegoś pastora. Hely wyobraził sobie, że stoi z nią na chybotliwej werandzie, gdzieś w hrabstwie De Soto: Harriet w krótkich spodniach w czerwoną kratę, a on w starej koszulce Pema firmy Harley Davidson, tak wyblakłej, że ledwo dało się przeczytać napis: „Jedź ostro umrzyj wolny". Mała, gorąca dłoń Harriet w jego dłoni. „Teraz możesz pocałować pannę młodą". Po ceremonii żona pastora napiłaby się lemoniady. Potem zostaliby na zawsze zaślubieni, przez cały czas jeździliby samochodem, bawiliby się i jedli łowione przez niego ryby. Matka, ojciec i wszyscy w domu odchodziliby od zmysłów ze zdenerwowania. Ale byłoby kapitalnie.

Z marzeń wyrwał Hely'ego głośny wystrzał, po którym rozległ się plusk i wysoki, szalony śmiech. Na drugim brzegu zamieszanie — stara Murzynka wypuściła wędkę i zakryła twarz dłońmi, kiedy z brunatnej wody trysnęła fontanna.

Potem jeszcze raz. I jeszcze raz. Z małego drewnianego mostku nad potokiem dobiegł budzący grozę śmiech. Oszołomiony Hely osłonił dłonią oczy od słońca i niewyraźnie ujrzał dwóch białych mężczyzn. Potężniejszy z nich (był znacznie potężniejszy) jawił się jako masywny cień, złożony wpół ze śmiechu, a Hely ledwo dostrzegł jego dłonie dyndające za poręczą: duże, brudne dłonie z dużymi srebrnymi pierścieniami. Mniejsza sylwetka (kowbojski kapelusz, długie włosy) obiema dłońmi celowała w wodę z migoczącego srebrnego pistoletu. Znowu rozległ się strzał, a stary mężczyzna w górze potoku odskoczył w tył, kiedy kula wzbiła białą fontannę piany obok końca jego żyłki wędkarskiej.

Potężnie zbudowany mężczyzna na mostku odrzucił do tyłu lwią grzywę włosów i zapiał ochryple; Hely'emu mignął krzaczasty zarys brody. Czarne dzieciaki rzuciły wędki i zaczęły się gramolić na brzeg, a stara Murzynka z drugiej strony potoku pobiegła chyżo za nimi, jedną ręką podtrzymując spódnice, a drugą wyciągając przed siebie. Płakała.

— Ruszaj się, babciu.

Pistolet zaśpiewał znowu, echo odbiło się od skał, do wody posypały się odłamki kamieni i piach. Facet strzelał teraz, gdzie popadło. Hely stał jak wryty. Kula gwizdnęła obok niego i wzbiła obłoczek kurzu przy pniu, za którym leżał ukryty jeden z Murzynów. Chłopiec rzucił wędkę, odwrócił się — poślizgnął się, o mały włos nie upadł — i co sił w nogach pognał w zarośla.

Zanurkował w jeżyny i wrzasnął, kiedy kolce podrapały mu gołe nogi. Po kolejnym wystrzale zaczął się zastanawiać, czy te wsiury widziały, że jest biały, a jeśli tak, to czy miało to dla nich znaczenie.

Pochylona nad notesem Harriet usłyszała przez otwarte okno głośne zawodzenie, a potem z podwórza dobiegł krzyk Allison:

— Harriet! Harriet! Chodź tutaj szybko!

Harriet podskoczyła, kopnęła notes pod łóżko, zbiegła po schodach i wypadła przez drzwi wejściowe. Na chodniku stała zapłakana Allison, włosy opadały jej na twarz. W połowie długości chodnika do Harriet dotarło, że beton jest za gorący na jej bose stopy, więc — przechylona na jeden bok, tracąc równowagę — skokami na jednej nodze wróciła na werandę.

— No chodź! Pospiesz się!

— Muszę włożyć buty.

— Co się dzieje?! — krzyknęła przez kuchenne okno Ida Rhew. — Czego się tak wydzieracie?

Harriet wbiegła z tupotem na schody, by po chwili zbiec w sandałach. Zanim zdążyła spytać, co się stało, łkająca Allison podbiegła do niej, złapała ją za rękę i pociągnęła na ulicę.

— Szybciej! Pospiesz się, pospiesz.

Potykając się (w sandałach trudno się biegło), Harriet sunęła za Allison najszybciej, jak potrafiła. W końcu Allison, wciąż zapłakana, stanęła i wskazała wolną ręką na coś, co skrzeczało i trzepotało na środku ulicy.

Dopiero po chwili Harriet zrozumiała, na co patrzy — był to kos, którego skrzydło ugrzęzło w kałuży smoły. Wolne skrzydło trzepotało gorączkowo. Przerażona Harriet zajrzała na samo dno wrzeszczącego gardziołka, aż po niebieską nasadę spiczastego języczka.

— Zrób coś! — krzyknęła Allison.

Harriet nie wiedziała, co począć. Ruszyła w stronę ptaka, ale szybko się cofnęła, kiedy kos skrzeknął przeraźliwie i zamachał na nią wykręconym skrzydłem.

Pani Fountain wytoczyła się na boczną werandę.

— Zostawcie to w spokoju — zawołała cienkim, zrzędliwym głosikiem niewyraźna postać za żaluzją. — Jest obrzydliwe.

Z sercem walącym o żebra Harriet chwyciła ptaka. Wzdrygała się, jakby miała do czynienia z rozżarzonym węglem; bała się go dotknąć, a kiedy koniec skrzydła otarł się o jej przegub, mimowolnie cofnęła rękę.

— Nie możesz go uwolnić?! — krzyknęła Allison.

— Nie wiem — odparła Harriet, starając się, by zabrzmiało to spokojnie. Okrążyła ptaka w nadziei, że uspokoi się, kiedy nie będzie jej widział, ale kos darł się i miotał ze zdwojoną gwałtownością. Harriet ujrzała połamane pióra i — czując, jak zbiera się jej na mdłości — połyskliwe czerwone zwoje, podobne do czerwonej pasty do zębów.

Drżąc z podniecenia, uklękła na gorącym asfalcie.

— Przestań — szepnęła, wyciągając dłonie do ptaka. — Cichutko, nie bój się...

Ale kos był śmiertelnie przerażony, trzepotał, zataczał się, a groźne czarne oczko migotało lękiem. Harriet wsunęła dłonie pod ptaka, najlepiej jak umiała, podparła uwięzione skrzydło — krzywiąc się, bo drugie gwałtownie tłukło ją po twarzy — i podniosła kosa. Rozległ się piekielny skrzek, a otworzywszy oczy, Harriet ujrzała, że oderwała ptakowi skrzydło. Leżało w smole, groteskowo długie, a z rany wyzierała niebieskawa kość.

— Lepiej go połóż — zawołała pani Fountain. — To stworzenie cię dziobnie.

Kiedy ptak szamotał się w jej poplamionych smołą dłoniach, osłupiała

116

Harriet uświadomiła sobie, że skrzydło nie istniało. Na jego miejscu ziała pulsująca rana, z której ciekła czerwona posoka.

— Połóż tego ptaka — powtórzyła pani Fountain. — Dostaniesz wścieklizny. Będą musieli robić ci zastrzyki w brzuch.

— Pospiesz się, Harriet — zawołała Allison, pociągając siostrę za rękaw. — Chodź, szybko, zabierzmy go do Edie.

Jednak ciałkiem kosa wstrząsnął spazmatyczny dreszcz, po czym ptak znieruchomiał w zakrwawionych dłoniach Harriet, a lśniący łebek opadł. Połysk piór — zieleń na czerni — był równie jasny jak zawsze, ale przejrzysta czarna emalia bólu i lęku w oczach już zmatowiała w tępe niedowierzanie, w niepojęte przerażenie śmiercią.

— S z y b c i e j, Harriet! — krzyknęła Allison. — On umiera. On umiera.

— On już umarł — Harriet usłyszała własny głos.

— Co ci się stało? — zawołała Ida Rhew do Hely'ego, który wbiegł tylnymi drzwiami — minął kuchnię, gdzie spocona Ida mieszała jajka z cukrem na budyń bananowy — pobiegł po schodach do pokoju Harriet, a drzwi z siatki zamknęły się za nim z trzaskiem.

Hely wpadł do sypialni Harriet bez pukania. Dziewczynka leżała na łóżku, a puls Hely'ego — już wcześniej rozpędzony — przyspieszył na widok jej ręki zarzuconej nad głowę, białej pachy i brudnych, brązowych podeszew jej stóp. Była dopiero piętnasta trzydzieści, ale Harriet miała na sobie piżamę, a spodenki i koszula, poplamione czymś lepkim i czarnym, leżały zwinięte w kłąb na dywanie obok łóżka.

Hely kopnął ubranie na bok i zadyszany opadł na łóżko u jej stóp.

— Harriet! — Podniecenie odbierało mu mowę. — Strzelano do mnie! Ktoś do mnie strzelał!

— Strzelał do ciebie? — Sprężyny łóżka skrzypnęły sennie, kiedy Harriet przekręciła się na bok i spojrzała na kolegę. — Z czego?

— Z pistoletu. No, p r a w i e do mnie strzelał. Widzisz, siedziałem na brzegu i nagle: pach, woda się rozprysła... — Gorączkowo powachlował dłonią powietrze.

— Jak ktoś mógł prawie do ciebie strzelać?

— Ja n i e ż a r t u j ę, Harriet. Kula przeleciała tuż obok mojej głowy. Uciekłem i wskoczyłem w jakieś kolczaste krzaki. Spójrz na moje nogi! Ja...

Hely umilkł skonsternowany. Harriet leżała wsparta na łokciach i przyglądała się chłopcu; jej spojrzenie, choć uważne, nie było współczujące ani nawet zaskoczone. Hely zbyt późno zrozumiał swój błąd — podziw Harriet trudno było sobie zaskarbić, ale granie na współczuciu zaprowadzi go donikąd.

Hely zerwał się z łóżka i podszedł do drzwi.

— Rzuciłem w nich kamieniami — powiedział odważnie. — Wrzeszczałem na nich. W końcu uciekli.

— Z czego oni strzelali? — spytała Harriet. — Z wiatrówki?

— N i e — odparł po chwili zaskoczony Hely. Jak mógł sprawić, żeby uchwyciła grozę sytuacji? — To był prawdziwy pistolet, Harriet. Prawdziwe kule. Czarni biegali we wszystkie strony... — Wyrzucił przed siebie rękę, przytłoczony trudnością przekazania jej wszystkiego: palącego słońca, echa odbitego od skał, śmiechu, paniki... — Dlaczego ze mną nie poszłaś? — zawodził. — Przecież cię b ł a g a ł e m...

— Jeżeli strzelali z prawdziwego pistoletu, to rzucanie kamieniami uważam za głupotę.

— N i e! Nie to...

— Dokładnie to powiedziałeś.

Hely wziął głęboki wdech i nagle ogarnęło go wyczerpanie i zniechęcenie. Sprężyny jęknęły, kiedy znowu usiadł na łóżku.

— Nie chcesz się nawet dowiedzieć, kto to był? To było takie niesamowite, Harriet. Po prostu... n i e s a m o w i t e...

— Jasne, że chcę wiedzieć — odparła Harriet, ale nie wyglądała na zaniepokojoną. — Kto to był? Jakieś dzieciaki?

— N i e — odparł Hely z irytacją. — Dorośli. Duzi. Próbowali odstrzelić korki z wędek.

— Dlaczego strzelali do ciebie?

— Strzelali do w s z y s t k i c h. Nie tylko do mnie. Byli...

Hely umilkł, bo Harriet wstała. Po raz pierwszy w pełni ogarnął wzrokiem jej piżamę, umorusane dłonie, poplamione ubranie na wyblakłym dywanie.

— Kurczę, co to za czarne paskudztwo? — spytał ze współczuciem. — Masz kłopoty?

— Niechcący oderwałam ptakowi skrzydło.

— Fu. Jak to się stało? — spytał Hely, zapominając na chwilę o własnych kłopotach.

— Przylepił się do smoły. I tak by zdechł albo dorwałby go kot.

— Ż y w y ptak?

— Próbowałam go uratować.

— Co się stało z twoim ubraniem?

Harriet zerknęła na niego zaskoczona.

— To nie zejdzie. Smoła się nie spierze. Ida spuści ci lanie.

— Nic mnie to nie obchodzi.

— Spójrz tutaj. I tutaj. Na całym dywanie jest smoła.

Przez chwilę jedynym odgłosem w pokoju był szum wiatraka przy oknie.

— Moja matka ma w domu książkę o wywabianiu plam — powiedział ciszej Hely. — Sprawdzałem raz czekoladę, kiedy zostawiłem na krześle batonik i się rozpłynął.

— Udało ci się ją wywabić?

— Nie do końca, ale gdyby matka zobaczyła, jak było wcześniej, to by mnie zabiła. Daj mi swoje ubranie. Zabiorę je do siebie do domu.

— Założę się, że w twojej książce nie ma nic o smole.

— W takim razie wyrzucę twoje ciuchy — odparł Hely, wdzięczny, że wreszcie zwróciła na niego uwagę. — Masz świra, jeśli chcesz je wrzucić do swoich śmieci. Chodź... — Przeszedł na drugą stronę łóżka.

— Pomóż mi to przesunąć, żeby nie zobaczyła plam na dywanie.

Odean, służąca Libby, która przychodziła i wychodziła według własnego uznania, porzuciła kuchnię Libby w trakcie wałkowania ciasta. Kiedy Harriet weszła, ujrzała stół kuchenny posypany mąką, zarzucony skórkami od jabłek i kawałkami surowego ciasta. Przy stole — drobna i krucha — siedziała Libby, pijąc słabą herbatę z kubka, który wydawał się za duży w jej małych, piegowatych dłoniach. Pochylała się nad krzyżówką w gazecie.

— Och, tak się cieszę, że przyszłaś, kochanie — powiedziała, nie komentując niezapowiedzianej wizyty Harriet i nie besztając jej (czego z pewnością nie omieszkałaby zrobić Edie) za wyjście do ludzi w górze od piżamy i dżinsach, z poplamionymi dłońmi. Roztargnionym gestem poklepała stojące obok niej krzesło. — W „Commercial Appeal" jest nowy człowiek od krzyżówek, który układa naprawdę trudne. Mnóstwo starych francuskich słów, nauka i tym podobne. — Tępym grafitem ołówka wskazała na zamazane kwadraciki. — „Pierwiastek metaliczny". Wiem, że zaczyna się na t, ponieważ Tora to na pewno pięć pierwszych ksiąg Starego Testamentu, ale nie ma metalu na t, prawda?

Harriet przyglądała się krzyżówce przez chwilę.

— Potrzebna ci jeszcze jedna litera. Nie wiadomo, czy chodzi o tytan czy o tungsten.

— Kochanie, jesteś taka mądra. Nigdy o nich nie słyszałam.
— Zobaczmy — powiedziała Harriet. — Osiem liter pionowo. Odmiana gruszki. To będzie ulęgałka, czyli metal to tungsten.
— Mój Boże! Tylu rzeczy uczą was teraz w szkole! Kiedy my byłyśmy dziewczynkami, a n i trochę nie uczyłyśmy się o tych okropnych, starych metalach i innych rzeczach. Tylko arytmetyki i historii Europy.

Wspólnie rozwiązywały krzyżówkę — utknęły przy pięcioliterowym słowie na s, oznaczającym nieprzyjemną kobietę — aż w końcu weszła do kuchni Odean i zaczęła tak energicznie tłuc garnkami, że musiały się wycofać do sypialni Libby.

Libby, najstarsza z sióstr Cleve, jako jedyna nigdy nie wyszła za mąż, ale wszystkie (z wyjątkiem potrójnie zamężnej Adelaide) były w głębi serca starymi pannami. Edie się rozwiodła. Nikt nie chciał mówić o tym tajemniczym związku, z którego zrodziła się matka Harriet, chociaż Harriet wiele by dała, żeby się dowiedzieć, i próbowała wyciągnąć od ciotek informacje. Jednak oprócz kilku starych fotografii, które widziała (słaby podbródek, jasne włosy, nieznaczny uśmiech) i pewnych łechcących wyobraźnię zwrotów, które podsłuchała („...lubił wypić..." „...był swoim własnym najgorszym wrogiem..."), Harriet wiedziała o swoim dziadku po kądzieli tylko tyle, że przez pewien czas leżał w szpitalu w Alabamie, gdzie zmarł kilka lat temu. Kiedy Harriet była młodsza, wysnuła (na podstawie *Heidi*) wniosek, że ona sama mogłaby doprowadzić do pogodzenia się rodziny, gdyby tylko zabrano ją do dziadka do szpitala. Czyż Heidi nie oczarowała zgorzkniałego szwajcarskiego dziadziusia w wysokich Alpach, czy nie „tchnęła w niego życia"?

— Ha! Na to bym akurat nie liczyła — powiedziała Edie, szarpiąc mocno zasupłaną nitkę, którą szyła.

Tat powiodło się lepiej w szczęśliwym, choć monotonnym dziewiętnastoletnim małżeństwie z właścicielem przedsiębiorstwa drzewnego — Pinkertonem Lambem, znanym w okolicy jako pan Pink — który umarł na zator przed narodzinami Harriet i Allison. Otyły i szarmancki pan Pink (znacznie starszy od Tat, barwna postać w sztylpach i marynarkach sportowych z paskiem) nie mógł spłodzić dzieci; mówiło się o adopcji, ale nigdy do niej nie doszło. Jednak bezdzietność ani wdowieństwo nie przeszkadzały Tat. Prawie zapomniała, że kiedyś była mężatką, a gdy jej o tym przypominano, wyrażała lekkie zdziwienie.

Stara panna Libby była o dziewięć lat starsza od Edie, jedenaście od Tat i pełne siedemnaście lat starsza od Adelaide. Blada, o płaskiej piersi, krótkowidz już w młodości, nigdy nie była tak ładna jak młodsze siostry, ale prawdziwym powodem jej staropanieństwa było to, że samolubny stary sędzia Cleve — którego udręczona żona zmarła przy porodzie Adelaide — nakłonił ją, by została w domu i zaopiekowała się nim oraz trzema młodszymi dziewczynkami. Zaapelował do altruistycznej natury Libby, odpędził nielicznych zalotników i zatrzymał córkę w Utrapieniu w charakterze nie opłacanej pielęgniarki, służącej, kucharki i kompana do kart aż do swojej śmierci, kiedy Libby dobijała do siedemdziesiątki. Ojciec zostawił furę długów, a Libby nie miała właściwie żadnego zabezpieczenia.

Siostry nękało poczucie winy — jak gdyby odpowiedzialność za niewolę Libby spadała nie na ojca, ale na nie.

— Co za hańba — powiedziała Edie. — Miała siedemnaście lat, a tata kazał jej wychowywać dwójkę dzieci i niemowlę.

Ale Libby przystała na to poświęcenie pogodnie, bez żalu. Wielbiła ponurego, niewdzięcznego starego ojca, a możliwość mieszkania w domu i opiekowania się pozbawionymi matki siostrami, które kochała do szaleństwa, nie myśląc o sobie, uważała za przywilej. Z powodu szczodrości, cierpliwości, braku narzekania i dobrego humoru młodsze siostry (którym nie przypadła w udziale jej łagodna natura) uważały, że Libby jest tak bliska świętości, jak tylko człowiek może być. W młodości miała bezbarwny, prosty wygląd (choć promieniała urodą, kiedy się uśmiechała); teraz, w wieku osiemdziesięciu dwóch lat, kiedy nosiła atłasowe pantofle, koszule nocne z różowego atłasu, kamizelki z angory obszyte różową wstążką, było coś dziecięcego i uroczego w jej wielkich niebieskich oczach i jedwabistych siwych włosach.

Wejście do zacisznej sypialni Libby, z drewnianymi żaluzjami i ścianami pomalowanymi na błękitny kolor kaczych jajek, przypominało zanurzenie się w przyjaznym podwodnym królestwie. Na zewnątrz, w ostrym słońcu, trawniki, domy i drzewa były wyblakłe i wrogie; rozpalone chodniki przywodziły jej na myśl kosa — jasne, bezsensowne przerażenie lśniące w jego oczach. Pokój Libby dawał schronienie przed tym wszystkim: przed upałem, kurzem, okrucieństwem. Kolory i faktury nie zmieniły się od dzieciństwa Harriet: matowe, ciemne deski podłogowe, kordonkowa kapa na łóżko z frędzlami, zakurzone zasłony z organzyny, kryształowa taca na słodycze, na której Libby trzymała spinki do włosów. Na kominku drzemał masywny, jajowaty przycisk do papieru z akwamarynowego szkła — z bańką powietrza w środku, filtrujący słońce jak woda morska — który zmieniał się w ciągu dnia jak żywe stworzenie. Rano jarzył się jasno, najbardziej intensywne migotanie osiągał około godziny dziesiątej, by w południe zblaknąć do koloru chłodnego jadeitu. Przez całe dzieciństwo Harriet spędzała długie, szczęśliwe godziny na rozmyślaniach na podłodze, podczas gdy światło w przycisku do papieru wznosiło się wysoko, podfruwało, chybotało się i tonęło, a tygrysio pręgowane światło jarzyło się to tu, to tam na niebiesko-zielonych ścianach. Dywan w kwietne pnącza był planszą do gry, prywatnym polem bitwy Harriet. Spędziła niezliczone popołudnia na czworakach, przesuwając zabawkowe armie po tych krętych ścieżkach. Nad kominkiem, górując nad wszystkim, wisiała stara, przydymiona fotografia Utrapienia, z białymi kolumnami wznoszącymi się nieziemsko z wiecznie zielonych krzewów. Harriet przycupnęła na oparciu obitego perkalem fotela Libby i wspólnie rozwiązywały krzyżówkę. Porcelanowy zegar tykał łagodnie na kominku tym samym kordialnym, kojącym starym tykaniem, które dziewczynka słyszała przez całe życie. Błękitna sypialnia była jak niebo, z przyjaznymi zapachami kotów, drewna cedrowego, zakurzonych tkanin, korzenia palczatki, pudru Limes de Buras i jakiejś liliowej soli do kąpieli, której Libby używała, odkąd tylko Harriet sięgała pamięcią. Wszystkie starsze panie używały korzenia palczatki zaszytego w woreczki, żeby uchronić ubrania przed molami, i choć subtelnie stęchły zapach znany był Harriet od dzieciństwa, wciąż wzbudzał dreszczyk tajemniczości, czegoś smutnego i obcego, jak spróchniałe bory czy dym z lasu jesienią; był to dawny, mroczny zapach herbarzy z plantacji, Utrapienia, samej przeszłości.

— Ostatnie hasło! — ucieszyła się Libby. — „Sztuka zaprowadzania pokoju". Trzecia litera c, kończy się na c-j-a. — Puk, puk, puk, liczyła pola ołówkiem.

— P a c y f i k a c j a?

— Tak. O Boże... czekaj. To c jest na niewłaściwym miejscu. Zastanawiały się w milczeniu.

— Aha! — zawołała Libby. — N e g o c j a c j a! — Starannie wpisała litery tępym ołówkiem. — Gotowe — oznajmiła radośnie, zdejmując okulary. — Dziękuję ci, Harriet.

— Proszę bardzo — odparła Harriet lakonicznie, trochę naburmuszona, że to do Libby należało ostatnie słowo.

— Sama nie wiem, czemu tak bardzo przejmuję się tymi głupimi krzyżówkami, ale one chyba naprawdę utrzymują mój umysł w sprawności. Zazwyczaj udaje mi się przebrnąć tylko przez trzy czwarte.

— Libby...

— Zaraz zgadnę, co ci chodzi po głowie, kochanie. Może pójdziemy do kuchni zobaczyć, czy Odean wyjęła ciasto z pieca?

— Libby, dlaczego nikt nie chce mi nic powiedzieć o śmierci Robina? Libby odłożyła gazetę.

— Czy tuż przedtem nie wydarzyło się nic dziwnego?

— Dziwnego, kochanie? Co, u Boga Ojca, masz na myśli?

— Cokolwiek... — Harriet z trudem szukała słów. — Jakąś wskazówkę.

— Nic nie wiem o żadnej wskazówce — oświadczyła Libby po niezwykle spokojnej chwili. — Ale jeżeli chcesz usłyszeć o czymś dziwnym, to jedna z najdziwniejszych rzeczy w moim życiu wydarzyła się trzy dni przed śmiercią Robina. Czy słyszałaś historię o męskim kapeluszu w mojej sypialni?

— Ach, to — odparła zawiedziona Harriet. Przez całe życie słyszała historię o kapeluszu na łóżku Libby.

— Wszyscy myśleli, że zwariowałam. Czarny męski kapelusz! Rozmiar osiem! Stetson. W dodatku ładny kapelusz, bez potu na wstążce. W biały dzień pojawił się w nogach mojego łóżka.

— Chcesz powiedzieć, że nie widziałaś, kiedy się pojawił — powiedziała znudzona Harriet, która słyszała tę opowieść już setki razy. Nikomu poza Libby nie wydawała się ona tajemnicza.

— Kochanie, była druga po południu w środę...

— Ktoś przyszedł i zapomniał kapelusza.

— Nie, nie mógł tego zrobić. Zobaczyłybyśmy go albo usłyszały. Odean i ja przez cały czas byłyśmy w domu. Dopiero co przeprowadziłam się tu z Utrapienia po śmierci taty. Niespełna dwie minuty wcześniej Odean poszła do sypialni, żeby odnieść czyste obrusy. Wtedy nie było tam żadnego kapelusza.

— Może to Odean go tam położyła.

— Odean n i e położyła go. Sama ją zapytaj.

— No cóż, ktoś się zakradł — zniecierpliwiła się Harriet. — Ty i Odean po prostu nie usłyszałyście.

Odean, zazwyczaj mało komunikatywna, nie mniej niż Libby lubiła opowiadać o tajemnicy czarnego kapelusza, a obie relacje były takie same (chociaż różniły się stylem; opowieść Odean była o wiele bardziej tajemnicza, znaczona licznymi kiwnięciami głowy i długimi chwilami milczenia).

— Coś ci powiem, kochanie. — Libby wyprostowała się w fotelu. — Odean chodziła po całym domu, odkładała czyste pranie, ja rozmawiałam z twoją babcią przez telefon w holu, a otwarte drzwi sypialni znajdowały się w moim polu widzenia, nie, nie łóżko — uprzedziła Harriet — okna były zamknięte, a okna burzowe miały szczelnie przymocowane okiennice. Gdyby ktokolwiek wszedł do tej sypialni, zauważyłaby to zarówno Odean, jak i ja.

— Ktoś zrobił ci kawał — stwierdziła Harriet. Do tego wniosku doszła Edie z pozostałymi ciotkami.

Edie kilkakrotnie doprowadziła Libby do łez (a Odean do wściekłych dąsów), insynuując złośliwie, że Libby i Odean popijały sherry w czasie gotowania.

— Jaki to był kawał? — Libby zaczynała tracić dobry humor. — Żeby zostawić czarny męski kapelusz w nogach mojego łóżka? To był k o s z t o w n y kapelusz. Zaniosłam go do sklepu, gdzie powiedzieli mi, że takich kapeluszy nie sprzedaje się nie tylko w Alexandrii, ale z tego, co wiedzą, najbliższym miejscem, gdzie można je kupić, jest Memphis. I oto trzy dni po znalezieniu tego kapelusza w moim domu mały Robin nie żył.

— Ale co to wszystko ma wspólnego z Robinem? — spytała Harriet po namyśle.

— Kochanie, świat jest p e ł e n rzeczy, których nie rozumiemy.

— Ale czemu właśnie kapelusz? — dziwiła się Harriet. — Czemu ktoś miałby go zostawić właśnie u ciebie? Nie widzę związku.

— Posłuchaj innej historii. Kiedy mieszkałam w Utrapieniu — zaczęła Libby, splatając dłonie — znałam bardzo miłą kobietę nazwiskiem Viola Gibbs, która pracowała w przedszkolu w miasteczku. Zbliżała się chyba do trzydziestki. Pewnego dnia pani Gibbs wchodziła do własnego domu tylnymi drzwiami, a jej mąż i dzieci powiedzieli potem, że nagle odskoczyła, zaczęła bić powietrze, jakby ktoś ją gonił, a chwilę później leżała na kuchennej podłodze. Martwa.

— Pewnie ugryzł ją pająk.

— Ludzie nie umierają w taki sposób od ukąszenia pająka.

— Albo miała zawał.

— Nie, nie, była za młoda. Nigdy nie chorowała, nie miała alergii na pszczoły, to nie był tętniak ani nic takiego. Po prostu padła nieżywa bez żadnego powodu, na oczach męża i dzieci.

— Wygląda na otrucie. Założę się, że to sprawka jej męża.

— Nic podobnego nie zrobił. Ale nie na tym polega dziwność całej historii, kochanie. — Libby mrugnęła uprzejmie i poczekała, żeby się upewnić, że Harriet słucha uważnie. — Widzisz, Viola Gibbs miała siostrę bliźniaczkę. Rok wcześniej, c o d o d n i a... — Libby postukała w stół palcem wskazującym — ...bliźniaczka wychodziła z basenu w Miami na Florydzie, kiedy nagle na jej twarzy odmalowało się przerażenie, tak powiedzieli ludzie: p r z e r a ż e n i e. Kilkadziesiąt osób to widziało. Potem zaczęła krzyczeć i bić powietrze. Po chwili leżała martwa na betonie.

— Dlaczego? — spytała Harriet zbita z tropu.

— Nikt nie wie.

— Ale, nie rozumiem.

— Nikt tego nie rozumie.

— Ludzie nie padają ofiarą czegoś niewidzialnego.

— Te dwie siostry padły. Siostry b l i ź n i a c z k i. Dokładnie w odstępie roku.

— Sherlock Holmes prowadził bardzo podobną sprawę. *Przygoda cętkowanej opaski.*

— Tak, znam to opowiadanie, Harriet, ale to coś innego.

— Dlaczego? Myślisz, że te siostry ścigał diabeł?

— Mówię tylko, że na świecie jest strasznie dużo rzeczy, których nie rozumiemy, kochanie, ukrytych związków pomiędzy rzeczami, które na pozór wcale nie są ze sobą związane.

— Czy myślisz, że Robina zabił diabeł albo duch?

— Mój Boże — powiedziała Libby, sięgając po okulary. — Co się tam dzieje?

Z kuchni rzeczywiście zaczął dobiegać hałas: podniesione głosy, rozdrażniony okrzyk Odean. Kiedy Harriet weszła w ślad za Libby do kuchni, zobaczyła tęgą, starą Murzynkę z piegowatymi policzkami i warkoczami upiętymi po obu stronach głowy, która siedziała przy stole i płakała, zasłaniając się dłońmi. Stojąca za jej plecami, wyraźnie wytrącona z równowagi Odean, nalewała maślankę do szklanki z kostkami lodu.

— To moja cioteczka — powiedziała Odean, nie patrząc Libby w oczy. — Zaraz dojdzie do siebie.

— Co się, na Boga, stało? Trzeba wezwać lekarza?

— Nie. Nie ranna. Tylko wstrząśnięta. Jacyś biali strzelali do niej nad potokiem.

— Strzelali? Co, u Boga Ojca...

— Napij się maślanki — powiedziała Odean do ciotki, której pierś falowała gwałtownie.

— Szklaneczka madery bardziej by jej pomogła — stwierdziła Libby, drepcząc w stronę tylnych drzwi. — Nie trzymam jej w domu. Pobiegnę do Adelaide.

— Nie — zawyła stara Murzynka. — Ja niepijąca.

— Ale...

— Nie, proszę pani. Żadnej whisky.

— Ale madera to nie whisky. To tylko... o Boże. — Libby odwróciła się bezradnie do Odean.

— Ona za chwilę dojdzie do siebie.

— Co się stało? — pytała niespokojnie Libby, z dłonią przy szyi, patrząc to na jedną kobietę, to na drugą.

— Ja nikogo nie zaczepiałam.

125

— Ale dlaczego...

— Ona mówi — powiedziała Odean do Libby — że dwa białe weszły na most i zaczęły strzelać do wszystkich z pistoletów.

— Czy ktoś został ranny? Mam wezwać policję? — wykrztusiła Libby. Na to pytanie ciotka Odean zareagowała takim wrzaskiem, że nawet Harriet się zaniepokoiła.

— Co się stało? — zawołała Libby, cała w rumieńcach i na skraju histerii.

— Błagam panią. Nie. Proszę nie wzywać policji.

— Ale dlaczego?

— O Boże, ja się boję po-olicji.

— Ona mówi, że to byli chłopcy Ratliff — wtrąciła Odean. — Ci, co właśnie wyszli z więzienia.

— R a t l i f f? — powtórzyła Harriet tak głośno i dziwnie, że mimo zamieszania w kuchni wszystkie trzy kobiety spojrzały na nią.

— Ido, co wiesz o ludziach nazwiskiem Ratliff? — zapytała nazajutrz Harriet.

— Wiem, że to nieszczęśnicy — odparła Ida, posępnie wyżymając ścierkę.

Ida klapnęła odbarwioną ścierką na kuchenkę. Usadowiona na szerokim parapecie otwartego okna Harriet patrzyła, jak służąca leniwie zmywa plamki tłuszczu z patelni po porannych jajkach na bekonie, pomrukując i kiwając głową jak w transie. Takie zamyślenia, które ogarniały Idę w trakcie powtarzalnych czynności — łuskania grochu, trzepania dywanów, mieszania lukru na ciasto — Harriet znała od dzieciństwa, a ich widok działał równie kojąco jak widok drzew kołyszących się na wietrze. Zamyślenia te były też jednak wyraźnym sygnałem, że Ida chce, by zostawiono ją w spokoju. Kiedy ktoś przeszkodził jej w takim nastroju, potrafiła być gwałtowna. Harriet była świadkiem, jak służąca warczała na Charlotte, a nawet na Edie, kiedy któraś z nich wybrała niewłaściwy moment na agresywne pytanie o błahostkę. Jednak w innych chwilach — zwłaszcza kiedy Harriet chciała zapytać Idę o coś trudnego, sekretnego czy doniosłego — służąca odpowiadała z pogodną szczerością wyroczni, jak zahipnotyzowana.

Harriet poruszyła się i podciągnęła kolano pod brodę.

— Co jeszcze wiesz? — spytała, bawiąc się sprzączką sandała. — O Ratliffach?

126

— Nie ma co wiedzieć. Sama ich widziałaś. Tę bandę, co tu przylazła wczoraj.

— Tutaj? — spytała zdziwiona Harriet.

— Tak jest. Właśnie tutaj... Widziałaś ich, a jakże — ciągnęła Ida Rhew cichym, śpiewnym głosem, zupełnie jakby mówiła do siebie. — Gdyby na podwórze twojej mamy przyszły kozy i zaczęły brykać, założę się, że wszyscy zaczęlibyście ich żałować... „Zobacz, zobacz, jakie słodkie". Wkrótce byście je głaskali, bawilibyście się z nimi. „Podejdź tutaj, panie Koźle, zjedz sobie cukru z mojej ręki". „Panie Koźle, ty brudasie. Chodź, to cię wykąpię". „Biedny pan Kozioł". Kiedy się spostrzeżesz — powiedziała pogodnie Ida, nie dopuszczając zaskoczonej Harriet do głosu — kiedy się spostrzeżesz, jakie to wstrętne i wredne kozy, nie będziesz mogła ich odegnać nawet kijem. Zaczną ściągać ubrania ze sznura, deptać kwiaty, beczeć i hałasować przez całą noc... Czego nie zeżrą, to podepczą i zostawią w błocie. „Dajcie nam jeszcze!" Myślisz, że kiedykolwiek mają dość? Nigdy. Ale coś ci powiem. — Ida wbiła w Harriet zaczerwienione oczy. — Wolałabym już stado kóz niż bandę małych Ratliffów, co biegają i bez przerwy czegoś c h c ą.

— Ale, Ido...

— Wstrętni! Brudni! — Wykrzywiając twarz, Ida wyżęła ścierkę. — Wkrótce będziecie słyszeć tylko: c h c ę, c h c ę, c h c ę. „Daj mi to". „Kup mi tamto".

— Te dzieci to nie byli Ratliffowie, Ido. Te, które przyszły do nas wczoraj.

— Lepiej uważaj — powiedziała Ida z rezygnacją i wróciła do pracy. — Twoja matka chodzi tam, daje twoje ubrania i zabawki temu, tamtemu, każdemu, kto podejdzie. Niedługo nawet nie będą prosić. Zaczną sobie brać.

— Ido, to byli Odumowie. Te dzieci na podwórzu.

— Jeden pies. Żadne z nich nie odróżnia dobra od zła. Gdybyś była jednym z tych małych Odumów... — Przerwała, żeby złożyć ścierkę. — Wyobraź sobie, że twoja matka i tata nie pracują i uczą cię, że nie ma nic złego w rabowaniu, nienawiści i zabieraniu innym wszystkiego, na co ci przyjdzie ochota? Hmm? Wtedy nie miałabyś pojęcia o rabowaniu i kradzieży. O nie. Nie myślałabyś, że jest w tym coś niedobrego.

— Ale...

— Nie twierdzę, że nie ma też złych kolorowych. Są źli kolorowi i źli biali... J a wiem tylko, że nie mam czasu na zawracanie sobie głowy Odumami, nie mam czasu na zawracanie sobie głowy kimś, kto stale myśli o tym, czego nie ma, i o tym, jak zabierze to innemu. O nie. Jeżeli na to nie zapracuję — oświadczyła Ida poważnie, unosząc mokrą dłoń — jeżeli tego nie mam, to tego nie chcę. Nie, psze pani. Nie chcę. Po prostu idę dalej.

— Ido, Odumowie nic mnie nie obchodzą.

— Żaden z nich nie powinien cię obchodzić.

— I nie obchodzi.

— Cieszy mnie to.

— Pytałam cię o R a t l i f f ó w. Co możesz...

— Mogę ci powiedzieć, że rzucali cegłami we wnuczkę mojej siostry, kiedy szła do pierwszej klasy — odparła ostro Ida. — Co ty na to? Dorośli ludzie. Rzucali cegłami, wyli c z a r n u c h   i   w r a c a j   d o   d ż u n g l i do tego biednego dziecka.

Harriet odebrało mowę. Nie podnosząc wzroku, nadal bawiła się paskiem sandała. Na słowo „czarnuch", zwłaszcza w ustach Idy, na twarz Harriet wypływały rumieńce.

— Cegły — kręciła głową Ida. — Rzucali zza tej szkolnej przybudówki i byli z siebie bardzo dumni, ale nikt nie powinien rzucać cegłami w dzieci. Pokaż mi, gdzie jest napisane w Biblii: rzucaj cegłami w bliźniego. Hm? Możesz szukać przez cały dzień, ale nie znajdziesz, bo nic takiego nie ma.

Czując się bardzo niezręcznie, Harriet ziewnęła, by ukryć konsternację i zmartwienie. Ona i Hely chodzili do Akademii Aleksandria, podobnie jak prawie wszystkie białe dzieci z hrabstwa. Nawet Odumowie, Ratliffowie i Scurlee niemal głodzili się na śmierć, byle tylko utrzymać dzieci z dala od szkół publicznych. Rodziny takie jak Harriet (i Hely'ego) z pewnością nie tolerowałyby rzucania cegłami w dzieci białe, czarne („czy fioletowe", jak lubiła wtrącać Edie do każdej dyskusji na temat koloru skóry). Mimo to Harriet uczęszczała do szkoły tylko dla białych.

— Ci ludzie nazywają siebie kaznodziejami. Jednocześnie opluwają i wyzywają to biedne dziecko od asfaltów i czarnuchów — mówiła Ida ponuro. — Biblia mówi jasno, że kto zgorszy jedno z tych dziatek najmniejszych...

— Czy oni zostali aresztowani?

Ida Rhew prychnęła.

— Zostali?

— Czasami policja bardziej popiera przestępców niż ich ofiary.

Harriet zastanowiła się nad słowami służącej. Z tego, co wiedziała, strzelanie nad potokiem uszło Ratliffom na sucho, podobnie jak prawie wszystko, co wyczyniali.

— Rzucanie cegłami w ludzi jest niezgodne z prawem — powiedziała.

— To bez znaczenia. Policja nic nie zrobiła Ratliffom, kiedy podpalili kościół Baptystów Misjonarzy, jak byłaś mała, prawda? Po tym jak doktor King przyjechał do naszego miasta. Podjechali pod kościół i wrzucili przez okno butelkę po whisky z zapaloną szmatą.

Harriet przez całe życie słuchała opowieści o tym pożarze kościoła i innych, w innych miastach stanu Missisipi, aż w końcu wszystkie pomieszały się jej w głowie, ale nigdy nie słyszała, żeby winę ponosili Ratliffowie. Ktoś mógłby sądzić (mawiała Edie), że Murzyni i biedni biali nie będą się tak nienawidzili, skoro mieli wiele wspólnego, głównie biedę. Ale nieszczęśni biali w rodzaju Ratliffów mogli zadzierać nosa tylko wobec Murzynów. Nie mogli znieść myśli, że Murzyni mieli teraz takie same prawa jak oni, a często cieszyli się większym szacunkiem i bogactwem.

— Biedny Murzyn posiada przynajmniej wymówkę w postaci swego urodzenia — mówiła Edie. — Biedny biały może winić tylko własny charakter, ale tego, rzecz jasna, nie chce zrobić. Wiązałoby się to z koniecznością wzięcia pewnej odpowiedzialności za własne lenistwo i żałosne zachowanie. Nie, taki człowiek woli palić krzyże i zwalać winę na Murzynów, niż spróbować zdobyć wykształcenie i poprawić swoje położenie.

Zamyślona Ida Rhew nadal polerowała kuchenkę, chociaż już nie było takiej potrzeby.

— Tak jest, to szczera prawda — ciągnęła. — Te męty zabiły pannę Ettę Coffey, tak jakby dźgnęli ją w serce. — Ida ściągnęła usta i przez pewien czas małymi, okrężnymi ruchami polerowała chromowane pokrętła kuchenki. — Stara panna Etta była taka wierząca, czasami modliła się przez całą noc. Kiedy moja matka widziała u niej światło późną nocą, kazała tacie wyjść z łóżka, pójść, zastukać w okno i zapytać pannę Ettę, czy upadła i czy trzeba jej pomóc wstać. Wtedy ona krzyczała: „Nie, dziękuję!", ona i Jezus mieli jeszcze sprawy do omówienia!

— Edie mówiła mi kiedyś...

— O tak. Panna Etta siedzi po Jego prawicy. Podobnie jak moja matka, mój tata i mój biedny brat Cuff, który umarł na raka. Mały Robin też siedzi razem z nimi. Bóg trzyma miejsce dla wszystkich swoich dzieci. Bez dwóch zdań.

— Ale Edie mówiła, że ta starsza pani nie zginęła w p o ż a r z e. Mówiła, że umarła na zawał.

— E d i e m ó w i ł a?

Kiedy Ida wpadała w ten ton, lepiej było nie wchodzić jej w drogę. Harriet spojrzała na swoje paznokcie.

— Nie zginęła w p o ż a r z e. Ha! — Ida zwinęła mokrą ścierkę i pacnęła ją na blat. — Umarła od dymu, tak? Od wszystkich tych wrzasków i przepychania się do wyjścia. Panna Coffey była s t a r a. Miała takie czułe serce, że nie była w stanie jeść sarniny ani zdjąć ryby z haczyka. A tu podjechały okropne stare męty i wrzuciły ogień przez okno...
— Czy kościół spalił się doszczętnie?
— Spalił się, jak się patrzy.
— Edie mówiła...
— Czy Edie tam była?

Głos służącej brzmiał strasznie. Harriet nie śmiała się odezwać. Przez chwilę Ida piorunowała ją wzrokiem, potem podwinęła rąbek spódnicy i zrolowała pończochę, grubą, cielistego koloru, zwiniętą nad kolanami, znacznie jaśniejszą niż jej ciemna skóra. Nad matowym wałkiem nylonu ukazało się sześciocalowe oparzenie — różowe jak surowy sznycel, gdzieniegdzie błyszczące i odrażająco gładkie, w innych miejscach pościągane, a jego kolor i faktura szokowały na tle przyjemnego brązu kolana Idy w odcieniu brazylijskiego orzecha.

— Edie pewnie nie uważa, że to jest wystarczające oparzenie?

Harriet zaniemówiła.

— Ja wiem tylko, że było mi naprawdę gorąco.
— Czy to boli?
— Możesz być pewna, że bolało.
— A teraz?
— Nie. Chociaż czasami swędzi. Dosyć tego — zwróciła się Ida do pończochy i zaczęła ją z powrotem odwijać. — Nie zawracaj mi głowy. Czasami te pończochy mnie zabijają.
— Czy to jest oparzenie trzeciego stopnia?
— Trzeciego, czwartego i piątego. — Ida zaśmiała się znowu, tym razem dość nieprzyjemnie. — Wiem tylko, że bolało tak bardzo, że nie mogłam spać przez sześć tygodni. Ale może Edie uważa, że ogień nie jest dostatecznie gorący, jeżeli nie spali ci obu nóg. Prawo chyba uważa podobnie, bo nie chcą ukarać winnych.
— Muszą.
— Kto tak twierdzi?
— Prawo. Dlatego jest prawem.
— Jest jedno prawo dla słabych i jedno dla silnych.
— Nieprawda. Jest jedno prawo dla wszystkich — powiedziała Harriet z większą pewnością, niż czuła.
— To dlaczego ci ludzie wciąż chodzą na wolności?

— Myślę, że powinnaś powiedzieć o tym Edie — stwierdziła Harriet.
— Jeżeli jej nie powiesz, ja to zrobię.
— E d i e? — Usta Idy zadrgały jakby w rozbawieniu. Zamierzała coś powiedzieć, ale się rozmyśliła.
Co takiego?, pomyślała Harriet, a jej serce przeszył chłód. Czyżby Edie wiedziała?

Szok i uczucie mdłości Harriet były widoczne gołym okiem, jakby żaluzja nagle odsłoniła jej twarz. Wyraz twarzy Idy złagodniał. To prawda, pomyślała Harriet z niedowierzaniem, ona już powiedziała Edie, Edie wie.
Ale Ida Rhew całkiem nieoczekiwanie znowu zajęła się kuchenką.

— Dlaczego myślisz, że powinnam zawracać głowę pannie E d i e tym bałaganem, Harriet? — spytała, odwrócona plecami, utyskującym i trochę zbyt donośnym głosem. — To starsza pani. Co według ciebie miałaby zrobić? Nadepnąć im na nogę? — Służąca zachichotała, a choć chichot był ciepły i niewątpliwie szczery, nie dodał Harriet otuchy. — Może miałaby zbić ich po głowie tym swoim czarnym portfelem?

— Edie powinna powiadomić policję. — Czy to możliwe, że Edie wiedziała o tym i n i e powiadomiła policji? — Ktokolwiek ci to zrobił, powinien siedzieć w więzieniu.

— W więzieniu? — Ku zdumieniu Harriet, Ida ryknęła śmiechem. — To ci się udało. Oni c h c ą być w więzieniu. Wentylacja w lecie, darmowy groch i chleb z mąki kukurydzianej. I mnóstwo czasu na wylegiwanie się i odwiedziny żałosnych przyjaciół.

— Jesteś pewna, że zrobili to Ratliffowie?

— Przecież oni przechwalają się tym na mieście. — Ida przewróciła oczami.

Harriet zbierało się na płacz. Jak oni mogli być na wolności?

— Rzucali cegłami?

— Tak jest. Dorośli ludzie. Młodzi też. Ten, który nazywa siebie kaznodzieją, nie rzucał, ale wydzierał się, wymachiwał Biblią i podburzał innych.

— Jeden z Ratliffów jest mniej więcej rówieśnikiem Robina — powiedziała Harriet, przyglądając się Idzie z uwagą. — Mówił mi o nim Pemberton.

Ida nie odpowiedziała. Wyżęła ścierkę, potem podeszła do suszarki, żeby odstawić czyste naczynia.

— Dzisiaj miałby około dwudziestu lat. — Czyli mógł być jednym z mężczyzn, którzy strzelali z mostu nad potokiem, pomyślała Harriet.

Z głębokim westchnieniem Ida wyjęła z suszarki ciężką żelazną patelnię i pochyliła się, żeby schować ją do szafki. Kuchnia była z pewnością najczystszym pomieszczeniem w domu; Ida wyciosała tu niewielką twierdzę porządku, wolną od zakurzonych gazet, które piętrzyły się po całym domu. Matka Harriet nie pozwalała wyrzucać gazet — zasada tak stara i nienaruszalna, że nawet Harriet jej nie kwestionowała — ale na mocy jakiegoś niewypowiedzianego porozumienia trzymała gazety z dala od kuchni będącej królestwem Idy.

— Ma na imię Danny — ciągnęła Harriet. — Danny Ratliff. Ten rówieśnik Robina.

Ida zerknęła przez ramię.

— Dlaczego nagle zainteresowałaś się Ratliffem?

— Pamiętasz go? Danny'ego Ratliffa?

— O Boże, tak. — Ida skrzywiła się, stając na palcach, żeby odstawić miskę na owsiankę. — Pamiętam go, jakby to było wczoraj.

Harriet postarała się, by zachować opanowany wyraz twarzy.

— Czy on przychodził do domu? Za życia Robina?

— O tak. Wstrętny mały krzykacz. Za nic nie mogłam go odpędzić. Walił w werandę kijami do baseballa, zakradał się na podwórze po zmroku, a raz zabrał rower Robina. Mówiłam twojej mamie, mówiłam i mówiłam, ale ona nie kiwnęła palcem. „Pokrzywdzony społecznie", mówiła. Pokrzywdzony tere-fere.

Ida otworzyła szufladę i zaczęła głośno odkładać czyste łyżki.

— Nikt nie zwraca uwagi na moje słowa. Mówię twojej matce, mówię jej i mówię, że ten mały Ratliff jest wstrętny. Próbuje się bić z Robinem. Bez przerwy przeklina, puszcza fajerwerki i rzuca tym czy tamtym. Pewnego dnia zrobi komuś krzywdę. Widzę to jak na dłoni, nawet jeśli nikt inny tego nie widzi. Kto opiekuje się Robinem przez cały dzień? Kto bez przerwy wygląda na niego przez okno... — Wskazała na okno nad zlewem, na późnopopołudniowe słońce i soczystą zieleń podwórza. — ...jak bawi się tam żołnierzykami albo ze swoim kotkiem? — Ida potrząsnęła smutno głową i zasunęła szufladę ze srebrną zastawą. — Twój brat to dobry mały gość. Brzęczy jak stary mały bąk, czasami mnie wkurza, ale zawsze jest mu potem przykro. Nigdy się nie nabzdycza tak jak ty. Czasami podbiega, zarzuca mi ręce na szyję, o tak. „Jestem samotny, Ido!" Mówiłam mu, żeby nie bawił się z tymi mętami, mówiłam i mówiłam, ale on jest samotny, a twoja matka mówi, że nie ma w tym nic złego, więc czasami się bawił.

— Danny Ratliff bił się z Robinem? Na tym podwórzu?

— Tak jest. Poza tym przeklinał i kradł. — Ida zdjęła fartuch i powiesiła na kołku. — Wypędziłam go z podwórza niecałe dziesięć minut przed tym, jak twoja mama znalazła biednego Robina powieszonego na gałęzi tamtego drzewa.

— Mówię ci, policja n i c nie robi takim ludziom jak on — powiedziała Harriet, po czym zaczęła jeszcze raz opowiadać o kościele, o nodze Idy, o starszej pani, która się spaliła, ale Hely był tym wszystkim zmęczony. Podniecała go natomiast myśl o niebezpiecznym przestępcy na wolności i perspektywa zostania bohaterem. Chociaż był wdzięczny, że darowano mu obóz, to jednak lato było dotychczas odrobinę zbyt spokojne. Schwytanie mordercy zapowiadało się na lepszą zabawę niż występy w przedstawieniach, ucieczka z domu czy którakolwiek z czynności, którym miał nadzieję oddawać się w lecie razem z Harriet.

Siedzieli w szopie z narzędziami na podwórzu za domem Harriet, gdzie odbywali prywatne rozmowy od czasów przedszkolnych. W szopie było duszno, pachniało benzyną i kurzem. Z haków zwieszały się czarne sploty gumowych węży; za kosiarką do trawy jeżył się las kratek do pomidorów: pajęczyny i cienie podkreślały ich szkielety i nadawały im fantastyczny wygląd. Podobne do mieczy smugi światła wbijające się w dziury w zardzewiałym blaszanym suficie krzyżowały się w mroku tak pełnym kłębów kurzu, że wydawały się namacalne. Miało się wrażenie, że po przetarciu ich opuszkami palców na skórze zostanie żółty proszek. Mrok i skwar tylko wzmagały atmosferę tajemniczości i podniecenia. Chester chował w szopie papierosy Kool i butelki whisky Kentucky Tavern, w kryjówkach, które zmieniały się od czasu do czasu. Kiedy Hely i Harriet byli młodsi, z największą przyjemnością wylewali wodę na papierosy (raz Hely, w przypływie złośliwości, nasikał na nie), wylewali whisky z butelek i napełniali je wodą. Chester nigdy na nich nie naskarżył, ponieważ przede wszystkim nie miał prawa trzymać whisky i papierosów.

Harriet powiedziała Hely'emu wszystko, co miała do powiedzenia, ale po rozmowie z Idą była tak pobudzona, że wierciła się, chodziła po szopie i powtarzała się.

— Ona wiedziała, że to był Danny Ratliff. W i e d z i a ł a. Powiedziała, że to był on, a ja nawet nie powiedziałam jej, co mówił twój brat. Pem mówił, że Danny przechwalał się też innymi rzeczami, złymi rzeczami...

— Może nasypiemy mu cukru do baku? To doszczętnie rozwali mu silnik.

Harriet spojrzała z niesmakiem na Hely'ego, co go nieco uraziło, uważał bowiem, że to wyśmienity pomysł.

— Albo napiszmy list na policję i nie podpisujmy go.

— Co by to dało?

— Jeżeli powiemy mojemu tacie, założę się, że powiadomi policję.

Harriet prychnęła. Nie podzielała wysokiego mniemania kolegi na temat jego ojca, dyrektora szkoły średniej.

— Posłuchajmy t w o j e g o wspaniałego pomysłu — odezwał się Hely sarkastycznie.

Harriet przygryzła dolną wargę i powiedziała:

— Chcę go zabić.

Na widok powagi i dystansu, jakie malowały się na twarzy Harriet, Hely poczuł dreszcz w sercu.

— Czy mogę ci pomóc? — spytał natychmiast.

— Nie.

— Nie możesz zabić go sama!

— Dlaczego nie?

Wyraz twarzy Harriet kompletnie go zaskoczył. Przez chwilę nie przychodził mu do głowy żaden dobry pomysł.

— Bo on jest duży — powiedział w końcu. — Skopie ci tyłek.

— Tak, ale założę się, że jestem sprytniejsza od niego.

— Pozwól mi sobie pomóc. Jak właściwie chcesz to zrobić? — spytał Hely, trącając ją tenisówką. — Masz broń?

— Mój tata ma.

— Te duże stare strzelby? Nawet byś takiej nie podniosła.

— Owszem, p o d n i o s ł a b y m.

— Może i tak, ale... Posłuchaj, nie wściekaj się — mówił Hely, widząc, że czoło Harriet się chmurzy. — Ja nie potrafię strzelać z takiej dużej strzelby, a ważę czterdzieści kilo. Taka strzelba przewróciłaby mnie na ziemię, może nawet wybiłaby mi oko. Jeśli przytkniesz oko do samego celownika, siła odrzutu wybije ci gałkę oczną.

— Gdzie się tego dowiedziałeś? — spytała Harriet, która słuchała bardzo uważnie.

— W harcerstwie. — Hely nie dowiedział się tego w harcerstwie; nie pamiętał dokładnie, skąd to wiedział, ale był pewien, że to prawda.

— Nie przestałabym chodzić na zbiórki, gdyby uczyli nas takich rzeczy.

— No, u nas też uczą wielu bzdur. O bezpieczeństwie na drodze i tym podobnych rzeczach.

— A gdybyśmy użyli pistoletu?

— Pistolet byłby lepszy — odparł Hely i odwrócił wzrok, by ukryć zadowolenie.

— Umiesz z niego strzelać?

— Jasne.

Hely nigdy w życiu nie trzymał pistoletu — jego ojciec nie polował i nie pozwalał synom polować — ale miał wiatrówkę. Właśnie zamierzał powiedzieć, że jego matka trzymała mały czarny pistolet w szufladzie nocnego stolika, kiedy Harriet spytała:

— Czy to jest trudne?

— Strzelać? Nie dla mnie — zapewnił Hely. — Nie martw się, zastrzelę go dla ciebie.

— Nie, chcę zrobić to sama.

— Dobrze, w takim razie nauczę cię — powiedział Hely. — Będę twoim instruktorem. Zaczynamy dzisiaj.

— Gdzie?

— Co masz na myśli?

— Przecież nie możemy strzelać za domem.

— Masz rację, słodki Orzeszku, nie możecie — odezwał się wesoło cień, który nagle zamajaczył w drzwiach szopy.

Hely i Harriet — nieprzyjemnie zaskoczeni — spojrzeli w biały błysk lampy polaroidu.

— M a m o! — wrzasnął Hely, zakrył twarz dłońmi i padł w tył na puszkę z benzyną.

Aparat kliknął, zawarczał i wypluł zdjęcie.

— Nie wściekajcie się, nie mogłam się powstrzymać — powiedziała matka Hely'ego rozbawionym głosem, który wyraźnie dawał do zrozumienia, że guzik ją obchodzi, czy się wścieknął czy nie. — Ida Rhew powiedziała mi, że tu jesteście. Orzeszku... — (Matka Hely'ego zawsze nazywała go Orzeszkiem, a on szczerze gardził tym przezwiskiem) — ...czy zapomniałeś, że dzisiaj są urodziny taty? Chcę, żebyście razem z bratem byli w domu, kiedy tata wróci z golfa, żebyśmy mogli zrobić mu niespodziankę.

— Nie podkradaj się do mnie w ten sposób!

— Och, daj spokój. Po prostu poszłam kupić film do aparatu, a wy wyglądaliście tak słodko. Mam nadzieję, że to wyjdzie... — Spojrzała na zdjęcie i podmuchała na nie uszminkowanymi na różowo ustami. Chociaż matka Hely'ego była rówieśniczką matki Harriet, ubierała się i zachowywała jak ktoś o wiele młodszy. Używała niebieskiego tuszu do powiek, a ciemną, piegowatą opaleniznę zawdzięczała paradowaniu po podwórzu w bikini („jak nastolatka!", stwierdziła Edie). Włosy obcinała tak samo jak wiele dziewcząt z liceum.

— P r z e s t a ń — jęknął Hely zażenowany zachowaniem matki. Dzieciaki w szkole docinały mu za to, że matka nosi zbyt krótkie spódniczki.

135

Matka wybuchnęła śmiechem.

— Wiem, że nie lubisz białego ciasta, Hely, ale s ą urodziny ojca. Wiesz co? — Matka Hely'ego zawsze zwracała się do syna tym radosnym, obraźliwym, dziecinnym tonem, jakby chodził do przedszkola. — W piekarni mieli babeczki czekoladowe, co ty na to? Chodź już. Musisz się wykąpać i przebrać w czyste rzeczy... Przykro mi to mówić Harriet, słodki Groszku, ale Ida Rhew prosiła, żebym ci przekazała, że masz iść na kolację.

— Czy Harriet nie może zjeść z nami?

— Nie dzisiaj, Orzeszku — powiedziała szybko matka, mrugając do Harriet. — Harriet to rozumie, prawda, złociutka?

Harriet, urażona bezpośredniością kobiety, spojrzała na nią flegmatycznie. Nie widziała powodu, żeby zwracać się do matki Hely'go grzeczniej niż sam Hely.

— Jestem p e w n a, że ona rozumie, prawda, Harriet? Zaprosimy ją następnym razem, kiedy będziemy piekli hamburgery na podwórzu. Zresztą obawiam się, że gdyby Harriet przyszła, nie mielibyśmy dla niej babeczki.

— Jedna babeczka?! — wrzasnął Hely. — Kupiłaś mi tylko jedną babeczkę?!

— Orzeszku, nie bądź taki chciwy.

— Jedna to za mało!

— Jedna w zupełności wystarczy dla takiego niegrzecznego chłopca jak ty... Och, spójrzcie, jakie to komiczne.

Pochyliła się, by pokazać im zdjęcie, jeszcze blade, ale na tyle wyraźne, żeby rozróżnić kształty.

— Ciekawe, czy wyjdzie ostrzej? Wyglądacie tu jak para Marsjan.

To była prawda, tak właśnie wyglądali. Hely i Harriet mieli na zdjęciu szeroko otwarte, czerwone oczy, jak oczy nocnych stworzeń schwytanych nagle w światłach samochodu; błysk lampy rzucił im na zaskoczone twarze niezdrową zieleń.

Rozdział 3

SALA BILARDOWA

Czasami, zanim Ida wracała wieczorem do domu, zostawiała na kolację coś smacznego: potrawkę, smażonego kurczaka, niekiedy nawet napój chłodzący i budyń. Dzisiaj na kuchennym blacie leżały jednak tylko resztki, których służąca chciała się pozbyć: wiekowe skrawki szynki, blade i oślizgłe od długiego przebywania w plastiku, do tego trochę purée z kartofli.

Harriet była wściekła. Otworzyła spiżarnię i spojrzała na zbyt schludne półki, zastawione ciemnymi słojami z mąką i cukrem, suszonym grochem, mąką kukurydzianą, makaronem i ryżem. Matka Harriet rzadko jadła wieczorem więcej niż kilka łyżek, a często zadowalała się salaterką lodów i garścią krakersów. Czasami Allison szykowała jajecznicę, ale Harriet na myśl o jajkach zawsze robiło się trochę niedobrze.

Na Harriet spłynęły pajęczyny lenistwa. Odłamała patyczek spaghetti i possała go. Mączny smak był znajomy — jak klajster — i obudził nieoczekiwaną sekwencję obrazów ze szkoły podstawowej... zielone kafelki podłóg, drewniane bloki pomalowane na imitację cegieł, okna zbyt wysokie, by można było przez nie wyglądać...

Zamyślona, wciąż żując kawałek suchego spaghetti, z brwiami zmarszczonymi w sposób, który uwydatniał jej podobieństwo do Edie i sędziego Cleve'a, Harriet przysunęła krzesło do lodówki, manewrując ostrożnie, żeby nie przewrócić sterty gazet. Posępnie wdrapała się na krzesło, stanęła i zrobiła przegląd zamrażalnika. Nawet tam nie znalazła jednak nic dobrego — tylko pudełko ohydnych lodów miętowych, które uwielbiała matka (często, zwłaszcza latem, przez cały dzień nie jadła nic innego), zakopane pod lawiną owiniętych w folię brył. Koncepcja wygodnego jedzenia była obca i niedorzeczna według Idy Rhew, która robiła zakupy. Ida uważała, że telewizyjne zestawy obiadowe są niezdrowe (chociaż czasami kupowała je z przeceny); przekąski między głównymi posiłkami lek-

137

ceważyła jako modę zapożyczoną z telewizji. („P r z e k u n s k a? Po co ci przekunska, jeżeli jesz obiad?")
— Poskarż na nią — szepnął Hely, kiedy naburmuszona Harriet wróciła do niego na werandę. — Ona musi robić to, co każe jej twoja matka.
— Tak, wiem. — Matka Hely'ego zwolniła Robertę, kiedy poskarżył, że stłukła go szczotką do włosów; Ruby z kolei zwolniła, ponieważ nie pozwalała Hely'emu oglądać *Zaklętego*.
— Zrób to, zrób to. — Hely trącił tenisówką nogę Harriet.
— Później. — Ale Harriet powiedziała tak tylko dlatego, żeby zachować twarz. Harriet i Allison nigdy nie skarżyły się na Idę, a Harriet często — jeśli nawet była zła na Idę z powodu jakiejś niesprawiedliwości — kłamała i brała winę na siebie, byle tylko nie wpakować służącej w tarapaty. Prosta prawda była taka, że sprawy w domu Harriet biegły innym trybem niż u Hely'ego. Hely — podobnie jak przed nim Pemberton — szczycił się, że jest tak trudnym dzieckiem, że matka nie była w stanie utrzymać żadnej służącej dłużej niż przez rok czy dwa; on i Pem zaliczyli ich blisko tuzin. Co Hely'ego obchodziło, czy po jego powrocie ze szkoły do domu telewizję oglądała Roberta czy Ramona, Shirley, Ruby czy Essie Lee? Za to Ida stała jak opoka w samym centrum wszechświata Harriet — kochana, zrzędząca, niezastąpiona, z dużymi, dobrymi dłońmi, o wielkich, wilgotnych, wyłupiastych oczach, z uśmiechem, który był niczym pierwszy uśmiech, jaki Harriet widziała w życiu. Harriet było przykro, kiedy widziała, jak matka lekceważąco traktuje Idę, jakby służąca tylko przechodziła przez ich życie, a nie była z nim fundamentalnie związana. Matka Harriet często dostawała ataku histerii, płacząc, chodziła po kuchni i mówiła rzeczy, których nie myślała (chociaż później zawsze było jej przykro), a ewentualność zwolnienia Idy (czy raczej tego, że się wścieknie i odejdzie, bo Ida stale utyskiwała na marną zapłatę) była tak przerażająca, że Harriet wolała o niej nie myśleć.

Pośród śliskich brył w folii aluminiowej Harriet dostrzegła loda winogronowego. Z trudem wydobyła go z zamrażalnika, myśląc zazdrośnie o zamrażarce w domu Hely'ego, pełnej mrożonych irysów, mrożonej pizzy, zapiekanek z kurczaka i wszelkich możliwych obiadowych zestawów telewizyjnych...

Z lodem w dłoni wyszła na werandę — zostawiając krzesło przy lodówce — położyła się na plecach na huśtawce i zagłębiła w lekturze *Księgi dżungli*. Dzień powoli tracił kolor. Soczysta zieleń ogrodu zblakła do lawendy, a w miarę jak kolor lawendowy przechodził we fioletowoczarny, zaczęły odzywać się świerszcze. W zarośniętym ciemnym kącie przy płocie pani Fountain zapaliło się i zgasło niepewnie parę świetlików.

Zamyślona Harriet pozwoliła, by lód wysunął się jej z palców na podłogę. Od pół godziny nie ruszała się. Podstawa czaszki opierała się na drewnianej poręczy huśtawki pod diabelsko niewygodnym kątem, ale Harriet nie poruszała się, tylko przysuwała książkę coraz bliżej i bliżej nosa.

Wkrótce wszystko pogrążyło się w ciemności. Harriet czuła swędzenie na głowie, oczy pulsowały, ale trwała w tej samej pozycji, z zesztywniałą szyją i ciałem. Pewne fragmenty *Księgi dżungli* znała na pamięć: lekcje Mowgliego u Bagheery i Baloo, atak z Kaa na Bandar-log. Późniejszych, mniej ciekawych fragmentów — w których Mowgliemu zaczęło doskwierać życie w dżungli — często wcale nie czytała. Nie lubiła książek dla dzieci, w których dzieci dorastały, ponieważ „dorastanie" wiązało się (tak w życiu, jak i w książkach) z szybkim, niewytłumaczalnym zanikiem charakteru. Bohaterowie i bohaterki nagle porzucali przygody dla jakiejś nudnej ukochanej czy ukochanego, brali ślub, zakładali rodzinę i ogólnie rzecz biorąc, zaczynali się zachowywać jak stado krów.

Ktoś piekł steki na grillu. Pachniały świetnie. Harriet bolała szyja, ale chociaż musiała wytężać wzrok, by zobaczyć ciemniejącą stronę, czuła dziwny opór przed wstaniem i zapaleniem światła. Jej uwaga oderwała się od słów i podryfowała bez celu — bezmyślnie przesunęła się po żywopłocie naprzeciwko jak po drapiącej czarnej wełnie — ale w końcu, złapana za kark, została zaciągnięta z powrotem do książki.

Głęboko w dżungli spało zburzone miasto: zrujnowane świątynie, porośnięte pnączem zbiorniki i tarasy, rozsypujące się komnaty pełne złota i klejnotów, na których nikomu, włącznie z Mowglim, nie zależało. W tych ruinach miały swoją siedzibę węże, o których pyton Kaa mówił pogardliwie Jadowite Plemię. Czytała dalej, a dżungla Mowgliego zaczęła sączyć się ukradkiem w wilgotny, półtropikalny mrok jej własnego podwórza, zakażając je czymś dzikim, cienistym i groźnym: żaby śpiewały, na udrapowanych pnączem drzewach wrzeszczały ptaki. Mowgli był chłopcem, ale był też wilkiem. Ona była sobą — Harriet — ale częściowo także kimś innym.

Nad jej głową przesunęły się czarne skrzydła. Pusta przestrzeń. Myśli Harriet zatonęły i popłynęły w ciszę. Nagle straciła rachubę czasu. Od jak dawna leżała na huśtawce? Czemu nie była w łóżku? Czy było później, niż sądziła? Jej umysł spowiła ciemność... czarny wiatr... z i m n o...

Harriet drgnęła z taką siłą, że huśtawka zakołysała się. Coś trzepotało przy jej twarzy, coś tłustego, szamotało się, nie mogła złapać tchu...

Gorączkowo zaczęła tłuc powietrze, traciła równowagę, huśtawka skrzypiała, Harriet straciła orientację, aż zrozumiała, że łupnięcie, które właśnie usłyszała, było odgłosem książki spadającej na podłogę. Dziewczynka przestała się szamotać i znieruchomiała. Gwałtownie rozkołysana huśtawka zwolniła, deski sufitu werandy chybotały się coraz wolniej i wolniej, aż stanęły. Harriet leżała w szklistym bezruchu i myślała. Gdyby tam nie poszła, ptak zdechłby tak czy inaczej, ale to nie zmieniało faktu, że to właśnie ona go zabiła. Książka z biblioteki leżała otwarta na podłodze, zadrukowanymi stronami do góry. Harriet przekręciła się na brzuch, żeby po nią sięgnąć. Jakiś samochód minął róg i skręcił w ulicę George; kiedy światła omiotły werandę, ukazała się ilustracja Białej Kobry, jak znak drogowy błyskający nagle w nocy, i podpis pod spodem:

Przed laty przyszli po skarb. Przemówiłem do nich
w ciemności, a oni legli bez ruchu.

Harriet przewróciła się na plecy, przez kilka minut leżała nieruchomo; w końcu wstała przy wtórze skrzypiącej huśtawki i wyciągnęła ręce nad głową. Potem utykając, weszła do domu przez zbyt jasną jadalnię, gdzie Allison siedziała samotnie przy stole i jadła zimne purée z białej miski.

„Nie ruszaj się, maleńki, albowiem ja jestem Śmierć". W którejś innej książce Kiplinga te słowa wypowiedziała inna kobra. Kobry w tych opowieściach były bez serca, ale przemawiały pięknie, jak źli królowie w Starym Testamencie.

Harriet weszła do kuchni, podniosła słuchawkę i zadzwoniła do Hely'ego. Cztery dzwonki. Pięć. Wreszcie ktoś odebrał. Paplanina głosów w tle.

— Nie, lepiej wyglądasz bez tego — powiedziała do kogoś matka Hely'ego, a potem do słuchawki: — Halo?

— Mówi Harriet. Czy mogę mówić z Helym?

— H a r r i e t! Oczywiście, że możesz, słodki Groszku... — Słuchawka opadła. Harriet, której oczy jeszcze nie przywykły do światła, zamrugała na krzesło stojące w jadalni przy lodówce. Czułe przezwiska matki Hely'ego zawsze ją zaskakiwały: ludzie zazwyczaj zwracali się do niej inaczej niż s ł o d k i   G r o s z k u.

Poruszenie: szuranie krzesła, znaczący śmiech Pembertona. Ponad tym wszystkim wzniosło się świdrujące wycie Hely'ego.

Trzasnęły drzwi.

— Hej! — Głos Hely'ego był naburmuszony, ale podniecony.

Harriet przytknęła słuchawkę ramieniem do ucha i odwróciła się twarzą do ściany.

— Hely, myślisz, że gdybyśmy się postarali, udałoby się nam złapać jadowitego węża?

W słuchawce zapadło milczenie wyrażające bojaźliwy szacunek, a Harriet zrozumiała z zadowoleniem, że Hely dokładnie odczytał jej intencje.

— Miedzianki? Węże wodne? Które są bardziej jadowite?

Kilka godzin po rozmowie telefonicznej siedzieli w ciemnościach na schodach na tyłach domu Harriet. Hely niemal odchodził od zmysłów, czekając, aż urodzinowe podniecenie opadnie, a on będzie mógł się wykraść z domu na spotkanie z nią. Matka Hely'ego, która nabrała podejrzeń, kiedy stracił apetyt, wyciągnęła upokarzający wniosek o zatwardzeniu i bez końca nagabywała go o intymne szczegóły toaletowe, proponując środek na przeczyszczenie. Kiedy wreszcie z ociąganiem pocałowała go na dobranoc i poszła na górę z mężem, Hely przez pół godziny czy dłużej leżał sztywny jak kij, z otwartymi oczami, tak nakręcony, jakby wydudlił galon coca-coli, jakby obejrzał nowy film z Jamesem Bondem, jakby była Wigilia.

Wykradanie się z domu — przejście na palcach korytarzem, otwarcie skrzypiących tylnych drzwi cal po calu — nakręciło go jeszcze bardziej. Po szumiącym, wentylowanym chłodzie sypialni naparło na niego ciężkie, upalne nocne powietrze. Włosy lepiły mu się do karku, nie mógł złapać tchu. Na stopniu poniżej siedziała Harriet, z kolanami pod brodą, i zajadała zimną nóżkę kurczaka, którą przyniósł jej z domu.

— Czym różni się wąż wodny od miedzianki? — spytała. Jej usta w świetle księżyca były trochę zatłuszczone od kurczaka.

— Sądziłem, że to jest jeden i ten sam cholerny wąż — odparł Hely. Był w euforii.

— Miedzianki są inne. To węże wodne i mokasyny wodne są jednym i tym samym.

— Mokasyn wodny zaatakuje cię, jeżeli przyjdzie mu na to ochota — oświadczył z zadowoleniem Hely, powtarzając słowo w słowo to, co kilka godzin wcześniej powiedział mu Pemberton, kiedy go zagadnął. Hely śmiertelnie bał się węży i nawet nie lubił oglądać ich rysunków w encyklopedii. — Są naprawdę agresywne.

— Czy cały czas siedzą w wodzie?

— Miedzianka ma około dwóch stóp długości, jest bardzo cienka, b a r d z o czerwona — powiedział Hely, powtarzając inne rewelacje Pembertona, ponieważ nie znał odpowiedzi na jej pytanie. — Miedzianki nie lubią wody.

— Czy łatwiej by ją było złapać?

— Jasne — odparł Hely, chociaż nie miał pojęcia. Kiedy napotykał węża, poznawał — ze stuprocentową pewnością, niezależnie od wielkości czy koloru, po spiczastym lub zaokrąglonym kształcie głowy — czy był on jadowity czy nie, ale na tym jego wiedza się kończyła. Przez całe życie nazywał jadowite węże mokasynami, a każdy jadowity wąż na lądzie był, jego zdaniem, po prostu wodnym mokasynem, który akurat nie znajdował się w wodzie.

Harriet odrzuciła kostkę od kurczaka na bok schodów, otarła palce o gołe łydki, odwinęła papierowy ręcznik i zabrała się do jedzenia tortu, który przyniósł jej Hely. Przez pewien czas dzieci milczały. Opar brudu i opuszczenia nawet za dnia zwieszał się nad podwórzem Harriet, dziwnie wyblakłym i zimniejszym niż inne podwórza przy ulicy George. W nocy, kiedy pnącza, gąszcze i szczurze gniazda roślinności czerniały i zbijały się w jedną masę, podwórze wprost drgało od ukrytego życia. W Missisipi roiło się od węży. Hely i Harriet przez całe życie słyszeli opowieści o rybakach ukąszonych przez węże wodne, które wpełzły po wiośle albo wskoczyły do canoe z nisko zwieszających się drzew; o hydraulikach, tępicielach i naprawiaczach pieców ukąszonych pod domem; o narciarzach wodnych, którzy wpadali w podwodne wężowiska i wypływali z poplamionym ciałem, szklistymi oczami, tak wzdęci, że podskakiwali na falach motorówki jak nadmuchiwane zabawki basenowe. Hely i Harriet wiedzieli, że w lecie nie powinni wchodzić do lasu bez wysokich butów i długich spodni; nie należało odwracać dużych głazów ani przestępować przez wielkie pnie, nie zajrzawszy najpierw na drugą stronę; trzeba było się trzymać z daleka od wysokiej trawy, krzaczastych kęp, mokradeł, przepustów wodnych i podejrzanych jam. Hely myślał, z pewnym dyskomfortem, o częstych przestrogach matki przed zapuszczonymi żywopłotami, cuchnącym, zarośniętym stawem na złote rybki i stertą spróchniałych desek na podwórzu Harriet. „To nie jest jej wina — mówiła matka Hely'ego — że jej matka nie utrzymuje podwórza w należytym porządku. Po prostu nie chcę widzieć, jak biegasz tam boso..."

— Pod żywopłotem jest gniazdo węży, małych i czerwonych, o jakich mówiłeś. Chester twierdzi, że są jadowite. Zeszłej zimy, kiedy ziemia zamarzła, znalazłam o, taki kłąb... — Harriet narysowała w powietrzu okręg wielkości piłki. — Na wężach był lód.

— Kto się boi zdechłych węży?

— One nie zdechły. Chester mówił, że po roztopach by ożyły.

— Fu!

— Dlatego spalił cały kłąb węży. — To wspomnienie przylgnęło do

Harriet trochę zbyt wyraziście. Wciąż widziała w wyobraźni, jak Chester w wysokich butach polewa węże benzyną na płaskim, wietrznym podwórzu, odsuwając puszkę na długość ręki. Kiedy rzucił zapałkę, buchnęła nierealna, pomarańczowa kula ognia, który nie rzucał ciepła ani światła na zielono-czarny żywopłot. Nawet z oddali węże zdawały się wić, rozjarzyły się nagle upiornym życiem; zwłaszcza jeden odsunął głowę od kłębu i wił się ślepo tam i z powrotem jak wycieraczka samochodowa. Węże płonęły z ohydnym trzaskiem — był to jeden z najgorszych odgłosów, jakie Harriet słyszała. Przez resztę zimy i większą część wiosny na ziemi leżała niewielka kupka tłustego popiołu i zwęglonych kręgosłupów.

Harriet z roztargnieniem podniosła kawałek tortu, potem znowu go odłożyła.

— Chester mówił mi, że takich węży nie można się pozbyć — powiedziała. — Jeżeli naprawdę dobierzesz się im do skóry, mogą odejść na pewien czas, ale jeśli zadomowią się w jakimś miejscu i polubią je, wcześniej czy później wrócą.

Hely myślał o tym, jak często szedł skrótem właśnie przez ten żywopłot. Bez butów.

— Znasz Miasteczko Gadów przy starej autostradzie? — zapytał. — Obok Skamieniałego Lasu? Jest tam też stacja benzynowa, prowadzona przez starego oblesia z zajęczą wargą.

— Byłeś tam? — Harriet odwróciła się do kolegi.

— Zgadza się.

— Chcesz powiedzieć, że twoja matka się tam zatrzymała?

— Kurczę, nie. — Hely był nieco zakłopotany. — Tylko Pem i ja. W drodze powrotnej z meczu. — Nawet Pemberton, nawet Pem nie bardzo się palił do postoju w Miasteczku Gadów. Kończyła się im benzyna.

— Nigdy nie znałam nikogo, kto by tam chodził.

— Tamten facet jest s t r a s z n y. Całe ręce ma wytatuowane w węże. — Ma też blizny, jakby został wielokrotnie pokąsany; Hely zauważył to, kiedy facet napełniał im bak. Poza tym nie miał zębów ani sztucznej szczęki, co nadawało jego uśmiechowi miękki, upiorny, wężowy wygląd. Najgorszy był jednak boa dusiciel, oplątany wokół jego szyi. „Chcesz go pogłaskać, synu?", spytał, nachylając się do samochodu i wbijając w Hely'ego płaskie, prześwietlone słońcem oczy.

— Jak tam jest? W Miasteczku Gadów?

— Śmierdzi jakby rybami. Dotknąłem boa dusiciela — dodał. Bał się nie dotknąć; bał się, że jeśli tego nie zrobi, wężowy człowiek rzuci w niego dusicielem. — Był zimny jak siedzenie samochodowe w zimie.

— Ile on ma węży?

— C z ł o w i e k u. Węże w zbiornikach na ryby, cała ściana. Oprócz tego tona węży na wolności, w ogrodzonej części zwanej Ranczem Grze- chotnika.

— Na tyłach był jeszcze jeden budynek, pomazany słowami, ry- sunkami i innymi bohomazami.

— Dlaczego węże nie przelazły przez ogrodzenie?

— Nie wiem. Za bardzo się nie ruszały. Wyglądały na chore.

— Nie chcę chorego węża.

Hely'ego uderzyła dziwna myśl. A gdyby brat Harriet nie zginął, kiedy była mała? Gdyby żył, mógłby być podobny do Pembertona: dokuczałby jej, wtrącałby się do jej spraw. Pewnie wcale by go za bardzo nie lubiła. Jedną ręką podciągnął jasne włosy spięte w kucyk, drugą powachlo- wał sobie kark.

— Osobiście wolałbym mieć wolnego węża niż jednego z tych szyb- kich, które siedzą ci na tyłku — powiedział wesoło. — Kiedyś widziałem w telewizji film o czarnych mambach. Wiesz, tych, co mają z dziesięć stóp długości. Unoszą się na ośmiu stopach, gonią cię z szybkością dwu- dziestu mil na godzinę z rozdziawioną paszczą, a jak cię dopadną... — dodał Hely, zagłuszając głos Harriet — ...walą cię prosto w twarz.

— Czy ten facet ma takiego węża?

— On ma wszystkie węże świata. Zapomniałem dodać, że są tak ja- dowite, że umierasz po dziesięciu sekundach. Zapomnij o surowicy. Jest po tobie.

Milczenie Harriet było obezwładniające. Z ciemnymi włosami, z ręka- mi oplecionymi wokół kolan wyglądała jak chiński pirat.

— Wiesz, co jest nam potrzebne? — odezwała się w końcu. — Sa- mochód.

— Jasne! — po chwilowym oszołomieniu powiedział radośnie Hely, przeklinając się za to, że przechwalał się przed Harriet, że umie prowadzić.

Hely zerknął na nią z ukosa, a potem zesztywniałymi rękami oparł się na dłoniach i spojrzał w gwiazdy. Nigdy nie chciałeś być zmuszony mó- wić Harriet takich rzeczy jak n i e m o g ę czy n i e. Hely widział, jak zeskakiwała z dachów, rzucała się na dzieciaki dwa razy większe od niej, kopała i gryzła pielęgniarki podczas szczepień profilaktycznych w przed- szkolu.

Nie wiedząc, co powiedzieć, potarł oczy. Było mu gorąco, czuł nie- przyjemną senność i rozdrażnienie, jakby miały go męczyć koszmary. Po- myślał o obdartym ze skóry grzechotniku, którego widział na płocie Mia- steczka Gadów — czerwonym, umięśnionym, oplecionym niebieskimi żyłami.

— Harriet, czy nie prościej byłoby zadzwonić na policję? — spytał.
— Znacznie prościej — odparła natychmiast, a on poczuł falę sympatii. Poczciwa stara Harriet: mogłeś pstryknąć palcami i zmienić temat, a ona ani na chwilę nie przestawała uważać.
— Wobec tego myślę, że tak właśnie powinniśmy postąpić. Możemy zadzwonić z telefonu w ratuszu i powiedzieć, że wiemy, kto zabił twojego brata. Umiem mówić d o k ł a d n i e tak jak stara kobieta.
Harriet spojrzała na niego tak, jakby oszalał.
— Dlaczego miałabym pozwolić, żeby i n n i l u d z i e go ukarali? — spytała.
Skrępowany jej wyrazem twarzy, Hely odwrócił wzrok. Spojrzał na leżący na schodach zatłuszczony papierowy ręcznik, na którym stał nie dojedzony kawałek tortu. Prawda była bowiem taka, że Hely gotów był zrobić wszystko, o co go Harriet poprosi, oboje o tym wiedzieli.

Miedzianka była mała, miała nie więcej niż stopę długości, z pewnością była najmniejsza z pięciu węży, które Hely i Harriet wytropili tego ranka w ciągu godziny. Leżała bardzo spokojnie, w kształcie luźnej litery S, w rzadkich krzakach, które przebiły się przez warstwę piachu budowlanego tuż obok ślepego zaułka w Oak Lawn Estates, dzielnicy mieszkaniowej za Country Club.
Wszystkie domy w Oak Lawn miały mniej niż siedemdziesiąt lat. Były wśród nich imitacje stylu Tudorów, kanciaste posiadłości ranczerów, kilka udawało nawet domy sprzed wojny secesyjnej, z jaskrawoczerwonej cegły, ze zdobnymi kolumnami przytwierdzonymi do fasad. Chociaż duże i dość drogie, z powodu młodego wieku prezentowały się surowo i nieprzyjaźnie. Za wolną działką, gdzie Hely i Harriet zostawili rowery, powstawało wiele nowych domów — nagie, ogrodzone place, zawalone papą, drewnem, kamieniami i materiałami izolacyjnymi, ze szkieletami żółtych sosen, przez które przeświecało gorączkowo błękitne niebo.
W przeciwieństwie do cienistej ulicy George sprzed przełomu wieku było tam bardzo niewiele drzew i żadnych chodników. Prawie wszystkie rośliny padły ofiarą pił mechanicznych i buldożerów: dęby szypułkowe, dęby czerwone — niektóre z nich, zdaniem botanika z uniwersytetu stanowego, który prowadził skazaną na klęskę kampanię w obronie drzew, rosły w czasach, kiedy La Salle spływał rzeką Missisipi w 1682 roku. Większość wierzchniej warstwy gleby, utrzymywanej przez korzenie, spłynęła do potoku, a z nim do rzeki. Buldożery wyrównały konglomerat, a na jałowej ziemi o kwaśnym zapachu, która pozostała, mało co rosło. Trawa była

rzadka, o ile w ogóle udało jej się przyjąć, magnolie i dereń szybko uschły, zamieniając się w badyle, które wystawały z rokujących nadzieje kręgów próchnicy i dekoracyjnych krawężników. Spieczona glina, czerwona jak na Marsie, przysypana piachem i trocinami, kontrastowała z asfaltem, tak czarnym i świeżym, że wciąż wyglądał lepko. Za placami, na południu, rozciągało się bagno, które każdej wiosny wzbierało i zalewało dzielnicę.

Domy w Oak Lawn Estates należały głównie do dorobkiewiczów: developerów, polityków i agentów nieruchomości, młodych małżeństw, które uciekały od przeszłości dzierżawców gruntu w miasteczkach Piney Woods czy wśród gliniastych wzgórz. Jakby z nienawiści do wiejskiego pochodzenia, ludzie ci metodycznie pokrywali chodnikami wszelką dostępną powierzchnię i wycinali lokalne drzewa.

Jednak dzielnica Oak Lawn zemściła się za to, że zaprojektowano ją tak brutalnie jałowo. Nad podmokłym terenem brzęczały komary. Kiedy tylko w ziemi kopano dół, wypełniał się słonawą wodą. W czasie deszczu ścieki wracały — legendarna czarna breja wybijała z nowiusieńkich umywalek, kapała z kranów i wyszukanych, wielofunkcyjnych pryszniców. Ponieważ cała wierzchnia warstwa gleby spłynęła do rzeki, trzeba było zwozić niezliczone ciężarówki piachu, by wiosną domy nie zostały zmyte, a nic nie mogło powstrzymać żółwi i węży od zapuszczania się z rzeki tak daleko w głąb lądu, jak im się podobało.

W Oak Lawn Estates roiło się od węży, dużych i małych, jadowitych lub nie, węży lubiących błoto, węży lubiących wodę i węży lubiących wygrzewać się na suchych kamieniach. W upalne dni smród węży unosił się nad ziemią, a ślady stóp na wyrównanej przez buldożery glebie wypełniały się mętną wodą. Ida Rhew porównywała zapach węży z wnętrznościami ryb — karpi i innych ryb padlinożernych, które nie gardziły odpadkami. Podczas kopania dołu pod azalię lub krzew różany, zwłaszcza w ramach zajęć Garden Club przy autostradzie stanowej, Edie mówiła, że wie, kiedy łopata zbliżała się do gniazda węży: świadczyła o tym woń podobna do zgniłych kartofli. Sama Harriet wielokrotnie poczuła wężowy smród (najmocniej w Domu Gadów w ogrodzie zoologicznym w Memphis, a także od przestraszonych węży zamkniętych w galonowych słojach na lekcjach przyrody), ale drażniąca woń unosiła się też na brzegach potoków, nad płytkimi jeziorami, z drenów, nad parującym błotem w sierpniu, a co pewien czas także w bardzo gorącej wodzie po deszczu na jej własnym podwórzu.

Harriet miała przepocone dżinsy i koszulę z długimi rękawami. Ponieważ na placach i na bagnie na tyłach prawie nie było drzew, włożyła słomkowy kapelusz, żeby nie dostać porażenia słonecznego, ale lejący się z nieba biały, bezlitosny żar przypominał gniew Boga. Dziewczynka słabła od upału i niepokoju. Przez cały poranek udawała stoicki spokój, podczas gdy Hely — zbyt dumny, by nałożyć kapelusz, zdradzał pierwsze oznaki poparzenia słońcem — skakał i paplał nieprzerwanie o filmie z Jamesem Bondem, w którym była mowa o gangach narkotykowych, wróżbitach i zabójczych wężach tropikalnych. Podczas jazdy na rowerze śmiertelnie zanudzał Harriet gadaniną o kaskaderze nazwiskiem Evel Knievel i sobotnim poranku animowanym pod tytułem *Wheelie i banda harleyowców*.

— Powinnaś to zobaczyć — mówił teraz Hely, raz po raz gorączkowo odgarniając kosmyki włosów opadające mu na twarz. — K u r c z ę, James Bond po prostu s p a l i ł tego węża. Miał dezodorant czy coś w tym rodzaju. Kiedy zobaczył węża w lustrze, odwrócił się, o tak, przytknął cygaro do puszki i pach, ogień przeleciał przez pokój, fru...

Hely zatoczył się w tył, naśladując odgłos ognia wargami, a Harriet przyjrzała się drzemiącej miedziance i zaczęła się poważnie zastanawiać, co powinni dalej robić. Na polowanie wyruszyli uzbrojeni w wiatrówkę Hely'ego, dwa zaostrzone, rozwidlone kije, atlas gadów i płazów południowo-wschodnich Stanów Zjednoczonych, rękawice ogrodowe Chestera, opaskę zaciskową, scyzoryk, drobne na telefon, na wypadek, gdyby jedno z nich ukąsił wąż, oraz starą puszkę Allison na drugie śniadanie („Królowa miasteczka uniwersyteckiego", pomalowana w cheerleaderki z kucykami i w zuchwałe uczestniczki konkursu piękności w tiarach), w której Harriet z trudem zrobiła śrubokrętem kilka otworów na powietrze. Plan polegał na podkradnięciu się do węża — najlepiej tuż po ataku, zanim dojdzie do siebie — i przygwożdżeniu mu łba rozwidlonym kijem. Następnie złapią go tuż za łbem (bardzo blisko, żeby nie mógł się wywinąć i ich ugryźć), wrzucą do puszki i zatrzasną.

Wszystko to jednak łatwiej było powiedzieć, niż wykonać. Do pierwszych węży, które zobaczyli — trzech rdzawoczerwonych, lśniących, młodych miedzianek, które wygrzewały się razem na betonowym bloku — bali się podejść. Hely cisnął w nie kawałkiem cegły. Dwa węże śmignęły w przeciwne strony, trzeci wpadł we wściekłość i zaczął zadawać niskie ciosy w cegłę, w powietrze, we wszystko, co zwróciło jego uwagę.

Dzieci ogarnęło przerażenie. Z kijami wyciągniętymi na długość ręki ostrożnie okrążyły węża, potem skoczyły ku niemu szybko i równie szybko odskoczyły, bo gad okręcił się i uderzył, najpierw w jedną stronę, potem w drugą. Harriet była tak przerażona, że czuła, jakby miała zemdleć.

Hely dźgnął węża, ale chybił; miedzianka odwróciła się, zaatakowała go całą długością ciała, a wtedy dziewczynka, tłumiąc krzyk, przygwoździła łeb węża rozwidlonym kijem. Natychmiast, z szokującą gwałtownością, wąż zaczął miotać pozostałymi dwiema stopami ciała, jakby opętał go diabeł. Harriet, oniemiała z odrazy, odskoczyła, żeby ogon nie chlasnął jej po nogach; wąż wywinął się spod kija, rzucił się w stronę Hely'ego — ten wrzasnął, jakby nadziali go na żelazny pal — wreszcie zniknął w suchych zaroślach.

Jedno należy powiedzieć o Oak Lawn Estates: gdyby dziecko — albo ktokolwiek — krzyczało tak długo i głośno na ulicy George, pani Fountain, pani Godfrey, Ida Rhew i pół tuzina gospodyń wybiegłoby z domów w mgnieniu oka (— Dzieci! Zostawcie tego węża w spokoju! Ohyda!). W dodatku panie mówiłyby serio, nie zaczęłyby plotkować ani wyglądać dla pewności przez kuchenne okno. W Oak Lawn Estates sprawy miały się inaczej. Domy były pozamykane jakby ze strachu, jak bunkry czy mauzolea. Ludzie się nie znali. Tu, w Oak Lawn, mogłeś się drzeć wniebogłosy, zbiegły więzień mógł cię dusić drutem kolczastym i nikt nie wyszedłby zobaczyć, co się dzieje. W intensywnej, rozwibrowanej upałem ciszy szaleńczy śmiech turnieju telewizyjnego dobiegał z najbliższego domu — hacjendy z zamkniętymi żaluzjami, która skuliła się obronnie na nagiej działce tuż za szkieletami sosen. Ciemne okna. Na zapiaszczonym podjeździe stał lśniący nowy buick.

— Ann Kendall? Zapraszamy do nas! — Gromkie brawa na widowni.

Kto mieszkał w tym domu?, zastanawiała się Harriet, osłaniając oczy dłonią. Pijany tata, który nie poszedł do pracy? Niezgułowata matka, podobna do tych, dla których Allison czasami zajmowała się dziećmi w tej dzielnicy, oglądająca telewizję w ciemnym pokoju, chociaż pranie nie było zrobione?

— Nie trawię *The Price Is Right* — powiedział Hely, potknął się w tył z cichym jękiem i spojrzał gwałtownie na ziemię. — W *Tattletales* mają pieniądze i samochody.

— Ja lubię *Jeopardy*.

Hely nie słuchał. Energicznie walił w zarośla rozwidlonym kijem.

— *Pozdrowienia z Rosji*... — zanucił, a potem znowu, bo nie pamiętał słów: — *Pozdrowienia z Rosji*...

Wkrótce znaleźli czwartego węża, mokasyna — był woskowaty, żółty jak wątroba, nie dłuższy niż miedzianki, ale grubszy niż ręka Harriet. Hely, który mimo niepokoju uparł się, że będzie prowadzić, niemal na niego nadepnął. Mokasyn skoczył jak sprężyna i uderzył, mijając się z łydką chłopca. Hely, którego refleks był pobudzony po poprzednim spotkaniu, odskoczył i przygwoździł węża za pierwszym razem.

— Ha! — krzyknął.

Harriet zaśmiała się, potem drżącymi rękami otworzyła zamek puszki na drugie śniadanie. Ten wąż był wolniejszy i mniej zwinny. Grubym ciałem w kolorze okropnej, zgniłej żółci miotał tam i z powrotem po ziemi. Był znacznie większy niż miedzianka, czy zmieści się do „Królowej miasteczka uniwersyteckiego"? Hely, tak przerażony, że też zanosił się wysokim, histerycznym śmiechem, rozpostarł palce i schylił się, żeby złapać węża...

— Głowa! — zawołała Harriet i upuściła puszkę z brzękiem.

Hely odskoczył. Kij wypadł mu z ręki. Mokasyn leżał bez ruchu. W końcu bardzo płynnym ruchem podniósł głowę, przez długą, lodowatą chwilę patrzył na dzieci przedzielonymi źrenicami, otworzył pysk (nieziemsko biały w środku) i rzucił się na nie.

Hely i Harriet odwrócili się i pobiegli, wpadając na siebie — bali się, że wpadną do rowu, ale jeszcze bardziej bali się spojrzeć na ziemię — poszycie trzeszczało pod ich tenisówkami, a zapach zdeptanej goryczki wznosił się w upalnym powietrzu jak zapach samego strachu.

Rów pełen słonawej wody, w której wiły się kijanki, odciął im drogę od asfaltu. Betonowe brzegi były śliskie i omszałe, za szerokie, by nadawały się do przesadzenia jednym susem. Ześlizgnęli się do rowu (zapach ścieków i zgniłych ryb, jaki uwolnili, sprawił, że oboje się rozkaszleli), padli na ręce i wdrapali się na drugi brzeg. Kiedy się podnieśli i odwrócili — ze łzami spływającymi po twarzach — by spojrzeć na drogę, którą właśnie przemierzyli, zobaczyli tylko ścieżkę wydeptaną w kwitnącej żółto goryczce i melancholijne, pastelowe kolory porzuconej puszki na drugie śniadanie.

Zdyszani, czerwoni jak buraki, wycieńczeni, zataczali się jak para pijaków. Chociaż oboje czuli, jakby lada chwila mieli zemdleć, ziemia nie była ani wygodna, ani bezpieczna, a innym miejscem do siedzenia nie dysponowali. Kijanka, na tyle duża, że mogła mieć nogi, została wychlapana z rowu i teraz leżała na szosie, podrygując, a jej podrzuty, szorowanie śliskiej skóry o asfalt wywołało u Harriet nową falę mdłości.

Zapominając o codziennej etykiecie ze szkoły podstawowej, zgodnie z którą utrzymywali między sobą odległość dwóch stóp, chyba że chcieli się szturchnąć czy pchnąć — przywarli do siebie, by złapać równowagę. Harriet nie myślała, że wyjdzie na tchórza, Hely nie myślał o tym, by pocałować ją albo nastraszyć. Upstrzone rzepami dżinsy nieprzyjemnie

149

ciążyły i cuchnęły wodą z rowu. Hely, zgięty wpół, wydawał odgłosy, jakby miał wymiotować.

— Dobrze się czujesz? — spytała Harriet, ale po chwili jej samej zebrało się na mdłości, bo zobaczyła na jego rękawie zielono-żółte wnętrzności kijanki.

Hely, prychając raz po raz jak kot, który usiłuje wyrzucić kłąb sierści, wyrwał się Harriet i ruszył z powrotem po kij i puszkę.

Dziewczynka chwyciła plecy jego przepoconej koszuli i wykrztusiła:

— Trzymaj się!

Dla odpoczynku usiedli na rowerach. Hely miał Sting-Raya z kierownicą w kształcie kozich rogów i wąskim siodełkiem, Harriet jeździła na Western Flyerze, kiedyś należącym do Robina. Ciężko dyszeli i nie mówili ani słowa. Kiedy łomotanie serc się uspokoiło, napili się letniej wody o smaku plastiku z bidonu Hely'ego, po czym znowu wyprawili się na łowy, tym razem uzbrojeni w wiatrówkę Hely'ego.

Oszołomione milczenie Hely'ego ustąpiło miejsca teatralnemu pokazowi. Głośno, nie szczędząc dramatycznych gestów, chwalił się, jak złapie wodnego mokasyna i co z nim potem zrobi: strzeli mu w pysk, zakręci nim w powietrzu, strzeli jak batem, przerąbie na pół i przejedzie po kawałkach rowerem. Hely był czerwony na twarzy, oddychał szybko i płytko, co pewien czas strzelał w zarośla i stawał, żeby podpompować wiatrówkę, puf, puf, puf.

Ominęli rów i ruszyli w stronę budowanych domów, gdzie w razie zagrożenia łatwiej było wydostać się na szosę. Harriet czuła ból głowy, przemarznięte dłonie lepiły się. Hely — z wiatrówką zawieszoną na pasku przez ramię — chodził tam i z powrotem, gadał, tłukł powietrze, nie wiedząc, że w rzadkiej trawie w odległości niespełna trzech stóp od niego leżała (nie rzucając się w oczy, w prawie prostej linii), jak by to określił atlas *Gady i płazy południowo-wschodnich Stanów Zjednoczonych*, „młodociana" miedzianka.

— Kojarzysz ten neseser, który po otwarciu strzela gazem łzawiącym? Są w nim też naboje i nóż, który wysuwa się z boku...

Harriet kręciło się w głowie. Chciałaby dostać dolara za każdy raz, kiedy Hely opowiadał jej o neseserze z nabojami i gazem łzawiącym z *Pozdrowień z Rosji*. Zamknęła oczy i powiedziała:

— Posłuchaj, tego drugiego węża złapałeś za nisko. Mógł cię ugryźć.

— Zamknij się! — wrzasnął Hely po gniewnej przerwie. — To twoja wina. Już go miałem. Gdybyś nie...

— Uważaj. Za tobą.

— M o k a s y n? — Hely skulił się i odwrócił, celując z wiatrówki. — G d z i e? Pokaż mi tego sukinkota.

— Tam — odparła Harriet, potem zrobiła krok w przód i poirytowana wskazała znowu: — Tam.

Spiczasta głowa uniosła się, odsłaniając blady spód umięśnionej szczęki, po czym legła znowu posuwistym ruchem.

— Jezu, to tylko mały — powiedział zawiedziony Hely i wychylił się, żeby popatrzeć na miedziankę.

— Nieważne, jaki jest... Hej. — Harriet odskoczyła niezgrabnie, kiedy miedzianka zaatakowała jej łydkę jak czerwony błysk.

Śmignęła garść gotowanych fistaszków, potem cała plastikowa torebka poszybowała nad ramieniem Harriet i plasnęła na ziemię. Straciwszy równowagę, dziewczynka podskakiwała na jednej nodze, a wtedy miedzianka (którą na chwilę straciła z oczu) ponownie przypuściła atak.

Wiatrówka strzeliła obok tenisówki Harriet, drugi nabój drasnął ją w łydkę, Harriet wrzasnęła i odskoczyła, kiedy naboje wbijały się w kurz wokół jej stóp. Podniecony wąż nacierał nawet pod ostrzałem; raz po raz rzucał się na jej stopy, nie zbaczając z celu.

Z zawrotami głowy, w stanie bliskim delirium, wygrzebała się na asfalt. Przedramieniem potarła twarz (przejrzyste plamy pulsowały wesoło, wpadały na siebie, zlewały się jak powiększone ameby w kropli wody ze stawu), a kiedy wzrok znowu się wyostrzył, zobaczyła, że mała miedzianka uniosła głowę i przyglądała się jej bez zdziwienia czy emocji z odległości może czterech stóp.

Rozgorączkowany Hely zatarł wiatrówkę. Wykrzykując bezsensowne wyrazy, cisnął broń na ziemię i pobiegł po kij.

— Poczekaj chwilę. — Harriet z wysiłkiem odwróciła wzrok od lodowatego spojrzenia węża, klarownego jak kościelne dzwony. Co mi jest?, myślała słabo, wlokąc się z powrotem na rozpalony środek szosy. Udar słoneczny?

— O Jezu. — Głos Hely'ego dobiegł nie wiadomo skąd. — Harriet?

— Poczekaj. — Na wpół świadoma tego, co robi (kolana dygotały, jakby należały do marionetki, której nie umiała obsługiwać), cofnęła się i ciężko usiadła na gorącym asfalcie.

— W porządku, stara?

— Daj mi spokój — usłyszała Harriet własny głos.

Słońce skwierczało czerwono przez jej zamknięte powieki. Powidok oczu węża ukazał się w złowrogim negatywie: czarne tęczówki, jaskrawożółte, przedzielone szczeliną źrenice. Harriet oddychała przez usta, a smród przesiąkniętych ściekami spodni był w upale tak silny, że czuła jego smak; nagle zrozumiała, że na ziemi nie jest bezpieczna; spróbowała się podnieść, ale ziemia się usunęła...

— Harriet! — Głos Hely'ego rozlegał się z bardzo daleka. — Co się dzieje? Napędzasz mi strachu.

Zamrugała; białe światło szczypało jak pryśnięty w oczy sok z cytryny, straszny był ten upał, ta ślepota, ta niemoc w rękach i nogach... Kiedy się ocknęła, leżała na plecach. Niebo płonęło bezchmurnym, bezlitosnym błękitem. Wydawało się, że czas opuścił pół taktu, jakby Harriet zasnęła, i w tej samej chwili obudziła się, podrywając głowę. Pole widzenia przesłoniła ciężka obecność. Zdjęta panicznym lękiem zakryła twarz dłońmi, ale ciemność tylko się przesunęła i naparła z jeszcze większą siłą z drugiej strony.

— Przestań, Harriet, to tylko woda. — Usłyszała te słowa jakimś ukrytym zakamarkiem umysłu, a jednocześnie ich nie usłyszała. Potem, całkiem nieoczekiwanie, coś zimnego dotknęło kącika jej ust i Harriet cofnęła się, krzycząc co sił.

— Wy dwoje macie świra — powiedział Pemberton. — Żeby jechać na rowerach do tej gównianej dzielnicy. Tam musi być ze czterdzieści stopni.

Harriet leżała na plecach na tylnym siedzeniu cadillaca Pema i patrzyła, jak niebo przemyka przez chłodną koronkę gałęzi. Obecność drzew oznaczała, że wyjechali z pozbawionej cienia dzielnicy Oak Lawn na starą, dobrą County Line Road.

Zamknęła oczy. Z głośników łomotała głośna muzyka rockowa; na czerwonym tle jej opuszczonych powiek przemykały i migotały sporadyczne, trzepoczące plamy cienia.

— Korty są puste — powiedział Pemberton, przekrzykując muzykę i wiatr. — Nawet na basenie nikogo nie ma. Wszyscy siedzą w klubie i oglądają *One Life to Live*.

Dziesięciocentówka na telefon w końcu się przydała. Hely — niezwykle heroicznie, bo jego panika i udar słoneczny prawie dorównywały Harriet — wskoczył na rower i mimo osłabienia i skurczy w nogach popedałował blisko pół mili do telefonu na parkingu Jiffy Qwik-Mart. Jednak Harriet, której czterdziestominutowe oczekiwanie na rozpalonym asfalcie na końcu pełnego węży ślepego zaułka zamieniło się w piekło, była zbyt rozgrzana i osłabiona, by odczuwać wdzięczność.

Podniosła się na tyle, by zobaczyć włosy Pembertona — skręcone i kędzierzawe od basenowych chemikaliów — łopoczące na wietrze jak żółta chorągiew. Nawet na tylnym siedzeniu czuła ostry, wyraźnie dorosły zapach Pema: ostra, męska woń potu pod kokosowym olejkiem do opalania mieszała się z papierosami i czymś w rodzaju kadzidła.

— Dlaczego pojechaliście aż do Oak Lawn? Znacie tam kogoś?

— Niee — odparł Hely monotonnym, znużonym głosem, jakiego używał w obecności brata.

— To co tam robiliście?

— Polowaliśmy na węże, żeby... Przestań — warknął i zamachnął się na Harriet, która pociągnęła go za włosy.

— No, jeśli chcecie złapać węża, to wybraliście odpowiednie miejsce — stwierdził leniwie Pemberton. — Wayne, który zajmuje się naprawami w Country Club, mówił, że kiedy kopali tam basen dla jednej pani, ekipa zabiła sześćdziesiąt węży. Na jednym podwórzu.

— Jadowitych?

— Kogo to obchodzi? Nie zamieszkałbym w tej dziurze nawet za tysiąc dolarów — powiedział Pemberton z pogardliwym, książęcym rzutem głową. — Ten sam Wayne mówił, że tępiciel znalazł t r z y s t a węży, które żyły pod jednym z tych gównianych domów. Pod j e d n y m d o m e m. Jak tylko przyjdzie powódź, której nie da się zatrzymać workami z piaskiem, wszystkie mamusie z tamtej dzielnicy, korzystające ze wspólnej puli samochodów, zostaną pogryzione na kawałki.

— Złapałem mokasyna — powiedział skromnie Hely.

— Jasne. I co z nim zrobiłeś?

— Wypuściłem go.

— Jestem pewien. — Pemberton zerknął na brata. — Gonił cię?

— Niee. — Hely opuścił się nieco na siedzeniu.

— Cóż, nie obchodzi mnie, co ludzie mówią o tym, że wąż boi się ciebie bardziej niż ty jego. Wodne mokasyny są paskudne. Chcą ci się dobrać do tyłka. Kiedyś duży mokasyn zaatakował mnie i Tinka Pittmona na jeziorze Oktobeha, chociaż wcale nie znajdowaliśmy się w jego pobliżu. Przypłynął do nas przez jezioro. — Pem zrobił falujący gest dłonią. — Na wodzie widać było tylko biały rozwarty pysk. Potem zaczął walić głową w aluminiową burtę canoe jak nacierający baran, bam, bam. Ludzie obserwowali to z brzegu.

— Co zrobiłeś? — spytała Harriet, która usiadła i opierała się na przednim siedzeniu.

— O, jesteś, Tygrysie. Myślałem, że będziemy musieli zabrać cię do lekarza.

Twarz Pema w lusterku zaskoczyła ją: kredowobiałe wargi, biały krem do opalania na nosie i ciemna opalenizna przypomniały Harriet odmrożone twarze polarników Scotta.

— A więc lubisz polować na węże? — zwrócił się do odbicia Harriet w lusterku.

— Nie — odparła, zarazem nastroszona i zbita z tropu jego rozbawionym tonem. Wycofała się na tylne siedzenie.

— Nie ma się czego wstydzić.

— Kto powiedział, że się wstydzę?

— Twardzielka z ciebie, Harriet — zaśmiał się Pem. — Jesteś w porządku. Ale coś wam powiem, chyba wam odbiło z tymi rozwidlonymi kijami. Musicie zdobyć aluminiową rurę i przeciągnąć przez nią pętlę z linki bieliźnianej. Trzeba tylko zarzucić pętlę wężowi na łeb i pociągnąć za końce. Wtedy go macie. Możecie zanieść go w słoju na kiermasz nauki i zaimponować wszystkim. — Szybkim ruchem grzmotnął Hely'ego po głowie. — Zgadza się?

— Z a m k n i j s i ę! — wrzasnął Hely, z gniewem rozcierając ucho. Pem nie pozwalał bratu zapomnieć o kokonie motyla, który Hely przyniósł do szkoły na kiermasz nauki. Przez sześć tygodni opiekował się kokonem, czytał książki, robił notatki, utrzymywał właściwą temperaturę i robił wszystko, co należało; kiedy jednak w końcu, w dniu kiermaszu nauki, przyniósł do szkoły nie wykłutą poczwarkę, ułożoną czule na wacie w pudełku po biżuterii, okazało się, że to nie kokon, ale kawałek zaschniętej kociej kupy.

— Może tylko ci się zdawało, że złapałeś wodnego mokasyna — śmiał się Pemberton, przekrzykując obelgi, jakimi zasypywał go Hely. — Może to wcale nie był wąż. Duże, świeże psie gówno zwinięte w trawie potrafi wyglądać zupełnie jak...

— ...jak t y! — krzyknął Hely, okładając brata po ramieniu.

— Powiedziałem: zmień temat, dobrze? — powiedział Hely chyba po raz dziesiąty.

On i Harriet znajdowali się po głębokiej stronie basenu, trzymali się blisko brzegu. Popołudniowe cienie wydłużały się. Piątka czy szóstka dzieciaków — ignorując grubą, roztargnioną matkę, która chodziła wzdłuż brzegu i błagała, żeby wyszły — wrzeszczała i chlapała na płytkim końcu. W pobliżu baru licealistki w bikini wylegiwały się na leżakach, z ręcznikami na ramionach, chichotały i rozmawiały. Pemberton miał wolne. Hely prawie nigdy nie pływał, kiedy jego brat miał dyżur ratownika, bo się go czepiał; z wysokiego stanowiska ratownika wykrzykiwał obelgi i nieuczciwe polecenia (na przykład: „Nie biegać obok basenu!", chociaż Hely nie biegał, tylko szybko chodził). Dlatego Hely, przed wybraniem się na basen, uważnie czytał tygodniowy harmonogram Pembertona przyklejony do lodówki. To było przykre, ponieważ latem chciał pływać codziennie.

— Głupek — mruknął, myśląc o Pemie. Wciąż wściekał się o to, że Pem wspomniał o kocim gównie na kiermaszu nauki.

Harriet spojrzała na Hely'ego pustym i dość mętnym wzrokiem. Włosy przykleiły jej się płasko do głowy, a promienie światła krzyżujące się na twarzy zmniejszały jej oczy i oszpecały ją. Harriet grała Hely'emu na nerwach przez całe popołudnie; chociaż tego nie zauważył, zakłopotanie i dyskomfort przerodziły się w irytację, a teraz poczuł gniew. Na kiermaszu nauki Harriet śmiała się z kocich odchodów razem z nauczycielami, jurorami i całą resztą; na samo wspomnienie znowu ogarniała go wściekłość.

Harriet nadal patrzyła na Hely'ego, który wytrzeszczył wzrok.

— Na co się gapisz?

Harriet odbiła się od brzegu basenu i — dość ostentacyjnie — wykonała salto w tył. Wielka mi rzecz, pomyślał Hely. Zaraz będzie chciała robić zawody w zatrzymywaniu oddechu pod wodą, czego Hely nie cierpiał, bo nie był w tym dobry, a ona owszem.

Kiedy się wynurzyła, udawał, że nie zauważa jej rozdrażnienia. Niedbale chlapnął w nią wodą i trafił prosto w oko.

— *Oglądam zdechłego psa Rovera* — zaśpiewał słodkim głosem, którego, o czym dobrze wiedział, Harriet nie znosiła:

Nie zauważyłem wcześniej,
Że nie ma jednej łapy,
Jedna łapa znikła...

— Nie idź ze mną jutro. Wolę się wybrać sama.

— *Jedną łapę rozrzuciło po całym trawniku...* — śpiewał Hely nad jej głową, wpatrując się w przestrzeń z zachwytem.

— Wszystko mi jedno, czy pójdziesz ze mną czy nie.

— Przynajmniej nie padam na ziemię i nie wydzieram się jak duży tłusty dzieciak. — Hely zatrzepotał powiekami. — „Och, Hely! Uratuj mnie, uratuj mnie!" — zawołał wysokim głosem, na co licealistki z drugiej strony basenu wybuchły śmiechem.

Woda uderzyła go w twarz.

Hely profesjonalnie chlapnął Harriet pięścią i uchylił się przed riposztą.

— Harriet. Hej, Harriet — powiedział jak dziecko. Rozdrażnienie koleżanki sprawiało mu niewytłumaczalną przyjemność. — Pobawmy się w konika, co? Ja będę z przodu, a ty będziesz sobą.

Hely triumfalnie dał nura do wody — unikając odwetu — i szybko, z głośnym chlapaniem, wypłynął na środek basenu. Skórę miał boleśnie poparzoną słońcem, a basenowe chemikalia paliły go w twarz jak kwas, ale tego popołudnia wypił pięć coca-coli (trzy, kiedy spragniony i wycieńczony wrócił do domu; dwie z lodem i miętowymi słomkami na basenie), więc huczało mu w uszach, a cukier we krwi śpiewał wysoko i szybko. Hely czuł uniesienie. W przeszłości porywczość Harriet często go zawstydzała. Ale chociaż polowanie na węże wprawiło go w chwilowe przerażenie, coś w nim ciągle się radowało z powodu omdlenia Harriet. Zamaszyście wypłynął na powierzchnię, plując i rozpryskując wodę. Kiedy mruganiem zniwelował pieczenie w oczach, zobaczył, że Harriet znikła z basenu. Potem ujrzał ją znowu, daleko, jak szła szybko w stronę damskiej przebieralni z opuszczoną głową, zostawiając na betonie zygzak mokrych śladów.

— Harriet! — zawołał bez zastanowienia i napił się wody, bo zapomniał, że wciąż tkwił w basenie.

Niebo było gołębioszare, a wieczorne powietrze ciężkie i miękkie. Jeszcze na chodniku Harriet słyszała dalekie krzyki małych dzieci z płytkiego końca basenu. Lekki wietrzyk pokrył jej ręce i nogi gęsią skórką. Szczelniej otuliła się ręcznikiem i bardzo szybkim krokiem ruszyła do domu.

Samochód pełen licealistek skręcił za rogiem z piskiem opon. Te dziewczyny prowadziły wszystkie kluby i wygrywały wszystkie wybory w klasie Allison: mała Lisa Leavitt; Pam McCormick z ciemnymi włosami upiętymi w koński ogon i Ginger Herbert, która zwyciężyła w rewii piękności; Sissy Arnold, która nie była tak ładna jak pozostałe, ale równie popularna. Ich twarze — jak twarze gwiazdek filmowych, otaczanych powszechną czcią w niższych klasach — uśmiechały się z prawie każdej stronicy rocznego albumu. Oto one: triumfujące, na pożółkłej, oświetlonej murawie boiska, w kostiumach cheerleaderek, obwieszone świecidełkami, wracające do domu w rękawiczkach i sukniach; zwijające się ze śmiechu w wagonikach w wesołym miasteczku (faworytki) albo podskakujące na wozie z sianem we wrześniu (ślicznotki). Pomimo różnorodnych strojów, od sportowych przez swobodne aż do formalnych, były jak lalki, których uśmiechy i fryzury nigdy się nie zmieniały.

Żadna z dziewcząt nie spojrzała na Harriet. Zostawiając rakietową smugę taniej muzyki pop, przemknęły obok, a Harriet wbiła wzrok w chodnik i poczuła, że jej policzki płoną z gniewnego, niewytłumaczalnego wstydu. Gdyby Hely szedł razem z nią, dziewczyny prawie na pewno zwolniłyby i coś krzyknęły, bo Lisa i Pam robiły maślane oczy do Pembertona. Przypuszczalnie jednak nie znały Harriet, chociaż od zerówki chodziły do klasy z Allison. W domu, nad łóżkiem Allison, wisiał collage złożony z radosnych przedszkolnych fotografii: Allison bawi się w londyński most z Pam McCormick i Lisą Leavitt; Allison i Ginger Herbert — z czerwonymi nosami, roześmiane, najlepsze przyjaciółki — trzymają się za ręce na czyimś podwórzu w zimie. Pieczołowicie wykonane w pierwszej klasie walentynki: „2 Uściski 2 Całusy. Dla Ciebie. Kocham cię Ginger!!!" Pogodzenie tej wylewności z obecną Allison i obecną Ginger (w rękawiczkach i szyfonowej sukni, z błyszczykiem na ustach, pod łukiem ze sztucznych kwiatów) było nie do pomyślenia. Allison była równie ładna jak każda z tych dziewcząt (i znacznie ładniejsza niż Sissy Arnold, która miała długie zęby jak czarownica, a ciało jak łasica), ale w jakiś sposób z bliskiej koleżanki tych księżniczek wyrosła na pannę-nikt, do której nigdy się nie dzwoni, chyba że w sprawie zadanej pracy domowej. Podobnie rzecz się miała z matką Harriet i Allison. Chociaż należała do studenckiego koła kobiet, cieszyła się popularnością, w college'u wybrano ją najlepiej ubraną dziewczyną w klasie, również ona miała wiele przyjaciółek, które już do niej nie dzwoniły. Thorntonowie i Bowmontowie, którzy swego czasu co tydzień grywali w karty z rodzicami Harriet i wspólnie wynajmowali domki letniskowe nad Zatoką Meksykańską, nie wpadali nawet wtedy, gdy ojciec Harriet był w mieście. Kiedy spotykali matkę Harriet w kościele, ich serdeczność była trochę wymuszona, mężowie przesadnie wylewni, a kobiety mówiły z wrzaskliwym ożywieniem i nie patrzyły matce Harriet w oczy. Ginger i inne dziewczyny ze szkolnego autobusu traktowały Allison podobnie — wesołe, paplające głosy, ale wzrok odwrócony, jakby Allison miała infekcję, którą mogły się zarazić.

Uwagę Harriet (wpatrzonej posępnie w chodnik) oderwało od tych myśli gulgotanie. Biedny niedorozwinięty Curtis Ratliff, który latem nieprzerwanie włóczył się po ulicach Alexandrii i strzelał do kotów oraz samochodów z pistoletu na wodę, nadchodził z naprzeciwka. Kiedy zobaczył, że Harriet patrzy na niego, jego zniekształconą twarz rozjaśnił uśmiech.

— Hat! — Curtis zamachał do niej obiema rękami, kołysząc przy tym całym ciałem, potem zaczął pracowicie podskakiwać na złączonych stopach, jakby gasił ogień. — Fszysko gra? Fszysko gra?

— Cześć, Aligatorze — powiedziała Harriet, żeby mu sprawić przy-

jemność. Curtis miał za sobą długi okres, kiedy wszyscy i wszystko, co widział, było a l i g a t o r e m: nauczyciel, buty, autobus szkolny.
— Fszysko gra? Fszysko gra, Hat? — Nie zamierzał przestać, dopóki nie otrzyma odpowiedzi.
— Dziękuję, Curtis, u mnie wszystko w porządku. — Chociaż Curtis nie był głuchy, miał lekką wadę słuchu, o czym należało pamiętać i mówić głośno.
Curtis rozpromienił się jeszcze bardziej. Pulchne ciało, słodki, niemowlęcy sposób bycia przywodziły na myśl Kreta w *O czym szumią wierzby*.
— Lubię ciasto — oświadczył.
— Curtis, czy nie powinieneś zejść z jezdni?
Curtis zamarł z dłonią przy ustach.
— Uch, och! — zakrakał, a potem znowu: — Uch, och! — Jak zając przeskoczył przez jezdnię w kilku susach, po czym na obu stopach, jakby przeskakiwał przez rów, wskoczył na krawężnik tuż przed Harriet.
— Przepraszam, ale stoisz mi na drodze — powiedziała Harriet.
Curtis zerknął na nią przez rozsunięte palce. Uśmiechał się tak szeroko, że maleńkie ciemne oczka zwęziły się w szparki.
— Ukąszenia węży — oznajmił raptownie.
Harriet oniemiała. Częściowo z powodu problemów ze słuchem Curtis nie mówił zbyt wyraźnie. Z pewnością źle go zrozumiała; z pewnością powiedział coś innego: „Chodzenie męczy? Do widzenia?"
Zanim zdążyła zapytać, Curtis westchnął głęboko i wsunął pistolet na wodę w nowe sztywne drelichy. Potem podniósł dłoń Harriet i ujął w swoją dużą, oklapłą i lepką.
— Ukąszenia! — powiedział radośnie. Wskazał na siebie, na dom naprzeciwko, potem odwrócił się i powędrował ulicą, a zbita z tropu Harriet mrugając, odprowadziła go wzrokiem i szczelniej otuliła ramiona ręcznikiem.

Chociaż Harriet nie miała o tym pojęcia, jadowite węże stanowiły temat rozmowy w odległości niespełna trzydziestu stóp od miejsca, gdzie stała — w mieszkaniu na pierwszym piętrze domu po drugiej stronie ulicy, jednej z kilku nieruchomości do wynajęcia w Alexandrii, należących do Roya Diala.
Dom nie wyróżniał się niczym szczególnym: biały, piętrowy, z biegnącymi z boku schodami z listewek, dzięki czemu piętro miało oddzielne wejście. Było to dzieło pana Diala, który odciął schody wewnętrzne,

przez co uzyskał dwa mieszkania do wynajęcia. Zanim dom kupił i podzielił pan Dial, należał on do starszej pani, baptystki, nazwiskiem Annie Mary Alford, emerytowanej księgowej z tartaku. Kiedy pewnej deszczowej niedzieli przewróciła się na parkingu i złamała biodro, pan Dial (który jako chrześcijański biznesmen zajmował się chorymi i starszymi ludźmi, zwłaszcza zamożnymi i bez rodziny, która by im doradzała) przywiązywał dużą wagę do tego, by codziennie odwiedzać pannę Annie Mary, przynosił jej zupy w puszkach, broszury kampanii agitacyjnych, inspirującą lekturę, owoce odpowiednie do pory roku oraz bezinteresowne usługi zarządcy majątkiem i pełnomocnika.

Ponieważ pan Dial karnie przekazywał zyski na obfite konta bankowe Pierwszego Kościoła Baptystów, czuł, że jego metody są usprawiedliwione. Ostatecznie, czy nie wnosił otuchy i poczucia chrześcijańskiej wspólnoty w jałowe życie tych ludzi? Czasami „panie" (jak je nazywał) natychmiast zapisywały mu swój majątek, tak wielką pociechę czerpały z jego przyjaznej obecności. Jednak panna Annie Mary, która przecież pracowała jako księgowa przez czterdzieści pięć lat, była podejrzliwa zarówno z racji zawodu, jak i z natury, a po jej śmierci pan Dial odkrył z nieprzyjemnym zaskoczeniem, że — jak uważał, całkiem zdradziecko — wezwała prawnika z Memphis i spisała testament całkowicie anulujący nieformalne pisemne porozumienie, które pan Dial zaproponował bardzo dyskretnie, siedząc przy szpitalnym łóżku starszej pani i poklepując ją po ręce.

Całkiem możliwe, że pan Dial nie kupiłby domu panny Annie Mary po jej śmierci (nie był bowiem szczególnie tani), gdyby podczas jej choroby nie przywykł do myślenia o nim jako o swojej własności. Po przedzieleniu piętra i parteru na dwa odrębne mieszkania, po ścięciu leszczyn i krzewów różanych (utrzymanie drzew i krzewów wymagało dodatkowych nakładów finansowych) niemal natychmiast wynajął parter dwóm mormońskim misjonarzom. Działo się to dziesięć lat temu, gdy mormoni wciąż byli na fali, chociaż ani jednego mieszkańca Alexandrii nie udało im się nawrócić na zmieniającego żony Jezusa z Utah.

Mormońscy chłopcy wierzyli, że każdy, kto nie jest mormonem, pójdzie do piekła („Wszyscy będziecie się tam tłuc!", lubił żartować pan Dial, kiedy przychodził do chłopców pierwszego dnia miesiąca po czynsz). Mimo to byli schludnie przystrzyżeni, grzeczni i nie wyrywali się od razu ze słowem „piekło", chyba że ktoś ich zmusił. Nie używali produktów alkoholowych ani tytoniowych, a rachunki płacili terminowo. Więcej problemów nastręczało mieszkanie na piętrze. Ponieważ pan Dial wzdragał się przed kosztami instalacji drugiej kuchni, mieszkanie nadawało się właściwie tylko dla czarnych. W ciągu dziesięciu lat na piętrze mieściło się studio fotograficzne, siedziba skautek, przedszkole, wystawa trofeów myśliwskich, znalazła też schronienie duża rodzina przybyszów z Europy Wschodniej, którzy — kiedy tylko pan Dial odwrócił wzrok — wprowadzili wszystkich krewnych i znajomych i o mały włos nie puścili z dymem całego domu od grzejnika do ogrzewania talerzy.

Właśnie w tym mieszkaniu na piętrze stał teraz Eugene Ratliff, a dokładnie w pokoju od frontu, gdzie linoleum i tapeta wciąż nosiły ślady wypadku z grzejnikiem. Nerwowo gładził dłonią włosy (wypomadowane i zaczesane do tyłu na modłę łobuzerskiego stylu z czasów, kiedy był nastolatkiem) i patrzył przez okno na swego niedorozwiniętego brata, który przed chwilą wyszedł z mieszkania, a teraz męczył na ulicy jakieś czarnowłose dziecko. Na podłodze za plecami Eugene'a stało kilkadziesiąt kartonów po dynamicie pełnych jadowitych węży: grzechotników leśnych, grzechotników bambusowych, grzechotników wschodnich, węży wodnych, miedzianek, a w oddzielnym pudle leżała kobra królewska przywieziona aż z Indii.

Na ścianie, zasłaniając spalone miejsce, wisiała tablica wypisana własnoręcznie przez Eugene'a, którą właściciel mieszkania, pan Dial, kazał mu zabrać z podwórza:

Z pomocą Dobrego Pana: Podtrzymywanie i Głoszenie Religii Protestanckiej oraz wdrażanie wszystkich naszych Praw Obywatelskich. Panie Bimbrowniku, Panie Popychaczu Narkotyków, Panie Szulerze, Panie Komunisto, Panie Burzycielu Spokoju Domowego i wszyscy Burzyciele Praw: Pan Jezus ma na was oko, patrzy na was 1000 oczu. Lepiej zmieńcie zawód przed Wielkim Sądem Chrystusa. List do Rzymian 7, 4. To Kapłaństwo oznacza dokładnie Czyste Życie i Świętość Naszych Domów.

Pod spodem widniała kalkomania flagi amerykańskiej oraz napis:

Żydzi i jego władze, które są Antychrystem, ukradli naszą ropę i nasz majątek. Apokalipsa 18, 3. Apokalipsa 18, 11-15. Jezus Zjednoczy. Apok. 19, 17.

Gość Eugene'a, żylasty mężczyzna o wytrzeszczonych oczach, w wieku dwudziestu dwóch czy dwudziestu trzech lat, o wiejskim sposobie bycia i odstających uszach, dołączył do niego przy oknie. Chociaż zrobił wszystko, by przygładzić do tyłu krótkie włosy, sterczały na całej głowie w niesfornych kępkach.

— To za takich niewinnych jak on Chrystus przelał krew — powiedział gość, którego zastygły uśmiech fanatycznych błogosławionych promieniował nadzieją albo idiotyzmem, zależnie jak się na niego patrzyło.

— Chwalmy Pana — odparł dość mechanicznie Eugene. Nie lubił węży, bez względu na to, czy były jadowite czy nie, ale z jakiegoś powodu zakładał, że gady na podłodze za jego plecami zostały wydojone z jadu albo w inny sposób unieszkodliwione, bo w przeciwnym razie jak kaznodzieje w rodzaju jego gościa mogli całować grzechotniki w pysk, wpychać je sobie za koszulę, przerzucać je nad blaszanymi dachami kościołów, jak to podobno czynili? Sam Eugene nigdy nie widział węży podczas mszy (posługiwanie się nimi w kościołach było rzadkie nawet w górzystym zagłębiu węglowym w Kentucky, skąd pochodził gość). Eugene widział za to wielu wiernych, którzy mówili językami, padali plackiem na podłogę i dygotali. Widział diabły wypędzane plaśnięciem dłoni w czoło opętanego i nieczyste duchy wykrztuszane w postaci krwawej śliny. Był świadkiem nakładania dłoni, dzięki czemu kulawi zaczynali chodzić, a ślepi widzieć; pewnego wieczoru podczas zielonoświątkowego nabożeństwa nad rzeką koło Pickens w stanie Missisipi widział, jak czarnoskóry kaznodzieja nazwiskiem Cecil Dale McAllister wskrzesił otyłą kobietę w zielonym kostiumie.

Eugene akceptował prawomocność takich zjawisk, podobnie jak on i jego bracia akceptowali pompę i wewnętrzne wojny w świecie zapasów zawodowych, nie dbając za bardzo o to, czy niektóre walki zostały wydrukowane. Naturalnie wielu ludzi, którzy czynili cuda w Jego imieniu, było oszustami; całe legiony krętaczy i ściemniaczy stale szukały nowych sposobów na obrobienie bliźnich, sam Jezus wypowiadał się przeciwko nim, ale gdyby nawet tylko pięć procent cudów Chrystusa, których doświadczył Eugene, było autentyczne, to czy te pięć procent nie stanowiło wystarczającego cudu? Oddanie Eugene'a dla Stwórcy było bezwarunkowe i niezachwiane, a jego siłą napędową było przerażenie. Zdolność Chrystusa do uniesienia brzemienia więźniów, uciemiężonych i ciemiężycieli, pijanych, zgorzkniałych i smutnych była niekwestionowana. Ale lojalność, której On wymagał, była absolutna, ponieważ Jego silniki kary pracowały szybciej niż Jego silniki litości.

Eugene głosił Słowo, ale nie był związany z żadnym konkretnym kościołem. Głosił Słowo wszystkim, którzy mieli uszy ku słuchaniu, dokładnie tak jak prorocy i Jan Chrzciciel. Chociaż Eugene miał pod dostatkiem wiary, Pan nie uznał za stosowne pobłogosławić go charyzmą czy talentem oratorskim; czasami przeszkody, z którymi się zmagał (nawet na łonie własnej rodziny) zdawały się nie do pokonania. Konieczność głoszenia Słowa w opuszczonych magazynach i na skraju autostrady o-znaczała niestrudzoną pracę pośród nikczemników tej ziemi. Wędrowny kaznodzieja nie był pomysłem Eugene'a. Wizytę zaaranżowali jego bracia, Farish i Danny („coby pomóc twojej posłudze"), a odbyło się to wśród tylu szeptów, mrugnięć i cichych rozmów w kuchni, że Eugene nabrał podejrzeń. Nigdy wcześniej nie widział gościa. Nazywał się Loyal Reese i był młodszym bratem Dolphusa Reese'a, wrednego machera z Kentucky, który pracował razem z Eugene'em w pralni w Zakładzie Penitencjarnym Parchman, kiedy Eugene i Farish odsiadywali wyrok z dwóch punktów oskarżenia w sprawie wielkiej kradzieży samochodów z końca lat sześćdziesiątych. Dolphus nigdy nie miał wyjść na wolność. Dostał wyrok dożywocia powiększony o dziewięćdziesiąt dziewięć lat za przynależność do zorganizowanej grupy przestępczej i dwa punkty oskarżenia o morderstwo pierwszego stopnia, którego — jak twierdził — nie popełnił, ale został wrobiony.

Dolphus i brat Eugene'a Farish dobrali się jak w korcu maku; pozostawali w kontakcie, a Eugene odnosił wrażenie, że po wyjściu na wolność Farish wspierał Dolphusa w pewnych machinacjach za kratkami. Dolphus miał sześć stóp i sześć cali wzrostu, prowadził samochód jak Junior Johnson i (jak twierdził) umiał zabić człowieka gołymi rękami na sześć sposobów. W przeciwieństwie do milkliwego i ponurego Farisha, Dolphus był gadułą, zagubioną czarną owcą z rodziny kaznodziejów od trzech pokoleń. Eugene uwielbiał słuchać, jak Dolphus — przekrzykując łoskot wielkich przemysłowych pralek w więziennej pralni — opowiadał o dzieciństwie w Kentucky. Śpiewał na rogach ulic miasteczek górniczych podczas śnieżyc w Boże Narodzenie; podróżował rozklekotanym autobusem szkolnym, w którym ojciec Dolphusa prowadził działalność misyjną i w którym cała rodzina mieszkała miesiącami. Jedli mięso z puszek, spali na workach na kukurydzę z tyłu autobusu, a grzechotniki w klatkach szeptały u ich stóp. Zawsze o krok przed prawem, jeździli z miasta do miasta na wiece przebudzonych religijnie i modlitwy o północy przy świetle benzynowych pochodni, cała szóstka dzieci klaskała i tańczyła w takt tamburyna i matczynej gitary Sears-Roebuck, a w tym czasie ojciec dudlił strychninę z kamionkowego słoja, owijał sobie grzechotniki wokół szyi, ramion i talii w formie żywego pasa. Łuskowate ciała gadów wiły się w górę w takt muzyki, jakby chciały się wspiąć w powietrze, a ojciec wygłaszał kazania w różnych językach, tupał w ziemię, dygotał od stóp do głów, przez cały czas śpiewał o potędze Boga Żywego, o Jego znakach i cudach, o przerażeniu i radości Jego strasznej, strasznej miłości.

Gość, Loyal Reese, był rodzinnym beniaminkiem, o którym Eugene słyszał w więziennej pralni; kiedy był noworodkiem, ułożono go pośród grzechotników. Z wężami miał do czynienia od dwunastego roku życia. Z dużymi wiejskimi uszami i przygładzonymi do tyłu włosami, z piwnymi oczami lśniącymi błogością wyglądał niewinnie jak cielątko. Z tego, co Eugene wiedział, nikt w rodzinie Dolphusa (oprócz niego samego) nie miał kłopotów z prawem z innych powodów niż dziwaczne praktyki religijne. Mimo to Eugene był przekonany, że jego chichoczącym, złośliwym braciom (zaplątanym w narkotyki) przyświecał jakiś niski cel, kiedy zorganizowali wizytę najmłodszego brata Dolphusa, to znaczy inny cel niż wyprowadzenie Eugene'a z równowagi. Jego bracia byli leniwi i chociaż uwielbiali go wkurzać, to wzywanie młodego Reese'a ze wszystkimi jego gadami wiązało się ze zbyt dużym wysiłkiem jak na zwykły kawał. Sam młody Reese, z odstającymi uszami i niezdrową cerą, zupełnie nie wzbudzał podejrzeń; gwałtownie rozświetlony nadzieją i powołaniem był tylko odrobinę zaskoczony ostrożnym powitaniem, jakie zgotował mu Eugene.

Eugene patrzył przez okno, jak jego najmłodszy brat Curtis oddala się ulicą słoniowym krokiem. Nie prosił o gościa i nie wiedział, co robić z gadami, które siedziały w klatkach i pełzały z sykiem po całej misji. Wyobrażał sobie, że będą zamknięte w bagażniku samochodu albo w stodole, a nie, że będą leżały w jego własnym mieszkaniu. Stał oniemiały, kiedy jedno za drugim owinięte w brezent pudła wciągano pracowicie po schodach.

— Dlaczego mnie nie uprzedziłeś, że tych zwierząt nie pozbawiono jadu? — spytał ostro.

— To nie jest zgodne z Pismem — zdziwił się młodszy brat Dolphusa. Mówił z równie silnym górskim akcentem jak Dolphus, ale bez złośliwości i wesołej serdeczności. — Pracując ze znakami, pracujemy z takim wężem, jakiego stworzył Bóg.

— Mogły mnie ugryźć — powiedział Eugene.

— Nie, jeżeli zostałeś namaszczony przez Boga, bracie!

Gość odwrócił się od okna, a Eugene wzdrygnął się przed jasną siłą jego spojrzenia.

— Czytaj Dzieje Apostolskie, bracie! Ewangelię według świętego Marka! Oto, w ostatnie dni, nadchodzi zwycięstwo nad diabłem, jak przepowiedziano w czasach biblijnych... „Te oto znaki pójdą za tymi, którzy wierzą: wezmą węże, a jeśli wypiją truciznę..."

— Te zwierzęta są niebezpieczne. Jego dłoń stworzyła węża, bracie, podobnie jak stworzyła baranka.

Eugene nie odpowiedział. Zaprosił łatwowiernego Curtisa, żeby razem z nim czekał w mieszkaniu na przybycie młodego Reese'a. Ponieważ Curtis był takim dzielnym psiakiem — śpieszył na pomoc, kiedy uważał, że jego bliskim dzieje się krzywda albo zagraża niebezpieczeństwo — Eugene postanowił go nastraszyć, udając, że został ukąszony. Jednak żart obrócił się przeciwko Eugene'owi. Teraz wstydził się za sztuczkę, którą próbował zrobić, tym bardziej że Curtis zareagował wielkim współczuciem na przerażony wrzask brata, kiedy grzechotnik zwinął się i uderzył w siatkę, spryskując dłoń Eugene'a trucizną. Curtis pogłaskał brata po ręce, pytając troskliwie:

— Ugryzł? Ugryzł?

— Znak na twarzy, bracie?

— Co z nim? — Eugene doskonale zdawał sobie sprawę z ohydnej czerwonej blizny po oparzeniu przecinającej jego twarz, a obcy nie musieli mu o niej przypominać.

— Czy to nie jeden ze znaków?

— Miałem wypadek — uciął Eugene. Oparzenie spowodowała mieszanka ługu i tłuszczu piekarskiego Crisco, w gwarze więziennej zwanego kremem Angola. Złośliwy mały krętacz Weems z Cascilla w stanie Missisipi, odsiadujący wyrok za czynną napaść z użyciem niebezpiecznego narzędzia, chlapnął nim Eugene'owi w twarz podczas sprzeczki o paczkę papierosów. Właśnie kiedy Eugene dochodził do zdrowia po oparzeniu, w nocy ukazał mu się Pan i powiadomił o jego misji. Odzyskawszy wzrok, Eugene wyszedł ze szpitala, gotów przebaczyć prześladowcy, ale Weems nie żył. Inny niezadowolony więzień podciął mu gardło brzytwą wtopioną w szczoteczkę do zębów, a ten czyn tylko wzmocnił nową wiarę Eugene'a w potężne turbiny Opatrzności.

— My wszyscy, którzy Go kochamy, nosimy Jego znak — powiedział Loyal, wyciągając przed siebie pokryte bliznami dłonie. Jeden palec poczerniał i był upiornie opuchnięty na końcu, po drugim został tylko kikut. — Oto, w czym rzecz — ciągnął. — Musimy być gotowi umrzeć za Niego, tak jak On był gotów umrzeć za nas. Kiedy głaszczemy jadowitego węża w Jego imię, okazujemy miłość do Niego, tak jak On okazał miłość do ciebie i do mnie.

Eugene był poruszony. Chłopiec był najwyraźniej szczery — żaden kuglarz, ale człowiek, który żył zgodnie z własnymi przekonaniami i ofiarował życie Chrystusowi, tak jak dawni męczennicy. Właśnie wtedy przeszkodziło im nagłe pukanie do drzwi, seria szybkich, energicznych puk, puk, puk, puk.

Eugene skinął podbródkiem na gościa; ich spojrzenia się rozłączyły. Przez kilka chwil w pokoju panowała cisza, jeśli nie liczyć oddechów

164

i suchego, szepczącego grzechotu dobiegającego z pudeł po dynamicie — odrażający odgłos i tak delikatny, że Eugene nie zdawał sobie dotąd z niego sprawy.

Puk, puk, puk, puk, puk. Znowu rozległo się nadęte stukanie, to musiał być Roy Dial. Eugene zapłacił czynsz, ale Dial, urodzony kamienicznik, często wściubiał nos pod tym czy innym pretekstem.

Młody Reese położył dłoń na ramieniu Eugene'a.

— Szeryf z hrabstwa Franklin ma nakaz aresztowania mnie — powiedział Eugene'owi na ucho, a jego oddech pachniał sianem. — Mojego tatę i pięciu braci aresztowali tam przedwczoraj wieczorem za zakłócanie porządku.

Eugene uspokoił go uniesioną dłonią, ale wtedy pan Dial gwałtownie szarpnął za klamkę.

— Halo? Jest tam kto? — Puk, puk, puk, puk, puk. Chwila ciszy, a potem Eugene ku swemu przerażeniu usłyszał ukradkowy zgrzyt klucza w zamku.

Dał susa do tylnego pokoju, widząc, jak łańcuch powstrzymuje drzwi przed otwarciem.

— Eugene? — Klamka zagrzechotała. — Jest tam kto?

— Hm, przepraszam, panie Dial, ale to nie jest najlepszy moment — zawołał Eugene uprzejmym tonem, jakiego używał w kontaktach z doręczycielami rachunków i przedstawicielami prawa.

— Eugene! Witaj, stary! Słuchaj, rozumiem, co mówisz, ale byłbym wdzięczny, gdybyś zamienił ze mną słowo. — W szparze drzwi ukazał się nosek czarnego buta. — Pasuje ci? Pół sekundy.

Eugene podkradł się i przytknął ucho do drzwi.

— Hm, co mogę dla pana zrobić?

— E u g e n e. — Klamka znowu zagrzechotała. — Pół sekundy i dam ci spokój!

On sam powinien być kaznodzieją, pomyślał kwaśno Eugene. Otarł usta wierzchem dłoni i powiedział głośno, najbardziej gładkim i ułożonym tonem, na jaki mógł się zdobyć:

— Hm, naprawdę mi przykro, że muszę pana odprawić, ale przyszedł pan w nieodpowiedniej chwili, panie Dial! Właśnie prowadzę studia nad Biblią!

Po krótkiej ciszy głos pana Diala rozległ się znowu:

— W porządku. Ale, Eugene, nie powinieneś wystawiać śmieci na chodnik przed siedemnastą. W razie zażaleń pociągną cię do odpowiedzialności.

— Panie Dial — zaczął Eugene i utkwił wzrok w chłodziarce „Małe igloo" na kuchennej podłodze. — Przykro mi to mówić, ale uprzejmie myślę, że te śmieci należą do mormonów.

— To nie mój problem, do kogo należą. Zakład Oczyszczania nie życzy sobie śmieci przed siedemnastą.

Eugene zerknął na zegarek. Za pięć piąta, ty baptystyczny diable.

— Dobrze. Zwrócę na to uwagę.

— Dzięki! Będę wdzięczny, jeśli będziemy sobie pomagać w tej sprawie. Tak przy okazji, czy Jimmy Dale Ratliff to twój kuzyn?

— Kuzyn w drugiej linii — odparł Eugene po chwili ostrożnego milczenia.

— Mam kłopot ze zdobyciem jego numeru telefonu. Mógłbyś mi go podać?

— Jimmy Dale i inni nie mają telefonu.

— Jeśli go zobaczysz, Eugene, czy możesz go poprosić, żeby zajrzał do biura? Musimy pomówić o finansowaniu jego samochodu.

W ciszy, jaka nastąpiła, Eugene myślał o tym, jak Jezus wywrócił stragany lichwiarzy i wypędził kupców ze świątyni. Handlowali bydłem i wołami — samochodami i ciężarówkami z czasów biblijnych.

— W porządku?

— Na pewno to zrobię, panie Dial!

Eugene nasłuchiwał, jak pan Dial schodzi ze schodów, najpierw powoli, zatrzymał się w połowie korytarza, w końcu ruszył dalej żwawiej. Potem podkradł się do okna. Pan Dial nie poszedł prosto do samochodu (chevroleta impali z rejestracją dealera), ale przez kilka minut kręcił się po podwórzu, poza polem widzenia Eugene'a. Przypuszczalnie oglądał furgonetkę Loyala, również marki chevrolet; możliwe, że tylko na chwilę zajrzał do biednych mormonów, których lubił, ale nękał bezlitośnie, drażnił ich prowokacyjnymi fragmentami Biblii, wypytywał o poglądy na temat życia po śmierci i tak dalej.

Dopiero kiedy chevy ruszył (z dość leniwym, opornym odgłosem jak na tak nowy samochód), Eugene wrócił do gościa, który klęknął na kolano i modlił się żarliwie, drżał na całym ciele, kciukiem i palcem wskazującym uciskał nasadę nosa jak chrześcijański atleta przed meczem piłkarskim.

Eugene poczuł się niezręcznie, nie chciał ani przeszkadzać gościowi, ani się do niego przyłączać. Cicho wrócił do frontowego pokoju i wyjął z „Małego igloo" ciepły, potniejący kawałek sera — kupił go rano, a od tamtej pory ser był stale blisko jego myśli — i ukroił sobie solidny kawał scyzorykiem. Ser pożarł bez krakersów, garbiąc ramiona, plecami do otwartych drzwi pokoju, gdzie gość wciąż klęczał wśród pudeł po dynamicie. Eugene zastanawiał się, czemu nigdy nie zawiesił w misji zasłon. Nigdy wcześniej nie wydawało mu się to konieczne, bo mieszkał na piętrze, a choć jego własne podwórze było nagie, to drzewa na sąsiednich podwórzach zasłaniały widok z okolicznych okien. Mimo to rozsądnie byłoby się zatroszczyć o odrobinę dodatkowej prywatności na czas, kiedy węże miały się znajdować pod jego opieką.

Ida Rhew, z naręczem świeżych ręczników, wsunęła głowę do pokoju Harriet.

— Chyba nie wycinasz obrazków z tej książki, co? — powiedziała, łypiąc na leżące na dywanie nożyczki.

— Nie, pszepani — zapewniła Harriet. Przez otwarte okno dobiegał cichy warkot pił mechanicznych; drzewa przewracały się jedno po drugim. Diakoni nieustannie rozbudowywali kościół baptystów: nowe sale recepcyjne, nowy parking, nowy ośrodek młodzieżowy. Wkrótce w całym kwartale nie zostanie ani jedno drzewo.

— Żebym cię nie złapała na czymś takim.

— Tak, pszepani.

— W takim razie po co ci te nożyczki? — Ida wskazała na inkryminowany przedmiot wojowniczym ruchem głowy. — Odłóż je na miejsce. Natychmiast.

Harriet posłusznie podeszła do biurka, włożyła nożyczki do szuflady i zamknęła ją. Ida pociągnęła nosem i wyszła z pokoju. Harriet usiadła w nogach łóżka, odczekała, aż Ida znajdzie się poza zasięgiem słuchu, i otworzyła szufladę, ponownie wyjmując z niej nożyczki.

Harriet miała siedem rocznych albumów z Akademii Alexandria, poczynając od pierwszej klasy. Pemberton skończył szkołę dwa lata wcześniej. Wertowała kartki albumu ostatniego roku Pembertona, przyglądając się każdemu zdjęciu. Pemberton był wszędzie: na fotografiach grupowych drużyny tenisowej i golfowej; w kraciastych spodniach, rozwalony przy stole w czytelni; w czarnym krawacie, stojący na tle udekorowanego białymi flagami budynku razem z pozostałymi absolwentami. Miał błyszczące czoło, jego twarz jaśniała radosną czerwienią, wyglądał na pijanego. Diane Leavitt, starsza siostra Lisy Leavitt, wsunęła dłoń w rękawicze pod łokieć Pema i chociaż się uśmiechała, sprawiała wrażenie lekko oszołomionej faktem, że to nie ją, ale Angie Stanhope ogłoszono właśnie królową absolwentek.

Potem przyszła kolej na portrety ostatniego roku. Smokingi, pryszcze, perły. Wiejskie dziewczyny o masywnych szczękach wyglądały niezgrabnie w strojach wybranych przez fotografa. Promienna Angie Stanhope, która w tamtym roku zebrała wszystkie możliwe nagrody, która dokładnie w roku ukończenia szkoły wyszła za mąż, dzisiaj przytyła w talii; wyglądała blado i mizernie, kiedy Harriet spotykała ją w sklepie spożywczym. Nigdzie nie było śladu Danny'ego Ratliffa. Czyżby nie przeszedł do następnej klasy? Wypadł ze szkoły? Harriet przewróciła stronę i wróciła do dziecięcych zdjęć absolwentów (Diane Leavitt rozmawia przez plastikowy telefon-zabawkę; Pem w przesiąkniętej pieluszce marszczy czoło i paraduje wokół dziecięcego baseniku) i drgnęła na widok fotografii zmarłego brata.

Tak, Robin — oto był, na oddzielnej stronie, drobny, zadowolony piegus w wielkim słomkowym kapeluszu, który wyglądał tak, jakby mógł należeć do Chestera. Robin się śmiał, raczej nie z czegoś zabawnego, ale w uroczy sposób, jak gdyby kochał człowieka trzymającego aparat fotograficzny. BRAKUJE NAM CIEBIE, ROBIN!!! brzmiał podpis. Pod spodem wszyscy absolwenci złożyli podpisy.

Harriet długo przyglądała się fotografii. Nigdy nie miała znać brzmienia głosu Robina, ale przez całe życie kochała jego twarz i czule śledziła jej modulacje w zanikającym śladzie fotek: przypadkowe momenty, cuda zwyczajnego światła. Jak wyglądałby jako dorosły? Trudno stwierdzić. Sądząc po zdjęciu, Pemberton był bardzo brzydkim dzieckiem — miał szerokie ramiona, krzywe nogi, wyglądał tak, jakby nie miał szyi, i nic nie wskazywało, że wyrośnie na przystojniaka.

Na zdjęciu klasy Pema z poprzedniego roku nie było Danny'ego Ratliffa (chociaż znowu był Pem jako wesoły junior), ale sunąc palcem po alfabetycznej liście nazwisk, nagle natrafiła na jego nazwisko: Danny Ratliff.

Wzrok Harriet przeskoczył na sąsiednią kolumnę. Zamiast zdjęcia widniał tam tylko rysunek nastolatka opartego łokciami na stole i pochylonego nad kartką papieru z napisem „Ściąga egzaminacyjna". Pod spodem biegł napis ozdobnym, bitnikowskim drukiem: ZBYT ZAJĘTY — ZDJĘCIE NIEDOSTĘPNE.

Czyli zawalił przynajmniej jeden rok. Czy wypadł ze szkoły po dziesiątej klasie?

Cofnąwszy się o jeszcze jeden rok, Harriet w końcu go znalazła: chłopca o gęstych lokach zaczesanych nisko na czoło, zasłaniających brwi; był przystojny, ale w groźny sposób, jak łobuzerska gwiazda muzyki pop. Oczy miał na wpół schowane pod grzywą włosów, co nadawało mu zawadiacki wygląd; usta ściągnął bezczelnie, jakby miał wypluć gumę albo strzelić sarkastyczną uwagę.

Długo wpatrywała się w zdjęcie, wreszcie starannie wycięła je z albumu i wsunęła do pomarańczowego notesu.

— Harriet, zejdź tu na dół. — Głos Idy dobiegł z dołu schodów.

— Pszepani? — zawołała Harriet, pośpiesznie kończąc pracę.

— Kto wybił dziury w tej puszce na drugie śniadanie?

Hely nie zadzwonił tego popołudnia ani wieczoru. Nazajutrz — padał deszcz — też nie przyszedł, więc Harriet postanowiła pójść do Edie i sprawdzić, czy zrobiła śniadanie.

— Diakon! — powiedziała Edie. — Próbuje zgarnąć zysk z kościelnego pikniku wdów i emerytek! — Edie była elegancko ubrana w koszulę khaki i ogrodniczki, miała bowiem spędzić ten dzień na pracy na cmentarzu konfederatów z paniami z Garden Club. — „Cóż", powiedział do mnie — (ściągnęła usta, naśladując głos pana Diala) — „Greyhound wziąłby od ciebie osiemdziesiąt dolarów". Greyhound! „Cóż!", odparłam. „Wcale mnie to nie dziwi! Z tego, co ostatnio słyszałam, Greyhound jest ciągle dochodowym koncernem!"

Mówiąc to, Edie patrzyła na gazetę sponad okularów. Jej omdlały głos brzmiał po królewsku. Nie zwróciła uwagi na milczenie wnuczki, co wtrąciło Harriet (cicho chrupiącą grzankę) w jeszcze głębsze, bardziej zacięte dąsy. Od rozmowy z Idą Harriet nosiła w sobie zapiekły żal do Edie, tym bardziej że nieustannie pisała do kongresmanów i senatorów, zbierała petycje, walczyła o ten stary punkt widokowy czy tamten zagrożony gatunek. Czy dobro Idy nie było równie ważne jak ptactwo rzeki Missisipi, które tak absorbowało energię Edie?

— Oczywiście to nie ja poruszyłam ten temat — powiedziała Edie i pociągnęła nosem po królewsku, jakby mówiła: „powinien się cieszyć, że go nie poruszyłam", podniosła gazetę i trzepnęła nią — ale nigdy nie zapomnę Royowi Dialowi tego, jak potraktował tatę przy ostatnim samochodzie. Tacie pod koniec zaczęło się mieszać. Roy Dial mógł równie dobrze trzasnąć tatę na chodniku i ukraść mu pieniądze z kieszeni.

Harriet uzmysłowiła sobie, że trochę zbyt intensywnie wpatruje się w tylne drzwi, więc odwróciła się do śniadania. Jeśli Hely szedł do niej i jej nie zastał, przychodził szukać jej tutaj, co czasami bywało kłopotliwe, ponieważ Edie niczego nie lubiła bardziej, niż droczyć się z wnuczką w związku z Helym; mruczała coś na stronie o ukochanych i romansach, podśpiewując pod nosem wkurzające piosenki miłosne. Harriet bardzo źle znosiła wszelkie dokuczanie, ale na przycinki w związku z chłopakami miała zerową tolerancję. Edie udawała, że o tym nie

wie, i okazywała teatralne zdumienie efektami swoich działań (łzy, za-
przeczenia).

— Zdaje mi się, że ta dama przyrzeka za wiele!* — mówiła Edie
wesołym, kpiącym tonem, którego Harriet nie cierpiała; albo, z większą
hipokryzją: — Musisz naprawdę lubić tego chłopca, skoro mówienie
o nim tak bardzo cię denerwuje.

— Według mnie — odezwała się Edie, wytrącając Harriet ze wspomnień — według mnie, powinni im dawać w szkole ciepły posiłek, ale rodzice nie powinni dostawać ani centa.

Edie komentowała artykuł w gazecie. Trochę wcześniej mówiła o Ka-
nale Panamskim, jakie to szaleństwo tak po prostu go oddawać.

— Chyba przeczytam nekrologi — oznajmiła. — Tak zawsze mówił
tata. „Chyba najpierw przeczytam nekrologi i sprawdzę, czy umarł ktoś
znajomy".

Edie przewróciła gazetę na ostatnią stronę.

— Chciałabym, żeby ten deszcz przestał padać — powiedziała, patrząc w okno i kompletnie ignorując Harriet. — W domu jest mnóstwo
pracy: trzeba uprzątnąć szopę z doniczkami i zdezynfekować doniczki,
ale zapewniam cię, że ludzie się obudzą, zerkną na tę pogodę...

Jakby na zawołanie zadzwonił telefon.

— Zaczynamy — zaklaskała w dłonie Edie i wstała od stołu. —
Pierwsza odwołana rzecz tego poranka.

Harriet szła do domu ze spuszczoną głową w deszczu, pod olbrzymim, pożyczonym od Edie parasolem, którego w dzieciństwie używała
do zabawy w Mary Poppins. W rynsztokach śpiewała woda; długie rzędy
pomarańczowych lilii przygnieconych przez deszcz pochylały się nad
chodnikiem pod frenetycznymi kątami, jakby chciały do niej krzyczeć.
Harriet trochę spodziewała się ujrzeć Hely'ego, który biegnie po kałużach
w swej żółtej pelerynie; postanowiła go ignorować, gdyby się pojawił, ale
parujące ulice świeciły pustkami: żadnych ludzi, żadnych samochodów.

Ponieważ nie było nikogo, kto mógłby jej przeszkodzić w zabawie
w deszczu, zaczęła ostentacyjnie skakać po kałużach. Czy ona i Hely
przestali rozmawiać? Najdłuższy okres bez rozmów zdarzył się w czwartej
klasie. W lutym posprzeczali się w szkole na przerwie, deszcz ze śnie-
giem łomotał o szyby, a wszystkie dzieci były pobudzone, bo od trzech

* W. Shakespeare, *Hamlet*, tłum. J. Paszkowski, PIW, Warszawa 1976, Akt III,
scena 2 (przyp. tłum.).

dni nie wypuszczano ich na boisko. Przepełniona klasa cuchnęła pleśnią, kredą, skwaśniałym mlekiem, ale głównie moczem. Moczem śmierdział dywan od ściany do ściany; w wilgotne dni zapach doprowadzał wszystkich do szału, więc dzieciaki zatykały nosy albo udawały, że się duszą. Nawet nauczycielka, pani Miley, przechadzała się z tyłu klasy z puszką odświeżacza powietrza Glade Floral Bouquet, który rozpryskiwała miarowymi, zdecydowanymi ruchami — nie przestając wyjaśniać zasad dzielenia lub dyktować — tak że łagodna mgiełka dezodorantu opadała na głowy dzieci, które wracały do domu, pachnąc jak szafki w damskiej toalecie.

Pani Miley nie powinna zostawiać klasy bez opieki, ale podobnie jak dzieci nie przepadała za zapachem sików, więc często chodziła na drugą stronę korytarza na plotki z nauczycielką piątej klasy, panią Rideout. W takich sytuacjach zawsze zostawiała klasę pod nadzorem jednego z dzieci, a tym razem wybrała Harriet.

Sprawowanie nadzoru nie było niczym zabawnym. Podczas gdy Harriet stała przy drzwiach, wyglądając powrotu pani Miley, pozostałe dzieciaki — które musiały pamiętać tylko o tym, żeby na czas wrócić na miejsca — galopowały po cuchnącej, przegrzanej klasie, śmiały się, wyły, bawiły się w berka, kopały sobie w twarz piłki ze zmiętych kartek z zeszytu. Hely i chłopak nazwiskiem Greg DeLoach zabawiali się celowaniem takimi piłkami w tył głowy Harriet, która stała na straży. Nie obchodziło ich, czy Harriet poskarży. Ludzie tak się bali pani Miley, że nikt nigdy nie skarżył. Jednak Harriet była w fatalnym nastroju, ponieważ musiała iść do toalety, a poza tym nienawidziła Grega DeLoacha, który na przykład dłubał w nosie i zjadał gile. Kiedy Hely bawił się z Gregiem, zarażał się jego osobowością jak chorobą. Obaj pluli na Harriet, obrzucali ją wyzwiskami i darli się, ilekroć się do nich zbliżała.

Dlatego po powrocie pani Miley Harriet poskarżyła na Hely'ego i Grega, a na domiar złego powiedziała, że Greg nazwał ją kurwą. W przeszłości Greg istotnie nazywał Harriet kurwą (kiedyś użył nawet tajemniczego określenia, które brzmiało jak „kurwa-szczurwa"), ale tym razem nie nazwał jej niczym gorszym niż wstręciuchą. Hely musiał za karę nauczyć się na pamięć dodatkowych pięćdziesięciu słów ze słownika, ale Greg oprócz słów ze słownika dostał dziewięć razów dyscypliną (po jednym za każdą literę w słowach „kurwa" i „gnój") od ostrej pani Kennedy o żółtych zębach, która była wielka jak mężczyzna i wymierzała wszystkie kary cielesne w szkole podstawowej.

Hely długo wściekał się za to na Harriet, głównie dlatego, że nauczenie się na pamięć słów ze słownika tak, by zdać pisemny egzamin, zajęło mu trzy tygodnie. Harriet spokojnie i bez większego bólu pogodziła się z życiem bez Hely'ego, które było takim samym życiem jak zawsze, tylko trochę bardziej samotnym, ale dwa dni po egzaminie pojawił się u niej i zaprosił na przejażdżkę rowerową. Ogólnie rzecz biorąc, po kłótniach to Hely pierwszy wyciągał rękę do zgody, ponieważ miał krótszą pamięć, i to on pierwszy panikował, kiedy czekała go godzina wolnego, a nie miał się z kim bawić.

Harriet otrzepała parasol, zostawiła go na tylnej werandzie i przeszła przez kuchnię do holu. Zanim zdążyła wejść po schodach do swego pokoju, z salonu wyszła Ida Rhew i stanęła przed nią.

— Słuchaj! Ty i ja nie skończyłyśmy jeszcze rozmawiać o tej puszce na drugie śniadanie. Wiem, że to ty wybiłaś w niej dziury.

Harriet potrząsnęła głową. Chociaż wewnętrzny przymus kazał jej nadal zaprzeczać, brakło jej sił na bardziej energiczne kłamstwo.

— Mam myśleć, że ktoś włamał się do domu i to zrobił?

— To puszka Allison.

— Wiesz dobrze, że twoja siostra nie wybiła tych dziur — zawołała Ida za Harriet, która już wchodziła po schodach. — Nie nabierzesz mnie ani na chwilę.

Damy gazu...
Przyniesiemy ci moc...

Hely siedział po turecku przed telewizorem, na kolanach trzymał niedojedzoną miskę Giggle Pops, a roboty Rock'em Sock'em odepchnął na bok. Łokieć jednego, nie nakręconego, dyndał luźno. Obok robotów, twarzą w dół, leżał żołnierz, który pełnił rolę sędziego.

Zakład elektryczny był to program edukacyjny, ale przynajmniej nie tak głupi jak *Pan Rogers*. Hely apatycznie zjadł kolejną łyżkę Giggle Pops, które zdążyły namoknąć, mleko zabarwiło się na zielono, ale małe poduszeczki prawoślazu wciąż wyglądały jak żwir do akwarium. Kilka minut wcześniej matka Hely'ego zbiegła na dół, wsunęła głowę do pokoju rodzinnego i zapytała, czy chciałby jej pomóc w pieczeniu ciastek; wściekał się na wspomnienie tego, jak mało obeszła matkę jego pogardliwa odmowa.

— Dobrze — odparła wesoło — jak sobie chcesz.

Nie, nie da matce satysfakcji, okazując zainteresowanie. Gotowanie było dla dziewczyn. Gdyby matka naprawdę go kochała, zawiozłaby go na kręgle.

Hely zjadł jeszcze jedną łyżkę Giggle Pops. Cały cukier zdążył się wymoczyć i nie smakowały już dobrze.

Dzień Harriet wlókł się niemiłosiernie. O dziwo, jedyną osobą, która zauważyła nieobecność Hely'ego, okazała się matka Harriet, chociaż nie można było się spodziewać, że zwróciłaby uwagę, gdyby huragan zerwał dach domu.

— Gdzie jest mały Price? — zawołała do Harriet po południu z werandy do opalania. Nazywała Hely'ego małym Price'em, bo tak brzmiało panieńskie nazwisko jego matki.

— Nie wiem — odparła Harriet lakonicznie i poszła na górę. Wkrótce jednak dopadła ją nuda — chodziła niespokojnie między łóżkiem a siedziskiem przy oknie, patrzyła, jak deszcz siecze szyby — więc znowu zeszła na dół.

Powałęsała się trochę bez celu, wypędzono ją z kuchni, w końcu usiadła na zaniedbanym skrawku podłogi w holu, gdzie deski były wyjątkowo gładkie, i postanowiła rozegrać partię buli. Grając, odliczała beznamiętnym i melodyjnym głosem, który otępiająco przeplatał się z łoskotem buli i monotonną piosenką Idy dobiegającą z kuchni:

Daniel ujrzał kamień, wykuty na górze
Daniel ujrzał kamień, wykuty na górze
Daniel ujrzał kamień, wykuty na górze...

Bula była z twardego plastiku, który odbijał się wyżej niż guma. Uderzywszy w sterczącą główkę gwoździa, odskakiwała w bok pod szalonym kątem. Ta konkretna stercząca główka gwoździa — czarna i przekrzywiona, przez co przypominała maleńką czapeczkę Chińczyka — nawet ona była niewinnym, dobrodusznym, małym przedmiotem, do którego Harriet mogła przykuć uwagę, miłym stałym punktem w chaosie czasu. Ile razy nadeptywała na ten sterczący gwóźdź bosą stopą? Siła młotka skrzywiła gwóźdź, ale nie złamała go; raz, kiedy Harriet miała może cztery lata i jechała na pupie po podłodze holu, ten gwóźdź rozdarł jej siedzenie majtek: niebieskich majtek, część kompletu z Kiddy Korner, wyszywanego w różowe dni tygodnia.

Trzy, sześć, dziewięć, została jeszcze jedna. Nieugięty gwóźdź nie zmienił się od dzieciństwa Harriet. Nie, trwał na miejscu, rezydował cicho na swym ciemnym placyku za drzwiami holu, podczas gdy reszta świata biegała jak zwariowana. Nawet Kiddy Korner — gdzie do niedawna kupowano wszystkie ubrania Harriet — został zamknięty. Drobniutka, upudrowana na różowo pani Rice — niezmienny element wczesnego życia Harriet, w wielkich czarnych okularach, z dużą złotą bransoletką z amuletem — sprzedała sklep i poszła do domu starców. Harriet nie lubiła przechodzić obok opuszczonego sklepu, ale ilekroć to robiła, zawsze przykładała dłoń do czoła i zaglądała przez zakurzoną szybę. Ktoś zerwał zasłony z karniszy, a pudełka wystawowe świeciły pustkami. Podłoga była zasłana gazetami, a manekiny wielkości dzieci, na widok których przechodziły ciarki — opalone, gołe, z odlewanym uczesaniem na pazia — gapiły się to tu, to tam w pustym mroku.

Jezus był kamieniem, wykutym na górze
Jezus był kamieniem, wykutym na górze
Jezus był kamieniem, wykutym na górze
Obrócił w perzynę królestwo tego świata.

Czwórki. Piątki. Harriet była mistrzynią Ameryki w bulach. Była mistrzynią świata w bulach. Z tylko trochę wymuszonym entuzjazmem wykrzykiwała wyniki, dopingowała siebie, odchylała się w tył zdumiona własnym wyczynem. Przez chwilę ożywienie przypominało nawet zabawę. Ale bez względu na to, jak usilnie próbowała, nie mogła całkiem zapomnieć, że nikogo nie obchodziło, czy ona dobrze się bawi czy nie.

Danny Ratliff obudził się z drzemki z nieprzyjemną gwałtownością. W ostatnich tygodniach spał bardzo niewiele, odkąd najstarszy brat Farish zmontował laboratorium amfetaminy w szopie wypychaczy zwierząt za domem na kołach należącym do ich babki. Farish nie był żadnym chemikiem, ale amfetamina wychodziła przyzwoita, a sam układ był czystym zyskiem. Z narkotyków, renty i jelenich łbów, które wypychał dla miejscowych myśliwych, Farish zarabiał pięć razy więcej niż w dawnych czasach, kiedy zajmował się włamaniami i kradzieżą akumulatorów z samochodów. Teraz nie zbliżał się do tych rzeczy. Od wyjścia ze szpitala psychiatrycznego Farish zgadzał się na wykorzystywanie swoich niepoślednich talentów wyłącznie w ramach konsultacji. Chociaż to on nauczył braci wszystkiego, co umieli, już z nimi nie pracował; nie chciał słuchać o szczegółach konkretnych akcji, nie wsiadał nawet z braćmi do samochodu. Mimo że był znacznie bardziej uzdolniony od nich w otwieraniu zamków, uruchamianiu samochodów „na krótko", rekonesansie praktycznym, ucieczkach i prawie wszystkich aspektach fachu, nowa polityka dystansu w ostatecznym rozrachunku przynosiła korzyść wszystkim. Farish bowiem był mistrzem, który o wiele większy pożytek przynosił w domu niż za kratkami.

Geniusz laboratorium amfetaminy polegał na tym, że wypychanie zwierząt (a Farish całkiem legalnie zajmował się nim z przerwami od dwudziestu lat) dawało mu dostęp do odczynników chemicznych, które inaczej trudno byłoby uzyskać; co więcej, towarzyszący wypychaniu smród w znacznym stopniu maskował wyrazistą, podobną do kocich szczyn woń produkcji amfetaminy. Ratliffowie mieszkali w lesie, z dala od szosy, ale mimo to zapach mógłby ich zdradzić. Farish powiedział, że los wielu laboratoriów przypieczętowali wścibscy sąsiedzi albo wiatr wiejący w niewłaściwą stronę, prosto w okno przejeżdżającego wozu policyjnego.

Deszcz przestał padać, przez zasłony zaczęło się sączyć słońce. Danny zamknął oczy przed światłem, a potem przy akompaniamencie jęku sprężyn łóżka odwrócił się twarzą do poduszki. Jego dom na kołach — jeden z dwóch stojących za większym ruchomym domem babki — znajdował się w odległości pięćdziesięciu jardów od laboratorium amfetaminy, ale między amfetaminą, upałem i szopą wypychaczy krążył taki smród, że Danny'emu zbierało się na wymioty. Trochę jak kocie szczyny, trochę jak formalina, trochę jak zgnilizna i śmierć, smród przenikał prawie wszystko: odzież i meble, wodę i powietrze, babcine plastikowe kubki i naczynia. Jego brat cuchnął tak mocno, że z trudem dawało się wytrzymać w odległości sześciu stóp, a raz czy dwa Danny z przerażeniem wykrył uprzykrzoną woń we własnym pocie.

Leżał sztywno, a serce łomotało. Od kilku tygodni był nagrany prawie bez przerwy; zero snu, tylko urywana drzemka od czasu do czasu. Błękitne niebo, szybka muzyka w radiu, długie, szybkie noce ślizgające się dalej i dalej, ku jakiemuś fikcyjnemu znikającemu punktowi, podczas gdy Danny przyciskał pedał gazu i mknął przez noce, jedną po drugiej, ciemność po jasności i znowu po ciemności, jakby prześlizgiwał się przez letnie burze na długim, płaskim odcinku autostrady. Nie chodziło o dotarcie dokądkolwiek, tylko o szybką jazdę. Niektórzy ludzie (nie Danny) jechali tak ostro, daleko i szybko, że o jeden czarny świt za dużo zastawał ich na zgrzytaniu zębami, słuchaniu, jak ptaszęta ćwierkają przed wschodem słońca, wreszcie trzask: pa, pa. Permanentnie nawaleni, z wytrzeszczonymi oczami, rzucali się na wszystkie strony: przekonani, że larwy wyjadają im szpik z kości, że dziewczyny kiwają ich na boku, rząd podgląda ich przez telewizor, a psy wyszczekują wiadomości alfabetem Morse'a. Danny widział, jak jeden wychudzony świr (K.C. Rockingham, obecnie zmarły) dźgał się igłą do szycia po rękach, aż wyglądały, jakby zanurzył je we frytkownicy. Mówił, że w skórze zalęgły mu się miniaturowe glisty. Przez dwa długie tygodnie, w stanie zbliżonym do triumfu, siedział przed telewizorem dwadzieścia cztery godziny na dobę i wykrzykiwał „Mam cię" albo „Ha!" do fikcyjnego robactwa. Farish zbliżył się raz czy dwa do tej częstotliwości wrzasku (zwłaszcza jeden ciężki incydent z wymachiwaniem pogrzebaczem i wołaniem o Johnie F. Kennedym), a Danny nie zamierzał tam się wybierać.

Nie: Danny czuł się świetnie, po prostu super, tylko pocił się jak mysz, było mu za gorąco i odczuwał lekkie rozdrażnienie. Tik szarpał mu powiekę. Nawet drobne hałasy zaczynały grać mu na nerwach, ale przede wszystkim przybijał go ten sam koszmar senny, który z przerwami nawiedzał go od tygodnia. Danny miał wrażenie, że koszmar unosi się nad nim, czeka, aż zaśnie, a kiedy kładł się na łóżku i niespokojnie wślizgiwał w sen, koszmar rzucał się na niego, chwytał za kostki i z zawrotną szybkością ciągnął w dół.

Przekręcił się na plecy i spojrzał na przyklejony do sufitu plakat z reklamą strojów kąpielowych. Trujące opary snu wciąż gniotły go jak wredny kac. Chociaż koszmar był potworny, po przebudzeniu nigdy nie mógł sobie przypomnieć szczegółów, żadnych ludzi ani sytuacji (co prawda oprócz niego zawsze pojawiała się co najmniej jeszcze jedna osoba); pamiętał tylko własne zdumienie, kiedy wysysała go ślepa pustka bez tchu: szamotanina, ciemny trzepot skrzydeł, przerażenie. Opowiedziany sen wcale nie brzmiał strasznie, ale Danny nie pamiętał, by kiedykolwiek śniło mu się coś gorszego.

Czarne muchy obsiadły niedojedzonego pączka — jego drugie śniadanie — leżącego na stoliku karcianym przy łóżku. Kiedy Danny wstał, muchy zerwały się z brzęczeniem, przez chwilę rzucały się na oślep, w końcu znowu opadły na pączek.

Teraz, gdy jego bracia Mike i Ricky Lee siedzieli w więzieniu, Danny miał dom na kołach dla siebie. Pojazd był jednak stary, miał niski sufit, a chociaż Danny skrupulatnie sprzątał, mył okna i naczynia, wnętrze było obskurne i zagracone. Wentylator elektryczny rzęził, poruszając cienkimi zasłonkami. Z kieszeni zarzuconej na krzesło drelichowej koszuli wyjął pudełko na tabakę, gdzie zamiast tabaki leżała uncja amfetaminy.

Danny przygotował sobie solidną działkę na wierzchu dłoni. Proszek zapiekł słodko, uderzył go w krtań w sam raz, żeby zamgliły się oczy. Skaza prawie natychmiast znikła z pola widzenia: kolory stały się jaskrawsze, nerwy mocniejsze, życie znowu nie było takie złe. Szybko, drżącymi rękami, usypał sobie drugą działkę, żeby zdążyć przed kopem pierwszej.

O tak, tydzień na wsi. Tęcze i gwiazdeczki. Nagle poczuł się rześki, wypoczęty, panował nad sytuacją. Danny pościelił łóżko jak w wojsku, opróżnił popielniczkę i umył w zlewie, wyrzucił puszkę po coli i resztki pączka. Na karcianym stoliku leżała ułożona do połowy układanka (blada scenka z natury, zimowe drzewa i wodospad), która stanowiła jego rozrywkę w wiele spidowych nocy. Czy powinien nad nią popracować? Tak: układanka. Ale wtedy uwagę Danny'ego przykuła sprawa przewodów elektrycznych. Przewody elektryczne zaplątały się wokół wentylatora, pełzły po ścianach, walały się po całym pokoju. Radio z zegarem, telewizor, toster, cały ten kram. Danny odgonił muchę od głowy. Może powinien zrobić coś z tymi przewodami, zaprowadzić jakiś ład. Z odległego telewizora u babci dobiegł przez mgłę wyraźny głos komentatora Światowej Federacji Zapaśniczej:

— Doktor Śmierć ś-ś-świruje...

— Zostawcie mnie! — usłyszał Danny własny krzyk.

Zanim uświadomił sobie, co robi, rozgniótł dwie muchy, a teraz oglądał plamy na rondzie kowbojskiego kapelusza. Nie przypominał sobie, że podniósł ten kapelusz, nie pamiętał nawet, że jest w tym pokoju.

— Skąd się tutaj wziąłeś? — zwrócił się do kapelusza. Dziwne. Pobudzone muchy brzęczały wokół głowy Danny'ego, ale jego uwagę przykuwał teraz kapelusz. Dlaczego był w środku? Przecież zostawił go w samochodzie, był tego pewien. Rzucił kapelusz na łóżko, bo nagle nie chciał, żeby ten przedmiot go dotykał; coś w zawadiackim kącie, pod jakim leżał na schludnie zasłanej pościeli, przyprawiało Danny'ego o dreszcze.

P i e p r z y ć to, pomyślał. Wyprostował szyję, podciągnął dżinsy i wyszedł. Farish wylegiwał się na aluminiowym leżaku przed domem na kołach babki i scyzorykiem wydłubywał bród spod paznokci. Dookoła niego leżały porzucone rozrywki: osełka, śrubokręt i częściowo rozłożone radio tranzystorowe, książka w miękkiej okładce ze swastyką. Pośród całego tego bałaganu siedział w piachu najmłodszy brat Curtis, klocowate nogi rozłożył w kształcie litery V i pomrukując, tulił do policzka mokrego kotka. Matka Danny'ego urodziła Curtisa w wieku czterdziestu sześciu lat, kiedy ostro piła, ale chociaż ojciec (także pijak, teraz też już nie żył) głośno lamentował nad narodzinami najmłodszego syna, Curtis był słodkim chłopcem, który oprócz tego, że był niezdarny i powolny, nie miał innych wad poza lekką głuchotą, lubił więc słuchać telewizji nieco za głośno.

Farish z zaciśniętymi zębami skinął Danny'emu głową, ale nie podniósł wzroku. Sam był solidnie nawalony amfetaminą. Brązowy kombinezon (mundur doręczyciela paczek, z dziurą na piersi, skąd wyciął napis) rozpiął prawie do pasa, odsłaniając kępkę czarnych włosów na piersi. Farish chodził w brązowych kombinezonach-mundurach zimą i latem, chyba że musiał stawić się w sądzie albo na pogrzebie. Kupował je na wyprzedaży na tuziny od działu paczek. Przed laty Farish pracował na poczcie, co prawda nie w furgonetce z paczkami, ale jako listonosz. Według niego nie było lepszego sposobu na lustrowanie bogatych dzielnic, dowiadywanie się, kto wyjechał z miasta, kto nie zamykał okien, u kogo gazety piętrzyły się przed drzwiami przez weekend, a kto miał psa, który mógł skomplikować pracę. Właśnie z tego powodu Farish stracił pracę listonosza, a wylądowałby też w więzieniu Leavenworth, gdyby prokurator potrafił udowodnić, że któregokolwiek z włamań Farish dopuścił się na służbie.

Ilekroć ktoś w Black Door Tavern docinał Farishowi w związku z jego strojem pocztowca albo pytał, czemu go nosi, Farish zawsze odpowiadał lakonicznie, że kiedyś pracował dla poczty. Nie była to jednak prawdziwa przyczyna. Farisha zżerała nienawiść do rządu federalnego, a przede wszystkim do poczty. Danny podejrzewał, że prawdziwym powodem, dla którego Farish lubił kombinezony, był fakt, że podobne stroje nosił w szpitalu psychiatrycznym (inna historia), ale ani Danny, ani nikt inny nie palił się do rozmów z Farishem na ten temat.

Danny zamierzał ruszyć do dużego domu na kołach, kiedy Farish postawił leżak w pozycji siedzącej i zamknął scyzoryk. Kolano podskakiwało mu w takt muzyki. Farish miał chore oko — białe i zasłonięte bielmem — a nawet po wszystkich tych latach Danny czuł się nieswojo, kiedy Farish wlepiał w niego oko nagle, tak jak teraz.

— Gum i Eugene właśnie pocięli się o telewizję — powiedział. Gum była ich babką, matką ojca. — Według Eugene'a, Gum nie powinna oglądać swoich ludzi.

Nie patrząc na siebie, bracia zapatrzyli się na gęsty, cichy las, Farish rozwalony się na leżaku, Danny stał obok niego, jak pasażerowie w zatłoczonym pociągu. Określeniem „moi ludzie" babka nazywała operę mydlaną. Wokół wraka samochodu rosła wysoka trawa; w chwastach leżały brzuchem do góry połamane taczki.

— Eugene twierdzi, że to nie jest chrześcijański program. Ha! — Farish klepnął się w kolano z taką siłą, że Danny aż podskoczył. — W zapasach nie widzi nic niechrześcijańskiego. Ani w piłce nożnej. Co jest takiego chrześcijańskiego w zapasach?

Oprócz Curtisa, który kochał wszystko na świecie, nawet pszczoły, osy i liście spadające z drzew, wszyscy Ratliffowie mieli trudną relację z Eugene'em. Był drugim bratem, a po śmierci ojca został marszałkiem Farisha w rodzinnym interesie (czyli złodziejstwie). Swoje obowiązki wypełniał może nie energicznie lub w natchnieniu, ale sumiennie, później jednak — odsiadując wyrok w Zakładzie Penitencjarnym Parchman za wielką kradzież samochodów z końca lat sześćdziesiątych — Eugene miał wizję, w której polecono mu wychwalać Jezusa. Od tamtej pory relacje między Eugene'em a resztą rodziny były dość napięte. Nie chciał więcej kalać rąk, jak to określał, diabelskim zajęciem, chociaż — jak często zauważała głośno Gum — z radością jadł jedzenie i mieszkał pod dachem, które zawdzięczali diabłu i jego zajęciom.

Eugene'a nic to nie obchodziło. Cytował rodzinie Biblię, nieustannie sprzeczał się z babką i, ogólnie rzecz biorąc, grał wszystkim na nerwach. Po ojcu odziedziczył brak poczucia humoru (chociaż na szczęście nie jego gwałtowny charakter) i nawet w dawnych czasach, kiedy Eugene kradł samochody i pił przez całą noc, jego towarzystwo nie było zbyt zabawne; choć nie chował urazy i był zasadniczo porządnym gościem, działalnością misyjną zanudzał rodzinę na śmierć.

— Co właściwie robi tu Eugene? — spytał Danny. — Sądziłem, że siedzi w misji z Wężowym Chłopakiem.

Farish wybuchnął zaskakującym, wysokim chichotem.

— Spodziewam się, że dopóki te węże tu będą, Eugene zostawi je Loyalowi. — Eugene miał rację, domyślając się innych motywów odwiedzin Loyala Reese'a niż odrodzenie religijne i chrześcijańskie braterstwo, ponieważ wizytę zorganizował w więziennej celi brat Loyala, Dolphus. Odkąd stałego kuriera Dolphusa aresztowano w lutym na mocy zaległego nakazu, z laboratorium Farisha nie wyszedł żaden transport amfetaminy. Danny zaproponował, że sam zawiezie narkotyki do Kentucky, ale Dolphus nie chciał, żeby ktokolwiek zapuszczał się na jego terytorium (uzasadniona troska człowieka za kratkami), poza tym, po co wynajmować kuriera, skoro miał młodszego brata Loyala, który pojedzie za darmo? Loyal, jako człowiek pobożny, nie wziąłby świadomie udziału w żadnych tego rodzaju planach uknutych przez Dolphusa w więzieniu. Wybierał się do wschodniego Tennessee na kościelny „powrót do domu". Do Alexandrii pojechał w ramach przysługi dla Dolphusa, którego dawny przyjaciel Farish miał brata (Eugene'a), a ten z kolei potrzebował pomocy w rozkręceniu interesu odrodzeniowego. Tylko tyle wiedział Loyal. Ale kiedy w całkowitej niewinności Loyal wróci do rodzinnego Kentucky, zawiezie ukryte wśród węży bezpiecznie zapakowane paczuszki, które Farish ukrył wcześniej w silniku swojej ciężarówki.

— Nie rozumiem jednego — powiedział Danny, patrząc w dal na sosnowy las, którego ciemna gęstwina napierała na ich zakurzoną polankę. — Dlaczego oni w ogóle dotykają tych węży? Czy one ich nie gryzą?

— Przez cały cholerny czas. — Farish szarpnął wojowniczo głową. — Dalej, zapytaj Eugene'a. Na pewno opowie ci więcej, niż chciałeś wiedzieć. — But motocyklowy Farisha podrygiwał z impetem. — Jeżeli za-

179

dajesz się z wężem, który cię nie ugryzie, to cud. Jeżeli zadajesz się z takim, który cię ugryzie, to też cud.

— Ugryzienie przez węża to nie jest żaden cud.

— Jest, jeżeli nie pójdziesz do lekarza, tylko będziesz się tarzał po podłodze i wołał Jezusa. I przeżyjesz.

— A jeśli umrzesz?

— To jeszcze jeden cud. Zostałeś wzięty do nieba dzięki przyjęciu Znaków.

— Do diabła! — prychnął Danny, krzyżując ręce na piersiach. — Jeżeli cuda są wszędzie, to w czym rzecz?

Jasny błękit nieba nad sosnami odbijał się w kałużach, a Danny był na haju, czuł się świetnie i miał dwadzieścia jeden lat. Może wskoczy do samochodu i pojedzie pod Black Door, może skoczy nad staw.

— Jeśli wejdą w tamte krzaki i odwalą parę kamieni, to znajdą wielkie, stare gniazdo cudów — powiedział kwaśno Farish.

— Powiem ci, co by było cudem — zaśmiał się Danny. — Gdyby Eugene dotknął węża.

Mimo religijnego żaru Eugene wygłaszał płaskie, drewniane kazania. Z tego, co wiedział Danny, brat nie nawrócił ani jednej duszy; tylko Curtis wysuwał się zawsze do przodu, chcąc zostać zbawiony.

— Jeśli chcesz znać moje zdanie, nigdy nie zobaczysz, jak Eugene dotyka węża. Eugene nie nabije robaka na haczyk. Powiedz, bracie... — Ze wzrokiem utkwionym w karłowatych sosnach po drugiej stronie polanki Farish skinął krótko głową, żeby zmienić temat. — Co myślisz o tym wielkim białym grzechotniku, który tu wczoraj przypełznął?

Miał na myśli świeżą porcję amfy, którą właśnie wyprodukował. W każdym razie Danny s ą d z i ł, że brat to właśnie ma na myśli. Często trudno było stwierdzić, o czym Farish mówił, zwłaszcza kiedy był naćpany albo pijany.

— Co powiesz? — Farish zerknął na Danny'ego dość raptownie i prawie niedostrzegalnie mrugnął jednym okiem.

— Niezły — powiedział nieufnie Danny, swobodnie uniósł głowę i ostrożnie odwrócił wzrok.

Farish był gotów wybuchnąć, jeśli ktokolwiek ośmielił się nie zrozumieć go, chociaż większość ludzi rozumiała najwyżej połowę.

— N i e z ł y. — Farish mógł spojrzeć w każdą stronę, ale w końcu potrząsnął głową. — Czysty proszek. Wyrzucę cię przez cholerne okno. W zeszłym tygodniu prawie ześwirowałem, czyszcząc ten śmierdzący jodyną produkt. Przelewałem go przez alkohole mineralne, środek na tasiemce, co tylko chcesz, proszek tak się lepi, że nie mogę go wepchnąć do cholernego nosa. Jednego możesz być pewny — prychnął, opadł na leżak i chwycił się oparcia, jakby szykował się do startu. — Taka porcja, jakkolwiek byś ją dzielił... — Nagle wyprostował się i wrzasnął: — Powiedziałem: zabierz to ode mnie!!!

Policzek, zduszony okrzyk; Danny skoczył i zobaczył kątem oka, jak kotek leci w powietrzu. Curtis, którego ciastowata twarz skurczyła się w grymasie lęku i żalu, wbił sobie pięść do oka i powlókł się za kotkiem. Stworzenie było ostatnim z miotu; pozostałymi zajęły się wilczury Farisha.

— Mówiłem mu i mówiłem, żeby n i g d y nie puszczał tego kota blisko mnie.

— Jasne — powiedział Danny, odwracając wzrok.

Noce w domu Harriet zawsze były za ciche. Zegary tykały zbyt głośno; za niską koroną światła rzucanego przez lampy stołowe pokoje pogrążały się w jaskiniowym mroku, a wysoki sufit cofał się w pozornie nieskończony cień. Jesienią i zimą, kiedy słońce zachodziło o piątej, było jeszcze gorzej; jednak czuwanie tylko w towarzystwie Allison było w pewnym sensie gorsze niż samotność. Z twarzą niebieskopopielatą od telewizora siostra leżała na drugim końcu kanapy, opierając bose stopy na kolanach Harriet.

Harriet spojrzała leniwie na jej stopy, wilgotne, różowe jak szynka i dziwnie czyste, zwłaszcza gdy się weźmie pod uwagę, że przez cały czas chodziła boso. Nic dziwnego, że Allison i Weenie tak świetnie się rozumieli. Weenie był bardziej człowiekiem niż kotem, ale Allison była bardziej kotką niż człowiekiem; dreptała sama, zazwyczaj ignorowała wszystkich, ale kiedy tylko miała ochotę, swobodnie zwijała się w kłębek przy Harriet i bez pytania kładła stopy na kolanach siostry.

Stopy Allison były bardzo ciężkie. Nagle drgnęły gwałtownie. Harriet zerknęła i zobaczyła, że powieki Allison trzepoczą. Coś jej się śniło. Harriet szybko chwyciła siostrę za mały palec, wykręciła go w tył, na co Allison krzyknęła i przyciągnęła stopę do ciała jak bocian.

— Co ci się śniło? — zapytała Harriet.

Allison, z czerwonymi waflowymi wzorami kanapy odciśniętymi na policzku, odwróciła otępiałe od snu oczy, jakby jej nie poznawała... Nie, niezupełnie, pomyślała Harriet, przyglądając się zdezorientowanej siostrze bystro, z klinicznym dystansem. To tak, jakby widziała mnie i jeszcze coś.

Allison zasłoniła oczy dłońmi. Przez chwilę leżała nieruchomo w tej pozycji, w końcu wstała. Miała opuchnięte policzki i ciężkie, nieprzeniknione powieki.

— Coś ci się śniło — powiedziała Harriet, nie spuszczając wzroku z siostry.

Allison ziewnęła. Potem, przecierając oczy i kołysząc się sennie, powlokła się do schodów.

— Poczekaj! — krzyknęła Harriet. — Co ci się śniło? Powiedz mi.

— Nie mogę.

— Jak to: nie możesz? N i e   c h c e s z.

Allison odwróciła się i popatrzyła na siostrę — to był dziwny wzrok, pomyślała Harriet.

— Nie chcę, żeby to się sprawdziło — powiedziała Allison i zaczęła wchodzić na schody.

— Nie chcesz, żeby c o się sprawdziło?

— To, co właśnie mi się śniło.

— Co to było? Śnił ci się Robin?

Allison zatrzymała się na najniższym stopniu i spojrzała za siebie.

— Nie. Śniłaś mi się ty.

— To było tylko pięćdziesiąt dziewięć sekund — powiedziała chłodno Harriet, a Pemberton kaszlał i parskał.

Pem chwycił brzeg basenu i otarł oczy przedramieniem.

— B z d u r a — wydyszał. Twarz miał kasztanowatą, niemal w tym samym kolorze co mokasyny Harriet. — Liczyłaś za wolno.

Harriet długim, gniewnym świstem wypuściła całe powietrze z płuc. Potem wzięła tuzin głębokich, gwałtownych oddechów, aż zakręciło się jej w głowie, a na ostatnim wdechu zanurkowała.

Droga przez basen była łatwa. Kiedy Harriet wracała przez chłodnobłękitne tygrysie pręgi światła, wszystko zgęstniało i zwolniło — tuż obok przepłynęła senna, trupia ręka jakiegoś dzieciaka; noga dzieciaka, z białymi bąbelkami, które przylegały do sterczących włosów i odrywały się przy powolnym, pienistym kopnięciu, podczas gdy krew pulsowała w skroniach Harriet, cofała się i rozbijała, znowu się cofała i znowu rozbijała jak fale oceanu na plaży. W górze, choć trudno było sobie to wyobrazić, życie telepało się dalej, skąpane w jaskrawych barwach, gorące i szybkie. Dzieci krzyczały, stopy plaskały o gorący chodnik, dzieci otulały ramiona wilgotnymi ręcznikami i siorbały niebieskie lody w kolorze wody w basenie. Nazywały je „bombami pop". „Bomby pop". Szał tego roku. Drżące pingwiny. Sine wargi... sine języki... dygot, dygot, szczękające zęby, z i m n o...

Harriet przebiła się na powierzchnię z ogłuszającym pluskiem, jak przez szybę; woda była płytka, ale nie dość płytka, by mogła stanąć, więc zadyszana zaczęła podskakiwać na palcach, podczas gdy Pemberton — który przyglądał się jej z zainteresowaniem — zanurkował gładko i podpłynął do niej.

Zanim zorientowała się, co się dzieje, Pem porwał ją wprawnym ruchem i nagle ucho Harriet przylgnęło do jego klatki piersiowej, a przed jej oczami pojawiły się pożółkłe od nikotyny wewnętrzne strony zębów. Jędrny zapach Pembertona — dorosły, obcy i niezupełnie przyjemny dla Harriet — górował nawet nad chemikaliami w basenie.

Harriet wyślizgnęła się z jego rąk, które opadły na boki; Pemberton plasnął na plecy, wzbijając ścianę wody, a Harriet czmychnęła i dość ostentacyjnie wygramoliła się z basenu, w kostiumie kąpielowym w żółto-czarne pasy, w którym (zdaniem Libby) wyglądała jak trzmiel.

— Co? Nie lubisz, kiedy cię podrywają?

Pem przemawiał władczym, ciepłym głosem, jakby Harriet była kociakiem, który go podrapał. Skrzywiła się i kopnęła mu w twarz wodą.

— Co się stało? — spytał, uchylając się. Wiedział dobrze — irytująco dobrze — jak bardzo był przystojny, ze swoim wyniosłym uśmiechem, włosami koloru nagietka unoszącymi się na błękitnej wodzie, podobny do roześmianego trytona z ilustrowanego wydania poezji Tennysona z biblioteki Edie:

Kto trytonem chciałby być
Co na dnie morskim siedzi
Śpiewa tam
Śpiewa sam
Śmiało chce żyć
W koronie ze złota, nie z miedzi?

— Hmmm? — Pemberton puścił kostkę Harriet, ochlapał ją lekko, potem potrząsnął głową, rozpryskując krople. — Gdzie moje pieniądze?
— Jakie znowu pieniądze? — zdumiała się Harriet.
— Nauczyłem cię intensywnego oddychania, prawda? Tak jak uczą nurków na drogich kursach.
— Tak, ale nic więcej mi nie powiedziałeś. Codziennie ćwiczę wstrzymywanie oddechu.

Pem cofnął się ze zbolałą miną.

— Myślałem, że umowa stoi, Harriet.

— Nic podobnego! — krzyknęła, bo nie znosiła, kiedy się z nią droczono.

— Zapomnij — zaśmiał się Pem. — To ja powinienem płacić ci za lekcje. Posłuchaj... — Zanurzył głowę w wodzie, potem wyłonił się znowu. — Czy twoja siostra ciągle martwi się tym kotem?

— Chyba tak. Czemu pytasz? — zapytała Harriet podejrzliwie. Nie miała pojęcia, dlaczego Pem interesował się Allison.

— Powinna sprawić sobie psa. Psy potrafią nauczyć się różnych sztuczek, ale kota nie nauczysz niczego. Koty mają to gdzieś.

— Podobnie jak Allison.

— W takim razie przyda jej się szczeniak — roześmiał się Pemberton. — W klubie wisi ogłoszenie o małych chow-chow na sprzedaż.

— Allison wolałaby kota.

— Czy kiedykolwiek miała psa?

— Nie.

— No właśnie. Nie wie, co traci. Koty w y g l ą d a j ą tak, jakby wiedziały, co jest grane, ale siedzą tylko i się gapią.

— Nie Weenie. On był geniuszem.

— Jasne.

— Naprawdę. Rozumiał każde nasze słowo. Poza tym, p r ó b o w a ł d o   n a s   m ó w i ć. Allison stale z nim pracowała. Weenie starał się, jak mógł, ale jego pyszczek po prostu za bardzo różnił się od naszych ust i dźwięki się nie udawały.

— Jestem pewien — powiedział Pemberton i położył się na wodzie na plecach. Oczy miał w tym samym odcieniu błękitu co woda w basenie.

— Allison chciała zacząć od nazw rzeczy, które mogła pokazać. Jak panna Sullivan z Helen Keller. Dotykała noska Weeniego i mówiła: „Nos! To jest twój nos! Masz   n o s!" Potem dotykała własnego nosa. Potem znowu jego noska. Raz po raz.

— Chyba miała sporo wolnego czasu.

— Właściwie tak. Siedzieli tak całymi popołudniami. Po pewnym czasie wystarczyło, że Allison dotknęła swojego nosa, a Weenie podnosił łapkę i dotykał swojego noska, i... ja nie żartuję — zakrzyczała głośną drwinę Pema — naprawdę, miauczał dziwnie, jakby próbował powiedzieć „nos".

Pemberton przekręcił się na brzuch i wynurzył się z pluskiem.

— Daj spokój.

— To prawda. Zapytaj Allison.

— Tylko dlatego, że miauknął... — Pem wyglądał na znudzonego.

— Tak, ale to nie było zwykłe miauknięcie. — Harriet odchrząknęła i spróbowała naśladować odgłos kota.

— Chyba nie spodziewasz się, że ci uwierzę.

— Allison to nagrała! Ma kilka kaset z odgłosami Weeniego. Najczęściej brzmią jak zwykłe miauczenie, ale jeśli dobrze się wsłuchasz, naprawdę wychwycisz parę słów.

— Nabierasz mnie, Harriet.

— Mówię serio. Spytaj Idę Rhew. Weenie potrafił też podać godzinę. Każdego popołudnia, punktualnie o drugiej czterdzieści pięć drapał w tylne drzwi, żeby Ida go wypuściła, bo chciał wyjść na spotkanie autobusu Allison.

Pemberton zanurzył się w wodzie, żeby wygładzić włosy, potem zatkał nos i dmuchnął, żeby przetkać uszy.

— Dlaczego Ida Rhew mnie nie lubi? — zapytał wesoło.

— Nie wiem.

— Nigdy mnie nie lubiła. Zawsze była dla mnie wredna, nawet w przedszkolu, kiedy przychodziłem bawić się z Robinem. Wyrywała witkę z krzaków, które rosną u was na tyłach, i ganiała za moim tyłkiem po całym podwórzu.

— Hely'ego Ida też nie lubi.

Pemberton kichnął i wytarł nos wierzchem dłoni.

— Tak właściwie, co jest grane z tobą i Helym? Nie jest już twoim chłopakiem?

— On nigdy nie był moim chłopakiem — oburzyła się Harriet.

— Mój brat twierdzi coś innego.

Harriet ugryzła się w język. Kiedy Pemberton próbował tej sztuczki, Hely wybuchał i mówił rzeczy, których tak naprawdę nie myślał, ale Harriet nie zamierzała dać się sprowokować.

Matka Hely'ego, Martha Price Hull, która chodziła do liceum z matką Harriet, słynęła z tego, że rozpieszczała synów bez opamiętania. Ubóstwiała ich żarliwie i pozwalała dosłownie na wszystko, bez względu na to, co miał do powiedzenia ojciec chłopców. Chociaż było zbyt wcześnie, by wyrokować o Helym, uważano, że właśnie z powodu matczynej pobłażliwości Pemberton tak bardzo wszystkich rozczarował. Ulubione metody wychowawcze Marthy były legendarne. Babcie i teściowe zawsze podawały Marthę Price i jej synów jako przestrogę dla młodych matek rozpieszczających dzieci; ostrzegały, że pewnego dnia przyjdzie słono zapłacić, jeśli (na przykład) przez pełne trzy lata pozwoli się dziecku odżywiać wyłącznie ciastem czekoladowym, z czego słynął Pemberton. Od czwartego do siódmego roku Pemberton jadł tylko ciasto czekoladowe; co więcej (podkreślano posępnie), specjalne ciasto czekoladowe, do którego potrzebne było mleko skondensowane i rozmaite drogie składniki, a kochająca Martha Price musiała wstawać codziennie o szóstej, żeby je upiec. Ciotki Harriet wciąż opowiadały o tym, jak Pem — gość Robina — nie chciał zjeść lunchu u Libby, walił pięściami w stół („jak król Henryk VIII") i domagał się ciasta czekoladowego. (— Dacie wiarę? „Mama daje mi ciasto czekoladowe". Ja dałabym mu porządnie w skórę). Fakt, że Pemberton dorósł z kompletem zdrowych zębów, zakrawało na cud, ale wszyscy byli zdania, że jego brak przedsiębiorczości i lukratywnej pracy wynikały właśnie z tej wczesnej katastrofy.

Często mówiono o tym, jak gorzko ojciec Pembertona musiał się rozczarować swoim najstarszym synem; był przecież dyrektorem Akademii Alexandria, a jego praca polegała na utrzymywaniu młodych ludzi w ryzach. Pan Hull nie był wrzeszczącym dawnym atletą o czerwonej twarzy, jakich najczęściej spotykało się w prywatnych szkołach w rodzaju Alexandrii; nie był nawet trenerem, po prostu uczył przedmiotów ścisłych w klasach gimnazjalnych, a pozostałą część czasu spędzał w zaciszu gabinetu, pogrążony w lekturze książek o inżynierii lotniczej. Mimo iż pan Hull sprawował ścisłą kontrolę nad szkołą, a uczniowie przeraźliwie bali się milczenia dyrektora, żona podkopywała w domu jego autorytet i z wielkim trudem udawało mu się dojść do ładu z synami — zwłaszcza z Pembertonem, który stale dowcipkował, uśmiechał się półgębkiem, a kiedy rodzina ustawiała się do zdjęcia, robił kłapoucze uszy za głową ojca. Rodzice współczuli panu Hullowi; panowało powszechne przekonanie, że chłopca można było zamknąć, tylko tłukąc go do nieprzytomności. Kiedy ojciec warczał na syna znużonym głosem, wprawiał świadków w zdenerwowanie, ale Pem nic sobie z tego nie robił, dalej strzelał tanimi dowcipami i przemądrzałymi uwagami.

Co prawda, Martha Hull nie miała nic przeciwko temu, by jej synowie ganiali po całym mieście, zapuszczali włosy za ramiona, pili wino do obiadu, zamiast śniadań jedli desery, ale kilka zasad w domu Hullów było niewzruszonych. Pembertonowi, choć miał już dwadzieścia lat, nie wolno było palić w obecności matki, a Hely'emu, oczywiście, wcale. Głośna muzyka rockowa była zakazana (chociaż kiedy rodzice wychodzili, Pemberton z kolegami raczył sąsiadów muzyką zespołów Who i Rolling Stones, budząc zakłopotanie Charlotte, wywołując skargi pani Fountain i wulkaniczną wściekłość Edie). I chociaż teraz żadne z rodziców nie mogło powstrzymać Pembertona przed chodzeniem tam, dokąd chciał, Hely nie miał wstępu do Pine Hill (złej dzielnicy, pełnej lombardów i knajp z szafami grającymi) ani do Pool Hall.

Właśnie w Pool Hall znalazł się Hely, wciąż zasępiony po kłótni z Harriet. Rower zostawił na ulicy, w zaułku obok ratusza, na wypadek gdyby w pobliżu przejeżdżali rodzice. Teraz stał naburmuszony, chrupał grillowane chipsy — sprzedawane razem z papierosami i gumą do żucia przy zakurzonym kontuarze — i przeglądał komiksy na stojaku przy drzwiach.

Choć Pool Hall znajdował się tylko o jedną czy dwie przecznice od głównego placu miasta i nie miał pozwolenia na alkohol, cieszył się najgorszą sławą w Alexandrii, gorszą nawet niż Black Door czy Esquire Lounge w Pine Hill. W Pool Hall podobno sprzedawano narkotyki; hazard uprawiano na potęgę; raz po raz wybuchały strzelaniny, bójki na noże i tajemnicze pożary. Kiepsko oświetlona, ze ścianami z żużlowych bloków pomalowanymi na więzienny zielony kolor, z jarzeniówkami filującymi na suficie wyłożonym styropianem, tego popołudnia knajpa świeciła pustkami. Z sześciu stolików tylko dwa były zajęte, a w głębi paru wiejskich chłopaków z przylizanymi włosami, w drelichowych koszulach z kieszeniami na zatrzaski, grało bez entuzjazmu na fliperach.

Panująca w Pool Hall stęchła atmosfera zepsucia odpowiadała desperacji Hely'ego, ale nie umiał grać w bilard, a bał się podejść do stołów, żeby się przyjrzeć. Mimo to podniecało go, że może stać przy drzwiach niezauważony przez nikogo, żuć chipsy i wdychać niebezpieczny ozon zepsucia.

Do Pool Hall przyciągały Hely'ego komiksy. Mieli tu najlepszą kolekcję w całym mieście. W drugstorze sprzedawali zeszyty z przygodami Richiego Richa i Betty, i Veroniki; w sklepie spożywczym Big Star mieli te same plus Supermana (co prawda stojak był usytuowany niewygodnie, tuż przy rożnie z kurczakami, więc Hely nie mógł oglądać długo, nie parząc sobie tyłka), ale w Pool Hall mieli Sierżanta Rocka, *Niesamowite historie wojenne* i *Walkę G.I.* (prawdziwi żołnierze zabijali prawdziwych frajerów); była tu Rima, dziewczyna z dżungli w kostiumie kąpielowym z futra pantery, a przede wszystkim bogata kolekcja horrorów (z wilkołakami, przedwczesnymi pogrzebami, śliniącymi się trupami wychodzącymi z cmentarza), które Hely chłonął z niesłabnącą ciekawością: *Niesamowite tajemnicze opowieści*, *Dom tajemnic*, *Godzina wiedźm*, *Notes upiora* i *Zakazane historie z ciemnego domu*... Hely nie wiedział o istnieniu tak pasjonującej lektury, a już z pewnością nie podejrzewał, że może ją nabyć we własnym mieście. Tak było do pewnego popołudnia, kiedy kazano mu zostać w szkole po lekcjach i pod ławką odkrył egzemplarz

Tajemnic złego domu. Na okładce widniała kaleka dziewczyna w strasznym starym domu, która wrzeszcząc, usiłowała uciec na wózku inwalidzkim przed olbrzymią kobrą. Ostatecznie kaleka dziewczyna ginęła w konwulsjach, tocząc pianę z ust. Komiks oferował więcej atrakcji: wampiry, wyłupione oczy, bratobójstwa. Hely był zafascynowany. Przeczytał komiks pięć czy sześć razy od deski do deski, potem zabrał go do domu, gdzie czytał dalej, aż znał na pamięć wszystkie historie: *Sublokatora szatana, Wejdź do mojej trumny, Biuro Podróży Transylwania.* Był to bez wątpienia najlepszy komiks, jaki widział w życiu; wierzył, że wpadł mu w ręce jedyny w swoim rodzaju, nieosiągalny, cudowny kaprys natury, dlatego prawie oszalał, kiedy kilka tygodni później zobaczył w szkole, jak chłopak nazwiskiem Benny Landreth czyta bardzo podobny, zatytułowany *Czarna magia*, z rysunkiem mumii duszącej archeologa na okładce. Hely błagał Benny'ego — który chodził do wyższej klasy i był wredny — żeby odsprzedał mu komiks, a kiedy tamten odmówił, zaproponował, że zapłaci mu dwa, nawet trzy dolary, jeśli Benny pozwoli mu oglądać komiks przez minutę, tylko przez minutę.

— Idź do Pool Hall i kup sobie — powiedział Benny, zwinął komiks i walnął nim Hely'ego po głowie.

To było dwa lata temu. Obecnie tylko dzięki komiksom Hely'emu udawało się przetrwać trudne okresy w życiu: ospę, nudne podróże samochodem, obóz nad jeziorem de Selby. Z powodu ograniczonych funduszy i stanowczego zakazu odwiedzania Pool Hall wyprawy po komiksy były rzadkie, powiedzmy raz w miesiącu, i bardzo upragnione. Gruby kasjer najwyraźniej nie miał nic przeciwko temu, że Hely tak długo stał przy stojaku; właściwie prawie nie zwracał na chłopca uwagi. Była to bardzo korzystna okoliczność, bo czasami Hely studiował komiksy godzinami w celu dokonania najrozsądniejszego wyboru.

Teraz przyszedł, żeby przestać myśleć o Harriet, ale po zakupie chipsów miał tylko trzydzieści pięć centów, a każdy komiks kosztował dwadzieścia. Bez entuzjazmu kartkował historię w *Ciemnym domu* zatytułowaną *Demon w drzwiach* („AARRRGGGHH — !!! — WYPUŚCIŁEM OHYDNE ZŁO... ŻEBY NAWIEDZAŁO TĘ KRAINĘ **DO WSCHODU SŁOŃCA**!!!!!), ale raz po raz zerkał na zamieszczoną na sąsiedniej stronie reklamę siłowni Charles Atlas. „Przyjrzyj się sobie uczciwie. Czy jest w tobie to dynamiczne napięcie, które podziwiają kobiety? A może jesteś chudym, mizernym, czterdziestokilogramowym słabeuszem?"

Hely nie był pewien, ile ważył, ale wydawało mu się, że czterdzieści kilogramów to dużo. Ponuro oglądał rysunek „Przed" — właściwie stracha na wróble — zastanawiając się, czy powinien napisać z prośbą o informacje, czy miał do czynienia z oszustwem, jak w przypadku okularów Roentgena, które zamówił przez *Dziwną tajemnicę*. Według reklamy, okulary Roentgena pozwalały patrzeć na wskroś przez ciało, mury i kobiece ubranie. Kosztowały dolara i dziewięćdziesiąt osiem centów plus trzydzieści pięć centów za wysyłkę; czekał na nie długo, a kiedy wreszcie dotarły, okazały się zwykłą plastikową oprawką z tekturowymi wstawkami: na jednej narysowano dłoń, w której było widać kości, na drugiej seksowną sekretarkę w prześwitującej sukience z czarnym bikini pod spodem.

Na Hely'ego padł cień. Podniósł wzrok i ujrzał dwóch ludzi częściowo odwróconych do niego plecami, którzy odeszli od stołów bilardowych, żeby porozmawiać na osobności przy komiksach. Hely rozpoznał jednego: Zębacz de Bienville, król dzielnicy nędzy i pewnego rodzaju lokalna osobistość; rude włosy w olbrzymim afro, jeździł robionym na zamówienie Gran Torino z przyciemnianymi szybami. Hely często widywał go przy bilardzie, a w letnie wieczory także przy myjni samochodowej, gdzie rozmawiał z ludźmi. Chociaż z rysów twarzy przypominał Murzyna, nie miał ciemnej karnacji; oczy miał niebieskie, a piegowatą skórę tak białą jak Hely. Najbardziej charakterystyczną cechą Zębacza były jednak ubrania: jedwabne koszule, spodnie dzwony, klamerki przy pasku wielkości talerzy na sałatę. Mówiono, że kupował je u Braci Lanskych w Memphis, gdzie zaopatrywał się Elvis. Teraz — mimo upału — miał na sobie marynarkę z czerwonego sztruksu, białe kloszowe spodnie i czerwone lakierki na koturnach.

Człowiekiem, który się odezwał, nie był jednak Zębacz, ale ten drugi: niedożywiony twardziel o obgryzionych paznokciach. Miał najwyżej dwadzieścia lat, nie był ani zbyt wysoki, ani zbyt czysty, o ostrych kościach policzkowych i prostych, hipisowskich włosach z przedziałkiem pośrodku; coś w jego zadziornym dystansie przywodziło na myśl gwiazdora rockowego. Nosił się prosto, jak ktoś ważny, choć najwyraźniej nikim takim nie był.

— Skąd on ma forsę na grę? — szeptał do chudzielca Zębacz.

— Chyba z renty — odparł chłopak z włosami jak hipis i podniósł wzrok. W zaskakujących srebrzystoniebieskich oczach było coś martwego.

Mężczyźni rozmawiali najwyraźniej o biednym Carlu Odumie, który ustawiał kule na stole bilardowym i proponował, że zagra z każdym o dowolną sumę, którą tamten zechce przegrać. Carl — wdowiec z dziewięciorgiem czy dziesięciorgiem zabiedzonych dzieci — miał tylko trzydzieści lat, ale wyglądał dwa razy starzej: z twarzą i szyją zniszczonymi przez słońce i bladymi oczami w różowych obwódkach. Wkrótce po śmierci żony w wypadku w pakowalni jajek stracił kilka palców. Teraz pijany przechwalał się, że niezależnie od liczby palców pokona każdego. — To jest mój mostek — mówił, pokazując okaleczoną dłoń. — Niczego więcej mi nie trzeba. — Brud wżarł się w linie papilarne i pod paznokcie dwóch pozostałych palców: wskazującego i kciuka.

Odum mówił do drugiego faceta przy stole — potężnego, niedźwiedziowatego brodacza w brązowym kombinezonie z postrzępioną dziurą na piersiach, gdzie powinna widnieć naszywka z nazwiskiem. Mężczyzna nie zwracał uwagi na Oduma, wpatrywał się w stół. Długie, ciemne, przetykane siwizną włosy opadały za ramiona. W ramionach było coś niezgrabnego, jakby ręce nie pasowały dokładnie do stawów; zwisały sztywno, lekko podgięte w łokciach, z dłońmi luźnymi jak łapy niedźwiedzia, który postanowił stanąć na tylnych łapach. Hely nie mógł oderwać wzroku od kolosa. Gęsta czarna broda i brązowy kombinezon nadawały mu wygląd szalonego dyktatora z Ameryki Południowej.

— Wszystko, co ma związek z bilardem albo z grą w bilard — mówił Odum. — Trzeba to chyba nazwać drugą naturą.

— No cóż, niektórzy z nas mają takie talenty — odparł zwalisty mężczyzna w brązowym kombinezonie głębokim, ale przyjemnym głosem. To powiedziawszy, podniósł wzrok, a Hely drgnął na widok zasłoniętego bielmem oka, które uciekało w bok.

Znacznie bliżej — zaledwie kilka stóp od Hely'ego — chudzielec o wyglądzie twardziela odrzucił włosy z twarzy i powiedział spiętym głosem do Zębacza:

— Dwadzieścia dolarów za każdą jego przegraną. — Drugą ręką zręcznie wytrząsnął z paczki papierosa, takim ruchem, jakby rzucał kostką, a Hely zauważył z zainteresowaniem, że pomimo wyćwiczonej pewności ruchów, dłonie chłopaka drżały jak starszej osobie. Potem chudy pochylił się w przód i szepnął coś Zębaczowi na ucho.

— Akurat, przegra — zaśmiał się Zębacz, po czym swobodnie i z gracją oddalił się do fliperów w głębi sali.

Twardy chudzielec zapalił papierosa i rozejrzał się po knajpie. Kiedy oczy, jaśniejące srebrzyście w ogorzałej twarzy, omiotły Hely'ego, nie zauważając go, poczuł lekki dreszcz; szalone oczy pełne światła przywodziły mu na myśl stare fotografie młodocianych żołnierzy konfederatów.

Stojący przy stole bilardowym brodacz w brązowym kombinezonie miał tylko jedno zdrowe oko, ale płonęło ono podobnym srebrzystym światłem. Hely przyglądając się mężczyznom spanad komiksu, dostrzegł cień rodzinnego podobieństwa. Choć na pierwszy rzut oka bardzo się różnili (brodacz był starszy i o wiele masywniejszy niż chudzielec), to mieli takie same długie ciemne włosy i opalone twarze, taki sam nieruchomy wzrok i sztywną szyję; podczas mówienia obaj oszczędnie otwierali usta, jakby kryli zepsute zęby.

— O ile chcesz się z nim założyć? — spytał Zębacz, podchodząc do kumpla.

Chudzielec zachichotał, a Hely słysząc ten śmiech, o mały włos nie upuścił komiksu. Miał dość czasu, by przyzwyczaić się do tego piskliwego, pogardliwego śmiechu; gonił go z mostku nad potokiem przez długi, długi czas, kiedy Hely przedzierał się przez zarośla, a echo wystrzałów odbijało się od skał.

To był on. Bez kowbojskiego kapelusza, dlatego wcześniej Hely go nie rozpoznał. Czując, jak krew uderza mu do głowy, wściekle wbił wzrok w komiks, gdzie krzycząca dziewczyna chwyciła za ramię Johnny'ego Perila („Johnny! Ta woskowa figura się **poruszyła!**").

— Odum nie jest złym graczem, Danny — mówił cicho Zębacz. — Brak palców nie ma tu nic do rzeczy.

— Cóż, dałby radę Farishowi po trzeźwemu, ale nie kiedy jest pijany.

W głowie Hely'ego zapaliły się jednocześnie dwie żarówki. D a n n y? F a r i s h? Fakt, że strzelały do niego wiejskie buraki, był dostatecznie ekscytujący, ale jeśli strzelali Ratliffowie, sprawa miała się zupełnie inaczej. Hely nie mógł się doczekać, kiedy wróci do domu i opowie o wszystkim Harriet. Czyżby ten brodaty małpolud mógł być osławionym Farishem Ratliffem? W Alexandrii i poza nią był tylko jeden Farish, o którym Hely słyszał.

Z najwyższym wysiłkiem Hely ponownie utkwił wzrok w komiksie. Nigdy nie widział Farisha Ratliffa z bliska, zawsze z oddali, kiedy pokazywano mu go w przejeżdżającym samochodzie albo na nieostrej fotografii w lokalnej gazecie, za to przez całe życie słyszał o nim opowieści. Kiedyś Farish Ratliff był najsławniejszym opryszkiem w Alexandrii, mózgiem rodzinnej szajki dokonującej wszelkiego rodzaju włamań i drobnych kradzieży. Farish pisał też i rozprowadzał ulotki edukacyjne, wśród których znalazły się takie tytuły jak „Twoje pieniądze albo twoje życie" (protest przeciwko federalnemu podatkowi dochodowemu), „Duma buntownika — odpowiedź krytykom" oraz „Nie MOJA córka!" Wszystko to skończyło się po wypadku z buldożerem.

Hely nie wiedział, dlaczego Farish postanowił ukraść buldożer. W gazecie napisali, że kierownik budowy zauważył brak buldożera na placu budowy na tyłach Party Ice Company, a wkrótce potem widziano, jak Farish toczy się buldożerem po autostradzie. Kiedy dano mu znak, żeby się zatrzymał, nie usłuchał, skręcił i zaczął się bronić łychą buldożera. Policjanci otworzyli ogień, ale Farish ruszył przez krowie pastwisko, sforsował ogrodzenie z drutu kolczastego, przerażone bydło rozbiegło się we wszystkie strony, w końcu buldożer wpadł do rowu. Policjanci biegli przez pastwisko, wołając do Farisha, żeby wyszedł z pojazdu z rękami nad głową, ale zamarli, widząc, jak Farish w kabinie buldożera przykłada do skroni rewolwer kaliber .22 i strzela. Gazeta zamieściła fotografię autentycznie wstrząśniętego gliniarza nazwiskiem Jackie Sparks, który stał nad ciałem na krowim pastwisku i wykrzykiwał polecenia do ludzi z pogotowia.

Chociaż pozostało tajemnicą, dlaczego Farish ukradł buldożer, prawdziwą tajemnicą był fakt, dlaczego do siebie strzelał. Niektórzy twierdzili, że zrobił to ze strachu przed powrotem do więzienia, ale inni stanowczo zaprzeczali — więzienie to była pestka dla takiego człowieka jak Farish, wykroczenie nie było poważne, więc po roku czy dwóch wyszedłby na wolność. Rana od kuli była ciężka, a Farish o mały włos nie przejechał się na tamten świat. Ponownie trafił na łamy gazet, kiedy obudził się, żądając purée ziemniaczanego, chociaż lekarze twierdzili, że znajduje się w stanie wegetatywnym. Po wypisaniu ze szpitala — oficjalnie ślepy na prawe oko — wysłano go na stanową farmę dla umysłowo chorych w Whitfield, ponieważ w sądzie uznano, że nie jest w pełni władz umysłowych, co zresztą było chyba uzasadnione.

Kiedy został wypisany ze szpitala psychiatrycznego, stał się pod wieloma względami odmienionym człowiekiem. Nie chodziło tylko o oko. Ludzie twierdzili, że przestał pić. Najwyraźniej nie włamywał się już na stacje benzynowe, nie kradł ludziom samochodów i pił mechanicznych z garaży (chociaż jego młodsi bracia nie gardzili takimi zajęciami). Kwestie rasowe również zeszły na dalszy plan. Farish nie stał już przed szkołą publiczną i nie wręczał ulotek domowej roboty potępiających integrację w szkołach. Zajmował się wypychaniem zwierząt, a dzięki rencie inwalidzkiej i dochodom z wypychania jelenich głów oraz okoni dla miejscowych myśliwych stał się przestrzegającym prawa obywatelem, tak przynajmniej mówiono.

Oto był, Farish Ratliff jak żywy, drugi raz w tym samym tygodniu, jeśli liczyć most. Jedynymi Ratliffami, których Hely miał okazję widzieć w swojej części miasta, był Curtis (który włóczył się po Dużej Alexandrii i strzelał do przejeżdżających samochodów z pistoletu na wodę) oraz brat Eugene, który był jakimś kaznodzieją. Tego ostatniego widywano czasem na głównym placu, gdzie wygłaszał kazania, albo częściej, jak krzyczał na rozpalonej słońcem autostradzie o Zesłaniu Ducha Świętego i wygrażał pięścią samochodom. Mówiono, że odkąd Farish do siebie strzelał, brakowało mu piątej klepki, ale Eugene (Hely słyszał to od ojca) był solidnie zaburzony. Jadł czerwoną glinę z podwórek, a usłyszawszy głos Boga w grzmocie, padał w konwulsjach na chodnik.

Zębacz naradzał się cicho z grupą mężczyzn w średnim wieku przy stole bilardowym obok stołu Oduma. Jeden z nich — grubas w żółtej sportowej koszuli, o świńskich podejrzliwych oczkach jak rodzynki w cieście — zerknął na Farisha i Oduma, potem przeszedł królewskim krokiem na drugą stronę stołu i wbił kulę do łuzy. Nie patrząc na Zębacza, sięgnął do tylnej kieszeni, a po chwili jeden z trzech stojących za nim widzów poszedł w jego ślady.

— Hej — powiedział Danny Ratliff do Oduma przez całą salę. — Nie tak prędko. Jeżeli gramy na pieniądze, jest kolej Farisha.

Farish odchrząknął głośno i przestąpił z nogi na nogę.

— Stary Farish ma już tylko jedno oko — powiedział Zębacz, podszedł i klepnął Farisha w plecy.

— Uważaj! — warknął groźnie Farish i gniewnie szarpnął głową, chyba nie tylko na pokaz.

Zębacz nachylił się szarmancko nad stołem i podał rękę Odumowi.

— Nazywam się Zębacz de Bienville.

— Wiem, kim jesteś. — Odum machnął ręką z irytacją.

Farish wsunął kilka ćwierćdolarówek do otworu i mocno szarpnął. Kule wypadły z dudnieniem.

— Już parę razy pokonałem tego ślepego. Zagram w bilard z każdym, kto w i d z i — powiedział Odum, cofnął się i podparł na kiju. — Może byś się cofnął i przestał mi siedzieć na plecach! — warknął do Zębacza, który znowu stanął za nim. — Tak, t y...

Zębacz nachylił się, by szepnąć mu coś na ucho. Odum powoli zmarszczył jasne brwi.

— Nie lubisz grać na pieniądze, Odum? — spytał po chwili pogardliwie Farish, sięgnął pod stół i zaczął ustawiać kule. — Jesteś diakonem w kościele baptystów?

— Nie — odparł Odum. Chciwa myśl, posiana w jego uchu przez Zębacza, zaczęła się przebijać przez opaloną twarz, równie widoczna jak chmura sunąca po pustym niebie.

— Tatku — dobiegł od drzwi cichy, kwaśny głosik.

To była Lasharon Odum. Chude biodro wysunęła w bok i to w — zdaniem Hely'ego — odrażająco dorosłej pozycji. Na biodrze dziewczynka trzymała dziecko tak brudne jak ona; oboje mieli usta w pomarańczowych obwódkach od lodów czy fanty.

— Proszę, proszę — powiedział teatralnie Zębacz.

— Tatku, mówiłeś, żeby przyjść po ciebie, kiedy duża wskazówka będzie na trójce.

— Sto dolców — powiedział Farish w ciszy, jaka zapadła w knajpie.

— Decyzja należy do ciebie.

Odum posmarował kij kredą i zakasał nie istniejące rękawy. Potem, nie patrząc na córkę, powiedział gwałtownie:

— Tata nie jest jeszcze gotowy do wyjścia, złotko. Macie tu po dziesięć centów. Idźcie pooglądać komiksy.

— Tatku, mówiłeś, żeby ci przypomnieć...

— Powiedziałem: b i e g n i j c i e. Rozbijasz — rzucił do Farisha.

— Ja ustawiłem kule.

— Wiem — odparł Odum, machając ręką. — Zaczynaj, to mój prezent dla ciebie.

Farish oparł się całym ciałem na stole. Zdrowym okiem popatrzył wzdłuż kija — prosto na Hely'ego — a spojrzenie miał tak zimne, jakby patrzył wzdłuż lufy.

Prask. Kule rozbiegły się po stole. Odum przeszedł na drugą stronę i przez chwilę analizował sytuację. W końcu wykrzywił szyję, kręgi chrupnęły i złożył się do uderzenia.

Zębacz dołączył do mężczyzn, którzy odeszli od fliperów i sąsiednich stołów, żeby popatrzeć. Ukradkiem szepnął coś do mężczyzny w żółtej koszuli właśnie wtedy, gdy Odum popisał się podskokiem kuli, która wbiła nie jedną, ale dwie łaciate.

Wycie i wiwaty. Kiedy widzowie zaczęli bezładnie rozmawiać, Zębacz wrócił do Danny'ego.

— Odum potrafi utrzymać się przy stole przez cały dzień pod warunkiem, że będą się trzymać ósmej kuli.

— Kiedy Farish dojdzie do głosu, poradzi sobie równie dobrze.

Odum wykonał inną kombinację: delikatnym uderzeniem trafił białą kulą w pełną, a ta wtrąciła jeszcze inną do łuzy. Dalsze wiwaty.

— Kim są ci dwaj przy fliperach? — spytał Danny.

— Nie moja sprawa — odparł Zębacz, zerknął przez ramię i nad głową Hely'ego, po czym z kieszonki skórzanej kamizelki wyjął mały metalowy przedmiot w kształcie i rozmiarach podkładki pod piłkę golfową. Zanim ozdobione pierścieniami palce zamknęły się na nim, Hely spostrzegł, że była to figurka z brązu przedstawiająca nagą kobietę w szpilkach i z okazałą fryzurą afro.

— Dlaczego? Kto to jest?

— Po prostu paru grzecznych chrześcijańskich chłopców — odparł Zębacz w chwili, gdy Odum posłał łatwą kulę do bocznej łuzy. Ukradkiem, z dłonią częściowo w kieszeni, częściowo poza nią, odkręcił główkę kobiety i pstryknął ją kciukiem do kieszeni. — Tamta grupa — wskazał oczami na mężczyznę w żółtej koszuli i jego grubych przyjaciół — jest przejazdem z Teksasu. — Zębacz rozejrzał się nonszalancko, po czym, odwracając się jak do kichnięcia, uniósł fiolkę i szybko pociągnął nosem. — Pracują na kutrze krewetkowym — wyjaśnił, wytarł nos w rękaw marynarki, przesunął pustym wzrokiem po stojaku z komiksami, ponad głową Hely'ego, wreszcie podał fiolkę Danny'emu.

Danny głośno pociągnął nosem, potem zacisnął go palcami. Łzy napłynęły mu do oczu.

— Boże wszechmogący — wykrztusił.

Odum trzasnął następną kulę. Przy wtórze wiwatów ludzi z kutra krewetkowego Farish patrzył na stół bilardowy, marszcząc brwi; kij balansował poziomo na karku, a dłonie zwisały mu luźno.

Zębacz cofnął się w komicznym kroku tanecznym. Nagle ogarnęło go podniecenie.

— Pan Farish — oznajmił wesoło całej sali, naśladując popularnego czarnego komika telewizyjnego — zapoznał się z sytuacją.

Hely był podekscytowany i tak zdezorientowany, że czuł, jakby głowa miała mu za chwilę eksplodować. Znaczenie fiolki mu umknęło, ale nie przeoczył wulgaryzmów i podejrzanego zachowania Zębacza; chociaż Hely nie wiedział, co się dokładnie działo, rozumiał, że jest świadkiem hazardu, który był sprzeczny z prawem. Równie bezprawne było strzelanie z mostu, nawet jeśli nikt nie zginął. Hely'emu płonęły uszy; zawsze tak było, kiedy czuł podniecenie — miał nadzieję, że nikt tego nie zauważył. Swobodnym ruchem odłożył komiks i wziął ze stojaka następny — *Tajemnice złowrogiego domu*. Szkielet zajmujący miejsce dla świadka wymachiwał bezcielesną ręką w stronę widzów (podczas gdy upiorny adwokat grzmiał: „A teraz mój świadek, który był OFIARĄ, wskaże... CZŁOWIEKA, KTÓRY GO ZABIŁ!!!")

— Dalej, wal! — krzyknął niespodziewanie Odum, kiedy ósma kula pomknęła po suknie, odbiła się i wpadła do przeciwległej narożnej łuzy.

W pandemonium, jakie wybuchło, Odum wyjął z tylnej kieszeni niewielką flaszkę whisky, z której pociągnął chciwie.

— Zobaczmy te sto dolarów, Ratliff.

— Jestem gotowy. Jestem też gotowy na rewanż — warknął Farish i ponownie zaczął ustawiać kule. — Zwycięzca rozbija.

Odum wzruszył ramionami, mrużąc oczy, spojrzał wzdłuż kija — marszczył przy tym nos i odsłaniał królicze przednie zęby — wreszcie rozbił, biała kula wirowała w miejscu, gdzie uderzyła, a ósma wpadła do narożnej łuzy.

Ludzie z kutra krewetkowego wyli i bili brawo. Wyglądali jak goście, którzy czuli, że zgarną grubszą pulę. Zębacz podszedł do nich zawadiackim krokiem — na miękkich kolanach, z wysoko zadartą brodą — w celu omówienia finansów.

— To najszybsza forsa, jaką przegrałeś w życiu! — zawołał Danny z drugiego końca sali.

Hely uświadomił sobie, że Lasharon Odum stoi tuż za nim — nie dlatego, że coś powiedziała, ale poważnie przeziębione niemowlę oddychało z wilgotnym, odrażającym poświstem.

— Odczep się ode mnie — mruknął Hely, odsuwając się nieco. Dziewczynka wstydliwie ruszyła za nim, przesuwając się w kąt jego pola widzenia.

— Pożycz ćwierć dolara.

Zalotna beznadzieja jej głosu zbrzydziła go jeszcze bardziej niż zasmarkany oddech niemowlaka. Zdecydowanie odwrócił się plecami do dziewczynki. Ludzie z kutra krewetkowego przewracali oczami, widząc, jak Farish ponownie wyjmuje kule spod stołu.

Odum chwycił dłońmi za szczękę, szarpnął szyją w lewo, potem w prawo: prask.

— Jeszcze nie masz dość?

— Och, w porządku — zawodził Zębacz w takt piosenki z szafy grającej i pstrykał palcami. — Posłuchaj, maleńka.

— Co za gówno macie w tej szafie?! — warknął Farish, upuszczając kule z gniewnym grzechotem.

— Wyluzuj się, Farish — zadrwił Zębacz, kołysząc chudymi biodrami.

— Odsuń się — powiedział Hely do Lasharon, która znowu się zbliżyła, tym razem prawie go dotykając. — Nie chcę czuć twojego oddechu czarnucha.

Bliskość dziewczynki napełniała Hely'ego taką odrazą, że wypowiedział to głośniej, niż zamierzał; zamarł, kiedy Odum zerknął w ich stronę. Farish też podniósł wzrok, a zdrowe oko przeszyło Hely'ego jak nóż.

Odum wziął głęboki, pijacki wdech i odstawił kij.

— Widzicie tamtą małą dziewczynkę? — zwrócił się melodramatycznie do Farisha i pozostałych. — Przykro mi to mówić, ale ta dziewczynka wykonuje pracę dorosłej kobiety.

Zębacz i Danny Ratliff wymienili pospieszne, zaniepokojone spojrzenia.

— Pytam was. Gdzie znajdziecie taką słodką dziewuszkę, która zajmuje się domem, opiekuje się młodszym rodzeństwem, podaje do stołu, haruje i odmawia sobie, żeby biedny tatulek miał wszystko?

Osobiście nie tknąłbym niczego, co ona podałaby do stołu, pomyślał Hely.

— Dzisiaj młodym się wydaje, że wszystko im się należy — powiedział Farish beznamiętnie. — Lepiej by było, gdyby wzięli przykład z ciebie i zaczęli sobie odmawiać.

— Kiedy ja, moi bracia i siostry dorastaliśmy, nie mieliśmy nawet lodówki — mówił Odum drżącym głosem. Wyraźnie zaczął się nakręcać. — Przez całe lato musiałem ścinać bawełnę na polu...

— Ja też odwaliłem swoją działkę bawełny.

— ...mówię wam, moja mama harowała na tych polach jak czarnuch. Nie mogłem chodzić do szkoły! Mama i tata potrzebowali mnie w domu! Nigdy nic nie mieliśmy, ale gdybym miał pieniądze, kupiłbym wszystko tamtym maleństwom. One wiedzą, że tatuś wolałby dać im niż sobie. Hmm? Nie wiecie o tym?

Odum wodził mętnym wzrokiem od Lasharon i dziecka do Hely'ego.

— Pytam, czy o tym nie wiecie? — powtórzył głośniejszym i mniej przyjemnym tonem.

Odum patrzył prosto na Hely'ego. Hely był w szoku. Kurczę, myślał, czy ten stary buc tak się schlał, że nie wie, że nie jestem jego dzieckiem? Gapił się na Oduma z otwartymi ustami.

— Tak, tatku — szepnęła ledwo słyszalnie Lasharon.

Zaczerwienione oczy Oduma złagodniały, niepewnie spojrzały na córkę, a wilgotne drganie wargi zdradzające użalanie się nad sobą wytrąciło Hely'ego z równowagi bardziej niż cokolwiek tego popołudnia.

— Słyszeliście to? Słyszeliście, co powiedziała ta dziewczynka? Chodź, uściskaj tatusia — wybełkotał Odum, ocierając łzę kostką dłoni.

Lasharon podrzuciła niemowlę na kościstym biodrze i powoli podeszła do ojca. Coś we władczym uścisku Oduma i bierności, z jaką dziewczynka mu się poddała — jak żałosny stary pies godzący się na dotyk pana — wzbudziło w Helym odrazę, ale też trochę go przestraszyło.

— Mała dziewczynka   k o c h a   tatulka, prawda? — Ze łzami w oczach Odum przyciskał córkę do koszuli.

Hely poznał z satysfakcją, po sposobie, w jaki przewrócili oczami, że Zębacz i Danny Ratliff byli równie zohydzeni mazgajstwem Oduma jak on.

— Ona wie, że jej tata jest biedny! Ona nie musi mieć całej sterty starych zabawek, słodyczy i fikuśnych ubrań!

— Bo faktycznie dlaczego miałaby to mieć? — wtrącił nagle Farish. Odum — odurzony brzmieniem własnego głosu — odwrócił się i zmarszczył brwi.

197

— Tak, dobrze słyszałeś. Dlaczego twoja córka miałaby mieć cały ten kram? Dlaczego którekolwiek z tych dzieciaków miałoby to mieć? Przecież my dorastaliśmy bez tego wszystkiego, nie?

Twarz Oduma rozjaśniła powolna fala zdumienia.

— Nie, bracie! — zawołał radośnie.

— Czy wstydziliśmy się biedy? Czy brzydziliśmy się robotą? Co jest dobre dla nas, jest dobre dla niej, nie?

— Święta racja!

— Kto mówi, że dzieciaki powinny dorastać przekonane, że są lepsze od rodziców? Rząd federalny tak mówi! Jak myślicie, dlaczego rząd wtyka nos do domu człowieka i na srebrnej tacy podaje wszystkie te kartki na jedzenie, szczepienia i liberalne wykształcenie? Zaraz wam powiem, dlaczego. Dlatego, żeby robić dzieciakom wodę z mózgu, żeby myślały, że muszą mieć więcej, niż mieli rodzice, żeby patrzyć z góry na własne gniazdo, wynosić się ponad własne ciało i krew. Nie wiem, jak to było z tobą, ale mój tata nigdy nie dał mi nic za darmo.

Cichy pomruk aprobaty w całej sali bilardowej.

— Nie — smutno pokiwał głową Odum. — Mama i tata nigdy nic mi nie dali. Na wszystko zapracowałem, na wszystko, co mam.

Farish wskazał głową na Lasharon i niemowlę.

— Więc powiedz mi: dlaczego ona miałaby mieć to, czego myśmy nie mieli?

— Święta prawda! Zostaw tatusia w spokoju, złotko — powiedział Odum do córki, która niespokojnie szarpała go za nogawkę.

— Proszę, tatku, chodźmy.

— Tatuś nie jest jeszcze gotowy do wyjścia, złotko.

— Ale, tatku, mówiłeś, żeby ci przypomnieć, że sklep chevroleta zamykają o szóstej.

Zębacz, z dość wymuszonym wyrazem dobrej woli, podszedł do ludzi z kutra krewetkowego, zaczął cicho rozmawiać, a po chwili jeden z nich zerknął na zegarek. Wtedy jednak Odum sięgnął do przedniej kieszeni brudnych dżinsów, pogrzebał przez chwilę, po czym wyciągnął największy zwitek banknotów, jaki Hely widział w życiu.

Oczy wszystkich momentalnie skupiły się na pieniądzach. Odum rzucił banknoty na stół bilardowy.

— Reszta z ubezpieczenia — wyjaśnił i wskazał głową na pieniądze z pijacką nabożnością. — Pójdę do sklepu chevroleta i zapłacę temu sukinkotowi Royowi Dialowi, któremu jedzie z gęby miętą. Przyszedł i zabrał mi cholerny samochód...

— Tak właśnie działają — wtrącił przytomnie Farish. — Te dranie z Urzędu Skarbowego, Działu Finansów i Departamentu Szeryfa. Przychodzą do człowieka i zabierają, co tylko chcą, kiedy tylko przyjdzie im ochota...

— Teraz pójdę i odbiorę samochód. Dzięki temu — powiedział Odum, podnosząc głos.

— Hm, to nie moja sprawa, ale nie powinieneś wydawać całej tej gotówki na samochód.

— Co takiego? — spytał wojowniczo Odum i zatoczył się w tył. Pieniądze leżały na zielonym suknie w żółtym kręgu światła. Farish podniósł tłustą łapę.

— Mówię, że jeżeli odkupujesz swój samochód od takiej śliskiej gnidy jak Dial l e g a l n i e, to okrada cię nie tylko Dial, ale władze stanowe i federalne też ustawiają się w kolejce po swoją działkę. Wiele razy wypowiadałem się przeciwko podatkowi od sprzedaży. Podatek od sprzedaży jest sprzeczny z konstytucją. Mogę wskazać palcem miejsce w konstytucji tego narodu, gdzie jest o tym napisane.

— Chodźmy, tatku — powiedziała cicho Lasharon, energicznie szarpiąc Oduma za nogawkę. — Tatku, chodźmy, proszę.

Odum zbierał pieniądze. Sens przemowy Farisha najwyraźniej do niego nie dotarł.

— Nie, mój panie — dyszał ciężko Odum. — Ten człowiek nie odbierze mi mojej własności! Pójdę prosto do Dial Chevrolet, rzucę mu to w twarz... — Klepnął banknoty na stole bilardowym. — I powiem mu: „Oddawaj mój samochód, śmierdzący miętą draniu". — Pracowicie wepchnął pieniądze do prawej kieszeni dżinsów, a z lewej wyjął ćwierćdolarówkę. — Ale najpierw stawiam te czterysta dolarów i poza tym dwieście, że jeszcze raz dokopię ci w ósmą kulę.

Danny Ratliff, który chodził w kółko przy automacie z coca-colą, głośno wypuścił powietrze.

— Wysoko licytujesz — stwierdził Farish beznamiętnie. — Ja rozbijam?

— Ty. — Odum machnął ręką w geście pijackiej wielkoduszności.

Z twarzą całkowicie wypraną z emocji Farish wyjął z kieszeni pokaźny czarny portfel, przymocowany łańcuszkiem do szlufki kombinezonu. Ze zręcznością bankowego kasjera odliczył sześćset dolarów w dwudziestkach i położył na stole.

— To dużo pieniędzy, przyjacielu — stwierdził Odum.

— Przyjacielu? — zaśmiał się szorstko Farish. — Mam tylko dwóch przyjaciół, dwóch najlepszych przyjaciół. — Pokazał portfel wciąż nabity pieniędzmi. — Widzisz? To jest mój pierwszy przyjaciel, który zawsze siedzi w tej kieszeni. Mam też drugiego przyjaciela, który nie odstępuje mnie na krok. Ten przyjaciel to pistolet kaliber .22.

— Tatku — poprosiła bezradnie Lasharon i jeszcze raz szarpnęła Oduma za nogawkę. — Proszę.

— Na co się gapisz, gówniarzu?

Hely podskoczył. Danny Ratliff stał nie dalej niż o stopę od niego, a oczy płonęły mu strasznym blaskiem.

Wszyscy patrzyli na chłopca: Zębacz, Odum, Farish, ludzie z kutra krewetkowego, nawet grubas przy kasie.

Jakby z oddali dobiegł wyraźny, świdrujący głos Lasharon Odum:

— On tylko ogląda ze mną komiksy, tatku.

— To prawda? Prawda?

Zbyt skamieniały, by mówić, Hely przytaknął.

— Jak się nazywasz? — To burkliwe pytanie dobiegło z drugiego końca sali. Spojrzawszy tam, Hely zobaczył Farisha Ratliffa, który celował w niego zdrowym okiem jak wiertłem.

— Hely Hull — odparł chłopiec bez zastanowienia, a potem przerażony zatkał usta dłonią.

— O to chodzi, chłopcze — zachichotał Farish, nie odrywając zdrowego oka od Hely'ego, i posmarował koniec kija kosteczką niebieskiej kredy. — Nigdy nie mów nic, do czego nie jesteś s t w o r z o n y.

— Ja wiem, kim jest ten gówniarz — powiedział Danny Ratliff do starszego brata i wskazał podbródkiem na Hely'ego. — Mówisz, że nazywasz się Hull?

— Tak, proszę pana — potwierdził żałośnie Hely.

— Tak, proszę p a n a, słyszeliście? Nie panuj mi tu, mały...

— Nie ma nic złego w tym, że chłopak jest dobrze wychowany — wtrącił gwałtownie Farish. — Więc wołają na ciebie Hull?

— Tak, proszę pana.

— To brat tego Hulla, który jeździ starym cadillakiem z otwieranym dachem — Danny wyjaśnił Farishowi.

— Tatku — rozległ się w napiętej ciszy donośny głos Lasharon Odum.

— Tatku, czy ja i Rusty możemy pooglądać komiksy?

— Biegnij, złotko. — Odum klepnął córkę w tyłek. — Słuchaj — zabełkotał do Farisha i dla podkreślenia słów uderzył kijem w podłogę. — Jak mamy grać, to grajmy. Muszę iść.

Hely zobaczył z ulgą, że Farish rzuciwszy mu jeszcze jedno długie spojrzenie, już zaczął ustawiać kule.

Każdą uncję uwagi Hely skoncentrował na komiksie. Litery podskakiwały w takt bicia serca. Nie podnoś wzroku, mówił do siebie, nawet na

200

sekundę. Dłonie mu drżały, a twarz tak płonęła, że czuł, że zwraca uwagę wszystkich, jak ogień.

Farish rozbił kule tak głośno, że Hely się skrzywił. Kula wpadła do łuzy, a po czterech czy pięciu długich sekundach następna. Ludzie z kutra krewetkowego umilkli. Ktoś palił cygaro, a Hely'ego rozbolała głowa od smrodliwego dymu i od tłustego druku skaczącego po komiksie.

Długa cisza. Łup. Znowu długa cisza. Bardzo, bardzo cicho Hely zaczął się przesuwać do wyjścia.

Łup, łup. Cisza niemal wibrowała napięciem.

— Jezu! — ktoś krzyknął. — Mówiłeś, że ten sukinsyn nie widzi?

Zamęt. Hely minął kasę i już wychodził, kiedy czyjaś ręka chwyciła go od tyłu za koszulę, a wtedy ujrzał przed sobą byczą twarz łysego kasjera. Z przerażeniem spostrzegł, że wciąż ściska w dłoni *Tajemnice złowrogiego domu*, za które nie zapłacił. Gorączkowo wsunął dłoń do kieszeni krótkich spodenek. Jednak kasjer nie interesował się chłopcem; nawet na niego nie patrzył, chociaż trzymał go krzepko za koszulę. Ciekawiła go sytuacja przy stole bilardowym.

Hely rzucił na ladę ćwierć dolara i dziesięć centów, a kiedy tylko facet go puścił, wybiegł na ulicę. Popołudniowe słońce oślepiło go po mroku sali bilardowej; popędził chodnikiem, ledwo widząc na oczy.

Na placu nie było przechodniów — pora była zbyt późna — parkowało tylko kilka samochodów. Gdzie rower? Hely minął pocztę, świątynię masońską, był w połowie ulicy Main, kiedy przypomniał sobie, że zostawił rower w zaułku na tyłach ratusza.

Zawróciwszy, pobiegł zadyszany. W śliskim od mchu zaułku było bardzo ciemno. Raz, kiedy Hely był młodszy, wbiegł tam, nie patrząc, dokąd zmierza, i wpadł prosto na rozciągniętą postać włóczęgi (cuchnącą stertę łachmanów), która zajmowała prawie połowę długości zaułka. Kiedy Hely plasnął na włóczęgę, ten zerwał się, klnąc, i złapał chłopca za kostkę. Hely wrzasnął, jakby oblano go wrzącą benzyną; w ucieczce na oślep zgubił but.

Teraz jednak chłopiec był tak przerażony, że nie obchodziło go, na kogo nadepnie. Ślizgając się na omszałym betonie, wbiegł w zaułek i dopadł roweru. Brakowało miejsca, żeby wyjechać czy choćby obrócić rower. Hely chwycił za kierownicę, kręcił nią w jedną i drugą stronę, aż wysunął przednie koło i wreszcie wypchnął rower na chodnik, gdzie ku swemu przerażeniu ujrzał Lasharon z dzieckiem.

Hely zamarł. Dziewczynka leniwym ruchem podniosła niemowlę wyżej na biodrze i spojrzała na niego. Nie miał pojęcia, czego mogła od niego chcieć, ale ponieważ był zbyt przerażony, by powiedzieć cokolwiek, po prostu stał i wpatrywał się w nią z łomoczącym sercem.

Po chwili długiej jak wieczność Lasharon poprawiła niemowlę i powiedziała:

— Daj mi ten komiks.

Hely bez słowa sięgnął do tylnej kieszeni i wręczył jej zeszyt. Beznamiętnie, bez cienia wdzięczności, Lasharon przeniosła niemowlę na ramię i sięgnęła po komiks, ale zanim zdążyła go wziąć, dziecko chwyciło zeszyt w brudne małe łapki. Z poważnym wyrazem twarzy przyciągnęło komiks, po czym zamknęło na nim lepkie, utytłane czymś pomarańczowym usteczka.

Hely poczuł przypływ obrzydzenia. Co innego, jeśli ona chciała przeczytać komiks, a zupełnie co innego, jeśli chciała dać go dziecku do żucia. Lasharon nie zrobiła nic, by odebrać zeszyt. Zaczęła robić do dziecka maślane oczy, kołysała je w górę i w dół, jakby było czystym i ładnym maleństwem, a nie zasmarkanym bachorkiem.

— Dlaczego tatko płacze? — zapytała dziecinnym głosikiem, patrząc prosto w twarzyczkę dziecka. — Dlaczego tatko tam płacze? Hm?

— Włóż coś na siebie — powiedziała Ida Rhew do Harriet. — Woda kapie z ciebie na całą podłogę.

— Nieprawda. Wytarłam się po drodze do domu.

— Mimo to włóż coś.

W sypialni, ściągnąwszy kostium kąpielowy, Harriet włożyła krótkie spodenki khaki i jedyną czystą koszulkę, jaką miała: białą, z żółtą uśmiechniętą buzią. Nie cierpiała koszulki z uśmiechniętą buzią, prezentu urodzinowego od ojca. Była poniżająca, ale ojciec musiał uważać, że pasuje do Harriet, a to było bardziej irytujące niż sama koszulka.

Chociaż Harriet o tym nie wiedziała, koszulka z uśmiechniętą buzią (podobnie jak znaczki z symbolem pacyfistycznym oraz inne barwne i niestosowne prezenty, które ojciec przysyłał jej na urodziny) nie została wybrana przez ojca, ale przez jego kochankę z Nashville; gdyby nie kochanka (imieniem Kay), Harriet i Allison nie dostawałyby żadnych prezentów. Kay, która odziedziczyła niewielki majątek zbity na napojach, miała lekką nadwagę, słodki głos, łagodny uśmiech i kilka problemów psychicznych. Poza tym piła za dużo; razem z ojcem Harriet rozklejali się w barach nad jego biednymi córeczkami, uwięzionymi w Missisipi z szurniętą matką.

O kochance Dixa z Nashville wiedzieli wszyscy w miasteczku oprócz jego rodziny i jego żony. Nikt nie miał odwagi, by powiedzieć o tym Edie, ani serca, by powiedzieć komukolwiek innemu z rodziny. Koledzy Dixa z banku wiedzieli i nie aprobowali tego — ponieważ czasami przyprowadzał tę kobietę na firmowe uroczystości; szwagierka Roya Diala z Nashville poinformowała pana i panią Dial, że gołąbeczki mieszkają razem, a choć pan Dial (chwała mu za to) zatrzymał wiadomość dla siebie, pani Dial rozniosła nowinę po całej Alexandrii. Nawet Hely o tym wiedział. W wieku dziewięciu czy dziesięciu lat podsłuchał, jak mówiła o tym matka. Zagadnięta wprost, kazała mu przysiąc, że nigdy nie wspomni o tym Harriet, i dotrzymał słowa.

Hely'emu nigdy nie przyszło do głowy, żeby sprzeciwić się matce. Chociaż dochował tajemnicy — jedynej, jaką zataił przed przyjaciółką — to nie sądził, żeby Harriet szczególnie się przejęła, poznawszy prawdę. Co do tego się nie mylił. Prawda nie obeszłaby nikogo prócz Edie — ze względu na oburzoną dumę; bo choć Edie utyskiwała nad tym, że wnuczki wychowują się bez ojca, ani ona, ani nikt inny nie sugerował, że powrót Dixa w jakikolwiek sposób zrekompensowałby ten brak.

Harriet była w bardzo ponurym nastroju, tak ponurym, że czerpała perwersyjną przyjemność z koszulki z uśmiechniętą buzią. Samozadowolenie twarzyczki przywodziło na myśl ojca Harriet, choć miał niewiele powodów do takiej radości czy do tego, by oczekiwać radości od Harriet. Nic dziwnego, że Edie nim gardziła. Dało się to wyczuć nawet w sposobie, w jaki wymawiała jego imię: D i x o n, nigdy Dix.

Z kapiącym nosem i oczami piekącymi od basenowych chemikaliów Harriet siedziała przy oknie i wyglądała na podwórze od frontu, na soczystą zieleń drzew w letniej szacie z liści. Po pływaniu czuła dziwną ociężałość kończyn, a na pokój opadł ciemny lakier smutku, jak to zwykle się działo, kiedy Harriet długo siedziała bez ruchu. W dzieciństwie czasami skandowała sobie własny adres w takiej formie, w jakiej jawiłby się on przybyszowi z kosmosu. Harriet Cleve Dufresnes, ulica George 363, Alexandria, stan Missisipi, Ameryka, planeta Ziemia, Droga Mleczna... a poczucie dźwięczącego bezkresu, świadomość, że połyka ją czarna paszcza wszechświata — że ona sama jest tylko drobnym białym pyłkiem na nie kończącej się posypce z białego cukru — ta świadomość wywoływała czasami u Harriet uczucie duszności.

Kichnęła gwałtownie. Krople poleciały we wszystkie strony. Harriet zatkała nos, jej oczy łzawiły, zerwała się i zbiegła na dół po chusteczkę. Telefon dzwonił; prawie nie widziała, dokąd idzie; Ida stała przy stoliku z telefonem u stóp schodów, a nim Harriet zorientowała się, co się dzieje, Ida powiedziała:

— Już tu jest — i wręczyła jej słuchawkę.

— Posłuchaj, Harriet. Danny Ratliff jest teraz w sali bilardowej razem z bratem. To oni strzelali do mnie z mostu.

— Poczekaj — powiedziała Harriet zupełnie skołowana. Z trudem udało jej się stłumić kolejne kichnięcie.

— W i d z i a ł e m   go, Harriet. Jest straszny. On i jego brat.

Hely dalej paplał o kradzieży, strzelaninie, hazardzie, aż w końcu waga jego słów dotarła do Harriet. Słuchała w zdumieniu, pragnienie kichania znikło; z nosa wciąż kapało, więc odwróciła się niezgrabnie, próbując wytrzeć nos o krótki rękaw koszulki takim ruchem głowy, jakim kot Weenie pocierał łebkiem o dywan, kiedy coś mu wpadło do oka.

— Harriet? — spytał Hely, przerywając opowieść. Tak bardzo się palił, żeby opowiedzieć jej, co się stało, że zapomniał, że ze sobą nie rozmawiali.

— Jestem.

Zapadła chwila ciszy, w której Harriet usłyszała po stronie Hely'ego kordialną gadaninę w telewizji.

— Kiedy wyszedłeś z sali bilardowej? — spytała.

— Jakieś piętnaście minut temu.

— Oni pewnie wciąż tam są.

— Może. Wyglądało na to, że szykuje się na bijatykę. Faceci z kutra byli wściekli.

Harriet kichnęła.

— Chcę go zobaczyć. Jadę tam na rowerze.

— Hola. Nic z tych rzeczy — zaniepokoił się Hely, ale ona już odłożyła słuchawkę.

Nie było żadnej bijatyki, w każdym razie nic takiego, co Danny nazwałby bijatyką. Kiedy przez chwilę wydawało się, że Odum nie chce płacić, Farish chwycił krzesło, zwalił nim Oduma na podłogę i zaczął metodycznie kopać (w tym czasie dzieci kuliły się w drzwiach), a Odum wkrótce zaczął wyć i błagać Farisha, żeby wziął pieniądze. Prawdziwym zmartwieniem byli ludzie z kutra krewetkowego, którzy — gdyby tylko chcieli — mogli wzniecić poważne zamieszanie. Chociaż grubas w żółtej koszuli miał do opowiedzenia różne barwne historie, pozostali tylko pomruczeli między sobą i nawet chichotali, wprawdzie nieco gniewnie. Byli na urlopie i mieli dość forsy na rozkurz.

Na żałosne błagania Oduma Farish zareagował beznamiętnie. Jego filozofia brzmiała „zjadaj albo bądź zjadany", a wszystko, co mógł komuś odebrać, uważał za swoją pełnoprawną własność. Kiedy Odum kuśtykał gorączkowo tam i z powrotem, błagając Farisha, żeby pomyślał o jego dzieciach, uważna i radosna mina Farisha przypomniała Danny'emu, jak wyglądały dwa wilczury Farisha po tym, jak zagryzły, czy właśnie miały zagryźć, kota: czujne, konkretne, figlarne. Bez urazy, kocurku. Następnym razem będziesz miał więcej szczęścia.

Danny podziwiał konkretne podejście Farisha, chociaż sam nie miał nerwów do takich spraw. Mimo że czuł niesmak od palenia, zapalił jeszcze jednego.

— Wyluzuj się — powiedział Zębacz, stanął za Odumem i położył mu dłoń na ramieniu. Dobre samopoczucie Zębacza było niewyczerpane; bez względu na to, co się działo, był radosny i nie potrafił pojąć, dlaczego wszyscy inni nie wykazywali takiego hartu ducha.

Odum cofnął się lekko i krzyknął, raczej żałośnie niż groźnie:

— Zabieraj łapy, czarnuchu!

— Każdy może grać tak jak ty, bracie, bez żadnych problemów z odegraniem się. Później, jeżeli masz ochotę, odszukaj mnie w Esquire Lounge, to może coś wymyślimy.

Odum zatoczył się na ścianę z żużlowych bloków.

— Mój samochód — wykrztusił. Miał opuchnięte oko i zakrwawione usta.

W umyśle Danny'ego rozbłysło mimowolnie przykre wspomnienie — zdjęcia nagich kobiet wetknięte do czasopisma wędkarsko-myśliwskiego, które ojciec zostawił na szafce w łazience. Podniecenie, ale chore podniecenie, czerń i róż między nogami kobiet pomieszane z krwawiącym jeleniem ze strzałą w oku na jednej stronie i z nadzianą na haczyk rybą na następnej. Wszystko to — konający jeleń, który osunął się na przednie nogi, dysząca ryba — zlało się ze wspomnieniem szamoczącego się stworzenia, któremu brakło tchu, z koszmaru Danny'ego.

— Przestań — powiedział głośno.

— Co mam przestać? — spytał roztargniony Zębacz, który klepał kieszenie marynarki w poszukiwaniu fiolki.

— Ten hałas w moich uszach. Huczy i huczy.

Zębacz szybko pociągnął nosem, potem podał fiolkę Danny'emu.

— Nie daj się zdołować. Hej, Odum — zawołał przez salę. — Bóg kocha tego, który przegrywa z radością.

— Ho — powiedział Danny, łapiąc się za nos. Łzy napłynęły mu do oczu. Lodowaty smak środka dezynfekującego w gardle sprawił, że Danny poczuł się czysty, wszystko znowu wypłynęło na powierzchnię, wszystko migotało na jasnych wodach przetaczających się jak piorun nad bagnem, którym Danny rzygał: bagnem nędzy i zgnilizny, niebieskich kiszek pełnych gówna.

Danny oddał fiolkę Zębaczowi. W jego głowie wiał lodowaty, świeży wicher. Obskurna, zanieczyszczona sala bilardowa — same nie dopite kieliszki i brud — wydała mu się nagle jasna, czysta i komiczna. Z wysokim, melodyjnym ping uderzyła Danny'ego prześmieszna myśl, że rozmazany Odum, w tych swoich wiejskich ciuchach, z dyniowatą głową, wyglądał dokładnie jak Elmer Fudd. Patykowaty Zębacz, jak Królik Bugs, który wyskoczył z nory, opierał się o szafę grającą. Wielkie stopy, duże przednie zęby, nawet sposób, w jaki trzymał papierosa: Królik Bugs trzymał marchewkę pod takim właśnie zawadiackim kątem.

Z uczuciem słodkich zawrotów głowy i wdzięczności Danny sięgnął do kieszeni i odliczył z rulonu dwudziestkę; w dłoni trzymał jeszcze sto dolarów.

— Daj mu to na dzieciaki, człowieku — powiedział do Zębacza, wręczając pieniądze. — Ja spadam.

— Dokąd idziesz?

— Po prostu idę — usłyszał Danny własny głos.

Wyszedł do samochodu. Był sobotni wieczór, ulice opustoszały, zapowiadała się bezchmurna letnia noc, pełna gwiazd, ciepłego wiatru i rozświetlonego neonami nieba. Samochód był przepiękny: Trans Am w ślicznym odcieniu brązu, z otwieranym dachem i bocznymi otworami wentylacyjnymi. Danny dopiero co zafundował autu mycie z woskowaniem, a światło spływało z karoserii tak połyskliwie i namiętnie, że samochód przypominał pojazd kosmiczny tuż przed startem.

Jedna z córek Oduma — dosyć czysta jak na dziecko Oduma, poza tym ciemnowłosa, pewnie po innej matce — siedziała dokładnie po przeciwnej stronie ulicy, przed sklepem z artykułami metalowymi. Ze wzrokiem utkwionym w książce czekała na żałosnego ojca. Nagle zdał sobie sprawę, że dziewczynka patrzy na niego; nie drgnął ani jeden mięsień, ale jej oczy nie były już utkwione w książce, lecz wbite w niego; już wcześniej były wbite w niego, jak to się zdarza na amfetaminie, kiedy widzisz znak drogowy, który pojawia się potem przez dwie godziny; przeraziło go to tak, jak wcześniej kowbojski kapelusz na łóżku. Spid pieprzył poczucie czasu (dlatego nazywa się spid!, pomyślał zachwycony własnym sprytem: pikawa przyspiesza! czas zwalnia), tak, amfetamina wydłużała czas jak gumkę, strzelała nim raz po raz, a Danny miał niekiedy poczucie, że wszystko na świecie gapi się na niego, nawet koty, krowy, zdjęcia w pismach; wydawało się, że minęła cała wieczność, chmury płynęły nad głową jak na przyspieszonym filmie przyrodniczym, a dziewczynka wciąż wpatrywała się w niego bez mrugania chłodnymi, zielonymi oczami kota z piekła rodem, samego diabła.

Ale nie, dziewczynka jednak nie patrzyła na niego. Patrzyła w dół na książkę, jakby czytała ją przez całą wieczność. Sklepy były zamknięte, na ulicach ani śladu samochodów, długie cienie i chodnik migoczący jak w złym śnie. Danny cofnął się pamięcią do poranka z zeszłego tygodnia, kiedy wstąpił do White Kitchen po obejrzeniu wschodu słońca nad jeziorem: kelnerka, gliniarz, mleczarz i listonosz odwrócili głowy, żeby spojrzeć na niego, kiedy otworzył drzwi — poruszali się nonszalancko, udawali, że zaciekawił ich tylko dźwięk dzwonka — ale nie żartowali, patrzyli na n i e g o, tak, na niego, wszędzie lśniły zielone oczy fosforyzującego szatana. Danny był wtedy na nogach od siedemdziesięciu dwóch godzin, czuł się słaby i lepki, zastanawiał się, czy serce pęknie mu w piersi jak wielki balon z wodą, właśnie tu, w White Kitchen, gdzie dziwne, drobne, nastoletnie kelnerki wbijały w niego zielone sztylety oczu...

Spokojnie, spokojnie, powiedział do swego oszalałego serca. A jeśli nawet ta mała na niego patrzyła? Co z tego? Co, kurwa, z tego?! Danny spędził wiele upalnych, mozolnych godzin na tej samej ławce, czekając na własnego ojca. Nie czekanie było złe, ale strach przed tym, co on i Curtis mogli dostać później, jeżeli ojcu nie powiodła się gra. Nie było powodu, żeby wierzyć, że Odum nie spróbuje szukać pociechy za przegraną dokładnie w taki sam sposób: tak właśnie toczył się świat. „Dopóki mieszkasz pod m o i m dachem..." — żarówka kołysała się na kablu nad kuchennym stołem, a matka mieszała coś na piecu, jakby przekleństwa, uderzenia i krzyki były hałasem z telewizji.

Danny obrócił się dość gwałtownie i sięgnął do kieszeni po drobne dla dziewczynki. Zdarzało się, że jego ojciec też dawał drobne innym dzieciom, jeśli wygrał i był w dobrym nastroju. Z przeszłości przypłynęło wspomnienie samego Oduma: chudy nastolatek w dwukolorowej koszuli, z plerezą jasnych włosów pożółkłych od tłuszczu, którym je smarował, klękał obok małego Curtisa, częstował go gumą do żucia i mówił mu, żeby nie płakał...

Z pyknięciem zdumienia — słyszalnym pyknięciem, które poczuł jak mały wybuch w głowie — Danny pojął, że przez cały czas, kiedy wydawało mu się, że myśli, mówił na głos. Ale czy na pewno? Drobne ciągle trzymał w dłoni, ale kiedy wziął zamach, żeby je rzucić, kolejny wstrząs przeszył mu głowę, ponieważ dziewczynka znikła. Ławka była pusta; ani po jednej, ani po drugiej stronie ulicy nie było śladu dziewczynki ani żadnego innego stworzenia z wyjątkiem bezdomnego kota.

— Jodel-aj-hii-hoo — mruknął cicho Danny pod nosem.

— Ale c o s i ę s t a ł o? — zapytał Hely, którego zniecierpliwienie sięgało zenitu. Siedzieli na zardzewiałych metalowych schodach opuszczonego magazynu na bawełnę w pobliżu torów kolejowych. Było to podmokłe miejsce, osłonięte karłowatymi sosnami, a cuchnące czarne błoto przyciągało muchy. Na drzwiach magazynu wciąż widniały ciemne plamy sprzed dwóch lat, kiedy to Hely, Harriet i Dick Pillow, który teraz wyjechał na obóz de Selby, zabawiali się przez kilka letnich dni rzucaniem zabłoconymi piłkami tenisowymi w magazyn.

Harriet nie odpowiedziała. Jej milczenie zaczynało wytrącać Hely'ego z równowagi. Podniecony wstał i zaczął chodzić.

Mijały minuty. Jego doskonałe chodzenie najwyraźniej nie robiło na Harriet wrażenia. Wietrzyk zmarszczył kałużę wyrytą w błocie przez oponę.

Niezręcznie — ponieważ z jednej strony zależało mu na tym, żeby jej nie rozdrażnić, a z drugiej, by skłonić ją do mówienia — szturchnął Harriet łokciem.

— No, dalej — powiedział zachęcająco. — Czy on ci coś zrobił?
— Nie.
— Mam nadzieję. Nakopię mu w tyłek.

Sosnowy las, złożony głównie z marnych drzew nie nadających się na drewno, był bliski i duszny. Postrzępiona czerwona kora obłaziła wielkimi czerwonymi i złotymi płatami jak skóra węża. Za magazynem w wysokiej trawie grały świerszcze.

— Daj spokój. — Hely zerwał się, zadał ręką cios karate, a po nim nastąpiło mistrzowskie kopnięcie. — Przecież możesz mi powiedzieć.

Nieopodal zagrała szarańcza. Hely podniósł wzrok w połowie ciosu: szarańcza stanowiła zapowiedź burzy i deszczu, ale za czarną plątaniną gałęzi wciąż płonęło przejrzyste, duszące, błękitne niebo.

Hely zadał jeszcze dwa ciosy karate, wtórując sobie pod nosem: hu, hu, ale Harriet nawet na niego nie patrzyła.

— Co cię gryzie? — zapytał agresywnie, odrzucając długie włosy z czoła. Z powodu skupienia Harriet zaczynała go ogarniać niewytłumaczalna panika; zaczął podejrzewać, że opracowała pewien tajny plan, który nie uwzględniał jego osoby.

Spojrzała na niego tak gwałtownie, że przez chwilę sądził, że zerwie się i kopnie go w tyłek. Ale Harriet powiedziała tylko:

— Myślałam o tamtej jesieni, kiedy chodziłam do drugiej klasy. Wykopałam grób na podwórzu za domem.

— Grób? — powtórzył Hely sceptycznie. Sam próbował kopać doły na własnym podwórzu (podziemne bunkry, tunele do Chin), ale nigdy nie zagłębił się dalej niż na dwie stopy. — Jak byś się dostała do środka i wyszła?

— Nie był głęboki. Tylko... — Rozstawiła dłonie na szerokość stopy.

— O, taki. Na tyle długi, że mogłam się położyć.

— Po co miałabyś robić coś takiego? Hej, Harriet! — wykrzyknął, bo zauważył na ziemi olbrzymiego, dwucalowego żuka ze szczypcami i rogami. — Spójrz na niego, co? Człowieku! To największy robal, jakiego w życiu widziałem!

Harriet pochyliła się i przyjrzała żukowi bez zainteresowania.

— Faktycznie, nie byle co. W każdym razie, pamiętasz, jak leżałam w szpitalu na bronchit? Kiedy ominęła mnie szkolna zabawa Halloween?

— Jasne — odparł Hely, odwrócił wzrok od żuka i z trudem stłumił chęć podniesienia go i pomajstrowania przy nim.

— Właśnie dlatego się rozchorowałam. Ziemia była bardzo zimna. Przykrywałam się suchymi liśćmi i leżałam aż do zmroku, aż Ida wołała mnie do domu.

— Wiesz co? — powiedział Hely, który nie mogąc się oprzeć, trącił żuka nogą. — W *Wierzcie albo nie Ripley* jest jedna kobieta, która ma telefon w grobie. Kręcisz numer i pod ziemią dzwoni telefon. Czy to nie odjazd? — Hely usiadł obok Harriet. — Wyobraź sobie coś takiego: gdyby pani Bohannon miała w trumnie telefon i zadzwoniła do ciebie w środku nocy, mówiąc: „Chcę moją złotą perukę. Oddajcie mi złotą peruuuukę..."

— Lepiej nie — ucięła ostro Harriet, widząc, jak dłoń Hely'ego skrada się ku niej ukradkiem. Pani Bohannon, kościelna organistka, zmarła w styczniu po długiej chorobie. — Zresztą panią Bohannon pochowali w peruce.

— Skąd wiesz?

— Od Idy. Jej prawdziwe włosy wypadły od raka.

Przez pewien czas siedzieli w milczeniu. Hely rozglądał się za wielkim żukiem, ale ten niestety zniknął; zakołysał się na boki, piętą tenisówki zaczął rytmicznie kopać w metalową podstawkę schodów, bong, bong, bong, bong...

Co to była za historia z tym grobem? O czym ona mówiła? Hely zwierzał się Harriet ze wszystkiego. Był przygotowany na sesję złowieszczych szeptów w szopie na narzędzia, na groźby, spiski, napięcie; nawet gdyby Harriet go zaatakowała, byłoby to lepsze niż nic.

W końcu, przeciągając się i wzdychając ostentacyjnie, Hely wstał.

— No, dobrze — powiedział tonem ważniaka. — Oto plan. Do kolacji ćwiczymy z procą na placu ćwiczeń. — „Placem ćwiczeń" nazywał zakątek podwórza między warzywnikiem a szopą, gdzie ojciec Hely'ego trzymał kosiarkę do trawy. — Po paru dniach przerzucimy się na łuk i strzały...

— Nie chce mi się bawić.

— Mnie też nie — odparł Hely dotknięty. To był tylko dziecinny łuk i strzały z niebieskimi gumowymi przyssawkami i chociaż Hely czuł się nimi upokorzony, były lepsze niż nic. Żaden z tych planów nie interesował Harriet. Po chwili głębokiego zastanowienia chłopiec zaproponował — z wyrachowanym „Hej!", mającym świadczyć o nagłym podnieceniu — by pobiegli do niego do domu i zrobili, jak to określił, „inwentaryzację broni" (chociaż wiedział doskonale, że dysponowali tylko wiatrówką, zardzewiałym scyzorykiem oraz bumerangiem, którym nie potrafili rzucać). Kiedy i ta propozycja spotkała się ze wzruszeniem ramion, podsunął pomysł (całkowicie zdesperowany, bo jej obojętność była nie do zniesienia) odszukania jednego z numerów „Pani domu" jego matki i zapisania Danny'ego Ratliffa do Klubu Książki Miesiąca.

Harriet odwróciła głowę, ale spojrzenie, jakie mu posłała, bynajmniej nie napawało otuchą.

— M ó w i ę ci. — Hely czuł się nieco zażenowany, ale na tyle przekonany o skuteczności taktyki klubu książki, że kontynuował: — To najgorsza rzecz na świecie, jaką możesz komuś zrobić. Pewien dzieciak z naszej szkoły zrobił to tacie. Jeżeli zapiszemy wystarczająco dużo tych wieśniaków... Słuchaj — przerwał wytrącony z równowagi nieruchomym spojrzeniem Harriet. — J a mam to gdzieś. — Hely wciąż pamiętał o przeraźliwej nudzie związanej z samotnym siedzeniem w domu przez cały dzień, więc gdyby tylko Harriet poprosiła, z radością rozebrałby się i położył nago na ulicy.

— Jestem zmęczona — powiedziała z rozdrażnieniem. — Idę na chwilę do Libby.

— Zgoda — odparł Hely po chwili stoickiego oniemienia. — Podjadę tam z tobą.

W milczeniu poprowadzili rowery piaszczystą drogą wiodącą do szosy. Hely akceptował pierwszą pozycję, jaką Libby zajmowała w życiu Harriet, chociaż nie całkiem ją pojmował. Libby różniła się od Edie i innych ciotek; była serdeczniejsza, bardziej macierzyńska. Jeszcze w przedszkolu Harriet oznajmiła Hely'emu i innym dzieciom, że Libby jest jej matką; o dziwo nikt, nawet Hely, tego nie kwestionował. Libby była stara, mieszkała w innym domu niż Harriet, a mimo to pierwszego dnia właśnie ona przyprowadziła Harriet za rękę do przedszkola; ona przynosiła babeczki na urodziny Harriet i pomagała szyć kostiumy do *Kopciusz-*

ka (w którym Hely grał pomocną myszkę, a Harriet najmłodszą, najpaskudniejszą z sióstr przyrodnich). Chociaż Edie również pojawiała się w szkole, kiedy Harriet wpadała w tarapaty z powodu bójek czy odszczekiwania się, nikomu nigdy nie przyszło to głowy, że to o n a jest rodzicem Harriet: była o wiele za sroga, jak jedna z wrednych nauczycielek algebry w szkole średniej.

Niestety, Libby nie było w domu.

— Panna Cleve na cmentarzu — powiedziała senna Odean (której otwarcie tylnych drzwi zajęło sporo czasu). — Wyrywa chwasty z grobów.

— Chcesz tam pojechać? — spytał Hely, kiedy znowu znaleźli się na chodniku. — Ja mogę jechać.

Wyprawa rowerowa na cmentarz konfederatów wiązała się z ciężką jazdą w upale; droga przecinała autostradę i wiodła przez podejrzane dzielnice z knajpami serwującymi tamale, gdzie greckie, włoskie i murzyńskie dzieciaki kopały wspólnie piłkę na ulicy, a w obskurnym i barwnym sklepiku staruszek ze złotymi zębami sprzedawał twarde włoskie ciastka, kolorowe włoskie sorbety i papierosy luzem po pięć centów sztuka.

— Tak, ale Edie też jest na cmentarzu. Jest przewodniczącą Garden Club.

Hely przyjął tę wymówkę bez szemrania. Kiedy tylko mógł, trzymał się z dala od Edie, więc ani trochę się nie zdziwił, że Harriet chciała jej uniknąć.

— Wobec tego możemy pojechać do mnie — zaproponował, odgarniając włosy z oczu. — Chodź.

— Może ciotka Tatty jest w domu.

— Pobawmy się po prostu na twojej albo mojej werandzie — powiedział Hely i z goryczą cisnął łupiną fistaszka w przednią szybę zaparkowanego samochodu. Libby była w porządku, ale pozostałe dwie ciotki były prawie tak okropne jak Edie.

Ciotka Harriet Tat była wcześniej na cmentarzu z pozostałymi paniami z Garden Club, ale kazała się odwieźć do domu z powodu kataru siennego; była rozdrażniona, piekły ją oczy, na dłoniach wystąpiły czerwone pręgi od powoju i nie lepiej niż Hely potrafiła zrozumieć, dlaczego na popołudniową zabawę wybrano właśnie jej dom. Drzwi otworzyła w stroju ogrodniczym — bermudach i afrykańskiej dasiki. Edie miała bardzo podobny strój; były to prezenty od zaprzyjaźnionej misjonarki baptystki pracującej w Nigerii. Tkanina Kente była barwna i chłodna, toteż obie starsze panie często nakładały te egzotyczne podarki — do lekkich prac ogrodniczych czy sprawunków — zupełnie nieświadome symboliki Black Power, jaką ich „kaftany" sugerowały zaciekawionym gapiom. Młodzi Murzyni wychylali się z okien przejeżdżających samochodów i pozdrawiali Edie i Tatty podniesioną pięścią.

— Szare Pantery! — wołali. — Eldridge i Bobby w natarciu!

Tattycorum nie lubiła pracować na dworze; Edie zmusiła ją do zajęć w ramach Garden Club, a teraz Tat zamierzała ściągnąć spodnie khaki i „kaftan", żeby wrzucić je do pralki. Chciała zażyć benadryl; chciała się wykąpać; chciała skończyć wypożyczoną z biblioteki książkę, którą musiała zwrócić nazajutrz. Otworzywszy drzwi, nie ucieszyła się na widok dzieci, ale przywitała je łaskawie, z zaledwie odrobinką ironii.

— Jak widzisz, Hely, występuję bardzo nieformalnie — powiedziała po raz drugi, prowadząc dzieci przez ciemny korytarz, zwężony przez półki pełne starych książek prawniczych, do schludnego salonu-jadalni, zdominowanego przez potężny mahoniowy kredens i bufet z Utrapienia oraz poplamione stare lustro w złoconej ramie, sięgające aż do sufitu. Ptaki drapieżne, dzieło Audubona, patrzyły na nich groźnie z wysoka. Olbrzymi dywan Malayer — również z Utrapienia, o wiele za duży do któregokolwiek pokoju w tym domu — leżał zwinięty w gruby na stopę rulon po przeciwnej stronie pokoju, naprzeciwko drzwi, jak porośnięty pluszowym mchem pień, który próchniał krnąbrnie na ścieżce.

— Uważajcie na nogi — powiedziała Tat, podała im rękę i pomogła przejść przez dywan jak drużynowa przeprowadzająca dzieci przez zwalone drzewo w lesie. — Harriet powie ci, że jej ciotka Adelaide jest rodzinną gospodynią, Libby ma rękę do dzieci, Edith pilnuje, by pociągi jeździły punktualnie, ale ja nie mam uzdolnień w żadnej z tych dziedzin. Nie, tata zawsze nazywał mnie archiwistką. Czy wiesz, kto to taki?

Tat, przenikliwa i wesoła, obejrzała się na dzieci zaczerwienionymi oczami. Na jej policzku widniała smuga ziemi. Hely skrycie odwrócił wzrok, bo trochę się bał wszystkich starych ciotek Harriet; długie nosy i złośliwy, ptasi sposób bycia upodabniał je do gromady czarownic.

— Nie? — Tat odwróciła głowę i kichnęła donośnie. — Archiwistka — wydyszała — to tylko ładne określenie rupieciary... Harriet, kochanie, wybacz starej ciotce, że gadam do twojego biednego towarzysza. Stara ciotka nie chce się naprzykrzać, tylko ma nadzieję, że Hely nie wróci do domu i nie powie tej swojej miłej mamusi o tym, jaki mam tu bałagan. Następnym razem — ściszyła głos, zostając w tyle z Harriet — następnym razem, zanim tu przyjdziesz, powinnaś zatelefonować do ciotki Tatty. A gdyby nie było mnie w domu, żeby was wpuścić?

Tat głośno pocałowała obojętną Harriet w pulchny policzek (dziew-

212

czynka była brudna, za to chłopiec był ubrany czysto, choć dziwacznie, w długi biały T-shirt, który sięgał mu za kolana, jak staromodna koszula nocna). Zostawiwszy dzieci na werandzie za domem, pospieszyła do kuchni, gdzie — brzęcząc łyżeczką — przyrządziła lemoniadę z wody z kranu i proszku o smaku cytrynowym. Tattycorum miała prawdziwe cytryny i cukier, ale jej przyjaciółki z kółka, które miały wnuki, mówiły, że dzisiejsze dzieci kręcą nosem na autentyki. Zawołała do dzieci, żeby wzięły sobie napoje. (— Obawiam się, Hely, że jesteśmy tu bardzo nieformalni. Mam nadzieję, że nie masz nic przeciwko samoobsłudze), po czym popędziła się odświeżyć.

Na sznurze do prania, rozwieszonym na tylnej werandzie Tat, wisiała kołdra w duże brązowe i czarne kwadraty. Stolik, przy którym siedzieli, stał przed kołdrą jak element scenografii, a kwadraty na kołdrze odzwierciedlały małe pola rozstawionej między dziećmi szachownicy.

— Hej, co ci przypomina ta kołdra? — spytał wesoło Hely i kopnął nóżki swego krzesła. — Turniej szachowy w filmie *Pozdrowienia z Rosji*? Pamiętasz? Pierwsza scena z wielką szachownicą?

— Jeżeli dotkniesz tego gońca, będziesz musiał się nim ruszyć — ostrzegła Harriet.

— Już się ruszyłem. Tym pionkiem tam. — Hely'ego nie interesowały szachy ani warcaby; obie gry przyprawiały go o ból głowy. Podniósł szklankę z lemoniadą i udawał, że odkrył tajną wiadomość od Rosjan przyklejoną na dnie, ale Harriet nie zauważyła jego uniesionej brwi.

Nie tracąc ani chwili, dziewczynka wskoczyła czarnym skoczkiem na środek szachownicy.

— Gratuluję, sir — zapiał Hely, głośno odstawiając szklankę, chociaż nie został zaszachowany, a w pozycji nie było nic niezwykłego. — Błyskotliwy ruch. — Była to kwestia z turnieju szachowego z filmu o Bondzie, a Hely nie posiadał się z dumy, że ją zapamiętał.

Gra potoczyła się dalej. Hely zbił gońcem pionka Harriet, a potem klepnął się w czoło, bo Harriet momentalnie pobiła gońca skoczkiem.

— Nie możesz tego zrobić — powiedział, chociaż wcale nie był pewien, czy mogła czy nie. Ruchy skoczka ciągle wypadały mu z głowy, za co płacił słoną cenę, ponieważ skoczki były ulubionymi figurami Harriet, którymi ruszała się najlepiej.

Dziewczynka wpatrywała się w szachownicę, z podbródkiem wspartym smętnie na dłoni.

— Myślę, że on wie, kim jestem — powiedziała nieoczekiwanie.

— Chyba nic nie powiedziałaś, co? — spytał zaniepokojony Hely. Chociaż podziwiał jej odwagę, nie uważał, że Harriet postąpiła rozsądnie, kiedy sama poszła do sali bilardowej.

— Wyszedł na dwór i patrzył na mnie. Po prostu stał tam nieruchomo. Hely bezmyślnie przesunął pionek, byle tylko coś zrobić. Nagle poczuł się bardzo zmęczony i naburmuszony. Nie przepadał za lemoniadą — wolał colę — a szachy nie były jego ulubioną rozrywką. Miał własne szachy — ładne, prezent od ojca — ale grał nimi tylko wtedy, kiedy Harriet go odwiedzała, a sam najczęściej robił z figur nagrobki dla żołnierzy armii amerykańskiej.

Upał trzymał, nawet przy włączonym wentylatorze i do połowy opuszczonych żaluzjach, a alergia ciążyła Tat niemiłosiernie. Proszek od bólu głowy zostawił jej gorzki smak w ustach. *Marię królową Szkotów* położyła drukiem do dołu na kordonkowej kapie na łóżko i na chwilę zamknęła oczy.

Z werandy nie dobiegał nawet pisk; dzieci bawiły się bardzo cicho, ale trudno było odpocząć ze świadomością, że są w domu. Tyle było zmartwień o gromadkę dzieci z ulicy George, a tak niewiele dało się dla nich zrobić, pomyślała, sięgając po szklankę wody. Tat najbardziej martwiła się o Allison, bardziej ukochaną z dwóch ciotecznych wnuczek. Allison była jak jej matka, zbyt delikatna, by mogło jej to wyjść na zdrowie. Z doświadczenia Tat wynikało, że to właśnie łagodne, ciche dziewczęta, takie jak Allison i jej matka, dostawały od życia najokrutniejsze cięgi. Harriet przypominała babkę, za bardzo ją przypominała, i dlatego Tat nigdy nie czuła się swobodnie w obecności tego jasnookiego tygrysiątka, owszem, słodkiego teraz, kiedy Harriet była mała, ale w miarę jak rosła, traciła słodycz z każdym calem. Chociaż Harriet nie osiągnęła jeszcze samodzielności, wkrótce miał nadejść dzień, kiedy — podobnie jak Edith — rozkwitnie niezależnie od tego, czy spotka ją głód, krach banku czy inwazja Rosjan.

Drzwi sypialni zaskrzypiały. Tat drgnęła, przykładając dłoń do piersi.

— Harriet?

Stary Drapak — czarny kocur Tat — wskoczył zwinnie na łóżko i siadł wpatrzony w panią, szastając ogonem.

— Co ty tu robisz, Bombo? — zapytał kocur, czy raczej powiedziała za niego Tatty świdrującym, melodyjnym głosem, którego ona i siostry używały od dzieciństwa w rozmowach ze swymi zwierzakami.

214

— Przestraszyłeś mnie na śmierć, Drapaku — odparła, obniżając głos o oktawę do naturalnego tonu.

— Przecież potrafię otwierać drzwi, Bombo.

— Ćśś. — Tat wstała i zamknęła drzwi. Kiedy znowu się położyła, kot zwinął się wygodnie w kłębek przy jej kolanie i wkrótce oboje zasnęli.

Gum, babka Danny'ego, skrzywiła się, bezskutecznie próbując wyjąć oburącz z piekarnika żelazną rynienkę z chlebem kukurydzianym.

— Pomogę ci, Gum — powiedział Farish, zrywając się tak gwałtownie, że przewrócił aluminiowe krzesło kuchenne.

Gum uchyliła się i odsunęła od kuchenki, uśmiechając się do ukochanego wnuka.

— Och, Farish, poradzę sobie — powiedziała słabo.

Danny siedział ze wzrokiem wbitym w kraciasty obrus z ceraty i bardzo pragnął znaleźć się gdzie indziej. Kuchnia w domu na kołach była tak zagracona, że ledwo można się było poruszać, a od kuchenki bił taki żar i zapach, że nawet w zimie nie siedziało się tam przyjemnie. Kilka minut wcześniej Danny odpłynął w sen na jawie, sen o dziewczynie — nie prawdziwej dziewczynie, ale takiej jak duch. Ciemne włosy falowały jak zielsko nad płytkim stawem: może czarne, może zielone. Dziewczyna zbliżyła się przepysznie blisko, jakby chciała go pocałować, ale zamiast to zrobić, tchnęła mu w usta chłodne, świeże, cudowne powietrze, powietrze jak oddech raju. Danny'ego przeszedł dreszcz, tak słodkie było to wspomnienie. Chciał być sam, żeby smakować sen, który rozpływał się szybko, a Danny ze wszystkich sił pragnął znowu się w nim zanurzyć.

Wciąż jednak był tutaj.

— Farish — mówiła babka. — Tak mi przykro, że musiałeś wstać. — Z dłonią w dłoni śledziła wzrokiem sól i syrop, które Farish postawił głośno na stole. — Proszę cię, nie zawracaj sobie tym głowy.

— Siadaj, Gum — powiedział surowo Farish. Ten rytuał powtarzał się przy każdym posiłku.

Zerkając z żalem i ociągając się demonstracyjnie, Gum pokuśtykała na krzesło, pomrukując pod nosem, podczas gdy Farish krzątał się między kuchenką, stołem a lodówką na frontowej werandzie i nakrywał do stołu przy wtórze łomotów i trzasków. Kiedy postawił przed babką przeładowany talerz, ta odprawiła go słabym ruchem ręki.

— Zjedzcie pierwsi, chłopcy — powiedziała. — Eugene, może się poczęstujesz?

215

Farish spojrzał surowo na Eugene'a, który siedział cicho, z dłońmi splecionymi na kolanach, po czym postawił talerz przed Gum.

— Proszę... Eugene... — Trzęsącymi się dłońmi babka podała talerz Eugene'owi, który się wzdragał.

— Gum, jesteś chuda jak szczapa! — ryknął Farish. — W końcu wylądujesz w szpitalu.

Danny w milczeniu odgarnął włosy z twarzy i sięgnął po pajdę kukurydzianego chleba. Było mu za gorąco, czuł się zanadto nakręcony, by jeść, a przez nieziemski smród z wypycharni zwierząt zmieszany ze stęchłym tłuszczem i cebulą czuł, że już nigdy nie weźmie niczego do ust.

— Tak. — Gum uśmiechnęła się smutno do obrusa. — Uwielbiam gotować dla was wszystkich.

Danny był raczej pewien, że wbrew zapewnieniom babka nie uwielbiała gotować dla swoich chłopców. Była drobniutką, zasuszoną, brązową jak skóra istotą, zgarbioną od ciągłego kulenia się i tak zgrzybiałą, że wyglądała raczej na sto lat niż na jakieś sześćdziesiąt, a tyle w istocie miała. Przyszła na świat jako córka cajuńsko-francuskiego ojca i matki Indianki z plemienia Chickasaw, w chacie biednych dzierżawców ziemskich z klepiskiem i bez bieżącej wody (codziennie przypominała wnukom o tym niedostatku). W wieku trzynastu lat Gum wyszła za mąż za trapera starszego od niej o dwadzieścia pięć lat. Trudno było sobie wyobrazić, jak wtedy wyglądała — w czasach biednej młodości Gum nie było pieniędzy na takie zbytki jak aparaty fotograficzne i zdjęcia — ale ojciec Danny'ego (który namiętnie wielbił Gum, bardziej jak zalotnik niż syn) pamiętał ją jako dziewczynę o rumianych policzkach i lśniących czarnych włosach. Kiedy się urodził, Gum miała zaledwie czternaście lat i była (według Danny'ego) „najładniejszą pupcią szopa, jaką kiedykolwiek widzieliście". Pupcia szopa oznaczała Cajun, ale kiedy Danny był mały, wyobrażał sobie, że Gum jest po części szopem. Głęboko osadzone ciemne oczy, ostre rysy twarzy, pieńkowate zęby i drobne, brunatne, pomarszczone dłonie rzeczywiście upodabniały ją do tego zwierzęcia.

Gum była bowiem drobniuteńka. Z roku na rok kurczyła się coraz bardziej. Obecnie nie była o wiele większa niż węgielek o zapadniętych policzkach i zniszczonych, cienkich jak brzytwa ustach. Nigdy nie omieszkała przypomnieć wnukom, że przez całe życie ciężko pracowała, i to właśnie ciężka praca (której się nie wstydziła, o nie) postarzyła ją przed czasem.

Curtis w najlepsze pałaszował kolację, Farish raz po raz proponował Gum pomoc lub jedzenie, ale ona zbywała te propozycje smutnym machnięciem ręki. Farish był mocno przywiązany do babci; jej politowania godna ułomność nieodmiennie go wzruszała, a w rewanżu Gum schlebiała Farishowi w taki sam łagodny, uniżony sposób, w jaki schlebiała za życia ojcu chłopców. I tak jak pochlebstwa Gum wydobywały z ojca Danny'ego wszystko, co najgorsze (zachęcały do użalania się nad sobą, podsycały gniew, nadymały dumę, a przede wszystkim popychały do przemocy), przymilanie się Farishowi również wydobywało brutalną stronę jego natury.

— Farish, ja tyle nie zjem — mruczała Gum (chociaż chwila już minęła, a każdy z wnuków miał swój talerz). — Daj ten talerz bratu Eugene'owi.

Danny przewrócił oczami i odsunął się nieznacznie od stołu. Amfetamina poważnie nadwątliła jego cierpliwość, a całe zachowanie babci (słabe gesty odmowy, cierpiętniczy ton) było obliczone — jak tabliczka mnożenia — na to, by Farish wyładował gniew na Eugenie.

Tak się też stało.

— J e m u?! — Marszcząc brwi, Farish spojrzał na Eugene'a, który pochłaniał jedzenie przygarbiony nad stołem. Apetyt Eugene'a był drażliwą kwestią, źródłem nieustannych swarów, ponieważ jadł więcej niż którykolwiek z domowników, a jego wkład w budżet domowy był niewielki.

Curtis — z pełnymi ustami — wyciągnął zatłuszczoną rękę po kawałek kurczaka, który babcia podała drżącą dłonią nad stołem. Farish uderzył brata szybko jak błyskawica, a Curtis otworzył szeroko usta ze zdumienia. Kilka grudek na wpół przeżutego jedzenia padło na obrus.

— Och... niech sobie weźmie, jeśli ma ochotę — powiedziała czule Gum. — Masz, Curtis. Chcesz coś jeszcze zjeść?

— Curtis — odezwał się Danny, cały najeżony ze zniecierpliwienia; nie mógł znieść po raz tysięczny przykrego dramatu kolacyjnego. — Proszę, weź mojego. — Ale Curtis, który nie pojmował i nigdy nie miał pojąć prawdziwego charakteru tej gry, z uśmiechem sięgnął po nóżkę kurczaka dygoczącą przed jego twarzą.

— Jeżeli on to weźmie, przysięgam, że grzmotnę go stąd aż do... — warknął Farish, patrząc w sufit.

— Proszę, Curtis, w e ź   m o j e g o — powtórzył Danny.

— Albo mojego — powiedział nieoczekiwanie kaznodzieja, który siedział obok Eugene'a. — Jedzenia jest w bród. Jeżeli dzieciak ma ochotę.

Wszyscy zapomnieli o obecności kaznodziei. Odwrócili się ku niemu, a Danny skorzystał z okazji, pochylił się i niepostrzeżenie zeskrobał całą ohydną kolację na talerz Curtisa.

Curtis powitał tę gratkę ekstatycznym bełkotem.

— Kocham! — wykrzyknął, klaszcząc w dłonie.

— Wszystko jest bardzo smaczne — powiedział uprzejmie Loyal. Jego błękitne oczy były rozgorączkowane i zbyt intensywne. — Dziękuję wam wszystkim.

Farish znieruchomiał z pajdą chleba kukurydzianego w dłoni.

— W ogóle nie jesteś podobny do Dolphusa.

— Moja matka twierdzi, że jestem. Dolphus i ja mamy jasną karnację po rodzinie matki.

Farish zachichotał i zaczął pakować groch do ust kromką chleba. Chociaż najwyraźniej był na ostrym haju, zawsze jadł w obecności Gum, żeby nie sprawiać jej przykrości.

— Coś ci powiem o Kainie: brat Dolphus z pewnością znał się na rzeczy — powiedział z ustami pełnymi jedzenia. — Tam, w Parchman, tańczyłeś tak, jak ci zagrał. A kiedy nie chciałeś tańczyć, wtedy Dolphus rzucał się na ciebie. Curtis, jasna cholera! — wykrzyknął Farish, odsunął krzesło i przewrócił oczami. — Niedobrze mi się robi na twój widok. Gum, czy nie możesz go poprosić, żeby nie pakował łap do talerza?

— On nie potrafi — odparła Gum i wstała, żeby odsunąć talerz od Curtisa, po czym powoli, jakby zanurzała się w lodowatej wodzie, osunęła się na krzesło. Loyalowi skinęła uniżenie głową. — Obawiam się, że dobry Bóg nie poświęcił dość czasu temu chłopcu — powiedziała, mrugając przepraszająco. — Ale kochamy naszego małego potworka, prawda, Curtis?

— Kochamy — zapiał Curtis i podał babci kromkę chleba.

— Przestań, Curtis. Gum nie chce chleba.

— Bóg nie popełnia błędów — oświadczył Loyal. — Ogarnia nas wszystkich swym kochającym spojrzeniem. Błogosławiony jest Ten, który czyni swoje stworzenia różnymi.

— Módlcie się lepiej, żeby Bóg nie odwrócił wzroku, kiedy zaczniecie majstrować przy tych grzechotnikach — powiedział Farish, nalał sobie mrożonej herbaty i zerknął chytrze na Eugene'a. — Ty masz na imię Loyal?

— Zgadza się. Loyal Bright. Bright po matce.

— Powiedz mi, Loyal, jaki sens ma taszczenie tych gadów aż tutaj, skoro muszą siedzieć w cholernym pudle? Od ilu dni prowadzisz ten festiwal?

— Jeden dzień — odpowiedział Eugene z ustami pełnymi jedzenia, nie podnosząc wzroku.

— Nie mogę z góry założyć, że występ z wężami się powiedzie — stwierdził Loyal. — Czasami Bóg zsyła nam namaszczenie, czasami nie.

To On obdarowuje nas zwycięstwem. Niekiedy podoba Mu się wypróbować naszą wiarę.

— Musisz się czuć dość głupio, kiedy tak stoisz przed tłumem ludzi, a nigdzie nie widać ani śladu węża.

— Nic podobnego. Wąż został stworzony przez Niego i służy Jego woli. Jeżeli zabierzemy się do węży, a nie będziemy w zgodzie z Jego wolą, spotka nas krzywda.

— Dobra, Loyal — powiedział Farish, odchylając się na krześle. — Czy powiedziałbyś, że obecny tu Eugene nie jest całkiem w zgodzie z Panem? Może właśnie to stoi ci na przeszkodzie?

— Coś ci powiem — wtrącił nagle Eugene. — Na pewno nie pomaga, kiedy ktoś dźga węże kijami, dmucha w nie dymem z papierosów, drażni się z nimi...

— Czekaj...

— Farsh, widziałem, jak majstrowałeś przy wężach tam w ciężarówce.

— F a r s h! — prychnął pogardliwie Farish. Pewne słowa Eugene wymawiał w zabawny sposób.

— Nie śmiej się ze mnie.

— Uspokójcie się — poprosiła Gum słabym głosem.

— Gum — powiedział Danny, a potem powtórzył ciszej: — Gum — bo jego głos zabrzmiał tak głośno i nieoczekiwanie, że wszyscy przy stole podskoczyli.

— Tak, Danny?

— Chciałem cię zapytać, Gum... — Danny był tak nawalony, że nie potrafił sobie przypomnieć związku między rozmową przy stole a tym, co w tej chwili wychodziło mu z ust. — Czy wybrali cię do ławy przysięgłych?

Babcia złożyła kromkę białego chleba i zamoczyła w syropie.

— Tak.

— Co takiego? — spytał Eugene. — Kiedy zaczyna się proces?

— W środę.

— Jak się tam dostaniesz, skoro ciężarówka wysiadła?

— Ława przysięgłych? — zainteresował się Farish, prostując się na krześle. — Dlaczego ja nic o tym nie słyszałem?

— Biedna stara Gum nie chciała zawracać ci głowy, Farish...

— Ciężarówka nie jest w bardzo złym stanie — mówił Eugene. — Po prostu Gum nie może jej prowadzić. Nawet mi jest trudno obracać kierownicą.

— Ława przysięgłych?! — Farish gwałtownie odsunął krzesło od stołu. — Dlaczego wzywają inwalidkę? Chyba mogli znaleźć kogoś sprawnego...

— Z radością spełnię ten obowiązek — zapewniła Gum tonem męczennicy.

— Wiem, kochanie, mówię tylko, że chyba mogli znaleźć kogoś innego.

— Będziesz musiała siedzieć przez cały dzień na tych twardych krzesłach, z twoim artretyzmem...

— Powiem ci, że tak naprawdę to martwią mnie mdłości, jakich dostaję od tego lekarstwa — szepnęła Gum.

— Mam nadzieję, że im powiedziałaś, że przez tę podróż znowu wylądujesz w szpitalu. Wyciągać biedną starszą kobietę z domu...

— W jakim procesie bierze pani udział? — przerwał dyplomatycznie Loyal.

— Czarnuch ukradł traktor. — Gum zanurzyła chleb w syropie.

— Każą ci tam jechać tylko z tego powodu? — oburzył się Farish.

— Za moich czasów nie było tych wszystkich bzdurnych procesów — powiedziała Gum spokojnie.

Harriet zapukała, a kiedy nikt nie odpowiedział, pchnęła drzwi sypialni Tat. W półmroku ujrzała ciotkę drzemiącą na białej letniej kapie na łóżko, bez okularów i z otwartymi ustami.

— Tat? — powiedziała niepewnie. Pokój pachniał lekarstwami, wodą Grandee, olejkiem wetiwerowym, miętą i kurzem. Wentylator zataczał senne półobroty, dmuchając cienkie zasłony to w lewo, to w prawo. Tat spała dalej. W pokoju panował chłód i cisza. Na biurku fotografie w srebrnych ramkach: sędzia Cleve i prababka Harriet — z kameą na szyi — pod koniec ubiegłego stulecia; matka Harriet w rękawiczkach do łokci i obfitej fryzurze jako debiutantka w latach pięćdziesiątych; podretuszowane zdjęcie osiem na dziesięć przedstawiające męża Tat, pana Pinka jako młodzieńca oraz znacznie późniejsza błyszcząca fotografia z gazety, uwieczniająca moment odbierania przez pana Pinka nagrody Izby Handlowej. Na masywnej toaletce stały rzeczy Tat: krem na mróz Ponda, słoiczek ze spinkami do włosów, poduszeczka na szpilki, bakelitowy grzebień i szczotka oraz pojedyncza szminka — zwyczajna, skromna rodzinka, ustawiona jak do zdjęcia.

Harriet zebrało się na płacz. Rzuciła się na łóżko.

— Dobry Boże. Harriet? — Tat obudziła się gwałtownie i zaczęła po omacku szukać okularów. — Co się stało? Gdzie twój mały towarzysz?

— Poszedł do domu. Tatty, czy ty mnie kochasz?

— Co się stało? Która godzina, kochanie? — spytała, zerkając bezradnie na zegar przy łóżku. — Chyba nie płaczesz, co? — Tat pochyliła się i położyła dłoń na czole Harriet, ale było wilgotne i chłodne. — Co się, na Boga, stało?

— Czy mogę zostać na noc?

— Och, kochanie. Biedna Tatty jest ledwo żywa przez alergie... Proszę cię, powiedz mi, co się stało, kochana? Źle się czujesz?

— Nie będę przeszkadzać.

— Kochanie, moje kochanie. Ani ty, ani Allison nigdy mi nie przeszkadzacie, ale...

— Dlaczego ty, Libby i Adelaide n i g d y nie pozwalacie mi zostać na noc?

— Ależ, Harriet — wykrztusiła speszona Tat i zapaliła nocną lampkę.

— Wiesz, że to nieprawda.

— Nigdy mnie nie zapraszasz.

— Posłuchaj, Harriet. Wezmę kalendarz. Wybierzemy dzień w przyszłym tygodniu, do tego czasu poczuję się lepiej i...

Tat umilkła. Dziecko płakało.

— Posłuchaj — powiedziała ożywionym tonem. Chociaż Tat udawała zainteresowanie, kiedy jej przyjaciółki rozwodziły się na temat swoich wnuków, bynajmniej nie żałowała, że nie ma własnych. Dzieci irytowały ją i nudziły, co dzielnie próbowała ukrywać przed ciotecznymi wnuczkami. — Wezmę ręcznik. Poczujesz się lepiej, jeśli... Nie, chodź ze mną. Wstań, Harriet.

Ujęła Harriet za pulchną dłoń i zaprowadziła ciemnym korytarzem do łazienki. Odkręciła obydwa kurki, po czym wręczyła dziewczynce różowe mydło toaletowe.

— Proszę, kochanie. Umyj buzię i ręce... najpierw ręce. Teraz spryskaj wodą twarz, poczujesz się lepiej...

Tat zmoczyła ręcznik, pracowicie zwilżyła nim policzki Harriet, wreszcie wręczyła go dziewczynce.

— Trzymaj, kochanie. Zwilż tym ręcznikiem szyję i pod pachami, dobrze?

Harriet machinalnie spełniła polecenie; przetarła szyję, potem wsunęła ręcznik pod koszulę i wykonała parę słabych machnięć.

— Jestem pewna, że możesz się bardziej postarać. Czy Ida nie każe ci się myć?

— Tak, psze pani — odparła bezradnie Harriet.

— To czemu jesteś taka brudna? Czy ona nie pakuje cię codziennie do wanny?

— Tak, psze pani.

— Czy każe ci wsuwać głowę pod kran i sprawdza po twoim wyjściu, czy mydło się zamoczyło? Jeżeli tylko siedzisz w wannie z gorącą wodą, Harriet, to na nic. Ida Rhew wie doskonale, że powinna...

— To nie jest wina Idy! Dlaczego wszyscy obwiniają o wszystko Idę?

— Nikt jej nie o b w i n i a. Wiem, że kochasz Idę, kochanie, ale wydaje mi się, że twoja babcia powinna z nią pomówić. Ida nie zrobiła nic złego, po prostu kolorowi mają inne poglądy... och, Harriet. Proszę cię.

— Tatty załamała ręce. — Nie, błagam, nie zaczynaj znowu.

Po kolacji Eugene wyszedł za Loyalem z uczuciem niepokoju. Loyal sprawiał wrażenie spokojnego, gotowego na leniwą wieczorną przechadzkę, ale Eugene (który po kolacji przebrał się w niewygodny czarny garnitur kaznodziei) pocił się z niepokoju. Przejrzawszy się w bocznym lusterku ciężarówki Loyala, pospiesznie przyczesał grzebieniem zatłuszczoną siwą plerezę. Spęd religijny, który zorganizowali zeszłej nocy (na jakiejś farmie na drugim końcu hrabstwa), nie zakończył się sukcesem. Spragnieni sensacji gapie, którzy pojawili się w zarośniętej altanie, chichotali, rzucali kapslami i żwirem, zignorowali zbiórkę na tacę i rozeszli się przed końcem nabożeństwa. Zresztą kto mógł ich winić? Młody Reese, o oczach jak błękitne płomyki gazu, z włosami odrzuconymi w tył, jakby właśnie ujrzał anioła, mógł mieć w małym palcu więcej wiary niż ci wszyscy dowcipnisie razem wzięci, ale z pudła nie wypełzł ani jeden wąż, ani jeden. I choć Eugene był tym faktem zażenowany, nie kwapił się do wyciągnięcia gadów własnymi rękami. Loyal zapewnił go, że tej nocy, w Boiling Spring, mogli liczyć na cieplejsze przyjęcie, ale co Eugene'a obchodziło Boiling Spring? To prawda, znajdowała się tam skonsolidowana kongregacja wiernych, ale należała do kogoś innego. Pojutrze spróbują zgromadzić tłum na miejskim placu, ale jak mogło im się to udać, skoro ich najsilniejszy atut w przyciąganiu tłumów — węże — był zabroniony przez prawo?

Wszystko to najwyraźniej nie burzyło spokoju Loyala.

— Jestem tu, żeby pracować dla Boga — mówił. — A praca dla Boga to walka ze śmiercią. — Zeszłej nocy Loyal nic sobie nie robił z gwizdów tłumu, ale Eugene'owi, chociaż bał się węży i wiedział, że się nie zdobędzie się na branie ich na ręce, nie uśmiechała się kolejna noc publicznego upokorzenia.

Stali na oświetlonej betonowej płycie, którą wszyscy nazywali „garażem", z grillem na gaz na jednym końcu i koszem do koszykówki na drugim. Eugene zerknął nerwowo na ciężarówkę Loyala — na płótno skrywające pudła z wężami, na naklejkę na zderzaku z ukośnymi, fanatycznymi literami: *TEN ŚWIAT NIE JEST MOIM DOMEM!* Curtis na szczęście oglądał w domu telewizję (gdyby zobaczył, że wychodzą, zacząłby wrzeszczeć, żeby zabrali go ze sobą), a Eugene właśnie miał zaproponować, żeby wsiedli do ciężarówki i odjechali, kiedy trzasnęły drzwi z siatki i Gum ruszyła w ich stronę.

— Dzień dobry pani! — zawołał serdecznie Loyal.

Eugene odwrócił się bokiem. Ostatnio stale musiał walczyć z nienawiścią do babci; musiał sobie przypominać, że Gum jest tylko staruszką, w dodatku chorą od wielu lat. Pamiętał popołudnie dawno, dawno temu, kiedy on i Farish byli mali, a ojciec przywlókł się do domu pijany, wyciągnął ich z domu na kołach na podwórze, jakby chciał ich stłuc. Twarz miał czerwoną jak burak, mówił przez zaciśnięte zęby. Nie był zły, tylko płakał. „O Boże, odkąd się dowiedziałem dziś rano, nie mogę dojść do siebie. Dobry Boże, miej litość. Biedna Gum będzie z nami jeszcze najwyżej przez miesiąc czy dwa. Lekarze mówią, że rak przeżarł ją do kości".

To było dwadzieścia lat temu. Od tamtej pory przyszło na świat czterech braci — zdążyli dorosnąć, opuścić dom, zostać inwalidami, pójść do więzienia, a ojciec, wuj, matka, podobnie jak siostrzyczka, która przyszła na świat martwa, wszyscy leżeli w grobie. Za to Gum kwitła. Wyroki śmierci, wydawane przez różnych lekarzy i przedstawicieli systemu opieki zdrowotnej, przychodziły regularnie przez całe dzieciństwo i okres dojrzewania Eugene'a; do dziś Gum odbierała je mniej więcej co sześć miesięcy. Śledziona powiększyła się i groziła pęknięciem; wątroba lub trzustka, a może tarczyca odmówiły posłuszeństwa. Gum zjadał ten czy inny rodzaj raka, było ich tak dużo, że kości poczerniały jak węgiel drzewny, jak kości kurczaka w piecu. Rzeczywiście wyglądała na osobę przeżartą chorobą. Nie mogąc zabić staruszki, rak zamieszkał w niej, wymościł sobie wygodną siedzibę, zwinął się w kłębek w klatce piersiowej, zakorzenił się mocno, przebijał skórę koniuszkami macek w postaci czarnych brodawek. Eugene miał wrażenie, że gdyby teraz ktoś przekroił Gum, nie byłoby w niej krwi, tylko kłębowisko trującej gąbki.

— Jeśli mogę spytać, proszę pani, dlaczego chłopcy nazywają panią Gum? — zapytał grzecznie gość Eugene'a.

— Nikt tego nie wie, to imię po prostu przylgnęło! — wybuchnął Farish, wypadając z szopy wypychacza zwierząt. Snop światła elektrycznego pojawił się na trawie. Farish stanął za babcią, objął ją i połaskotał, jakby byli kochankami. — Chcesz, żebym wrzucił cię do tych węży w ciężarówce?

— Przestań — powiedziała apatycznie Gum. Uważała, że okazywa-

223

nie, jak bardzo lubiła tego rodzaju szorstkie zainteresowanie, uwłaczało jej godności, mimo to lubiła je, a choć jej twarz była beznamiętna, maleńkie czarne oczka skrzyły się przyjemnością.

Gość Eugene'a zajrzał podejrzliwie przez otwarte drzwi wypycharni/laboratorium. Pozbawiona okien szopa była skąpana w świetle nagiej żarówki: menzurki, miedziana rurka, niewiarygodnie skomplikowana sieć pomp próżniowych, probówek, palników i starych baterii łazienkowych. Ponure ślady działalności wypychacza zwierząt — płód pumy w formalinie i plastikowa skrzynka na przynętę pełna rozmaitych szklanych oczu — przywodziły na myśl laboratorium Frankensteina.

— Śmiało, wejdźcie do środka — powiedział Farish, okręcając się na pięcie. Puściwszy Gum, chwycił Loyala za koszulę na plecach i na wpół ponaglił go, na wpół wrzucił do szopy.

Eugene, pełen niedobrych przeczuć, ruszył za nimi. Gość — być może przyzwyczajony do podobnego obcesowego traktowania ze strony brata Dolphusa — nie okazywał zdenerwowania, ale Eugene znał Farisha na tyle, by wiedzieć, że jego dobry humor jest jak najbardziej powodem do zmartwień.

— Farsh — powiedział piskliwie. — Farsh.

Ukryte w mroku półki w szopie uginały się pod ciężarem słojów z chemikaliami i butelek po whisky z pozrywanymi nalepkami, pełnych ciemnych cieczy, których Farish używał do prac laboratoryjnych. Na odwróconym do góry dnem plastikowym wiadrze siedział Danny w gumowych rękawiczkach i skubał coś niewielkim narzędziem. Obok niego bulgotał szklany filtr. Z cienistego stropu spoglądał groźnie młody jastrząb z rozpostartymi skrzydłami, jakby gotował się do ataku. Na półkach, na topornych drewnianych podstawkach stały też okonie o wielkich paszczach, indycze łapki, łby lisów, koty domowe — od dorosłych kocurów po maleńkie kociaki, dzięcioły, ptaki wężojady oraz połatana, cuchnąca czapla biała.

— Coś ci powiem, Loyal. Raz ktoś mi przyniósł węża mokasyna t a k i e j wielkości. Żałuję, że już go nie mam, żeby ci pokazać, bo założę się, że był większy niż którakolwiek z twoich gadzin...

Obgryzając paznokieć, Eugene wcisnął się do szopy, spojrzał nad ramieniem Loyala i jakby po raz pierwszy dostrzegł wypchane kotki, czaplę białą z pochyloną szyją i o wysuszonych jak muszelki oczodołach.

— To jest mu potrzebne do wypychania — wyjaśnił, widząc, że wzrok Loyala pada na butelki whisky.

— Pan pragnie, abyśmy kochali Jego królestwo, strzegli go i byli pasterzami — powiedział Loyal, patrząc w górę na ponure ściany, które smród, truchła i cienie upodabniały do przekroju piekła. — Wybaczcie, ale nie wiem, czy to oznacza, że mamy prawo wypychać zwierzęta i wystawiać je na pokaz.

W kącie szopy Eugene dostrzegł stertę „Hustlerów". Zdjęcie na leżącej na szczycie okładce było odrażające.

— Chodźmy — rzekł, kładąc rękę na ramieniu Loyala, bo nie wiedział, co kaznodzieja mógł zrobić lub powiedzieć na widok fotografii, a nieprzewidziane zachowanie nie było rozsądne w obecności Farisha.

— Cóż, nie wiem, w jakiej kwestii masz rację, Loyal — powiedział Farish. Eugene patrzył z przerażeniem, jak brat pochyla się nad aluminiowym blatem, odrzuca włosy przez ramię i wciąga przez zrolowany banknot dolarowy biały proszek, który Eugene uznał za narkotyk. — Przepraszam, Loyal, ale czy mylę się, sądząc, że zjadłbyś ładny stek równie szybko jak obecny tutaj mój brat?

— Co to takiego? — zainteresował się Loyal.

— Proszek od bólu głowy.

— Farish cierpi na migreny — podsunął usłużnie Danny.

— Mój Boże — zwrócił się Loyal do Gum, która przy swoim ślimaczym tempie dopiero teraz dotarła z ciężarówki do drzwi szopy. — Trzeba przyznać, że choroby ciężko doświadczają twoje dzieci.

Farish odrzucił włosy i podniósł się znad stołu, głośno pociągając nosem. Niezależnie od tego, że jako jedyny członek rodziny otrzymywał rentę inwalidzką, nie życzył sobie, by o jego przypadłościach wspominano jednym tchem wraz ze zniekształceniem twarzy Eugene'a, nie mówiąc o poważniejszych problemach Curtisa.

— Święta prawda, Loyal — przytaknęła Gum, kiwając smutno głową. — Dobry Pan doświadczył mnie strasznie rakiem, artretyzmem, cukrzycą i tym… — Wskazała na czarnosiny strup na szyi wielkości ćwierćdolarówki. — W tym miejscu wbijają igły biednej Gum — mówiła, odchylając szyję, żeby Loyal dokładniej mógł zobaczyć. — Właśnie tutaj wbijają cewnik, widzisz…

— O której zamierzacie dziś rozruszać ludzi? — zapytał pogodnie Danny, z palcem przy dziurce od nosa, zażywszy własną dawkę proszku od bólu głowy.

— Czas na nas — powiedział Eugene do Loyala. — Chodź.

— Potem wsunęli mi w żyły na szyi ten, jak mu tam, balon, a potem…

— Gum, on musi już iść.

Gum zachichotała skrzekliwie i chwyciła czarno pocętkowanym szponem za rękaw białej koszuli Loyala. Zachwycona odkryciem tak współczującego słuchacza, nie chciała zbyt łatwo wypuścić go z rąk.

Harriet wracała od Tatty do domu. Leszczyny i magnolie rzucały cień na szerokie chodniki zasłane rozdeptanymi płatkami mirtu; w ciepłym powietrzu unosiła się smutna wieczorna muzyka organowa z Pierwszego Kościoła Baptystów. Domy przy Main były okazalsze niż te przy ulicy George, w stylu króla Jerzego i gotyckie, z okresu greckiego odrodzenia, w stylu włoskim i wiktoriańskim — relikty bawełnianego dobrobytu, który się załamał. Kilka domów, choć niewiele, wciąż znajdowało się w rękach potomków rodzin, które je zbudowały; parę z nich zostało nawet wykupionych przez zamożnych ludzi spoza miasta. Rosła też jednak liczba ruder, z trójkołowymi rowerkami na podwórzach i sznurami na pranie rozciągniętymi między kolumnami doryckimi.

Zapadał zmierzch. Na końcu ulicy zamigotał robaczek świętojański, a dwa inne błysnęły tuż pod jej nosem, pop, pop. Harriet nie była jeszcze gotowa, by wrócić do domu, i choć ulica Main była na tym odcinku opustoszała i trochę straszna, postanowiła, że pójdzie kawałek dalej, do hotelu Alexandria. Wszyscy nadal nazywali go hotelem Alexandria, chociaż hotel nie mieścił się tam już za życia Harriet ani nawet Edie. W czasie epidemii żółtej febry w siedemdziesiątym dziewiątym roku, kiedy do miasta napłynęli chorzy i ogarnięci paniką ludzie uciekający z Natchez i Nowego Orleanu na północ, umierających upakowano jak śledzie w puszce na werandzie i balkonie przeludnionego hotelu. Przybysze wrzeszczeli, szaleli, domagali się wody, a na trawniku od frontu leżeli zmarli.

Mniej więcej co pięć lat ktoś próbował ponownie otworzyć hotel Alexandria i założyć tam sklep, miejsce spotkań albo coś w tym rodzaju, ale takie próby nigdy nie trwały długo. Już przechodząc obok tego domu, ludzie czuli się nieswojo. Kilka lat temu ludzie spoza miasta próbowali otworzyć herbaciarnię w lobby, ale teraz była zamknięta.

Harriet zatrzymała się na chodniku. Na końcu pustej ulicy wznosił się hotel — majacząca w mroku biała rudera z wytrzeszczonymi oczami. Nagle wydało jej się, że w oknie na piętrze coś się poruszyło, coś trzepoczącego jak kawałek materiału; odwróciła się i z bijącym sercem pognała ciemniejącą ulicą, jakby ścigała ją cała sfora duchów.

Całą drogę do domu biegła, wpadła przez drzwi bez tchu, wyczerpana, przed oczami tańczyły jej plamki. Allison siedziała na dole przed telewizorem.

— Matka się niepokoi — powiedziała. — Idź i powiedz, że wróciłaś. Aha, dzwonił Hely.

Harriet znajdowała się w połowie schodów, kiedy matka zbiegła do niej, klapiąc pantoflami.

— G d z i e ś ty się podziewała?! Odpowiadaj! — Miała zaczerwienioną, błyszczącą twarz; na koszulę nocną narzuciła wymiętą starą białą koszulę, należącą do ojca Harriet. Chwyciwszy córkę za ramię, potrząsnęła nią, a potem — co było niewiarygodne — cisnęła nią o ścianę, tak że Harriet uderzyła głową o oprawioną grafikę piosenkarki Jenny Lind.

— Co się stało? — spytała Harriet, mrugając ze zdumienia.

— Masz pojęcie, jak ja się m a r t w i ł a m? — Głos matki był wysoki i dziwny. — Odchodziłam... od... zmysłów...

— Mamo? — Oszołomiona Harriet przesunęła ręką po twarzy. Czy ona była pijana? Ojciec zachowywał się czasami w taki sposób, kiedy przyjeżdżał na Dzień Dziękczynienia i za dużo wypił.

— Myślałam, że nie żyjesz. Jak śmiałaś...

— Co się stało? — Światło raziło Harriet w oczy i mogła myśleć jedynie o tym, że chce się znaleźć na górze w swojej sypialni. — Byłam tylko u Tat.

— Bzdura. Powiedz prawdę.

— N a p r a w d ę — powiedziała Harriet niecierpliwie i znowu spróbowała wyminąć matkę. — Zadzwoń do niej, jeśli mi nie wierzysz.

— Rano na pewno to zrobię. Teraz powiedz, gdzie byłaś.

— No, dalej — rzuciła Harriet, zirytowana tym, że zagrodzono jej drogę. — Z a d z w o ń do niej.

Matka Harriet zrobiła szybki, gniewny krok w stronę córki, która równie szybko cofnęła się o dwa kroki. Wzrok dziewczynki padł na pastelowy portret matki (wesołe oczy, płaszcz z wielbłądziej wełny i lśniący kucyk nastoletniej królewny), narysowany na paryskiej ulicy podczas europejskiej podróży Charlotte po ukończeniu liceum. Oczy na portrecie, przesadnie podkreślone białą kredą, zdawały się żywo współczuć Harriet.

— Dlaczego chcesz mnie dręczyć w ten sposób?

Harriet odwróciła wzrok od portretu i spojrzała na tę samą twarz, tyle że znacznie starszą, o nienaturalnym wyglądzie, jakby odtworzono ją po jakimś strasznym wypadku.

— Dlaczego?! — krzyczała matka. — Chcesz mnie doprowadzić do obłędu?!

Dziewczynka poczuła na głowie ostrzegawcze swędzenie. Co pewien czas matka zachowywała się dziwnie, bywała zdezorientowana albo zmartwiona, ale nigdy w takim stopniu. Była dopiero siódma; w lecie Harriet często wracała po dziesiątej, a matka nie zwracała na to uwagi.

Allison stała u stóp schodów, z dłonią na gałce poręczy w kształcie tulipana.

— Allison, co się stało mamie? — spytała Harriet naburmuszonym tonem.

Wtedy matka spoliczkowała ją. Uderzenie nie było mocne, ale zabrzmiało bardzo głośno. Harriet przytknęła dłoń do policzka i wpatrywała się w matkę, która oddychała pospiesznie, dziwnymi, krótkimi sapnięciami.

— Co ja takiego zrobiłam, mamo? — Była zbyt zszokowana, by płakać. — Jeżeli się niepokoiłaś, to czemu nie zadzwoniłaś do Hely'ego? — Przecież nie mogę wydzwaniać do Hullów i stawiać całego domu na nogi tak wcześnie rano!

Allison wyglądała na nie mniej oszołomioną niż Harriet. Harriet poczuła, że dotarła do sedna nieporozumienia, czymkolwiek ono było.

— Ty coś zrobiłaś! — wrzasnęła. — Co jej powiedziałaś?

Ale oczy Allison — okrągłe, pełne niedowierzania — były utkwione w matkę.

— Jak to „rano", mamo?

Charlotte skamieniała z dłonią na poręczy.

— Jest wieczór. Wtorkowy wieczór — powiedziała Allison.

Charlotte trwała przez chwilę w bezruchu z szeroko otwartymi oczami i rozchylonymi ustami. W końcu, głośno klapiąc pantoflami, zbiegła ze schodów i wyjrzała przez okno przy drzwiach wejściowych.

— Nie do wiary — wykrztusiła, opierając się obiema dłońmi na parapecie. Potem otworzyła drzwi i wyszła na pogrążoną w mroku werandę. Bardzo powoli, jak we śnie, podeszła do huśtawki i usiadła.

— Wielkie nieba — powiedziała. — Masz rację. Obudziłam się, zegar wskazywał szóstą trzydzieści, więc pomyślałam, że jest szósta rano.

Przez chwilę słychać było tylko świerszcze i głosy z ulicy. Godfreyowie mieli gości: na podjeździe stał nieznany biały samochód, a przy krawężniku przed domem parkowała furgonetka. Od strony werandy za domem unosiły się w żółtawym świetle smugi dymu z grilla.

Charlotte spojrzała na Harriet. Miała spoconą, zbyt bladą twarz, a jej źrenice tak się rozszerzyły, że tęczówki skurczyły się do niebieskich koron, jarzących się wokół zaćmionych księżyców.

— Harriet, myślałam, że nie było cię całą noc... — Charlotte dyszała jak podtopiona. — Kochanie, myślałam, że cię porwali albo że nie żyjesz. Mama miała zły sen i... o Boże. Uderzyłam cię. — Zasłoniła twarz dłońmi i rozpłakała się.

— Wejdź do środka, mamo — poprosiła cicho Allison. — Proszę cię. Godfreyowie albo pani Fountain nie powinni widzieć, jak matka płacze na werandzie w koszuli nocnej.

— Chodź do mnie, Harriet. Czy możesz mi wybaczyć? Mama ma niedobrze w głowie — łkała we włosy Harriet. — Tak mi przykro...

Harriet, przyciśnięta do matczynej piersi pod niewygodnym kątem, próbowała się nie wiercić. Czuła, że się dusi. Gdzieś w górze matka szlochała i zanosiła się rwącym kaszlem jak wyrzucony na plażę rozbitek. Różowy materiał koszuli nocnej, przyciśnięty do policzka Harriet, był tak powiększony, że nie wyglądał już jak materiał, ale jak kreskowanie przekroju technicznego. To było zajmujące. Harriet zamknęła oczy na piersi matki. Różowy kolor znikł. Oczy otwarte: znowu się pojawił. Eksperymentowała, przymykając to jedno, to drugie oko; patrzyła, jak złudzenie optyczne skacze tam i z powrotem, aż na materiał padła nienormalnie duża łza i rozpełzła się w purpurową plamę. Matka chwyciła ją nagle za ramiona. Jej błyszcząca twarz pachniała kremem; czarne jak tusz oczy były obce jak oczy rekina, którego Harriet widziała w akwarium nad Zatoką Meksykańską.

— Ty nie wiesz, jakie to uczucie — powiedziała Charlotte.

Harriet została ponownie przyciśnięta do matczynej koszuli nocnej. Skoncentruj się, nakazała sobie. Jeśli natęży myśli z dostateczną siłą, znajdzie się gdzie indziej.

Na werandę padł ukośnie równoległobok światła. Drzwi wejściowe były otwarte na oścież.

— Mamo? — rozległ się bardzo cichy głos Allison. — Proszę...

Kiedy matka wreszcie pozwoliła wziąć się za rękę i wprowadzić do domu, Allison powiodła ją ostrożnie na kanapę, posadziła z poduszką za głową i włączyła telewizor. Paplanina, skoczna muzyka i beztroskie głosy przyniosły prawdziwą ulgę. Potem Allison zaczęła się krzątać, przynosząc chusteczki, proszki od bólu głowy, papierosy i popielniczkę, mrożoną herbatę i torebkę z lodem, którą matka trzymała w zamrażalniku — niebieską jak woda w basenie, w kształcie karnawałowej maski arlekina — i kładła sobie na oczach, kiedy dokuczały jej zatoki albo migreny.

Matka przyjęła chusteczkę i herbatę, a potem nie przestając mamrotać, przyłożyła do czoła akwamarynową torebkę z lodem.

— Co wy musicie sobie o mnie myśleć?... Tak mi wstyd...

Torebka z lodem nie umknęła uwagi Harriet, która przyglądała się matce z fotela naprzeciwko. Kilkakrotnie widziała, jak ojciec, nazajutrz po pijaństwie, siedząc sztywno za biurkiem, z niebieską torebką z lodem przywiązaną do głowy, wydzwaniał albo gniewnie wertował papiery. Jednak oddech matki nie pachniał alkoholem. Tam, na werandzie, przyciśnięta do matczynej piersi, nic nie poczuła. W istocie, matka nie piła, w każdym razie nie tak jak ojciec Harriet. Czasami mieszała sobie burbona z colą, ale najczęściej chodziła z drinkiem przez cały wieczór, aż lód się stopił, serwetka się przemoczyła i Charlotte zasypiała, zanim zdążyła wszystko wypić.

Allison ponownie stanęła w drzwiach. Pospiesznie spojrzała na matkę, upewniając się, że nie patrzy, po czym bezgłośnie powiedziała do Harriet: „Dziś są jego urodziny".

Harriet zamrugała. Oczywiście, jak mogła zapomnieć. Zazwyczaj to rocznica jego śmierci, w maju, stawała się przyczyną ataków matki: wybuchała płaczem, ogarniała ją irracjonalna panika. Kilka lat temu doszło do tego, że nie była w stanie wyjść z domu na zakończenie ósmej klasy Allison. Jednak w tym roku majowa data minęła bez wydarzeń.

Allison odchrząknęła i powiedziała:

— Robię ci kąpiel, mamo. — Jej głos zabrzmiał dziwnie szorstko i dorośle. — Jeśli nie chcesz się kąpać, to nie musisz.

Harriet ruszyła na górę, ale matka wyrzuciła przed siebie rękę w nagłym, panicznym geście, jakby zamierzała przejść przed nadjeżdżającym samochodem.

— Dziewczynki! Moje dwie słodkie dziewczynki! — Poklepała sofę po obu stronach, a chociaż twarz miała opuchniętą od płaczu, w jej głosie pobrzmiewał figlarny ton dziewczyny z portretu w holu.

— Harriet, dlaczego nic nie powiedziałaś? Czy dobrze się bawiłaś u Tatty? O czym rozmawiałyście?

Intensywne spojrzenie matki ponownie odjęło Harriet mowę. Z niewiadomego powodu mogła myśleć tylko o dawnej wizycie w wesołym miasteczku, kiedy w ciemnościach, uwiązany na żyłce wędkarskiej, unosił się duch, który nieoczekiwanie uderzył ją prosto w twarz. Do dziś budziła się czasami z głębokiego snu, w którym rzucał się na nią biały kształt.

— Co robiłaś u Tatty?

— Grałam w szachy. — W ciszy, jaka następnie zapadła, Harriet usiłowała wymyślić jakąś zabawną uwagę, którą mogłaby dołączyć do odpowiedzi.

Matka objęła Allison, żeby nie czuła się wykluczona.

— A ty dlaczego nie poszłaś, kochanie? Jadłaś już kolację?

— Zapraszamy na film tygodnia programu ABC — rozległ się głos w telewizorze. — Ja, Natalia, w rolach głównych Patty Duke, James Farentino i Martin Balsam.

Kiedy pojawiły się napisy początkowe filmu, Harriet wstała i ruszyła na górę do swego pokoju, ale matka poszła za nią.

— Czy nienawidzisz mamy za to, że zachowała się jak szalona? —

spytała, stając zgarbiona w otwartych drzwiach pokoju Harriet. — Może zejdziesz i obejrzysz z nami film? Tylko my trzy?

— Nie, dziękuję — odparła grzecznie Harriet. Matka patrzyła na dywan, niepokojąco blisko, jak zdała sobie sprawę Harriet, plamy smoły. Plama wciąż była częściowo widoczna przy łóżku.

— Ja... — Wydawało się, że w gardle matki przerwał się sznurek. Powiodła bezradnym wzrokiem po pluszowych zwierzątkach Allison, po stercie książek przy łóżku Harriet koło okna. — Musisz mnie nienawidzić — powiedziała ochryple.

Harriet wbiła wzrok w podłogę. Nie znosiła takich melodramatycznych scen w wydaniu matki.

— Nie, mamo. Po prostu nie mam ochoty na ten film.

— Och, Harriet, śnił mi się koszmarny sen. To było takie straszne, kiedy obudziłam się, a ciebie nie było. Wiesz, że mama cię kocha, prawda, Harriet?

Harriet nie mogła się zdobyć na odpowiedź. Czuła odrętwienie, jakby znajdowała się pod wodą: długie cienie, niesamowite, zielonkawe światło lampy, wiatr kołyszący zasłonami.

— Nie wiesz, że cię kocham?

— Tak — powiedziała Harriet, ale jej głos zabrzmiał słabo, jakby dobiegł z oddali albo należał do kogoś innego.

Rozdział 4

MISJA

Harriet wydawało się dziwne, że nie znienawidziła Curtisa pomimo całej wiedzy na temat jego rodziny. Oto — w tym samym miejscu ulicy, w którym ostatnio go spotkała — stawiał platfusowate stopy wzdłuż krawężnika. Ściskając w dłoniach pistolet na wodę, kołysał pulchnym ciałem w przód, w tył i na boki. W obskurnym domu, który strzegł Curtis — jakiejś taniej czynszówce — stuknęły drzwi z siatki. Na zewnętrzną klatkę schodową wyszło dwóch mężczyzn dźwigających dużą skrzynię przykrytą brezentem. Mężczyzna zwrócony twarzą do Harriet był bardzo młody, bardzo niezgrabny i miał bardzo błyszczące czoło; włosy stały mu dęba, a w szeroko otwartych oczach malowało się zaskoczenie, jakby właśnie oddalił się z miejsca eksplozji. Jego towarzysz, który pierwszy wyszedł z domu tyłem, tak się spieszył, że o mało się nie potknął. Mimo ciężkiej skrzyni, wąskich schodów i niebezpiecznego kąta brezentowej pokrywy — która groziła, że lada chwila ześlizgnie się i oplącze ich obydwu — nie zatrzymali się nawet na chwilę, ale w szalonym tempie zbiegli po schodach.

Curtis zamuczał, zakołysał się jak kaczka i wycelował pistolet na wodę w mężczyzn dokładnie w momencie, kiedy odwrócili skrzynię na sztorc i wsunęli do furgonetki zaparkowanej na podjeździe. Kufa furgonetki również była obciągnięta brezentem. Starszy i tęższy z mężczyzn (biała koszula, czarne spodnie i rozpięta czarna kamizelka) odgarnął brezent łokciem i uniósł swój koniec skrzyni.

— Ostrożnie! — zawołał młodszy mężczyzna o zmierzwionych włosach, bo skrzynia przechyliła się z głośnym łoskotem.

Drugi mężczyzna, wciąż odwrócony plecami do Harriet, otarł czoło chusteczką. Na kark opadała mu przetłuszczona plereza siwych włosów. Mężczyźni poprawili brezent i znowu weszli na schody.

Harriet przyglądała się tej tajemniczej mitrędze bez szczególnego zainteresowania. Hely potrafił godzinami gapić się na robotników na ulicy, a jeśli się zaciekawił, podchodził i zasypywał ich pytaniami, ale takie rzeczy jak ładunek, pracownicy czy sprzęt nudziły Harriet. Interesował ją Curtis. Jeżeli to, co Harriet słyszała przez całe życie, było prawdą, bracia Curtisa nie traktowali go dobrze. Czasami przychodził do szkoły z niesamowitymi sińcami na rękach i nogach, w charakterystycznym dla samego Curtisa kolorze sosu żurawinowego. Mówiło się, że chłopak był po prostu bardziej delikatny, niż na to wyglądał, że siniaki łatwiej występowały na jego skórze, podobnie jak przeziębiał się łatwiej niż inne dzieci. Mimo to nauczyciele czasami wypytywali Curtisa o siniaki. Harriet nie wiedziała, o co dokładnie go pytali i co im odpowiadał, ale wśród dzieciaków panowało niejasne, acz powszechne przekonanie, że Curtisem pomiatają w domu. Nie miał rodziców, tylko braci i niedołężną starą babcię, która skarżyła się, że jest zbyt słaba, żeby się nim zajmować. Często przychodził w zimie do szkoły bez palta, bez pieniędzy na drugie śniadanie i bez drugiego śniadania (albo z jakimś niezdrowym drugim śniadaniem w rodzaju słoika z galaretką, który trzeba mu było zabierać). Chroniczne wymówki babci wywoływały pełne niedowierzania spojrzenia nauczycieli. Ostatecznie Akademia Alexandria była szkołą prywatną. Skoro rodzinę Curtisa stać było na czesne — tysiąc dolarów rocznie — to dlaczego nie było jej stać na drugie śniadanie i palto?

Harriet współczuła Curtisowi, ale na odległość. Owszem, był dobroduszny, ale jego zamaszyste, niezborne ruchy wprawiały ludzi w zdenerwowanie. Małe dzieci bały się go; dziewczynki nie chciały siadać obok niego w szkolnym autobusie, bo próbował dotykać ich twarzy, ubrania i włosów. Chociaż jeszcze nie zauważył Harriet, już truchlała na myśl o tym, co będzie, kiedy ją dostrzeże. Niemal automatycznie, ze wzrokiem wbitym w ziemię, wstydząc się, przeszła na drugą stronę ulicy.

Drzwi z siatki stuknęły znowu i dwaj mężczyźni zeszli po schodach z kolejną skrzynią w chwili, kiedy zza rogu wyjechał długi, lśniący, perłowoszary lincoln continental. Obok Harriet przesunął się dostojnie profil pana Diala. Ze zdumieniem spostrzegła, że samochód skręca na podjazd.

Po załadowaniu ostatniej skrzyni na furgonetkę i przykryciu ładunku brezentem, dwaj mężczyźni wchodzili na schody już bardziej zrelaksowanym krokiem. Drzwiczki samochodu otworzyły się: klik.

— Eugene? — zawołał pan Dial, wysiadł z samochodu i minął Curtisa, nie zauważając go. — Eugene. Pół sekundy.

Mężczyzna z siwą plerezą zamarł. Kiedy się odwrócił, Harriet wzdrygnęła się na widok czerwonej plamy na jego twarzy, podobnej do odbicia dłoni pokrytej czerwoną farbą.

— Cieszę się, że cię zastałem. Trudno cię złapać, Eugene — mówił pan Dial, wchodząc za nimi na schody, chociaż go nie zaprosili. Podał rękę młodemu, żylastemu mężczyźnie, który rozglądał się na wszystkie strony, jakby zamierzał czmychnąć. — Roy Dial, Dial Chevrolet.

— To jest... To jest Loyal Reese — przedstawił starszy, wyraźnie zakłopotany mężczyzna, dotykając czerwonego znamienia na policzku.

— Reese? — Pan Dial przyjrzał się nieznajomemu z przyjemnością.
— Nie jesteś stąd, prawda?

Młody wydukał coś w odpowiedzi, a choć Harriet nie usłyszała dokładnie słów, akcent zabrzmiał wyraźnie: wysoki, nosowy głos mieszkańca wyżyn.

— Cieszę się, że do nas zawitałeś, Loyal... To tylko odwiedziny, tak? Ponieważ... — pan Dial uniósł dłoń, uprzedzając protesty — ...istnieją pewne warunki najmu. Tylko jeden lokator. Chyba dobrze będzie, jeśli się zrozumiemy, co, Gene? — Pan Dial skrzyżował ręce na piersiach w takim samym geście jak na lekcjach w szkole niedzielnej Harriet.

— Przy okazji, jak ci się podobają nowe drzwi z siatki, które dla ciebie wstawiłem?

Eugene zdobył się na uśmiech i odparł:

— Bardzo ładne, panie Dial. Wyglądają lepiej niż poprzednie. — Blizna i uśmiech upodabniały go do dobrodusznego upiora z horroru.

— A grzejnik na wodę? — pytał pan Dial, zacierając ręce. — Teraz możesz znacznie szybciej podgrzać sobie wodę na kąpiel i w ogóle. Gorącej wody ci nie brakuje, co? Ha, ha, ha.

— Panie Dial...

— Pozwól, że przejdę do rzeczy — przerwał mu pan Dial, przekrzywiając głowę. — Chyba się zgodzisz, że utrzymywanie porozumienia leży w naszym obopólnym interesie?

Eugene wyglądał na zdezorientowanego.

— Podczas moich dwóch ostatnich wizyt nie wpuściłeś mnie do środka. Pomożesz mi, Eugene? — Podniósł rękę, nie dopuszczając Eugene'a do głosu. — Co tu się dzieje? Jak możemy poprawić sytuację?

— Panie Dial, uprzejmie nie wiem, co pan ma na myśli.

— Jestem pewien, że nie muszę ci przypominać, Eugene, że jako właściciel mam prawo wstępu do lokalu, jeśli uznam to za stosowne. Pomóżmy sobie nawzajem, dobrze? — Dial wchodził po schodach. Młody Loyal Reese, który chyba nigdy nie był w takim szoku, cicho cofał się po schodach do mieszkania.

— Uprzejmie nie pojmuję problemu, panie Dial! Jeżeli zrobiłem coś złego...

— Eugene, powiem szczerze, co mnie martwi. Sąsiedzi skarżą się na przykrą woń. Kiedy byłem tu wczoraj, sam ją poczułem.

— Może zechce pan na chwilę wstąpić, panie Dial?

— Z całą pewnością, Eugene, jeśli nie masz nic przeciwko temu. Bo widzisz, mam pewne zobowiązania wobec wszystkich moich lokatorów.

— Hat!

Harriet podskoczyła. Curtis kołysał się na boki i machał do niej z zamkniętymi oczami.

— Ślepy — zawołał.

Pan Dial zrobił półobrót.

— O, witaj, Curtis! Uważaj — powiedział pogodnie i usunął się na bok z wyrazem lekkiego niesmaku.

Curtis wykonał w tył zwrot krokiem defiladowym, po czym ruszył ulicą w stronę Harriet, z wyciągniętymi przed siebie rękami i luźno zwisającymi dłońmi jak Frankenstein.

— P u t w ó r — zabełkotał. — Uuu, p u t w ó r.

Harriet stanęła jak wryta, ale pan Dial nie zauważył jej. Odwrócił się i nie przestając mówić (— Poczekaj, Eugene, naprawdę chcę, żebyś zrozumiał moje położenie), ruszył w górę po schodach bardzo zdecydowanym krokiem, podczas gdy dwaj mężczyźni cofali się przed nim nerwowo.

Curtis zatrzymał się przed Harriet. Zanim zdążyła cokolwiek powiedzieć, otworzył oczy i zażądał:

— Zawiąż mi buty.

— Są zawiązane, Curtis. — Była to zwykła wymiana zdań. Ponieważ Curtis nie potrafił sznurować butów, stale podchodził do dzieci na placu zabaw i prosił o pomoc. W ten sposób nawiązywał rozmowę, bez względu na to, czy buty były zawiązane czy nie.

Bez ostrzeżenia Curtis chwycił Harriet za przegub.

— Mamcie — zabełkotał radośnie.

Po chwili ciągnął ją stanowczo po ulicy.   ,

— Przestań — powiedziała, próbując się wyswobodzić. — Puść mnie!

Ale Curtis brnął dalej. Był bardzo silny. Potykając się, Harriet sunęła za nim.

— P r z e s t a ń! — krzyknęła i z całej siły kopnęła go w goleń.

Curtis zatrzymał się, rozluźnił wilgotny, mięsisty uścisk wokół jej przegubu. Z nie tyle przerażającym, co pustym wyrazem twarzy klepnął Harriet w czoło: płaskie klepnięcie rozłożonymi palcami, niezbyt celne, jakby małe dziecko próbowało klepnąć kociaka.

— Ty silna, Hat — powiedział.

Harriet cofnęła się i roztarła przegub.

— Nigdy więcej tego nie rób — wykrztusiła. — Nie szarp ludzi.
— Ja d o b r y putwór! — warknął Curtis głosem potwora. — Przyjazny! — Poklepał się po brzuchu. — Jem tylko ciastka!
Wcześniej zaciągnął ją na drugą stronę ulicy, aż na podjazd za furgonetką. Z łapami dyndającymi łagodnie pod brodą w pozycji Ciastkowego Potwora, pochylił się nad tyłem furgonetki i uniósł brezent.
— Patrz, Hat!
— Nie chcę — odparła Harriet, ale w chwili, kiedy się odwracała, w kufie samochodu coś zawirowało wściekle i sucho. Węże. Harriet zamrugała zdumiona. Furgonetka była pełna skrzynek z siatki, a w nich leżały grzechotniki, miedzianki, węże wodne, węże duże i małe, pozwijane w wielkie cętkowane węzły; łuskowate białe pyski strzelały z kłębowiska to tu, to tam jak płomienie, uderzały o ścianki skrzynek, spiczaste łby cofały się, zwijały, uderzały w siatkę, w drewno, w siebie nawzajem, potem — gapiąc się beznamiętnie — pełzły białymi podgardlami po podłodze, układały się w płynny kształt S... cyk, cyk, cyk... aż uderzały o ściankę i z sykiem wracały do kłębowiska.
— Nieprzyjazne, Hat — usłyszała za plecami głos Curtisa. — Nie do dotykania.
Skrzynki miały zawiasy, wierzchnie ścianki były z siatki, a po bokach umocowano rączki. Większość pomalowano: na biało, czarno, na ceglanoczerwony kolor wiejskich stodół; na niektórych widniały cytaty z Biblii wypisane drobnymi, rozstrzelonymi literami i wzory wyryte mosiężną główką gwoździa: krzyże, czaszki, gwiazdy Dawida, słońca, księżyce i ryby. Inne skrzynki ozdobiono kapslami, guzikami, odłamkami szkła, nawet fotografiami: wyblakłymi polaroidami przedstawiającymi trumny, poważne rodziny, wiejskich chłopców trzymających w górze grzechotniki na tle płonących ognisk. Jedno zdjęcie, wyblakłe i nieziemskie, przedstawiało piękną dziewczynę o ściągniętych do tyłu włosach, zamkniętych oczach i ostrej, uroczej twarzy zwróconej ku niebu. Opuszkami palców dotykała skroni, a na jej głowie leżał gruby grzechotnik, z ogonem częściowo owiniętym wokół szyi dziewczyny. W górze widniała wiadomość z pożółkłych liter wyciętych z gazety:

ŚPij z JEZuseM
REESiE fOrd
1935-52

Curtis jęknął niewyraźnie za plecami Harriet, co zabrzmiało jak:
— Strachy.

236

Wśród licznych połyskliwych, różnorodnych, mieniących się napisami skrzynek Harriet dostrzegła coś niezwykłego. Przez chwilę nie wierzyła własnym oczom. W pionowej skrzynce, odgrodzona od reszty, kołysała się okazale kobra królewska. Pod zawiasami, gdzie siatka stykała się z drewnem, czerwone pinezki układały się w napis PAN JEZUS. Kobra nie była biała jak ta, którą Mowgli spotkał w Zimnej Jamie, ale czarna: czarna jak Nag i jego żona Nagaina, z którymi ichneumon Rikki-tikki-tavi walczył w ogrodach posiadłości Segowlee Cantonment o chłopca imieniem Teddy. Cisza. Kobra rozpostarła kaptur. Wyprostowana, spokojna, wpatrywała się w Harriet, kołysząc bezgłośnie ciałem tam i z powrotem, tam i z powrotem, co nie brzmiało głośniej niż oddech Harriet. P a t r z i d r ż y j. Małe czerwone oczka były nieruchomymi oczami boga — widniały w nich dżungle, okrucieństwo, rewolty, ceremonie, mądrość. Harriet wiedziała, że na rozpostartym kapturze widnieje znak, którym wielki bóg Brahma oznaczył wszystkich ludzi kobry, kiedy pierwsza kobra powstała i osłoniła śpiącego Brahmę swym kapturem.

Od strony domu dobiegł stłumiony hałas, trzasnęły drzwi. Harriet podniosła wzrok i po raz pierwszy zauważyła, że okna na piętrze migotały pusto i metalicznie, zaklejone folią aluminiową. Kiedy wpatrywała się w okna (był to bowiem niesamowity widok, na swój sposób równie niepokojący jak węże), Curtis złożył palce i wężowym ruchem przesunął ręką przed twarzą Harriet. Powoli, powoli rozłożył palce, naśladując ruch rozwierającej się paszczy.

— Putwór — szepnął i dwukrotnie zacisnął dłoń: trzask, trzask. — Gryzie.

Drzwi na piętrze zatrzasnęły się. Harriet cofnęła się od furgonetki i wytężyła słuch. Czyjś głos — przytłumiony, ale wyraźnie niezadowolony — właśnie przerwał rozmówcy: pan Dial wciąż był tam, za pokrytymi folią oknami, a Harriet wyjątkowo ucieszyła się, słysząc jego głos.

Curtis nieoczekiwanie znowu chwycił ją za ramię i pociągnął ku schodom. Przez chwilę Harriet była zbyt zaskoczona, by protestować, ale potem — kiedy pojęła, dokąd Curtis szedł — zaczęła stawiać opór, kopać i zapierać się nogami.

— Nie, Curtis! — krzyknęła. — Nie chcę, przestań, proszę...

Już zamierzała ugryźć go w rękę, kiedy jej wzrok padł na dużą białą tenisówkę Curtisa.

— Curtis, hej, Curtis, but ci się rozwiązał.

Curtis znieruchomiał, po czym przycisnął dłoń do ust.

— Och! — Całkowicie zbity z tropu pochylił się, a Harriet pognała co sił w nogach.

CR

— Oni przyjechali na festiwal religijny — powiedział Hely tym swoim irytującym tonem, jakby wiedział wszystko, co warto było wiedzieć na ten temat. On i Harriet siedzieli w jego pokoju za zamkniętymi drzwiami, na niższym poziomie piętrowego łóżka. Prawie wszystko w sypialni Hely'ego było w kolorze czarnym bądź złotym, na cześć New Orleans Saints, jego ulubionej drużyny piłkarskiej.

— Nie wydaje mi się — odparła Harriet, drapiąc paznokciem kciuka czarną kapę na łóżku. Z końca korytarza dobiegało dudnienie basów sprzętu grającego Pembertona.

— Jeśli pójdziesz na Ranczo Grzechotników, możesz zobaczyć różne obrazki i inne rzeczy namalowane na ścianach.

— Tak — powiedziała Harriet bez przekonania. Chociaż nie potrafiła tego wyrazić słowami, skrzynki, które widziała w furgonetce — ozdobione czaszkami, gwiazdami, półksiężycami i koślawymi cytatami z Biblii pełnymi błędów ortograficznych — bardzo się różniły od starego afisza na Ranczo Grzechotników: puszczający oko zielonkawy wąż owijał się wokół wulgarnej kobiety w dwuczęściowym kostiumie kąpielowym.

— Ale czyje są te węże? — pytał Hely, zajęty segregowaniem kart z gumy do żucia. — Na pewno mormonów. To oni wynajmują tam mieszkanie.

— Mhm. — Mormoni mieszkający na parterze u pana Diala byli nieciekawą parą. Żyli w całkowitej izolacji, nie mieli nawet prawdziwej pracy.

— Mój dziadek mówił, że mormoni wierzą, że po śmierci dostają swoją własną małą planetę — powiedział Hely. — Poza tym uważają, że można mieć więcej niż jedną żonę.

— Ci, którzy mieszkają u pana Diala, nie mają żadnej żony. — Pewnego popołudnia, kiedy Harriet była u Edie, ci dwaj mormoni zapukali do drzwi. Edie wpuściła ich, przyjęła materiały do lektury, poczęstowała lemoniadą, kiedy podziękowali za coca-colę. Powiedziała im, że wyglądają na miłych ludzi, ale wierzą w brednie.

— Słuchaj, zadzwońmy do pana Diala — zaproponował nagle Hely.

— Jasne.

— To znaczy, zadzwońmy, udajmy, że jesteśmy kimś innym, i spytajmy, co się tam właściwie dzieje.

— Udajmy, że kim jesteśmy?

— No, nie wiem. Chcesz to? — Hely rzucił Harriet nalepkę z Wacky Packs: zielony potwór z przekrwionymi oczami na szypułkach jechał samochodzikiem plażowym. — Mam dwa.

— Nie, dzięki. — Za pomocą czarno-złotych zasłon i nalepek pokrywających szyby — Wacky Packs, STP, Harley Davidson — Hely niemal odciął dostęp słońca do pokoju. Rezultatem była przygnębiająca, piwniczna atmosfera.

— On jest właścicielem mieszkania — powiedział Hely. — Chodź, zadzwońmy.

— I co mamy powiedzieć?

— No to zadzwońmy do Edie. Ona wie tak dużo o mormonach.

Nagle Harriet zrozumiała, dlaczego Hely'emu tak bardzo zależy na telefonowaniu: obok łóżka stał nowy telefon, ze słuchawką zainstalowaną w kasku drużyny Saints.

— Jeżeli oni uważają, że zamieszkają na własnej planecie i tak dalej, to kto wie, co jeszcze myślą — powiedział Hely, wskazując głową na telefon. — Może węże mają pewien związek z ich kościołem.

Ponieważ Hely nie odrywał wzroku od telefonu, a Harriet nie przychodziło nic do głowy, przysunęła telefon i wystukała numer Edie.

— Słucham? — odezwała się Edie ostro po dwóch sygnałach.

— Edie, czy mormoni wierzą w coś związanego z wężami? — spytała Harriet, mówiąc do kasku.

— Harriet?

— Na przykład, czy trzymają węże jako zwierzęta domowe albo... Nie wiem, mieszkają z mnóstwem węży i tym podobnych rzeczy?

— Skąd ci to przyszło do głowy? Harriet?

Po niezręcznej przerwie Harriet odparła:

— Z telewizji.

— Z telewizji? — powtórzyła Edie z niedowierzaniem. — Co to był za program?

— *National Geographic.*

— Nie wiedziałam, że lubisz węże, Harriet. Sądziłam, że wrzeszczałaś i wyłaś: „Ratunku! Ratunku!", kiedy tylko zobaczyłaś małego wężyka na podwórzu.

Harriet nie skomentowała tej uwagi poniżej pasa.

— W dzieciństwie słyszałyśmy opowieści o kaznodziejach, którzy zadawali się z wężami po lasach. Ale to nie byli mormoni, tylko wieśniacy z Tennessee. Nawiasem mówiąc, Harriet, czytałaś *Studium w szkarłacie* Sir Arthura Conan Doyle'a? To jest doskonałe źródło informacji na temat mormonów.

— Tak, wiem — odparła Harriet. Edie wspomniała o tym podczas wizyty dwóch mormonów.

— U twojej ciotki Tat stoi chyba ten stary tom Sherlocka Holmesa. Możliwe nawet, że znajdziesz tam Księgę Mormona, w tym pudełkowym wydaniu, które miał mój ojciec, no wiesz, razem z Konfucjuszem, Koranem i tekstami religijnymi...

— Tak, ale gdzie mogę przeczytać o wężowych ludziach?

— Przepraszam, ale nie słyszę. Co to za echo? Skąd ty dzwonisz?

— Od Hely'ego.

— Brzmisz, jakbyś telefonowała z toalety.

— Nie, po prostu ten telefon ma zabawny kształt... Posłuchaj, Edie — powiedziała, bo Hely machał rękami, próbując zwrócić uwagę Harriet — co jest z tymi ludźmi, którzy zadają się z wężami? Gdzie oni są?

— Na prowincji, w górach i na pustkowiach, wiem tylko tyle — odparła wyniośle Edie.

Kiedy Harriet odłożyła słuchawkę, Hely powiedział szybko:

— Wiesz, na piętrze w tym domu była kiedyś wystawa trofeów. Właśnie sobie przypomniałem. Mormoni zajmują chyba tylko parter.

— Kto teraz wynajmuje mieszkanie na piętrze?

Podniecony Hely wskazał palcem telefon, ale Harriet potrząsnęła głową; nie zamierzała ponownie dzwonić do Edie.

— A co z tą furgonetką? Zapisałaś numer rejestracyjny?

— Kurczę, nie. — Harriet nie przyszło to wcześniej do głowy, ale mormoni nie prowadzili samochodu.

— Zauważyłaś, czy furgonetka była z okręgu Alexandria czy nie? Zastanów się, Harriet, zastanów się! — mówił Hely melodramatycznie. — M u s i s z sobie przypomnieć!

— Może po prostu pojedźmy tam i sprawdźmy. Bo jeśli pojedziemy teraz... przestań — powiedziała i odwróciła głowę z irytacją, kiedy Hely zaczął kołysać przed jej twarzą wyimaginowanym zegarkiem hipnotyzera.

— Robisz się parco parco śpiąca — mówił z transylwańskim akcentem. — Parco... parco...

Harriet odepchnęła go; Hely przeszedł na drugą stronę i poruszał palcami przed jej twarzą.

— Parco... parco...

Harriet odwróciła głowę, ale Hely nie przestawał się nad nią pochylać, więc w końcu pchnęła go z całej siły.

— Jezu! — wrzasnął, złapał się za rękę i padł na łóżko.

— M ó w i ł a m ci, żebyś przestał.

— Jezu, Harriet! — Hely usiadł, rozcierając ramię i krzywiąc się. — Uderzyłaś mnie w dreszczową kość!

— To przestań mnie gnębić!

Nagle ktoś załomotał pięścią w drzwi sypialni.

— Hely! Masz tam towarzystwo? Otwieraj natychmiast.

— Essie! — zawołał Hely i zirytowany padł na plecy na łóżko. — My nic nie robimy.

— Otwórz te drzwi. Otwieraj.

— Sama otwórz!

Do sypialni wpadła Essie Lee, nowa gosposia, tak nowa, że nawet nie znała imienia Harriet — chociaż Harriet podejrzewała, że tylko udawała, że go nie zna. Znacznie młodsza niż Ida, miała około czterdziestu pięciu lat, pyzate policzki i sztucznie wyprostowane, cienkie i rozdwojone na końcach włosy.

— Co wy tu robicie i wrzeszczycie Imię Pańskie nadaremnie? Powinniście się wstydzić. Żeby bawić się przy zamkniętych drzwiach. Zabraniam zatrzaskiwać te drzwi, zrozumiano?

— P e m zamyka s w o j e drzwi.

— Ale nie siedzi tam w towarzystwie dziewczyny. — Essie odwróciła się i spojrzała na Harriet jak na kocie rzygowiny na dywanie. — Wrzeszczycie, przeklinacie i tak dalej.

— Lepiej nie odzywaj się w ten sposób do mojego gościa — zapiał Hely. — Nie wolno ci tego robić. Powiem matce.

— P o w i e m m a t c e — przedrzeźniła Essie jego wysoki głos i wykrzywiła twarz. — Dalej, leć na skargę. Stale skarżysz się na mnie za rzeczy, których nie zrobiłam, jak wtedy, kiedy powiedziałeś mamie, że zjadłam ciastka z czekoladą, chociaż wiesz dobrze, że sam je zjadłeś. Tak, wiesz, że sam je zjadłeś.

— Wynoś się!

Skrępowana Harriet wpatrywała się w dywan. Nigdy nie przyzwyczaiła się do burzliwych dramatów, jakie wybuchały w domu Hely'ego, kiedy jego rodzice byli w pracy: Hely walczył z Pemem (zamki otwierane wytrychem, plakaty zdzierane ze ścian, praca domowa wykradana i darta na strzępy) albo częściej Hely i Pem walczyli z nieustannie zmieniającymi się gospodyniami: Ruby, która jadła kromki białego chleba złożone na pół i nie pozwalała im nic oglądać w telewizji w tym samym czasie, kiedy nadawano *General Hospital*; siostra Bell, świadek Jehowy; Shirley z brązową szminką i mnóstwem pierścionków, stale wisząca na telefonie; pani Doane, posępna starsza kobieta, która żyła w strachu przed włamaniami i siedziała przy oknie z nożem na kolanach; Ramona, która dostawała szału i goniła Hely'ego ze szczotką do włosów. Żadna z tych kobiet nie była przyjaźnie nastawiona ani miła, ale trudno było je winić, skoro przez cały czas musiały znosić Hely'ego i Pembertona.

— Posłuchaj, brzydalu — powiedziała pogardliwie Essie, po czym wskazała na ohydne zasłony i naklejki na szybach. — Chciałabym spalić to całe wstrętne...

— Z a g r o z i ł a, ż e s p a l i d o m! — wrzasnął Hely, czerwony jak burak. — Sama słyszałaś, Harriet. Mam świadka. Właśnie zagroziła, że spali...

— Nie powiedziałam ani słowa o twoim domu. Radzę ci nie...

— Owszem, powiedziałaś. Powiedziała, Harriet? Powtórzę matce — zawołał, nie czekając na odpowiedź Harriet, zbyt oszołomionej, żeby się odezwać — a ona zadzwoni do urzędu zatrudnienia, powie im, że jesteś wariatką, i nie wyślą cię już do żadnej pracy...

W drzwiach, za plecami Essie, pojawił się Pem. Naśladując małe dziecko, wysunął dolną wargę i powiedział do Hely'ego ze sztuczną czułością:

— Paćcie, kto ma kłopoti.

Były to niewłaściwe słowa w całkowicie niewłaściwym momencie. Essie Lee odwróciła się, wytrzeszczając oczy.

— Dlaczego mówisz do mnie w ten sposób?! — wrzasnęła.

Pemberton zmarszczył brwi i spojrzał na gospodynię, mrugając sennie.

— Biedactwo! Całymi dniami wyleguje się w łóżku, nie przepracował w życiu ani jednego dnia! Ja muszę zarabiać. Moje dziecko...

— A j ą co ugryzło? — Pemberton spytał Hely'ego.

— Essie zagroziła, że spali dom — oznajmił Hely. — Harriet świadkiem.

— Nic podobnego nie zrobiłam! — Pulchne policzki Essie drżały z emocji. — To kłamstwo!

Pemberton — w holu, ale poza polem widzenia — odchrząknął. Wysunął dłoń za ramieniem Essie i zasygnalizował: „droga wolna". Kciukiem wskazał na schody.

Bez ostrzeżenia Hely chwycił Harriet za rękę i pociągnął do łazienki, która łączyła jego pokój z pokojem Pembertona, wreszcie zamknął drzwi na zasuwkę.

— Szybko! — zawołał do Pembertona, który znajdował się po drugiej stronie, próbując otworzyć drzwi. W końcu wpadli do pokoju Pembertona (Harriet potknęła się o rakietę tenisową), wybiegli za Pemem i zbiegli po schodach.

— Co za świrownia — stwierdził Pemberton. Były to pierwsze słowa, jakie padły od dłuższego czasu. Cała trójka siedziała przy stole turystycznym na tyłach baru samochodowego Jumbo, na betonowej ławie obok dwóch sfatygowanych huśtawek dla dzieci: cyrkowego słonia i wyblakłej żółtej kaczki na sprężynach. Wcześniej, chyba przez dziesięć minut, jeździli bez celu cadillakiem, wszyscy na przednim siedzeniu, bez wentylacji i z zasuniętym dachem, aż poczuli, że za chwilę się usmażą. W końcu Pem zaparkował przed Jumbo.

— Może powinniśmy podjechać na kort i powiedzieć matce — głośno zastanawiał się Hely. On i Pem odnosili się wobec siebie z niezwykłą, choć stonowaną serdecznością, zjednoczeni kłótnią z Essie.

Pemberton po raz ostatni siorbnął koktajl mleczny i cisnął kubek do śmieci.

— Człowieku, tym razem pojechałeś ostro. — Popołudniowe słońce, odbite od szyb, płonęło biało na końcach jego nastroszonych po basenie włosów. — Ta kobieta jest nienormalna. Przestraszyłem się, że zrobi wam krzywdę albo coś w tym rodzaju.

— Hej! — powiedział Hely, prostując się. — Ta syrena.

Przez chwilę wszyscy nasłuchiwali odległego sygnału.

— To pewnie straż pożarna, która jedzie do naszego domu — stwierdził posępnie Hely.

— Powiedzcie mi jeszcze raz, co się właściwie stało? — poprosił Pem. — Ona po prostu odjechała?

— Kompletnie. Hej, daj papierosa — dodał nonszalancko Hely, kiedy Pem rzucił na stół paczkę marlboro, zgniecioną w kieszeni obciętych dżinsów, po czym sięgnął do drugiej kieszeni po ogień.

Pem zapalił papierosa, potem odsunął zapałki i papierosy poza zasięg brata. Na rozgrzanym betonie, wśród spalin z autostrady, zapach dymu był wyjątkowo ostry i trujący.

— Muszę przyznać, że się tego spodziewałem — potrząsnął głową Pem. — Mówiłem mamie. Ta kobieta jest szalona. Pewnie uciekła z Whitfield.

— Wcale nie było tak źle — wyrzuciła z siebie Harriet, która prawie się nie odzywała, odkąd wybiegli z domu.

Pem i Hely spojrzeli na nią, jakby postradała zmysły.

— Hę? — powiedział Pem.

— Po czyjej jesteś stronie? — spytał rozdrażniony Hely.

— Ona nie powiedziała, że spali dom.

— Owszem, powiedziała!

— Nie! Powiedziała tylko, że s p a l i. Nie powiedziała d o m. Miała na myśli plakaty i naklejki Hely'ego.

— Ach, tak? — zaciekawił się Pemberton. — Spalić plakaty Hely'ego? Według ciebie to w porządku, tak?

— Myślałem, że mnie lubisz, Harriet — naburmuszył się Hely.

— Ale nie mówiła, że spali dom — powtórzyła Harriet. — Powiedziała tylko... Chcę powiedzieć — dodała, kiedy Pem znacząco przewrócił oczami do Hely'ego — że to nie była aż taka wielka sprawa.

Hely ostentacyjnie odsunął się od Harriet na ławie.

— Naprawdę — mówiła Harriet, która z każdą chwilą traciła pewność siebie. — Ona była po prostu... wściekła.

Pem przewrócił oczami i wypuścił dym.

— Jasne, Harriet.

— Ale wy zachowujecie się tak, jakby goniła was z nożem rzeźniczym.

— Następnym razem tak właśnie może być! — prychnął Hely. — Nie zamierzam siedzieć z nią sam na sam — użalał się nad sobą, ze wzrokiem wbitym w beton. — Mam dość śmiertelnych gróźb.

Przejazd przez Alexandrię trwał krótko i nie stanowił większej atrakcji niż ślubowanie na wierność konstytucji. Po wschodniej stronie rzeka Houma wiła się wokół dwóch trzecich miasta i ponownie skręcała na południu. W języku Indian Choctaw, Houma znaczy czerwony, ale rzeka była żółta: opasła, leniwa, z połyskiem wyciśniętej z tubki ochrowej farby olejnej. Przejeżdżało się przez nią od południa dwupasmowym żelaznym mostem z czasów administracji Franklina Delano Roosevelta do dzielnicy nazywanej przez przyjezdnych historyczną. Szeroka, płaska, niegościnna aleja — boleśnie nieruchoma w ostrym słońcu — wychodziła na główny plac miejski z pomnikiem niepocieszonego żołnierza konfederatów wspartego na strzelbie. Dawniej pomnik okalały dęby, które rok czy dwa lata temu ustąpiły miejsca chaotycznej, ale entuzjastycznej kolekcji miejskich konstrukcji: wieży zegarowej, kwietnikom, latarniom, estradzie, które teraz jeżyły się nad małym, pozbawionym cienia placykiem jak nie pasujące do siebie zabawki.

Na ulicy Main, aż do Pierwszego Kościoła Baptystów, większość domów była duża i stara. Na wschodzie, za ulicami Margin i High biegły tory kolejowe, stała opuszczona odziarniarka bawełny i magazyny, gdzie bawili się Hely i Harriet. Dalej — bliżej ulicy Levee i rzeki — rozpościerało się pustkowie: wysypiska śmieci, złomowiska, kryte blachą rudery z zapadającymi się werandami, przed którymi grzebały w błocie kurczaki.

W najbardziej ponurym miejscu — przy hotelu Alexandria — ulica Main przechodziła w autostradę numer 5. Autostrada międzystanowa zostawiła miasto na uboczu, a autostrada numer 5 uległa teraz tej samej nędzy co sklepy przy placu: zamknięte sklepy spożywcze i puste parkingi smażyły się w toksycznej szarej mgiełce upału; sklep Checkerboard Feed i stara stacja benzynowa Southland zabita deskami (z wyblakłym szyldem, przedstawiającym czarnego kociaka w białych skarpetkach i śliniaczku, który potrącał łapką kłębek bawełny). Skręciwszy na północ w County Line Road, minęli willową dzielnicę Oak Lawn, przejechali pod wiaduktem i znaleźli się wśród pastwisk dla krów, pól bawełny i małych, zakurzonych gospodarstw dzierżawców, mozolnie wyoranych z suchych ugorów czerwonej gliny. W oddali wznosiła się szkoła Harriet i Hely'ego — Akademia Alexandria — kwadrans drogi od miasta: niski budynek z żużlowych bloków i blachy falistej rozwalał się na zakurzonym polu jak hangar lotniczy. Dziesięć mil na północ, za akademią, miejsce pastwisk zajmowały sosny, które ciągnęły się po obu stronach drogi jak ciemny, wysoki, klaustrofobiczny mur, prawie do granicy z Tennessee.

Zamiast wyjechać na wieś, zatrzymali się na czerwonym świetle przy Jumbo, gdzie stojący na tylnych nogach cyrkowy słoń trzymał na wyblakłej od słońca trąbie neonową kulę, która reklamowała:

LODY
KOKTAJLE
BURGERY

Minąwszy cmentarz miejski, który wznosił się na wzgórzu jak scenografia teatralna (czarne żelazne parkany, kamienne anioły o wdzięcznych szyjach strzegące marmurowych bram od północy, południa, wschodu i zachodu), wrócili łukiem do miasta.

Kiedy Harriet była młodsza, wschodni kraniec ulicy Natchez zamieszkiwali wyłącznie biali. Dzisiaj mieszkali tu zarówno biali, jak i czarni, przeważnie w harmonii. Czarne rodziny z dziećmi były młode i dobrze im się wiodło; większość białych — jak nauczycielka fortepianu Allison i przyjaciółka Libby pani Newman McLemore — stanowiły stare, samotne wdowy.

— Hej, Pem, zatrzymaj się przed tym domem mormonów — poprosił Hely.

— O co chodzi? — zamrugał Pem, ale zwolnił.

Curtis zniknął, podobnie jak samochód pana Diala. Na podjeździe stała furgonetka, ale Harriet zauważyła, że był to inny samochód niż ten z wężami. Na przyczepie leżała tylko metalowa skrzynka z narzędziami.

— One siedzą w t y m? — spytał Hely, przerywając potok skarg na Essie Lee.

— Kurczę, co to za miejsce? — zdumiał się Pemberton, zatrzymując samochód na środku jezdni. — Czy w tych oknach jest folia aluminowa? — Harriet, powiedz mu, co widziałaś. Mówiła, że widziała... — Nawet nie chcę wiedzieć, co się tam dzieje. Kręcą tam filmy pornograficzne czy co? Rany... — Pemberton zaparkował i spojrzał w górę, osłaniając oczy dłonią. — C o   z a   ś w i r   zakleja wszystkie okna folią aluminiową? — O Boże. — Hely odwrócił się i spojrzał przed siebie.

— Co ci jest?

— Pem, ruszajmy.

— Co się stało?

— Patrz — powiedziała Harriet po chwili pełnego zafascynowania milczenia. W środkowym oknie, w miejscu, gdzie folię odklejała anonimowa, ale zręczna łapa, pojawił się czarny trójkąt.

Kiedy samochód odjechał, Eugene drżącymi palcami znowu zakleił folią okno. Czuł, że zaczyna się migrena. Z oka popłynęły mu łzy; kiedy cofnął się od okna, ogarnięty ciemnością i pomieszaniem, wpadł na skrzynkę z butelkami wody mineralnej, a hałas przeciął jasnym zygzakiem bólu lewą stronę twarzy.

Migreny były częstą dolegliwością w rodzinie Ratliffów. Mówiło się, że kiedy dziadek Eugene'a — „Tatuś" Ratliff, od dawna nieżyjący — cierpiał na, jak to nazywał, „chory ból głowy", wybił krowie oko deską. Ojciec Eugene'a, cierpiący na podobną przypadłość, tak mocno spoliczkował Danny'ego kiedyś dawno w Wigilię, że chłopak grzmotnął głową w zamrażarkę i wybił sobie ząb.

Tym razem ból głowy dopadł Eugene'a prawie bez ostrzeżenia. Od węży każdemu zrobiłoby się niedobrze, nie mówiąc o niepokojącej, nie zapowiedzianej wizycie Roya Diala; ale ani gliniarze, ani Dial nie węszyliby w takim krzykliwym, starym krążowniku szos jak ten, który przed chwilą stanął przed domem.

Eugene przeszedł do drugiego pokoju, gdzie było chłodniej, i usiadł przy stoliku do kart z głową w dłoniach. W ustach wciąż miał smak kanapki z szynką, którą zjadł na lunch. Niezbyt mu smakowała, a gorzki, aspirynowy posmak w ustach czynił wspomnienie jeszcze mniej przyjemne.

Bóle głowy uwrażliwiały Eugene'a na hałas. Usłyszawszy warkot silnika pracującego na jałowym biegu przed domem, natychmiast podszedł do okna, spodziewając się ujrzeć szeryfa hrabstwa Clay albo przynajmniej wóz patrolowy. Widok limuzyny z otwieranym dachem tak bardzo nie przystawał do sytuacji, że Eugene'a ogarnął niepokój. Postępując właściwie wbrew sobie, przyciągnął telefon i wystukał numer Farisha, bo choć nie cierpiał dzwonić do brata, to obecna sytuacja całkowicie go przerosła. Samochód był w jasnym kolorze; z powodu blasku słońca i bólu głowy nie potrafił rozpoznać marki: może lincoln, może cadillac, może nawet duży chrysler. O pasażerach mógł powiedzieć tylko tyle, że byli biali, chociaż jeden z nich wyraźnie wskazał na okno. Po co taki staroświecki, paradny samochód miałby się zatrzymywać przed misją? W więzieniu Farish poznał wiele barwnych typów, z którymi często gorzej było się zadawać niż z glinami.

Eugene (mając zamknięte oczy) trzymał słuchawkę tak, by nie dotykała jego twarzy, i usiłował wyjaśnić, co się stało, a w tym samym czasie Farish głośno i miarowo jadł coś, co przypominało płatki kukurydziane, chrup, ślurp, chrup, ślurp. Kiedy Eugene skończył mówić, w słuchawce przez dłuższy czas rozlegało się tylko przeżuwanie i przełykanie Farisha.

W końcu Eugene — przyciskając w mroku lewe oko — powiedział:

— Farsh?

— Masz rację co do jednej rzeczy — powiedział Farish. — Żaden gliniarz ani prawnik nie jeździłby samochodem, który tak rzuca się w oczy. Może to syndykat znad Zatoki. Brat Dolphus robił tam trochę interesów.

Miska stuknęła o słuchawkę i sądząc po odgłosie, Farish przechylił miskę i wypił resztkę mleka. Eugene czekał cierpliwie, aż brat podejmie wątek, ale Farish tylko mlasnął i westchnął. Odległy brzęk łyżki o porcelanę.

— Czego miałby chcieć ode mnie syndykat znad Zatoki? — zapytał w końcu.

— Skąd mam wiedzieć? Może nie jesteś uczciwy w jakiejś sprawie?

— Uczciwość to podstawa, bracie — odparł sztywno Eugene. — Ja tylko prowadzę tę misję i kocham życie chrześcijanina.

— Cóż, załóżmy, że tak właśnie jest. Może chodzi im o młodego Reese'a. Kto wie, w jakie bagno wdepnął?

— Bądź ze mną szczery, Farsh. Wpakowałeś mnie w coś, a ja wiem, w i e m — zakrzyczał protesty Farisha — że to ma związek z narkotykami. Właśnie dlatego przyjechał tu ten chłopak z Kentucky. Nie pytaj mnie, skąd wiem, po prostu wiem. Chciałbym, żebyś mi powiedział, czemu go tutaj zaprosiłeś.

— Ja go nie z a p r o s i ł e m — zaśmiał się Farish. — Dolphus powiedział mi, że Loyal wybiera się na kościelne zgromadzenie...

— We wschodnim Tennessee.

— Wiem, wiem, ale nigdy wcześniej nie był w tych stronach. Pomyślałem, że ty i chłopak zechcielibyście się spiknąć, bo ty dopiero zaczynasz, a on ma już swoją dużą kongregację. Przysięgam na Boga, że to wszystko, co wiem.

Długie milczenie w słuchawce. Coś w sposobie oddychania Farisha sprawiło, że Eugene poczuł drwiący uśmieszek na twarzy brata tak wyraźnie, jakby go zobaczył.

— Ale masz rację co do jednej rzeczy — przyznał Farish tolerancyjnie. — Nie sposób stwierdzić, co knuje ten Loyal. Za to cię przepraszam. Stary Dolphus miał na rożnie tyle pieczeni, ile tylko możesz sobie wyobrazić.

— To nie L o y a l za tym stoi. Wysmażyliście to z Dannym i Dolphusem.

— Brzmisz okropnie — stwierdził Farish. — Co jest, boli cię głowa?

— Podle się czuję.

— Słuchaj, na twoim miejscu bym się położył. Macie dziś wieczorem wygłaszać kazanie?

— Czemu pytasz? — zapytał podejrzliwie Eugene. Po niebezpiecznym otarciu się o Diala — na szczęście przed jego przyjściem przenieśli węże do furgonetki — Loyal przeprosił za wszelkie kłopoty, jakie sprawił („Uprzejmie nie mam rozeznania w sytuacji, to ty mieszkasz w tym mieście") i zaoferował, że zawiezie węże w bliżej nie określone miejsce.

— Przyjdziemy cię posłuchać — powiedział wylewnie Farish. — Ja i Danny.

Eugene przesunął dłonią po oczach.

— Nie chcę.

— Kiedy Loyal wraca do domu?

— Jutro. Posłuchaj. W i e m, że coś knujesz, Farsh. Nie chcę, żebyś wpakował tego chłopaka w kłopoty.

— Dlaczego tak się o niego martwisz?

— Nie wiem — odparł Eugene zgodnie z prawdą.

— W takim razie do zobaczenia wieczorem — powiedział Farish i rozłączył się, zanim Eugene zdążył cokolwiek powiedzieć.

— Nie mam pojęcia, słodziutki, co się tam dzieje — mówił Pemberton. — Ale mogę ci powiedzieć, kto wynajmuje to mieszkanie: starszy brat Danny'ego i Curtisa Ratliffów. Jest kaznodzieją.

Hely odwrócił się i zdumiony spojrzał na Harriet.

— To prawdziwy świr — ciągnął Pemberton. — Ma coś nie w porządku z twarzą. Stoi przy autostradzie, wydziera się i potrząsa Biblią w stronę samochodów.

— Czy to ten facet, który podszedł i zapukał w okno, kiedy tata musiał się zatrzymać na skrzyżowaniu? — spytał Hely. — Ten z dziwną twarzą?

— Może on nie jest szalony, może tylko udaje — powiedział Pem.

— Większość tych wiejskich kaznodziejów, którzy wrzeszczą, mdleją, wskakują na krzesła i biegają między rzędami, tylko się popisuje. Cała ta impreza religijna to nabieranie gości.

— Harriet, Harriet, wiesz co? — spytał Hely, odwracając się na siedzeniu niewiarygodnie podniecony. — Wiem, kim jest ten facet. W każdą sobotę wygłasza kazania na placu. Ma małą czarną skrzynkę z mikrofonem i... — Odwrócił się do brata. — Myślisz, że on się zadaje z wężami? Harriet, powiedz mu, co tam widziałaś.

Harriet uszczypnęła Hely'ego.

— Hmm? Węże? Jeśli zadaje się z wężami, to jest cięższym świrem, niż sądziłem — powiedział Pemberton.

— Może one są oswojone — powiedział Hely.

— W ę ż a   nie można oswoić, idioto.

Powiedzenie Farishowi o samochodzie było błędem. Eugene żałował, że w ogóle poruszał ten temat. Farish zadzwonił pół godziny później, właśnie wtedy, kiedy Eugene'owi udało się zdrzemnąć, a po dziesięciu minutach jeszcze raz.

— Widziałeś przed swoim domem jakichś podejrzanych typów w mundurach? W dresach do biegania albo w stroju dozorcy?

— Nie.

— Czy ktoś cię śledził?

— Słuchaj, Farsh, próbuję odpocząć.

— Powiem ci, jak poznać, czy ciągniesz za sobą ogon. Przejedź na czerwonym świetle albo skręć w niewłaściwą stronę w ulicę jednokierunkową i sprawdź, czy ta osoba za tobą pojedzie. Albo... Coś ci powiem. Może powinienem tam przyjechać i się rozejrzeć.

Z najwyższym trudem Eugene zdołał wyperswadować Farishowi przyjazd do misji na, jak to określił, „inspekcję". Przysiadł na pufie, żeby się zdrzemnąć. W końcu — właśnie, kiedy udało mu się wślizgnąć w oszołomiony, nierówny sen — zdał sobie sprawę, że stoi nad nim Loyal.

— Loyle? — spytał, wiercąc się na krześle.

— Mam złą wiadomość — powiedział Loyal.

— Co takiego?

— Klucz złamał mi się w zamku. Nie mogłem się dostać do środka.

Eugene usiadł cicho, próbując się w tym wszystkim rozeznać. Wciąż na wpół spał; wcześniej śniły mu się zgubione klucze, klucze do samochodu. Zniosło go do szpetnego baru z głośną szafą grającą, w nocy, przy jakiejś piaszczystej drodze, skąd nijak nie mógł wrócić do domu.

— Powiedziano mi, że mogę zostawić węże w domku myśliwskim w hrabstwie Webster — mówił Loyal. — Ale klucz złamał się w zamku i nie mogłem wejść.

— A. — Eugene potrząsnął głową, żeby ją oczyścić, potem rozejrzał się po pokoju. — To znaczy...

— Węże są na dole w mojej furgonetce.

Zapadła długa cisza.

— Prawdę mówiąc, Loyle, miałem migrenę.

— Wniosę węże, nie musisz mi pomagać. Sam dam sobie radę.

Eugene rozmasował skronie.

— Posłuchaj. Jestem w tarapatach. To okrutne zostawiać je na tym upale.

— Słusznie — powiedział Eugene apatycznie. Nie leżało mu na sercu dobro węży, ale bał się zostawiać je na dworze, bo ktoś mógłby je znaleźć — pan Dial, tajemniczy węszyciel w limuzynie, kto wie. Nagle dotarło do niego, że w jego śnie też występował wąż, niebezpieczny wąż, który wił się swobodnie wśród ludzi.

— Dobrze — westchnął do Loyala. — Wnieś je do domu.

— Obiecuję, że jutro rano już ich tu nie będzie. Wiem, że moja wizyta nie przyniosła ci szczęścia. — Intensywnie błękitne oczy Loyala patrzyły ze szczerym współczuciem.

— To nie twoja wina.

Loyal przesunął dłonią po jego włosach.

— Chcę, żebyś wiedział, że spodobali mi się twoi wierni. Jeżeli Pan nie powołuje cię do zadawania się z wężami... cóż, ma swoje powody. Czasami mnie też nie powołuje.

— Rozumiem. — Eugene poczuł, że powinien powiedzieć coś jeszcze, ale nie mógł przywołać odpowiednich myśli. Wstyd nie pozwalał mu powiedzieć, co czuł: że był duchowo wysuszony i pusty, że nie był z natury dobry, dobry w umyśle i sercu. Że w jego żyłach płynęła skażona krew, pochodził ze skażonego rodu; Bóg patrzył na niego i gardził jego darami, podobnie jak wzgardził darami Kaina.

— Pewnego dnia zostanę powołany — powiedział pogodnie, chociaż wcale tak się nie czuł. — Pan nie jest jeszcze na mnie gotowy.

— Istnieją inne dary Ducha — powiedział Loyal. — Modlitwa, kazania, proroctwa, wizje. Nakładanie rąk na chorych. Działalność dobroczynna i inne. Nawet w twojej rodzinie... — Zawahał się dyskretnie. — Można tu zrobić wiele dobrego.

Eugene spojrzał ze znużeniem w dobre, szczere oczy gościa.

— Nie chodzi o to, co ty chcesz — powiedział Loyal. — Idzie o doskonałą wolę boską.

Harriet weszła tylnymi drzwiami, zobaczyła mokrą podłogę kuchenną, blaty wytarte, ale ani śladu Idy. W domu panowała cisza: żadnego radia, wentylatora, kroków, tylko monotonny szum lodówki. Za jej plecami coś zaszurało: Harriet podskoczyła, odwróciła się i ujrzała małą, szarą jaszczurkę, która wdrapywała się na siatkę otwartego okna.

Od sosnowego zapachu płynu do czyszczenia, którego używała Ida, Harriet rozbolała w upale głowa. W jadalni, pośród różnej wielkości stert gazet, przycupnął potężny kredens z porcelaną, pochodzący z Utrapienia. Dwie owalne tace do mięsa, ustawione na sztorc na najwyższej półce, nadawały kredensowi szalony wygląd; niski i napięty na krzywych nogach, z jednej strony odchylał się nieznacznie od ściany jak przyczajony stary rębacz, szykujący się do skoku nad stertami gazet. Przechodząc obok kredensu, Harriet czule przesunęła po nim dłonią; zdawało się, że stary mebel cofa ramiona i przylega do ściany, żeby ją przepuścić.

Idę Rhew znalazła w salonie, w jej ulubionym fotelu, gdzie jadła lunch, przyszywała guziki albo łuskała groch, oglądając mydlane opery w telewizji. Sam fotel — puszysty, wygodny, z wytartym tweedowym obiciem i nierówno wypchany — upodobnił się do Idy, jak pies upodabnia się niekiedy do właściciela. W bezsenne noce Harriet schodziła czasami na dół, zwijała się w fotelu z policzkiem na brązowym tweedzie i podśpiewywała dziwne, stare, smutne piosenki, których nie śpiewał nikt poza Idą, piosenki z dzieciństwa Harriet, stare i tajemnicze jak sam czas, o duchach, złamanych sercach i ukochanych, którzy zmarli i odeszli na zawsze:

Czy nie tęsknisz za mamą czasami, czasami?
Czy nie tęsknisz za mamą czasami, czasami?
Kwiaty zawsze kwitną,
Słońce nie zajdzie nigdy.

Przed fotelem leżała na brzuchu Allison z nogami skrzyżowanymi w kostkach. Ona i Ida wyglądały przez okno. Pomarańczowe słońce stało nisko nad horyzontem, anteny telewizyjne jeżyły się na dachu pani Fountain w popołudniowym skwarze.

Jak bardzo kochała Idę! Siła miłości przyprawiła Harriet o zawrót głowy. Nie myśląc o siostrze, Harriet podbiegła i namiętnie zarzuciła Idzie ręce na szyję.

— Dobry Boże — drgnęła Ida. — A ty skąd się wzięłaś?

Harriet zamknęła oczy i wtuliła twarz w wilgotne ciepło szyi Idy, pachnącej goździkami, herbatą, dymem i jeszcze czymś gorzko-słodkim, pierzastym, ale bardzo wyraźnym. Dla Harriet był to sam aromat miłości. Ida sięgnęła za siebie i wyplątała się z objęć Harriet.

— Chcesz mnie udusić? — spytała. — Spójrz tam. Patrzymy na tamtego ptaka na dachu.

— Przylatuje codziennie — powiedziała Allison, nie odwracając się. Harriet osłoniła dłonią oczy. Na kominie pani Fountain, wsunięty zgrabnie między dwie cegły, stał kos o czerwonych skrzydełkach: wymuskany, w żołnierskiej postawie, miał opanowane, przenikliwe oczka, a każde skrzydło przecinała jak epolet szkarłatna pręga.

— Jest zabawny — powiedziała Ida. — Wydaje taki odgłos. — Ściągnęła usta i doskonale zademonstrowała gwizd kosa: nie płynny świst drozda, opadający w suche cz cz cz świerszcza, a potem wznoszący się znowu w deliryczny, zawodzący trel; nie wyraźny, trzytonowy gwizd sikory czy choćby szorstkie wołanie sójki, podobne do skrzypienia zardzewiałej bramy. To było nagłe, furczące, nieznane wołanie, okrzyk ostrzegawczy — kongeriii! — który dławił się własną przytłumioną nutą.

— Spójrz! — zaśmiała się Allison, klękając, bo ptak nagle stanął na baczność i inteligentnie przekrzywił na bok błyszczącą główkę. — On cię słyszy!

— Zrób to jeszcze raz! — poprosiła Harriet. Ida nie naśladowała odgłosów ptaków na zawołanie; należało trafić na jej właściwy humor.

— Tak, Ido, proszę!

Jednak Ida tylko roześmiała się i potrząsnęła głową.

— Pamiętacie tę starą historię o tym, w jaki sposób kos dostał czerwone skrzydła?

— Nie — odpowiedziały chórem Harriet i Allison, chociaż pamiętały. Teraz, kiedy podrosły, Ida coraz rzadziej im opowiadała, czego żałowały, bo opowieści Idy były szalone, dziwne, często przerażające: o utopionych dzieciach, duchach w lesie, o myśliwskim przyjęciu myszołowa, o szopach ze złotymi zębami, które zagryzały dzieci w kołyskach, i zaczarowanych spodkach z mlekiem, które w nocy zamieniało się w krew...

— Dawno, dawno temu żył brzydki garbus, który był tak wściekły na wszystko, że postanowił podpalić cały świat. Wziął więc pochodnię, wściekły jak nie wiem co, i zszedł nad wielką rzekę, gdzie mieszkały wszystkie zwierzęta. Musicie wiedzieć, że w dawnych czasach nie było mnóstwa drugorzędnych rzek i strumieni, jakie macie teraz. Była tylko ta jedna.

Ptak na kominie pani Fountain zatrzepotał skrzydłami — szybko i konkretnie — po czym odleciał.

— O, patrzcie, leci. Nie chciał słuchać mojej historii. — Z ciężkim westchnieniem Ida zerknęła na zegar, a potem, ku konsternacji Harriet, przeciągnęła się i wstała.

— Opowiedz nam mimo to!

— Jutro wam opowiem.

— Ido, nie odchodź! — zawołała Harriet, kiedy Ida Rhew westchnieniem przerwała zadowolone milczenie i ruszyła do drzwi powoli, jakby bolały ją nogi. Biedna Ida. — Proszę?

— Och, jutro tu przyjdę — odparła kwaśno Ida, nie odwracając się, podrzuciła brązową papierową torbę pod ramię i ciężko wyszła z domu.

— O nic się nie martwcie.

— Posłuchaj, Danny — powiedział Farish. — Reese wyjeżdża, więc będziemy musieli pójść na plac i posłuchać... — Machnął dłonią. — No, wiesz, tych kościelnych bzdur Eugene'a.

— Dlaczego? — spytał Danny, odsuwając krzesło. — Czemu mielibyśmy to robić?

— Chłopak wyjeżdża jutro. O ile go znam, to w c z e ś n i e.

— Chodź, pobiegniemy do misji i załadujemy towar do jego furgonetki.

— Nie możemy. Chłopak gdzieś poszedł.

— Cholera. — Danny wyprostował się i myślał przez chwilę. — Gdzie zamierzasz to schować? W silniku?

— Znam takie miejsca, że FBI mogłoby rozłożyć furgonetkę na części i nie znaleźć.

— Ile czasu ci to zajmie? Pytałem, i l e c z a s u c i t o z a j m i e — powtórzył Danny na widok wrogiego błysku w oczach Farisha. — Chowanie towaru. — Farish był przygłuchy na jedno ucho od tamtego wystrzału. Kiedy był naćpany i w paranoi, czasami rozumiał rzeczy bardzo opacznie. Uważał, że powiedziałeś mu, żeby się pierdolił, podczas gdy prosiłeś go, żeby zamknął drzwi i podał sól.

— Jak długo? — Farish pokazał pięć palców.

— W porządku. Oto, co zrobimy. Może odpuścimy sobie kazanie, a kiedy się skończy, pojedziemy do misji? Ja zajmę ich na górze, a ty w tym czasie załadujesz paczkę do furgonetki, gdzie bądź, i po sprawie.

— Powiem ci, co mnie gnębi — powiedział nagle Farish, usiadł przy stole obok Danny'ego i zaczął czyścić paznokcie scyzorykiem. — Przed chwilą pod domem Gene'a stał jakiś samochód. Dzwonił do mnie w tej sprawie.

— Samochód? Jaki samochód?

— Nie oznakowany. Zaparkował od frontu. — Farish westchnął. — Odjechali, kiedy zobaczyli, że Gene wygląda przez okno.

— To pewnie nic takiego.

— Co?! — ryknął Farish, mrugając. — Nie szepcz mi nad uchem. Nie znoszę, kiedy szepczesz.

— Powiedziałem, że to nic takiego. — Danny patrzył na brata intensywnie, potem potrząsnął głową. — Czego mogliby chcieć od Eugene'a?

— Nie o Eugene'a im chodzi, ale o mnie — odparł ponuro Farish. — Mówię ci: agencje rządowe mają na mnie akta tej grubości.

— Farish. — Nie należało dopuścić, żeby Farish zaczął wygłaszać tyradę przeciwko rządowi federalnemu, kiedy znajdował się w takim stanie. Ujadałby przez całą noc i część dnia następnego.

— Posłuchaj, gdybyś tylko zapłacił ten podatek...

Farish rzucił bratu szybkie, gniewne spojrzenie.

— Wczoraj przyszedł list. Jeżeli nie zapłacisz podatków, Farish, oni po ciebie przyjadą.

— Tu nie chodzi o żaden podatek — odparł Farish. — Rząd obserwuje moją dupę od dwudziestu lat.

Matka Harriet pchnęła drzwi do kuchni, gdzie Harriet siedziała zgarbiona przy stole z głową w dłoniach. W nadziei, że zostanie zapytana, co się stało, zgarbiła się jeszcze bardziej, ale matka, nie zwracając na nią najmniejszej uwagi, skierowała się prosto do lodówki, skąd wyjęła galonowy kubełek lodów miętowych.

Harriet patrzyła, jak matka staje na palcach, żeby sięgnąć po kieliszek do wina z najwyższej półki, potem pracowicie nałożyła do niego kilka łyżek lodów. Koszula nocna, którą miała na sobie, z cienkimi błękitnymi halkami i wstążkami pod szyją, była bardzo stara. W dzieciństwie ta koszula fascynowała Harriet, bo przypominała szatę Turkusowej Wróżki z jej książki *Pinokio*. Teraz koszula nocna wyglądała staro, zmarniała i poszarzała na szwach.

Odwracając się, żeby odstawić lody do lodówki, matka zobaczyła Harriet zgarbioną przy stole.

— Co się stało? — zapytała, kiedy drzwi lodówki szczęknęły.

— Po pierwsze, jestem głodna — powiedziała głośno Harriet.

Matka zmarszczyła czoło, po czym (nie, niech ona tego nie mówi, myślała Harriet) zadała dokładnie to pytanie, którego Harriet się spodziewała:

— Może chcesz trochę lodów?

— N i e... c i e r p i ę... t y c h... l o d ó w. — Ile już razy wypowiadała te słowa?

— Hm?

— Mamo, n i e c i e r p i ę l o d ó w m i ę t o w y c h. — Nagle ogarnęła ją rozpacz; czy nikt jej nigdy nie słuchał? — Nie znoszę ich! Nigdy ich nie lubiłam! Nikt oprócz ciebie nigdy ich nie lubił!

Z satysfakcją ujrzała, że jej wybuch uraził matkę.

— Przepraszam... Pomyślałam tylko, że wszyscy lubimy zjeść coś lekkiego i chłodnego... teraz, kiedy noce są takie upalne...

— J a nie.

— Niech Ida coś ci przyszykuje.

— Ida wyszła!

— Czy nic ci nie zostawiła?

— Nie! — W każdym razie nic, co by smakowało Harriet, tylko tuńczyka.

— To na co masz ochotę? Jest tak gorąco, że chyba nie chcesz nic ciężkiego — powiedziała matka bez przekonania.

— Owszem, chcę! — U Hely'ego, niezależnie od upału, każdego wieczoru rodzina zasiadała do prawdziwej kolacji, wielkiej, gorącej kolacji, po której w kuchni było jak w piecu: pieczeń wołowa, lasagne, smażone krewetki.

Ale matka nie słuchała.

— Może chcesz grzankę? — zaproponowała pogodnie, odstawiając lody do lodówki.

— G r z a n k ę?

— A cóż w tym złego?

— Ludzie nie jedzą grzanek na kolację! Dlaczego nie możemy jeść jak normalni ludzie? — W szkole, na lekcji wychowania zdrowotnego, kiedy nauczycielka poprosiła dzieci, żeby przez dwa tygodnie notowały swoje jadłospisy, Harriet doznała szoku, widząc, jak marnie prezentowała się jej dieta na papierze, zwłaszcza w te wieczory, kiedy Ida nie gotowała: lody, czarne oliwki, grzanki z masłem. Dlatego podarła jadłospis i skrzętnie przepisała z książki kucharskiej, którą matka dostała w prezencie ślubnym (*Tysiąc sposobów, by sprawić przyjemność rodzinie*), zestaw starannie dobranych jadłospisów: piccata z kurczaka, zapiekanka z dyni, sałata, kompot jabłkowy.

— Szykowanie ci posiłków to obowiązek Idy — oświadczyła matka z nagłą gwałtownością. — Za to jej płacę. Jeśli nie wypełnia obowiązków, będziemy musiały znaleźć kogoś innego.

— Zamknij się! — krzyknęła Harriet, którą ubodła niesprawiedliwość tych słów.

— Twój ojciec stale krytykuje mnie za Idę. Twierdzi, że nie robi dosyć w domu. Wiem, że ją lubisz, ale...

— To nie jej wina!

— ...jeżeli Ida nie robi tego, co do niej należy, będziemy musiały porozmawiać. Jutro...

Matka wypłynęła z kuchni z pucharem lodów miętowych. Harriet — oszołomiona obrotem rozmowy — oparła czoło na stole.

Wkrótce usłyszała, że ktoś wchodzi do kuchni. Podniosła wzrok i zobaczyła stojącą w drzwiach Allison.

— Nie powinnaś była tego mówić.

— Daj mi spokój!

Wtedy zadzwonił telefon. Allison odebrała.

— Słucham? — Z beznamiętną twarzą puściła słuchawkę tak, że zawisła na przewodzie. — Do ciebie — oznajmiła, wychodząc.

Kiedy tylko się odezwała, Hely wyrzucił pospiesznie:

— Harriet? Słuchaj, jaki numer...

— Czy mogę zjeść kolację u ciebie?

— Nie — odparł Hely po chwili konsternacji. Rodzina była już po kolacji, ale jemu podniecenie odebrało apetyt. — Słuchaj, Essie naprawdę wpadła w szał. Potłukła szklanki w kuchni i wyszła, mój tata pojechał do niej, chłopak Essie wyszedł na werandę, doszło to wielkiej bijatyki, a tata powiedział Essie, żeby nie wracała, wylali ją. Hurraa!!! Ale nie po to dzwonię — dorzucił szybko, bo przerażona Harriet zaczęła coś jąkać. — Posłuchaj, Harriet, nie mamy wiele czasu. Ten kaznodzieja z blizną jest teraz na placu. Jest ich dwóch. Widziałem, jak wracałem z tatą od Essie, ale nie wiem, jak długo tam zostaną. Mają głośnik. Słyszę ich od s i e b i e.

Harriet odłożyła słuchawkę na kuchenny blat i podeszła do tylnych drzwi. Faktycznie, przez gęstwinę pnączy na werandzie dobiegał blaszany odgłos głośnika; ktoś wołał niewyraźnie, kiepski mikrofon syczał i trzaskał.

Kiedy wróciła do telefonu, oddech Hely'ego w słuchawce był urywany i przyciszony.

— Możesz wyjść? — spytała.

— Spotkamy się na rogu.

Było po dziewiętnastej, na dworze wciąż jasno. Harriet opłukała twarz nad kuchennym zlewem i poszła do narzędziowni po rower. Zjechała po podjeździe, żwir strzelał spod opon, w końcu bach, przednie koło uderzyło o ulicę i pomknęła. Hely czekał na rogu, stojąc okrakiem na rowerze. Na widok Harriet wystartował, pedałując wściekle, ale wkrótce go dogoniła. Latarni ulicznych jeszcze nie zapalono; powietrze pachniało przyciętymi żywopłotami, środkiem owadobójczym i kapryfolium. W słabnącym świetle klomby różane jarzyły się karmazynowo, karminowo i pomarańczowo. Mijali senne domy, syczące polewaczki; jazgoczący terier gonił ich przez parę przecznic na krótkich łapkach, w końcu zrezygnował.

Ostro skręcili w ulicę Walthall. Szerokie szczyty wiktoriańskiego domu pana Lilly pomknęły ku nim pod kątem czterdziestu pięciu stopni, jak pływający dom wyrzucony na zielone nabrzeże. Harriet pozwoliła, by siła bezwładu przeniosła ją przez zakręt; owiała ją ulotna woń pnących się róż — różowe obłoki opadały kaskadą z okratowanej werandy — kiedy przez parę sekund zjeżdżała swobodnie; potem popedałowała wściekle i skręciła w Main: szpaler luster, białe fasady i kolumny w mocnym świetle cofały się w długiej, wspaniałej perspektywie w stronę placu — gdzie na tle ciemnobłękitnego nieba, w lawendowej dali jeżyły się cienkie białe kratki i sztachety estrady i balkonu. Wszędzie panowała cisza, jak w podświetlonej scenografii do szkolnej sztuki (*Nasze miasto*), tylko dwaj mężczyźni w białych koszulach i ciemnych spodniach chodzili tam i z powrotem, wymachując rękami; pochylali się i odchylali, krzycząc, a ich trasy przecinały się w kształcie litery X. Zachowywali się jak dwóch uczestników licytacji; nagłośnione, rytmiczne frazesy splatały się ze sobą i rozdzielały w dwie wyraźne linie melodyczne: bełkotliwy bas Eugene'a Ratliffa i wysoki histeryczny kontrapunkt młodszego mężczyzny, z akcentem z wyżyn, ostro punktującym wszystkie „i" oraz „e":

— twoja mama...

— twój tata...

— twoje biedne dziecko w ziemi...

— Chcesz powiedzieć, że oni powstaną?

— *Chcę powiedzieć, że oni powstaną.*

— Chcesz powiedzieć, że powstaną znowu?
— *Chcę powiedzieć, że powstaną znowu.*
— *Księga chce ci powiedzieć, że powstaną znowu.*
— *Chrystus chce ci powiedzieć, że powstaną znowu.*
— *Prorocy chcą ci powiedzieć, że powstaną znowu...*

Podczas gdy Eugene Ratliff tupał nogą i klaskał, aż plereza zatłuszczonych siwych włosów opadła mu na twarz, jego towarzysz o zmierzwionej czuprynie wyrzucił ręce w górę i zaczął tańczyć. Dygotał na całym ciele, białe dłonie drżały, jakby prąd elektryczny, który bił z oczu i żył włosy na głowie, przenikał jego ciało, rzucając młodzieńcem po całej estradzie w nieskrępowanych konwulsjach.

— Chcę to krzyczeć jak w czasach biblijnych...
— *Chcę to krzyczeć tak jak Eliasz.*
— Krzycz głośno, niech diabeł się wścieknie...
— *Dalej, dzieci, wkurzcie diabła!*

Plac był prawie pusty. Po drugiej stronie ulicy stało parę nastolatek, które chichotały skrępowane. W drzwiach jubilera stała pani Mireille Abbott; przy sklepie z artykułami metalowymi parkował samochód z opuszczonymi oknami, przez które wyglądała rodzina. Zachodzące słońce błysnęło ciemnoczerwono w rubinowym pierścieniu na małym palcu Ratliffa (odchylonym od cienkiego mikrofonu jak od uszka filiżanki).

— W tych Dniach Ostatnich przyszło nam żyć...
— *Jesteśmy tu, by głosić prawdę Biblii.*
— Głosimy tę Księgę jak w dawnych czasach.
— *Głosimy Ją, jako czynili prorocy.*

Harriet ujrzała furgonetkę (*TEN ŚWIAT NIE JEST MOIM DOMEM!*) i z uczuciem zawodu zobaczyła, że przyczepa jest pusta, z wyjątkiem niewielkiego wzmacniacza w winylowej obudowie, podobnego do taniego neseseru.

ॐ

— Niektórzy z was już dawno...
— ...nie czytali Biblii...
— ...nie chodzili do kościoła...
— ...nie klękali jak małe dziecko...

Harriet drgnęła, bo spostrzegła, że Eugene Ratliff patrzy prosto na nią.

— ...albowiem cielesne myśli to ŚMIERĆ...
— ...albowiem mściwe myśli to ŚMIERĆ...
— ...albowiem pożądanie cioła to ŚMIERĆ...

— Ciała — powiedziała mechanicznie Harriet.
— Co? — spytał Hely.
— Nie c i o ł a, tylko c i a ł a.

— ...albowiem zapłatą za grzech jest ŚMIERĆ...
— ...albowiem kłamstwa diabła to PIEKŁO I ŚMIERĆ...

Harriet zdała sobie sprawę, że podchodząc trochę za blisko, popełnili błąd, ale teraz już nic nie można było zrobić. Hely stał z rozdziawionymi ustami. Szturchnęła go w żebra.
— Chodź — szepnęła.
— Co? — Hely otarł spocone czoło przedramieniem.
Harriet zasygnalizowała oczami „jedźmy". Bez słowa odwrócili się, grzecznie poprowadzili rowery, aż minęli róg i znikli z pola widzenia.
— Ale gdzie są węże? — dopytywał się Hely żałośnie. — Mówiłaś, że są w furgonetce.
— Po odjeździe pana Diala musieli wnieść je z powrotem do domu.
— Pojedźmy tam — powiedział Hely. — Pospieszmy się, zanim skończą.
Wskoczywszy na rowery, co sił w nogach popedałowali do domu mormonów. Cienie wyostrzały się i stawały coraz bardziej skomplikowane. Przycięte kule bukszpanu, znaczące pas zieleni biegnący środkiem ulicy Main, lśniły w zachodzącym słońcu jak długi rząd półksiężyców, w trzech czwartych zaciemnionych, ale wciąż widocznych. W ciemnych szpale-

rach ligustru przy szosie zaczęły koncertować świerszcze i żaby. Kiedy w końcu zdyszani, pedałując co sił, ujrzeli drewniany dom, zobaczyli, że weranda jest ciemna, a podjazd pusty. Jedyną żywą duszą na ulicy był wiekowy Murzyn o ostrych, błyszczących kościach policzkowych i pogodnej jak u mumii, ciasno obleczonej skórą twarzy, który spokojnie spacerował po chodniku z papierową torbą pod pachą. Hely i Harriet ukryli rowery pod rozłożystym krzakiem na pasie zieleni. Przyczajeni wyglądali zza krzaka, aż staruszek zniknął za rogiem. Potem śmignęli przez ulicę, przycupnęli wśród niskich, rozłożystych gałęzi figowca na sąsiednim podwórzu, ponieważ na podwórzu drewnianego domu nie było schronienia, ani jednego krzaka, tylko kępki trawy okalające spiłowany pień drzewa.

— Jak się tam dostaniemy? — spytała Harriet, patrząc na rynnę łączącą parter i piętro.

— Poczekaj. — Własna śmiałość zaparła Hely'emu dech w piersiach. Opuściwszy kryjówkę pod figowcem, wbiegł na łeb na szyję po schodach, po czym równie szybko zbiegł. Przeciął otwarte podwórze i dał nura pod drzewo. — Zamknięte — oznajmił i głupawo wzruszył ramionami jak postać z komiksu.

Przez zasłonę drżących liści patrzyli na dom. Strona naprzeciwko nich była ciemna. Po drugiej stronie okna świeciły lawendowo w zachodzącym słońcu.

— Tam, gdzie dach jest płaski — wskazała Harriet.

Ponad występem dachu wznosiło się niewielkie skrzydło, a w umieszczonym w nim okienku matowa szyba pękła na dole na długość cala czy dwóch. Hely już miał zapytać, jak zamierzała się tam dostać — okno znajdowało się dobre piętnaście stóp nad ziemią — kiedy powiedziała:

— Jak mnie podsadzisz, to wdrapię się na rynnę.

— Mowy nie ma! — zaprotestował Hely, bo rynna była przeżarta rdzą prawie na pół.

Okienko było małe, szerokie najwyżej na stopę.

— Założę się, że to okno łazienkowe — powiedziała Harriet, a potem wskazała na ciemne okno w połowie wysokości. — A to dokąd prowadzi?

— Do mormonów. Sprawdziłem.

— Co jest w środku?

— Schody. Jest tam półpiętro z tablicą ogłoszeniową i plakatami.

— Może... mam cię — zawołała Harriet triumfalnie, klepiąc się w rękę. Przyjrzała się krwawemu komarowi rozgniecionemu na dłoni. — Może w domu jest połączenie między piętrem i parterem — powiedziała do Hely'ego. — Nikogo nie widziałeś w środku?

— Posłuchaj, Harriet. Ich nie ma w domu. Jeśli wrócą i złapią nas, nasze ryzyko, ale musimy się pospieszyć albo zapomnijmy o całej sprawie. Nie zamierzam tu siedzieć całą noc.

— Dobra... — Harriet wzięła głęboki wdech, wybiegła na puste podwórze, a Hely tuż za nią. Z tupotem wbiegli na schody. Hely obserwował ulicę, a Harriet, z dłonią na szybie, zajrzała do środka: opuszczone schody, zagracone składanymi krzesłami; smutne, brązowe ściany oświetlone chybotliwą smugą światła wpadającego przez okno od ulicy. W głębi widniała chłodziarka na wodę i tablica ogłoszeniowa z plakatami (NIE ROZMAWIAJ Z NIEZNAJOMYMI! RECEPTY DLA ZAGROŻONYCH DZIECI).

W zamkniętym oknie nie było żaluzji. Hely i Harriet, ramię przy ramieniu, wsunęli palce pod metalowe skrzydło i pociągnęli, bez powodzenia...

— S a m o c h ó d — syknął Hely. Z bijącym sercem przylgnęli do ściany domu, samochód śmignął, a kiedy znikł, wychynęli z cienia i ponowili próbę.

— A to co? — szepnął Hely, stanął na palcach i wyciągając szyję, spojrzał na środek okna, gdzie górna i dolna szyba przylegały równo do siebie.

Harriet pojęła, co miał na myśli. W oknie nie było klamki, szyby nie zachodziły na siebie. Przesunęła palcami po skrzydle.

— Hej — szepnął nagle Hely i ruchem dłoni poprosił ją o pomoc. Wspólnymi siłami wepchnęli górną szybę do wewnątrz; o coś zaczepiła, skrzypnęła, w końcu z jękiem dolna część okna wychyliła się na poziomej osi. Hely po raz ostatni sprawdził ciemniejącą ulicę — kciuki do góry, droga wolna — i już po chwili oboje wślizgiwali się do środka.

Wisząc głową w dół, z opuszkami palców na podłodze, Hely ujrzał, jak szare cętki linoleum pędzą szybko ku niemu, tak jakby imitacja granitu była powierzchnią obcej planety, która mknęła ku niemu milion mil na godzinę — plask, uderzył głową o podłogę i wpadł do środka, a Harriet zwaliła się obok niego.

Znaleźli się w domu — na półpiętrze staroświeckich schodów, zaledwie trzy stopnie nad parterem; na szczycie dostrzegli drugie półpiętro. Podnieceni do granic wytrzymałości próbowali nie oddychać zbyt głośno, wstali z podłogi i wbiegli na górę, skręcili za róg i prawie uderzyli głową w masywne drzwi i grubą kłódkę wiszącą na skoblu.

Było tam jeszcze jedno okno, staroświeckie, z zamkiem i żaluzją. Hely podszedł, żeby mu się przyjrzeć, a kiedy Harriet wpatrywała się w kłódkę z konsternacją, nagle zaczął gorączkowo wymachiwać rękami i zgrzytać zębami w przypływie podniecenia: pod tym oknem również biegł występ dachu, prowadzący prosto do okna w skrzydle.

Ciągnąc tak mocno, że poczerwieniały im twarze, zdołali unieść skrzydło okna na osiem cali. Harriet wślizgnęła się pierwsza (Hely kierował jej nogami jak pługiem, aż bezwiednie kopnęła go, a on zaklął i odskoczył). Dach pod dłońmi Harriet był gorący, lepki i szorstki. Ostrożnie, ostrożnie stanęła. Z zamkniętymi oczami, trzymając framugę okna lewą ręką, prawą podała Hely'emu, który wypełzł za nią na dach. Wieczorna bryza stawała się coraz chłodniejsza. Podwójny ślad spalin odrzutowca przecinał niebo ukośnie, ślady nart wodnych na olbrzymim jeziorze. Harriet — oddychając szybko i bojąc się spojrzeć w dół — poczuła daleko w dole ulotny zapach jakiegoś nocnego kwiatu, może tytoniu. Odchyliwszy głowę, popatrzyła w niebo; chmury były ogromne, z różowym lukrem na podbrzuszach, wyglądały jak chmury na obrazie przedstawiającym scenę biblijną. Bardzo, bardzo ostrożnie, plecami przy ścianie, odrętwiali z podniecenia — minęli stromy załom, a ich oczom ukazało się podwórze ze znajomym figowcem.

Z palcami wczepionymi pod aluminiową oblicówkę, która utrzymywała żar i była trochę zbyt gorąca, cal po calu pełzli w stronę skrzydła. Harriet dotarła tam pierwsza i przesunęła się, by zrobić miejsce Hely'emu. Naprawdę małe, niewiele większe niż pudełko na buty okno było otwarte u dołu może na dwa cale. Ostrożnie, kładąc dłoń przy dłoni, przenieśli uchwyt z oblicówki na skrzydło i wspólnie pchnęli: najpierw nieśmiało, na wypadek gdyby okno miało podskoczyć bez ostrzeżenia i odepchnąć ich w tył. Bez trudu uniosło się na cztery czy pięć cali, ale potem zaczepiło się mocno, chociaż pchali tak, że zaczęły im dygotać ramiona.

Harriet miała wilgotne dłonie, serce łomotało jej w piersiach jak piłka tenisowa. Od ulicy dobiegł odgłos samochodu.

Zamarli. Samochód przejechał, nie zatrzymując się.

— Głupku, n i e p a t r z w d ó ł — szepnęła Harriet. Hely stał o kilka cali od niej, nie dotykając jej, ale namacalna aura wilgotnego gorąca biła od całego jego ciała jak pole siłowe.

Harriet odwróciła się; w nieziemskim lawendowym półmroku Hely dzielnie podniósł kciuk, po czym wsunął głowę i ramiona przez okno, jakby pływał delfinem.

Szpara w oknie była bardzo ciasna. Hely zaczepił się w pasie. Harriet — lewą dłonią trzymając aluminiową oblicówkę, a prawą podciągając się na skrzydle — najdalej jak mogła, odchyliła się od jego gorączkowo wierzgających nóg. Zagłębienie w dachu było płytkie, poślizgnęła się i o mały włos nie spadła; podtrzymała się w ostatniej chwili, ale zanim zdążyła przełknąć ślinę czy choćby złapać oddech, góra ciała Hely'ego wpadła do mieszkania z głośnym łoskotem i przez okno wystawały tylko tenisówki. Po chwili oszołomienia cały wciągnął się do środka.

— Tak! — dobiegł do Harriet jego odległy, radosny głos, ekstaza strychowej ciemności znana ze wspólnych zabaw w fortach z tekturowych pudeł. Dziewczynka wsunęła głowę za Helym. Ledwo widziała go w półmroku: skulony, rozcierał obolałą rzepkę kolanową. Nieporadnie wstał z klęczek, podszedł, chwycił Harriet za ręce i odchylił się całym ciężarem ciała. Harriet wciągnęła brzuch i zrobiła, co w jej mocy, żeby się prześlizgnąć, uuf, wierzgając przy tym w powietrzu jak Kubuś Puchatek, kiedy utknął w króliczej norze.

Nie przestając się wić, upadła jak długa, częściowo na Hely'ego, częściowo na podpleśniały dywan, cuchnący, jakby pochodził z wnętrza statku. Harriet odturlała się na bok i uderzyła głową o ścianę z głuchym łomotem. Rzeczywiście znaleźli się w maleńkiej łazience: z umywalką, toaletą, bez wanny, ze ścianką działową wyłożoną laminatem imitującym glazurę.

Hely, który zdążył wstać, pociągnął Harriet z podłogi. Wstając, poczuła kwaśny, rybi zapach — nie pleśni, chociaż zmieszany z pleśnią — ostry, wyraźny i całkowicie obmierzły. Walcząc z przykrym smakiem w przełyku, całą narastającą panikę włożyła w atak na drzwi (klapiący winylowy akordeon z nadrukiem imitującym drewno), które się zaklinowały.

Drzwi puściły, a oni runęli jedno na drugie do większego pomieszczenia, nie mniej dusznego, ale ciemniejszego. Wybrzuszona ściana w głębi była poczerniała od dymu i pokryta purchlami wilgoci. Hely — dysząc z podniecenia, nieprzytomny jak terier, który złapał trop — poczuł nagle szarpnięcie tak ostrego lęku, że pozostał mu na języku metaliczny smak. Częściowo z powodu Robina i losu, jaki go spotkał, rodzice Hely'ego przestrzegali go przez całe życie, że nie wszyscy dorośli są dobrzy; niektórzy — niewielu, ale się zdarzali — wykradali dzieci od rodziców, torturowali je, a nawet zabijali. Ta prawda nigdy wcześniej nie uderzyła go z taką mocą jak cios w pierś; smród i ohydne wybrzuszenie ścian przyprawiły go o mdłości, a wszystkie uporne historie opowiadane przez rodziców (o dzieciach kneblowanych i wiązanych w opuszczonych domach, wieszanych na sznurach albo zamykanych w szafach, żeby umarły z głodu) momentalnie ożyły, zwróciły ku niemu żółte ślepia i wyszczerzyły rekinie zęby: cham-cham.

Nikt nie wiedział, gdzie byli. Nikt, żaden sąsiad ani przechodzień nie

263

widział, jak wchodzili przez okno; nikt nie dowiedziałby się, co się z nimi stało, gdyby nie wrócili do domu. Idąc za Harriet, która pewnie ruszyła do sąsiedniego pomieszczenia, Hely potknął się o przewód elektryczny i o mały włos nie krzyknął.

— Harriet? — Jego głos zabrzmiał dziwnie. Stał w mroku, czekając na odpowiedź, wpatrzony w jedyne widoczne światło — trzy prostokąty w obramowaniu ognia, zarys trzech zaklejonych folią okien — kiedy nagle zapadła się pod nim podłoga.

Może to pułapka? Skąd wiedzieli, że nikogo nie było w domu?

— Harriet! — krzyknął. Nagle, bardziej niż kiedykolwiek w życiu, zachciało mu się siku, więc — majstrując przy rozporku, prawie nie wiedząc, co robi — odwrócił się od drzwi i wysikał się na dywan: szybko, szybko, szybko, nie myślał o Harriet, niemal podskakiwał w udręce. Przestrzegając go tak gorliwie przed zboczeńcami, rodzice Hely'ego bezwiednie zaszczepili w umyśle syna dziwne pomysły, przede wszystkim paniczne przekonanie, że porywacze dzieci nie pozwalają swym ofiarom korzystać z toalety, ale zmuszają je do zanieczyszczania się tam, gdzie były: przywiązane do brudnego materaca, zamknięte w bagażniku samochodu, pogrzebane w trumnie z rurką do oddychania...

Gotowe, pomyślał z ulgą graniczącą z ekstazą. Jeśli nawet te wieśniaki będą go torturować (szczypcami, pistoletami do wbijania gwoździ, czymkolwiek), przynajmniej nie da im satysfakcji patrzenia, jak się moczy. Nagle usłyszał coś za plecami i serce zabuksowało mu jak samochód na lodzie.

To była tylko Harriet, której wielkie, atramentowe oczy wydawały się bardzo małe na tle framugi drzwi. Tak się ucieszył na jej widok, że nawet nie pomyślał, czy widziała, jak sikał.

— Chodź coś zobaczyć — powiedziała beznamiętnie.

Spokój Harriet sprawił, że jego lęk wyparował. Ruszył za nią do sąsiedniego pomieszczenia. Natychmiast po wejściu piżmowy smród zgnilizny — jak mógł go wcześniej nie poznać? — uderzył go z taką siłą, że Hely prawie go smakował...

— Święci Pańscy — wykrztusił, zatykając nos.

— M ó w i ł a m ci — powiedziała skromnie.

Prawie całą podłogę pokrywały migoczące w słabym świetle skrzynie; guziki perłowe, odłamki luster, główki od gwoździ, kryształy, zmiażdżone szkło skrzyły się dyskretnie w półmroku jak skarb piratów w jaskini, kufry obficie wypełnione diamentami, srebrem i rubinami.

Hely spuścił wzrok. W skrzyni obok jego tenisówki leżał zwinięty grzechotnik, szastający ogonem, sz, sz, sz. Niewiele myśląc, odskoczył, bo kątem oka ujrzał za siatką drugiego węża, który cicho sunął ku niemu w kształcie cętkowanej litery S. Kiedy wąż uderzył pyskiem o siatkę, kłapnął z takim sykiem i takim zamachem (niemożliwy ruch, jak film puszczony od tyłu, sznur wznoszący się z kałuży rozlanego mleka i opadający z powrotem do dzbanka), że Hely znowu odskoczył, potrącając inną skrzynkę, która zawrzała sykami.

Zauważył, że Harriet odsuwała postawioną na sztorc skrzynię od reszty w stronę zamkniętych na łańcuch drzwi. Zatrzymała się, by odgarnąć włosy z twarzy.

— Chcę tego — powiedziała. — Pomóż mi.

Hely oniemiał. Chociaż dotychczas nie zdawał sobie sprawy, nie wierzył, że Harriet mówiła prawdę, wezbrała w nim lodowata bańka podniecenia, łaskocząca, zabójcza, pyszna jak zimne, zielone morze wlewające się przez dziurawe dno łodzi.

Zaciskając usta, Harriet przesunęła skrzynię po pustym odcinku podłogi, potem położyła ją na płask.

— Zniesiemy go... — oznajmiła, potem stanęła i zatarła ręce. — Zniesiemy go po schodach na dwór.

— Nie możemy iść ulicą z tą s k r z y n i ą.

— Po prostu mi pomóż, dobra? — Westchnęła i szarpnęła skrzynię.

Hely ruszył w jej stronę. Wśród skrzyń nie szło się łatwo; za siatkami — zauważył, że nie były grubsze niż siatki w oknach, bez trudu mógłby przez nie wsunąć nogę — coś poruszało się w cieniu: okręgi przerywały się, rozpływały, składały wpół, czarne romby płynęły jeden za drugim w nikczemnych, cichych obwodach. Hely czuł, jakby miał w głowie powietrze. To się nie dzieje naprawdę, powiedział do siebie, nie naprawdę, to tylko sen. I rzeczywiście, przez wiele następnych lat, aż do dorosłości, sny odrzucały go z powrotem w tę cuchnącą ciemność wśród syczących kufrów pełnych koszmaru.

Dziwność kobry — królewskiej, wyprostowanej, samotnej, kołyszącej się z irytacją w takt podrygiwania skrzyni — nie przyszła Hely'emu do głowy; uświadamiał sobie tylko nieprzyjemne przesuwanie się węża z boku na bok i potrzebę trzymania dłoni z dala od siatki. Z determinacją dopchnęli skrzynię do tylnych drzwi, które Harriet otworzyła i pchnęła. Wspólnymi siłami dźwignęli skrzynię, znieśli po schodach (straciwszy równowagę, kobra miotała się z suchą, wściekłą gwałtownością) i postawili na ziemi.

Na dworze było ciemno. Latarnie uliczne zapłonęły, po przeciwnej stronie ulicy paliły się światła na werandach. Zbyt przestraszeni, by spojrzeć na skrzynię, tak nienawistne dobiegały z niej łomoty, wkopali ją pod dom.

265

Wiał chłodny, nocny wiatr. Ręce Harriet pokryła ostra, drobna gęsia skórka. Na piętrze — za załomem, poza polem widzenia — drzwi z siatki otworzyły się, uderzając o barierkę, potem się zatrzasnęły.

— Poczekaj — powiedział Hely. Wstał z klęczek i z powrotem wbiegł po schodach. Drżącymi, osłabionymi palcami majstrował przy klamce, szukając zamka. Dłonie lepiły mu się od potu; w ciemnościach ogarnęła go dziwna lekkość jak ze snu, pozbawiony brzegów świat falował wokół niego, jak gdyby Hely kołysał się przycupnięty wysoko na takielunku koszmarnego okrętu pirackiego, a nocny wiatr hulał po wzburzonym morzu...

Pospiesz się, powiedział do siebie, pospiesz się i wynoś się stąd, ale dłonie odmawiały posłuszeństwa, ześlizgiwały się bezużytecznie z klamki, jakby w ogóle do niego nie należały...

— Harriet? — zawołał w niepewną ciszę, która nastąpiła. Jego głos zabrzmiał głucho i dziwnie nonszalancko. Nagle usłyszał chrzęst opon samochodowych na żwirze. Światła omiotły podwórze za domem. Ilekroć Hely myślał o tej nocy w późniejszych latach, z jakiegoś powodu najwyraźniej jawił mu się następujący obraz: sztywna, pożółkła trawa skąpana w nagłym błysku świateł samochodowych; rozrzucone chwasty — rzepy i sorgo — drżały, odbijając szorstkie światło...

Zanim zdążył pomyśleć, czy choćby odetchnąć, długie światła zmieniły się na krótkie: pop. Znowu pop i trawa pogrążyła się w mroku. Drzwiczki samochodu otworzyły się, po czym na schodach zadudniło — sądząc po hałasie — chyba z sześć par butów.

Hely'ego ogarnęła panika. Później zdumiewał się, że nie skoczył z półpiętra i nie złamał nogi czy może szyi, ale w przerażającym dudnieniu kroków mógł myśleć tylko o tamtym kaznodziei, tej twarzy z blizną, która zbliżała się ku niemu w ciemności, a jedynym sposobem schronienia się był powrót do mieszkania.

Kiedy wpadł do środka, serce w nim zamarło. Stolik do kart, składane krzesła, chłodziarka — gdzie się ukryć. Wbiegł do pokoju w głębi, zawadził palcem u nogi o skrzynkę po dynamicie (która zareagowała gniewnym grzechotaniem sz, sz, sz) i natychmiast zrozumiał swój błąd. Było już jednak za późno. Drzwi wejściowe skrzypnęły. Czy ja je w ogóle zamknąłem?, pomyślał, a narastający lęk przyprawił go o mdłości.

Cisza, najdłuższa w życiu Hely'ego. Po chyba całej wieczności klucz zgrzytnął w zamku, potem szybko jeszcze dwa razy.

— Co jest? — zachrypiał męski głos. — Klucz nie złapał?

W sąsiednim pokoju zapaliło się światło. W jasnej smudze wpadającej przez drzwi Hely zobaczył, że znalazł się w pułapce: nie miał gdzie się ukryć, nie miał jak uciec. Z wyjątkiem węży pokój był właściwie pusty: gazety, skrzynka z narzędziami, oparta o ścianę tablica z odręcznie wymalowanym napisem (*Z pomocą Dobrego Boga: Przestrzegać religii protestanckiej i wszystkich praw obywatelskich...*), a w kącie w głębi puf z poduszką. W gorączkowym pośpiechu (mogli go zobaczyć, gdyby tylko zerknęli przez otwarte drzwi) Hely prześlizgnął się między skrzynkami po dynamicie w kierunku pufa. Kolejny zgrzyt.

— Udało się — dobiegł ochrypły głos, a Hely padł na kolana i najlepiej jak mógł, wsunął się pod puf, nakrywając się poduszką. Dalsze rozmowy, których nie mógł teraz słyszeć. Puf był ciężki; Hely leżał odwrócony twarzą od drzwi, z nogami podwiniętymi pod siebie. Dywan rozgnieciony na prawym policzku cuchnął jak przepocone skarpety. Ku jego przerażeniu w pokoju zapaliło się światło.

Co oni mówili? Hely próbował jak najbardziej się zmniejszyć. Ponieważ nie mógł się ruszyć, nie miał innego wyjścia — chyba że zamknąłby oczy — jak patrzyć na pięć czy sześć węży poruszających się w kolorowej skrzynce z siatkami po bokach, dwie stopy od jego nosa. Kiedy tak patrzył, na wpół zahipnotyzowany, z mięśniami stężałymi z przerażenia, jeden mały wąż oddalił się od pozostałych i podpełzł do siatki. Wnętrze gardła miał białe, a łuski na brzuchu biegły w długich, poziomych płytkach w kredowo-brązowym kolorze maści galmanowej.

Za późno — jak to czasami bywało, kiedy przyłapywał się na gapieniu się na podobne do sosu spaghetti wnętrzności jakiegoś zwierzaka rozjechanego na autostradzie — Hely zamknął oczy. Z dna jego pola widzenia uniosły się czarne koła na pomarańczowym tle — powidok światła w negatywie — jedno po drugim, jak banieczki powietrza w akwarium, a w miarę jak się wznosiły, stopniowo blakły i znikały...

Wibracje podłogi: kroki. Zatrzymały się, potem rozległy się inne, cięższe i szybsze, nagle stanęły.

A jeśli mój but wystaje? pomyślał Hely, porażony nieopanowanym przerażeniem.

Wszystko zamarło. Ktoś zrobił jeden czy dwa kroki w przeciwną stronę. Przytłumione rozmowy. Hely odniósł wrażenie, że jedna z osób podeszła do okna, podreptała niespokojnie, wróciła. Nie potrafił określić, ile głosów rozlegało się w pokoju, ale jeden wyróżniał się spośród pozostałych: zniekształcony, śpiewny jak w zabawie, w którą on i Harriet bawili się czasami na basenie. Na zmianę wypowiadali zdania pod wodą, a potem próbowali odgadnąć, co mówiła druga osoba. Jednocześnie Hely zdawał sobie sprawę z cichego szur, szur, szur dobiegającego ze skrzynki

267

z wężem, odgłosu tak słabego, że pomyślał, że musi go sobie wyobrażać. Otworzył oczy. Przez wąską szparę między pufem a śmierdzącym dywanem patrzył z ukosa na osiem jasnych cali wężowego brzucha, opartego dziwnie o siatkę sąsiedniej skrzynki. Jak wątrobiany koniec macki jakiegoś stwora morskiego wąż kołysał się tam i z powrotem niczym wycieraczka samochodowa... z uczuciem przerażonej fascynacji Hely pojął, że gad się drapał, szur... szur... szur...

Nagle światło zgasło. Kroki i głosy wycofały się.

Szur... szur... szur... szur... szur...

Hely zamarł, ściskając kolanami dłonie, i z rezygnacją spojrzał w mrok. Brzuch węża majaczył przez siatkę. Co się stanie, jeśli będzie musiał tu spędzić noc? Myśli chłopca miotały się tak chaotycznie, że zrobiło mu się niedobrze. Pamiętaj o wyjściach, powiedział do siebie. To właśnie radził podręcznik zdrowia na wypadek pożaru lub sytuacji alarmowej, jednak wcześniej Hely nie uważał, a te wyjścia, o których pamiętał, były bezużyteczne: tylne drzwi — niedostępne... wewnętrzna klatka schodowa zamknięta na kłódkę przez mormonów... okno łazienkowe — tak, to było możliwe — chociaż już wejście okazało się dostatecznie trudne, a co dopiero bezszelestne wyślizgnięcie się w ciemnościach...

Po raz pierwszy przypomniał sobie o Harriet. Gdzie ona się podziewała? Hely zastanawiał się, co by zrobił, gdyby znaleźli się w odwrotnym położeniu. Czy Harriet wykazałaby się taką przytomnością umysłu, żeby pobiec po pomoc? W każdej innej sytuacji wolałby, żeby Harriet wrzuciła mu rozżarzone węgle za koszulę, niż powiadomiła jego ojca, ale teraz — kiedy zaglądał śmierci w oczy — nie widział innego wyjścia. Łysiejący, z miękkim brzuchem, ojciec Hely'ego nie był ani potężnie, ani imponująco zbudowany. Nieco poniżej średniego wzrostu, miał jednak za sobą lata pracy jako dyrektor szkoły średniej, dzięki którym jego spojrzenie było samym autorytetem, a zwyczaj przeciągania kamiennego milczenia nawet dorosłych zbijał z pantałyku.

Harriet? Cały spięty, Hely wyobraził sobie biały telefon w sypialni rodziców. Gdyby jego tata widział, co się stało, wmaszerowałby tu natychmiast, chwycił go za ramię i wyciągnął do samochodu, gdzie spuściłby mu lanie, a w drodze powrotnej do domu palnąłby wykład, od którego rozbolałyby uszy. W tym czasie kaznodzieja kuliłby się wśród węży, mamrotałby „tak, proszę pana, dziękuję, proszę pana" i nie miałby pojęcia, co go trafiło.

Rozbolała go szyja. Nie słyszał nic, nawet węża. Nagle przyszło mu na myśl, że może Harriet nie żyje: uduszona, zastrzelona, potrącona przez furgonetkę kaznodziei.

Nikt nie wie, gdzie jestem. Ostrożnie rozprostował nogi, bo poczuł nasilający się skurcz. Nikt. Nikt. Nikt.

Łydki przeszyły mu igiełki. Przez kilka minut leżał nieruchomo — napięty, spodziewając się, że kaznodzieja w każdej chwili rzuci się na niego. W końcu, kiedy nic się nie wydarzyło, przekręcił się na bok. Krew łaskotała ścierpnięte kończyny. Hely poruszył palcami u nóg, pokręcił głową z boku na bok. Czekał. Potem, nie mogąc tego dłużej znieść, wysunął głowę spod pufa.

Skrzynki migotały w ciemności. Od drzwi na tabakowy dywan padł ukośny prostokąt światła. Za drzwiami — Hely wychylił się na łokciach — znajdował się brudny, żółty pokój, jasno oświetlony żarówką z sufitu. Wysoki głos prostaka mówił szybko, ale niewyraźnie.

— Jezus nigdy nic dla mnie nie zrobił, a prawo też z pewnością nie — przerwało tamtemu czyjeś warknięcie. Nagle w drzwiach ukazał się olbrzymi cień.

Hely chwycił dywan; leżał skamieniały, starał się nie oddychać. Wtedy odezwał się inny głos, odległy, złośliwy.

— Te gady nie mają nic wspólnego z Panem. Są ohydne.

Cień w drzwiach zachichotał dziwnie, wysoko, a Hely zamarł. Farish Ratliff. Jego niewidzące oko — blade jak oko gotowanego młodego szczupaka — lustrowało mrok jak snop światła latarni morskiej.

— Powiem ci, co powinieneś zrobić... — Hely poczuł bezmierną ulgę, kiedy ciężkie kroki się wycofały. Z sąsiedniego pokoju dobiegło skrzypnięcie, jakby ktoś otworzył drzwi szafki kuchennej. Kiedy Hely w końcu otworzył oczy, w rozświetlonych drzwiach nie było nikogo.

— ...jeżeli masz dość taszczenia ich tam i z powrotem, powinieneś zawieźć je do lasu, wypuścić i zastrzelić. Wytłuc gadziny do nogi. Puścić z dymem — zagłuszył protesty kaznodziei — wrzucić do rzeki. Nic mnie to nie obchodzi. Wtedy twój problem zniknie.

Wojownicze milczenie.

— Węże umieją pływać — odezwał się inny głos, również białego mężczyzny, ale młodszy.

— W cholernej skrzyni chyba daleko nie popłyną, co? — Chrupnięcie, jakby Farish coś ugryzł; potem mówił dalej żartobliwym tonem: — Słuchaj, Eugene, jeśli nie chcesz się z nimi babrać, mam w samochodzie trzydziestkę ósemkę. Za dziesięć centów wejdę tam w tej chwili i wytłukę je do ostatniego.

Serce Hely'ego drgnęło. Harriet!, pomyślał gorączkowo. Gdzie jesteś? To byli ludzie, którzy zabili jej brata; kiedy jego znajdą (a nie wątpił, że tak się stanie), też go zabiją...

Jaką miał broń? Jak miał się bronić? Drugi wąż podpełzł do siatki obok pierwszego, wsunął pysk pod szczękę tamtego; razem wyglądały jak splecione węże na lasce lekarskiej. Nikczemność tego popularnego symbolu — wydrukowanego na czerwono na kopertach, do których matka zbierała datki na Stowarzyszenie Pulmonologiczne — nigdy wcześniej nie przyszła Hely'emu do głowy. Jego umysł wirował. Ledwo świadom tego, co robi, sięgnął za siebie drżącą ręką i otworzył skobel skrzynki z wężami. Gotowe, to ich zatrzyma, pomyślał, przekręcił się na plecy i spojrzał na wyłożony styropianem sufit. W wynikłym zamieszaniu będzie miał szansę uciec. Jeśli nawet zostanie ukąszony, może zdąży do szpitala...

Wcześniej, kiedy sięgał do skobla, jeden z węży kłapnął na niego. Teraz Hely poczuł coś lepkiego — truciznę? — na dłoni. Stworzenie opryskało go przez siatkę. Pospiesznie otarł dłoń o tył krótkich spodni, z nadzieją, że nie miał żadnych skaleczeń ani zadrapań, o których zapomniał.

Węże dopiero po pewnym czasie zrozumiały, że są wolne. Dwa oparte o siatkę wypadły natychmiast; przez chwilę leżały bez ruchu, aż inne wyjrzały ponad ich grzbietami, żeby sprawdzić, co się dzieje. Nagle — jak na dany sygnał — najwyraźniej pojęły, że są wolne, wyślizgnęły się radośnie i rozpełzły we wszystkie strony.

Oblewając się potem, Hely wygrzebał się spod pufa i najszybciej jak śmiał, przeczołgał się obok otwartych drzwi, przez światło wlewające się z sąsiedniego pokoju. Chociaż wprost mdliło go z niepokoju, nie odważył się zajrzeć, ale patrzył w dół, obawiając się, że poczują na sobie jego wzrok.

Kiedy bezpiecznie minął drzwi — bezpiecznie przynajmniej na pewien czas — osunął się w cieniu pod przeciwległą ścianą, cały drżący i osłabiony od rozszalałego serca. Nie miał już żadnych pomysłów. Gdyby ktoś postanowił znowu wstać, wejść i zapalić światło, natychmiast by go zobaczył, bezbronnie skulonego pod ścianką działową...

Czy on n a p r a w d ę uwolnił te węże? Z miejsca, w którym się znajdował, widział dwa leżące na podłodze; trzeci energicznie pełzł do światła. Jeszcze przed chwilą wydawało się, że to dobry plan, ale teraz Hely żałował z całego serca: proszę, Boże, proszę, niech on tu nie podpełza...Węże miały na grzbietach wzory podobne do miedzianek, tyle że wyraźniejsze. Hely spostrzegł, że odważny wąż, który dzielnie zmierzał w stronę sąsiedniego pokoju, ma na ogonie dwucalowy stosik grzechotek.

W zdenerwowanie wprawiały go jednak węże, których nie widział. W tamtej skrzyni znajdowało się co najmniej pięć czy sześć węży, może więcej. Gdzie one były?

Z frontowych okien pionowy spadek prowadził prosto na ulicę. Jego jedyną nadzieją była łazienka. Wydostawszy się na dach, mógł się opuścić na rękach i skoczyć. Zdarzało mu się już skakać z gałęzi drzew prawie na takiej wysokości. Spostrzegł jednak, że okna łazienki nie było tam, gdzie spodziewał się je znaleźć. Przesunął się wzdłuż ściany — za daleko jak na jego gust, aż w ciemność, gdzie wypuścił węże — ale to, co wcześniej uznał za drzwi, okazało się kawałkiem dykty opartej o ścianę.

Hely był oszołomiony. Drzwi do łazienki znajdowały się po lewej, tego był pewien; zastanawiał się, czy posunąć się dalej, czy zawrócić, kiedy z drgnieniem serca zrozumiał, że drzwi były po lewej stronie d r u g i e g o pokoju.

Zszokowany nie mógł się ruszyć. Na chwilę pokój uciekł od niego (bezdenne głębie, ciche studnie, źrenice rozszerzające się w odpowiedzi), a kiedy wrócił, chłopiec dopiero po chwili zorientował się, gdzie jest. Oparłszy głowę o ścianę, poruszał nią w lewo i w prawo. Jak mógł być tak głupi? Zawsze mylił kierunki, mieszał lewą stronę z prawą; kiedy odrywał wzrok od kartki, litery zamieniały się na miejsca z cyframi i szczerzyły do niego zęby; czasami nawet omyłkowo siadał w szkole w innej ławce. Niedbały! Niedbały!, krzyczały czerwone uwagi na jego wypracowaniach, klasówkach z matematyki i pobazgranych zadaniach.

Kiedy światła zatańczyły na podjeździe, Harriet zupełnie to zaskoczyło. Padła na ziemię i wczołgała się pod dom, bach, prosto w skrzynkę z kobrą, która zamiotała się gniewnie. Żwir zachrzęścił i zanim zdołała odetchnąć, opony przetoczyły się kilka stóp od jej twarzy w podmuchu wiatru i niebieskawego światła, które rozniosło się falami po postrzępionej trawie.

Leżąc twarzą w drobnym pyle, Harriet poczuła silny, mdlący odór czegoś martwego. Wszystkie domy w Alexandrii wyposażono w wolną przestrzeń, gdzie można się było schronić w razie powodzi. Ta, wysoka najwyżej na stopę, była prawie równie klaustrofobiczna jak grób.

Kobra, której nie spodobało się znoszenie po schodach w pozycji poziomej, tłukła o skrzynkę upiornymi suchymi chlaśnięciami, które Harriet czuła przez drewno. Mimo to gorszy niż wąż czy smród zdechłego szczura był pył, który nieznośnie łaskotał jej nos. Odwróciła głowę. Czerwonawy snop tylnych świateł padł ukośnie pod dom, wydobywając nagle z mroku poskręcane wylinki dżdżownic, mrowiska, brudny odłamek szkła.

Potem wszystko okryła czerń. Trzask drzwiczek samochodu.

— ...właśnie od tego zapalił się samochód — mówił warkliwy głos, nie należący do kaznodziei. — Na to ja: „W porządku". Kazali mi się wyciągnąć na ziemi. „Będę z panem szczery, może mnie pan natychmiast zamknąć, ale nakaz aresztowania tego faceta jest długi jak pańska ręka". Ha! Śmignął, aż się za nim kurzyło.

— Przypuszczam, że na tym sprawa się zakończyła.

— Nie mylisz się. — Niemiły śmiech.

Kroki zbliżały się do niej. Rozpaczliwie tłumiąc kichnięcie, Harriet wstrzymała oddech, zakryła dłonią usta i zacisnęła nos. Kroki dudniły na schodach nad jej głową. Jakiś insekt ostrożnie ukąsił ją w kostkę. Nie napotykając oporu, ukąsił głębiej, a Harriet tak zapragnęła go pacnąć, że zadrżała od stóp do głów.

Kolejne ukłucie, tym razem w łydkę. Czerwone mrówki. Wspaniale.

— Kiedy wrócił do domu — ciągnął oddalający się warkliwy głos — w s z y s c y chcieli sprawdzić, komu się uda wyciągnąć z niego prawdziwą historię...

Głos zamilkł. Na górze wszystko ucichło, ale nie słysząc otwieranych drzwi, Harriet domyśliła się, że nie weszli, tylko ostrożnie zatrzymali się na półpiętrze. Leżała sztywno, wytężając słuch każdą uncją uwagi.

Mijały minuty. Czerwone mrówki — energicznie i coraz liczniej — kąsały ją po rękach i nogach. Wciąż opierała się plecami o skrzynkę, a kobra od czasu do czasu grzmociła ją posępnie w plecy. W duszącej ciszy wydało jej się, że słyszy głosy, kroki, ale kiedy próbowała je wyodrębnić, odgłosy szemrały i rozpływały się w nicość.

Zesztywniała z przerażenia leżała na boku, wpatrzona w czarny jak smoła podjazd. Jak długo będzie zmuszona tu leżeć? Jeśli zaczną ją gonić, nie będzie miała innego wyjścia, jak wczołgać się głębiej pod dom, nie zważając na czerwone mrówki — pod domami osy budowały swoje gniazda, podobnie jak skunksy, pająki i wszelkiego rodzaju gryzonie i gady; chore koty i zarażone wścieklizną oposy wczołgiwały się tam, by umrzeć. Murzyn nazwiskiem Sam Bebus, który naprawiał ludziom piece, trafił niedawno na pierwszą stronę gazety, ponieważ znalazł ludzką czaszkę pod Marselles, w posiadłości z okresu greckiego odrodzenia przy Main, zaledwie kilka przecznic dalej.

Nagle zza chmury wyłonił się księżyc, pokrywając srebrem wyłysiałą trawę rosnącą wzdłuż ściany domu. Ignorując czerwone mrówki, Harriet uniosła policzek z pyłu i słuchała. Wysokie źdźbła perzu, o konturach pobielonych przez księżyc, zadrżały na poziomie oczu, wiatr przygniótł je na chwilę płasko do ziemi, po czym odskoczyły zmierzwione i wzburzone. Czekała. W końcu, po długim milczeniu bez tchu, podpełzła na łokciach i wysunęła głowę spod domu.

— Hely? — szepnęła. Na podwórzu panował martwy spokój. Chwasty przypominające kształtem cieniutkie zielone źdźbła pszenicy przebiły się przez migotliwy żwir podjazdu. Na jego końcu majaczyła tyłem do niej cicha, ciemna, nieproporcjonalnie wielka furgonetka. Harriet gwizdnęła, odczekała. Wreszcie — wydawało się jej, że po długim czasie — wyczołgała się i wstała. Coś jakby rozgnieciony pancerzyk robaka wgniotło się w jej policzek; otarła go zabrudzonymi żwirem dłońmi, otrzepała mrówki z rąk i nóg. Przez księżyc płynęły poszarpane chmury podobne do oparów benzyny. Potem wiatr je przegonił i całe podwórze skąpało przejrzyste, popielne światło. Harriet pospiesznie cofnęła się w cień otaczający dom. Bezdrzewny trawnik był jasny jak w dzień. Po raz pierwszy zdała sobie sprawę, że właściwie nie słyszała, żeby Hely schodził po schodach. Wyjrzała zza rogu. Sąsiednie podwórze, gdzie po trawie przesuwały się cienie liści, świeciło pustkami: ani żywej duszy. Czując się coraz bardziej nieswojo, ruszyła wzdłuż domu i spojrzała przez siatkę na szklistą nieruchomość następnego podwórza, gdzie na oświetlonej księżycem trawie leżał porzucony basenik dziecięcy.

W cieniu, plecami przy ścianie, Harriet okrążyła dom, ale nigdzie nie zauważyła śladu Hely'ego. Najpewniej porzucił ją i pobiegł do domu. Niechętnie wyszła na trawnik i zadzierając głowę, spojrzała na piętro domu. Na półpiętrze nie było nikogo; w oknie łazienki — wciąż częściowo uchylonym — ciemno. Na górze paliło się światło: ruchy i głosy, zbyt niewyraźne, by dało się je rozróżnić.

Zdobywszy się na odwagę, wybiegła na jasno rozświetloną ulicę, ale kiedy dotarła do krzaka w pasie zieleni, pod którym zostawili rowery, serce zabiło jej mocniej, a potem zamarło. Nie wierzyła własnym oczom. Oba rowery leżały jak gdyby nigdy nic pod kwitnącymi na biało gałęziami.

Przez chwilę stała bez ruchu. W końcu doszła do siebie, zanurkowała pod krzak i padła na kolana. Hely aż komicznie chuchał na swój nowy, drogi rower. Z głową w dłoniach Harriet wpatrywała się w rower i próbowała nie panikować; potem rozchyliła gałęzie i spojrzała przez ulicę na oświetlone piętro domu mormonów.

Spokój tego domu, o srebrzących się nieziemsko szczytowych oknach, wzbudził w niej potężny lęk, a powaga sytuacji przygniotła ją w jednej chwili. Nie miała wątpliwości, że Hely został uwięziony w środku. Harriet potrzebowała pomocy, ale nie miała czasu, a była sama. Przez chwilę siedziała na piętach i rozglądała się w oszołomieniu, próbując podjąć decyzję. Okno łazienki wciąż było uchylone, ale jaka z tego korzyść? W *Skandalu w Czechach* Sherlock Holmes wrzucił przez okno bombę dymną, by umożliwić Irene Adler wydostanie się z domu — ładny pomysł, tyle że Harriet nie miała bomby dymnej ani w ogóle nic oprócz patyków i żwiru.

Rozmyślała tak jeszcze przez chwilę, a potem, w jasnym świetle księżyca, pobiegła z powrotem przez ulicę na sąsiednie podwórze, gdzie wcześniej skryli się pod figowcem. Pod baldachimem leszczyn rozrastał się niezbyt schludny klomb (kaladium) okolony kawałkami pobielonej skały.

Harriet osunęła się na kolana i próbowała dźwignąć jeden z kamieni, ale scementowano je razem. W domu, jazgotliwie i niestrudzenie, ujadał pies, zagłuszany szumem wentylatora wydmuchującego gorące powietrze przez boczne okno. Jak szop polujący na rybę na dnie rzeki, zanurzyła ręce w pianę zieleni, pomacała na oślep, aż natrafiła palcami na gładki kawałek betonu. Uniosła go oburącz. Pies nie przestawał ujadać.

— Pancho! — zaświdrował przykry, jankeski głos, szorstki jak papier ścierny głos starej kobiety. — Zamknijże się!

Zgarbiona pod ciężarem kamienia Harriet pobiegła z powrotem na podjazd drewnianego domu. Zobaczyła, że na końcu podjazdu stoją d w i e furgonetki. Jedna z hrabstwa Alexandria w stanie Missisipi, ale druga miała numery Kentucky, więc Harriet, chociaż kamień ciążył, przystanęła na chwilę, żeby je zapamiętać. Kiedy zamordowano Robina, nikomu nie przyszło do głowy, żeby zapamiętywać jakiekolwiek numery rejestracyjne.

Szybko dała nura pod furgonetkę z Kentucky. Ujawszy kawał betonu (zauważyła teraz, że nie był to zwykły beton, ale ozdoba trawnikowa w kształcie zwiniętego w kłębek kotka), grzmotnęła nim o przedni reflektor.

Pach, strzelały światła, bez trudu, jak wybuchająca żarówka; pach, pach. Harriet wróciła, powybijała wszystkie światła w furgonetce Ratliffa, przednie i tylne. Chociaż miała ochotę walić w nie z całej siły, opanowała się; bała się zaalarmować sąsiadów, a solidne stuknięcie — jakby rozbijała skorupkę jajka — wystarczyło, by je potrzaskać, by duże trójkąty szkła posypały się na żwir.

Z przednich świateł wybrała największe, najostrzejsze odłamki, które poutykała w bieżnik tylnych opon, najmocniej jak mogła, nie kalecząc przy tym rąk. Potem przeszła na przód furgonetki i powtórzyła operację. Z łomoczącym sercem zrobiła dwa czy trzy głębokie wdechy. Oburącz, wkładając w to wszystkie siły, jakie mogła wykrzesać, podniosła betonowego kotka najwyżej, jak potrafiła, i cisnęła nim w przednią szybę.

Szyba rozsypała się w jasnym plusku. Deszcz szklanych kostek posypał się ze stukotem na tablicę rozdzielczą. Po drugiej stronie ulicy na werandzie zapaliło się światło, ale oświetlony księżycem podjazd — migoczący od potłuczonego szkła — był pusty, bo Harriet wbiegała już po schodach.

— Co to było? Cisza. Hely ujrzał z przerażeniem, że nagle spłynęło na niego z żarówki sto pięćdziesiąt watów elektryczności. Oślepiony skulił się pod lichą ścianą z dykty i zanim zdążył mrugnąć (wcześniej na dywanie było mnóstwo węży), ktoś zaklął i pokój ponownie pogrążył się w mroku. Zwalista postać przeszła przez drzwi do ciemnego pokoju. Lekko, jak na swoje rozmiary, minęła Hely'ego i podeszła do okien od ulicy.

Hely zamarł: krew odpłynęła mu z głowy do nóg, ale właśnie wtedy, gdy pokój zaczął się kołysać, w pokoju od frontu wybuchło zamieszanie. Ożywione rozmowy, niezupełnie słyszalne. Chrobot odsuwanego krzesła.

— Nie rób tego — powiedział ktoś całkiem wyraźnie.

Gwałtowne szepty. W ciemności, zaledwie kilka stóp od Hely'ego, Farish Ratliff stał, nasłuchując — nieruchomy, z wysoko zadartą brodą, na rozstawionych przysadzistych nogach, jak niedźwiedź szykujący się do skoku.

W sąsiednim pokoju skrzypnęły drzwi.

— Farsh? — odezwał się jeden z mężczyzn. Nagle, ku zdziwieniu Hely'ego, rozległ się głos dziecka: płaczliwy, zdyszany, niewyraźny.

— Kto tam? — warknął przeraźliwie blisko Farish.

Poruszenie. Farish — kilka kroków od Hely'ego — z irytacją wciągnął powietrze, okręcił się na pięcie i wpadł do drugiego pokoju, jakby chciał kogoś udusić.

Któryś z mężczyzn odchrząknął i powiedział:

— Spójrz no tu, Farish...

— Na dole... Chodź, zobacz... — Nowy, dziecięcy głos imitował wiejski akcent i brzmiał płaczliwie; trochę z b y t płaczliwie, pojął Hely z pełną niedowierzania nadzieją.

— Farsh, ta mała mówi, że furgonetka...

— On wam powybijał okna — zapiszczał głosik. — Jak się pośpieszycie...

Wszyscy ruszyli do drzwi, ktoś ryknął tak, że ściany zadrżały.

— Jak się pośpieszycie, to może uda wam się go złapać — dokończyła Harriet; akcent zniknął, wysoki, pedantyczny głos mógł należeć tylko do niej, ale najwyraźniej nikt nie zwrócił na to uwagi w powszechnym rwetesie zająknięć i przekleństw. Tabun nóg zadudnił na schodach.

— Jasna cholera! — wrzasnął ktoś na dworze.

Z dołu dobiegał nadzwyczajny harmider przekleństw i okrzyków. Hely ostrożnie przesunął się ku drzwiom. Przez chwilę stał, nasłuchując z takim napięciem, że w słabym świetle nie zauważył małego grzechotnika zwiniętego do skoku zaledwie dziesięć czy dwanaście cali od jego stopy.

— Harriet? — szepnął w końcu, czy raczej spróbował szepnąć, bo prawie całkowicie stracił głos. Dopiero teraz uzmysłowił sobie, jak strasznie chciało mu się pić. Z dołu, z podjazdu, dobiegały pomieszane okrzyki i głuche, miarowe uderzenia pięścią w metal, podobne do dudnienia w wannę, które miało imitować grzmoty w przedstawieniach i występach tanecznych w szkole średniej.

Hely ostrożnie zajrzał przez drzwi. Krzesła poodsuwano krzywo; na stoliku do kart, obok popielniczki i dwóch paczek papierosów, stały w połączonych kręgach wody szklanki z topniejącym lodem. Drzwi na półpiętro były otwarte na oścież. Inny mały wąż wpełzł do pokoju i leżał, nie rzucając się w oczy, pod kaloryferem, ale Hely kompletnie przestał myśleć o wężach. Nie marnując ani chwili, nie patrząc nawet, gdzie stawia nogi, przebiegł przez kuchnię w stronę tylnych drzwi.

Kaznodzieja otulił się i wyjrzał na chodnik, jakby czekał na pociąg. Stał odwrócony od Harriet poparzoną stroną twarzy, ale nawet z profilu wyglądał niepokojąco, ze swoim ukradkowym nawykiem wysuwania języka od czasu do czasu. Harriet stała od niego najdalej, jak tylko mogła, z twarzą odwróconą na bok tak, by ani kaznodzieja, ani pozostali (wciąż przeklinający na podjeździe) nie mogli jej się przyjrzeć. Z całego serca pragnęła rzucić się do ucieczki; z tą właśnie myślą podeszła do chodnika, ale kaznodzieja oddalił się od zamieszania i poszedł za Harriet, więc nie była pewna, czy zdołałaby mu uciec. Wcześniej, na górze, dygotała i drżała, kiedy bracia górowali nad nią w oświetlonych drzwiach, same olbrzymy, ogorzali, pokryci bliznami, wytatuowani i spoceni, patrzyli na nią groźnie kamiennymi, jasnymi oczami. Najbrudniejszy i najpotężniej zbudowany brodacz o kędzierzawych czarnych włosach, z upiornym, białym rybim okiem jak ślepy Pew z *Wyspy skarbów* trzasnął pięścią we framugę drzwi i zaklął tak ohydnie, z tak niepokojącą gwałtownością, że Harriet cofnęła się w szoku. Kaznodzieja z powiewającą, przetykaną siwizną grzywą metodycznie kopał butem odłamki jednego z tylnych świateł. Przypominał Tchórzliwego Lwa, ale ze swoim torsem atlety i krótkimi nogami wyglądał bardziej złowrogo.

— Posłuchaj, oni nie przyjechali samochodem? — spytał kaznodzieja, odwrócił się blizną do Harriet i przyjrzał się jej bacznie.

Harriet potrząsnęła głową, ze wzrokiem tępo wbitym w ziemię. Pani z pieskiem chihuahua — wychudzona, w koszuli nocnej bez rękawów i basenowych klapkach, z różową plastikową opaską szpitalną na rękawie — powłócząc nogami, wracała do domu. Wcześniej wyszła na dwór z pieskiem na rękach, z papierosami i zapalniczką w skórzanym futerale, i stanęła na skraju podwórza, żeby zobaczyć, co się dzieje. Chihuahua wciąż ujadał na jej ramieniu, patrzył Harriet prosto w oczy i wiercił się, jakby niczego więcej nie pragnął, jak wyrwać się swojej pani i rozszarpać Harriet na kawałki.

— Był biały? — dopytywał się kaznodzieja. Na białą koszulę z krótkimi rękawami nałożył skórzaną kamizelkę, siwe włosy zaczesał do tyłu w wysoki, falujący czub. — Jesteś pewna?

Harriet przytaknęła, po czym udając onieśmielenie, zakryła twarz kosmykiem włosów.

— Biegasz po ulicy bardzo późno. Czy ja cię nie widziałem na placu?

Harriet pokręciła głową, uważnie obejrzała się na dom i zobaczyła białą jak kreda, bez wyrazu twarz Hely'ego, który zbiegał szybko ze schodów. Nie widząc Harriet ani nikogo innego, wpadł prosto na jednookiego, który mamrotał coś w brodę i bardzo szybko szedł w stronę domu z opuszczoną głową.

Hely zatoczył się w tył i wydał upiorny, ochrypły okrzyk. Jednak Farish tylko przepchnął się obok chłopca i dudniącym krokiem zaczął wchodzić po schodach. Potrząsając głową, przemawiał szybko i gniewnie (— ...lepiej nie próbować, l e p i e j nie...), jakby zwracał się do niewidzialnej, ale całkiem realnej, wysokiej na trzy stopy istoty, która wchodziła za nim po schodach. Nagle wyrzucił przed siebie ręce i mocno klepnął powietrze, jak gdyby faktycznie dotknął kogoś, jakiegoś przygarbionego zła, które go ścigało.

Hely zniknął. Na Harriet nieoczekiwanie padł cień.

— Kto ty?

Nieprzyjemnie zaskoczona, Harriet uniosła wzrok i zobaczyła nad sobą Danny'ego Ratliffa.

— Zobaczyłaś to przez przypadek? — zapytał, biorąc się pod boki. Odgarnął włosy z twarzy. — Gdzieś była, jak tłukli okna? Skąd ona się wzięła? — zwrócił się Danny do brata.

Harriet wpatrywała się w niego oszołomiona. Po zdumionym falowaniu nozdrzy Danny'ego Ratliffa poznała, że odraza wprost bije z jej twarzy.
— Nie patrz na mnie w taki sposób — warknął. Widziany z bliska był wilczo-brunatny, chudy, w dżinsach i nędznej koszulce z długimi rękawami. Ukryte pod krzaczastymi brwiami oczy nie ogniskowały się, a ich wredne spojrzenie wprawiało Harriet w zdenerwowanie. — Co z tobą jest?

Kaznodzieja, wyraźnie pobudzony, rozejrzał się w lewo i prawo po ulicy, skrzyżował ręce na piersiach i wsunął dłonie pod pachy.
— Nie bój się — powiedział wysokim, zbyt przyjaznym głosem. — Nie ugryziemy cię.

Mimo strachu Harriet nie mogła nie zauważyć rozlanego niebieskiego tatuażu na jego przedramieniu; zastanawiała się, co miał przedstawiać. Który kaznodzieja tatuuje sobie ręce?
— Co jest? — spytał. — Boisz się mojej twarzy, tak? — Jego głos brzmiał miło. Nagle, zupełnie bez ostrzeżenia, kaznodzieja chwycił Harriet za ramiona i przysunął twarz do jej oczu, sugerując, że istotnie powinna bardzo się jej bać.

Harriet zesztywniała, nie tyle na widok oparzenia (błyszcząca, czerwona skóra z włóknistym lśnieniem surowej błony), ile z powodu jego dłoni na swoich ramionach. Oko kaznodziei migotało barwnie spod gładkich bezrzęsych powiek jak odłamek niebieskiego szkła. Nagle wysunął zwiniętą dłoń, jakby chciał spoliczkować dziewczynkę, ale kiedy się wzdrygnęła, jego oczy rozbłysły.
— Aha! — wykrzyknął triumfalnie. Kostką pogłaskał Harriet po policzku, tak lekko, że ogarnęła ją wściekłość, potem nieoczekiwanie zakręcił paseczkiem gumy do żucia między palcem wskazującym a środkowym.
— Niewiele masz do powiedzenia, co? — odezwał się Danny. — Trzy minuty temu, tam na górze, byłaś bardzo rozmowna.

Harriet nie spuszczała wzroku z jego dłoni. Chociaż kościste i chłopięce, były pokryte licznymi bliznami, obgryzione paznokcie miały czarne obwódki, a palce zdobiły wielkie, szkaradne pierścienie (srebrna czaszka, insygnia motocyklowe), jakie mógłby nosić gwiazda rocka.
— Ktokolwiek to zrobił, dał dyla.

Harriet spojrzała na bok jego twarzy. Trudno było stwierdzić, co myślał. Oczy Danny'ego podskakiwały nerwowo, podejrzliwie; rozglądał się po ulicy jak postrach boiska szkolnego, który, zanim da komuś w gębę, chce się upewnić, czy nauczyciel nie patrzy.
— Chcesz? — spytał kaznodzieja, machając przed Harriet gumą do żucia.

— Nie, dziękuję — odparła Harriet i pożałowała w tej samej chwili, w której wymówiła te słowa.

— Co ty tu, u diabła, robisz? — zapytał nagle Danny Ratliff, okręcając się na pięcie, jakby Harriet go obraziła. — Jak się nazywasz?

— Mary — szepnęła Harriet. Serce jej łomotało. Ładne mi nie, dziękuję. Co prawda była brudna (liście we włosach, ziemia na rękach i nogach), ale kto jej uwierzy, że była małą wieśniaczką? Nikt, a już na pewno nie wieśniacy.

— Huu! — Wysoki chichot Danny'ego Ratliffa był zaskakujący. — Nie słyszę — mówił szybko, ale prawie nie poruszał wargami. — Mów głośniej.

— M a r y.

— Co za Mary? Czyja ty jesteś? — Miał duże, groźnie wyglądające buty z dużą liczbą sprzączek.

Przez drzewa powiał drżący wietrzyk. Na chodniku skąpanym w świetle księżyca dygotały i przesuwały się cienie liści.

— John...Johnson — powiedziała słabym głosem Harriet. Dobry Boże, pomyślała. Czyżby nie było mnie stać na nic więcej?

— Johnson? — powtórzył kaznodzieja. — Który Johnson?

— Zabawne, wyglądasz mi na jedną z Odumów. — Mięśnie szczęki Danny'ego pracowały ukradkiem po lewej stronie twarzy; przygryzał policzek od środka. — Dlaczego jesteś tu sama? Czy ja cię nie widziałem na basenie?

— Mama... — Harriet przełknęła ślinę i postanowiła zacząć jeszcze raz. — Mama nie...

Spostrzegła, że Danny Ratliff łypie okiem na jej drogie, nowe mokasyny na obóz, które Edie kupiła dla wnuczki w L.L. Bean.

— Mama nie pozwala mi tam chodzić — powiedziała cichym głosikiem.

— Kto jest twoją mamą?

— Żona Oduma odeszła — powiedział skromnie kaznodzieja, składając dłonie.

— Nie pytam ciebie, pytam j ą. — Danny obgryzał paznokieć kciuka, wpatrując się w Harriet kamiennym wzrokiem, od którego czuła się bardzo niezręcznie. — Spójrz na jej oczy, Gene — powiedział do brata i nerwowo skinął głową.

Kaznodzieja pochylił się, żeby zajrzeć dziewczynie w twarz.

— A niech mnie, są zielone. Skąd masz zielone oczy?

— Patrz, jak ona się na mnie gapi — zapiszczał Danny. — Ale się gapi. Co ci odbiło, dziewczyno?!

279

Piesek chihuahua nie przestawał ujadać. W oddali Harriet usłyszała coś, co brzmiało jak syrena policyjna. Mężczyźni też usłyszeli, zastygli, ale w tej chwili na piętrze rozległ się potworny wrzask.

Danny i jego brat spojrzeli po sobie, potem Danny rzucił się na schody. Eugene — zbyt zszokowany, by mówić, potrafił myśleć tylko o panu Dialu (bo jeśli cała ta zadyma nie ściągnie pana Diala i szeryfa, to nic nie będzie w stanie tego uczynić) — przetarł usta dłonią. Za plecami usłyszał tupot nóg na chodniku; odwrócił się i zobaczył, że dziewczyna ucieka.

— Mała! — zawołał za nią. — Ty, mała! — Właśnie miał za nią pobiec, kiedy z okna na piętrze, które otworzyło się z trzaskiem, wyleciał wąż, a blady brzuch zamajaczył na tle nocnego nieba.

Eugene odskoczył, zbyt zaskoczony, by krzyknąć. Chociaż stworzenie było w połowie rozdeptane, a głowa zmiażdżona na krwawą miazgę, wiło się i podrygiwało konwulsyjnie na trawie.

Loyal Reese znalazł się nagle za jego plecami.

— To nie jest w porządku — powiedział do Eugene'a, patrząc na martwego węża, ale Farish już zbiegał po schodach, zaciskając pięści, z morderczym wyrazem twarzy, a zanim Loyal — mrugając jak dziecko — zdołał powiedzieć słowo, Farish okręcił go i trzasnął w zęby tak, że tamten się zatoczył.

— Dla kogo ty pracujesz?! — ryknął.

Loyal cofnął się, otworzył wilgotne usta, z których sączyła się strużka krwi, a kiedy nic nie powiedział, Farish obejrzał się szybko przez ramię i uderzył ponownie, tym razem zwalając Loyala na ziemię.

— Kto cię przysłał?! — krzyczał. Z ust Loyala płynęła krew. Farish chwycił go za koszulę i poderwał na nogi. — Czyj to był pomysł? Ty i Dolphus myśleliście, że wydymacie mnie, zarobicie łatwą kasę, ale dymacie niewłaściwego gościa...

— Farish — zawołał biały jak kreda Danny, zbiegając po dwa stopnie — masz w furgonetce tę trzydziestkę ósemkę?

— Poczekaj — wtrącił Eugene w panice (broń w wynajętym mieszkaniu pana Diala? Trup?). — Wszystko źle zrozumiałeś — wołał, machając rękami. — Uspokójcie się.

Farish pchnął Loyala na ziemię.

— Ja mam całą noc — powiedział. — Zdradź mnie, skurwielu, to wybiję ci zęby i wystrzelę dziurę w piersi.

Danny złapał Farisha za rękę.

— Zostaw go, Farish, chodź. Broń jest nam potrzebna na górze.

Leżący na ziemi Loyal wsparł się na łokciach.

280

— Czy one wyszły? — zapytał z tak niewinnym zdumieniem, że nawet Farish zamarł. Danny cofnął się w swoich motocyklowych butach i przetarł czoło brudną ręką. Wyglądał jak człowiek kontuzjowany po wybuchu pocisku. — Rozlazły się po całym pieprzonym mieszkaniu — powiedział.

— Brakuje nam jednego — oznajmił dziesięć minut później Loyal, ocierając krwawą ślinę z kącika ust. Lewe oko miał sine i opuchnięte do wąskiej szparki.

— Czuję tu coś dziwnego — stwierdził Danny. — To mieszkanie cuchnie szczynami. Czujesz, Gene?

— Tam jest! — zawołał nagle Farish i rzucił się do nieczynnego kaloryfera, skąd wystawał sześciocalowy wężowy ogon.

Ogon smyrgnął, zagrzechotał na pożegnanie i zniknął za kaloryferem jak bicz.

— Daj spokój — powiedział Loyal do Farisha, który walił w kaloryfer butem motocyklowym. Loyal podszedł do kaloryfera i pochylił się bez strachu (Eugene, Danny, nawet Farish, który przestał skakać, cofnęli się). Ściągnął usta w ciup i wydał niesamowity, przenikliwy gwizd: iiiiiiiiii, stanowiący skrzyżowanie odgłosu imbryka do herbaty i balonu potartego mokrym palcem.

Cisza. Loyal znowu złożył zakrwawione, opuchnięte usta jak do pocałunku — iiiiiiiiii, gwizd, od którego włosy jeżą się na karku. Nasłuchiwał z uchem przy podłodze. Po pełnych pięciu minutach ciszy z trudem podniósł się i otarł dłonie o uda.

— Uciekł — oznajmił.

— Uciekł? — zawołał Eugene. — Dokąd?

— Zszedł do mieszkania na dole — odparł ponuro Loyal i otarł usta wierzchem dłoni.

— Powinieneś występować w cyrku — stwierdził Farish, patrząc na Loyala z nowym szacunkiem. — Niezła sztuczka. Kto cię nauczył tak gwizdać?

— Węże się mnie słuchają — powiedział skromnie Loyal, a wszyscy wpatrywali się w niego.

— Ho! — Farish objął go ramieniem; gwizd wywarł na nim takie wrażenie, że zupełnie zapomniał o gniewie. — Myślisz, że mógłbyś mnie tego nauczyć?

Danny, który wyglądał przez okno, mruknął:

— Tam się dzieje coś dziwnego.

— Co takiego? — warknął Farish, odwracając się do brata. — Jak masz mi coś do powiedzenia, Danny, to powiedz mi prosto w oczy.

— Powiedziałem, że t a m s i ę d z i e j e c o ś d z i w n e g o. Kiedy przyszliśmy tu dziś wieczorem, tamte drzwi były otwarte.

— Gene, musisz zadzwonić do tych ludzi na dole — rzekł Loyal, chrząkając. — Wiem dokładnie, gdzie powędrował ten wąż. Wpełzł w kaloryfer i mości się wygodnie w rurach z gorącą wodą.

— Wiesz, czemu tu nie wraca? — spytał Farish. Ściągnąwszy usta, próbował bez powodzenia naśladować nieziemski gwizd, za pomocą którego Loyal przywabił sześć grzechotników, jednego po drugim, z różnych zakamarków pokoju. — Nie jest wytresowany jak pozostałe?

— Żaden z nich nie jest wytresowany. Węże nie lubią tych wszystkich wrzasków i tupania. Nie — powtórzył Loyal, podrapał się po głowie i zajrzał za kaloryfer. — Uciekł.

— Jak go odzyskasz?

— Posłuchajcie, muszę jechać do lekarza! — zawył Eugene, wykręcając przegub. Dłoń opuchła mu tak, że wyglądała jak nadmuchana gumowa rękawiczka.

— Niech mnie diabli — powiedział Farish radośnie. — U g r y z ł c i ę.

— Mówiłem ci, że mnie ugryzł! Tutaj, tutaj i tu!

— Wąż nie zawsze używa całego jadu na jedno ukąszenie — powiedział Loyal, który podszedł, żeby się przyjrzeć.

— Ta gadzina zwisała ze mnie! — Zarysy pokoju zaczęły czernieć; dłoń Eugene'a paliła go, uczucie haju nie było niemiłe, podobne do tego z lat sześćdziesiątych w więzieniu, gdy został ocalony, kiedy wdychał płyn do czyszczenia w pralni, a zaparowane korytarze z żużlowych bloków najeżdżały na niego, aż wszystko widział w wąskim, ale dziwnie przyjemnym kręgu, jakby patrzył przez rolkę po papierze toaletowym.

— Miewałem już gorsze ukąszenia — stwierdził Farish. Faktycznie, wąż ugryzł go, kiedy Farish podnosił kamień na polu, które czyścił z krzaków. — Loyle, masz gwizdek, żeby to wyleczyć?

Loyal podniósł opuchniętą dłoń Eugene'a.

— O rety — powiedział posępnie.

— Dalej! — ponaglał go Farish radośnie. — Pomódl się za niego, klecho! Przywołaj tu dla nas Pana! Rób, co do ciebie należy!

— To nie działa w ten sposób. Rety, ten mały naprawdę cię załatwił! — mówił Loyal do Eugene'a. — Ugryzł cię prosto w żyłę.

Danny niespokojnie przeczesał dłonią włosy i odwrócił się. Zesztywniały od adrenaliny, z mięśniami napiętymi jak drut, chciał jeszcze jedną działkę, chciał się wynieść z misji, nie obchodziło go, czy Eugene'owi odpadnie ręka, Farisha też miał serdecznie dość. Farish zaciągnął go aż do miasta, ale czy wyszedł i ukrył narkotyki w furgonetce Loyala, kiedy miał okazję? Nie. Przez prawie pół godziny siedział rozparty wygodnie, napawając się wdzięczną widownią w osobie uprzejmego kaznodziei, przechwalał się, chełpił, opowiadał historie, które jego bracia słyszeli milion razy, i ogólnie rzecz biorąc, kłapał dziobem. Mimo wcale nie tak subtelnych aluzji ze strony Danny'ego, Farish n a d a l nie wyszedł i nie przeniósł narkotyków z torby z demobilu do kryjówki, którą wymyślił. Nie, za bardzo zainteresował go Loyal Reese i obława na grzechotniki. Poza tym zbyt łatwo odpuścił Reese'owi, s t a n o w c z o zbyt łatwo. Czasami, kiedy Farish był na haju, fiksował się na jakimś pomyśle czy fantazji, a potem nie mógł się odkleić; nie sposób było przewidzieć, co przyciągnie jego uwagę. Najmniejszy drobiazg — żart, kreskówka w telewizji — mogła go rozproszyć jak małe dziecko. Ich ojciec był taki sam. Mógł tłuc Danny'ego, Mike'a czy Ricky'ego Lee prawie na śmierć z powodu błahostki, ale jeśli przypadkiem wpadła mu w ucho jakaś nieistotna wiadomość, zamierał z ręką uniesioną do ciosu (zostawiając syna zwiniętego i zapłakanego na podłodze), po czym biegł do sąsiedniego pokoju, żeby nastawić głośniej radio. Ceny bydła idą w górę! Coś podobnego.

— Powiem wam, co chciałbym wiedzieć — powiedział na głos Danny. Nigdy nie ufał Dolphusowi, temu Loyalowi zresztą też nie. — Jak te węże wydostały się ze skrzynki?

— O, cholera! — zaklął Farish, rzucając się do okna. Po chwili Danny pojął, że ciche trzaski pop, pop w jego uszach nie rozlegały się w jego wyobraźni, ale były odgłosem samochodu, który parkował na podjeździe przed domem.

W polu widzenia Danny'ego zaskwierczała i rozbłysła gorąca główka od szpilki, jak podpalony kleszcz. Chwilę później Danny spostrzegł, że Loyal zniknął w pokoju w głębi, a Farish stał przy drzwiach i mówił:

— Podejdź tutaj. Opowiedz mu o wszystkim... Eugene? Powiedz mu, że na podwórzu ugryzł cię wąż...

— Powiedz mu — mówił Eugene, który zataczał się pod żarówką, a oczy mu się szkliły — powiedz mu, żeby spakował swoje cholerne gady. Powiedz mu, że rano, kiedy się obudzę, ma go tu nie być.

— Przepraszam pana — powiedział Farish, zastępując drogę wściekłej, bełkoczącej postaci, która usiłowała wejść do mieszkania.

— Co tu się dzieje? Co to za przyjęcie...

— To nie jest przyjęcie, proszę pana, nie, proszę nie wchodzić. — Farish zagrodził mu drogę potężnym ciałem. — Nie ma czasu na odwiedziny.

Potrzebujemy pomocy, mojego brata ugryzł wąż... odchodzi od zmysłów, widzi pan? Niech pan mi pomoże zaprowadzić go do samochodu.

— Ty baptystyczny diable — odezwał się Eugene do Roya Diala o czerwonej twarzy, w kraciastych krótkich spodniach i kanarkowej koszuli do golfa, który wymachiwał na końcu czarnego tunelu w zwężającym się promieniu światła.

Tej nocy — podczas gdy dziwkowata kobieta z pierścieniami na palcach łkała wśród tłumów i kwiatów, opłakiwała na migoczącym czarno-białym ekranie wielką bramę, szeroką drogę i nieprzeliczone rzesze gnające tą drogą ku zatraceniu — Eugene rzucał się na szpitalnym łóżku, wdychając zapach podobny do spalonych ubrań. Oscylował między białymi zasłonami a hosannami dziwkowatej kobiety i burzą szalejącą na brzegach ciemnej, dalekiej rzeki. Obrazy wirowały jak proroctwo: skalane gołębice; gniazdo złego ptaka uwite z łuskowatych kawałków skóry zrzuconej przez węża; długi czarny wąż wypełzał z jamy z ptakami w brzuchu: małe zgrubienia poruszały się, jeszcze żywe, pragnęły śpiewać nawet w czeluści wężowego brzucha...

W misji zwinięty w śpiworze Loyal spał głębokim snem mimo podbitego oka; nie niepokoiły go koszmary ani gady. Przed świtem obudził się wypoczęty, zmówił modlitwy, umył twarz, wypił szklankę wody, w pośpiechu załadował węże, wrócił na piętro, gdzie — siedząc przy kuchennym stole — pieczołowicie napisał podziękowanie dla Eugene'a na odwrocie rachunku ze stacji benzynowej, który zostawił na stole razem z zakładką do książek ze skaju z frędzlami, broszurą zatytułowaną *Rozmowa Hioba* oraz plikiem trzydziestu siedmiu banknotów dolarowych. O wschodzie słońca Loyal nie zważając na wybite światła furgonetki, jechał autostradą na kościelne zgromadzenie we wschodnim Tennessee. Dopiero w Knoxville zauważył brak kobry (swego medalowego węża, jedynego, za którego zapłacił), ale kiedy zatelefonował do Eugene'a, nikt nie podniósł słuchawki. Nikogo nie było też w misji, więc nikt nie usłyszał krzyku młodych mormonów, którzy wstali późno (o ósmej, jako że poprzedniej nocy wrócili późno z Memphis), a podczas porannych modlitw zaskoczył ich widok grzechotnika, który przyglądał się im z kosza świeżo wypranych koszul.

Rozdział 5

CZERWONE RĘKAWICZKI

Następnego ranka Harriet obudziła się późno. Nie wykąpała się i czuła swędzenie całego ciała. Pościel była zapiaszczona. Zapach unoszący się w pokoju, kolorowe pudełka, w których połyskiwały gwoździe, i długie cienie w oświetlonych drzwiach — wszystko to pojawiło się we śnie, mieszając się z naszkicowanymi piórkiem ilustracjami z kupionego za dziesięć centów w sklepie pisma „Rikki-Tikki-Tavi". Przyśniła jej się wielka mangusta Teddy i węże, które wcale nie były groźne. U dołu strony wił się biedny owad, jakby naszkicowany piórkiem. Harriet wiedziała, że owad potrzebuje pomocy, ale nie mogła nic zrobić. Jego widok sprawiał, że czuła się nieswojo, wyrzucała sobie lenistwo i bezczynność. Nie chciała dłużej patrzeć na owada i odwróciła ze wstrętem głowę.

— Nie zwracaj na to uwagi, Harriet! — rozległ się w pobliżu śpiewny głos Edie. Staruszka stojąca z kaznodzieją w rogu sypialni obok regału z książkami przygotowywała narzędzie tortur, które wyglądało jak fotel dentystyczny. Z jego poręczy i podgłówka wystawały igły. Kaznodzieja i Edie wpatrywali się w siebie z uwielbieniem. Z uniesionymi brwiami niepokojąco przypominali zakochanych. Edie dotykała igieł opuszkami palców. Kaznodzieja cofnął się z uśmiechem i skrzyżował ręce na piersiach.

Podczas gdy Harriet drżąc na całym ciele, odpływała do martwej krainy koszmarów sennych, Hely obudził się na piętrowym łóżku. Usiadł tak gwałtownie, że uderzył głową o sufit. Odruchowo spuścił nogi z łóżka i o mało nie spadł na podłogę. Zeszłej nocy pewien, że ktoś go ściga, odczepił drabinkę, zrzucając ją na dywan.

Czuł się tak, jakby upadł na placu zabaw, na oczach tłumu. Instynktownie wyprostował się, zeskoczył na podłogę i wyszedł z małego, ciemnego pokoju z klimatyzacją. Kiedy znalazł się na korytarzu, zdał sobie sprawę, że w domu panuje absolutna cisza. Na palcach zszedł do kuch-

285

ni (ani żywej duszy, podjazd przed garażem pusty, zniknęły kluczyki do samochodu matki), wsypał do miski chrupki śniadaniowe Giggle Pops, zabrał je do dużego pokoju i włączył telewizor. Trafił na teleturniej z nagrodami. Siorbiąc, połykał mleko. Chociaż było dostatecznie zimne, twarde chrupki przyklejały mu się do ust. Nie miały smaku, nie były nawet słodkie.

Panująca w domu cisza drażniła go. Tak samo czuł się tamtego okropnego ranka, po tym, jak razem ze starszym kuzynem Toddym ukradli butelkę rumu. Znaleźli ją w papierowej torebce, na siedzeniu otwartego lincolna na terenie Country Club, i wypili połowę. Podczas gdy ich rodzice gawędzili obok basenu, zajadając nabite na wykałaczki kiełbaski koktajlowe, chłopcy zabrali samochód do przewożenia sprzętu golfowego i rozbili go, wjeżdżając na drzewo. Hely niewiele pamiętał z tego, co się wydarzyło tamtej nocy. Potem przypomniał sobie, że leżał na boku i turlał się po zboczu stromego wzgórza. Później zaczął boleć go brzuch. Todd poradził kuzynowi, żeby poszedł do bufetu i zjadł jak najwięcej przekąsek. Zapewnił chłopca, że dzięki temu ból minie. Kiedy Hely wymiotował, klęcząc na parkingu za czyimś cadillakiem, Todd pękał ze śmiechu. Jego nieprzyjemna, piegowata twarz zrobiła się czerwona jak pomidor. Hely nie pamiętał, w jaki sposób wrócił do domu. Udało mu się jednak dotrzeć do własnego łóżka i zasnąć. Kiedy obudził się następnego ranka, nikogo nie było w domu. Rodzice pojechali do Memphis odwieźć na lotnisko Todda i jego rodzinę.

To był najdłuższy dzień w życiu Hely'ego. Godzinami chodził po pokojach. Czuł się samotny i nie mógł usiedzieć na miejscu. Próbował przypomnieć sobie, co się wydarzyło poprzedniej nocy. Obawiał się, że po powrocie rodzice ukarzą go surowo, i jego przypuszczenia się sprawdziły. Aby pokryć część wyrządzonych szkód, odebrano mu pieniądze, które dostał na urodziny (pozostałą część pokryli rodzice). Musiał napisać list do właściciela samochodu i przeprosić go. Rodzice zabronili mu oglądać telewizję — przypuszczał, że na zawsze. Ale najgorsze było to, że matka zaczęła się zastanawiać, gdzie nauczył się kraść.

— Sam fakt, że napił się alkoholu, nie jest taki straszny. Najokropniejsze, że go ukradł.

Matka Hely'ego powtórzyła to zdanie z tysiąc razy. Jego ojciec nie analizował sprawy w ten sposób; zachowywał się tak, jakby Hely obrabował bank. Całymi latami prawie nie odzywał się do syna. Mówił tylko: „podaj sól", nawet na niego nie spoglądając. Po tym wydarzeniu domownicy zaczęli się zachowywać inaczej. Jak zwykle Todd, geniusz muzyczny, który grał na klarnecie w szkolnej orkiestrze w Illinois, zwalił całą winę na Hely'ego. Zachowywał się tak za każdym razem, kiedy się spotykali. Na szczęście widywali się rzadko.

Sławna kobieta występująca w teleturnieju powiedziała brzydkie słowo (uczestnicy programu musieli wymyślić słowa, które zrymują się z podanymi). Mężczyzna prowadzący teleturniej podkreślił brzydkie słowo, naciskając guzik, który zapiszczał jak dziecięca zabawka imitująca psa. Pogroził palcem kobiecie, która zakryła ręką usta i zaczęła wywracać oczami...

Gdzie, do diabła, podziewali się rodzice? Dlaczego nie przyjechali do domu, żeby wyjaśnić sprawę?

— Niegrzeczna dziewczynka! — powiedział prowadzący, śmiejąc się. Sławny mężczyzna siedzący na drugim krześle odchylił się do tyłu i klaskał z podziwem.

Hely postanowił nie myśleć o tym, co się stało poprzedniej nocy. Wspomnienie zepsuło mu ranek jak posmak złego snu. Mówił sobie, że nie zrobił nic złego — nie zniszczył cudzej posiadłości, nikogo nie skrzywdził i niczego nie ukradł. Przypomniał sobie o wężu. Nie zabrali go, więc pewnie pełzał pod domem. Uwolnił też inne węże, ale co z tego? Mieszkali w Missisipi. W okolicy roiło się od węży. Nikt nie zauważy paru nowych. Otworzył tylko jedne drzwi. Nie zrobił nic złego. To błahostka w porównaniu z kradzieżą samochodu radnego...

Ding! — zabrzmiał dzwonek. „A teraz pytanie dodatkowe!" Uczestnicy stanęli przed wielką tablicą, rozglądając się niespokojnie dookoła. Oni nie muszą się niczym przejmować, pomyślał Hely ze smutkiem. Nie rozmawiał z Harriet o swojej ucieczce. Nie był nawet pewien, czy dziewczynka dotarła do domu, i zaczynało go to niepokoić. Kiedy wydostał się stamtąd, zaczął biec ulicą. Przeskakiwał przez ogrodzenia i mijał kolejne podwórka. Dookoła w ciemności rozlegał się skowyt psów.

Kiedy wśliznął się do domu tylnym wejściem, dysząc, z wypiekami na twarzy, i spojrzał na zegar wiszący nad kuchenką, okazało się, że jest dopiero dziewiąta. Słyszał, jak na dole w dużym pokoju rodzice oglądają telewizję. Żałował, że wtedy do nich nie zajrzał. Mógł zawołać: „dobranoc", stojąc na schodach, albo powiedzieć cokolwiek. Ale nie miał odwagi spojrzeć im w twarz. Jak tchórz popędził do łóżka, nie zamieniając z nikim ani słowa.

Nie miał ochoty na spotkanie z Harriet, której imię kojarzyło mu się ze wszystkim, czego się bał. Duży pokój, brązowy dywan, kanapa obita sztruksowym materiałem, medale tenisowe w gablotce za barkiem —

wszystko wydawało mu się obce i groźne. Hely wyprostował plecy. Czuł się tak, jakby w drzwiach stanął ktoś obcy i wpatrywał się w niego uporczywie. Zerknął na sławnych uczestników programu, którzy próbowali rozwiązać kolejną zagadkę. Chciał zapomnieć o kłopotach. „Harriet nie istnieje", powiedział sobie. „Węże też nie". Za wszelką cenę pragnął zapomnieć o karze i braciach, którzy mieli czerwone szyje i na pewno by go rozpoznali. A jeśli pójdą do jego ojca? Albo, co gorsza, odnajdą go? Kto wie, co mógł zrobić ten wariat Farish Ratliff? Przed domem zatrzymał się samochód. Hely o mało nie krzyknął, ale kiedy wyjrzał przez okno, zobaczył ojca. A więc bracia Ratliff go nie szukali. Szybko, w panice, spróbował przybrać niedbałą pozę. Przygarbił się, ale nie potrafił się rozluźnić, czekając w napięciu, aż otworzą się drzwi i w korytarzu zabrzmią szybkie kroki ojca. Zawsze szedł w ten sposób, kiedy był zły i miał jakąś sprawę do wyjaśnienia...

Drżąc z wysiłku, Hely spróbował zgiąć zesztywniałe plecy. Nie mógł wytrzymać z ciekawości i wyjrzał przez okno. Ojciec właśnie wysiadał z samochodu. Beztroski, prawie znudzony, poruszał się irytująco powoli. Trudno było odczytać wyraz jego twarzy za ciemnymi okularami.

Hely nie mógł oderwać od niego wzroku. Ojciec podszedł do bagażnika, otworzył, potem zaczął wyjmować ze środka pakunki i stawiać na zalanym słońcem betonie. Galon farby. Plastikowe wiadra. Zwinięty wąż ogrodowy.

Hely wstał po cichu i zabrał miskę po mleku do kuchni. Umył ją, poszedł na górę do swego pokoju i zamknął drzwi. Położył się na dolnym łóżku i zaczął się przyglądać listewkom na górze. Próbował uspokoić oddech, chociaż serce biło mu jak szalone. Za drzwiami rozległy się kroki i po chwili usłyszał głos swojego ojca.

— Hely?

— Tak, tato?

Dlaczego mówię tak pisklkiwie?, pomyślał.

— Prosiłem cię, żebyś wyłączał telewizję, kiedy skończysz oglądać.

— Tak jest.

— Chcę, żebyś zszedł na dół i pomógł mi podlać ogród matki. Myślałem rano, że będzie padać, ale wygląda na to, że nic z tego.

Hely bał się sprzeciwić ojcu. Nienawidził ogrodu matki. Ruby, która pracowała u nich jako służąca przed Essie Lee, trzymała się z daleka od grządek bylin, z których matka robiła bukiety.

— Te kwiaty są jak węże — mówiła Ruby.

Hely nałożył tenisówki i wyszedł na zewnątrz. Słońce stało wysoko na niebie, dzień był upalny. Osłabiony z gorąca, chłopiec zmrużył oczy.

Cofnął się siedem lub osiem stóp i stanął na świeżej, zielonej trawie. Trzymał węża nad grządką, jak najdalej od swojego ciała.

— Gdzie jest twój rower? — spytał ojciec Hely'ego, wychodząc z garażu.

— Ja... — Chłopiec poczuł, że serce zamiera mu z przerażenia. Rower stał tam, gdzie go zostawił — na trawniku pośrodku ulicy przed drewnianym domem.

— Ile razy mam ci powtarzać? Nie waż się wejść do domu, dopóki nie wstawisz roweru do garażu. Mówiłem ci, żebyś nie zostawiał go na podwórku.

Kiedy Harriet zeszła na dół, poczuła, że coś jest nie tak. Matka krzątała się w kuchni ubrana w bawełnianą sukienkę, podobną do tej, którą nosiła do kościoła.

— Proszę — powiedziała, stawiając przed Harriet zimną grzankę i szklankę mleka. Ida, odwrócona plecami do dziewczynki, zamiatała podłogę przed kuchenką.

— Idziemy gdzieś? — spytała Harriet.

— Nie, kochanie. — Matka miała radosny głos, ale usta napięte. Lśniąca, koralowa szminka podkreślała bladość jej twarzy. — Pomyślałam, że wstanę i naszykuję ci dziś śniadanie. Co ty na to?

Harriet zerknęła przez ramię na Idę, która nie odwróciła się. Służąca stała, pochylona do przodu w charakterystyczny sposób. Coś się stało z Edie, pomyślała Harriet z przerażeniem. Edie jest w szpitalu. Zanim zdążyła cokolwiek powiedzieć, Ida kucnęła ze śmietniczką w ręku, nie patrząc na nią. Harriet spostrzegła ze zdumieniem, że służąca ma oczy czerwone od płaczu.

Strach, który czuła przez ostatnie dwadzieścia cztery godziny, runął na nią jak burza. Ale teraz co innego napawało ją przerażeniem.

— Gdzie jest Edie? — spytała nieśmiało.

Matka spojrzała na nią zaskoczona.

— W domu — powiedziała. — Dlaczego pytasz?

Grzanka ostygła, ale Harriet zjadła ją. Matka usiadła obok i patrzyła na dziewczynkę. Położyła łokcie na stole i oparła brodę na rękach.

— Dobre? — spytała po chwili.

— Tak, mamo. — Harriet nie rozumiała, co się dzieje, i nie wiedziała, jak się zachować. Skupiła się na jedzeniu. Nagle jej matka westchnęła. Kiedy Harriet podniosła głowę, matka wstała od stołu ze smutną miną i wyszła z kuchni.

— Ido? — szepnęła, kiedy zostały same.

Ida potrząsnęła głową, ale nic nie powiedziała. Jej twarz była bez wyrazu, tylko w kącikach oczu lśniły łzy. Po chwili odwróciła głowę. Harriet poczuła się zbita z tropu. Patrzyła na plecy Idy i zygzaki namalowane na fartuchu, spod którego wystawała sukienka. Dookoła rozbrzmiewały ciche dźwięki — krystalicznie czyste i przerażające. Burczała lodówka, mucha bzyczała nad zlewem.

Ida wrzuciła śmieci do wiadra pod zlewem i zatrzasnęła drzwi szafki.

— Dlaczego na mnie naskarżyłaś? — spytała, nie odwracając się.

— Ja?

— Zawsze byłam dla ciebie dobra. — Ida przeszła obok niej i położyła śmietniczkę tam, gdzie zwykle leżała, na podłodze obok grzejnika, szczotki do mycia podłogi i miotły. — Chesz, żebym miała kłopoty, prawda?

— Dlaczego miałabym na ciebie naskarżyć? Nie zrobiłam tego!

— Zrobiłaś. I wiesz, co jeszcze?! — Harriet cofnęła się, kiedy Ida spojrzała na nią swoimi nabiegłymi krwią oczyma. — Przez ciebie wyrzucili tę biedną kobietę, która pracowała u pana Hulla. To twoja wina — powtarzała oszołomionej Harriet. — Pan Claude przyjechał tam zeszłej nocy. Szkoda, że nie słyszałaś, jak rozmawiał z tą biedną kobietą. Potraktował ją jak psa. Słyszałam każde słowo. Charley T. też tam był.

— Nie zrobiłam tego! Ja...

— Patrzcie ją! — syknęła Ida. — Jak ci nie wstyd! Powiedziałaś panu Claude'owi, że ona próbowała podpalić dom. A potem wróciłaś do domu i powiedziałaś rodzicom, że źle gotuję.

— Nie zrobiłam tego! Hely na nią naskarżył.

— Nie rozmawiamy o nim, tylko o tobie!

— Powiedziałam mu, żeby tego nie robił! Byliśmy w jego pokoju. Nagle zaczęła walić do drzwi i krzyczeć...

— Tak, a potem przyszłaś do domu i naskarżyłaś na mnie. Byłaś na mnie wściekła, kiedy szłam wczoraj do domu, bo nie chciałam opowiadać ci bajek po pracy. Chyba temu nie zaprzeczysz?

— Ido, wiesz, jak łatwo mama się denerwuje. Powiedziałam tylko...

— Powiem ci coś. Jesteś wściekła, że nie siedzę tu całą noc, robiąc smażonego kurczaka i opowiadając bajki. Sprzątam po was przez cały dzień, a potem mam jeszcze robotę w domu.

Harriet wybiegła na dwór. Dzień był upalny i cichy. Świeciło słońce. Było tak, jakby wyszła na zalany słońcem parking po wizycie u dentysty. Na samą myśl o tym poczuła rwący ból w zębach trzonowych i przed oczami zamigotały jej ciemne plamki.

— Harriet, czy ktoś po ciebie przyjedzie?

— Tak, psze pani — odpowiadała Harriet nawet wtedy, kiedy nikt po nią nie przyjeżdżał.

W kuchni panowała cisza. Okiennice w pokoju matki były zamknięte. Czy Ida została zwolniona?, pomyślała Harriet i ku swojemu zdumieniu nie poczuła ani smutku, ani niepokoju, tylko coś w rodzaju tępego zakłopotania. Podobne wrażenie miała po zastrzyku znieczulającym, kiedy przygryzała policzek od wewnątrz i nie czuła bólu.

Pozrywam pomidory na lunch, pomyślała Harriet. Mrużąc oczy od słońca, poszła w stronę ogródka warzywnego Idy, który znajdował się obok bocznej ściany domu. Był to porośnięty chwastami, nie ogrodzony kawałek gruntu o powierzchni dwunastu stóp kwadratowych. Ida nie miała ogrodu obok swojego domu. Robiła dziewczynkom kanapki z pomidorami, ale resztę warzyw zabierała ze sobą do domu. Służąca codziennie prosiła Harriet, żeby pomogła jej w ogrodzie. Obiecywała w zamian różne atrakcje — grę w warcaby albo bajkę, ale dziewczynka za każdym razem odmawiała. Nie lubiła takiej pracy ogrodowej; wzdrygała się ze wstrętem na myśl o zakurzonych rękach i chrząszczach. Bała się upału i włosków na pnączach dyni, które łaskotały ją w nogi.

Harriet wstydziła się swojego egocentryzmu. Bolesne myśli nie dawały jej spokoju. Ida cały czas musi ciężko pracować, pomyślała. Tu i u siebie w domu. Zaczęła się zastanawiać, czy ktoś kiedykolwiek zmusił ją do pracy.

Pomidory. Ida się ucieszy. Harriet zerwała też paprykę, piżmian i grubego, czarnego bakłażana — pierwszego w tym roku. Wsadziła przybrudzone ziemią warzywa do małego kartonu i zgrzytając zębami ze złości, zaczęła pielić ogród. Rozrośnięte łodygi warzyw o niezgrabnych liściach wyglądały jak wielkie chwasty. Harriet wyrywała tylko te chwasty, które znała, innych roślin nie ruszała. Znalazła koniczynę, mlecze (łatwe do odróżnienia) i długie źdźbła trawy. Ida umiała robić z nich piszczałki. Kiedy wkładała trawę między wargi i dmuchała, rozlegał się przenikliwy pisk. Źdźbła były ostre i po chwili Harriet zauważyła na swoim kciuku wąską, krwawą kreskę. Trawa cięła skórę jak cienki papier. Spocona dziewczynka zerwała się na równe nogi. Zeszłego lata Ida Rhew podarowała jej czerwone dziecięce rękawiczki ogrodowe, które kupiła w sklepie z towarami żelaznymi. Harriet miała wyrzuty sumienia za każdym razem, kiedy o nich myślała. Ida miała mało pieniędzy, na pewno nie tyle, żeby kupować prezenty. Harriet nie lubiła ogrodu i ani razu nie włożyła rękawiczek.

— Podobają ci się te małe rękawiczki, które ode mnie dostałaś?

— Tak, bardzo. Nakładam je, kiedy idę się bawić...

— Nie musisz kłamać, kochanie. Przykro mi, że ci się nie podobają.

Harriet poczuła, że płonie jej skóra na twarzy. Czerwone rękawiczki kosztowały trzy dolary. Ida dostawała tyle za cały dzień pracy. Dziewczynka nagle sobie uświadomiła, że to jedyny prezent, jaki kiedykolwiek dostała od Idy. Zgubiła je! Jak mogła postąpić tak bezmyślnie? Przez całą zimę leżały porzucone w blaszanej wannie w szopie na narzędzia, razem z sekatorami, nożycami do przycinania roślin i innymi narzędziami Chestera.

Zostawiła wyrwane z korzeniami chwasty na ziemi i pobiegła do szopy. Ale rękawiczek nie było ani w blaszanej wannie, ani na ławce z narzędziami Chestera. Nie znalazła ich na półce z doniczkami kwiatów i nawozem ani za puszkami ze skrzepniętym lakierem, gipsem i pojemnikami z farbą domową.

Na półkach leżały rakiety do badmintona, sekatory, piła ręczna, przedłużacze i żółty plastikowy kask, jaki noszą robotnicy na budowie. Były tam też przeróżne narzędzia ogrodowe: nożyce do obcinania gałęzi, nożyce do przycinania róż, widełki do spulchniania ziemi, grabie, trzy rodzaje rydla ogrodniczego i rękawiczki Chestera. Ani śladu rękawiczek od Idy.

Harriet poczuła, że za chwilę dostanie ataku histerii. Chester wie, gdzie są, pomyślała. Spytam go. Chester bywał u nich tylko w poniedziałki, w inne dni pracował dla gminy — pielił i przycinał trawę na cmentarzu albo na terenie miasta.

Harriet oddychała z trudem. W ciemnej szopie panował zaduch, pachniało benzyną. Wpatrywała się w narzędzia leżące na lepkiej podłodze i zastanawiała, gdzie mogą być rękawiczki. Muszę je znaleźć, pomyślała, omiatając wzrokiem porozrzucane przedmioty. Umrę, jeśli się okaże, że je zgubiłam. W tym momencie w drzwiach szopy stanął Hely.

— Harriet! — zawołał, przyciskając ciało do framugi. — Musimy iść po rowery!

— Rowery? — spytała Harriet po chwili kłopotliwego milczenia.

— Są tam, gdzie je zostawiliśmy. Mój ojciec zauważył, że przyszedłem do domu bez roweru. Spierze mnie, jeśli go nie znajdę. Chodź!

Harriet nie mogła myśleć o rowerach, rękawiczki były ważniejsze.

— Przyjdę później — powiedziała.

— Nie! Teraz! Nie pójdę tam sam.

— Poczekaj chwilę. Muszę...

— Nie! — krzyknął Hely. — Musimy iść teraz!

— Słuchaj, muszę iść do domu i umyć ręce. Mógłbyś położyć te rzeczy na półce?

Hely spojrzał na stertę narzędzi leżących na podłodze.

— Wszystkie? — spytał.
— Pamiętasz czerwone rękawiczki, które kiedyś dostałam? Leżały w tamtym wiadrze.
Hely spojrzał na nią oszołomiony. Wyglądał tak, jakby myślał, że zwariowała.
— Rękawiczki ogrodowe. Czerwony materiał z gumką na nadgarstkach.
— Harriet, mówię poważnie. Rowery stały na dworze przez całą noc. Może już ich tam nie ma.
— Jeśli je znajdziesz, powiedz mi, dobrze?
Dziewczynka pobiegła do ogródka warzywnego i zgarnęła chwasty tak, że tworzyły wielką, byle jaką stertę. Nie szkodzi, pomyślała. Posprzątam później. Potem chwyciła mały karton i pobiegła do domu. Idy nie było w kuchni. Harriet opłukała ręce nad zlewem, nie namydlając ich, i zaniosła karton do dużego pokoju. Ida siedziała na krześle obitym tweedem. Rozchyliła kolana i zakryła rękami twarz.
— Ido? — spytała nieśmiało dziewczynka.
Ida Rhew odwróciła z trudem głowę. Wciąż miała czerwone oczy.
— Przy...przyniosłam ci coś — zająknęła się Harriet i położyła karton na podłodze u stóp Idy.
Służąca spojrzała ze smutkiem na warzywa.
— Co ja teraz zrobię? — powiedziała i potrząsnęła głową. — Dokąd pójdę?
— Możesz je zabrać, jeśli chcesz. — Harriet wskazała na karton, a potem wyjęła bakłażana i pokazała Idzie.
— Twoja mama mówi, że kiepska ze mnie służąca. Ale jak mam pracować, skoro w całym domu jest pełno starych gazet i śmieci? — Ida wzięła do ręki koniuszek fartucha i wytarła nim oczy. — Płaci mi tylko dwadzieścia dolarów tygodniowo, ale dobre i to. Odean, która pracuje dla pani Libby, dostaje trzydzieści pięć dolarów i nie musi opiekować się dwójką dzieci.
Harriet opuściła bezradnie ręce. Chciała objąć Idę, pocałować ją w policzek, usiąść jej na kolanach i wybuchnąć płaczem. Jednak coś w głosie służącej powstrzymało ją.
— Twoja mama mówi, że jesteście duże i nie potrzebujecie opieki. Obie chodzicie do szkoły i potraficie zająć się sobą po lekcjach.
Ich spojrzenia zetknęły się. Ida miała czerwone, załzawione oczy, a Harriet okrągłe z przerażenia. Przez chwilę patrzyły na siebie i Harriet wiedziała, że nie zapomni tego momentu do końca życia. Ida pierwsza odwróciła wzrok.
— Wasza mama ma rację — powiedziała zrezygnowanym głosem. —

Allison jest w liceum, a ty... nie potrzebujesz opieki po lekcjach. Już prawie od roku chodzisz do szkoły.

— Chodzę do szkoły od siedmiu lat.

— Tak mi powiedziała twoja mama.

Harriet pobiegła na górę i weszła do pokoju matki bez pukania. Charlotte siedziała na brzegu łóżka. Allison klęczała z twarzą ukrytą w narzucie i płakała. Kiedy dziewczynka weszła do pokoju, siostra podniosła głowę. Z jej spuchniętych od łez oczu bił taki smutek, że Harriet się cofnęła.

— Ty też? — spytała Charlotte słabym głosem. Miała senne oczy. — Zostawcie mnie, dziewczynki. Chcę się położyć.

— Nie możesz wyrzucić Idy.

— Lubię Idę tak samo jak wy, ale ona nie pracuje za darmo. Ostatnio jest niezadowolona.

To były słowa ojca Harriet. Matka wypowiedziała te zdania, jakby wygłaszała przemówienie, którego nauczyła się na pamięć.

— Nie możesz jej wyrzucić — powtórzyła Harriet piskliwym głosem.

— Wasz ojciec mówi...

— Co z tego? On tu nie mieszka.

— Musicie same z nią porozmawiać, dziewczynki. Powiedziałam Idzie, że wiele rzeczy było źle zorganizowanych. Przyznała mi rację.

Zapanowało krótkie milczenie.

— Dlaczego powiedziałaś Idzie, że na nią naskarżyłam? — spytała Harriet. — Co jej powiedziałaś?

— Porozmawiamy o tym później. — Charlotte odwróciła się i położyła na łóżku.

— Nie! Teraz!

— Nie martw się, Harriet — powiedziała Charlotte, zamykając oczy. — Allison, proszę cię, nie płacz. Nie mogę tego znieść — mówiła coraz słabiej. — Obiecuję, że coś wymyślimy...

Nawet gdyby Harriet zaczęła krzyczeć, pluć, drapać i gryźć — i tak nie wyraziłaby w ten sposób całej wściekłości, jaką czuła. Przez chwilę patrzyła na pogodną twarz matki. Pierś Charlotte podnosiła się i opadała łagodnie. Na górnej wardze, w miejscu, gdzie szminka wyblakła, lśnił pot. Wyżej na skórze widniały małe zmarszczki. Powieki wydawały się lepkie i podrapane, obok wewnętrznych kącików widniały wgłębienia, jakby ktoś wgniótł powieki kciukiem.

Harriet zeszła na dół, zostawiając matkę i Allison, która wciąż ściskała w ręku narzutę. Stanąwszy w drzwiach pokoju, zobaczyła, że Ida siedzi na krześle i patrzy przez okno, z policzkiem opartym na dłoni. Harriet zaczęła jej się przyglądać ze współczuciem. Postać służącej jakby promieniała dziwnym blaskiem na tle przedmiotów w pokoju. Ida nigdy nie była tak namacalna, tak skupiona wewnętrznie, silna i spokojna. Pierś pod cienką bawełnianą, spraną sukienką poruszała się gwałtownie przy każdym oddechu. Harriet podbiegła do krzesła, ale Ida odwróciła się z policzkami mokrymi od łez i spojrzała na nią w taki sposób, że dziewczynka zatrzymała się. Przez pewien czas mierzyły się wzrokiem. Bawiły się w tę grę od dzieciństwa Harriet. Patrzyły sobie w oczy, sprawdzając, która ma silniejszą wolę, a potem wybuchały śmiechem. Ale tym razem to nie była zabawa. Wszystko było nie tak, a kiedy Harriet w końcu spuściła ze wstydem wzrok, żadna z nich się nie roześmiała. Panowała absolutna cisza. Dziewczynka poczuła się bezradna. Ze zwieszoną głową wyszła z pokoju, czując na sobie spojrzenie ukochanych, smutnych oczu służącej.

— Co się stało? — spytał Hely na widok przygnębionej twarzy Harriet. Miał do niej pretensje, że kazała mu tak długo czekać, ale kiedy zobaczył jej minę, zrozumiał, że oboje znaleźli się w beznadziejnej sytuacji, może najgorszej w życiu.

— Matka chce wyrzucić Idę.

— To kiepsko — powiedział Hely ze współczuciem.

Harriet patrzyła w ziemię. Próbowała sobie przypomnieć, jak wyglądała jej własna twarz, kiedy wszystko było w porządku.

— Później możemy poszukać rowerów — stwierdziła i ucieszyła się, że jej własny głos brzmi beztrosko.

— Nie! Ojciec mnie zabije!

— Powiedz mu, że zostawiłeś rower tutaj.

— To nie ma sensu. Ktoś mógłby go ukraść. Słuchaj, obiecałaś, że mi pomożesz. — W głosie Hely'ego zabrzmiała desperacja. — Po prostu pójdź tam ze mną.

— Dobrze, ale musisz mi obiecać...

— Harriet, proszę cię. Położyłem te rzeczy na półce. Zawsze ci pomagałem.

— Obiecaj mi, że wrócisz tu ze mną wieczorem po skrzynię.

— Dokąd chcesz ją zabrać? — spytał Hely, prostując się gwałtownie.

— Nie możemy schować jej w moim domu.

Harriet podniosła do góry ręce. Nie skrzyżowała palców.

— Dobrze — powiedział Hely i podniósł do góry ręce. W szyfrze, który rozumieli tylko oni, gest ten oznaczał, że zobowiązują się dotrzymać obietnicy. Hely odwrócił się i ruszył przed siebie szybkim krokiem. Harriet poszła za nim.

ⓒ

Szli wśród drzew, trzymając się blisko krzaków. Kiedy znajdowali się około czterdziestu stóp od drewnianego domu, Hely chwycił Harriet za przegub i wskazał palcem przed siebie. Na środku pasa zieleni, między krzakami migotał kawałek żelaza. Ostrożnie podeszli bliżej. Podjazd był pusty. Przed sąsiednim domem, gdzie mieszkała właścicielka psa Pancho, stał biały samochód. Harriet rozpoznała go — należał do pani Dorrier. Każdego wtorku za dwadzieścia pięć czwarta biały wóz pani Dorrier zatrzymywał się przed domem Libby. Ze środka wysiadała pani Dorrier, ubrana w niebieski fartuch lekarski, z siatką na głowie. Przyjeżdżała, żeby zmierzyć Libby ciśnienie. Zaciskała opaskę na małej, kościstej ręce Libby, która przypominała skrzydło ptaka, i liczyła sekundy, patrząc na swój duży, męski zegarek. Libby, która bała się wszystkiego, co wiązało się z medycyną, chorobą i lekarzami, siedziała, patrząc w sufit, z ręką przyciśniętą do piersi. Jej usta drżały, a z oczu za ciemnymi okularami spływały łzy.

— Idziemy — powiedział Hely, zerkając przez ramię.

Harriet pokazała mu samochód.

— Przyjechała pielęgniarka — szepnęła. — Poczekajmy, aż odjedzie.

Schowali się za drzewem. Po kilku minutach Hely spojrzał na Harriet.

— Dlaczego zajmuje jej to tak dużo czasu?

— Nie wiem — odparła dziewczynka, która też się nad tym zastanawiała. Pani Dorrier miała pacjentów w całym okręgu. Zwykle przychodziła do Libby tylko na chwilę, nie miała czasu na plotki i kawę.

— Nie zamierzam tu czekać cały dzień — oznajmił Hely szeptem.

W tym momencie drzwi domu otworzyły się i zobaczyli panią Dorrier w białym czepku i niebieskim fartuchu. Tuż za nią stała opalona jankeska w brudnych butach i zielonej sukience. Trzymała pod pachą psa Pancha.

— Dwa dolary za pigułkę! — zawołała. — Muszę wydawać czternaście dolarów dziennie na lekarstwa! Powiedziałam temu chłopakowi w aptece...

— Lekarstwa są drogie — powiedziała uprzejmie pani Dorrier i ruszyła przed siebie. Chuda, wysoka kobieta miała około pięćdziesięciu lat i trzymała się bardzo prosto. W czarnych włosach widniały siwe pasemka.

— Powiedziałam mu: synu, mam rozedmę, kamień żółciowy i artretyzm! W dodatku... co się dzieje, Panch? — zwróciła się do psa, który zesztywniał w jej ramionach i zastrzygł wielkimi uszami. Harriet ukryła się za drzewem, ale czuła, że pies ją widzi. Patrzył wprost na nią swoimi oczami lemura. Nagle zaczął warczeć i szczekać, próbując wyrwać się właścicielce.

Kobieta uderzyła go dłonią po głowie.

— Zamknij się! — powiedziała.

Pani Dorrier roześmiała się z zażenowaniem, wzięła do ręki torbę i zaczęła schodzić po schodach.

— Do zobaczenia w przyszły wtorek — rzuciła.

— Jest zdenerwowany — zawołała kobieta. — Zeszłej nocy było tu niezłe zamieszanie. Policja przyjechała do sąsiadów.

— Co też pani powie! — Pani Dorrier zatrzymała się obok drzwi swojego samochodu. — Kto by pomyślał?

Pancho wciąż szczekał jak szalony. Kiedy pani Dorrier wsiadła do samochodu i powoli odjechała, kobieta, która stała na krawężniku, uderzyła psa jeszcze raz, a potem wniosła go do domu i zatrzasnęła drzwi.

Hely i Harriet odczekali chwilę, wstrzymując oddech. W pobliżu nie było żadnych samochodów. Przebiegłszy przez ulicę, uklękli na trawniku obok rowerów.

Harriet odwróciła się i spojrzała na podjazd obok drewnianego domu.

— Nikogo tam nie ma — stwierdziła i poczuła, że kamień spada jej z serca. Zrobiło jej się raźniej na duchu.

Hely chrząknął i wydobył swój rower.

— Muszę wydostać stamtąd tego węża — oznajmiła szorstkim głosem. W jej głosie było coś, co wywoływało u Hely'ego współczucie, chociaż nie wiedział dlaczego. Postawił swój rower. Harriet usiadła na swoim siodełku, wpatrując się w niego.

— Wrócimy tu — zapewnił dziewczynkę, odwracając wzrok. Wskoczył na rower i pojechali razem ulicą.

Harriet wyprzedziła go, zajeżdżając mu agresywnie drogę na zakręcie. Zachowuje się tak, jakby ktoś ją wkurzył, pomyślał Hely, patrząc na przygarbioną przyjaciółkę, która pedałowała z wściekłością. Wyglądała jak Dennis Peet albo Tommy Scoggs — złośliwe dzieci, które biły młodszych kolegów i obrywały od starszych. Może zachowywała się tak, bo była dziewczyną, ale Hely'emu podobała się nawet bardziej w ataku furii. To było podniecające — podobnie jak bliskość kobry. Na razie nie zamierzał mówić Harriet, że wypuścił w mieszkaniu tuzin węży. Zaczął się zastanawiać, czy drewniany dom jeszcze długo będzie pusty.

— Ciekawe, jak często je? Jak myślisz? — spytała Harriet. Szła pochylona, popychając od tyłu wózek. Hely ciągnął go z przodu, ale stąpał ostrożnie, bo w ciemności nic nie było widać. — Może powinniśmy dać mu żabę.

Hely zepchnął wózek z krawężnika na ulicę. Skrzynia była przykryta ręcznikiem, który zabrał z domu.

— Nie mam zamiaru dawać mu żaby — powiedział.

Jego przypuszczenia się sprawdziły: w domu mormonów nie było nikogo. Hely czuł, że wolałby spędzić noc w zamkniętym bagażniku w samochodzie niż w domu, gdzie roiło się od grzechotników. Nie powiedział jeszcze Harriet o tym, co zrobił, ale czuł, że potrafi ją przekonać o swojej niewinności. Nie wiedział, że w tym momencie mormoni rozmawiali z adwokatem zajmującym się nieruchomościami w pokoju hotelowym Holiday Inn. Zastanawiali się, czy obecność jadowitych stworzeń w domu jest dostatecznym powodem, żeby zerwać kontrakt.

Hely miał nadzieję, że nikt ich nie zobaczy. W domu powiedzieli, że idą do kina. Ojciec Hely'ego dał im pieniądze na bilety. Harriet spędziła całe popołudnie u Hely'ego, co zdarzało się raczej rzadko (zwykle dość szybko się nudziła i szła do siebie, chociaż chłopiec błagał ją, żeby została). Siedzieli po turecku na podłodze w jego pokoju i całymi godzinami grali w pchełki oraz zastanawiali się, co zrobić z ukradzioną kobrą. Skrzynia była zbyt duża, by nadawała się do trzymania w domu Harriet albo Hely'ego. W końcu ustalili, że zostawią ją na nie uczęszczanej drodze w zachodniej części miasta, która łączyła się z drogą County Line w odosobnionym miejscu, na peryferiach.

Wyjęcie skrzyni po dynamicie spod domu i załadowanie jej na dziecięcy wózek Hely'ego okazało się łatwiejsze, niż przypuszczali. W pobliżu nie było nikogo. Noc była mglista i wyjątkowo upalna. Z daleka dochodził odgłos piorunów. Ludzie zaczęli wnosić do domów poduszki leżące na ganku, wyłączali spryskiwacze, wołali koty.

Kiedy znaleźli się na chodniku, zaczęli rozmawiać. Dwie przecznice dalej był dworzec kolejowy. Im bardziej zbliżali się do pociągów towarowych i rzeki, tym robiło się ciemniej. Wysokie chwasty szeleściły na opuszczonych działkach, obok których ustawiono tabliczki „Na sprzedaż" i „Wstęp wzbroniony".

Tylko dwa pociągi pasażerskie dziennie zatrzymywały się na stacji Alexandria. O siódmej czternaście rano przyjeżdżał pociąg z Chicago do Nowego Orleanu. Ten sam pociąg zatrzymywał się na stacji w drodze powrotnej o ósmej czterdzieści siedem wieczorem. Przez pozostałą część dnia dworzec świecił pustkami. Bilety sprzedawano w rozklekotanej, małej budce ze spadzistym dachem, z której farba schodziła płatami. Na razie było tam ciemno, ale już za godzinę miał się zjawić sprzedawca biletów. Z tyłu żwirowe drogi łączyły się z torami, a dalej widniał młyn i rzeka.

Hely i Harriet przystanęli, żeby stoczyć wózek z chodnika na żwirową drogę. W oddali rozlegało się szczekanie wielkich psów. Na południe od dworca znajdował się oświetlony skład drewna, dalej w ciemności świeciły latarnie w dzielnicy, gdzie mieszkali. Hely i Harriet zostawili za sobą ostatnie ślady cywilizacji i poszli w przeciwnym kierunku, zagłębiając się w absolutną ciemność. Dookoła rozciągały się wielkie nie zamieszkane równiny, ciągnące się na północ. Na torach stały stare pociągi towarowe z otwartymi wagonami, w których kiedyś przewożono bawełnę. Minęli je i zaczęli iść wąską, żwirową drogą, która znikała w ciemnym lesie sosnowym.

Hely i Harriet bawili się czasem na drodze, która prowadziła do opuszczonego składu bawełny. Dookoła rozciągał się nieruchomy, przerażający las. Nawet w świetle dziennym ponura, wąska jak nitka ścieżka tonęła w mroku pod gęstym sklepieniem karłowatych styrakowców i sosen. Powietrze było tu wilgotne i niezdrowe, roiło się od komarów, a ciszę tylko czasem przerywały odgłosy z głębi lasu — szamotanie spłoszonego królika w krzakach i przejmujący śpiew ptaków ukrytych w gałęziach.

Kilka lat wcześniej w lesie ukryła się grupa skutych łańcuchami skazańców. Hely i Harriet nigdy dotąd nie spotkali żywej duszy na tej jałowej ziemi. Tylko raz zobaczyli małego czarnoskórego chłopca w czerwonych majtkach, który przyklęknął na jednym kolanie, rzucił w nich kamieniem, a potem z przeraźliwym krzykiem zniknął w zaroślach. Harriet i Hely nie lubili się bawić w tym opuszczonym miejscu, ale wstydzili się do tego przyznać.

Kółka wózka chrobotały na żwirowej ścieżce. Tuż nad ich głowami, w wilgotnym powietrzu fruwały chmary komarów. Przed wyjściem spryskali się od stóp do głów sprayem przeciwko owadom, ale bez większego efektu. W ciemności widzieli tylko to, co znajdowało się tuż przed nimi. Hely wziął ze sobą latarkę, ale zdecydowali, że lepiej nie zapalać jej w tym miejscu.

W miarę jak posuwali się naprzód, ścieżka stawała się coraz węższa. Zarośla po obu stronach gęstniały, tworząc ściany. Szli teraz wolniej, zatrzymując się od czasu do czasu, żeby odgarnąć gałęzie, które wyłaniały się z błękitnego półmroku na wysokości ich twarzy.

— O rety! — jęknął Hely, który szedł przodem.

Bzyczenie much stało się głośniejsze i Harriet poczuła zapach zgnilizny.

— Ale wstrętne! — zawołał Hely.

— O czym ty mówisz? — Było teraz tak ciemno, że widziała jedynie białe paski na koszulce do rugby chłopca. Koła wózka zatrzeszczały na żwirze, Hely podniósł go i przesunął w lewo.

— Co to jest?

Zapach był nie do zniesienia.

— Opos.

Na dróżce leżała ciemna, bezkształtna masa, nad którą unosiły się chmary much. Kiedy przechodzili obok, Harriet odwróciła głowę, chociaż gałęzie drapały jej twarz. Zatrzymali się dopiero, kiedy metaliczne bzyczenie much nieco ucichło i odór zniknął. Postanowili chwilę odpocząć. Harriet zapaliła latarkę i uniosła brzeg ręcznika, trzymając go między kciukiem i palcem wskazującym. Małe oczy kobry rozbłysły wściekle, wąż otworzył paszczę i syknął na dziewczynkę. Wyglądało to tak, jakby wyszczerzył zęby w uśmiechu.

— Jak on się ma? — burknął Hely, kładąc ręce na kolanach.

— Dobrze — powiedziała Harriet i cofnęła się gwałtownie, kiedy wąż przylgnął do ściany skrzyni (snop światła z latarki zatańczył na czubkach drzew).

— Co się stało?

— Nic. — Harriet zgasiła latarkę. — Mam nadzieję, że przyzwyczaił się do siedzenia w skrzyni. — Jej głos zabrzmiał dziwnie głośno w ciszy panującej dookoła. — Pewnie mieszkał tak przez całe życie. Właściciele chyba rzadko go wypuszczali, prawda?

Po chwili milczenia ruszyli znowu przed siebie, tym razem niezbyt chętnie.

— Myślę, że upał mu nie przeszkadza — powiedziała Harriet. — Przywieźli go z Indii. Tam jest goręcej niż w Ameryce.

Hely stawiał kroki bardzo ostrożnie — na ile było to możliwe w ciemności. Po obu stronach drogi, wśród spowitych mrokiem sosen rozlegało się kumkanie żab, niosąc się echem po lesie. Monotonna żabia pieśń rozbrzmiewała to z lewej, to znowu z prawej strony — jak w kolumnach stereo.

Droga prowadziła do polany, na której stał skład bawełny. W świetle księżyca dom wyglądał jak szary szkielet. Spędzili tam wiele popołudni, siedząc na metalowych poprzeczkach między wagonami towarowymi i machając nogami. Teraz poprzeczek nie dało się zauważyć. Natomiast błotniste ślady piłek tenisowych, którymi rzucali w drzwi składu, były doskonale widoczne w świetle księżyca.

Razem przetoczyli wózek nad rowem. Najgorsze mieli za sobą. Line Road znajdowała się czterdzieści pięć minut rowerem od domu Hely'ego, ale za składem bawełny biegł skrót. Wystarczyło minąć tory, żeby dotrzeć do County Line Road i autostrady numer 5.

Z miejsca, gdzie stali, widać było tory za składem bawełny. Na tle ponurego, purpurowego nieba majaczyły czarne słupy telegraficzne obwieszone kapryfolium. Odwróciwszy się, Hely zobaczył, że Harriet zerka niespokojnie na wysoką trawę, sięgającą im kolan.

— Co się stało? — spytał. — Zgubiłaś coś?

— Coś mnie ugryzło.

Podnieśli wózek i wtoczyli go na tory kolejowe. Pociąg pasażerski do Chicago miał przyjechać później, ale oboje wiedzieli, że czasami przejeżdżały tamtędy pociągi towarowe, których nie było w rozkładzie. Lokalne pociągi towarowe, które zatrzymywały się na stacji, wlokły się tak wolno, że można było je wyprzedzić na piechotę. Natomiast ekspres do Nowego Orleanu pędził z taką prędkością, że Hely miał trudności z odczytaniem napisów na wagonach, czekając z matką za szlabanem na autostradzie numer 5.

Teraz, kiedy nie przeszkadzały im krzaki, znacznie szybciej prowadzili wózek, który podskakiwał na torach. Hely'ego bolały zęby. Wózek strasznie hałasował i chociaż nikt ich nie widział, chłopiec bał się, że stukot wózka i kumkanie żab zagłuszą odgłos nadjeżdżającego pociągu towarowego do momentu, aż znajdzie się tuż za nimi. Biegł ze wzrokiem wbitym w tory, wpatrzony w mozaikę podkładów kolejowych, wsłuchany we własny rytmiczny oddech. Pomyślał, że powinni zwolnić i zapalić latarkę, ale w tym momencie Harriet westchnęła. Kiedy podniósł głowę, zobaczył migoczący w oddali czerwony neon i poczuł nagłą ulgę.

Przykucnęli za kępką krzaków na poboczu autostrady i spojrzeli na skrzyżowanie z torami kolejowymi, obok którego tkwiła tabliczka z napisem: ZATRZYMAJ SIĘ, SPÓJRZ I POSŁUCHAJ. Poczuli na twarzach powiew wiatru — świeży i chłodny jak deszcz. Na lewo od autostrady, w kierunku południowym, tam, gdzie były ich domy, widniała tablica Texaco i różowo-zielony neon restauracji Jumbo. Migotały tu tylko nieliczne światełka, nie było sklepów, świateł ulicznych ani parkingów. Dookoła rozciągały się zarośnięte chwastami pola i budy z karbowanego metalu.

W pobliżu przemknął samochód. Hely i Harriet podnieśli głowy przestraszeni. Potem rozejrzeli się, aby nabrać pewności, czy nie nadjeżdża kolejny samochód, minęli tory i przebiegli na drugą stronę opustoszałej autostrady. Popychając wózek, który hałaśliwie podskakiwał, przeszli przez pastwisko dla krów i skierowali się w stronę County Line Road, która o tej porze była pusta. Nie spotkali nikogo — nawet koło Country Club. Dokoła rozciągały się ogrodzone pastwiska z rozległymi pasmami błota spłaszczonego przez buldożery.

Hely poczuł nieprzyjemny zapach nawozu. Po chwili wdepnął w coś miękkiego i zatrzymał się.

— Co się stało?

— Zaczekaj — powiedział, wycierając podeszwę buta o trawę. Było ciemno, ale w blasku księżyca widzieli dokładnie drogę. Równolegle do County Line Road biegła odizolowana, pokryta asfaltem droga, która kończyła się po dwudziestu jardach. Budowę drogi wstrzymano, kiedy komisja zajmująca się budową autostrad zdecydowała, żeby połączyć autostradę międzystanową z Houmą, w pobliżu stacji Alexandria. Z popękanego asfaltu wyrastały kępki trawy. Przed nimi opuszczona droga wznosiła się łukiem nad County Line Road.

Po chwili znowu ruszyli przed siebie. Z początku chcieli ukryć węża w lesie, ale wciąż mieli w pamięci to, co się stało w Oak Lawn Estates. Bali się błądzić po ciemku w gęstych zaroślach i chodzić po omacku po spróchniałych pniach z pięćdziesięciofuntową skrzynią. Zastanawiali się, czy nie zostawić jej w jednym z magazynów, ale nawet te opuszczone składy z zabitymi dyktą oknami znajdowały się na terenie prywatnych posiadłości.

Betonowy most wydawał się najlepszym miejscem. Z łatwością można się było tam dostać na skróty z ulicy Natchez. Most wznosił się nad County Line Road, ale nie jeździły po nim samochody, i znajdował się dostatecznie daleko od miasta. Na pewno nie przychodzili tu robotnicy, wścibscy staruszkowie i dzieci.

Most był zbyt wąski dla samochodów, ale czerwony wózek bez trudu wtoczyli pod górę. Harriet pchała z tyłu. Po obu stronach wznosiła się wysoka na trzy stopy, betonowa ściana. Gdyby w pobliżu pojawił się samochód, mogli się za nią schować. Harriet podniosła głowę, ale droga była pusta. Niżej w ciemności rozpościerały się szerokie równiny. W oddali migotały światła miasta.

Kiedy weszli na górę, wiatr przybrał na sile, był teraz swawolny i niebezpieczny, odurzający. Tumany popielatego kurzu przelatywały nad drogą, muskając asfaltowe ściany. Hely wytarł białe od pyłu ręce o spodnie, zapalił latarkę i skierował wiązkę światła na metalową rynnę wypełnioną pogniecionym papierem, potem na płaską bryłę żużlu, na torby cementu, wreszcie na szklaną butelkę z resztką lepkiej oranżady. Harriet oparła się o betonową ścianę i spojrzała na ulicę. Wyglądała tak, jakby przechylała się przez burtę statku. Wiatr rozwiał jej włosy i Hely z ulgą zauważył, że dziewczynka nie ma już takiej żałosnej miny.

W oddali rozległ się długi, złowieszczy gwizd pociągu.

— O rety! — jęknęła Harriet. — Chyba nie ma jeszcze ósmej?

Hely poczuł, jak uginają się pod nim kolana. Wagony wyłoniły się z wypełnionej dźwiękami ciemności i pędziły przed siebie na złamanie karku w kierunku skrzyżowania z autostradą numer 5 — coraz głośniej i głośniej...

Przeraźliwy gwizd zabrzmiał gdzieś blisko i pociąg towarowy przemknął obok nich, wydając z siebie przeciągłe uszszszsz. Patrzyli, jak toczył się po torach w miejscu, gdzie pchali wózek niecałe piętnaście minut wcześniej. W oddali rozległo się echo dzwonka ostrzegawczego. Nad rzeką, wśród kłębiastych chmur na wschodzie, niebo przecięła bezdźwięczna, szaroniebieska żyłka błyskawicy.

— Powinniśmy przejść jeszcze kawałek — stwierdziła Harriet. Nie patrzyła na niebo. Utkwiła wzrok w lepkim pasie asfaltu pod stopami. Chociaż Hely stał tuż za nią, dziewczynka zachowywała się tak, jakby jej nie słyszał. Pochylona do przodu wyglądała tak, jakby patrzyła na tamę, wsłuchując się w szum wody, która pryskała jej w twarz.

Wąż poruszył się niespokojnie w skrzyni. Hely i Harriet spojrzeli na siebie przestraszeni.

— W porządku — powiedziała Harriet, siląc się na spokój. — Podnosimy.

Dźwignąwszy skrzynię, postawili ją między asfaltową ścianą a torbami cementu. Harriet uklękła na asfalcie między rozgniecionymi kubkami i niedopałkami papierosów, które zostawili robotnicy, i spróbowała wyciągnąć pustą torbę po cemencie, która leżała przygnieciona na ziemi.

— Musimy się pospieszyć — oznajmił Hely. Miał wrażenie, że upał wisi nad nim jak mokry, szorstki koc. Czuł swędzenie w nosie od cementu, zapachu siana na polach i dusznego powietrza.

Harriet wyciągnęła pustą torbę, która zatrzepotała na wietrze jak chorągiew ustawiona przez astronautów na księżycu. Szarpnęła nią i kucnęła obok barykady z cementu. Kiedy Hely przyklęknął obok, ich głowy zetknęły się. Skrzynię z wężem przykryli torbą, którą przymocowali kawałkami cementu, żeby nie odfrunęła.

Hely zaczął się zastanawiać, co robili w tym momencie dorośli w swoich domach, w mieście. Może przeglądali książeczki czekowe, oglądali telewizję albo czesali swoje cocker-spaniele? Nocny wiatr był orzeźwiający i odurzający, przypominał Hely'emu o samotności. Chłopiec poczuł, że nigdy jeszcze nie znajdował się tak daleko od znanego mu świata. Wyobraził sobie, że jest przybyszem, który wylądował na odległej planecie. Dookoła powiewały chorągwie, odbywał się pogrzeb dla żołnierzy z udziałem wojska, w pyle majaczyły zrobione w domu krzyże. Na horyzoncie rozbłysły światła obcej cywilizacji, najprawdopodobniej byli to wrogowie federacji. Trzymaj się z daleka od mieszkańców, powiedział głos w jego głowie. Jeśli nie posłuchasz, ty i dziewczyna zginiecie...

— Będzie mu tutaj dobrze — powiedziała Harriet, wstając.

— Na pewno — zgodził się Hely głębokim głosem kapitana statku kosmicznego. — Węże nie muszą jeść codziennie. Mam nadzieję, że wypił wystarczająco dużo wody, zanim wyruszyliśmy.

Na niebie rozbłysła błyskawica — tym razem jasna i ostra. Niemal jednocześnie rozległ się odgłos grzmotu.

— Nie musimy iść na skróty — powiedział Hely, zgarniając włosy z oczu. — Chodźmy dłuższą drogą.

— Dlaczego? — spytała Harriet, ale Hely nie odpowiedział. — Pociąg z Chicago przyjedzie przecież później — dodała.

Dziewczynka spojrzała na niego tak intensywnie, że poczuł strach.

— Przyjedzie za pół godziny.

— Uda nam się.

— Jak chcesz — powiedział Hely i ucieszył się z ostrego brzmienia swojego głosu. — Ja pójdę wzdłuż drogi.

Cisza.

— Co wobec tego chcesz zrobić z wózkiem?

Hely zastanowił się przez chwilę.

— Chyba zostawię go tutaj.

— Tak po prostu?

— Kogo to obchodzi? — spytał Hely. — Już się nim nie bawię.

— Ktoś mógłby go znaleźć.

— Nikt tu nie przychodzi.

Śmiejąc się, zbiegli po asfaltowej drodze. Wiatr targał im włosy, gdy tak pędzili przed siebie. Kiedy zwolnili, okazało się, że są w połowie pastwiska.

— Zaraz będzie padać — powiedziała Harriet.

— Co z tego?

Hely czuł, że jest niezwyciężony. Był oficerem, który podbijał obcą planetę.

— Spójrz, Harriet — powiedział, wskazując na oświetloną tablicę wetkniętą w błoto na pastwisku. Na tablicy widniał napis:

OTOCZONE LASEM POSIADŁOŚCI SPADKOWE
DOMY PRZYSZŁOŚCI

— Wspaniała przyszłość, co? — powiedział Hely.

Zbiegli poboczem autostrady numer 5 (Hely rozglądał się na wszystkie strony. Wiedział, że matka może w każdej chwili posłać jego ojca do Jumbo po lody), chowając się za latarniami i śmietnikami. W końcu skręcili w jedną z bocznych, ciemnych ulic i dotarli do kina Pix.

— Połowa filmu już minęła — poinformowała ich dziewczyna w kasie. Miała lśniącą cerę i patrzyła na nich znad puderniczki.

— Nie szkodzi. — Hely wsunął dwa dolary przez szparę w okienku i cofnął się, machając rękami i przytupując nerwowo. Nie miał ochoty oglądać drugiej połowy filmu o gadającym volkswagenie. Kiedy kasjerka zamknęła puderniczkę i sięgnęła po klucze, żeby otworzyć im drzwi, w oddali rozległ się gwizd pociągu do Nowego Orleanu, który zatrzymywał się na stacji Alexandria za trzynaście dziewiąta.

Hely klepnął Harriet po ramieniu.

— Powinniśmy którejś nocy wskoczyć do tego pociągu i pojechać do Nowego Orleanu.

Harriet odwróciła głowę i wyjrzała na ulicę, krzyżując ręce na klatce piersiowej. Gdzieś daleko rozległ się odgłos grzmotu. Zasłona w sklepie z towarami żelaznymi zatrzepotała na wietrze. Kawałki papieru przefrunęły nad ulicą, fikając koziołki.

Hely spojrzał w niebo i wyciągnął rękę. Kiedy dziewczyna przekręciła klucz w zamku oszklonych drzwi, pierwsza kropla deszczu spadła mu na czoło.

— Gum, czy dałabyś radę pojechać ze mną Trans Amem? — spytał Danny. Był niezwykle wysoki w porównaniu z babcią, która wyglądała jak kolczasty kaktus. Staruszka miała na sobie podomkę w czerwone kwiaty. Kwieciste wdzianko, pomyślał Danny. Kwiaty z czerwonego papieru.

Gum, podobna do kaktusa, zastygła na chwilę, a potem westchnęła.

— Dałabym radę — odparła swoim cienkim głosem. — Ale trudno mi wsiąść do tego samochodu. To przez artretyzm.

— Nie mogę... — powiedział Danny niepewnie i po chwili zaczął znowu: — Mogę cię zawieźć do sędziego, ale będziesz musiała jakoś wdrapać się do samochodu.

Dla jego babci wszystko znajdowało się na niewłaściwej wysokości. Kiedy przyjeżdżała po nią taksówka, narzekała, że stopień w taksówce jest za wysoko.

— Och — powiedziała Gum miękko. — Nie mam nic przeciwko temu, żebyś mnie podwiózł, synu. Powinieneś ćwiczyć, skoro tyle zapłaciłeś za kurs kierowcy ciężarówek.

Powoli, krok po kroku, z ręką podobną do brązowego szpona na ramieniu Danny'ego, Gum przeszła przez brudne podwórko i stanęła obok samochodu. Farish siedział na krześle i rozbierał na części telefon. Nagle Danny zdał sobie sprawę (w nagłym przebłysku świadomości, jak to czasem bywa), że on i jego bracia mieli wgląd w rzeczywistość. Curtis widział w ludziach same dobre cechy, Eugene wszędzie czuł obecność Boga i uważał, że każda rzecz ma swoje przeznaczenie. Danny wiedział, co się dzieje w umysłach innych ludzi, i próbował zrozumieć motywy ich działania. Kiedy brał narkotyki, twierdził, że potrafi przewidzieć przyszłość. Farish przed wypadkiem miał większy wgląd niż oni wszyscy. Rozumiał, czym jest władza, i wiedział, jakie człowiek ma możliwości. Rozumiał, w jaki sposób funkcjonują maszyny i dlaczego wypycha się zwierzęta. Ostatnio, jeśli jakiś przedmiot go intrygował, rozkładał go na części i sprawdzał, co jest w środku.

Gum nie lubiła radia, więc jechali przez miasto w milczeniu. Staruszce wydawało się, że słyszy, jak trzeszczą najmniejsze kawałki metalu w czeluściach brązowego samochodu.

— Hm... — westchnęła. — Od początku bałam się, że nic nie wyniknie z tego jeżdżenia ciężarówkami.

Danny nic nie powiedział. Czasy, kiedy jeździł ciężarówkami, zanim aresztowano go po raz drugi za popełnienie przestępstwa, należały do najszczęśliwszych w jego życiu. Udzielał się wtedy towarzysko, a w nocy grał na gitarze i marzył o założeniu zespołu. Jeżdżenie ciężarówkami wydawało się nudne w porównaniu z przyszłością, którą dla siebie zaplanował. Działo się to kilka lat temu, ale kiedy teraz patrzył wstecz, odnosił wrażenie, że od tamtego czasu upłynęły całe wieki. Mimo to z tęsknotą wspominał jazdę ciężarówkami. Był wtedy szczęśliwszy, niż gdy nocami pracował w barze.

Gum westchnęła.

— Chyba lepiej, że tak się to skończyło — powiedziała swoim cienkim, drżącym głosem. — Do śmierci jeździłbyś ciężarówkami.

Lepsze to niż siedzenie w domu, pomyślał Danny. Babcia zawsze wyśmiewała się z niego, kiedy mówił, że lubi swoją pracę.

— Danny nie oczekuje zbyt wiele od życia — mówiła, kiedy dostał pracę. — To dobrze, że wiele nie oczekujesz, Danny. Przynajmniej nie będziesz się czuł rozczarowany.

Była to podstawowa zasada, którą wpajała swoim wnukom: nie oczekiwać zbyt wiele od świata. Świat jest zły, a ludzie rywalizują ze sobą (tak brzmiało jej ulubione powiedzenie). Jeśli któryś z braci oczekiwał zbyt wiele albo miał wygórowane ambicje, staruszka udowadniała mu, że musi zrezygnować ze swoich marzeń. Danny miał inne poglądy niż babcia.

— To samo mówiłam Ricky'emu Lee. — Staruszka położyła ręce na kolanach. Na skórze poprzecinanej ciemnymi liniami zanikających żył widniały strupki i rany. — Kiedy dostał stypendium dla graczy w siatkówkę w Delta State, wiedział, że będzie musiał pracować nocami, żeby zarobić na podręczniki. Oprócz tego miał się uczyć i ćwiczyć grę w siatkówkę. Powiedziałam mu wtedy: to niesprawiedliwe, że masz pracować więcej niż inni. Dzieci z bogatych rodzin, które nie muszą się martwić o pieniądze, będą się z ciebie śmiać.

— Miałaś rację — powiedział Danny, ponieważ czuł, że babcia tego właśnie oczekuje.

Ricky Lee nie skorzystał ze stypendium. Gum i Farish wyśmiewali się z niego i w końcu zdecydował, że nie wyjedzie. A teraz Ricky siedział w więzieniu.

— Miał się uczyć w szkole i pracować na nocną zmianę. Wszystko po to, żeby grać w piłkę.

Danny postanowił, że następnego dnia Gum sama pojedzie samochodem do sądu.

Harriet obudziła się rano i spojrzała w sufit. Dopiero po dłuższej chwili zorientowała się, gdzie jest. Przespała kolejną noc w ubraniu i miała brudne stopy. Usiadła na łóżku, a potem zeszła na dół.

Ida Rhew rozwieszała pranie na podwórku. Harriet stała, przyglądając się jej. Wiedziała, że jeśli wykąpie się sama, zrobi przyjemność służącej. Ale zamiast tego postanowiła pokazać się Idzie w pogniecionych rzeczach i dać jej do zrozumienia, że jest potrzebna w domu. Służąca pochyliła się nad koszykiem z klamerkami w ustach, nucąc jakąś melodię. Nie wyglądała na smutną, po prostu była zajęta pracą.

— Wyrzucili cię? — spytała Harriet.

Ida odwróciła się gwałtownie i wyjęła klamerki z ust.

— Dzień dobry, Harriet — powiedziała z ciepłym uśmiechem. Dziewczynka poczuła nagły smutek.

— Aleś się umorusała! Wejdź tu i umyj się.

— Wyrzucili cię?

— Nikt mnie nie wyrzucił. Sama zdecydowałam, że odejdę — powiedziała Ida, pochylając się nad koszykiem. — Chcę zamieszkać w Hattiesburgu z córką.

Nad ich głowami zaćwierkały wróble. Ida strzepnęła mokrą powłoczkę na poduszkę i przypięła ją do sznurka.

— Tak postanowiłam — powiedziała. — Czas najwyższy.

Harriet poczuła, że robi jej się sucho w ustach.

— Daleko stąd do Hattiesburga? — spytała, chociaż wiedziała, że miasto znajdowało się w pobliżu Gulf Coast, setki mil stamtąd.

— Hattiesburg jest tam, gdzie rosną sosny z długimi igłami. Nie potrzebujecie mnie już — powiedziała Ida spokojnym głosem, tak jakby mówiła dziewczynce, żeby zrezygnowała z kolejnej porcji deseru albo coca-coli. — Kiedy wyszłam za mąż i urodziłam dziecko, byłam tylko parę lat starsza od ciebie.

Harriet spojrzała na nią ze zdumieniem. Poczuła się urażona. Nienawidziła dzieci — Ida doskonale o tym wiedziała.

— Tak, proszę pani. — Ida w roztargnieniu powiesiła na sznurku następną koszulę. — Świat się zmienia. Kiedy wyszłam za Charleya T., miałam tylko piętnaście lat. Ty też wkrótce wyjdziesz za mąż.

Harriet wiedziała, że nie ma sensu się z nią kłócić.

— Charley T. pojedzie z tobą?

— Oczywiście, że tak.

— Czy on chce jechać?

— Myślę, że tak.

— Co będziecie tam robić?

— Ja czy Charley?

— Ty.

— Nie wiem. Pracować dla kogoś innego. Opiekować się innymi dziećmi albo niemowlakami.

A więc Ida porzuci ją dla jakiegoś niemowlaka!

— Kiedy wyjeżdżasz? — spytała chłodno Harriet.

— W przyszłym tygodniu.

Nie miały sobie nic więcej do powiedzenia. Ida dała dziewczynce do zrozumienia, że nie jest zainteresowana rozmową. Harriet patrzyła jeszcze przez chwilę, jak służąca rozwiesza ubrania. Gdy Ida znowu pochyliła się nad koszykiem, dziewczynka odwróciła się i przeszła przez puste podwórko zalane nieziemskim światłem słonecznym. Kiedy weszła do domu, matka, która krzątała się na dole w koszuli nocnej z Błękitną Wróżką, weszła do kuchni i objęła Harriet, próbując ją pocałować. Dziewczynka odepchnęła matkę i wypadła z domu tylnym wyjściem.

— Harriet? Kochanie? Co się stało? — zawołała matka błagalnie, stając w drzwiach. — Jesteś na mnie zła? Harriet?

Dziewczynka minęła Idę, która spojrzała na nią z niedowierzaniem i wyjęła klamerki z ust.

— Odpowiedz mamie — zawołała. Harriet bała się, kiedy służąca mówiła takim tonem.

— Teraz już nie możesz mi nic zrobić — odparła dziewczynka, nie zatrzymując się.

— Jeśli twoja mama chce wyrzucić Idę, nie mogę się wtrącać — powiedziała Edie.

Harriet próbowała spojrzeć staruszce w oczy, ale nie udało jej się.

— Dlaczego? — spytała, ale Edie pochyliła się nad swoim notesem z ołówkiem w ręku. — D l a c z e g o, Edie?

— Po prostu nie mogę — odparła Edie, zastanawiając się, co zabrać na wycieczkę do Charlestonu. Jej granatowe pantofle były bardzo wygodne, ale nie pasowały do pastelowych letnich marynarek tak jak lakierki. Edie miała pretensję do Charlotte, że nie skonsultowała się z nią w sprawie wynajęcia nowej służącej.

— D l a c z e g o nie możesz się wtrącać? — spytała znowu Harriet.

— Nie wypada mi — odparła staruszka, odkładając ołówek.

— Nie w y p a d a?

— Nikt nie pytał mnie o zdanie. Nie martw się, moja mała — dodała Edie weselszym tonem. Wstała, nalała sobie kolejną filiżankę kawy i z nieobecną miną położyła rękę na ramieniu Harriet. — Wszystko będzie dobrze. Zobaczysz!

Staruszka uznała, że sprawa została wyjaśniona. Usiadła przy stole z filiżanką kawy i pogrążyła się w spokojnej zadumie. W końcu spojrzała na dziewczynkę.

— Szkoda, że nie mam nie gniotących się marynarek — powiedziała. — Bardzo by mi się przydały. Wszystkie moje marynarki są znoszone. Lniane ubrania nie nadają się na podróż. Mogłabym powiesić pokrowiec na marynarkę z tyłu w samochodzie... — Edie nie patrzyła na Harriet, utkwiła wzrok gdzieś nad jej głową. Pochłonięta swoimi myślami nie zauważyła, że dziewczynka poczerwieniała gwałtownie i wpatrywała się w nią z wściekłością.

Nagle na ganku z tyłu domu rozlegly się kroki.

— Dzień dobry! — zawołał głos w głębi domu. Za drzwiami zamajaczyła ciemna sylwetka z ręką podniesioną do czoła. — Edith?

— No proszę! — odezwał się inny głos, cienki i radosny. — Czy jest tam Harriet?

Zanim Edie zdążyła wstać, Harriet zerwała się z krzesła, minęła stojącą w drzwiach Tat i wybiegła na ganek, do Libby.

— Gdzie jest Adelaide? — Edie spojrzała na Tat, która uśmiechała się do Harriet.

Tat przewróciła oczami.

— Poszła do sklepu spożywczego po Sankę.

— Ojej. — Na ganku rozległ się przytłumiony głos Libby. — Harriet! Jakie miłe powitanie...

— Harriet! — zawołała Edie surowym głosem. — Nie wieszaj się na Libby!

Zaczekała chwilę i na ganku znowu rozległy się głosy.

— Czy coś się stało, aniołku?

— O Boże — powiedziała Tatty. — Czy ona płacze?

— Libby, ile płacisz Odean za tydzień pracy?

— O rety! Dlaczego o to pytasz?

Edie podniosła się z krzesła i podeszła do drzwi.

— Nie twój interes, Harriet — syknęła. — Wejdź do środka.

— Nic się nie stało — powiedziała Libby, uwalniając jedną rękę. Założyła okulary i spojrzała na Harriet. Na jej łagodnej twarzy malowało się zakłopotanie.

— Twoja babcia chciała powiedzieć, że nie wypada pytać ludzi o pieniądze — wyjaśniła Tat, idąc za Edie na ganek. Już jako dziecko opanowała sztukę dyplomacji, przepraszając innych za ostre odzywki Edie.

— Nic nie szkodzi. — Libby była jak zwykle lojalna wobec dziewczynki. — Płacę Odeon trzydzieści pięć dolarów tygodniowo.

— Mama płaci Idzie tylko dwadzieścia. To nie w porządku, prawda?

— Hm... — westchnęła Libby i zamrugała. Przez chwilę panowało nieprzyjemne milczenie. — Sama nie wiem. Nie chodzi o to, że twoja mama postępuje niewłaściwie, ale...

— Masz śliczną fryzurę, Lib — przerwała jej Edie, która nie zamierzała tracić czasu na rozmowy o wyrzuconej służącej. — Ślicznie to wygląda, prawda? Kto cię uczesał?

— Pani Ryan — odparła Libby, dotykając szybkim ruchem skroni.

— Teraz wszystkie jesteśmy siwe — powiedziała Tatty wesoło. — Nie można nas od siebie odróżnić.

— Nie podoba ci się fryzura Libby? — spytała Edie surowo. — Harriet?

Dziewczynka, bliska łez, odwróciła głowę.

— Znam pewną małą dziewczynkę, która powinna obciąć włosy — powiedziała Tat, siląc się na żartobliwy ton. — Chodzisz z mamą do fryzjera? A może odwiedzasz salon piękności?

— Pan Liberti potrafi ładnie czesać i bierze o połowę mniej — mówiła dalej Edie. — Tat, nie powinnaś była pozwolić, żeby Adelaide szła do sklepu. Mówiłam jej, że spakowałam kilka torebek rozpuszczalnej czekolady.

— Przypomniałam jej o tym, ale ona twierdzi, że nie może jeść cukru. Edie spojrzała na siostrę z niedowierzaniem.

— Dlaczego? Cukier też ją pobudza? — Adelaide niedawno przestała pić kawę właśnie z tego powodu.

— Czemu miałaby nie pić Sanki, skoro ma ochotę? Edie parsknęła pogardliwie.

— Nie mam nic przeciwko temu, ale nie chcę, żeby b y ł a   p o b u-d z o n a.

— O czym ty mówisz? — Libby spojrzała na nią zaskoczona.

— Nie słyszałyście? Adelaide nie może   p i ć   k a w y. Kawa ją p o-b u d z a. — Adelaide zaczęła tak mówić niedawno, powtarzając jak papuga słowa swojej głupkowatej przyjaciółki, pani Pitcock.

— Od czasu do czasu sama lubię wypić filiżankę kawy — powiedziała Tat. — Ale nie jestem od niej uzależniona. Mogę się obyć bez kawy.

— Nie jedziemy do belgijskiego Kongo! Sankę sprzedają w Charlestonie. Nie ma potrzeby, żeby Adelaide wiozła w walizce wielki słoik.

— Nie rozumiem dlaczego. Przecież zabierasz rozpuszczalną czekoladę — d l a   s i e b i e.

— Wiesz, jaka potrafi być Addie, jak wcześnie wstaje — wtrąciła Libby. — Boi się, że restauracja będzie czynna dopiero od siódmej albo ósmej.

— Dlatego zapakowałam tę dobrą gorącą czekoladę! Nic się jej nie stanie, jeśli wypije filiżankę gorącej czekolady!

— Wszystko mi jedno, co będę pić. Gorąca czekolada jest pyszna. Pomyśl tylko... — powiedziała Libby, klaszcząc w ręce i zwracając się do Harriet: — Za tydzień o tej porze będę w Karolinie Południowej. Jestem taka podniecona!

— Tak — zawołała Tat wesoło. — Twoja babcia jest niezwykłą kobietą. Sama nas tam zawiezie.

— Nie wiem, czy jestem niezwykła, ale mam nadzieję, że dojedziemy tam całe i zdrowe.

— Libby, Ida Rhew odchodzi — wtrąciła szybko Harriet. — Wyjedzie z miasta...

— Odchodzi? — spytała Libby, która miała wadę słuchu. Spojrzała błagalnie na Edith, która mówiła głośniej i wyraźniej niż większość ludzi.

— Obawiam się, że mówisz za szybko, kochanie.

— Chodzi o Idę Rhew, która dla nich pracuje — wyjaśniła Edie, krzyżując ręce na piersiach. — Ida ma odejść i Harriet się tym przejęła. Powiedziałam jej, że wszystko się zmienia i ludzie często się przeprowadzają. Taki jest ten świat.

Libby zrobiła smutną minę i spojrzała na dziewczynkę ze współczuciem.
— Jaka szkoda — powiedziała Tat. — Wiem, że będziesz tęsknić za
Idą, kochanie. Pracowała u was bardzo długo.
— Ach... — westchnęła Libby. — Ale to dziecko kocha Idę. Kochasz
ją, prawda? — zwróciła się do Harriet. — Tak jak ja kocham Odean.
Tat i Edie przewróciły oczami.
— Kochasz Odean trochę za bardzo.
Siostry Libby żartowały, opowiadając sobie o leniwej Odean. Służąca
często twierdziła, że jest chora, i nie pracowała, a Libby przynosiła jej
zimne drinki i robiła pranie.
— Odean mieszka ze mną od pięćdziesięciu lat — powiedziała Libby. — Jest moją rodziną. Była ze mną już w czasach, kiedy mieszkałam
w Utrapieniu, na litość boską, i ma słabe zdrowie.
— Ona cię wykorzystuje, Libby — stwierdziła Tat.
— Kochanie... — zaczęła Libby, czerwieniejąc gwałtownie. — Odean
w y n i o s ł a mnie z domu, kiedy chorowałam na zapalenie płuc. Mieszkałyśmy wtedy na wsi. Niosła mnie całą drogę z Utrapienia do Chippokes!
— Ale teraz robi niewiele — oświadczyła Edie stanowczo.
Libby spojrzała na Harriet. Załzawione oczy wyrażały stanowczość
i współczucie.
— To okropne być dzieckiem — powiedziała. — Inni ludzie decydują wtedy o twoim losie.
— Poczekaj, aż dorośniesz. — Tatty objęła ramieniem Harriet. —
Będziesz miała własny dom, a Ida Rhew będzie mogła z tobą zamieszkać.
Co ty na to?
— Nonsens — powiedziała Edie. — Harriet niedługo o tym zapomni.
Służące przychodzą i odchodzą...
— Nigdy nie zapomnę! — krzyknęła dziewczynka. Staruszki spojrzały na nią z przerażeniem.
Zanim zdążyły cokolwiek powiedzieć, Harriet odsunęła rękę Tatty
i zbiegła z ganku. Edie podniosła do góry brwi i uśmiechnęła się z rezygnacją, tak jakby chciała powiedzieć: Muszę to znosić przez cały ranek.
— Mój Boże! — westchnęła Tat, dotykając ręką czoła.
— Prawdę mówiąc — zaczęła Edie — uważam, że Charlotte popełnia
błąd, ale nie chcę się wtrącać.
— Zawsze robiłaś wszystko za Charlotte, Edith.
— To prawda. Dlatego właśnie nie potrafi radzić sobie sama. Najwyższy czas, żeby nauczyła się odpowiedzialności.
— A co z dziewczynkami? — spytała Libby. — Poradzą sobie?
— Libby, ty musiałaś zajmować się Utrapieniem, opiekować się tatą

i nami, kiedy byłaś tylko trochę starsza od niej — powiedziała Edie, patrząc za Harriet.

— Tak, ale my byłyśmy inne. Nasze wnuczki są bardziej wrażliwe.

— Nikt nie przejmował się tym, czy b y ł y ś m y wrażliwe. Po prostu nie miałyśmy wyboru.

— Co jej się stało? — spytała Adelaide, wchodząc na ganek. Miała upudrowaną twarz, usta pomalowane szminką i zakręcone włosy. — Spotkałam ją na drodze. Pędziła przed siebie, brudna jak nieszczęście. Nawet nie chciała ze mną porozmawiać.

— Wejdźmy do środka — zaproponowała Edie. Upał zaczynał dawać się we znaki. — Właśnie zaparzyłam kawę. Macie ochotę?

— No proszę! — powiedziała Adelaide, patrząc z podziwem na różowe lilie. — Ale się rozrosły!

— Lilie zefirowe? Znalazłam je zimą i wykopałam z ziemi. Włożyłam je do doniczek, ale tylko jedna zakwitła zeszłego lata.

— Co za widok! — zachwycała się Adelaide, schylona nad kwiatami.

— Matka nazywała je... — zaczęła Libby, zerkając z ganku na grządkę. — Nazywała je różowymi liliami deszczowymi.

— To lilie zefirowe.

— Ale mama mówiła na nie różowe lilie deszczowe. Przyniosłyśmy je na pogrzeb razem z tuberozą. Umarła w straszny upał...

— Wchodzę do środka, bo dostanę udaru — powiedziała Edie. — Napiję się kawy. Dołączcie do mnie, kiedy będziecie miały ochotę.

— Czy mogłabyś zagrzać dla mnie wodę w czajniku? — spytała Adelaide. — Nie mogę pić kawy, ona mnie...

— P o b u d z a? — Edie podniosła do góry brwi. — Nie chcemy, żeby Adelaide była pobudzona, prawda?

Hely jeździł rowerem po sąsiedztwie, ale nie mógł znaleźć Harriet. W jej domu panowała bardzo dziwna atmosfera (nawet jak na taki dom). Nikt nie otworzył mu drzwi. Kiedy wszedł do środka, zobaczył Allison, która płakała przy stole w kuchni. Ida kręciła się na dole, myjąc podłogę, jakby niczego nie zauważyła. Żadna z nich nie odezwała się do niego. Hely był zupełnie zdezorientowany.

Postanowił zajrzeć do biblioteki. Kiedy pchnął oszklone drzwi, podmuch sztucznie chłodzonego powietrza uderzył go w twarz. W bibliotece zawsze panował chłód, latem i zimą. Pani Fawcett, która siedziała za ladą, odwróciła się i zamachała do niego, pobrzękując bransoletami. Wiedział, że pani Fawcett zacznie go namawiać do wzięcia udziału w „Letnim programie czytania książek", i poszedł dalej, zanim zdążyła cokolwiek powiedzieć. Ruszył w kierunku czytelni, starając się nie iść za szybko, żeby jej nie urazić. Harriet siedziała przy stole pod portretem Thomasa Jeffersona, podpierając się łokciami. Leżała przed nią największza książka, jaką Hely kiedykolwiek widział.

— Hej — powiedział, siadając na sąsiednim krześle. Był tak podekscytowany, że zapomniał zniżyć głos. — Zgadnij, co się stało. Przed sądem stoi samochód Danny'ego Ratliffa.

Zerknął na księgę i zobaczył, że to spięte gazety. Ku swojemu zdumieniu zauważył na pożółkłej stronie zdjęcie matki Harriet, która stała przed domem, rozczochrana, z otwartymi ustami. Na górze strony widniał napis: *Tragedia w Dniu Matki*. Niżej widać było niewyraźną postać mężczyzny wsuwającego nosze do pojazdu, który wyglądał jak karetka. Na noszach majaczył jakiś kształt.

— Hej — powiedział Hely, zadowolony z siebie. — To twój dom.

Harriet zatrzasnęła księgę i wskazała na tabliczkę z napisem: „Prosimy o ciszę".

— Chodź — szepnął Hely, dając jej znak, żeby za nim poszła.

Harriet przysunęła krzesło do stołu i bez słowa ruszyła za chłopcem. Stanęli na krawężniku w oślepiającym świetle słońca.

— Słuchaj, jestem pewien, że to samochód Danny'ego Ratliffa — powiedział Hely, zasłaniając oczy ręką. — Jest tylko jeden taki Trans Am w całym mieście. Gdyby nie stał przed sądem, podłożyłbym kawałek szkła pod oponę.

Harriet pomyślała, że Ida Rhew i Allison siedzą w pokoju z zasłoniętymi firankami, oglądając głupi serial o duchach i wampirach.

— Przynieśmy węża i włóżmy mu do samochodu — powiedziała.

— Nie ma mowy — zaprotestował Hely. — Jeśli przywieziemy go tu na wózku, wszyscy się dowiedzą.

— To chyba nie ma sensu — zgodziła się Harriet niechętnie. — Chyba że ukąsiłby Ratliffa.

Przez jakiś czas stali w milczeniu na schodach biblioteki. Minuty płynęły. W końcu Harriet westchnęła.

— Wchodzę do środka.

— Zaczekaj!

Dziewczynka odwróciła się.

— Mam pomysł... — Hely nie miał żadnego pomysłu, ale chciał coś powiedzieć, żeby uratować twarz. — Pomyślałem... Trans Am ma dach typu T, to znaczy taki, który się podnosi — dodał szybko, widząc zdzi-

314

wioną minę Harriet. — Założę się o milion dolarów, że Ratliff wraca do domu County Line Road. Wszyscy bracia mieszkają nad rzeką.

— To prawda — powiedziała Harriet. — Sprawdziłam w książce telefonicznej.

— To świetnie. Wąż pewnie jest już na drodze.

Harriet skrzywiła się.

— No, co? Nie oglądałaś wczoraj wiadomości? Mówili o dzieciakach z Memphis, które rzucały kamieniami z mostu w samochody. Harriet zmarszczyła brwi. U niej w domu nikt nie oglądał wiadomości.

— Wybuchła afera. Dwoje ludzi nie żyje. Facet z policji ostrzegał kierowców, żeby zmienili pas, jeśli zobaczą dzieci na moście. Chodź — powiedział, dotykając jej nogi tenisówką. — Nic tu nie zdziałasz. Przynajmniej zobaczmy, jak się ma wąż. Chcę go zobaczyć, a ty? Gdzie jest twój rower?

— Przyszłam piechotą.

— W porządku. Wskakuj na ramę. Zawiozę cię, a w drodze powrotnej zamienimy się.

Życie bez Idy. Gdyby Ida nie istniała, myślała Harriet, siedząc po turecku na zalanym słońcem, zakurzonym moście, nie czułabym się tak źle. Powinnam udawać, że nigdy jej nie znałam. To proste.

Dom nie ucierpi na tym, że służąca odejdzie, powiedziała sobie. Ślady obecności Idy były ledwo widoczne. Trzymała w spiżarni buteleczkę syropu Karo, którym polewała ciastka. Miała też czerwony plastikowy kubek, do którego wkładała lód w letnie poranki. Kubek nosiła ze sobą przez cały dzień i piła z niego. (Rodzice Harriet nie chcieli, żeby Ida piła z ich filiżanek. Harriet czerwieniła się ze wstydu na samą myśl o tym). Był jeszcze fartuch, który Ida trzymała na ganku z tyłu domu, puzderka po tabace wypełnione nasionami pomidorów i ogródek warzywny przy domu.

To wszystko. Ida służyła w domu Harriet, odkąd dziewczynka się urodziła. Ale Harriet wiedziała, że kiedy zniknie cały jej dobytek: plastikowy kubek, puzderka po tabace i butelka syropu, dom będzie wyglądać tak, jakby nigdy tam nie pracowała. Dziewczynka poczuła się jeszcze gorzej, kiedy zdała sobie z tego sprawę. Wyobraziła sobie opuszczony, zarośnięty chwastami ogródek.

Zajmę się nim, postanowiła. Zamówię nasiona, które reklamują na ostatniej stronie pisma. Harriet wyobraziła sobie, że ubrana w słomkowy kapelusz i fartuch ogrodowy podobny do brązowego fartucha Edie wbija w ziemię łopatę. Babcia hodowała w ogrodzie kwiaty. Warzywa wymagały pewnie podobnej opieki. Edie mogłaby jej powiedzieć, jak o nie dbać. Ucieszyłaby się pewnie, że Harriet nareszcie robi coś pożytecznego... Przypomniała sobie nagle o czerwonych rękawiczkach. Uczucie strachu i pustki opadło na nią jak fala gorąca. Zgubiła jedyny prezent od Idy... Nie, powiedziała sobie, znajdziesz rękawiczki. Nie myśl o tym teraz. Pomyśl o czymś innym.

O czym? Zaczęła sobie wyobrażać, że pewnego dnia zostanie słynnym botanikiem i otrzyma mnóstwo nagród. Będzie paradować w białym fartuchu laboratoryjnym między rzędami roślin jak George Washington Carver. Zostanie genialnym naukowcem, ale nie weźmie pieniędzy za swój wkład w rozwój nauki.

W ciągu dnia z mostu rozciągał się inny widok. Pastwiska wydawały się teraz brązowe i wyschnięte, z zakurzonymi, czerwonymi skrawkami w miejscach, gdzie bydło zdeptało trawę. Wzdłuż ogrodzenia kwitły soczyste krzewy kapryfolium splątane z sumakiem jadowitym. Niżej rozciągała się wielka przestrzeń, na której nie było nic oprócz walącej się stodoły. Zbudowany z szarych desek i zardzewiałej blachy budynek wyglądał jak statek porzucony na plaży.

Pod leżącymi na stercie torbami cementu cień był zdumiewająco głęboki i chłodny. Kiedy Harriet oparła się plecami o torby, poczuła, że robi jej się zimno. Nigdy nie zapomnę, jak się dziś czułam, pomyślała. Zza wzgórza dobiegł monotonny warkot maszyny rolniczej. Chwilę później nad wzgórzem ukazały się trzy myszołowy, podobne do czarnych papierowych latawców. Harriet straciła tego dnia Idę i wiedziała, że zawsze będzie pamiętać czarne skrzydła łopoczące na tle bezchmurnego nieba, pastwiska bez skrawka cienia i powietrze podobne do suchego szkła.

Hely siedział w białym pyle naprzeciwko niej. Oparty plecami o asfaltowy murek, ze skrzyżowanymi nogami, czytał komiks, na którego okładce znajdował się skazaniec w pasiastym stroju, pełznący na kolanach przez cmentarz. Chłopiec wyglądał tak, jakby za chwilę miał zasnąć, chociaż godzinę temu czuwał na klęczkach, sycząc: psst! psst!, ilekroć przejeżdżała ciężarówka.

Harriet znowu zaczęła myśleć o ogródku warzywnym, chociaż kosztowało ją to wiele wysiłku. Postanowiła, że będzie to najpiękniejszy ogródek warzywny na świecie, z drzewami owocowymi, fantazyjnym żywopłotem i kapustą rosnącą w równych rzędach. Stanie się w końcu tak duży, że zajmie ziemię pani Fountain. Ludzie jadący drogą będą się zatrzymywać i zwiedzać ogród. Zielony ogród upamiętniający Idę Rhew Brownlee... Nie, pomyślała szybko, to brzmi tak, jakby Ida nie żyła. Nagle jeden z myszołowów zaczął frunąć w kierunku ziemi. Po chwili dwa pozostałe poszły w jego ślady, jak latawce spięte tą samą żyłką, aby pożreć mysz polną albo świstaka, które spłoszył traktor. W oddali rozległ się ledwo dosłyszalny warkot samochodu. Harriet przytknęła obie ręce do czoła.

— Hely! — powiedziała po chwili.

Strony komiksu zatrzepotały gwałtownie.

— Jesteś pewna? — spytał chłopiec, gramoląc się na czworakach, żeby spojrzeć na autostradę. Harriet już dwukrotnie podniosła fałszywy alarm.

— To on — powiedziała i w białym pyle podeszła na czworakach do ściany naprzeciwko, gdzie stała skrzynia.

Hely spojrzał na autostradę. Daleko, we mgle spalin i kurzu pojawił się samochód. Posuwał się wolno, zbyt wolno jak na Trans Ama. Hely właśnie miał poinformować o tym Harriet, kiedy w słońcu zamigotał brąz i metal ciężkiej maski samochodu. Zamazane linie. Zamazany obraz nagle nabrał ostrości i Hely zobaczył lśniący kadłub podobny do rekina. To był on.

Chłopiec ukrył się za ścianą (bracia Ratliff nosili ze sobą pistolety. Hely przypomniał sobie o tym dopiero teraz) i przysunął się do Harriet, żeby jej pomóc. Wspólnymi siłami przewrócili skrzynię tak, że otwór znajdował się nad autostradą. Kiedy poprzednio pojawił się na drodze samochód, poczuli paraliżujący strach. Próbowali otworzyć skrzynię, ale bez powodzenia. Teraz w zamku tkwiła pałeczka od lizaka. Wystarczyło ją usunąć, żeby skrzynia się otworzyła.

Hely spojrzał na autostradę. Trans Am toczył się powoli w ich kierunku. Zobaczył nas, pomyślał Hely, ale samochód nie zatrzymał się. Chłopiec zerknął niespokojnie na skrzynię, która stała powyżej poziomu ich głów.

Harriet oddychała ciężko jak w ataku astmy.

— Dobra — powiedziała, zerkając przez ramię. — Przygotuj się. Raz, dwa...

Samochód zniknął pod mostem. Harriet otworzyła zamek i wszystko zaczęło się dziać w zwolnionym tempie. Wspólnymi siłami przechylili skrzynię. Kiedy kobra zsunęła się na dno klatki, bijąc ogonem i próbując odzyskać równowagę, Hely zaczął zastanawiać się nad paroma rzeczami jednocześnie. Czy uda im się uciec? Czy potrafią ukryć się przed Ratliffem, który na pewno zatrzyma samochód i zacznie ich gonić?

Asfalt zadrżał pod ich stopami, kiedy wąż wydostał się z klatki i zaczął spadać. Harriet wstała i oparła ręce na ogrodzeniu. Miała zaciętą, wrogą twarz, jak twarz ośmioletniego chłopca.

— Bomba zrzucona — powiedziała.

Wychylili się, żeby spojrzeć na autostradę. Hely poczuł, że kręci mu się w głowie. Kobra wijąc się w powietrzu, leciała w dół. Nie trafiliśmy, pomyślał, wpatrując się w pasek asfaltu pod nimi. W tym momencie Trans Am z otwartym dachem znalazł się dokładnie pod mostem i wąż wpadł do środka.

Kilka lat wcześniej Pem grał w baseball z Helym przed domem jego babci. Staruszka rzucała piłkę chłopcu, który stał na ulicy. Dom przy Parkway w Memphis był stary i miał dobudowaną nowoczesną oszkloną część.

— Uderz piłkę tak, żeby wpadła do domu przez okno, a dam ci milion dolarów — powiedział Pem.

— Dobrze — zgodził się Hely. Zamachnął się kijem baseballowym i uderzył w piłkę bez zastanowienia, nie patrząc na nią. Rozległ się stuk, a chwilę później Pem otworzył usta ze zdumienia. Piłka poszybowała prosto, by w końcu bang! wpaść przez okno nad gankiem i wylądować na kolanach babci, która, jak się później okazało, rozmawiała przez telefon z ojcem Hely'ego. Taki strzał mógł się zdarzyć raz na milion. Hely nie grał dobrze w baseball. Ponury i powolny był ostatnim uczniem wybieranym do drużyny baseballowej. Nigdy nie udało mu się odbić piłki tak daleko. Kij uderzył o ziemię. Chłopiec patrzył z zachwytem na piłkę, która leciała w kierunku oszklonej werandy babci.

Hely wiedział, że piłka wybije szybę w oknie. Poczuł to w momencie, kiedy uderzył w nią kijem. Piłka zbliżała się do okna jak pocisk. Chłopiec patrzył na nią i czuł radość. Przez sekundę albo dwie, kiedy jego serce zabiło gwałtownie (zanim pocisk uderzył w odległy cel i zbił szybę), Hely i piłka stali się jednym. Czuł, że kieruje nią na odległość. Miał wrażenie, że Bóg dał mu w tamtym momencie władzę absolutną nad tępym przedmiotem, który frunął do celu. Potem rozległ się brzęk rozbijanego szkła...

Niezależnie od tego, co stało się potem (łzy, lanie), był to jeden z najszczęśliwszych momentów w życiu chłopca. Teraz przeżywał to samo — ledwo żywy z przerażenia i podekscytowany czuł, jak niewidzialne siły wszechświata łączą się i działają w tym samym miejscu. Pięciometrowa kobra uderzyła w otwarty dach samochodu i zaczepiła się o niego ogonem. Po chwili cielsko węża znalazło się w samochodzie.

Hely nie potrafił dłużej tłumić radości. Podskoczył do góry i zamachał pięścią w powietrzu.

— Udało się! — zawołał. Podskakując i krzycząc jak szalony, potrząsnął ramieniem Harriet i wskazał palcem na Trans Ama, który zaczął hamować z piskiem, zjeżdżając na drugą stronę autostrady. Samochód zazgrzytał na żwirze i w tumanie kurzu powoli zjechał na pobocze.

Po chwili zatrzymał się. Zanim zdążyli cokolwiek zrobić, drzwi samochodu otworzyły się i ujrzeli kogoś, kto w żadnym razie nie był Dannym Ratliffem. Osoba, którą zobaczyli, wyglądała jak zasuszona mumia o trudnej do określenia płci. Miała na sobie spodnie i marynarkę w odrażającym musztardowym kolorze. Machając rękami, wybiegła na autostradę. Potem zatrzymała się i podreptała w przeciwnym kierunku.

— Aaaaaa! — pisnęła.

Krzyki były dziwnie ciche jak na osobę zaatakowaną przez kobrę. Z ramienia mumii zwisało pięciometrowe cielsko („okulary" węża były doskonale widoczne). Na końcu, w chmurze czerwonego pyłu, połyskiwał wąski, szamoczący się ogon.

Harriet stała jak zahipnotyzowana. Wielokrotnie wyobrażała sobie ten moment, ale dopiero teraz dotarło do niej, że coś jest nie w porządku. Miała wrażenie, że patrzy na całą scenę przez teleskop. W oddali rozlegały się nieludzkie krzyki szamoczącej się postaci. Scena jak z horroru. Nie można było teraz się wycofać, zabrać zabawek, zrzucić szachownicy i zacząć wszystkiego od początku.

Harriet odwróciła się i pobiegła przed siebie. Z tyłu rozległ się łoskot i szum wiatru. Hely, który wskoczył na rower, minął ją po chwili. Podskakując na pochyłej nawierzchni, zjechał na autostradę. Każdy musi radzić sobie sam, pomyślała. Hely zgarbił się i pedałował z wściekłością podobny do Skrzydlatej Małpy z *Czarnoksiężnika z Oz*.

Harriet pędziła przed siebie z bijącym sercem. W oddali rozbrzmiewały niewyraźnie okrzyki mumii (Aiiiiii! Aiiiiii!). Niebo jaśniało bezlitośnie. Dziewczynka przeskoczyła przez asfaltowy murek i zaczęła biec po trawie. Z boku zamajaczyła tabliczka z napisem: „Wstęp wzbroniony". Po chwili znalazła się na pastwisku...

Kiedy tak stali na moście, patrząc w przepastną otchłań autostrady, pojęli, że stało się coś nieodwracalnego. Harriet miała wrażenie, że widzi czas we wstecznym lusterku samochodu — przeszłość cofała się i nikła w oddali. Biegła, wiedząc, że niedługo dotrze do domu. Ale nie potrafiła cofnąć czasu nawet o dziesięć minut, dziesięć godzin, dziesięć lat czy dni. Dobijające, jak powiedziałby Hely: pragnęła cofnąć się w czasie i jednocześnie biec przed siebie drogą.

ᗰ

Na szczęście kobra zniknęła wśród chwastów porastających pastwisko i zaczęła pełznąć w kierunku miasta. Upał i roślinność w tym miejscu przypominały nieco warunki w kraju, z którego pochodził wąż. W Indiach kobra mieszkała w pobliżu wiosek i terenów uprawnych (o zmroku wpełzała do skrzyń z ziarnem i zjadała szczury), więc z łatwością zaakceptowała stodoły, składy kukurydzy i śmietniki w swoim nowym domu. Przez następne kilka lat farmerzy, myśliwi i pijacy widywali od czasu do czasu węża. Najbardziej żądni wrażeń próbowali schwytać kobrę, sfotografować albo zabić. Krążyły opowieści o tajemniczej śmierci ludzi znalezionych na cichej, pustej drodze.

— Dlaczego nie było cię przy niej? — spytał Farish. Bracia rozmawiali w poczekalni na oddziale intensywnej terapii. — Możesz mi to wyjaśnić? Myślałem, że zawieziesz ją do domu.

— Skąd miałem wiedzieć, że Gum wyjdzie wcześniej? Powinna była przyjść do klubu bilardowego. Kiedy przyszedłem do sądu o piątej, jej już nie było. — Zostawiła mnie na lodzie, chciał powiedzieć Danny, ale zmilczał. Musiał iść do myjni samochodowej i poprosić Zębacza, żeby zawiózł go do domu.

Farish oddychał głośno przez nos. Wyglądał tak, jakby za chwilę miał stracić panowanie nad sobą.

— W takim razie należało na nią zaczekać.

— Miałem czekać w sądzie albo w samochodzie przez cały dzień? Farish zaklął.

— Powinienem był sam ją zawieźć. Mogłem się domyślić, że coś się stanie.

— Farish... — Danny zawahał się. Farish nie umiał prowadzić i Danny wiedział, że lepiej mu o tym nie przypominać.

— Dlaczego, do cholery, nie zawiozłeś jej ciężarówką?! — spytał Farish z wściekłością. — Możesz mi to wyjaśnić?

— Powiedziała, że stopień w ciężarówce jest za wysoko. Z a   w y s o k o — powtórzył, kiedy Farish zerknął na niego z powątpiewaniem.

— Słyszałem, co powiedziałeś — zawołał brat i dłuższą chwilę patrzył na Danny'ego w milczeniu.

Gum leżała na oddziale intensywnej terapii, podłączona do respiratora. Do szpitala przywiózł ją kierowca ciężarówki. Jadąc autostradą, nagle zobaczył stojącą na drodze staruszkę, która próbowała się uwolnić od królewskiej kobry wczepionej w jej ramię. Kierowca zatrzymał się, wyskoczył z ciężarówki i uderzył węża długą na sześć stóp plastikową rurą irygacyjną, którą wyjął z bagażnika. Wąż ześliznął się z ramienia staruszki i zniknął wśród chwastów. Mężczyzna powiedział lekarzowi z oddziału intensywnej terapii, że z całą pewnością była to kobra: płaski kaptur, „okulary" i tak dalej. Wiedział, jak wygląda kobra, bo widział rysunek węża na pudełku z pistoletem na śrut.

— To tak jak armadyle i zabójcze osy — mówił kierowca ciężarówki, niski, barczysty mężczyzna o czerwonej, radosnej twarzy. Tymczasem doktor Breedlove przeglądał rozdział o jadowitych gadach w książce *Medycyna wewnętrzna*. — Pewnie przypełznął tu z Teksasu i oszalał.

— O ile mówi pan prawdę — powiedział doktor Breedlove. — Wąż mieszkał dalej niż w Teksasie.

Doktor Breedlove znał panią Ratliff, ponieważ wielokrotnie lądowała na oddziale intensywnej terapii, kiedy tam pracował. Jeden z młodszych pielęgniarzy odegrał przed nią przedstawienie. Zbadał jej klatkę piersiową i udzielał instrukcji jej wnukom, kiedy wsiadała do karetki. Historia z wężem brzmiała nieprawdopodobnie, ale staruszka miała typowe objawy osoby ugryzionej przez kobrę. Z całą pewnością można było stwierdzić, że nie ugryzł jej żaden miejscowy jadowity gad. Opadały jej powieki, miała niskie ciśnienie, oddychała z trudem i narzekała na ból w klatce piersiowej. Skóra w okolicy ugryzienia nie spuchła jak po ugryzieniu grzechotnika. Rana nie była głęboka. Wąż wbił zęby w ramię Gum, ale poduszka w marynarce ochroniła jej skórę.

Doktor Breedlove umył duże, różowe dłonie i poszedł porozmawiać z wnukami staruszki, którzy czekali przed oddziałem intensywnej terapii.

— Gum ma objawy neurotoksyczne — powiedział. — Ptoza, kłopoty z oddychaniem, spadające ciśnienie, ale nie ma obrzęku. Podłączyliśmy ją do monitora. Może trzeba będzie intubować.

Mężczyźni spojrzeli na niego ze strachem i nieufnością. Na korytarzu pojawiło się niedorozwinięte dziecko i zamachało do doktora z entuzjazmem.

— Cześć — powiedział.

— Gdzie ona jest? Chcę z nią porozmawiać. — Farish spróbował przepchnąć się obok lekarza.

— Proszę pana... P r o s z ę p a n a. Obawiam się, że to niemożliwe. Muszę pana poprosić, żeby wrócił pan na korytarz.

— Gdzie ona jest? — spytał Farish i zatrzymał się, zerkając z przerażeniem na sondy i monitory.

Doktor Breedlove zagrodził mu drogę.

— Pańska babcia teraz odpoczywa — powiedział, po czym dał znak pielęgniarzom i razem wyprowadzili Farisha na korytarz. — Nie trzeba jej teraz przeszkadzać. W niczym pan jej nie pomoże. Proszę czekać na korytarzu. Tutaj.

Farish strącił z ramienia rękę doktora.

— W jaki sposób jej pomagacie? — spytał, jakby miał wątpliwości, czy Gum jest pod właściwą opieką.

Doktor Breedlove udzielił mu wyjaśnień dotyczących monitora, ptozy i braku obrzęku. Pominął natomiast fakt, że szpital nie posiada antytoksyny, którą podaje się w wypadku ukąszenia przez kobrę. Doktor wiedział, że nie ma żadnych szans na zdobycie lekarstwa. Chociaż spędził ostatnie kilka minut, czytając rozdział z książki *Medycyna wewnętrzna*, nie dowiedział się niczego pouczającego o kobrach. Na studiach nie przerabiał tego tematu. Wiedział jedynie, że pacjentom ukąszonym przez węża podaje się specjalny rodzaj antytoksyny, który można było dostać w największych ogrodach zoologicznych i centrach medycznych. Lekarstwo należało podać najpóźniej kilka godzin po ukąszeniu, inaczej nie działało. Staruszka była zdana na siebie. Według podręcznika, ukąszenia kobry bywały śmiertelne w dziesięciu do pięćdziesięciu procent przypadków. Nie sprecyzowano jednak, czy chodzi o pacjentów, którym podano lekarstwo. Schorowana Gum miała już swoje lata, a jej karta szpitalna była gruba na cal. Gdyby ktoś spytał doktora Breedlove'a, czy staruszka przeżyje noc albo następną godzinę, nie potrafiłby odpowiedzieć.

Harriet odłożyła słuchawkę, wdrapała się na górę po schodach, weszła do sypialni matki, nie pukając, i stanęła obok łóżka.

— Jutro jadę na obóz nad jezioro de Selby — powiedziała.

Jej matka podniosła wzrok znad pisma dla absolwentów „Ole Miss". O mało nie zasnęła, czytając historię dawnego kolegi szkolnego, który miał skomplikowaną pracę na Kapitolu. Charlotte nie potrafiła zrozumieć, na czym ta praca polega.

— Zadzwoniłam do Edie. Zawiezie mnie.

— Co takiego?

— Obóz zaczął się już jakiś czas temu. Powiedzieli Edie, że to wbrew przepisom, ale zgodzili się mnie przyjąć. Nawet zaproponowali zniżkę.

Dziewczynka w napięciu czekała na reakcję matki. Charlotte nic nie powiedziała, ale nie miało to większego znaczenia — Edie wzięła sprawę w swoje ręce. Harriet wiedziała, że będzie się męczyć na obozie, ale lepsze to niż poprawczak albo więzienie.

W przypływie paniki zadzwoniła do babci. Biegnąc ulicą Natchez, usłyszała wycie syren — nie wiedziała, czy to policja, czy karetki pogotowia. Kiedy wbiegła zdyszana do domu, ledwo trzymała się na nogach. Bolały ją mięśnie, czuła palący ból w klatce piersiowej. Poszła do łazienki na dole, zdjęła rzeczy, wrzuciła je do kosza na brudną bieliznę i weszła do wanny. Siedziała w wodzie, patrząc na wąskie pasma światła, które wpadały przez szpary w żaluzjach i kładły się na drzwiach, przypominając jej o upale na zewnątrz. Kilka razy przy drzwiach rozległy się głosy. A jeśli to policja?, pomyślała Harriet. Była pewna, że za chwilę ktoś zacznie się dobijać do drzwi łazienki. Przerażona siedziała w wannie, aż woda wystygła. W końcu ubrała się, wyszła na palcach na korytarz, odsłoniła zasłonę i wyjrzała na zewnątrz. Na ulicy nie było nikogo. Ida pojechała do siebie, w domu panowała złowieszcza cisza. Wydawało jej się, że od tamtego wydarzenia upłynęły wieki, ale w rzeczywistości minęło tylko czterdzieści pięć minut.

Harriet zastygła przy oknie w korytarzu, wyglądając na zewnątrz. Po chwili poczuła zmęczenie, ale nie mogła pójść na górę. Zaczęła chodzić tam i z powrotem po korytarzu, który prowadził do dużego pokoju, zerkając od czasu do czasu przez okno. Nagle usłyszała dźwięk syren. Przez chwilę była pewna, że policja wjechała na ulicę George i serce zamarło jej z przerażenia. Stanęła w dużym pokoju, bojąc się ruszyć. Była tak zdenerwowana, że zadzwoniła do Edie. Oddychając gwałtownie, podeszła z telefonem do okna, żeby podczas rozmowy wyglądać na ulicę.

Trzeba przyznać, że Edie zaczęła działać z prędkością błyskawicy, i Harriet poczuła nagły przypływ sympatii do niej. Nie zadawała żadnych pytań, kiedy dziewczynka powiedziała, że zmieniła zdanie i chciałaby pojechać na obóz organizowany przez Kościół tak szybko, jak to możliwe. Staruszka natychmiast zadzwoniła nad jezioro de Selby. Kiedy sekretarka wyjaśniła jej słodkim głosem, że nie mogą przyjąć Harriet, Edie poprosiła, żeby połączono ją bezpośrednio z doktorem Vance'em. Po dziesięciu minutach zadzwoniła do dziewczynki z informacją, że udało jej się wszystko załatwić. Poradziła Harriet, co spakować na obóz, i powiedziała, że pozwolą jej jeździć na nartach wodnych oraz że dostanie górne łóżko w wigwamie Chickadee. Zaproponowała, że przyjedzie po nią o szóstej rano następnego dnia. Edie wcale nie zapomniała o obozie (jak przypuszczała dziewczynka) — po prostu nie chciała wywierać presji na wnuczkę i kłócić się z Charlotte, która nie wspierała staruszki w jej przedsięwzięciach. Edie była przekonana, że problemy Harriet biorą się stąd, że dziewczynka nie potrafi zintegrować się z rówieśnikami, a szczególnie ze zwyczajnymi dziećmi z rodzin chrześcijańskich. Podczas gdy Harriet słuchała w milczeniu, trzymając słuchawkę przy uchu, staruszka mówiła entuzjastycznie o tym, jak wspaniale będzie się bawić. Była zdania, że dyscyplina i sporty chrześcijańskie wpłyną pozytywnie na Harriet.

W pokoju matki panowała ogłuszająca cisza.

— Hm... — westchnęła Charlotte, odkładając na bok pismo. — Nie spodziewałam się tego. W zeszłym roku cierpiałaś męki na obozie. — Wyjedziemy, zanim się obudzisz. Edie chce wyruszyć wcześnie. Pomyślałam, że powinnaś o tym wiedzieć.
— Dlaczego zmieniłaś zdanie? — spytała Charlotte. Harriet wzruszyła ramionami.
— Hm... Jestem z ciebie dumna. — Charlotte nie bardzo wiedziała, co powiedzieć. Ostatnio zauważyła, że Harriet bardzo się opaliła i schudła. Kogo teraz przypominała z prostymi, czarnymi włosami i spiczastym podbródkiem? — Zastanawiam się... — zaczęła. — Co się stało z tą książką od Hiawatha, którą mieliśmy w domu?

Harriet odwróciła wzrok i spojrzała na okno, jakby na kogoś czekała.
— To ważne... — powiedziała Charlotte. Sposób, w jaki ona trzyma ręce na piersi i ta fryzura, pomyślała. — Chciałam powiedzieć, że to dobrze, że się w coś zaangażowałaś.

Allison stała pod drzwiami sypialni matki. Harriet była pewna, że siostra podsłuchuje. Poszła korytarzem do pokoju, a po chwili jej siostra stanęła w drzwiach. Harriet otworzyła szuflady komody. Wyjęła skarpetki, bieliznę i koszulkę z napisem „Obóz de Selby", którą nosiła poprzedniego lata.
— Co się stało? — spytała Allison.
Harriet spojrzała na nią.
— Nic — odparła. — Dlaczego pytasz?
— Wyglądasz, jakbyś miała kłopoty.
Po dłuższej chwili Harriet znowu zaczęła pakować rzeczy. Czuła, że policzki jej płoną.
— Kiedy wrócisz, Idy już nie będzie — powiedziała Allison.
— Nic mnie to nie obchodzi.
— To jej ostatni tydzień. Jeśli odjedziesz teraz, nie zobaczysz jej więcej.
— Co z tego? — Harriet wrzuciła tenisówki do plecaka. — Ona nas nie kocha.
— Wiem.
— Wobec tego, dlaczego pomyślałaś, że będę się przejmować? — spytała spokojnie Harriet, chociaż serce biło jej jak oszalałe.
— Bo my ją kochamy.
— J a nie — ucięła Harriet. Zapięła plecak i rzuciła go na łóżko.

Harriet zeszła na dół, wyjęła kartkę z papeterii leżącej na stole w korytarzu i w bladym świetle kończącego się dnia zaczęła pisać list.

Drogi Hely,
wyjeżdżam jutro na obóz. Mam nadzieję, że spędzisz przyjem-
nie resztę lata. Może będziemy mieć razem godzinę wychowawczą
w przyszłym roku, kiedy będziesz w siódmej klasie.
                                   Twoja koleżanka Harriet C. Dufresnes

Ledwo skończyła pisać, zadzwonił telefon. Zerwała się z krzesła z postanowieniem, że nie odbierze, ale po paru dzwonkach podniosła ostrożnie słuchawkę.

— Cześć, stara — powiedział Hely. Jego głos brzmiał ledwo dosłyszalnie, ponieważ miał na głowie kask do gry w piłkę. — Słyszałaś te syreny przed chwilą?

— Właśnie skończyłam pisać list do ciebie — odpowiedziała Harriet. W korytarzu panował chłód jak w zimie. Na zarośniętym ganku paliły się lampy. Blade, smutne cętki światła wpadały przez szpary w zasłonach i tańczyły na ścianach. — Edie zawiezie mnie jutro na obóz.

— To niemożliwe! — Głos Hely'ego brzmiał tak, jakby mówił z dna oceanu. — Nie jedź tam! Chyba oszalałaś!

— Nie zostanę tu.

— Ucieknijmy razem!

— Nie mogę. — Harriet narysowała palcem u nogi ślad na zakurzonej podłodze. Kurz na rzeźbionych nogach stołu przypominał pleśń na śliwkach.

— A jeśli ktoś nas widział? Harriet?

— Tak, słucham cię.

— Co zrobimy z wózkiem?

— Nie wiem — powiedziała Harriet. Wielokrotnie myślała o tym, że wózek i pusta skrzynia zostały na moście.

— Może powinienem po niego pójść?

— Nie, ktoś mógłby cię zobaczyć. Nie ma na nim twojego imienia?

— Nie, od dawna go nie używałem. K t o wyskoczył z samochodu?

— Nie mam pojęcia.

— To chyba była staruszka.

Zapanowało pełne napięcia milczenie, bardzo odmienne od swobodnej ciszy, jaka czasem zapadała podczas ich rozmowy.

— Muszę już iść — przerwał ciszę Hely. — Moja matka robi tacos na kolację.

— Dobrze.

Przez chwilę siedzieli, oddychając głośno, ze słuchawkami przytkniętymi do uszu — Harriet w stęchłym korytarzu, a Hely na łóżku piętrowym.

— Co się stało z tymi dziećmi, o których mówiłeś?

— Co takiego?

— Mówię o tych dzieciach z Memphis, które zrzucały kamienie z mostu.

— Złapali je.

— Co im zrobili?

— Nie wiem. Chyba wsadzili do więzienia.

Znowu zapadła długa cisza.

— Wyślę ci pocztówkę, żebyś miała co czytać na obozie — powiedział Hely. — Jeśli cokolwiek się wydarzy, dam ci znać.

— Nie. Nie p i s z o tym.

— Nie napiszę wprost!

— Wiem — powiedziała Harriet ze złością. — Ale nie mów o tym nikomu.

— Niektórzy potrafią dochować tajemnicy...

— Nie mów n i k o m u, nawet Gregowi DeLoachowi. Pamiętaj o tym, Hely — powiedziała, kiedy zaczął protestować. — Obiecaj mi, że mu nie powiesz.

— Greg mieszka w Hickory Circle. Widuję go tylko w szkole. Poza tym, Greg by nas nie zdradził. Wiem o tym.

— Nie mów mu. Jeśli powiesz o tym komukolwiek...

— Szkoda, że nie mogę jechać z tobą. Chciałbym pojechać dokądkolwiek — powiedział Hely żałosnym głosem. — Boję się. Może zrzuciliśmy węża na babcię Curtisa.

— Posłuchaj... Chcę, żebyś mi obiecał. Jeśli powiesz komukolwiek...

— Jeśli to była babcia Curtisa, to znaczy, że Danny, Farish i kaznodzieja są jej wnukami... — Ku zdumieniu Harriet, Hely wybuchnął cienkim, histerycznym śmiechem. — O n i m n i e z a m o r d u j ą.

— Tak — powiedziała Harriet z powagą. — Dlatego nie wolno ci o tym mówić. Jeśli zachowamy milczenie...

Harriet podniosła głowę i ku swojemu przerażeniu zobaczyła Allison stojącą w drzwiach dużego pokoju, tylko kilka stóp od niej.

— To bez sensu, że wyjeżdżasz. — Głos Hely'ego brzmiał niewyraźnie po drugiej stronie słuchawki. — Nie mogę uwierzyć, że jedziesz na ten cholerny obóz dla dzieci z rodzin chrześcijańskich.

Harriet odwróciła się plecami do siostry i chrząknęła znacząco. Chciała dać Hely'emu do zrozumienia, że nie może swobodnie rozmawiać. Ale chłopiec nie zwrócił na to uwagi.

— Chciałbym gdzieś wyjechać. Mieliśmy jechać na wakacje w Smoky Mountains, ale tata powiedział, że nie chce niszczyć samochodu. Czy mogłabyś mi zostawić kilka dwudziestopięciocentówek? Może będę musiał do ciebie zadzwonić.

— Nie mam pieniędzy. — To było typowe dla Hely'ego. Próbował wyciągnąć od niej pieniądze, chociaż dostawał tygodniówkę. Allison zniknęła.

— O rety! Mam nadzieję, że to nie była jego babcia. Oby nie!

— Muszę już iść. — Dlaczego światło było takie smutne? Harriet poczuła, że za chwilę pęknie jej serce. W lustrze naprzeciwko, na tle poplamionej ściany nad jej głową (popękany tynk, ciemne fotografie, kinkiety z pozłacanego drewna) pojawiła się chmurka czarnego kurzu.

Harriet trzymała słuchawkę przy uchu, wsłuchując się w oddech Hely'ego. Jego dom nie był smutny — wszystko było tam żywe i nowe, a telewizor cały czas włączony. Mimo to Harriet słuchając oddechu Hely'ego, miała wrażenie, że chłopiec jest zdruzgotany.

— Moja mama zapisała mnie na godzinę wychowawczą do pani Erlichson w przyszłym roku — zakomunikował Hely. — Więc chyba nie będziemy często się widywać, kiedy zacznie się szkoła.

Harriet mruknęła coś obojętnie, nie chciała pokazać, że czuje się zdradzona. W siódmej klasie wychowawczynią Harriet była dawna znajoma Edie, pani Clarence Hackney (nazywana przez uczniów Siekierą), a dziewczynka wiedziała, że tak samo będzie w ósmej klasie. Hely wybrał panią Erlichson (nową, młodą nauczycielkę o blond włosach). Oznaczało to, że będą mieć lunch o różnych porach i zajęcia w różnych salach.

— Pani Erlichson jest ekstra. Mama mówiła, że nie zmusi swojego kolejnego dziecka, żeby miało godzinę wychowawczą z panią Hackney. Ona pozwala uczniom pisać recenzję z dowolnej książki i... Dobrze — Hely odpowiedział na wołanie z głębi domu, a do Harriet rzucił: — Kolacja. Porozmawiamy później, stara.

Harriet siedziała, trzymając słuchawkę przy uchu, dopóki po drugiej stronie nie rozległo się kliknięcie. Potem stanowczym gestem położyła słuchawkę na widełkach. Hely ze swoim cienkim, radosnym głosem i planami dotyczącymi godziny wychowawczej z panią Erlichson... Poczuła nagle, że go straciła albo straci niedługo, a ich przyjaźń minie jak świetliki albo lato. W wąskim korytarzu panowała już prawie całkowita ciemność. Siedząc w półmroku, poczuła oślepiającą jak katarakta rozpacz.

Hely! Wiecznie zajęty, żył w przyjaznym, kolorowym świecie. Wszystko było tam jasne i nowoczesne. Chipsy kukurydziane, ping-pong, magnetofony, napoje gazowane... Matka ubrana w T-shirt i krótkie dżinsy biegała boso po miękkiej wykładzinie. W domu unosił się świeży, cytrynowy zapach. U Harriet panowała ciężka, przygnębiająca atmosfera. Pokoje wypełniał duszący zapach wspomnień, starych ubrań i kurzu. Hely jadł na kolację tacos, a w przyszłym roku miał chodzić do klasy pani Erlichson. Co go obchodził jej lęk i samotność? Co wiedział o jej świecie? Kiedy później Harriet wspominała ten dzień, widziała wszystko z niezwykłą jasnością. Wtedy właśnie nastąpił w jej życiu nagły zwrot i poczuła, czym jest prawdziwa rozpacz. Nigdy nie była w pełni szczęśliwa i beztroska, ale myślała z przerażeniem o mrocznej otchłani, która się przed nią otwierała. Harriet nie miała odwagi, żeby zostać tamtego ostatniego popołudnia z Idą, usiąść na podłodze obok jej krzesła i położyć głowę na kolanach służącej. Kiedy później o tym myślała, czuła ból. O czym by rozmawiały? Nie dowiedziała się. Potem zawsze wyrzucała sobie, że uciekła jak tchórz, zanim skończył się ostatni tydzień pracy Idy. Cierpiała z powodu całego tego nieporozumienia, za które ponosiła winę. Nie pożegnała się ze służącą i wstydziła się powiedzieć Idzie, że ją kocha. To właśnie było najgorsze. Zaślepiona złością i dumą, nie zdawała sobie sprawy, że nigdy więcej nie zobaczy Idy. Stojąc w ciemnym korytarzu obok stolika z telefonem, czuła, że zaczyna się nowe, straszne życie. Ale przywykła do niego w ciągu paru następnych tygodni i wydawało jej się, że tak było zawsze.

Rozdział 6

POGRZEB

— W tamtych czasach ludzie byli gościnni — powiedziała Edie beztrosko, przekrzykując szum wiatru, który wpadał przez okna do samochodu. Staruszka zjechała na lewy pas, nie dając kierunkowskazu, i zajechała drogę ciężarówce wiozącej drewno.

Edie kupiła swój samochód — wielki, luksusowy oldsmobile — w latach pięćdziesiątych w sklepie pułkownika Chippera Dee w Vicksburgu. Pomiędzy Edie, która siedziała za kierownicą, a Harriet skuloną przy drzwiach na sąsiednim siedzeniu leżała słomkowa torebka staruszki z drewnianymi rączkami, był termos z kawą i pudełko pączków.

— Do Utrapienia przyjeżdżali bez zapowiedzi kuzyni matki. Czasem spędzali tam całe tygodnie i nikomu nie przyszło do głowy, żeby zwrócić im uwagę — mówiła dalej Edie. Staruszka jechała jak zwykle z prędkością czterdziestu mil na godzinę, chociaż ograniczenie wynosiło pięćdziesiąt pięć mil.

Harriet zerknęła w lusterko i zobaczyła, jak kierowca ciężarówki stuka się w czoło i macha niecierpliwie ręką.

— Nie chodzi mi o kuzynów z Memphis — powiedziała Edie. — To byli krewni z Baton Rouge. Panna Ollie i Jules, i Mary Willard, i mała ciocia Fluff!

Harriet patrzyła przez okno z ponurą miną. Za szybą migotały tartaki i nieurodzajne tereny porośnięte sosnami. Krajobraz skąpany był w różowym świetle świtu. Ciepły, pełen kurzu wiatr dmuchał jej w twarz, szarpiąc kawałek materiału zwisający z sufitu i tarmosząc pergamin wystający z pudełka z pączkami. Harriet była spragniona i głodna, ale do picia miały tylko kawę i stare, twarde pączki. Edie zawsze kupowała pączki, które leżały w sklepie cały dzień, chociaż były tylko o parę centów tańsze niż świeże.

— Wujek matki miał niewielką plantację w pobliżu Covington. Nazywała się Angevine — powiedziała Edie, sięgając wolną ręką po chustecz-kę. Z miną królowej, która potrafi jeść palcami, odgryzła kawałek pączka. — Libby zabierała tam naszą trójkę starym pociągiem numer 4. Czasem zostawałyśmy parę tygodni. Panna Ollie miała z tyłu mały domek, w którym roiło się od psów. W środku znajdował się piecyk na drewno, stół i krzesła. Ten mały, wypełniony psami domek był naszym ukochanym miejscem zabaw. Harriet poczuła, że jej uda przykleiły się do fotela. Było jej niewygodnie i zaczęła się nerwowo kręcić. Jechały już trzy godziny. Słońce stało wysoko na niebie i upał zaczynał się dawać we znaki. Od czasu do czasu Edie zastanawiała się, czy nie zamienić oldsmobile'a na samochód z klimatyzacją albo działającym radiem, ale zawsze w ostatniej chwili zmieniała zdanie. Uwielbiała patrzeć, jak Roy Dial macha nerwowo rękami i pląsa zrozpaczony wokół jej samochodu. Pan Dial nie mógł zrozumieć, dlaczego dystyngowana starsza pani z szanowanej chrześcijańskiej rodziny jeździ dwudziestoletnim wrakiem. Czasem, kiedy w sprzedaży pojawiał się nowy samochód, pan Dial, chociaż nikt go o to nie prosił, zostawiał przed domem Edie „model" do wypróbowania. Zazwyczaj eleganckiego cadillaca.

— Niech pani pojeździ nim przez kilka dni — mówił, gestykulując żywo. — Może zmieni pani zdanie.

Edie prowadziła podstępną grę — udawała, że cadillac jej się podoba, a potem, kiedy pan Dial wyciągał papiery, oświadczała, że nie kupi samochodu, bo nie podoba jej się jego kolor, kształt szyb, jakaś miniaturowa rysa, klekoczący błotnik albo śliski przycisk w drzwiach.

— Na tablicy przy wjeździe do Missisipi wciąż widnieje napis: „Gościnny stan", ale moim zdaniem ludzie nie są już tacy gościnni jak w pierwszej połowie wieku. M ó j dziadek nawet przed wojną uważał, że nie należało budować hotelu Alexandria — powiedziała Edie, przekrzykując długi, uporczywy dźwięk klaksonu ciężarówki, która jechała za nimi. — Powiedział, że czułby się szczęśliwy, przyjmując u siebie w domu godnych zaufania podróżników, którzy przyjechali do miasta.

— Edie, ten mężczyzna na nas trąbi.

— Niech sobie trąbi — powiedziała Edie, która jechała z taką prędkością, z jaką chciała.

— On chyba chce nas wyprzedzić.

— Nic mu się nie stanie, jeśli trochę zwolni. Dokąd on się tak spieszy z tym drewnem?

Harriet patrzyła na piaszczyste, pokryte gliną wzgórza i bezkresne sosny. Od surowego, dziwnego krajobrazu rozbolał ją brzuch. Wszystko przypominało jej, jak bardzo oddaliła się od domu. Nawet ludzie w samochodach wyglądali inaczej niż mieszkańcy jej miasta — szerokie, płaskie twarze, byli opaleni na czerwono, ubrani w stroje farmerów.

W oddali dostrzegły niewielkie ponure budynki przedsiębiorstw Freelon Spraying Co., Tune's AAA Transmission, New Dixie Stone i Gravel. Minęły kulawego czarnoskórego staruszka, który szedł poboczem autostrady ze starą torbą na zakupy. Jak się poczuje Ida, kiedy przyjdzie do pracy i dowie się, że Harriet wyjechała? Przychodzi zwykle o tej porze, pomyślała dziewczynka i serce zaczęło jej bić gwałtownie.

Obwisłe druty telefoniczne, rzędy kapusty i kukurydzy, walące się domy z brudnymi podwórkami... Harriet przytknęła czoło do ciepłej szyby. Może Ida zrozumie, że czuję się zraniona, pomyślała. Może uświadomi sobie, że nie powinna pakować się i wyprowadzać za każdym razem, kiedy coś ją zdenerwuje... Czarnoskóry mężczyzna w okularach przechylił pojemnik z napisem Crisco i wysypał trochę ziarna czerwonym kurczakom. Kiedy przejeżdżały, podniósł rękę z poważną miną. Harriet pomachała mu tak gwałtownie, że poczuła nagły wstyd.

Dziewczynka martwiła się też o Hely'ego. Zapewnił, że jego nazwiska nie było na wózku, ale sam fakt, że ktoś mógł go znaleźć, niepokoił ją. Czuła przerażenie, kiedy wyobrażała sobie, że policja odkryje ślady, które wskażą na Hely'ego. Nie myśl o tym, powiedziała sobie.

Samochód posuwał się naprzód. Chałupy przy drodze zniknęły i pojawił się las. Czasem mijały jakieś pole i wtedy dolatywał je zapach środka owadobójczego. Na małej, brzydkiej polanie stała gruba, biała kobieta w brązowym T-shircie i krótkich spodenkach. Jedną nogę miała w gipsie. Wieszała ubrania na sznurze obok przyczepy, która najwyraźniej była jej domem. Zauważyła przejeżdżający drogą samochód, ale nie pomachała im.

Nagle rozległ się pisk opon. Samochód skręcił i Harriet uderzyła ramieniem w drzwi. Pudełko z pączkami przewróciło się. Edie wjechała na wąską, wyboistą wiejską drogę, która prowadziła na teren obozu.

— Przepraszam — powiedziała staruszka, poprawiając torebkę. — Nie rozumiem, dlaczego napisy na tablicach są takie małe. Można je odczytać tylko z bliska.

Jechały w milczeniu żwirową drogą. Srebrna szminka zaczęła się turlać po fotelu. Harriet złapała ją, zanim spadła, i wsadziła do torebki Edie. Na szmince widniała naklejka z napisem: „Czereśnie w słońcu".

— Teraz czuję, że jesteśmy w Jones County! — zawołała wesoło Edie. Jej twarz z profilu wydawała się ciemna na tle jasnego nieba i przypominała twarz dziewczynki. Jedynie skóra na szyi i pokryte piegami ręce na kierownicy zdradzały wiek. Edie miała na sobie świeżo upraną białą bluzkę, spódnicę w kratę i dwukolorowe półbuty, które pasowały do reszty stroju. Wyglądała jak dziennikarka z pisma w latach czterdziestych, która szuka c i e k a w e j h i s t o r i i. — Pamiętasz starego Newta Knighta z historii Missisipi? Wymyślił sobie przezwisko Robin Hood z Lasu Sosnowego. On i jego ludzie byli biedni i nie chcieli walczyć na wojnie bogatych. Zamieszkali w lesie i nie chcieli mieć nic wspólnego z konfederacją. Republika Jonesa — tak nazywali swoją organizację. Kawalerzyści wysyłali za nimi psy gończe, ale stare kobiety dusiły je czerwoną papryką. Tacy dżentelmani mieszkają w Jones County.

— Edie — powiedziała Harriet, obserwując twarz babci. — Chyba powinnaś zbadać sobie oczy.

— Czytanie nie sprawia mi kłopotu — powiedziała Edie stanowczo.

— Kiedyś w tym lesie roiło się od zdrajców konfederacji. Byli zbyt biedni, żeby mieć niewolników, i potępiali bogaczy, którzy ich mieli. Odłączyli się od ruchu secesyjnego i uprawiali swoją nędzną kukurydzę w lasach sosnowych! Oczywiście nie rozumieli, że w tej wojnie chodziło o prawa stanowe.

Na lewo pojawiło się pole. Kiedy Harriet zobaczyła drewniane ławki, bramki do piłki nożnej i przyciętą trawę, zamarło jej serce. Umięśnione dziewczynki odbijały piłkę zawieszoną na sznurku. Ich okrzyki i głośne sapanie rozbrzmiewało w ciszy poranka. Nad tablicą z punktami widniał napis:

„de Selby Frosh!
nie ma ograniczeń!"

Harriet poczuła, że robi jej się sucho w gardle. Uświadomiła sobie nagle, że popełniła straszny błąd.

— Nathan Bedford Forrest nie pochodził z bogatej ani kulturalnej rodziny, ale był najwspanialszym generałem tej wojny — mówiła dalej Edie.

— Tak! Siła jest z tymi, którzy działają szybko. Taki właśnie był Forrest!

— Edie — powiedziała Harriet niewyraźnym głosem. — Nie chcę tu zostać. Wracajmy do domu.

— Do d o m u? — Edie wydawała się bardziej rozbawiona niż zaskoczona. — Nonsens! Będziesz się tu świetnie bawić.

— Nie. P r o s z ę c i ę. Nienawidzę tego miejsca.

— To czemu chciałaś tu przyjechać?

Harriet nie miała na to odpowiedzi. Kiedy samochód skręcił, jej oczom ukazał się znienawidzony widok. U stóp wzgórza rozpościerały się pola porośnięte pstrą trawą i zakurzonymi sosnami. Kolor żwiru na drodze kojarzył jej się z surowymi wątróbkami kurzymi. Jak mogła zapomnieć o tym, że nienawidziła tego miejsca? Każda minuta, którą tu spędziła, była męką. Po lewej stronie znajdowała się brama wjazdowa, a dalej, pogrążone w złowrogim cieniu biuro dyrektora. Nad drzwiami powiewała ręcznie zrobiona flaga z wypisanymi krzywymi literami słowami: „Radujcie się!"

— Edie, proszę cię — powiedziała szybko Harriet. — Zmieniłam zdanie. Jedźmy do domu.

Edie położyła ręce na kierownicy, odwróciła się i spojrzała na Harriet swoimi jasnymi, zimnymi oczyma drapieżnika. Chester mówił, że Edie ma mordercze spojrzenie. Oczy Harriet (Chester nazywał je czasem oczami małej morderczyni) też były roziskrzone i chłodne, ale Edie poczuła się tak, jakby patrzyła na swoje lustrzane odbicie. Zachowanie Harriet oburzyło ją, ale nie przyszło jej do głowy, że dziewczynka jest naprawdę zrozpaczona i przerażona.

— Nie bądź głupia — powiedziała twardo i wykręciła kierownicę, zanim samochód zdążył zjechać do rowu. — Spodoba ci się tu. Za tydzień będziesz płakać na myśl o powrocie do domu.

Harriet spojrzała na nią zdumiona.

— Edie — powiedziała. — Tobie też by się tu nie podobało. Nie zostałabyś z tymi ludźmi nawet za milion dolarów.

— Och, Edie! — powiedziała staruszka nienaturalnie wysokim głosem, przedrzeźniając złośliwie dziewczynkę. — Zabierz mnie z powrotem! Zabierz mnie na obóz! Tak będziesz mówić, kiedy przyjedziemy do domu.

Harriet spojrzała na nią z wyrzutem, nie mogąc wykrztusić ani słowa.

— To nieprawda — bąknęła w końcu. — To nieprawda.

— Prawda! — powiedziała Edie cienkim, wesołym głosem, którego Harriet nie znosiła. — Wiem, że tak będzie — zawołała, nie patrząc na dziewczynkę.

Nagle rozległ się podobny do ryku krowy odgłos klarnetu. Doktor Vance zagrał na instrumencie na cześć ich przybycia. Doktor Vance nie był prawdziwym doktorem, nie miał nic wspólnego z medycyną; dyrygował chrześcijańską orkiestrą. Był jankesem, miał krzaczaste brwi i wielkie jak muł zęby. Został przywódcą młodzieżowego ruchu baptystów i — jak zauważyła kiedyś Adelaide — przypominał do złudzenia Zwariowanego Kapelusznika z *Alicji w Krainie Czarów*.

— Witajcie, panie — zapiał, pochylając się nad otwartym oknem samochodu. — Niech będzie pochwalony!

— Dzień dobry — powiedziała Edie, nie zwracając uwagi na religijny ton, który czasem pobrzmiewał w wypowiedziach doktora Vance'a. — Oto nasza mała harcerka. Zarejestrujemy ją i muszę wracać.

Doktor Vance wsadził głowę do samochodu i uśmiechnął się do Harriet. Miał tępą twarz koloru ceglastoczerwonego. Harriet zauważyła, że mężczyzna ma włosy w nosie i kawałki jedzenia między wielkimi, kwadratowymi zębami.

Doktor Vance cofnął się, jakby poraziło go spojrzenie Harriet.

— O rany! — zawołał. — Myślałem przez chwilę, że zapomniałem użyć dezodorantu.

Harriet patrzyła na swoje kolana. Jestem tu, ale nie muszę udawać, że mi się podoba, pomyślała. Doktor Vance chciał, żeby uczestnicy obozu byli hałaśliwi, gwałtowni i śmiali. Szydził i znęcał się nad tymi, którzy mieli inny charakter. Co jest, nie masz poczucia humoru? Nie potrafisz się z siebie śmiać? Jeśli jedno z dzieci zachowywało się zbyt spokojnie, doktor Vance polewał je wodą z balonu, kazał mu tańczyć przed wszystkimi, gonić brudną świnię w błocie albo nosić śmieszny kapelusz.

— Harriet! — powiedziała Edie po chwili milczenia. Dziewczynka wiedziała, że Edie nie czuje się swobodnie w obecności doktora Vance'a, chociaż nie chciała się do tego przyznać.

Doktor Vance przytknął usta do klarnetu, który smutno zapiszczał, ale nie udało mu się zwrócić uwagi Harriet. Zbliżył twarz do szyby i pokazał język dziewczynce.

Jestem wśród wrogów, pomyślała Harriet. Muszę być dzielna. Nienawidziła tego miejsca, ale wiedziała, że jest tu bezpieczna.

Doktor Vance zagwizdał, chcąc ją upokorzyć jeszcze bardziej. Harriet spojrzała na niego niechętnie (wiedziała, że inaczej nie dałby jej spokoju). Doktor Vance spuścił wzrok i zrobił minę smutnego clowna.

— Zabawa nie może się zacząć — powiedział, wydymając dolną wargę. — Wiesz, dlaczego? Hmm? Bo jeden z gości nie chce się bawić.

Harriet zaczerwieniła się i zerknęła na wysokie sosny za oknem. Tuż obok pojawił się rząd dziewcząt w kostiumach kąpielowych, które minęły samochód, tupiąc wesoło. Miały nogi umorusane czerwonym błotem. Nie ma tu miejsca na przywódców z wyżyn, pomyślała Harriet. Opuściłam swój kraj i uciekłam na wieś.

— Problemy w domu? — spytał doktor Vance z fałszywą troską w głosie.

— Ależ skąd. Po prostu ma za małe spodnie, które ściskają ją w pasie — powiedziała głośno Edie.

Nagle Harriet przypomniała sobie, jak doktor Vance zmusił ją do wzięcia udziału w konkursie hula-hoop i wepchnął ją na scenę. Kiedy próbowała żonglować kółkiem, cały obóz zwijał się ze śmiechu.

— Hm... — mlasnął doktor Vance. — Znajdziemy na to lekarstwo!

— Słyszałaś, Harriet? — spytała Edie. — Harriet! Naprawdę nie wiem, co ją ugryzło — dodała, wzdychając.

— Parę nocy spędzonych w grupie, jeden albo dwa wyścigi i dziewczyna odżyje.

Noce spędzone w grupie! Harriet dobrze pamiętała noc, podczas której ktoś ukradł jej majtki i oblał wodą łóżko („Spójrzcie, Harriet się zsikała!"), a potem jakaś dziewczynka zawołała: „Nie wolno ci tu siedzieć!"

„Idzie Panna Kujonka!"

— Witajcie! — zawołał tuż obok rześki kobiecy głos i nad samochodem pochyliła się żona doktora Vance'a — entuzjastka życia na wsi. Miała na sobie krótkie spodenki i koszulkę z poliestru. Pani Vance, którą dzieci nazywały panią Patsy, opiekowała się żeńską częścią obozu. Była równie irytująca jak jej mąż, ale w inny sposób. Nie miała za grosz wyczucia i zadawała zbyt wiele osobistych pytań (dotyczących narzeczonych, ciała i tak dalej). Chociaż sama przedstawiała się jako pani Patsy, dziewczynki mówiły na nią Pielęgniarka.

— Cześć, kotku! — Pani Vance wsadziła rękę przez okno do samochodu i uszczypnęła Harriet w ramię. — Się masz! — zawołała. — Spójrzcie tylko na nią!

— Dzień dobry, pani Vance — powiedziała Edie. — Jak się pani miewa? — Staruszka darzyła osoby w rodzaju pani Vance perwersyjną sympatią. Mogła przy nich udawać wielką damę.

— Wchodźcie do środka! Pójdziemy do biura! — Pani Vance wymawiała każdy wyraz z nienaturalną wesołością, jak kobiety startujące w wyborach Miss Missisipi albo uczestnicy The Lawrence Walk Show. — O rety, aleś ty wyrosła! — zwróciła się do Harriet. — Mam nadzieję, że nie będziesz się tym razem bić z innymi dziewczynkami!

Doktor Vance spojrzał na nią z niechęcią.

Farish był wciąż w szpitalu i zastanawiał się nad przyczyną wypadku swojej babci.

Rozważał różne scenariusze i snuł domysły do białego rana. Bracia, którzy słuchali tych wywodów przez całą noc, mieli dość. Z ponurymi minami i zaczerwienionymi z wysiłku oczami siedzieli w poczekalni na oddziale intensywnej terapii. Słuchając Farisha, oglądali film rysunkowy o psie, który rozwiązał zagadkę kryminalną.

— Wiadomo, że jeśli się ruszysz, wąż cię ugryzie. — Farish utkwił wzrok w pustej przestrzeni, tak jakby zwracał się do Gum. — Nie powinna była się ruszyć, jeśli nawet wskoczył jej na kolana.

Farish wstał, rozczochrał sobie włosy ręką i zaczął chodzić po poczekalni, zasłaniając od czasu do czasu ekran telewizora.

— Farish — powiedział Eugene głośno, zakładając nogę na nogę. — Gum prowadziła samochód, prawda?

— Nie powinna była jechać sama.

Farish zmarszczył czoło.

— Ja bym się nie ruszył — powiedział ze złością. — Nawet bym nie drgnął. Jeśli się ruszysz, wąż się przestraszy. — Farish zamachał ręką, jakby rysował coś w powietrzu. — Będzie się bronić.

— Co ona miała zrobić, do cholery?! Wąż dostał się przez dach do samochodu.

Nagle Curtis klasnął w ręce i wskazał na ekran telewizora.

— Gum! — krzyknął.

Farish odwrócił głowę. Eugene i Danny wybuchnęli przerażonym śmiechem. Pies — bohater kreskówki zwiedzał razem z grupą młodych ludzi zamek, w którym straszyło. Nagle stanęli przed uśmiechniętym kościotrupem, który wisiał na ścianie obok trąby i siekiery. Kościotrup przypominał do złudzenia Gum. Zeskoczył ze ściany i ruszył w pogoń za psem, który uciekał, ujadając.

— Tak... — zaczął Eugene i przez chwilę nie miał pojęcia, co powiedzieć dalej. — Tak wyglądała Gum, kiedy rzucił się na nią wąż.

Farish spojrzał na nich bez słowa. Był zmęczony i zdesperowany. Curtis zorientował się, że zrobił coś nie tak, i przestał się śmiać, a potem zerknął na Farisha z zakłopotaniem. W tym momencie w drzwiach pojawił się doktor Breedlove i bracia ucichli.

— Babcia panów odzyskała przytomność — powiedział. — Wygląda na to, że dojdzie do siebie. Odłączyliśmy ją od respiratora.

Farish ukrył twarz w dłoniach.

— Oddycha samodzielnie, ale jest podłączona do monitora, ponieważ rytm jej serca jeszcze się nie ustabilizował. Czy chcieliby panowie ją zobaczyć?

Bracia z poważnymi minami ruszyli za doktorem (Curtis został w poczekalni i oglądał *Scooby-Doo*). Minęli maszyny i dziwnie wyglądający sprzęt medyczny, a potem podeszli do osłoniętego łóżka Gum. Chociaż staruszka leżała nieruchomo, wyglądała tak jak zwykle. Uwagę zwracały tylko jej opadające pod wpływem paraliżu mięśni powieki.

— Zostawię was na chwilę samych — powiedział doktor, zacierając energicznie ręce. — Proszę nie zmęczyć babci.

Farish pierwszy podszedł do łóżka.

— To ja — powiedział, pochylając się nad staruszką.

Powieki Gum zadrgały. Powoli uniosła do góry rękę, którą Farish natychmiast ścisnął kurczowo.

— Kto ci to zrobił? — spytał surowym głosem i przysunął głowę do jej ust.

— Nie wiem — powiedziała Gum po chwili słabym, chropowatym głosem. — Widziałam tylko dzieci w oddali.

Farish wstał, kręcąc głową, i uderzył pięścią w swoją dłoń. Podszedł do okna i spojrzał na parking.

— Zapomnij o dzieciach — powiedział Eugene. — Wiesz, o kim pomyślałem, kiedy usłyszałem, co się stało? O Portonie Stilesie. — Eugene wciąż miał rękę na temblaku, ponieważ niedawno ugryzł go wąż.

— Może Buddy Reebals był w to zamieszany. Ludzie mówią, że Reebals umieścił swoich wrogów na specjalnej liście i mści się po dziś dzień.

— Tu nie chodzi o jego wrogów — zaprotestował Farish z taką miną, jakby powiedział coś bardzo inteligentnego. — To się zaczęło w misji tamtej nocy.

— Nie patrz tak na mnie. Nie moja wina — powiedział Eugene.

— Myślisz, że to robota Loyala? — spytał Danny, zwracając się do Farisha.

— Niemożliwe — wtrącił Eugene. — Loyal wyjechał tydzień temu.

— Jedna rzecz jest pewna — stwierdził Farish. — To jego wąż. Nie ma co do tego wątpliwości.

— Nie mówił wam, że jeden z jego węży zniknął?

— To ty zaprosiłeś go do miasta razem z wężami — powiedział ze złością Eugene. — Ja nie mam z tym nic wspólnego. Boję się wejść do własnego domu...

— To był jego wąż — powtórzył Farish, stukając podeszwą buta o podłogę. — Ale nie powiedziałem, że Loyal wpuścił kobrę do samochodu Gum.

— Widzisz, to mnie właśnie niepokoi — powiedział Danny. — Kto wybił szybę w samochodzie? Jeśli szukali towaru...

Danny zauważył, że Eugene przygląda mu się z zaciekawieniem. Zamilkł i wsadził ręce do kieszeni. Nie chciał mówić o narkotykach w obecności Gum i Eugene'a.

— Myślisz, że to Dolphus? — zwrócił się do Farisha. — Albo ktoś, kto dla niego pracuje?

— Nie — odparł Farish po chwili zastanowienia. — Ten gówniany kawał z wężem nie jest w stylu Dolphusa. On po prostu wysyła kogoś, żeby cię załatwił.

— Wiesz, co mnie niepokoi? — zaczął Danny. — Myślę o dziewczynce, która kręciła się przy naszym domu tamtej nocy.

— Ja też o niej myślałem — powiedział Farish. — Nie zdążyłem jej się przyjrzeć. Skąd ona się wzięła przed domem?

Danny wzruszył ramionami.

— Nie spytałeś jej?

— Słuchaj, człowieku — zaczął Danny, starając się nie podnosić głosu. — Tamtej nocy wiele się wydarzyło.

— Pozwoliłaś jej uciec? Mówiłaś, że widziałaś dziecko — Farish zwrócił się do Gum. — Białe czy czarne? Dziewczynkę czy chłopaka?

— Powiedz nam, Gum — poprosił Danny. — Kogo wtedy zauważyłaś?

— Powiedziałam wam prawdę — odparła staruszka słabym głosem. — Nie widziałam wyraźnie. Wiecie, że mam słaby wzrok.

— Widziałaś jedno dziecko czy więcej?

— Nie przyglądałam się dokładnie. Kiedy zjechałam na pobocze, usłyszałam, jak jakieś dziecko krzyczy i śmieje się na moście.

— Ta dziewczynka była na placu w nocy — Eugene zwrócił się do Farisha. — Patrzyła, jak ja i Loyal wygłaszaliśmy kazanie. Pamiętam ją, miała rower.

— Kiedy przyszła do misji, nie miała roweru — powiedział Danny. — Przyszła piechotą, a potem uciekła.

— Mówię ci tylko, co widziałem.

— Chyba był tam rower — wtrąciła Gum. — Nie jestem pewna.

— Chcę porozmawiać z tą dziewczynką — powiedział Farish. — Nie wiecie, kim ona jest?

— Spytaliśmy ją, jak się nazywa, ale nie mogła się zdecydować. Najpierw powiedziała, że nazywa się Mary Jones, a potem, że Mary Johnson.

— Rozpoznałbyś ją, gdyby znowu się pojawiła?

— Ja bym rozpoznał — powiedział Eugene. — Stałem obok niej przez dziesięć minut i zdążyłem się dokładnie przyjrzeć.

— Ja też — dodał Danny.

Farish zacisnął usta.

— Czy gliny są w to zamieszane? — spytał gwałtownie, patrząc na Gum. — Zadawali ci pytania?

— Nic im nie powiedziałam.

— To dobrze. — Farish poklepał swoją babcię po ramieniu. — Dowiem się, kto to zrobił — powiedział. — Kiedy ich znajdę, pożałują.

Ostatnie dni przed wyjazdem Idy przypominały okres, kiedy umierał Weenie. Nieobecny ciałem i duszą leżał godzinami na podłodze obok swojego pudełka. Na pudełku widniał napis: „Groszek Le Sueur's". Ciemne litery symbolizujące chorobę i rozpacz utkwiły głęboko w pamięci Allison. Dziewczynka leżała obok pudełka, wpatrując się w napis, i próbowała oddychać tak jak Weenie, który dyszał w agonii. Wyobrażała sobie, że jej oddech może uratować kota. Kiedy leżała na podłodze, obserwując cienie, które pojawiały się nocą, kuchnia wydawała jej się ogromna. Nawet teraz połyskujące linoleum w kuchni Edie kojarzyło się Allison ze śmiercią Weeniego, podobnie jak oszklone szafki (wypełnione talerzami, które pobrzękiwały smutno), czerwone ściereczki do naczyń i firanki z namalowanymi czereśniami. Tępe przedmioty pogłębiały tylko rozpacz dziewczynki, czuwając razem z nią podczas długich, strasznych nocy. Teraz, kiedy Ida miała odejść, jedynie przedmioty dzieliły jej smutek — ciemne dywany, zamglone lustra i krzywe, żałosne fotele. Nawet nieszczęsny, stary zegar w szafce zamarł, jakby za chwilę miał wybuchnąć płaczem. W szafce z chińską porcelaną kobziarze z wiedeńskiego szkła i panienki w krynolinach kiwali na nią błagalnie. Szklane figurki z zaczerwienionymi policzkami rzucały jej smutne spojrzenia i zastygały.

Ida miała „robotę". Umyła lodówkę, wyjęła wszystko z szafek i wyczyściła je. Potem zrobiła chleb bananowy i zapiekankę, którą zapakowała w folię i włożyła do zamrażalnika. Przez cały czas mówiła i nuciła coś pod nosem. Wyglądała na zadowoloną, ale nie potrafiła spojrzeć Allison w oczy. W pewnej chwili dziewczynce wydało się, że służąca płacze, i podeszła ostrożnie do drzwi.

— Płaczesz? — spytała.

Ida Rhew podskoczyła, a potem przycisnęła rękę do piersi i roześmiała się.

— Niech cię Bóg błogosławi — zawołała.

— Ido, czy jesteś smutna?

Ale Ida potrząsnęła głową i wróciła do pracy. Allison pobiegła z płaczem do swojego pokoju. Potem żałowała, że spędziła te ostatnie godziny w pokoju, płacząc, zamiast być z Idą. Ale nie mogła znieść widoku służącej, która stała odwrócona do niej plecami i czyściła szafki. Kiedy później wspominała ten moment, robiło jej się duszno ze strachu. Miała wrażenie, że Ida zniknęła, jej ciepło stało się nagle wspomnieniem. Była duchem, chociaż stała w swoich białych butach pielęgniarskich w zalanej słońcem kuchni.

Allison poszła do sklepu spożywczego i przyniosła stamtąd karton dla Idy, żeby jej sadzonki nie połamały się w drodze. Wyjęła wszystkie swoje oszczędności — trzydzieści dwa dolary i kupiła służącej puszki z łososiem (Ida uwielbiała jeść go na lunch), krakersy, syrop klonowy, podkolanówki, kostkę eleganckiego angielskiego mydła lawendowego, figi Newtona, pudełko czekoladek firmy Russell Stover, znaczki pocztowe, śliczną czerwoną szczoteczkę do zębów i duży słoik witamin, które brało się raz dziennie.

Allison zaniosła zakupy do domu i spędziła wieczór na werandzie, pakując rzeczy Idy. Każdą puszkę tabaki i każdy plastikowy kubek owijała specjalnie złożoną, wilgotną gazetą. Na strychu leżało śliczne czerwone pudełko z lampkami na choinkę. Allison wyjęła je i zniosła pudełko na dół, żeby włożyć do niego prezenty. Kiedy znalazła się w swojej sypialni, na korytarzu rozległy się kroki jej matki (lekkie i radosne). Po chwili w drzwiach stanęła Charlotte.

— Bez Harriet jest dziwnie pusto, prawda? — spytała beztrosko. Jej twarz błyszczała od tłustego kremu. — Chcesz pooglądać telewizję w moim pokoju?

Allison potrząsnęła głową zaskoczona, bo Charlotte nigdy nie zapraszała do siebie córek o dziesiątej wieczorem.

— Co robisz? Chyba powinnaś posiedzieć ze mną i pooglądać telewizję — powtórzyła Charlotte, kiedy Allison nie odpowiedziała.

Matka patrzyła na nią z dziwną miną. Allison cierpiąc męki wstydu, odwróciła wzrok. Czasem, kiedy były tylko we dwie, Allison miała wrażenie, że Charlotte wolałaby mieć obok siebie Robina. Jej matka nie mogła nic na to poradzić. Próbowała to ukryć, ale dziewczynka czuła, że Charlotte patrząc na nią, myśli o synu, którego nie było. Uznała, że najlepsze, co może zrobić, to schodzić matce z drogi i wieść cichą, domową egzystencję. Wiedziała, że następne tygodnie będą trudne — Ida miała wyjechać, a Harriet była na obozie.

— Nie musisz oglądać ze mną telewizji — powiedziała w końcu Charlotte. — Po prostu myślałam, że chcesz.

Allison poczuła, że się czerwieni, i odwróciła wzrok. Pudełko i inne przedmioty w pokoju wydawały się zbyt kolorowe, raziły ją w oczy.

Kiedy matka wyszła, Allison skończyła pakować prezenty, resztę pieniędzy schowała do koperty razem ze znaczkami, swoim szkolnym zdjęciem i adresem napisanym wyraźnie na ładnym papierze listowym. Potem przewiązała pudełko lśniącą zieloną wstążeczką.

Allison obudziła się w środku nocy. Znowu przyśnił się ten koszmar — stała przed białą ścianą, prawie dotykając jej nosem. Nie mogła się ruszyć i wiedziała, że będzie musiała patrzeć na tę ścianę do końca życia. Leżała w ciemności, spoglądając na pudełko stojące obok łóżka, dopóki nie zgasły latarnie za oknem. O świcie wyszła z łóżka, wyjęła szpilkę z biurka i usiadła po turecku obok kartonu. Przez następną godzinę wydrapywała szpilką napisy na pudełku. Wzeszło słońce i w pokoju zrobiło się jasno. Tego dnia Ida miała wyjechać. IDO, KOCHAMY CIĘ, napisała na pudełku. IDA R. BROWNLEE. WRÓĆ DO NAS, IDO. NIE ZAPOMNIJ O MNIE, IDO. KOCHAM CIĘ.

Danny czuł się swobodniej, kiedy jego babcia leżała w szpitalu. Wstydził się do tego przyznać, ale wszystko wydawało się łatwiejsze, kiedy nie było jej w domu. Nie kłóciła się z wiecznie naćpanym Farishem (spędzał całe noce przed telewizorem z lusterkiem i brzytwą). Na szczęście nie musieli się zbierać trzy razy dziennie w kuchni i jeść posiłku przygotowanego przez Gum. Farish wydawał się spokojniejszy i rzadziej krzyczał na brata.

Danny też brał narkotyki, ale nie widział w tym nic złego. Obiecał sobie, że wkrótce przestanie, ale ten moment jeszcze nie nadszedł. Dzięki narkotykom miał siłę, żeby wyczyścić dom na kółkach. Bosy, ociekający potem, w samych dżinsach umył okna, ściany i podłogi, wyrzucił tłuszcz z bekonu, który Gum trzymała w kuchni, w pachnących puszkach po kawie. Potem wyszorował łazienkę i wypolerował do połysku linoleum. Wybielił bieliznę i T-shirty. (Ich babcia nigdy nie przyzwyczaiła się do pralki, którą kupił jej Farish. Białe ubrania prała razem z kolorowymi, więc z czasem zrobiły się szare).

Sprzątanie sprawiało mu przyjemność, czuł, że ma nad wszystkim kontrolę. Dom na kółkach był w świetnym stanie, wyglądał jak galera. Nawet Farish wyraził się z uznaniem o pracy brata. Danny wiedział, że nie powinien ruszać „konstrukcji" Farisha (rozebrane na części maszyny, zepsute kosiarki do trawy, silniki, lampy stołowe), wyczyścił podłogę, nie dotykając ich, i wyrzucił resztę złomu. Dwa razy dziennie wywoził śmieci na wysypisko. Potem podgrzewał zupę albo przygotowywał jajka na bekonie dla Curtisa, zmywał naczynia i wycierał je natychmiast, zamiast zostawić je na suszarce. Udało mu się nawet poukładać rzeczy w szafce w taki sposób, że zrobiło się tam więcej miejsca.

W nocy dotrzymywał towarzystwa Farishowi. Kolejną zaletą amfetaminy było to, że dzień wydawał się dłuższy. Danny miał teraz czas na pracę, rozmowy i rozmyślanie.

Miał się nad czym zastanawiać. Ataki na misję i Gum sprawiły, że Farish myślał tylko o jednym. W dawnych czasach, zanim został ranny w głowę, potrafił rozwiązywać różne problemy dzięki swojemu sprytowi. Kiedy weszli z Dannym na most, żeby przyjrzeć się miejscu zbrodni, Farish znowu wykazał się sprytem i inteligencją. Znaleźli ozdobną skrzynię po dynamicie, w której była kobra, czerwony wózek dziecięcy i ślady małych stóp na zakurzonym cemencie.

— To jej robota — stwierdził Farish. — Zabiję tę małą dziwkę.

Położył sobie ręce na biodrach i przez chwilę patrzył w milczeniu na cement.

— O czym myślisz? — spytał Danny.

— Zastanawiam się, jak ta mała dała radę przynieść tu ciężką skrzynię?

— Wiozła ją na wózku.

— Na pewno nie wtoczyła jej po schodach misji. — Farish przygryzł dolną wargę. — Jeśli ukradła węża, po co zapukała do drzwi i pokazała swoją twarz?

— Dzieciaki są głupie — powiedział Danny, wzruszając ramionami. Potem zapalił papierosa, wciągnął dym nosem i zamknął zapalniczkę.

— Ona na pewno nie jest głupia. Żeby zrobić coś takiego, trzeba mieć odwagę i konkretny plan.

— Albo szczęście.

— Wszystko jedno. — Farish skrzyżował ręce na piersi. Wyglądał jak wojskowy w swoim brązowym kombinezonie. Potem zaczął się przyglądać Danny'emu w szczególny sposób, który wytrącał brata z równowagi.

— Nie zrobiłbyś krzywdy Gum, prawda? — spytał.

— Nie! — Danny zaczął nerwowo mrugać, tak zdumiony, że nie mógł wykrztusić ani słowa. — Jezu!

— Ona jest stara.

— Wiem! — powiedział Danny, zgarniając gwałtownym ruchem włosy z czoła.

— Po prostu zastanawiam się, kto wiedział, że to ona jedzie samochodem, a nie ty.

— Dlaczego? — spytał Danny po chwili milczenia. Lśniący asfalt autostrady raził go w oczy, miał zamęt w głowie. — Co za różnica? Po prostu Gum nie lubi jeździć ciężarówką. Mówiłem ci już. Sam możesz ją spytać.

— Nie zrobiłbyś mi tego.

— Co takiego?

— Nie zrobiłbyś mi krzywdy, prawda? — Farish zaczął sapać głośno.

— Nie — powiedział Danny po chwili napiętego milczenia. Starał się, żeby jego głos brzmiał pewnie. Tak naprawdę miał ochotę powiedzieć bratu: „odpieprz się". Zaangażował się w handel narkotykami tak jak Farish, załatwiał sprawy, pracował w laboratorium. Woził brata samochodem, ale Farish nie dzielił się z nim pieniędzmi, czasem tylko dawał mu dziesięć albo dwadzieścia dolarów. Danny wolał żyć w ten sposób, niż mieć stałą pracę. W ciągu dnia grał w bilard, woził Farisha w różne miejsca, słuchał muzyki i nie spał w nocy. Mógł bawić się i ćpać, ile dusza zapragnie. Ale widok słońca, które wstawało codziennie rano, wydawał mu się przygnębiający i nudny, a ostatnio — przerażający. Czuł się zmęczony życiem i nieustannym hajem. Gdyby Farish oddał mu dług, mógłby wyjechać i zamieszkać gdzieś, gdzie ludzie go nie znali (w tym mieście rodzina Ratliffów nie cieszyła się sympatią mieszkańców). Znalazłby wtedy porządną pracę dla odmiany. Ale wiedział, że brat mu nie zapłaci. Dlaczego miałby to zrobić? Opłacało mu się mieć niewolnika.

— Znajdź tę dziewczynę — powiedział nagle Farish. — To teraz najważniejsze. Chcę, żebyś ją odszukał i wybadał, co wie o tej sprawie. Jeśli będzie trzeba, skręć jej kark.

— Ona już widziała *Pułkownika Williamsburga*, więc wszystko jej jedno — powiedziała Adelaide, odwracając się w stronę okna.

Edie wciągnęła głęboko powietrze przez nos. Czuła się zmęczona po tym, jak zawiozła Harriet na obóz, a teraz musiała spokojnie znosić humory Libby (która musiała wrócić dwa razy do domu, żeby sprawdzić, czy wyłączyła światło i gaz), Adelaide (która kazała im czekać w samochodzie, ponieważ musiała uprasować sukienkę, którą zdecydowała się zabrać w ostatniej chwili) i Tat (kiedy przejechały przez pół miasta, Tat przypomniała sobie, że zostawiła zegarek obok zlewu). Taki brak organizacji mógł wyprowadzić z równowagi nawet świętego. Wyruszyły z dwugodzinnym opóźnieniem, a teraz, zanim zdążyły wyjechać z miasta, Adelaide upierała się, żeby przejechać przez inny stan.

— Nie musimy zwiedzać Wirginii — powiedziała Tat. — Będziemy mieć wystarczająco dużo wrażeń.

Tat miała zaróżowione policzki, pachniała mydłem lawendowym, preparatem Aqua Net i wodą toaletową Souvenez-vous? Włożyła rękę do żółtej kosmetyczki i zaczęła szukać inhalatora na astmę.

— Jaka szkoda jednak, będziemy przecież tak blisko...

Adelaide zaczęła się wachlować pismem „Mississippi Bayways", które zabrała do czytania w samochodzie.

— Jeśli jest wam duszno, otwórzcie trochę okna — powiedziała Edie.

— Nie chcę rozczochrać włosów. Fryzjer dopiero co mnie uczesał.

— Hm... — westchnęła Tat, przechylając się w stronę okna. — Zrobię tylko małą szparkę...

— Nie! Przestań! To guzik od drzwi.

— Nie, Adelaide. To są drzwi, a to okno.

— Proszę, nie rób sobie kłopotu. Niczego mi nie trzeba.

— Na twoim miejscu nie przejmowałabym się fryzurą — stwierdziła Edie. — Za chwilę się upieczecie.

— Jeśli otworzycie wszystkie okna, wicher mnie zmiecie — zawołała Adelaide.

— Nie zamknę mojego okna — powiedziała Tat, śmiejąc się.

— A ja nie otworzę swojego — oznajmiła Adelaide.

Libby, która siedziała z przodu obok Edie, stęknęła, nie mogąc znaleźć sobie miejsca. Jej woda kolońska była delikatna, ale gorące powietrze i powiew azjatyckich perfum Shalimar i Souvenez-vous? przyprawiały ją o silny ból głowy.

— Gdzie jest moja kosmetyczka?! — krzyknęła nagle Tat.

— Co?! Co się stało?! — zaczęły dopytywać się jej siostry.

— Nie mogę znaleźć kosmetyczki!

— Edith, wracamy do domu! — powiedziała Libby. — Tat zostawiła swoją kosmetyczkę.

— Nie zostawiłam jej, miałam ją przed chwilą w ręku.

— Nie mogę zawrócić na środku ulicy — wyjaśniła Edie.

— Gdzie ona się podziała? Dopiero co trzymałam ją w ręku...

— Tatty! — roześmiała się Adelaide. — Siedzisz na niej.

— Co ona powiedziała? Znalazła kosmetyczkę? — spytała Libby, zerkając w panice na boki. — Znalazłaś ją, Tat?

— Tak.

— Dzięki Bogu! Lepiej na nią uważaj. Co by się stało, gdyby zginęła?

— To przypomina mi zwariowany weekend Czwartego Lipca, kiedy pojechałyśmy do Natchez — powiedziała Adelaide, tak jakby ogłaszała wiadomość w radiu. — Nigdy tego nie zapomnę.

— Ja też nie — zgodziła się Edie. Działo się to w latach pięćdziesiątych, zanim Adelaide rzuciła palenie. Edie prowadziła samochód i nagle zobaczyła ogień w popielniczce — Adelaide zagadała się jak zwykle i zapomniała o swoim papierosie.

— Ale było wtedy gorąco!

— Tak, myślałam, że ręka mi się spali — powiedziała Edie oschle. Kiedy próbowała zgasić płomienie, kawałek rozgrzanego do czerwoności celofanu z pudełka po papierosach przylgnął jej do ręki. Drugą rękę trzymała na kierownicy i prowadziła (Addie krzyczała i rzucała się na swoim fotelu). Od poparzenia została blizna, ale ból był wtedy tak wielki, że Edie o mało nie straciła panowania nad kierownicą. Przejechała dwieście mil w sierpniowym upale z ręką zamoczoną w kubku wody z lodem, płacząc i słuchając narzekań Adelaide.

— Pamiętacie, jak pojechałyśmy w sierpniu do Nowego Orleanu? — spytała Adelaide, kładąc rękę na sercu teatralnym gestem. — Byłam pewna, że mam zawał. Myślałam, że będziesz świadkiem, jak umieram na fotelu samochodowym.

Dobre sobie, pomyślała Edie. Nie chciałaś otworzyć okna. Czyja to była wina?

— Tak! — zawołała Tat. — Co to była za podróż!

— Nie było cię wtedy z nami.

— Byłam!

— Widocznie była, skoro tak mówi. Nigdy tego nie zapomnę — powiedziała Adelaide.

— Nie pamiętasz, Edith? Podczas tamtej wycieczki zabrałaś nas do McDonalda, w Jackson. Zatrzymałaś się na parkingu obok śmietnika i zaczęłaś zamawiać jedzenie na wynos.

Entuzjastyczny wybuch śmiechu. Edie zgrzytnęła zębami i postanowiła skupić się na prowadzeniu.

— Jesteśmy zgrają starych wariatek — stwierdziła Tat. — Ciekawe, co ci ludzie sobie pomyśleli.

— Mam nadzieję, że wszystko wzięłam — mruknęła Libby. — Zeszłej nocy wyobraziłam sobie, że zostawiam w domu rajstopy i gubię pieniądze.

— Pewnie nie zmrużyłaś oka, prawda, kochanie? — spytała Tat, przechylając się i kładąc rękę na chudym, małym ramieniu Libby.

— Bzdura. Czuję się świetnie! Poza tym...

— Nie zmrużyła oka! Całą noc się zamartwiała! — mówiła dalej Adelaide. — Powinnaś zjeść porządne śniadanie.

— Wiecie co? To świetny pomysł! — Tatty klasnęła w ręce.

— Zatrzymaj się, Edith.

— Słuchajcie, chciałam wyruszyć o szóstej rano. Jeśli zatrzymamy się teraz, znajdziemy się na drodze w południe. Myślałam, że zjadłyście coś przed wyjazdem.

— Nie miałam pewności, jak się będę czuć w podróży z pełnym żołądkiem — wyjaśniła Adelaide.

— Dopiero wyjechałyśmy z miasta!

— Nie przejmuj się mną, kochanie — powiedziała Libby. — Jestem zbyt podekscytowana, żeby jeść.

— Proszę, Tat. — Edie wyciągnęła termos. — Nalej jej kawy.

— Libby nie spała w nocy — powiedziała Tat. — Może dostać palpitacji.

Edie parsknęła głośno.

— Co się z wami dzieje? Piłyście u mnie kawę i nie było całej tej gadki o palpitacjach. Teraz zachowujecie się tak, jakby kawa była trucizną. P o b u d z a was.

— O rety! Musisz zawrócić, Edith.

Tat zakryła ręką usta i roześmiała się.

— Jesteśmy dziś trochę niezorganizowane, prawda?

— O co chodzi? — spytała Edie.

— Przykro mi — powiedziała Adelaide stanowczo. — Muszę wrócić do domu.

— Czego zapomniałaś?

— Sanki — odparła Adelaide, patrząc tępo przed siebie.

— Wobec tego kupisz jeszcze jeden słoik w sklepie.

— Hm... — westchnęła Tat. — Nie ma sensu, żeby Adelaide kupowała Sankę w sklepie, skoro ma cały słoik w domu.

— Poza tym — powiedziała Tat z przerażeniem, zakrywając rękami policzki i przewracając oczami. — Możemy nie dostać Sanki. Nie wiadomo, czy ją tu sprzedają.

— Można ją kupić wszędzie.

— Edith, proszę cię — syknęła Adelaide. — Nie będę tego dłużej słuchać. Jeśli nie chcesz wrócić do domu, zatrzymaj samochód i wypuść mnie.

Edie skręciła gwałtownie, nie dając kierunkowskazu, wjechała na parking stojącego przy autostradzie banku i zaczęła cofać samochód.

— Niezłe z nas ziółka — stwierdziła Tat wesoło. — Myślałam, że tylko ja zapomniałam o czymś dziś rano.

Kiedy samochód skręcił gwałtownie, Tat wpadła na Adelaide. Po chwili wyprostowała się i oparła rękę na jej ramieniu. Miała właśnie powiedzieć, że nie czuje się źle bez zegarka, który zostawiła w domu, kiedy Libby krzyknęła. Chwilę później rozległ się huk. Coś uderzyło w bok samochodu z tej strony, gdzie siedziała Libby, i oldsmobile wykonał obrót. Ktoś nacisnął klakson i w tym momencie z nosa Edie buchnęła krew. Samochód znalazł się po niewłaściwej stronie autostrady. Staruszki patrzyły przez popękaną szybę na jadące z naprzeciwka samochody.

— Harriet!

Śmiech. Ku niezadowoleniu Harriet ubrana w sztruksowy strój marionetka brzuchomówcy wybrała ją spośród pięćdziesięciu dziewcząt w różnym wieku siedzących na widowni. Dziewczęta siedziały na drewnianych ławkach ustawionych na leśnej polanie. Opiekunowie nazywali to miejsce „kaplicą".

Dwie dziewczynki siedzące z przodu (Dawn i Jada, z którymi Harriet spała w jednym pokoju) odwróciły się i spojrzały na nią. Harriet zaczęła się z nimi kłócić tego ranka, ale dźwięk dzwonu z kaplicy przerwał ich sprzeczkę.

— Hej, spokojnie, Ziggy, staruszku! — zawołał brzuchomówca.

Miał na imię Zach i był opiekunem męskiej części obozu. Doktor Vance i jego żona podkreślali wielokrotnie, że Zig (marionetka) i Zach mieszkali razem w pokoju przez dwanaście lat. Kiedy Zach studiował na uniwersytecie Boba Jonesa, Zig był jego sublokatorem. Harriet musiała wysłuchiwać tych historii, chociaż wcale nie miała ochoty. Marionetka miała na sobie spodnie do kolan i kapelusz w kolorze pasztetu wieprzowego. Zig przypominał chłopaka z Dead Endu. Miał przerażająco czerwone usta i piegi jak wysypka po różyczce. Marionetka przewróciła oczami i potrząsnęła głową, naśladując Harriet.

— Hej, szefie, a mówią, że to ja jestem głupkiem! — wrzasnął Zig.

Na widowni rozległy się wybuchy śmiechu. Najgłośniej śmiały się Jada i Dawn, klaskając z podziwem w ręce. Harriet zaczerwieniła się i spojrzała na spocony kark starszej dziewczynki siedzącej przed nią. W miejscach, gdzie pasek od stanika wciskał się w jej ciało, widniały wałeczki tłuszczu. Mam nadzieję, że nigdy nie będę tak wyglądać, pomyślała Harriet. Wolałabym się zagłodzić na śmierć.

Minęło dziesięć dni, odkąd przyjechała na obóz, ale miała wrażenie, że jest tam całe wieki. Harriet była pewna, że Edie rozmawiała z doktorem Vance'em i jego żoną — opiekunowie poświęcali jej wyjątkowo dużo uwagi. Najgorsze, że wszelkie próby nawiązania kontaktu z grupą kończyły się niepowodzeniem. Harriet wiedziała, że to się nie zmieni. Poza tym nie podpisała przysięgi, którą dostała razem z ulotkami dotyczącymi obozu. Wszyscy uczestnicy mieli złożyć na piśmie obietnicę, że nie będą chodzić do kina na filmy dozwolone od lat osiemnastu, słuchać ciężkiej muzyki rockowej, pić alkoholu, uprawiać seksu przed ślubem, palić marihuany, wąchać tabaki ani wzywać imienia Pana nadaremno. Harriet nie zamierzała łamać tych zakazów (czasem chodziła do kina), ale postanowiła nie podpisywać przysięgi.

— Hej, kotku, chyba o czymś zapomniałaś — powiedziała wesoło siostra Vance, objęła Harriet (dziewczynka natychmiast zesztywniała) i uszczypnęła ją czule.

— Nie.

— Nie dostałam od ciebie przysięgi.

Harriet nie odpowiedziała. Pielęgniarka ścisnęła mocniej.

— Wiesz, kochanie, Bóg nie pozwala nam wybierać dwa razy. Istnieją dwie drogi: dobra i niewłaściwa. Albo jesteś wyznawcą Chrystusa, albo nie — powiedziała, wyciągając z kieszeni przysięgę. — Chcę, żebyś to wzięła i pomodliła się. Zrobisz, co Pan ci każe.

Harriet spojrzała na białe tenisówki pielęgniarki. Pani Vance chwyciła ją za rękę.

— Chcesz, żebym pomodliła się z tobą, kochanie? — spytała tak, jakby proponowała coś niezwykłego.

— Nie.

— Wiem, że podejmiesz właściwą decyzję, Pan o to zadba — powiedziała entuzjastycznie pielęgniarka. — Po prostu wiem!

Dziewczynki z wigwamu Harriet zdążyły się zaprzyjaźnić, zanim przyjechała, i nie zwracały na nią uwagi. Chociaż którejś nocy obudziła się z ręką w misce ciepłej wody, otoczona dziewczynkami, które chichotały w ciemności (dzięki tej sztuczce ofiara miała zsiusiać się do łóżka), wiedziała, że jej koleżanki nie mają wobec niej szczególnie wrogich zamiarów. Pewnego razu, kiedy weszła do łazienki, przewróciła wiaderko z wodą, które ktoś postawił obok sedesu. Na zewnątrz rozległ się śmiech.

— Dlaczego siedzisz tam tak długo?

Kiedy wyszła z łazienki z zamoczonymi krótkimi spodenkami, zobaczyła tuzin dziewcząt zwijających się ze śmiechu. Harriet miała nadzieję, że ten żart nie był wymierzony w nią, po prostu miała pecha, jak zwykle. Jej koleżanki: Beth i Stephanie, Beverley i Michelle, Marcy i Darci, i Sara Lynn, Kristle i Jada, i Lee Ann, i Devon, i Dawn uważały, że kawał jest świetny. Większość z nich przyjechała z Tupelo i Columbus (dziewczynki z Alexandrii były w wigwamach Oriole i Goldfinch, ale Harriet nie przepadała za nimi). Były wyższe niż Harriet i wyglądały na starsze, używały błyszczyków do ust, nosiły krótkie dżinsy i smarowały się olejkiem kokosowym na pomoście z nartami wodnymi. Ich rozmowy (rolki w Bay City, Osmondowie, chłopak, który nazywał się Jay Jackson i chodził do ich szkoły) nudziły ją i irytowały.

Harriet wiedziała, że tak będzie. Wiedziała, że opiekunowie dadzą wszystkim do podpisania przysięgi. Wiedziała, że nie będzie mogła czytać książek z biblioteki i będzie musiała uprawiać sporty grupowe (których nienawidziła), brać udział w nocnych skeczach i hektycznych zajęciach z Biblii. Wiedziała, że będzie siedzieć w kajaku podczas upalnych, bezwietrznych popołudni i słuchać głupich rozmów o tym, czy Dave jest dobrym chrześcijaninem, czy Wayne dobiegł do drugiej bazy przed Lee Ann i czy Jay Jackson pił alkohol.

Wszystko to było dostatecznie przygnębiające, ale Harriet nie przewidziała jednej rzeczy. W przyszłym roku miała pójść do ósmej klasy i po raz pierwszy została zaklasyfikowana do grona nastolatek — bezmyślnych stworzeń, których ciała miały wypukłości i różne wydzieliny. Wynikało tak z książek, które dostała na obozie. Nie była przygotowana na dziewczęcy szczebiot i upokarzające filmy naszpikowane informacjami z zakresu medycyny. Nie spodziewała się, że będzie musiała uczestniczyć w specjalnych sesjach, podczas których zachęcano dziewczęta do zadawania intymnych pytań (Harriet miała wrażenie, że wszystkie pytania dotyczą pornografii) i odpowiadania na nie.

Podczas tych dyskusji Harriet robiła się czerwona ze wstydu i czuła, jak kipi w niej nienawiść. Pielęgniarka uważała, że dziewczynka jest podobna do głupkowatych dziewczyn z Tupelo, które rozmawiały głównie o zapachu pod pachami, rozmnażaniu i randkach. To było upokarzające. Zdawało się, że jej koleżanki mają obsesję na punkcie dezodorantu, sprayów higienicznych w przebieralni, włosów na nogach i tłustych błyszczyków do ust. Wszystko, co wiązało się z okresem dojrzewania, wydawało się sprośne i nieprzyzwoite — nawet rozmowy o hot-dogach. Najgorsze, że Harriet czuła się tak, jakby najbardziej odrażające ilustracje z *Rozwoju twojego ciała* — macica, jajowody i piersi — były zdjęciami jej własnego ciała. Miała wrażenie, że ludzie patrząc na nią, widzą ukryte pod jej ubraniem organy, genitalia i włosy. Harriet wiedziała, że jest to nieuniknione (na tym właśnie polega dojrzewanie). Ale ta wiedza kojarzyła jej się ze śmiercią. Śmierć była przynajmniej czymś uroczystym — kresem beznadziejności i rozpaczy.

Harriet musiała przyznać, że niektóre dziewczęta z jej pokoju — szczególnie Kristle i Marcy — miały poczucie humoru. Ale bardziej „kobiece" koleżanki (Lee Ann, Darci, Jada i Dawn) były przerażająco tępe. Rozmawiały w kółko o tym, kto ma cycki, a kto nie ma, mówiły o całowaniu się i leżeniu na dywanie. Mówiły angielszczyzną pozostawiającą wiele do życzenia, a umysłowość miały odrażającą.

— Zobacz — powiedziała Harriet, kiedy Lee Ann próbowała nałożyć kamizelkę ratunkową. — Musisz ją zapiąć pod pachami w ten sposób.

Dziewczęta razem z Lee Ann wybuchnęły śmiechem. Co takiego, Harriet?

— Musisz ją zapiąć pod pachami — powtórzyła Harriet. — Co w tym dziwnego?

— Nic.

Idiotki, pomyślała Harriet. Obleśne, spocone dziewuchy, które mają obsesję na punkcie menstruacji, chłopców, włosów łonowych i dezodorantów. Chichoczące i kopiące się po kostkach.

— Powtórz to, Harriet. Co ona ma zrobić?

Zach i Zig zmienili temat i zaczęli mówić o piciu piwa.

— Powiedz mi, Zag, czy wypiłbyś coś, co ma wstrętny smak i w dodatku jest szkodliwe dla zdrowia?

— A fu! Pewnie, że nie!

— Wyobraź sobie, że dorośli i niektóre dzieci piją takie rzeczy!

Zig spojrzał na widownię ze zdumieniem.

— Dzieci z obozu, szefie?

— To całkiem prawdopodobne. Zawsze znajdzie się jakiś głupek, który uważa, że „piwo jest super". — Zach podniósł do góry dwa palce tak, że tworzyły literę V. Na widowni rozległ się nerwowy śmiech.

Harriet, którą bolała głowa od siedzenia na słońcu, zmrużyła oczy i spojrzała na swoje ramię pogryzione przez komary. Po spotkaniu (które, dzięki Bogu, miało się skończyć za dziesięć minut) przewidziano czterdzieści pięć minut pływania, a potem zagadki z Biblii i lunch.

Pływanie było jedynym sportem, który Harriet lubiła, i czekała z niecierpliwością na te trzy kwadranse. Sama z bijącym sercem płynęła po mrocznym, ponurym jeziorze w ciemności, poprzecinanej gdzieniegdzie pasemkami oślepiającego światła słonecznego. Blisko powierzchni woda była ciepła jak w wannie. Kiedy Harriet zanurzała się głębiej, zimne prądy uderzały jej w twarz. Z miałkiego mułu na dnie wypływał ciemnozielony, piaszczysty dym, tworząc zawijasy i spirale.

Dziewczęta pływały tylko dwa razy w tygodniu — we wtorki i w czwartki. Harriet cieszyła się, że był czwartek. Wciąż nie mogła dojść do siebie po przeczytaniu niepokojącego listu od Hely'ego, który dostała tego ranka. W kopercie, którą otworzyła, znajdował się wycinek z gazety „Eagle" z Alexandrii. Na górze widniał tytuł *Egzotyczny gad atakuje kobietę*. Był tam także list pisany na niebieskim szkolnym papierze.

— Ooch, czy to od twojego chłopaka? — Dawn wyrwała jej list. —

„Cześć, Harriet" — zaczęła czytać na głos tak, że wszyscy słyszeli. — „Co u Ciebie?"

Wycinek z gazety spadł na podłogę. Harriet podniosła go drżącą ręką, zwinęła w kulkę i wcisnęła do kieszeni.

— „Pomyślałem, że to Cię zainteresuje. Przeczytaj ten fragment..." O co tu chodzi? Jaki fragment? — spytała Dawn.

Harriet wsadziła rękę do kieszeni i zaczęła drzeć na strzępy wycinek.

— Schowała coś do kieszeni — powiedziała Jada.

— Zabierz jej to!

Jada podeszła bliżej i Harriet uderzyła ją w twarz. Dziewczynka krzyknęła.

— O Boże! Ona mnie p o d r a p a ł a! Skaleczyłaś mnie w powiekę, ty mała suko!

— Hej, dziewczyny! — rozległ się szept. — Mel was usłyszy.

Chodziło o Melanie — opiekunkę ich wigwamu.

— Leci mi krew! — wrzasnęła Jada. — Ona chciała wyrwać mi oko! Kurwa!

Dawn z rozdziawionymi, lśniącymi od błyszczyku ustami, wpatrywała się w Harriet ze zdumieniem. Korzystając z ogólnego zamieszania, Harriet wyrwała jej list Hely'ego i schowała do kieszeni.

— Zobaczcie — powiedziała Jada, wyciągając rękę. Na jej palcach i powiece widniały ślady krwi. — Zobaczcie, co mi zrobiła!

— Z a m k n i j c i e   s i ę! — powiedział ktoś cienkim głosem. — Bo będzie awantura.

— Jeśli ukarzą nas jeszcze raz, nie będziemy mogły jeść chrupków z chłopcami — zawołał inny głos z przerażeniem.

— To   p r a w d a! Zamknijcie się!

Jada zbliżyła się do Harriet z groźną miną.

— Lepiej uważaj — powiedziała. — Lepiej...

— Zamknijcie się! Idzie Mel!

W tym momencie rozległ się dzwonek w kaplicy. Zach i jego marionetka uratowali Harriet — przynajmniej na jakiś czas. Dziewczynka wiedziała, że będzie miała kłopoty, jeśli Jada na nią naskarży. Ale nie było to nic nowego — Harriet często dostawała karę za bicie się.

Najbardziej martwił ją wycinek z gazety. Hely postąpił niemądrze, wysyłając go, ale na szczęście nikt się o niczym nie dowiedział. Sama zdążyła zobaczyć tylko tytuł — podarła artykuł na strzępki razem z listem od Hely'ego. Skrawki papieru wciąż miała w kieszeni.

Nagle Harriet uświadomiła sobie, że atmosfera wokół niej się zmieniła.

Zach ucichł, jej koleżanki siedziały nieruchomo ze skupionymi minami. Poczuła nagłą panikę. Bała się, że za chwilę wszystkie dziewczynki odwrócą się w jej kierunku i poczuje na sobie ich wzrok. Zach chrząknął i Harriet zdała sobie sprawę, że milczenie panujące dokoła nie ma z nią nic wspólnego. Wszyscy byli pogrążeni w modlitwie. Zamknęła oczy i pochyliła głowę.

Po skończonej modlitwie dziewczęta zaczęły się przeciągać, chichotać i rozmawiać w grupach (Jada, Dawn i Darci stały z rękami skrzyżowanymi na piersiach i Harriet miała pewność, że rozmawiały o niej. Od czasu do czasu rzucały w jej kierunku wrogie spojrzenia), Mel (w czapeczce z daszkiem na głowie i nosem posmarowanym kremem z tlenkiem cynku) zagrodziła Harriet drogę.

— Zapomnij o pływaniu. Vance'owie chcą cię widzieć.

Harriet odwróciła wzrok, starając się ukryć niezadowolenie.

— Czekają na ciebie w biurze — powiedziała Mel, oblizując wargi koniuszkiem języka. Patrzyła na cudownego Zacha, z którym chciała porozmawiać, zanim oddali się do obozu chłopców.

Harriet skinęła głową z obojętną miną. Co mogli jej zrobić? Zmusić ją do siedzenia w wigwamie przez cały dzień?

— Hej! — zawołała za nią Mel, która machając do Zacha, zaczęła przedzierać się przez tłum dziewcząt. — Jeśli rozmowa nie potrwa długo, przyjdź na kort tenisowy i poćwicz z grupą, która zaczyna o dziesiątej.

Po zalanej słońcem kaplicy cień w sosnowym lesie wydawał się przyjemnie chłodny. Piasek na drodze był miękki i lepki. Harriet szła ze spuszczoną głową. Szybko to załatwiła, pomyślała. Jada była złośliwa i gwałtowna, ale nie skarżyła na inne koleżanki.

Ale kto wie? Może wcale nie chodziło o to. Może doktor Vance chciał odbyć z Harriet kolejną „sesję" (podczas której powtarzał wersety z Biblii o posłuszeństwie, a potem pytał Harriet, czy akceptuje Jezusa jako swojego wybawiciela). A może chciał jej zadać parę pytań w sprawie figurki z *Wojen gwiezdnych*? (Dwa dni wcześniej Vance zwołał specjalne spotkanie dla chłopców i dziewcząt. Krzyczał przez godzinę na swoich podopiecznych, ponieważ ktoś ukradł figurkę z *Wojen gwiezdnych* należącą do Brantleya, jego paroletniego synka).

A może ktoś do niej zadzwonił? W biurze doktora Vance'a był telefon. Ale kto mógłby do niej zadzwonić? Hely?

Może to policja, pomyślała. Może znaleźli wózek. Postanowiła, że nie będzie o tym myśleć.

Harriet wyszła powoli z lasu. Przed biurem obok minibusa i wagonu doktora Vance'a stał samochód z plakietką producenta, na której widniał napis: „Dial Chevrolet". Zanim Harriet zdążyła się zdziwić, drzwi otworzyły się i stanął w nich doktor Vance, a za nim — Edie. Harriet zatrzymała się. Edie wyglądała dziwnie: blada i smutna. Przez chwilę dziewczynka zastanawiała się, czy to naprawdę jej babcia, ale była to rzeczywiście Edie. Staruszka miała na nosie stare okulary z czarnymi męskimi oprawkami, które podkreślały bladość jej twarzy.

Doktor Vance zauważył Harriet i zamachał do niej gwałtownie obiema rękami, jakby stała na samym końcu zatłoczonego boiska. Dziewczynka nie miała ochoty do niego podchodzić. Obawiała się poważnych kłopotów. Nagle Edie uśmiechnęła się do Harriet i twarz staruszki przestała jej się wydawać obca. Stała przed nią Edie z krwi i kości, Edie, która lubiła bombonierki w kształcie czerwonego serca, Edie, która grała w piłkę z Robinem pod jasnym niebem na zdjęciach kodaka.

— Moja czarnuszko! — zawołała babcia.

Doktor Vance patrzył z wymuszoną życzliwością, jak Harriet rozpromienia się, słysząc pieszczotliwe określenie, którego czasem używała jej babcia. Dziewczynka pobiegła po żwirowej ścieżce i stanęła obok Edie, która pochyliła się i z miną żołnierza uszczypnęła Harriet w policzek.

— Cieszymy się, że babcia przyjechała, prawda? — zawołał doktor Vance, przewracając oczami i przytupując nerwowo. Udawał przejętego i jednocześnie miał taką minę, jakby myślami był gdzieś indziej.

— Harriet — powiedziała Edie. — Czy to są wszystkie twoje rzeczy?

Harriet dopiero teraz zauważyła stojącą na ziemi walizkę, plecak i rakietę tenisową.

Zapanowało milczenie, podczas którego dziewczynka próbowała zrozumieć, co się dzieje.

— Masz nowe okulary — powiedziała w końcu.

— Okulary są stare. Samochód jest nowy. — Edie wskazała na wóz zaparkowany obok minibusa doktora Vance'a. — Jeśli masz jeszcze jakieś rzeczy w pokoju, lepiej je przynieś teraz.

— Co się stało z twoim samochodem?

— Nieważne. Biegnij po rzeczy.

Oszołomiona Harriet ruszyła posłusznie w stronę wigwamu. Nie mogła uwierzyć, że wreszcie będzie mogła opuścić to okropne miejsce. Kiedy zobaczyła Edie, chciała jej się rzucić do nóg i błagać, żeby zabrała ją do domu.

Postanowiła nie zabierać wykonanych przez siebie „projektów" artystycznych (podstawki pod doniczkę i pojemnika na ołówki, który był wciąż mokry). Wzięła tylko klapki, w których brała prysznic, i ręczniki. Jedna z koleżanek zabrała ręcznik kąpielowy Harriet, więc dziewczynka chwyciła ten, który został, i pobiegła z powrotem do biura.

Doktor Vance pomagał Edie załadować do bagażnika rzeczy Harriet. Dziewczynka dopiero teraz zauważyła, że babcia jest sztywno wyprostowana i porusza się z trudem.

Może chodzi o Idę, pomyślała nagle. Może Ida zdecydowała się zostać. Albo postanowiła mnie zobaczyć, zanim odjedzie. Ale Harriet wiedziała, że to mało prawdopodobne.

Edie spojrzała na nią podejrzliwie.

— Myślałam, że zabrałaś z domu dwa ręczniki — powiedziała.

— Nie. — Harriet zauważyła, że Edie ma pod nosem czarny ślad. Tabaka?, pomyślała dziewczynka. Chester zażywał tabakę.

Doktor Vance stanął tuż obok Harriet, opierając się plecami o drzwi samochodu, i podał jej rękę.

— Bóg ma swój własny plan — powiedział tak, jakby zdradzał jej sekret. — Czy to znaczy, że mamy zakwestionować ten plan? Nie. Czy to znaczy, że musimy go rozumieć? Nie. Czy to znaczy, że powinniśmy rozpaczać i narzekać? Oczywiście, że nie!

Harriet czerwona ze wstydu spojrzała w surowe szare oczy doktora Vance'a. Podczas dyskusji po zajęciach z rozwoju ciała siostra Vance wielokrotnie wspominała o planie Bożym. To Bóg stworzył kobietę. Hormony i wydzieliny ciała stanowiły część Jego planu.

— Dlaczego tak jest? Dlaczego Bóg poddaje nas próbom? Dlaczego kwestionuje nasze decyzje? Dlaczego powinniśmy się zastanowić nad tą uniwersalną prawdą? — Doktor Vance spróbował spojrzeć jej w oczy. — Czego uczymy się na drodze chrześcijaństwa?

Cisza. Harriet była zbyt zbulwersowana, żeby cofnąć rękę. Wysoko na gałęzi sosny zaśpiewała sójka.

— Musimy uwierzyć, że Jego plan jest dobry. Co to znaczy zaakceptować Jego plan? To znaczy pogodzić się z Jego wolą i zaakceptować ją z radością! Oto największe wyzwanie dla nas, chrześcijan.

Doktor Vance zbliżył twarz do twarzy Harriet i dziewczynka poczuła nagłą panikę. Zaczęła się przyglądać w skupieniu czerwonej szramie na jego brodzie, gdzie zaciął się żyletką.

— Módlmy się — powiedział nagle doktor Vance, ściskając rękę Harriet. — Drogi Jezu... — zaczął, przyciskając powieki kciukiem i palcem wskazującym. — Jesteśmy zaszczyceni, że możemy stać dziś przed Tobą! To błogosławieństwo móc się z Tobą modlić! Bądźmy radośni i pogodni w Twojej obecności.

O czym on mówi?, pomyślała Harriet. Pogryzione przez komary ramię zaczęło ją swędzieć, ale nie śmiała się podrapać. Zmrużyła oczy i zaczęła się przyglądać swoim butom.

— Panie, prosimy, abyś był z Harriet i jej rodziną w najbliższych dniach. Strzeż ich, czuwaj nad nimi i prowadź ich — mówił doktor Vance, bardzo dokładnie wymawiając spółgłoski i sylaby. — Pomóż im zrozumieć, Panie, że nieszczęścia i trudne chwile są częścią życia każdego chrześcijanina...

Gdzie jest Edie?, pomyślała Harriet, zamykając oczy. W samochodzie? Ręka doktora Vance'a była lepka i nieprzyjemna w dotyku. Harriet pomyślała, że gdyby Marcy i inne dziewczynki zobaczyły, jak ściska się za ręce z doktorem Vance'em, na pewno by się z niej śmiały.

— Panie, pomóż im wytrwać. Pomóż im pogodzić się z tym, co się stało, i kroczyć pewnie tą drogą. Pomóż im być posłusznymi, akceptować Twoją wolę i zachować wiarę.

Pogodzić się z czym?, pomyślała Harriet ze zdziwieniem i niechęcią.

— Prosimy Cię o to w imię Jezusa Chrystusa. Amen — powiedział doktor Vance tak głośno, że Harriet zadrżała i zaczęła rozglądać się dookoła.

Edie stała obok samochodu z ręką na masce. Harriet nie miała pewności, czy jej babcia słyszała całą modlitwę doktora Vance'a. Nagle tuż obok pojawiła się siostra Vance. Pochyliła się nad Harriet i uścisnęła ją.

— Pan cię kocha — powiedziała swoim radosnym głosem. — Pamiętaj o tym.

Poklepała Harriet po pośladkach i uśmiechnęła się promiennie do Edie, tak jakby zamierzała uciąć z nią pogawędkę.

— Dzień dobry! — zawołała, ale staruszka nie była w tak towarzyskim nastroju jak zeszłym razem, kiedy odwoziła Harriet na obóz. Skinęła głową i dała pielęgniarce do zrozumienia, że nie ma ochoty na rozmowę.

Wsiadły do samochodu. Edie przyglądała się przez chwilę tablicy rozdzielczej, a potem przekręciła kluczyk i samochód ruszył. Vance'owie, objęci ramionami, stanęli na środku pokrytego żwirem placu i machali, dopóki nie stracili z oczu chevroleta.

Nowy samochód miał klimatyzację i był cichszy niż poprzedni. Harriet obejrzała nowe radio, automatycznie otwierane szyby i usadowiła się na fotelu z niepewną miną. Jechały zamknięte w hermetycznym pojeździe, w cieniu soczystych, zielonych liści. Samochód sunął gładko po żwirowej drodze, w przeciwieństwie do oldsmobile'a, który trząsł się na wybojach tak, jakby miał się rozpaść na kawałki. Harriet odważyła się spojrzeć na babcię dopiero, kiedy zjechały z cienistej drogi na słoneczną autostradę.

Edie wydawała się pogrążona w myślach. Jechały w milczeniu szeroką, pustą drogą. Nie minął ich ani jeden samochód. Niebo było bezchmurne, nad ziemią wisiał rdzawy pył, który pokrywał wszystko aż po horyzont. Nagle Edie chrząknęła.

Harriet odwróciła się od okna i spojrzała z niepokojem na babcię.

— Przykro mi, moja mała — powiedziała Edie.

Harriet poczuła, że brak jej tchu. Miała wrażenie, że serce przestaje jej bić, a zegar obok kierownicy pogrąża się w ciemności.

— Co się stało? — spytała.

Edie wciąż patrzyła na drogę z kamienną twarzą. W samochodzie zrobiło się chłodno od klimatyzowanego powietrza i Harriet zaczęła masować zziębnięte ramiona. Mama nie żyje, pomyślała. Albo Allison. Albo tata. Jednocześnie uświadomiła sobie, że potrafiłaby z tym żyć.

— Co się stało?

— Chodzi o Libby.

Po wypadku nikomu nie przyszło do głowy, że staruszkom mogło się stać coś poważnego. Oprócz kilku skaleczeń i krwawiącego nosa Edie żadna z nich nie odniosła poważniejszych ran. Były tylko mocno przestraszone. Sanitariusze zbadali wszystkie cztery siostry z irytującą dokładnością.

— Ani śladu zadrapania — powiedział zarozumiały sanitariusz, pomagając Libby wysiąść z samochodu. Staruszka wyglądała nienagannie ze swoimi białymi włosami, perłami i w różowej sukience.

Libby była oszołomiona. Zderzenie nastąpiło od strony, gdzie siedziała. Staruszka trzymając rękę na szyi, tak jakby chciała wyczuć swój puls, uśmiechała się do wszystkich.

— Nie przejmuj się m n ą! — zawołała do Edie, która wyszła z karetki mimo protestów sanitariuszy, żeby sprawdzić, w jakim stanie są jej siostry.

Wszystkie cztery miały ból szyi. Edie czuła się tak, jakby ktoś trzasnął ją batem w kark. Adelaide, chodząc dookoła oldsmobile'a, dotykała wciąż swoich uszu, sprawdzając, czy nie zginęły jej kolczyki.

— To cud, że żyjemy! — wołała raz po raz. — Cud, że nas wszystkich nie zabiłaś, Edie!

Lekarze sprawdzili, czy żadna z sióstr nie doznała wstrząsu i niczego sobie nie złamała. (D l a c z e g o, myślała później Edie, dlaczego nie przypilnowała, żeby ci idioci zmierzyli wtedy ciśnienie Libby? Edie była pielęgniarką z doświadczeniem, znała się na tym). W końcu doszli do wniosku, że zabiorą do szpitala tylko Edie. Staruszka była zirytowana — nie odniosła żadnych zewnętrznych ani wewnętrznych obrażeń i niczego nie złamała. Zaczęła się kłócić z sanitariuszami. Nic jej nie dolegało, miała tylko złamane żebra od uderzenia w kierownicę. Edie pracowała kiedyś jako pielęgniarka wojenna i wiedziała, że żołnierza z połamanymi żebrami powinno się obandażować i odesłać do domu.

— Przecież pani ma złamane żebro — powiedział kolega zarozumiałego sanitariusza o wielkiej, dyniowatej głowie.

— Zdaję sobie z tego sprawę! — wrzasnęła Edie.

— Ależ, proszę pani... — Sanitariusz wyciągnął ręce w jej stronę. — Powinniśmy zabrać panią do szpitala...

— Po co? W szpitalu założą mi bandaż i wezmą za to sto dolarów! Za taką sumę mogę się sama opatrzyć.

— Wizyta na ostrym dyżurze będzie panią kosztować o wiele więcej niż sto dolarów — powiedział zarozumiały sanitariusz, kładąc rękę na masce zgniecionego samochodu (biedny oldsmobile! Za każdym razem, kiedy Edie patrzyła na samochód, czuła, że pęka jej serce). — Sam rentgen kosztuje siedemdziesiąt pięć dolarów.

Tymczasem dookoła zgromadził się niewielki tłum, głównie pracownice banku — chichoczące, żujące gumę, rozczochrane dziewczyny z brązową szminką na ustach. Tat, która zatrzymała samochód policyjny, machając żółtą kosmetyczką, usiadła z powrotem na tylnym fotelu zgniecionego samochodu obok Libby (chociaż klakson wciąż ryczał). Rozmowa z policjantami i kierowcą drugiego samochodu wydawała się ciągnąć w nieskończoność. Kierowca nazywał się Lyle Pettit Rixey. Irytujący, chudy i niezwykle żwawy starszy pan uważał, że tylko on ma rację. Miał buty zakończone szpicami, haczykowaty nos i kiedy chodził, podnosił kolana wysoko. Oznajmił, że mieszka w hrabstwie Attala, a nazwisko powtórzył dwukrotnie, zaznaczając, że jest z niego bardzo dumny. Od czasu do czasu podnosił kościsty palec i wskazywał na Edie, mówiąc „ta właśnie k o b i e t a" takim tonem, jakby Edie była alkoholiczką.

— Ta k o b i e t a zajechała mi drogę. Ta k o b i e t a nie powinna prowadzić samochodu — mówił.

Edie odwróciła się do niego plecami i odpowiadała na pytania policjantów.

To ona spowodowała wypadek, ale nie chciała się do tego przyznać. Zarzutów słuchała z godnością. Miała połamane okulary, a z miejsca, gdzie stała na zalanym słońcem asfalcie, Tat i Libby wyglądały jak różowo-żółte plamy na tylnym siedzeniu oldsmobile'a. („Ta k o b i e t a wybrała wyjątkowo upalny dzień, żeby się ze mną zderzyć", powiedział pan Rixey sanitariuszom). Edie wytarła czoło wilgotną chusteczką. Kiedy mieszkały w Utrapieniu, w każde święta Bożego Narodzenia znajdowały pod drzewem cztery sukienki w różnych kolorach: różową dla Libby, niebieską dla Edie, żółtą dla Tat i fioletową dla małej Adelaide. Kolorowe wycieraczki do piór... porcelanowe lalki z blond włosami i sukienkami w różnych kolorach...

— Czy skręciła pani o sto osiemdziesiąt stopni? — spytał policjant.

— Nie. Skręciłam na parkingu. — Na autostradzie błysnęło lusterko przejeżdżającego samochodu. Edie znów wróciła myślami do dzieciństwa. Przypomniała sobie o blaszanej lalce Tatty, ubranej w wytarty, żółty strój. Lalka siedziała na zakurzonym podwórku przed Utrapieniem pod drzewami figowymi, gdzie czasem przybiegały kurczaki. Edie nigdy nie bawiła się lalkami — nigdy jej nie interesowały, ale zobaczyła blaszaną lalkę z zadziwiającą ostrością: brązowy materiał pokrywający jej ciało i świecący nos ze srebrną plamą w miejscu, gdzie odpadła farba. Tatty bawiła się wiele lat tą nędzną kukłą z upiorną metalową głową. Ile lat upłynęło, odkąd Edie po raz ostatni myślała o tej przerażającej małej twarzy z oderwanym nosem?

Policjant przepytywał Edie przez pół godziny. Miał cienki głos i okulary przeciwsłoneczne. Wyglądał jak mucha z horroru Vincenta Price'a. Zasłaniając oczy ręką, Edie próbowała skupić się na tym, co mówił, ale kątem oka obserwowała samochody mknące po zalanej słońcem autostradzie i myślała o brzydkiej, starej lalce Tatty ze srebrnym nosem. Jak ona się, u diabła, nazywała? Edie nie mogła sobie przypomnieć. Tatty zaczęła mówić poprawnie po angielsku dopiero, kiedy poszła do szkoły, wszystkie jej lalki miały dziwaczne imiona, które sama wymyślała: Gryce, Lillium, Artemo...

Dziewczyny z banku zaczęły oglądać swoje paznokcie i owijać pukle włosów wokół palców. Były znudzone i jedna po drugiej znikały w budynku. Adelaide, którą Edie obwiniała o to, co się stało (ona i jej Sanka!) była zdenerwowana. Stała w pewnej odległości od sióstr, rozmawiając ze wścibską przyjaciółką z chóru — panią Cartrett, która przyjechała zobaczyć, co się dzieje. W którymś momencie Adelaide wśliznęła się do samochodu znajomej i odjechała, nie mówiąc nic Edie.

— Jedziemy do McDonalda zjeść kiełbaski i herbatniki — zawołała do Tat i biednej Libby.

Do McDonalda! W dodatku, kiedy podobny do muchy policjant pozwolił Edie odejść, jej samochód nie chciał ruszyć. Edie rozprostowała ramiona i poszła do okropnego, zimnego banku. Musiała minąć okienka z eleganckimi kasjerkami i spytać, czy może skorzystać z telefonu. W tym czasie Libby i Tat siedziały posłusznie na tylnych fotelach oldsmobile'a na zalanym słońcem parkingu. Wkrótce potem przyjechała taksówka. Edie rozmawiając przez telefon z mechanikiem z warsztatu w pokoju menedżera, zobaczyła przez okno, jak jej siostry wysiadają z samochodu i idą ramię w ramię w kierunku taksówki, drepcząc po żwirowej drodze w swoich niedzielnych butach. Edie zastukała w szybę i wtedy Tat podniosła do góry rękę. Nagle Edie przypomniała sobie, jak nazywała się lalka, i wybuchnęła głośnym śmiechem.

— O co chodzi? — zdziwił się mechanik.

Menedżer banku, zezowaty mężczyzna w okularach z grubymi szkłami, spojrzał na nią z taką miną, jakby myślał, że zwariowała. Ale Edie nie zamierzała się tym przejmować. L y c o b u s. Oczywiście. Tak nazywała się blaszana lalka. Niegrzeczna Lycobus, która zaprosiła na herbatę lalki Adelaide, ale poczęstowała je tylko wodą i rzodkiewkami...

Kiedy nadjechała ciężarówka, która miała odholować samochód do warsztatu, kierowca zaproponował, że zawiezie Edie do domu. Jechała ciężarówką po raz pierwszy od czasu drugiej wojny światowej. Edie, która miała złamane żebra, z trudem wspięła się na fotel po wysokich stopniach. Ale, jak tłumaczył sędzia swoim córkom, żebracy nie mogą być wybredni.

Kiedy staruszka dotarła w końcu do domu, dochodziła pierwsza. Ubranie powiesiła na wieszaku (dopiero, kiedy zaczęła się rozbierać, przypomniała sobie, że walizki zostały w bagażniku oldsmobile'a) i zrobiła sobie chłodną kąpiel. Siedząc na brzegu łóżka w biustonoszu i pończochach, wciągnęła powietrze głęboko do płuc i najlepiej jak potrafiła obandażowała żebra. Potem wypiła szklankę wody i wzięła tabletkę przeciwbólową z kodeiną. Kupiła kiedyś tabletki po zabiegu u dentysty. Nałożyła kimono i położyła się na łóżku.

Jakiś czas później obudził ją telefon. Po drugiej stronie odezwał się cienki, kobiecy głos i Edie myślała przez chwilę, że dzwoni jej córka.

— Charlotte? — zawołała. — Kto mówi? — dodała, kiedy po drugiej stronie zaległa cisza.

— Mówi Allison. Jestem u Libby. Ona... jest zdenerwowana.

— Nic dziwnego — powiedziała Edie. Kiedy się wyprostowała, poczuła nagły ból w klatce piersiowej i wstrzymała na chwilę oddech. — Libby nie powinna się teraz udzielać towarzysko. Najlepiej będzie, jeśli dasz jej odpocząć.

— Ona wcale nie jest zmęczona. Ma zamiar marynować buraki.

— Marynować buraki? — Edie parsknęła głośno. — Ja też bym się zdenerwowała, gdybym zaczęła teraz marynować buraki!

— Ale ona mówi...

— Idź do domu i pozwól Libby odpocząć — powiedziała Eddie, wciąż trochę oszołomiona po tabletce przeciwbólowej. Poza tym bała się, że Allison zacznie ją wypytywać o wypadek (policjant zasugerował, że wzrok Edie mógł się pogorszyć; poradził, żeby poszła do okulisty, i groził, że unieważni jej prawo jazdy) i chciała jak najszybciej skończyć rozmowę. Nagle w tle zabrzmiał zduszony jęk.

— Co to było? — spytała Edie.

— Ona się martwi. Poprosiła, żebym do ciebie zadzwoniła. Edie, nie wiem, co robić. Proszę, przyjdź tu i...

— Po co, na Boga?! — zawołała staruszka. — Daj mi Libby.

— Ona jest w drugim pokoju. — Po drugiej stronie rozległy się dźwięki rozmowy i po chwili Allison odezwała się znowu: — Libby mówi, że chce iść do miasta, ale nie wie, gdzie są jej buty i rajstopy.

— Powiedz jej, żeby się nie martwiła. Walizki zostały w bagażniku. Czy Libby się zdrzemnęła?

W tle rozległ się odgłos przyciszonej rozmowy i Edie poczuła, że za chwilę straci cierpliwość.

— Halo? — powiedziała głośno.

— Libby twierdzi, że czuje się dobrze, ale...

(Libby zawsze mówiła, że czuje się dobrze, nawet kiedy miała szkarlatynę).

— ...ale ona nie chce usiąść — powiedziała Allison. Zdawało się, że jej głos dochodzi z bardzo daleka, jak gdyby po raz kolejny odsunęła słuchawkę od ust. — Ona stoi w dużym pokoju...

Allison zaczęła następne zdanie i mówiła dalej, ale Edie nagle zdała sobie sprawę, że nie rozumie ani słowa z tego, co powiedziała jej wnuczka.

— Przykro mi — powiedziała. — Musisz mówić głośniej. — Zanim zdążyła zbesztać Allison za to, że mówi tak niewyraźnie, gdzieś z tyłu rozległo się głośne: stuk! stuk! stuk! Ktoś walił do drzwi. Edie owinęła się kimonem, zawiązała pasek i wyjrzała na korytarz. Przed drzwiami stał Roy Dial, szczerząc w uśmiechu swoje szare, połamane zęby.

Edie schowała głowę w sypialni. Sęp, pomyślała. Chętnie bym go zastrzeliła. Roy Dial wyglądał na wniebowziętego. Allison wciąż mówiła do słuchawki.

— Posłuchaj, muszę kończyć — powiedziała szybko staruszka. — Mam gościa na ganku i muszę się ubrać.

— Libby mówi, że musi odebrać pannę młodą z dworca — powiedziała Allison ledwo dosłyszalnym głosem.

Po chwili Edie, która nie lubiła przyznawać się do tego, że źle słyszy, westchnęła ciężko (aż poczuła ból w żebrach).

— Powiedz Lib, żeby się położyła. Przyjdę zmierzyć jej ciśnienie i dam jej tabletkę uspokajającą, jak tylko...

Łup! Łup! Łup!

— Jak tylko się go pozbędę — powiedziała i odłożyła słuchawkę. Potem narzuciła szal na ramiona, włożyła kapcie i wyszła do korytarza. Przez szybę w drzwiach zobaczyła pana Diala, który otworzył szeroko usta i wpatrywał się w nią z zachwytem. Trzymał w ręku coś, co wyglądało jak kosz z owocami, opakowany w żółty celofan. Kiedy Dial zauważył, że Edie ma na sobie szlafrok, zrobił skruszoną minę (podniósł do góry brwi tak, że nad jego nosem powstała litera V) i zaczął poruszać ustami, wskazując na koszyk: „Przepraszam, że przeszkadzam! Przyniosłem mały drobiazg. Mogę go tu zostawić".

Po chwili wahania Edie dała mu do zrozumienia, żeby został.

— Niech pan zaczeka! — zawołała radosnym głosem. — Zaraz przyjdę!

Kiedy weszła do pokoju, uśmiech zniknął z jej twarzy. Zamknęła drzwi i wyciągnęła z szafy suknię.

Zapięła z tyłu zamek sukienki, nałożyła warstwę różu na policzki i upudrowała nos. Potem uczesała się, sycząc z bólu przy każdym ruchu ręki, przejrzała się w lustrze i poszła otworzyć drzwi.

— Co za niespodzianka — powiedziała sztucznie wesołym głosem, kiedy pan Dial wręczył jej koszyk.

— Mam nadzieję, że nie przeszkadzam. — Dial przekrzywił głowę i spojrzał na nią z ukosa. — Dorothy spotkała w sklepie Susie Cartrett, która powiedziała jej o wypadku. Od wielu lat mówiłem... — Dial położył rękę na ramieniu Edie. — Od wielu lat mówiłem, że powinni umieścić światła stopu na tym skrzyżowaniu. Zadzwoniłem do szpitala, ale powiedzieli mi, że nie przyjęli pani na oddział. Dzięki Bogu!

— Tak... — powiedziała Edie mile zaskoczona. — Dziękuję.

— To najbardziej niebezpieczne skrzyżowanie w całym hrabstwie. Powiem pani coś. Rada podejmie decyzję o umieszczeniu świateł stopu dopiero wtedy, kiedy ktoś zostanie zabity. Z a b i t y!

Ku swojemu zdumieniu Edie stwierdziła, że słowa pana Diala sprawiają jej przyjemność. On był przekonany, że Edie nie ponosi winy za wypadek. Kiedy wskazał na nowego cadillaca zaparkowanego przy krawężniku („drobna przysługa... pomyślałem, że zostawię go pani na parę dni"), Edie postanowiła, że nie będzie wobec niego nieuprzejma, chociaż jeszcze parę minut wcześniej miała na to ochotę. Wyszła z nim posłusznie na ulicę i słuchała cierpliwie, jak wychwalał zalety samochodu: skórzane fotele, automatyczną skrzynię biegów ("Kiedy zobaczyłem to cacko dwa dni temu, pomyślałem: oto idealny samochód dla panny Edith!"). Staruszka patrzyła z przyjemnością na Diala, który pokazał jej, jak działają automatycznie otwierane szyby. Zaledwie parę godzin wcześniej parę osób zasugerowało Edie, że nie powinna w ogóle prowadzić samochodu. Pan Dial mówił bez przerwy. Edie czuła, że tabletka przeciwbólowa przestaje działać. Próbowała mu przerwać, ale on, korzystając z sytuacji (kierowca ciężarówki, która przyholowała oldsmobile'a powiedział mu, że samochód Edie nadaje się na złom), zaczął mówić o korzyściach związanych z kupnem cadillaca. Obiecał, że obniży cenę o pięćset dolarów. Dlaczego?

— Nie chodzi o to, że mam takie dobre serce — tłumaczył, rozkładając ręce. — Nie, pani Edith. Powiem pani, dlaczego. Po prostu jestem dobrym biznesmenem i firma Dial Chevrolet chce ubić z panią interes.

Dial powiedział, że przedłuży gwarancję. Edie stojąc na zalanym słońcem krawężniku, z bolącymi żebrami, nagle zdała sobie sprawę, że jest starą, niedołężną kobietą. Pomyślała o bolących członkach, zamglonych oczach i nieustannym posmaku aspiryny w gardle. Wyobraziła sobie farbę schodzącą płatami ze ścian, przeciekający dach, krany, z których kapała woda, koty sikające na dywan i grządki w ogrodzie, o które nikt nie dbał. Starzy ludzie mieli więcej czasu: przesiadywali całymi godzinami w ogrodzie, podczas gdy różni hochsztaplerzy i troskliwi obcy czyhali w pobliżu, czekając na okazję, żeby ich wykorzystać. Kiedy przyjeżdżała do Utrapienia, często zastawała ojca gawędzącego przed domem z podejrzanie wyglądającym sprzedawcą albo uśmiechniętym cygańskim specjalistą od przycinania drzew, który mówił później, że cena dotyczyła jednej g a ł ą z k i, a nie drzewa. Obok domu sędziego kręcili się gadatliwi mężczyźni w butach od Florsheima (każdy z nich był Judaszem), proponując mu pisma ze zdjęciami kobiet, buteleczki whisky i opowiadając o licznych korzyściach, jakie wynikną z kontaktu — o prawach do ziemi i bezpieczeństwie. Oszuści zapewniali swojego klienta, że nie ma żadnego ryzyka, że inwestycja jest dla niego wielką szansą, i w końcu zabierali mu wszystkie pieniądze razem z jego dobrym imieniem...

Edie słuchała Diala i ogarniało ją coraz większe przygnębienie. Opór nie miał sensu. Staruszka, podobnie jak jej ojciec, była poganką o stoickim usposobieniu. Chodzenie do kościoła traktowała jako swój obywatelski obowiązek, ale nie wierzyła w słowa kaznodziei. Unoszący się w powietrzu zapach skoszonej trawy, lilii i kurzu kojarzył się jej z cmentarzem. Z każdym oddechem czuła coraz większy ból żeber i nie mogła przestać myśleć o diamentowej broszce z onyksem, którą odziedziczyła po swojej matce. Wiedziała, że postąpiła niemądrze, pakując broszkę do walizki, która leżała teraz otwarta w bagażniku zgniecionego samochodu, gdzieś na peryferiach miasta. Okradano mnie przez całe życie, pomyślała. Odebrano mi wszystko, co miałam.

Obecność pana Diala, który miał czerwoną twarz i pachniał wodą po goleniu, podziałała na nią kojąco. Słuchała z przyjemnością jego radosnego, podobnego do rżenia śmiechu. Sposób, w jaki Dial się zachowywał, i jego potężna klatka piersiowa pod wykrochmaloną koszulą wzbudzały jej zaufanie. Zawsze uważałam, że to przystojny mężczyzna, pomyślała Edie. Roy Dial miał swoje wady, ale nie był impertynencki i uważał, że Edie może prowadzić...

— B ę d ę prowadzić — oświadczyła Edie tydzień wcześniej okuliście, który miał piskliwy głos. — Jeśli nawet pozabijam wszystkich w Missisipi...

Pan Dial wciąż mówił o samochodzie, trzymając swoją pulchną rękę na jej ramieniu (wtrącał coraz to nowe szczegóły, a potem, kiedy na twarzy Edie pojawiało się zmęczenie, pytał: „Co mam jeszcze powiedzieć, żeby została pani moją klientką? Proszę mi powiedzieć, jak mam panią przekonać..."). Podczas gdy Edie słuchała monologu pana Diala, nie znajdując w sobie dość siły, żeby mu odmówić, Libby zwymiotowała do miski i położyła się na łóżku z zimnym kompresem na głowie. Wkrótce zapadła w trans, z którego już się nie ocknęła.

Libby miała wylew. Nikt nie wiedział, kiedy to się stało. Odean nie było w domu, miała tydzień wolnego z powodu ich wycieczki. Allison zadzwoniła do drzwi, ale musiała czekać bardzo długo, zanim Libby otworzyła. Początkowo myślała, że Libby śpi. W końcu wpuściła ją. Nie miała okularów, oczy były lekko zamglone. Spojrzała na Allison tak, jakby spodziewała się kogoś innego.

— Dobrze się czujesz? — spytała dziewczynka, którą poinformowano wcześniej o wypadku.

— Tak — powiedziała Libby. Wydawała się rozkojarzona.

Kiedy Allison weszła do środka, ona wyszła do innego pokoju z taką miną, jakby czegoś szukała. Libby wyglądała normalnie, tylko na policzku widniał siniak koloru winogronowej galaretki. Miała rozczochrane włosy.

— Szukasz gazety? — spytała Allison, rozglądając się dookoła. W domu panował nieskazitelny porządek, podłogi były świeżo umyte, kurze wytarte. Nawet poduszki na kanapie zostały wytrzepane i ładnie ułożone. Rozglądając się po czystym wnętrzu, Allison pomyślała, że wszystko jest w porządku. W jej domu chorobie towarzyszył wieczny bałagan: brudne firanki, zapiaszczona pościel, otwarte szuflady i okruszki na stole. Gazeta otwarta na stronie z krzyżówką leżała na podłodze obok krzesła Libby. Allison zabrała ją i leżące obok okulary do kuchni. Libby siedziała przy stole, wygładzając serwetę ręką.

— Tu jest twoja krzyżówka — powiedziała dziewczynka. W kuchni było nieprzyjemnie jasno. Chociaż światło słoneczne sączyło się przez szpary w zasłoniętych firankach, pod sufitem paliła się lampa. Allison poczuła się tak, jakby było mroczne, zimowe popołudnie, a nie pełnia lata.

— Przynieść ci ołówek? — spytała.

— Nie mogę się skupić nad tą głupią krzyżówką — powiedziała Libby niespokojnie i odsunęła na bok gazetę. — Nie widzę wyraźnie liter. Poza tym powinnam zabrać się do marynowania buraków.

— Buraków?

— Jeśli nie zacznę teraz, nie będą gotowe na czas. Mała panna młoda przyjeżdża do miasta pociągiem numer cztery.

— Panna młoda? — spytała Allison po chwili milczenia. Nigdy nie słyszała o pociągu numer cztery. Wszystko wydawało się zbyt jasne i nierzeczywiste. Ida Rhew wyjechała godzinę wcześniej. Zawsze jechała w piątek do domu, ale tym razem nie zamierzała wrócić w poniedziałek. Allison wiedziała, że już nigdy jej nie zobaczy. Ida zabrała ze sobą tylko czerwony plastikowy kubek, którego używała do picia. Kiedy dziewczynka wręczyła jej w korytarzu starannie zapakowane sadzonki i pudełko z prezentami, służąca powiedziała, że nie może ich zabrać, ponieważ są za ciężkie.

— Nie potrzebuję tego wszystkiego! — zawołała wesoło, patrząc Allison w oczy. Powiedziała to takim tonem, jakby Allison była małym dzieckiem i próbowała jej wcisnąć guzik albo polizanego cukierka. — Na co mi te wszystkie rzeczy?

Zdumiona Allison walczyła ze łzami.

— Ido, kocham cię — powiedziała w końcu.

— Hm... — Ida zastanowiła się przez chwilę. — Ja też cię kocham.

To było straszne, zbyt straszne, aby działo się naprawdę. A jednak stały w korytarzu przy drzwiach. Allison poczuła, że robi jej się sucho w gardle, kiedy Ida złożyła starannie zielony czek na dwadzieścia dolarów, który leżał na stole w korytarzu. Służąca złożyła czek równo na pół, przejeżdżając kciukiem i palcem wskazującym po jego brzegach tak, żeby nie było żadnych zagięć. Potem otworzyła małą czarną torebkę i wsunęła czek do środka.

— Nie mogę pracować za dwadzieścia dolarów tygodniowo — powiedziała Ida cicho, ale Allison wyczuła w jej głosie napięcie. Jak to możliwe, że stoimy tu, w korytarzu?, pomyślała. Czy to się dzieje naprawdę? — Kocham was wszystkich, ale nic nie poradzę na to, co się stało. Zaczynam się starzeć. — Ida dotknęła policzka Allison. — Zachowujcie się grzecznie. Powiedz małej Ug, że ją kocham. — Kiedy Harriet była niegrzeczna, Ida nazywała ją Ug.

Drzwi zamknęły się i służąca zniknęła.

— Hm... — westchnęła Libby. Allison zauważyła z przerażeniem, że Libby patrzy na podłogę w taki sposób, jakby przyglądała się latającym muchom. — Ona ich nie znajdzie, kiedy przyjedzie.

— Słucham? — spytała Allison.

— Buraków. Nie znajdzie marynowanych buraków. Och, gdyby tylko ktoś mi pomógł — zawołała Libby, przewracając oczami.

— Powiedz mi, co mam zrobić.

— Gdzie jest Edie? — spytała Libby dziwnie cienkim, drżącym głosem. — Ona może mi pomóc.

Allison usiadła przy stole i spróbowała zająć jej uwagę.

— Dlaczego chcesz marynować buraki właśnie d z i ś? — spytała. — Lib?

— Robię to, co mi kazali.

Allison skinęła głową i rozejrzała się po oślepiająco jasnej kuchni, zastanawiając się, co dalej robić. Zdarzało się, że Libby wracała ze spotkania Społeczności Misjonarzy albo kółka i prosiła wszystkich o zielone znaczki, podstawki pod szklanki, naklejki z puszek z zupą Campbella (dom baptystów w Hondurasie dawał za nie pieniądze), patyczki po lizakach albo butelki po detergencie Lux (na bazar organizowany przez Kościół).

— Powiedz, do kogo mam zadzwonić — powiedziała Allison. — Wytłumaczę im, że miałaś wypadek. Ktoś inny przyniesie buraki.

— Edith może mi pomóc — powtórzyła Libby ostro. Podniosła się z krzesła i wyszła do drugiego pokoju.

— Chcesz, żebym do niej zadzwoniła? — zawołała za nią Allison. — Libby?

Dziewczynka nigdy nie słyszała tak szorstkiego tonu z jej ust.

— Edith wszystko naprawi — powiedziała Libby słabym, zirytowanym głosem, który zupełnie do niej nie pasował.

Allison zadzwoniła do Edith. Wciąż przeżywała rozstanie z Idą i nie umiała przekonać babci, że Libby jest roztargniona i zachowuje się zupełnie inaczej niż zwykle. Podczas rozmowy zawstydzona skubała rąbek swojej sukienki. W końcu pociągnęła kabel telefonu i trzymając słuchawkę w ręku, zajrzała do drugiego pokoju. Ze zdenerwowania zaczęła się jąkać. Wydało jej się nagle, że białe koniuszki włosów Libby stały się płomienno-czerwone. Widziała wyraźnie duże uszy staruszki pod cienkimi włosami. Edie przerwała Allison w pół zdania.

— Idź do domu i pozwól Libby odpocząć — powiedziała.

— Zaczekaj — zawołała Allison, zaglądając do drugiego pokoju. — Libby? Chcesz porozmawiać z Edie?

— Co powiedziałaś? — spytała Edie. — Halo?

Na stole w jadalni tańczyły plamy światła słonecznego podobne do jasnych kałuż w sentymentalnym, złotym kolorze. Po suficie płynęły rozmyte jasne krążki, odbite od żyrandola. Pokój zalany olśniewająco jasnym światłem przypominał salę balową. Libby otoczona płomienno-czerwoną poświatą wyglądała jak żarzący się węgielek. Nad jej głową widniała aureola podobna do korony, która wydawała się płonąć na ciemnym tle.

W tym momencie Edie odłożyła słuchawkę. Allison stała jeszcze chwilę przy telefonie, a potem pobiegła do pokoju Libby. Staruszka podniosła głowę i spojrzała na dziewczynkę nieruchomym wzrokiem.

— Mieliśmy dwa kucyki — powiedziała. — Dwa małe koniki.

— Wezwę lekarza.

— Nie zrobisz tego — zaoponowała Libby tak stanowczo, że Allison nie śmiała jej się sprzeciwić. — Ani mi się waż.

— Jesteś chora — powiedziała Allison i rozpłakała się.

— Nic mi nie jest. Czuję się dobrze. Po prostu dziwię się, dlaczego jeszcze po mnie nie przyjechali. Gdzie oni się podziewają? Jest już popołudnie.

Libby położyła swoją suchą, przezroczystą dłoń na ręce Allison i zrobiła taką minę, jakby na coś czekała.

W zakładzie pogrzebowym unosił się odurzający zapach lilii i tuberozy. Harriet czuła, że żołądek podchodzi jej do gardła za każdym razem, kiedy wciągała powietrze do płuc. Dziewczynka miała zaczerwienione oczy. Ubrana w swoją najlepszą niedzielną sukienkę w stokrotki, siedziała na ozdobionej zawijasami sofie. Paski zbyt wąskiej sukienki wpijały się jej w klatkę piersiową i oddychała z wielkim trudem. Miała wrażenie, że pomieszczenie wypełnił jakiś sztuczny gaz zamiast tlenu. Nie zjadła kolacji ani śniadania. Przez większą część nocy leżała, płacząc z twarzą wciśniętą w poduszkę. Kiedy otworzyła oczy następnego dnia rano, miała straszny ból głowy. Leżała jeszcze przez chwilę w swojej sypialni, ze zdumieniem przyglądając się znajomym przedmiotom w pokoju (firankom, cieniom liści w lustrze na komodzie i leżącym na podłodze książkom z biblioteki, które powinna była dawno oddać). Pokój wyglądał dokładnie tak jak tamtego dnia, kiedy wyjechała na obóz. Ale Ida odeszła, a Libby nie żyła. Rzeczywistość była upiorna i bezsensowna.

Edie ubrana na czarno, ze sznurem pereł na szyi, stała przy drzwiach z władczą miną, trzymając listę gości.

— Trumna jest w pokoju — informowała wszystkich, którzy wchodzili. Mężczyzna o czerwonej twarzy, ubrany w ciemnobrązowy strój, podszedł do Edith i uścisnął jej rękę.

— Trumna jest w pokoju, z tyłu — zawołała, zerkając przez ramię na chudą panią Fawcett, która przystanęła z boku, czekając na swoją kolej.

— Niestety, nie można zobaczyć ciała, ale to nie ja o tym zadecydowałam.

Pani Fawcett zrobiła zdziwioną minę, a potem uścisnęła rękę Edie. Wyglądała tak, jakby za chwilę miała się rozpłakać.

— Tak mi przykro — powiedziała. — Wszyscy pracownicy biblioteki uwielbiali pannę Cleve. Kiedy przyszłam rano do biblioteki i zobaczyłam książki, które odłożyłam specjalnie dla niej, o mało się nie rozpłakałam.

Pani Fawcett, pomyślała Harriet ze wzruszeniem. Dziewczynka miała wrażenie, że bibliotekarka stojąca w tłumie ubranych na czarno ludzi jest kimś bliskim. Pani Fawcett w letniej sukience we wzorki i czerwonych płóciennych espadrylach wyglądała tak, jakby przyszła tam prosto z pracy. Edie poklepała ją po ręce.

— Ona też was wszystkich uwielbiała — powiedziała, siląc się na serdeczność, i Harriet skrzywiła się na dźwięk jej głosu.

Adelaide i Tat siedziały na kanapie, naprzeciwko Harriet, gawędząc z dwoma starszymi, dobrze zbudowanymi paniami, które wyglądały jak siostry. Mówiły o kwiatach w kaplicy, które zwiędły, ponieważ pracownicy domu pogrzebowego zostawili je tam na całą noc. Staruszki nie kryły oburzenia.

— Służąca powinna była je podlać! — zawołała wyższa, żwawa, pulchna staruszka o różowych policzkach i białych lokach. Ze swoją bujną czupryną przypominała Świętego Mikołaja.

— Och — westchnęła Adelaide, kręcąc głową. — Wiedziałam, że o to nie zadbają.

Harriet poczuła nagle, że nienawidzi Addie, Edie i wszystkich staruszek, które gawędziły ze sobą ze smutnymi minami.

Obok krzesła, na którym siedziała dziewczynka, stała inna grupa szczebioczących starszych pań. Harriet rozpoznała wśród nich panią Wilder Whitfield, organistkę z kościoła. Jeszcze parę chwil temu staruszki chichotały wesoło, jakby przyszły grać w karty, ale teraz przysunęły się do siebie i szeptały cicho.

— Olivia Vanderpool — powiedziała jedna z kobiet. Jej gładką twarz wykrzywił ironiczny grymas. — Olivia żyła z chorobą przez lata. Pod koniec ważyła siedemdziesiąt pięć funtów i mogła przyjmować tylko płynny pokarm.

— Biedna Olivia. Nie podniosła się, kiedy doszło do przerzutów.

— Mówią, że rak kości jest najgorszy.

— To prawda. To błogosławieństwo, że mała panna Cleve odeszła tak szybko. Nie miała nikogo.

Nie miała nikogo?, pomyślała Harriet. Libby? Pani Whitfield zauważyła, że Harriet wpatruje się w nią, i uśmiechnęła się, ale dziewczynka odwróciła wzrok i spojrzała na dywan. Miała czerwone, podpuchnięte oczy. Płakała, odkąd wyjechała z obozu, i czuła się otępiała. Bolało ją gardło. Poprzedniej nocy, kiedy w końcu usnęła, miała koszmar senny. Przyśniła jej się kuchenka w czyimś domu, z której wypełzały czarne, wściekłe robaki.

— Czyje to dziecko? — spytała teatralnym szeptem kobieta o gładkiej cerze, zwracając się do pani Whitfield.

— Ach... — westchnęła staruszka i powiedziała coś cicho. W półmroku Harriet widziała przez łzy rozmazane światło latarni. Wydawało jej się, że cały świat topniał. Jednocześnie inna część jej osobowości — zimna i zła — stała z boku, podśmiewając się z rozpaczającej Harriet. Płomienie świec znikały i strzelały w górę, mieniąc się różnymi kolorami.

Dom pogrzebowy mieścił się w ozdobionej wieżyczkami wiktoriańskiej kamienicy przy ulicy Main, blisko kościoła baptystów. Harriet przejeżdżała w pobliżu rowerem wiele razy, zastanawiając się, co się dzieje w wieżyczkach za zasłoniętymi oknami. Czasem w nocy, kiedy ktoś umarł, w najwyższej wieży zapalało się światło. Harriet patrzyła w okno wieży i myślała o artykule dotyczącym balsamowania zwłok, który przeczytała kiedyś w starym numerze „National Geographic". Pod zdjęciem widniał napis: „Kapłani, którzy balsamowali zwłoki, pracowali przez całą noc" (Karnak po zmroku, przerażające światło w ciemności), „przygotowując faraonów odchodzących do świata umarłych". Za każdym razem, kiedy w wieży paliło się światło, Harriet czuła dreszcze na całym ciele i zaczynała pedałować szybciej w stronę domu. W zimowe wieczory przechodziła czasem obok wieży, wracając z próby chóru. Owijała się wtedy płaszczem i wsiadała szybko do samochodu Edie.

Ding! Dong! Zadźwięczał dzwon

— śpiewały dziewczęta grające w gumę na trawniku przed kościołem po zajęciach z chóru.

Żegnaj, matko, to mój zgon,
Na cmentarzu połóż mnie,
Obok najstarszego brata...

Jeśli nawet nocą na górze odbywała się uroczystość pogrzebowa i trwało opłakiwanie zmarłych, w salach na dole panowała nieprzyjemna, wiktoriańska atmosfera. W salach i pokojach czaiły się długie cienie, grube dywany pokrywała warstwa kurzu, a meble (krzesła i poobijane fotele) były obdrapane i twarde. U podnóża schodów, w miejscu, gdzie czerwony dywan niknął w ciemności, rozciągnięto pluszowy sznur.

Właściciel zakładu pogrzebowego, pan Makepeace, był serdecznym mężczyzną o długich rękach i dużym nosie. Po paraliżu dziecięcym kulał na jedną nogę. Był radosny i rozmowny, ludzie lubili go, chociaż miał taką pracę. Kuśtykał po całej sali, przystając przy grupach gości. Uśmiechając się, podawał im rękę jak dygnitarz. Wszyscy odnosili się wobec niego bardzo uprzejmie, goście stojący w grupach zapraszali go do rozmowy. Wyraźna sylwetka pana Makepeace'a, który często chwytał kulawą nogę w udzie i przesuwał ją do przodu, przypominała Harriet upiorny obrazek w komiksie Hely'ego, przedstawiający garbatego służącego, który próbował wyrwać nogę z uścisku szatana.

Przez cały ranek Edie powtarzała, że pan Makepeace stanął na wysokości zadania. Staruszka miała zamiar urządzić uroczystość pogrzebową z otwartą trumną, chociaż Libby przez całe życie mówiła, że nie chce, aby ludzie oglądali jej ciało po śmierci. Edie zawsze kpiła z obaw swojej siostry i zamierzała postąpić wbrew jej woli. Spędziła dużo czasu, wybierając trumnę i strój zmarłej. Wiedziała, że tego właśnie oczekują krewni, którzy przyjadą z innych miast. Taka była tradycja rodzinna. Ale tego ranka Adelaide i Tatty urządziły okropną scenę na tyłach domu pogrzebowego i w końcu Edie powiedziała: „Och, na Boga!", po czym kazała panu Makepeace'owi zamknąć trumnę.

Oprócz zapachu lilii Harriet czuła jeszcze inny zapach, tak jakby w sali rozsypano środek przeciwko molom. Olejek do balsamowania?, pomyślała. Ale Harriet wiedziała, że nie wypada zastanawiać się nad takimi rzeczami. Lepiej wcale nie myśleć. Libby nigdy nie wytłumaczyła dziewczynce, dlaczego sprzeciwiała się pogrzebom z otwartą trumną. Harriet usłyszała, jak Tatty tłumaczy komuś: „Czasem pracownicy zakładu pogrzebowego nie potrafili porządnie wykonać swojej pracy. Nie mieli wtedy elektrycznych chłodziarek. Nasza matka umarła w lecie".

Edie, która wciąż trzymała listę gości, podniosła głos.

— Ci ludzie nie znali wtedy naszego taty. On nie zadawał się z takimi typami.

Białe rękawiczki. Dyskretne szepty, jak na spotkaniu Córek Rewolucji Amerykańskiej. Harriet czuła, że duszne powietrze rozsadza jej płuca. Tatty stała z rękami skrzyżowanymi na piersi, rozmawiając z niskim, łysym mężczyzną, którego dziewczynka nie znała. Staruszka miała podkrążone oczy i była bez makijażu, ale mówiła chłodnym, pewnym siebie głosem.

— Nie. To stary pan Holt le Fevre nazywał tak tatę w dzieciństwie. Pan Holt, kiedy był małym chłopcem, szedł ulicą ze swoją opiekunką. Kiedy zobaczył tatę, rzucił się na niego. Tata oczywiście zaczął się bronić. W końcu pan Holt, trzy razy większy od naszego ojca, zaczął płakać i zawołał: „Ale z ciebie zabijaka!"

— Słyszałem często, jak mój ojciec nazywał sędziego zabijaką.

— To przezwisko nie pasowało do ojca. Był drobnym mężczyzną, ale pod koniec życia przytył. Cierpiał na zapalenie żył, miał spuchnięte nogi i nie mógł chodzić.

Harriet przygryzła język.

— Czasem pan Holt zachowywał się tak, jakby postradał zmysły — powiedziała Tat. — Violet opowiadała mi, że często mówił: „Gdzie jest stary zabijaka? Dawno go nie widziałem". Tata już wtedy nie żył od wielu lat. Pewnego popołudnia pan Holt mówił o tacie i nie mógł się uspokoić. W końcu Violet powiedziała mu: „Zabijaka był tu, kiedy spałeś. Chciał z tobą porozmawiać".

— Niech Bóg ma go w swojej opiece — powiedział łysy mężczyzna i zaczął się przyglądać małżeństwu, które weszło do pokoju.

Harriet zastygła bez ruchu. L i b b y!, pomyślała. Miała ochotę zacząć krzyczeć, tak jak wtedy, kiedy budziła się w nocy i wołała Libby. Libby, która płakała w poczekalni u lekarza, Libby, która bała się pszczół!

Harriet zauważyła Allison i ich spojrzenia zetknęły się na moment. Siostra miała czerwone, podpuchnięte oczy. Harriet przygryzła wargę i zacisnęła pięści, wbijając sobie paznokcie w skórę. Potem wstrzymała oddech i zaczęła wpatrywać się w dywan.

Pięć dni. Libby leżała w szpitalu pięć dni, zanim umarła. Na krótko przed końcem wydawało się, że staruszka odzyska przytomność. Mówiła przez sen, jakby przewracała strony niewidzialnej księgi, ale po jakimś czasie słowa stały się niezrozumiałe i odurzona lekarstwami zapadła w letarg.

— Puls ustaje — powiedziała pielęgniarka, która weszła tego ranka do pokoju, w którym leżała Libby.

Edie, która spała tej nocy na dziecięcym łóżku obok siostry, zdążyła wezwać Adelaide i Tat. Przed ósmą, kiedy wszystkie trzy siostry stały wokół łóżka Libby, staruszka zaczęła oddychać coraz wolniej. „A potem po prostu przestała", powiedziała Tat, uśmiechając się sztucznie. Libby miała tak spuchnięte dłonie, że trzeba było przeciąć jej pierścionki. Małe dłonie Libby! Tak przezroczyste i delikatne! Ukochane, piegowate ręce, które robiły papierowe łódeczki i puszczały je w misce. „Spuchnięte jak grejpfruty", Edie użyła tego okropnego określenia więcej niż raz w ciągu ostatnich paru dni. „Spuchnięte jak grejpfruty. Musiałam zadzwonić do sklepu z biżuterią i poprosić, żeby rozcięli jej pierścionki..."

— Dlaczego do mnie nie zadzwoniłaś? — wykrztusiła Harriet, kiedy w końcu odzyskała głos. Próbowała przekrzyczeć szum klimatyzacji w nowym samochodzie Edie i jej głos zabrzmiał piskliwie. Kiedy usłyszała, że Libby nie żyje, ból niemal pozbawił ją zmysłów.

— Hm... — Edie zrobiła zamyśloną minę. — Nie chciałam psuć ci dobrej zabawy.

— Biedne dziewczynki — powiedział tuż obok znajomy głos Tat.

Allison ukryła twarz w dłoniach i zaczęła szlochać. Harriet zacisnęła zęby. Tylko ona jest smutniejsza ode mnie, pomyślała Harriet. Ja i Allison jesteśmy jedynymi smutnymi osobami na sali.

— Nie płacz. — Tat położyła rękę na ramieniu Allison. — Libby nie chciałaby, żebyś się martwiła.

Tat jest tylko trochę przejęta sytuacją — zauważyła druga Harriet, która stała z boku i przyglądała się wszystkiemu. Tat nie była dostatecznie przejęta. Dlaczego kazali mi siedzieć na tym okropnym obozie, kiedy Libby leżała w łóżku, umierając?, pomyślała Harriet, obolała i otępiała od płaczu.

Edie przeprosiła ją w samochodzie, jeśli można to było nazwać przeprosinami.

— Z początku mieliśmy nadzieję, że z tego wyjdzie — wyjaśniła. — Poza tym myślałam, że lepiej się stanie, jeśli zapamiętasz ją taką, jaka była przed chorobą. Sama byłam w takim stanie, że nie potrafiłam trzeźwo myśleć.

— Dziewczynki — powiedziała Tat. — Pamiętacie wasze kuzynki Delle i Lucindę z Memphis?

Obok Tat pojawiły się dwie przygarbione staruszki: jedna wysoka i opalona, druga — pulchna szatynka — trzymała w ręku elegancką czarną torebkę z aksamitu.

— No proszę — powiedziała wyższa staruszka. Wyglądała jak mężczyzna w swoich dużych butach na płaskim obcasie, z rękami w kieszeniach sukienki koloru khaki.

— Niech je Bóg błogosławi — szepnęła pulchna szatynka, przykładając do oczu (pomalowanych czarną kredką jak oczy gwiazdy filmu niemego) różową chusteczkę.

Harriet patrzyła na kuzynki i myślała o wypełnionym niebieskim światłem basenie w klubie. Kiedy wstrzymywała powietrze i zanurzała się pod wodę, świat wydawał się cichy i nieruchomy. Możesz być tam teraz, powiedziała sobie, możesz przenieść się tam, jeśli tylko wysilisz wyobraźnię.

— Harriet, czy mogę pożyczyć cię na chwilę? — Adelaide, która wyglądała bardzo dystyngowanie w czarnym stroju z białym kołnierzem, chwyciła rękę dziewczynki i przyciągnęła ją do siebie.

— Pod warunkiem, że zaraz przyprowadzisz ją z powrotem! — powiedziała mała, pulchna staruszka, grożąc Adelaide palcem, na którym połyskiwały pierścionki.

Możesz znaleźć się w innym miejscu. Wystarczy, że sobie to wyobrazisz. Co takiego powiedział wtedy Piotruś Pan? Zamknij oczy i pomyśl o czymś przyjemnym.

— Och. — Adelaide zatrzymała się na środku sali i zamknęła oczy. Harriet spojrzała na ludzi, którzy stali obok. Gdzieś w pobliżu rozległy się dźwięki organów. (Zagrali utwór *Bliżej Ciebie, Boże*. Całkiem zwyczajny utwór, ale Harriet wiedziała, że starsze panie lubią się podniecać z byle powodu).

— Tuberoza! — zawołała Adelaide i Harriet zauważyła, że staruszka wygląda z profilu jak Libby. Poczuła, że serce ściska jej się z żalu. — Powąchaj! — Chwyciła Harriet za rękę i pociągnęła ją w kierunku wielkiego bukietu, który stał w chińskiej wazie.

Muzyka organowa była jednym wielkim oszustwem. Harriet zauważyła magnetofon szpulowy stojący za pluszową zasłoną w alkowie.

— To moje ulubione kwiaty! — Adelaide przyciągnęła ją do siebie.

— Spójrz na te małe. P o w ą c h a j je, kochanie!

Dziewczynka poczuła, że żołądek podchodzi jej do gardła. Słodki zapach kwiatów w dusznym pokoju kojarzył jej się ze śmiercią.

— Czyż nie są cudowne? — zawołała staruszka. — Miałam je w swoim bukiecie ślubnym.

Coś zamigotało tuż przed oczami Harriet, a potem nagle zrobiło się całkiem ciemno. W następnej chwili światła w pokoju zaczęły wirować wokół niej i poczuła, że ktoś chwyta ją za łokieć.

— Nigdy nie zemdlałam, ale zawsze dostaję bólu głowy w dusznym pomieszczeniu — powiedziała jakaś kobieta.

— Powinna wyjść na świeże powietrze — odezwał się mężczyzna, który podtrzymał Harriet, bardzo wysoki staruszek o siwych włosach i czarnych, krzaczastych brwiach. Mimo upału miał wełnianą kamizelkę oprócz koszuli.

Edie, cała w czerni, podobna do czarownicy pochyliła się i zajrzała dziewczynce w twarz. Jej oczy świdrowały Harriet przez dłuższą chwilę. Potem wstała (Harriet miała wrażenie, że to trwa całe wieki) i powiedziała:

— Zabierzcie ją do samochodu.

— Ja ją zaprowadzę — powiedziała Adelaide, biorąc Harriet pod rękę z lewej strony. Brodaty mężczyzna (wydawał się bardzo stary, mógł mieć osiemdziesiąt, a może nawet dziewięćdziesiąt lat) podparł dziewczynkę z prawej strony i wyszli na zalaną światłem słonecznym ulicę. Harriet miała wrażenie, że staruszek porusza się niezwykle wolno, chociaż sama była tak słaba, że z trudem szła.

— Harriet — powiedziała Adelaide, ściskając jej rękę. — Założę się, że nie wiesz, kto to jest. Oto pan J. Rhodes Sumner, który mieszkał na tej samej ulicy co ja, kiedy byłam młoda.

— C h i p p o k e s — powiedział pan Sumner, wydymając wargi.

— Naturalnie. Na tej samej ulicy stał nasz dom. Pamiętasz, Harriet, mówiliśmy ci wiele razy, że pan Sumner służył w wojsku i pojechał do Egiptu.

— Znałem twoją ciocię Addie, kiedy była małą dziewczynką.

— Nie taką znowu małą. — Adelaide zaśmiała się słodko. — Pomyślałam, że będziesz chciała porozmawiać z panem Sumnerem. Interesujesz się przecież królem Tut.

— Byłem krótko w Kairze — powiedział staruszek. — Wszyscy mężczyźni razem z braćmi zostali wtedy wysłani do Kairu.

Pan Sumner podszedł do czarnego cadillaca i zajrzał przez okno do środka. Była to limuzyna pogrzebowa. W środku siedział szofer.

— Czy mógłby pan dotrzymać towarzystwa tej młodej damie? — spytał pan Sumner. — Ta mała posiedzi kilka minut z tyłu.

Harriet miała wrażenie, że czarnoskóry kierowca zbladł, chociaż jego twarz miała kolor ciemnoczerwony. Odwrócił się gwałtownie i wyłączył radio.

— Co takiego? — spytał, patrząc na staruszka, a potem na Harriet, która zaczęła się wdrapywać na tylne siedzenie. — Ona się źle czuje?

— No proszę! — powiedział staruszek, zaglądając do samochodu. — Ma pan tu całą restaurację.

— Nie, panie szefie — odparł kierowca, siląc się na przyjazny ton. — Restaurację mam w drugim samochodzie.

Pan Sumner roześmiał się i poklepał dach cadillaca.

— W porządku — powiedział.

Harriet zauważyła, że trzęsą mu się ręce. Staruszek miał dziarski głos, ale dziewczynka pomyślała, że jest jedną z najdelikatniejszych osób, jakie kiedykolwiek widziała.

— W porządku. Jak pan sobie radzi?

— Nie mogę narzekać.

— Cieszę się. A teraz, moja mała — staruszek zwrócił się do Harriet. — Masz ochotę na coś do picia? Co byś powiedziała na coca-colę?

— Och, John — szepnęła Adelaide. — Jej się nie chce pić.

— Chcę, żebyś wiedziała, że bardzo kochałem twoją ciocię Libby — powiedział pan Sumner drżącym głosem. Mówił z południowym akcentem. — Poprosiłbym ją o rękę, gdybym wiedział, że powie tak!

Oczy Harriet wypełniły się łzami. Zacisnęła zęby i próbowała się nie rozpłakać. W samochodzie było tak duszno, że z trudem mogła oddychać.

— Kiedy twój dziadek umarł, p o p r o s i ł e m Libby, żeby za mnie wyszła — mówił dalej pan Sumner. — Chociaż mieliśmy już swoje lata. Wiesz, co powiedziała? — Staruszek cmoknął głośno i spróbował spojrzeć Harriet w oczy, ale dziewczynka odwróciła wzrok. — Hm? Wiesz, co powiedziała, kotku? Powiedziała, że chętnie by do mnie przyjechała, ale boi się latać s a m o l o t e m. Ha! Ha! Ha! Sama widzisz, młoda damo. Pracowałem wtedy w Wenezueli.

Gdzieś z tyłu rozległ się głos Adelaide.

— A niech mnie, to cała Edith! — szepnął staruszek.

Adelaide roześmiała się kokieteryjnie. Harriet zaczęła drżeć na całym ciele i wybuchła płaczem.

— Ach! — zawołał pan Sumner z przejęciem i jego cień przesłonił okno samochodu. — Niech cię Bóg błogosławi!

— Nie, nie, nie! — powiedziała stanowczo Adelaide, biorąc go pod rękę. — Zostaw ją. Nic jej nie jest, John.

Zostawili otwarte drzwi samochodu. Szloch Harriet zabrzmiał prze-

raźliwie głośno w panującej dokoła ciszy. Siedzący z przodu szofer pod-
niósł głowę znad książki *Znaki Zodiaku i miłość* (na okładce narysowane
było koło astrologiczne) i zaczął przyglądać się Harriet w lusterku.
— Umarła twoja mama?
Harriet potrząsnęła głową. Kierowca podniósł do góry brwi.
— Umarła ci mama?
— Nie.
— Wobec tego nie powinnaś rozpaczać — stwierdził. Zapalił papie-
rosa i po chwili wypuścił kłąb dymu przez otwarte okno. — Człowiek
może powiedzieć, że przeżył coś okropnego dopiero wtedy, kiedy umarła
mu matka.
Kierowca otworzył schowek na rękawiczki i podał Harriet chusteczki
higieniczne.
— Kto umarł? — spytał. — Twój tata?
— Moja ciocia — bąknęła dziewczynka.
— Kto?
— Moja ciocia.
— Aha, ciocia!
Cisza.
— Mieszkałaś z nią?
Szofer czekał przez chwilę na odpowiedź, a potem wzruszył ramionami
i odwrócił się plecami do Harriet. Wystawił łokieć przez okno i palił papie-
rosa, zerkając od czasu do czasu na książkę, którą oparł na prawym udzie.
— Kiedy się urodziłaś? — spytał po chwili. — W jakim miesiącu?
— W grudniu — powiedziała szybko Harriet, kiedy mężczyzna otwo-
rzył usta, żeby powtórzyć pytanie.
— W g r u d n i u? — Spojrzał na nią z powątpiewaniem. — Jesteś
Strzelcem?
— Jestem Koziorożcem.
— Koziorożcem! — Jego śmiech brzmiał nieprzyjemnie i dziewczynka poczuła się urażona. — Jesteś małą kozą! Ha! Ha! Ha!
Po drugiej stronie ulicy, w kościele baptystów zadzwoniły dzwony,
oznajmiając południe. Harriet przypomniała sobie scenę z wczesnego
dzieciństwa: Libby, ubrana w parkę, położyła ręce na biodrach Harriet
(niebo było jasne tego jesiennego popołudnia, na chodnikach leżały czerwone i żółte liście) i powiedziała: „Posłuchaj". W mroźnym powietrzu
rozległ się dźwięk dzwonów — taki sam dźwięk rozbrzmiewał dziesięć
lat później — smutny i drażniący jak melodia wystukana na pianinie dla
dzieci. Dzwony nawet w lecie przywodziły na myśl nagie gałęzie drzew,
zimowe niebo i rzeczy utracone.

— Mogę włączyć radio? — spytał szofer i nacisnął guzik, chociaż Harriet nie odpowiedziała. — Masz chłopaka?

Gdzieś blisko rozległ się klakson.

— Hej! — zawołał szofer i zamachał do kierowcy samochodu, który przejeżdżał obok.

W tym momencie Harriet zobaczyła w lusterku twarz Danny'ego Ratliffa, który wpatrywał się w nią szeroko otwartymi oczami. Dziewczynka wiedziała, że ją poznał. Wyprostowała się gwałtownie, równie zdumiona jak Ratliff. Trans Am minął limuzynę i Harriet patrzyła za nim dłuższą chwilę.

— Powiedz no — odezwał się szofer i dziewczynka uświadomiła sobie nagle, że patrzy na nią. — Masz chłopaka?

Harriet patrzyła kątem oka na Trans Ama, który skręcił w lewo na następnej przecznicy i pojechał w kierunku torów z pociągami towarowymi. Ostatnie uderzenia dzwonów kościelnych zabrzmiały wyjątkowo głośno: dong! dong! dong!

— Zadzierasz nosa, co? — powiedział szofer kokieteryjnie, tak jakby chciał ją sprowokować.

Harriet pomyślała z przerażeniem, że Ratliff może wrócić w każdej chwili. Spojrzała na schody domu pogrzebowego. Stało tam kilka osób — grupa mężczyzn, którzy palili papierosy, a obok nich Adelaide i pan Sumner. Staruszek pochylał się nad Adelaide tak, jakby zapalał jej papierosa. Harriet pomyślała, że Addie nie paliła od lat. A teraz stała na schodach z rękami na klatce piersiowej i odrzucając głowę do tyłu, wypuszczała ustami kłęby dymu.

— Chłopcy nie lubią dziewczyn, które zadzierają nosa — powiedział szofer.

Harriet wysiadła z samochodu i szybko weszła po schodach do domu pogrzebowego.

Mijając dom pogrzebowy, Danny poczuł, że zimny pot spływa mu po plecach. Amfetamina sprawiała, że widział wszystko z niezwykłą ostrością. Spędził wiele godzin, szukając Harriet. Jeździł po całym mieście, przeszukując główne i boczne ulice. I nagle, w momencie, kiedy postanowił zapomnieć o rozkazie Farisha i zaprzestać poszukiwań — zobaczył ją.

Siedziała w samochodzie z Zębaczem. Oczywiście nigdy nie można było przewidzieć, gdzie Zębacz się pojawi. Jego wujek należał do najbogatszych ludzi w mieście. Stał na czele potężnego imperium handlowego zajmującego się urządzaniem pogrzebów, przycinaniem drzew, malowaniem domów, ścinaniem pni, naprawą dachów, samochodów i małych maszyn oraz wieloma innymi sprawami. Nigdy nie było wiadomo, gdzie Zębacz się pojawi. Mógł być w Niggertown, zbierając czynsz dla wujka; na drabinie przed sądem, myjąc okna; prowadzić taksówkę albo brać udział w pogrzebie.

Ale jak wytłumaczyć fakt, że dziewczynka siedziała w limuzynie pogrzebowej de Bienville'a, pośród dwudziestu innych samochodów?, zastanawiał się Danny, pewien, że to nie przypadek. Zębacz wiedział, że Farish i Danny mieli dużo towaru, i próbował wybadać, gdzie go trzymali. Zadawał zbyt wiele pytań, udając, że chce tylko pogawędzić. Dwa razy pojawił się obok ich domu na kółkach w swoim Gran Torino. Spędził dużo czasu w łazience, odkręcając krany z wodą. Potem wyszedł na zewnątrz i zajrzał pod Trans Ama. Kiedy Danny pojawił się w pobliżu, Zębacz wyprostował się gwałtownie.

— Myślałem, że masz dziurawą oponę — powiedział, chociaż obaj wiedzieli, że to nieprawda.

Zębacz i dziewczyna są moim najmniejszym problemem, pomyślał Danny i zobaczył majaczącą na horyzoncie wieżę ze zbiornikiem wodnym. Widywał wieżę nieustannie — w snach i rzeczywistości. Przejeżdżał w pobliżu dwadzieścia razy dziennie. Nie chodziło tylko o to, że był pod wpływem narkotyków. Miał obsesję, że ktoś go śledzi. Po włamaniu u Eugene'a i przygodzie Gum bracia wciąż rozglądali się na boki. Najmniejszy dźwięk mógł ich wytrącić z równowagi. Jednak największym zmartwieniem Danny'ego był Farish, który ostatnio łatwo wpadał w szał. Kiedy Gum leżała w szpitalu, Farish nie musiał udawać, że kładzie się spać. Wieczorem zasłaniał firanki i spędzał noce, spiskując. Rozsypywał narkotyk na lusterko i wprawiał się w stan uniesienia. Teraz, kiedy Gum wróciła do domu (staruszka spokojna i zajęta sobą krążyła między sypialnią a łazienką z zaspanymi oczami), Farish wydawał się jeszcze bardziej poirytowany. Na niskim stoliku, obok lusterka i brzytwy, pojawił się naładowany pistolet kaliber .38. Farish był przekonany, że czyha na nich jakiś wróg i życie Gum jest w niebezpieczeństwie. Danny podśmiewał się z brata, ale czasem zastanawiał się, czy przypadkiem Farish nie ma racji. Dolphus Reese (który stał się *persona non grata* po wypadku z kobrą) często chwalił się, że utrzymuje stosunki ze światem zorganizowanej przestępczości. Jej przedstawiciele kontrolowali handel narkotykami i sypiali z CIA od czasu zabójstwa Kennedy'ego.

— Tu nie chodzi o mnie — powiedział Farish, drapiąc się w nos i rozsiadając wygodnie w fotelu. — Tu nie chodzi o mnie. Boję się o Gum. Mam gdzieś swoje życie. Do diabła, uciekałem na bosaka po dżungli i siedziałem tydzień w błotnistym bajorze na polach ryżowych, oddychając przez rurkę z bambusa. Nie możecie mi nic zrobić. Słyszycie? — Farish wymierzył ostrze składanego noża w ekran telewizora. — Mam was gdzieś.

Danny skrzyżował nogi, ponieważ kolano zaczynało mu drżeć. Coraz częstsze opowieści Farisha o Wietnamie zaczynały go niepokoić. Podczas wojny Farish siedział w więzieniu stanowym w Whitfield. Zwykle opowiadał tego typu historie, kiedy grali w bilard. Danny był przekonany, że brat zmyśla. Niedawno Farish wyjawił mu, że rząd wysyłał gwałcicieli, wariatów i innych więźniów na ściśle tajne misje wojskowe, z których już nie wracali. Mówił, że na polach bawełny przed więzieniem lądowały nocami czarne helikoptery. Na wieżach nie było strażników. Wiał wiatr, a na polach pojawiali się mężczyźni w kominiarkach z karabinami AK-47.

— Powiem ci coś — zawołał Farish. Zerknął do puszki, którą nosił wciąż ze sobą, a potem napluł do niej. — Niektórzy nie znali ani słowa po angielsku.

Danny martwił się, że amfetamina jest nadal na terenie ich posiadłości (Farish chował towar w różnych miejscach, a potem wyjmował go i kilka razy dziennie przenosił do nowej kryjówki). Farish twierdził, że towar musi trochę „poleżeć", zanim się go pozbędzie. Ale Danny wiedział, że nie będzie mu łatwo sprzedać amfetaminy, ponieważ przestali utrzymywać stosunki z Dolphusem. Zębacz obiecał, że ich z kimś skontaktuje. Mówił, że ma kuzyna w południowej Luizjanie, ale było to, zanim Farish przyłapał go na zaglądaniu pod samochód. Wyskoczył wtedy na dwór z nożem, grożąc, że odetnie Zębaczowi głowę.

Zębacz nie pokazał się od tamtego czasu ani nie zadzwonił. Ale zmartwienia Farisha na tym się nie kończyły. Śledził Danny'ego i chciał, żeby brat o tym wiedział. Czasem w jego opowieściach pojawiały się aluzje dotyczące brata, czasem udawał, że jest szczery, i dzielił się z Dannym sekretami, które nie miały nic wspólnego z rzeczywistością. Siadał wtedy na krześle i na jego twarzy pojawiał się szeroki uśmiech, tak jakby się czegoś domyślił.

— Ty sukinsynu — mówił wtedy do brata. — T y s u k i n s y n u.

Zdarzało się, że Farish dostawał nagle ataku furii, zaczynał krzyczeć, oskarżając Danny'ego o zdradę i inne nieprawdopodobieństwa. Podczas tych ataków Danny starał się zachować spokój. Wiedział, że to jedyny sposób, żeby nie prowokować brata. Cierpliwie znosił oskarżenia Farisha (Farish atakował go niespodziewanie), odpowiadał mu powoli, ostrożnie i starał się być uprzejmy. Mówił prosto, nie wykonywał żadnych gwałtownych ruchów, jak otoczony przez policję człowiek, który ma wysiąść z samochodu z podniesionymi do góry rękami.

Pewnego ranka, tuż przed świtem, kiedy ptaki zaczynały śpiewać, Farish zerwał się z krzesła. Trzęsąc się z wściekłości i wycierając nos w zakrwawioną chustkę, wziął do ręki plecak i kazał się zawieźć do miasta. Kiedy dotarli do centrum, Farish wysiadł z samochodu. Kazał bratu wracać do domu i czekać na telefon.

Ale Danny (zły i zmęczony kolejnymi oskarżeniami i obelgami) nie wykonał rozkazu. Zostawił samochód na pustym parkingu za rogiem, obok kościoła prezbiteriańskiego, i zaczął śledzić Farisha, który dreptał z wściekłością po krawężniku, trzymając w ręku żołnierski plecak.

Danny domyślił się, że jego brat ukrył narkotyki w starej wieży ze zbiornikiem wodnym, która stała za torami. Farish zniknął w gęstwinie obok torów i jakiś czas potem pojawił się na drabinie wieży, wspinając się z plecakiem w zębach. Jego sylwetka majaczyła na tle różowego nieba.

Danny wrócił do samochodu i pojechał do domu. Był pozornie spokojny, ale w środku wszystko się w nim gotowało. Wiedział już, że amfetamina warta pięć tysięcy dolarów jest ukryta w wieży. Mógł ją sprzedać nawet za dziesięć tysięcy. Ale to Farish na tym zarobi. Danny przypuszczał, że brat da mu najwyżej kilkaset dolarów, kiedy sprzeda towar. Za mało, żeby zacząć nowe życie w Shreveport albo Baton Rouge. Danny chciał zamieszkać z dziewczyną i jeździć ciężarówkami. Marzył o tym, żeby wydostać się z tego miasta i słuchać muzyki heavy metal, a nie country. Wyobraził sobie, jak pędzi na zachód wielką ciężarówką (przyciemnione okna, klimatyzowana kabina) po autostradzie międzystanowej. Znajdzie się daleko od Gum i Curtisa, który miał twarz oszpeconą młodzieńczym trądzikiem. Nie będzie już musiał patrzeć na swoje szkolne zdjęcie wiszące nad telewizorem w domu na kółkach Gum. Na fotografii był chudy, miał długą, ciemną grzywkę i wyglądał na onieśmielonego.

Danny zaparkował samochód, zapalił papierosa i usiadł. Na wieży, czterdzieści pięć stóp nad ziemią, znajdowała się drewniana beczka z metalowymi nogami i spiczastym daszkiem. Można było się tam dostać, wchodząc po rozklekotanej drabinie. Na górze zbiornika znajdował się otwór zamykany na klapę.

Myśl o plecaku żołnierskim brata prześladowała Danny'ego w dzień i w nocy. Czuł się tak, jakby schowano jego prezent gwiazdkowy na najwyższej półce, a on nie mógł go nawet dotknąć. Za każdym razem, kiedy wsiadał do samochodu, zaczynał obsesyjnie myśleć o plecaku. Dwa razy zaparkował samochód niedaleko wieży i siedział, patrząc na zbiornik i marząc o pieniądzach, dzięki którym będzie mógł wyjechać.

Ale towar nie należał do niego. Danny bał się wejść na wieżę — jego brat mógł przepiłować szczebel drabiny, przywiązać rewolwer do drzwi zbiornika albo zastawić jakąś inną pułapkę. To Farish nauczył Danny'ego konstruować bomby. Farish otoczył laboratorium pułapkami z tekturowych pudełek oraz zardzewiałych gwoździ i drutów ukrytych w krzakach. Zamówił zareklamowany na ostatniej stronie „Żołnierza przyszłości" zestaw do produkcji noży sprężynowych.

— Robisz nóż i rzucasz — hoop! — powiedział Farish, pochylony nad narzędziami leżącymi na podłodze. Danny przeczytał ze zdumieniem napis na kartonowym pudełku: „Przeciwnika można zaatakować nawet z odległości trzydziestu pięciu stóp".

Kto wie, jakie pułapki zastawił Farish na wieży? Danny przypuszczał, że nie były to śmiertelne zasadzki, ale nie chciał stracić palca albo oka. Z drugiej strony, coś mówiło mu, że być może Farish wcale nie zastawił tam pułapek. Dziesięć minut wcześniej Danny jechał na pocztę, żeby zapłacić rachunek, który dała mu Gum, i nagle poczuł przypływ entuzjazmu. Zaczął sobie wyobrażać, że będzie wieść beztroskie życie w Luizjanie. Skręciwszy w ulicę Main, pojechał w kierunku torów. Miał zamiar wspiąć się na wieżę, znaleźć plecak, ukryć go w zapasowej oponie w bagażniku i wyjechać z miasta, nie oglądając się za siebie.

Zatrzymał samochód, ale nie wysiadł od razu. W krzakach u stóp wieży migotały srebrne punkciki. Wyglądało to jak drut. Danny zapalił papierosa i spojrzał na wieżę. Nawet gdyby stracił palec u nogi albo ręki, byłby to drobiazg w porównaniu z karą, jaką wymierzyłby mu Farish, gdyby wiedział, co knuje brat.

To, że Farish ukrył narkotyki w wieży ze zbiornikiem wodnym, nie było przypadkowe. Wiedział, że Danny boi się wody od czasu, kiedy ich ojciec próbował nauczyć go pływać. Danny miał wtedy cztery albo pięć lat. Ojciec zrzucił go z pomostu do jeziora, ale chłopiec nie nauczył się pływać tak jak inni jego bracia, wobec których zastosowano tę samą metodę. Danny zaczął tonąć. Dobrze pamiętał, jak zanurzył się pod wodę z uczuciem, że się dusi, a potem opluł brązową wodą ojca (który wskoczył w ubraniu do wody i nakrzyczał na syna). Kiedy Danny zszedł z pomostu, przemoknięty i wykończony, postanowił, że już nigdy nie zanurzy się w głębokiej wodzie.

Farish zapomniał o niebezpieczeństwach związanych z przechowywaniem towaru w wilgotnym miejscu. Pewnego deszczowego dnia w marcu Danny był w laboratorium brata. Pamiętał, że proszek nie chciał stwardnieć z powodu wilgoci. Próbowali wszystkiego, ale amfetamina zbijała się w lepką masę na lusterku i nie nadawała się do niczego. Danny poczuł się bezradny. Dla ukojenia nerwów wziął działkę. Potem wyrzucił papierosa przez okno i odjechał. Kiedy znalazł się na ulicy, przypomniał sobie, że miał zapłacić rachunek na poczcie, i skręcił jeszcze raz obok domu pogrzebowego. Zębacz siedział w limuzynie, ale dziewczynki już tam nie było. Na schodach kręciło się zbyt wielu ludzi.

Wrócę tu, pomyślał.

Na pustej stacji Alexandria połyskiwały znaki drogowe, w oddali majaczyły pociągi towarowe. Danny miał wrażenie, że patrzy na nierzeczywisty krajobraz. Ulice były duszne, a niebo nie miało koloru. Po obu stronach drogi migotały tandetne, puste budynki. Niezależnie od tego, jak długo będziesz jechać, zawsze wrócisz do punktu wyjścia, pomyślał.

Pani Fountain weszła nieśmiało po schodkach prowadzących do domu Edie. Kiedy znalazła się w zastawionym szklanymi gablotami korytarzu, usłyszała dobiegające z pokoju głosy, brzęk naczyń i szum wiatraka. W pokoju tłoczyli się ludzie. Mężczyźni zdjęli marynarki, kobiety miały zaczerwienione twarze. Na przykrytym obrusem stole stała waza z ponczem. Na talerzach leżały herbatniki i szynka, obok stały srebrne patery z fistaszkami i migdałami w cukrze. Na czerwonych serwetkach widniały złote inicjały Edie. (Kompletny brak gustu, pomyślała pani Fountain).

Ściskając w ręku torebkę, staruszka czekała w drzwiach, aż ktoś ją zauważy. Dom Edie (właściwie domek parterowy) był mniejszy niż jej własny, ale pani Fountain pochodziła ze wsi, z porządnej, chrześcijańskiej rodziny, co lubiła podkreślać przy każdej okazji. Patrzyła teraz na złote, jedwabne zasłony, wielki stół, przy którym mieściło się co najmniej dwanaście osób, i podobiznę ojca sędziego Cleve'a, która stała na małym kominku, i czuła się przytłoczona. W pokoju, który wyglądał jak sala w szkole baletowej, ustawiono dwadzieścia cztery krzesła z haftowanymi poduszeczkami. Sufit był niski, a pokój zbyt mały na te wszystkie wielkie, ciemne meble. Pani Fountain rozglądała się dookoła z niesmakiem.

Edith miała na sobie czarną sukienkę, na którą narzuciła biały fartuch. Zauważyła panią Fountain, odstawiła tacę z herbatnikami i podeszła do staruszki.

— Grace! Jak miło, że przyszłaś — powiedziała.

Edie miała na nosie męskie okulary przeciwsłoneczne podobne do tych, które nosił Porter, zmarły mąż pani Fountain. (Kobiecie nie wypada nosić takich okularów, pomyślała pani Fountain). Edie trzymała w ręku owinięty chusteczką kubek i popijała whisky z lodem.

— Urządziłaś prawdziwe przyjęcie po pogrzebie — powiedziała pani Fountain, nie mogąc się powstrzymać od złośliwej uwagi.

— A co miałam zrobić? Położyć się i umrzeć? — odcięła się Edie. —
Spróbuj przekąsek, dopóki są gorące.

Pani Fountain stała przez chwilę nieruchomo, przenosząc wzrok
z przedmiotu na przedmiot.

— Dziękuję — powiedziała w końcu słabym głosem i poszła sztywno
wyprostowana w stronę zastawionego stołu.

Edie przyłożyła zimny kubek do skroni. W całym swoim życiu upiła
się dosłownie kilka razy. Miała wtedy mniej niż trzydzieści lat, a okoliczności były nieco weselsze.

— Edith, czy mogę ci w czymś pomóc? — Tuż obok pojawiła się niska kobieta z kościoła baptystów. Miała okrągłą twarz i gestykulowała
żywo. Edie pomyślała, że kobieta jest podobna do Kubusia Puchatka, ale
nie mogła sobie przypomnieć jej imienia.

— Nie, dziękuję — powiedziała. Poklepała kobietę po ramieniu i weszła w tłum gości. Ból w klatce piersiowej oszałamiał, ale Edie mogła się
dzięki niemu lepiej skupić. Musiała usługiwać przybyłym, sprawdzać nazwiska na liście gości i dbać o to, żeby nie zabrakło czystych kieliszków.
Czuwała nad temperaturą przekąsek, pilnowała, by nie zabrakło herbatników, i dolewała gazowanego napoju z imbirem do ponczu. Dzięki temu
nie myślała o śmierci Libby. W ciągu ostatnich kilku dni spotykała się
z lekarzami i pracownikami zakładu pogrzebowego, zamawiała kwiaty,
podpisywała papiery i przyjmowała gości, którzy przyjechali z innych
miast. Nie miała ani chwili, żeby uronić choć jedną łzę. Po pogrzebie
zajęła się przygotowaniami do przyjęcia (czyściła srebrne naczynia, zniosła
ze strychu kieliszki do ponczu i sprzątnęła dom). Chciała zrobić dobre
wrażenie na gościach, którzy przyjeżdżali z innych miast i których nie
widziała od lat. Mimo smutnych okoliczności pragnęła godnie podjąć
wszystkich krewnych i znajomych. Chodząc po pokoju, uśmiechała się
i napełniała puste patery migdałami w cukrze. Poprzedniego wieczoru
owinęła włosy białą szmatką i chodziła po domu ze śmietniczką, sprayem
do polerowania mebli i miotełką do czyszczenia dywanów. Układała poduszki, myła lustra, przesuwała meble, trzepała dywany i myła podłogi do
dwunastej w nocy. Układała kwiaty i przestawiała talerze w gablotce z porcelaną. Potem poszła do sprzątniętej kuchni, napuściła do zlewu wody z detergentem i trzęsącymi się ze zmęczenia rękami wymyła wszystkie kieliszki do ponczu (w sumie sto). Kiedy w końcu poszła do łóżka o trzeciej nad
ranem, zasnęła jak kamień.

Blossom, mała kotka Libby z różowym nosem, która zamieszkała teraz z Edie, ukryła się pod łóżkiem w sypialni. Na półce z książkami i gablotce z porcelaną siedziało pięć kotów Edie: Dot, Salambo, Rhamses,

Hannibal i Slim. Koty obserwowały przygotowania do przyjęcia, machając ogonami i wybałuszając na Edie swoje żółte ślepia. W normalnych okolicznościach Edie nie przejmowałaby się tak bardzo gośćmi, ale tym razem cieszyła się, że przyszły tłumy. Mogła przez chwilę zapomnieć o członkach swojej rodziny, którzy zachowywali się w sposób irytujący. Denerwowała ją szczególnie Addie, która wszędzie chodziła ze strasznym, starym panem Sumnerem. Staruszek był w młodości uwodzicielem i potrafił pięknie mówić. Ich ojciec go nienawidził. A teraz Adelaide poklepywała go po ramieniu i rzucała mu zalotne spojrzenia. Piła poncz, chociaż nie pomogła siostrze w przygotowaniu go ani w myciu kieliszków. Adelaide nie spędziła ani jednego popołudnia z Libby w szpitalu, ponieważ nie chciała opuszczać swojej drzemki. Charlotte też rozczarowała Edie swoim zachowaniem. Nie przyszła do szpitala, ponieważ leżała w łóżku, cierpiąc na jakąś wyimaginowaną chorobę. Tatty wpadała często do szpitala, ale tylko po to, żeby powiedzieć Edie, jak mogła uniknąć wypadku, i skarcić ją za to, że nie zareagowała we właściwy sposób, kiedy zadzwoniła do niej Allison. Dziewczynki, które płakały podczas pogrzebu i uroczystości, również denerwowały Edie. Siedziały na ganku, zachowując się dokładnie tak, jak wtedy, kiedy umarł ich kot. Nie ma dla nich różnicy, pomyślała gorzko Edie. Równie niesmaczne były krokodyle łzy kuzynki Delle, która nie widziała Libby od lat.

— To tak, jakbyśmy straciły mamę po raz drugi — powiedziała Tatty.

Libby była dla Edie zarówno matką, jak i siostrą, a poza tym jedyną osobą wśród kobiet i mężczyzn na całym świecie, z której zdaniem Edie się liczyła.

Ponad sześćdziesiąt lat wcześniej w mrocznym pokoju w Utrapieniu ustawiono na dwóch krzesłach trumnę z ciałem ich matki. W uroczystości uczestniczyli starzy przyjaciele, tłocząc się pod ścianami małego pokoju. Kaznodzieja z Kościoła Bożego (nie mieli kaznodziei od baptystów) przeczytał z Biblii psalm o onyksie i złocie. Mówił „oniks" zamiast onyks. Biedna Libby miała wtedy kilkanaście lat. Szczupła, w starej, czarnej sukni matki, upiętej z przodu była niewyspana i jej smutna twarz wydawała się zupełnie biała (blondynki nie używały w tamtych czasach różu i nie opalały się). Edie zapamiętała moment, kiedy wzięła Libby za rękę. Siostra miała ciepłą, wilgotną dłoń. Kaznodzieja próbował spojrzeć Edie w oczy, ale ona, zbyt nieśmiała, wpatrywała się w jego buty. Po pięćdziesięciu latach wciąż miała przed oczami skórzane buty kaznodziei i rdzawe pasma światła słonecznego, które tańczyły na nogawkach.

Kiedy umarł ojciec, sędzia, wszyscy mówili, że miał szczęście, ponieważ odszedł, nie męcząc się. Współtowarzysze sędziego (nazywał tak swoich przyjaciół) i znajomi, z którymi łowił ryby i chodził do restauracji, stali w pokoju na parterze, odwróceni plecami do kominka, popijając whisky i opowiadając sobie historie z czasów młodości Starego Zabijaki. Stary Zabijaka — tak go nazywali. Pół roku później pochowali Robina. Edie nie była w stanie myśleć o małej trumnie, która miała zaledwie pięć stóp długości. Jak udało jej się przeżyć tamten dzień? Czuła wtedy rozpacz, która niemal pozbawiła ją zmysłów. Mdliło ją, jakby się czymś zatruła. Zwymiotowała herbatę i budyń...

Edie podniosła głowę i ku swojemu zdumieniu zobaczyła podobnego do Robina chłopca w krótkich dżinsach i tenisówkach, który szedł powoli korytarzem. Edie dopiero po chwili zdała sobie sprawę, że to chłopiec z rodziny Hullów, przyjaciel Harriet. Kto go wpuścił, na Boga?, pomyślała. Poszła na korytarz i stanęła tuż za Helym. Kiedy szarpnęła go za ramię, chłopiec podskoczył i wydał żałosny, cichy krzyk przerażonej istoty. Cofnął się jak mysz uciekająca przed sową.

— Mogę ci w czymś pomóc?
— Harriet... właśnie...
— Nie jestem Harriet. Harriet to moja wnuczka — powiedziała Edie, krzyżując ręce na piersiach. Patrzyła na niego z wyższością i Hely poczuł do niej natychmiastową niechęć.
— Ja... właśnie... — zaczął znowu.
— No, dalej, wykrztuś to.
— Czy ona tu jest?
— Tak. A teraz biegnij do domu. — Edie chwyciła go za ramiona i popchnęła w stronę drzwi. Chłopiec wyrwał się jej.
— Czy Harriet wróci na obóz?
— To nie jest pora na zabawę — ucięła staruszka.

Matka chłopca, która kiedyś flirtowała ze wszystkimi mężczyznami, nie raczyła nawet przyjść na pogrzeb Libby. Nie przysłała kwiatów ani nie zadzwoniła.

— Biegnij do domu i powiedz swojej matce, że nie wypada naruszać spokoju rodziny, która właśnie pochowała kogoś bliskiego. No, zmykaj! — zawołała, ponieważ Hely wciąż stał w drzwiach, patrząc na nią szeroko otwartymi oczyma.

Edie patrzyła, jak chłopiec schodzi po schodach. Nie spiesząc się, doszedł do rogu ulicy i zniknął za zakrętem. Staruszka poszła do kuchni, wyjęła butelkę whisky z szafki pod zlewem i dolała sobie trochę alkoholu do ponczu. Potem wróciła do dużego pokoju, żeby zająć się gośćmi. Część z nich zdążyła już wyjść. Charlotte (która w pogniecionych rzeczach wyglądała nieporządnie, a twarz miała zaczerwienioną jak przy wielkim wysiłku) stała obok wazy z ponczem, uśmiechając się nieprzytomnie do pani Chaffin, która pracowała w kwiaciarni. Kobieta o twarzy mopsa popijała poncz.

— Oto moja rada — powiedziała czy raczej krzyknęła. Pani Chaffin, podobnie jak wielu ludzi z wadą słuchu, krzyczała, zamiast poprosić swoich rozmówców, żeby mówili głośniej. — Trzeba wypełnić gniazdo. To straszne stracić dziecko, ale często stykam się ze śmiercią ze względu na swój zawód i wiem, że w takiej sytuacji najlepiej urodzić jeszcze parę dzieciaków.

Edie zauważyła duże oczko w rajstopach córki. Rozlewanie ponczu nie było trudnym zajęciem — Harriet albo Allison mogły się tym zająć. Ale Edie poprosiła o to Charlotte, bo nie mogła znieść widoku córki, która stała pod ścianą i ze smutkiem rozglądała się dookoła.

— Nie umiem tego robić — jęknęła Charlotte, kiedy Edie popchnęła córkę w kierunku stołu z wazą i wcisnęła jej do ręki chochlę.

— Po prostu napełniaj ich kieliszki i dolewaj, jeśli poproszą o więcej.

Charlotte zerknęła na matkę z przerażeniem, jakby chochla i waza były częściami jakiejś skomplikowanej maszyny. Kilka kobiet z chóru podeszło do stołu, uśmiechając się niepewnie.

Edie wyrwała chochlę Charlotte, zanurzyła ją w ponczu, napełniła kieliszek i postawiła go na stole. Potem podała chochlę córce. Niska pani Teagarten, która stanęła na końcu stołu (ubrana na zielono, ze swoimi szerokimi wargami i wielkimi załzawionymi oczyma wyglądała jak żaba) odwróciła się i teatralnym gestem przyłożyła rękę do piersi.

— O Boże! — zawołała. — To dla mnie?

— Oczywiście! — powiedziała Edie głośno, kiedy pozostałe kobiety ruszyły w ich kierunku z zadowolonymi minami.

Charlotte dotknęła ramienia matki.

— Nie wiem, o czym mam z nimi rozmawiać.

— Jakie to odświeżające! — zawołała pani Teagarten. — Czy w środku jest gazowany napój?

— Nie musisz nic mówić — szepnęła Edie i zwróciła się do otaczających ją kobiet. — Tak, to poncz bezalkoholowy. Nic specjalnego. Piliśmy go podczas świąt Bożego Narodzenia. Mary Grace! Katherine! Napijecie się czegoś?

— Och, Edith — zawołały chórem kobiety. — To wygląda wspaniale. Jak znalazłaś czas na to wszystko?

— Edith jest doskonałą gospodynią. Potrafi zrobić cuda z niczego — powiedziała kuzynka Lucinda, która podeszła do nich, trzymając ręce w kieszeniach spódnicy.

— Nic dziwnego. — Tuż obok zabrzmiał cienki głos Adelaide. —
Edith ma zamrażarkę.

Edie nie zwróciła uwagi na jej słowa, przedstawiła sobie kobiety i zostawiła Charlotte obok wazy z ponczem. Wiedziała, że wystarczyło powiedzieć córce, co ma robić, i Charlotte uspokajała się. Najgorzej było, kiedy sama musiała podjąć decyzję. Śmierć Robina stanowiła podwójny cios — Edie straciła również swoją żywą, wesołą córkę, która załamała się po tym wydarzeniu. Po takiej tragedii trudno było dojść do siebie, ale od tamtej pory upłynęło już dziesięć lat. Edie pamiętała, jak Charlotte jeszcze jako dziecko oznajmiła wszystkim, że będzie projektować modę dla wielkiego sklepu. W jaki sposób, zastanawiała się Edie, cała jej energia wyparowała?

Pani Chaffin postawiła kieliszek na spodeczku, który trzymała w lewej ręce.

— Wie pani... — mówiła do Charlotte — poinsecje wyglądają wspaniale na pogrzebie podczas świąt Bożego Narodzenia. Kościół jest taki mroczny o tej porze roku.

Edie stała z ramionami skrzyżowanymi na piersiach i przyglądała się im. Czekała na odpowiedni moment, żeby porozmawiać z panią Chaffin. Chociaż Dix nie mógł przyjechać na pogrzeb z Nashville, bukiet pomarańczowych i białych róż, który przysłał (zbyt ozdobny i gustowny, tak jakby wybrała go kobieta), od razu zwrócił uwagę Edie. Bukiet był bardziej wyszukany niż inne kompozycje kwiatowe ze sklepu pani Chaffin. Po pogrzebie Edie weszła do pomieszczenia, gdzie pani Hatfield Keene pomagała pani Chaffin w ułożeniu kwiatów.

— Ona mogła być sekretarką Dixona — powiedziała pani Keene oschle, jakby odpierała czyjś zarzut.

Pani Chaffin zmarszczyła nos, włożyła do bukietu storczyka i przekrzywiła głowę.

— Odebrałam telefon i osobiście przyjęłam zamówienie — powiedziała. Potem cofnęła się i spojrzała na bukiet. — Nie sądzę, żeby to była jego sekretarka.

Hely nie poszedł do domu. Okrążył dom Edie i zobaczył Harriet na huśtawce w ogrodzie. Podszedł do niej bez zapowiedzi.

— Kiedy wróciłaś do domu? — spytał.

Był pewien, że Harriet rozpromieni się na jego widok, ale tak się nie stało. Hely poczuł się rozczarowany.

— Dostałaś mój list? — spytał.

— Tak — powiedziała dziewczynka. Od migdałów w cukrze, któ-

rych zjadła mnóstwo, mdliło ją. Wciąż czuła ich smak. — Nie powinieneś
był go wysyłać. Jedna z dziewczyn wyrwała mi list i próbowała go przeczytać.

Hely usiadł na huśtawce obok niej.

— Byłem przerażony. Myślałem...

Harriet poruszyła się niespokojnie. Dwadzieścia stóp dalej, na ganku,
stało pięcioro dorosłych, popijając poncz.

— Bałem się — powiedział Hely, zniżając głos do szeptu. — On jeździ po całym mieście, powoli, jakby kogoś szukał. Jechałem z mamą samochodem i zobaczyłem go w pobliżu mostu. Stał tam i węszył.

Harriet i Hely siedzieli obok siebie, ale patrzyli na dorosłych, którzy
stali na ganku.

— Zabrałeś stamtąd wózek? — spytała dziewczynka.

— Nie! — zawołał Hely zdumiony. — Myślisz, że postradałem zmysły? Przez pewien czas Ratliff przychodził tam codziennie. Ostatnio jeździ wzdłuż torów, tam, gdzie stoją pociągi towarowe.

— Dlaczego?

— Skąd mam wiedzieć? Kilka dni temu nudziłem się i poszedłem do
magazynu, żeby poodbijać piłkę rakietą tenisową. Nagle usłyszałem, że
nadjeżdża samochód. Całe szczęście, że się schowałem. To był on. Nigdy
w życiu tak się nie bałem. Zaparkował samochód i przez jakiś czas siedział w środku. Potem wysiadł i gdzieś zniknął. Może mnie śledził.

Harriet przetarła oczy ręką.

— Dziś widziałam, jak jechał w tamtym kierunku.

— W kierunku torów?

— Może. Zastanawiałam się, dokąd jedzie.

— Cieszę się, że mnie nie zobaczył — powiedział Hely. — Kiedy wysiadł z samochodu, o mało nie dostałem ataku serca. Siedziałem
w krzakach prawie godzinę.

— Powinniśmy wybrać się na specjalną misję i zobaczyć, czego on
tam szuka.

Harriet była pewna, że Hely'emu spodoba się pomysł z misją, ale
chłopiec potrząsnął głową.

— Nie mogę — powiedział twardo. — Nie wrócę tam. Chyba nie rozumiesz... — zawołał piskliwym głosem.

Jedna z osób na ganku odwróciła głowę w ich stronę. Harriet dźgnęła
go w żebra.

— Nie rozumiesz tego — powiedział Hely ze smutkiem. — Szkoda,
że cię tam nie było. Gdyby mnie znalazł, zabiłby mnie. Wyglądał naprawdę groźnie. — Hely wykrzywił twarz i spojrzał w ziemię.

— Czego on szuka?

— Nie wiem. Posłuchaj, nie chcę ryzykować. Ty też powinnaś trzymać się od niego z daleka. Jeśli którykolwiek z braci domyśli się, że to my zrzuciliśmy węża, już po nas. Nie przeczytałaś tego wycinka z gazety, który ci posłałem?

— Nie zdążyłam.

— To była jego babcia — powiedział Hely grobowym głosem. — O mało nie umarła.

Gdzieś z tyłu skrzypnęła furtka i Harriet zeskoczyła z huśtawki.

— Odean! — zawołała dziewczynka, ale niska czarnoskóra kobieta w słomkowym kapeluszu i bawełnianej sukience z paskiem nie zwróciła na nią uwagi. Miała usta zaciśnięte w cienką linię i napiętą twarz. Powoli weszła na ganek i zapukała do drzwi.

— Jest pani Edith? — spytała, zaglądając przez okno z ręką przytkniętą do czoła.

Urażona Harriet usiadła z powrotem na huśtawce. Policzki płonęły jej ze wstydu. Odean była stara i zrzędliwa. Harriet nigdy za nią nie przepadała, ale staruszka była dla Libby najbliższą osobą. Zarówno w kłótniach (kłóciły się głównie o kota Libby, którego służąca nie znosiła), jak i w spokojnej przyjaźni przypominały stare małżeństwo. Kiedy Harriet zobaczyła Odean wchodzącą do ogrodu, serce zabiło jej gwałtownie.

Od czasu wypadku nie myślała o służącej. Odean została służącą Libby, kiedy ta mieszkała w Utrapieniu. Były wtedy młodymi kobietami. Harriet zaczęła się zastanawiać, co Odean teraz zrobi i dokąd pójdzie. Była stara, jej zdrowie pozostawiało wiele do życzenia i (jak zauważyła Edie) nie nadawała się na służącą.

Na ganku powstało zamieszanie.

— Proszę. — Ktoś przepuścił Odean i na ganku pojawiła się Tat.

— Odean! — powiedziała. — Poznajesz mnie, prawda? Jestem siostrą Edith.

— Dlaczego nikt nie powiedział mi o pani Libby?

— O Boże... Odean... — Tat rozejrzała się dookoła, czerwieniąc się ze wstydu. — T a k mi przykro. Wejdź do środka.

— Mae Helen, która pracuje dla panny McLemore, przyszła do mnie i powiedziała, co się stało. Nikt inny się nie pofatygował. Ona już leży w grobie.

— Odean! Byliśmy pewni, że nie masz telefonu...

Zapadła cisza, a potem zabrzmiał śpiew sikorki — cztery czyste, przyjazne tony.

— Mogły mnie panie zawiadomić — mówiła drżącym głosem Odean.
Jej twarz była nieruchoma. — Mogły panie do mnie przyjść. Mieszkam
na Pine Hill, wszyscy o tym wiedzą. Mogły się panie pofatygować...
— Ojej... — bąknęła Tatty bezradnie i westchnęła. — Czy miałabyś
ochotę wejść do środka i usiąść na chwilę?
— Nie — powiedziała Odean oschle. — Dziękuję.
— Jest nam bardzo przykro... Nie pomyślałyśmy...
— Pracowałam dla panny Libby pięćdziesiąt pięć lat. — Odean otarła
łzę. — Nikt nie powiedział mi, że wylądowała w szpitalu.
Tat zamknęła na chwilę oczy.
— Odean... — zaczęła. Zapadła martwa cisza. — To straszne. Czy
potrafisz nam wybaczyć?
— Byłam pewna, że panie pojechały do Karoliny Południowej. Mia-
łam wrócić do pracy w poniedziałek. I nagle dowiedziałam się, że już ją
pochowałyście.
— Proszę... — Tat położyła rękę na ramieniu Odean. — Poczekaj
tu. Pójdę po Edith. Możesz chwilę poczekać?
Tat znikła w środku. Na ganku znów zabrzmiały głosy, ale tym razem
cichsze. Odean odwróciła głowę i stała, patrząc przed siebie z kamienną
twarzą.
— Ona chce pieniędzy — powiedział teatralnym szeptem jakiś mężczyzna.
Harriet oblała się pąsowym rumieńcem. Odean nawet nie mrugnęła.
Tkwiła wciąż w tym samym miejscu z ponurą miną. Jej drobna postać
różniła się od wysokich białych ludzi, ubranych w odświętne stroje. Wyglądała jak wróbel otoczony wielkimi, krzykliwymi ptakami.
Harriet, zupełnie bezradna, czuła, że powinna stanąć obok Odean. Libby na pewno by sobie tego życzyła. Ale służąca miała groźną minę i Harriet bała się do niej podejść. Nagle drzwi otworzyły się i na ganku pojawiła się Allison. Rzuciła się na Odean i objęła ją ramionami tak, że staruszka musiała się chwycić poprzeczki, żeby nie upaść.
Harriet słysząc głośne szlochanie Allison, zaczęła drżeć na całym ciele. Odean nie objęła Allison, stała nieruchomo, patrząc na drzwi.
Po chwili na schodach pojawiła się Edie.
— Allison — powiedziała. — Wracaj do domu. — Chwyciła wnuczkę za ramię i popchnęła ją w kierunku drzwi. — Już!
Dziewczynka wyrwała się jej i pobiegła do ogrodu. Minęła huśtawkę,
na której siedzieli Harriet i Hely, i zniknęła w komórce na drewno. Rozległ się huk upadających grabi, a w chwilę później — trzask zamykanych
drzwi.

— O rety! — powiedział Hely, patrząc na komórkę. — Twoja siostra zwariowała.

Edie stała na ganku i mówiła coś surowym, formalnym tonem. Ale Harriet wiedziała, że babcia nie okazuje, jak bardzo jest zdenerwowana.

— Odean! — zawołała Edie. — Dziękuję, że przyszłaś. Wejdź na chwilę.

— Nie. Nie chcę przeszkadzać.

— Co ty wygadujesz? Cieszymy się bardzo, że przyszłaś!

Hely kopnął Harriet w kostkę.

— Co jej się stało? — spytał, zerkając na komórkę.

— Niech cię Bóg błogosławi. — Edie skarciła Odean, która wciąż stała bez ruchu na ganku. — Dość tego. Proszę w tej chwili wejść do środka!

Harriet nie mogła wykrztusić słowa. W komórce rozległ się krótki, bolesny jęk, jakby ktoś się tam dusił. Harriet zbladła. Nie czuła zakłopotania, ale Harry widząc jej minę, odsunął się, jakby w obawie, że zarazi się od niej jakąś chorobą.

— Hm... — bąknął, patrząc na samolot, który szybował wśród chmur.

— Muszę już iść.

Był pewien, że Harriet coś powie, ale milczała. Chłopiec odszedł powoli, machając rękami, najwyraźniej zakłopotany.

Furtka zamknęła się z trzaskiem. Harriet z wściekłością utkwiła wzrok w ziemi. Z ganku dochodziły odgłosy rozmowy. Dziewczynka uświadomiła sobie, że rozmowa dotyczy testamentu Libby. Zrobiło jej się wstyd.

— Gdzie on jest? — spytała Odean.

— Nie martw się. Wkrótce się tym zajmiemy — powiedziała Edie, kładąc rękę na ramieniu służącej i popychając ją lekko w kierunku drzwi. — Testament leży w jej sejfie. W poniedziałek rano pójdę tam z adwokatem...

— Nie ufam adwokatom! — zawołała Odean ze złością. — Pani Lib coś mi obiecała. Powiedziała: „Odean, jeśli cokolwiek się stanie, zajrzyj do mojej cedrowej komody". Leży tam koperta. Weź ją i nie pytaj nikogo o pozwolenie.

— Nie ruszaliśmy jej rzeczy. W poniedziałek...

— Jeden Bóg wie, co zaszło — stwierdziła Odean z poważną miną.

— On wie i ja to wiem. Pani Libby tak mi powiedziała.

— Znasz Billy'ego Wentwortha, prawda? — powiedziała Edie wesoło, jakby zwracała się do dziecka. W jej głosie brzmiał strach i napięcie. — Nie mów mi, że nie ufasz Billy'emu, Odean. Przecież znasz jego zięcia.

390

— Chcę tylko odzyskać to, co mi się należy.

Pomiędzy cegłami widniał pluszowy mech. Harriet skupiła uwagę na muszli leżącej w ogrodowej urnie.

— Odean — powiedziała Edie. — Nie zamierzam się z tobą k ł ó c i ć. Dostaniesz to, co ci się należy według prawa. Jak tylko...

— Nic nie wiem o żadnym prawie. Wiem tylko, co mi się należy.

Muszla była stara i wyglądała jak kawałek gipsu, leżąc między różami Edie. Przed narodzinami Harriet cała rodzina co roku spędzała wakacje w zatoce. Po śmierci Robina nigdy więcej tam nie pojechali. Słoiki z małymi, szarymi skorupiakami zebranymi podczas wakacji stały wysoko na półkach w szafach ciotek Harriet. Były zakurzone i smutne.

— Muszelki tracą urok, kiedy zostaną wyjęte z wody — mówiła Libby. Napełniała zlew wodą, wsypywała do niej muszelki, a potem przysuwała stołek dla Harriet (dziewczynka miała trzy lata i wydawało jej się, że zlew jest wielki). Dziewczynka otwierała usta ze zdziwienia, kiedy szarawy kolor znikał, a muszelki zaczynały błyszczeć i mienić się wszystkimi kolorami tęczy. Szkarłatne i czarne, wyglądały jak polichromowane figurki w kolorze srebrnym, niebieskim, różowym i perłowozielonym. Jaka zimna i czysta wydawała się woda! Dziewczynce zdawało się, że jej różowe, zanurzone w wodzie dłonie zostały odcięte w nadgarstkach.

— Powąchaj — mówiła Libby, wciągając nosem powietrze. — Tak właśnie pachnie ocean.

Harriet pochylała się nad zlewem i czuła ostry zapach oceanu, którego nigdy nie widziała. Jim Hawkins opisał ten słony zapach w *Wyspie skarbów*. Czytając książkę, wyobrażała sobie łomot fal, krzyki dziwnych ptaków i żagle „Hispanioli", podobne do białych kartek, trzepoczące na tle bezchmurnego nieba.

Ludzie mówili, że śmierć to bezpieczna przystań. Na zdjęciach zrobionych nad morzem wszyscy z rodziny Harriet wyglądali młodo. Wśród nich stał Robin, obok niego leżały chusteczki i łódki, na tle jasnego nieba frunęły mewy. Był to sen, w którym wszyscy zostali uratowani.

Ale ten sen dotyczył przeszłości, a nie przyszłości. Teraźniejszość: rdzawe liście magnolii, pełne liszajów doniczki na kwiatki, bzyczenie pszczół i odgłosy rozmów gości, którzy przyszli na ceremonię pogrzebową. Harriet kopnęła jeden z kamieni leżących na ścieżce. Pod spodem znajdowało się błoto i śliska trawa. Uważnie patrzyła na kawałek czarnej ziemi jak na jedyną prawdziwą rzecz na świecie. W pewnym sensie tak właśnie było.

Rozdział 7

WIEŻA

Czas się rozpadł. Harriet straciła sposób mierzenia go. Dawniej Ida była planetą, której obrót wyznaczał godziny, a jej pogodny, stary, spolegliwy rytm (pranie w poniedziałki, szycie we wtorki, kanapki latem, zupa w zimie) rządził wszystkimi aspektami życia Harriet. Tygodnie obracały się jeden za drugim, każdy dzień składał się z szeregu wynikających z siebie panoram. W czwartkowe poranki Ida rozstawiała deskę i prasowała przy zlewie, z monolitycznego żelazka buchała para; w czwartkowe popołudnia, zimą i latem, trzepała dywany i rozwieszała na powietrzu, tak więc czerwony turecki dywan przewieszony przez barierkę werandy był flagą, która stale obwieszczała c z w a r t e k. Nie kończące się letnie czwartki, chłodne czwartki w październiku i odległe, ciemne czwartki w pierwszej klasie, kiedy Harriet drzemała pod gorącymi kocami, niespokojna z powodu zapalenia migdałków: uderzenia trzepaczki, syk i bulgotanie żelazka parowego stanowiły wyraźne odgłosy chwili obecnej, ale były też ogniwem łańcucha, który sięgał wstecz w życie Harriet i ginął w abstrakcyjnym mroku dzieciństwa. Dni kończyły się o piątej po południu, kiedy na tylnej werandzie Ida przebierała się z fartucha; dni zaczynały się skrzypieniem frontowych drzwi i krokami Idy w holu. Z odległych pokojów dobiegał spokojny szum odkurzacza; na piętrze i na parterze rozlegało się senne skrzypienie gumowych podeszew Idy, a czasami wysokie, suche gdakanie jej wiedźmowatego śmiechu. Tak mijały dni. Drzwi otwierały się i zamykały, cienie kładły się i powstawały. Pospieszne spojrzenie Idy, kiedy Harriet przebiegała boso obok otwartych drzwi, było ostrym, słodkim błogosławieństwem: miłością wbrew sobie. Ida! Jej przysmaki (lizaki, melasa na chlebie kukurydzianym); jej „programy". Żarty i połajanki, czubate łyżki cukru opadające jak śnieg na dno szklanek z mrożoną herbatą. Dziwne, stare piosenki dobiegające z kuchni ("Czy nie tęsknisz za mamą czasami, czasami?"), ptasie nawoływania z podwórza, podczas gdy białe koszule trzepotały na sznurze, gwizdy i trele, kit kit, kit kit, słodkie pobrzękiwanie sreber, brzęk rondla, różnorodność i hałas samego życia. Wszystko to odeszło. Bez Idy czas się rozszerzał i tonął w bezkresnej, migotliwej pustce. Godziny i dni, światło i ciemność wlewały się w siebie nie zauważone; pozacierały się różnice między pierwszym i drugim śniadaniem, dniem świątecznym i powszednim, świtem i zmierzchem; żyło się jak w jaskini rozświetlonej sztucznym światłem.

Wraz z Idą znikło wiele wygód. Jedną z nich był sen. Noc po nocy, w wilgotnym wigwamie Chickadee Harriet leżała w szorstkich prześcieradłach ze łzami w oczach, bo tylko Ida potrafiła ścielić łóżko tak, jak Harriet lubiła. W motelach, czasami w domu Edie, leżała w bezsenne noce, udręczona tęsknotą za domem, boleśnie świadoma nieznanych faktur, obcych zapachów (perfum, naftaliny, detergentów, których Ida nie używała), ale nade wszystko myśląc o dotyku Idy, nieokreślonym, zawsze dodającym otuchy, kiedy budziła się osamotniona lub przestraszona. Ten dotyk nigdy nie był tak cudny jak teraz, kiedy go zabrakło.

Harriet powróciła do ech i ciszy: do nawiedzonego domu obrośniętego cierniami. W części pokoju należącej do Harriet (część Allison była przewrócona do góry nogami) panował doskonały porządek, jak za czasów Idy: schludne łóżko, białe krezy, kurz zbierający się jak szron.

Tak to trwało. Pościel pod kapą nadal była sztywna. Została wyprana i wygładzona rękami Idy; ta pościel była jej ostatnim śladem w domu i chociaż Harriet z całego serca pragnęła wpełznąć do łóżka, wtulić twarz w cudną, mięciutką poduszkę i naciągnąć kołdrę na głowę, nie mogła się zdobyć na zakłócenie tego ostatniego maleńkiego nieba, jakie jej pozostało. Promienne, przejrzyste odbicie łóżka falowało w nocy w ciemnych szybach jak zwiewny, biały kandyzowany owoc, miękki jak tort weselny. Była to jednak uczta, na którą Harriet mogła tylko patrzeć i tęsknić — gdyby choć raz przespała się w tym łóżku, straciłaby nawet nadzieję na sen.

Dlatego spała na pościeli. Noce mijały niespokojnie. Komary cięły ją po nogach, brzęczały w uszach. Wczesne poranki były chłodne, czasami Harriet siadała zaspana i sięgała po nierealną pościel; kiedy jej dłonie zamykały się w powietrzu, padała z powrotem na kapę i — dygocząc jak terier przez sen — śniła. Śniła się jej czarna woda na bagnach pokryta lodem, wiejskie drogi, po których musiała biec znowu i znowu z drzazgą w stopie, bo biegła boso; śniła, że pływa w ciemnych jeziorach, uderza głową o blachę, która więzi ją pod wodą, z dala od powietrza; śniła, że w domu Edie chowa się pod łóżkiem przed kimś strasznym, niewidzialnym, kto woła do niej cicho: „Zostawiłaś mi coś, panienko?" Zostawiłaś mi coś?" Rano budziła się późno, wyczerpana, z czerwonymi odbiciami kapy na policzku. Zanim otworzyła oczy, bała się poruszyć, leżała więc bez ruchu, wstrzymując oddech, świadoma, że budzi się ku czemuś złemu. Tak też było. W domu panował przerażający mrok i cisza. Kiedy po wyjściu z łóżka podchodziła na palcach do okna i odsuwała zasłonę, ogarniało ją poczucie, że jest jedyną ocalałą ze straszliwej katastrofy. Poniedziałek: pusty sznur na pranie. Jakże to mógł być poniedziałek, skoro na sznurze nie trzepotała pościel ani koszule? Cień pustego sznura chybotał się na suchej trawie. Harriet przekradała się w dół do mrocznego holu, bo teraz, kiedy Ida odeszła, nie było komu podnieść rano żaluzji (albo zaparzyć kawy, albo zawołać: „Dzień dobry, maleńka!", albo zrobić jednej z tych dodających otuchy rzeczy, które robiła Ida), a przez większą część dnia dom pozostawał zatopiony w przefiltrowanej, podwodnej pomroce.

Pod powierzchnią tej mdłej ciszy — straszliwej ciszy, jakby świat się skończył, a większość ludzi zginęła — kryła się bolesna świadomość, że zaledwie kilka ulic dalej znajduje się zamknięty, pusty dom Libby. Nie skoszone trawniki, klomby zbrązowiałe i zachwaszczone; w środku puste stawy luster bez odbić, słońce i księżyc przesuwające się obojętnie po pokojach. Jak dobrze Harriet znała dom Libby o każdej porze, we wszystkich nastrojach i pogodach — jego zimową nudę, kiedy w holu panował mrok, a w piecyku gazowym palił się niski płomień; burzliwe noce i dni (deszcz ściekał po purpurowych szybach, cienie spływały po przeciwległej ścianie), słoneczne jesienne popołudnia, kiedy Harriet, zmęczona i nieszczęśliwa po szkole, siedziała w kuchni Libby, czerpiąc otuchę z błahych zdań Libby i ogrzewając się przy ogniu jej serdecznych pytań. Wszystkie książki, które Libby czytała na głos, codziennie jeden rozdział po szkole: *Oliver Twist*, *Wyspa skarbów*, *Ivanhoe*. Niekiedy październikowe światło, które w takie popołudnia zapalało się nagle w zachodnich oknach, było kliniczne, przerażające w swej jasności, a jego blask i chłód były jak obietnica czegoś nie do zniesienia, jak nieludzka poświata dawnych wspomnień na łożu śmierci, marzeń i trupich pożegnań. Jednak zawsze, nawet w najbardziej nieruchomym, samotnym świetle (ołowiane tykanie zegara na kominku, książka z biblioteki leżąca okładką do góry na sofie) sama Libby jaśniała blado, kiedy chodziła po posępnych pokojach, z siwymi włosami nastroszonymi jak piwonia. Czasami podśpiewywała sobie, a cienki głos drżał słodko wśród wysokich cieni wyłożonej kafelkami kuchni, przy akompaniamencie grubego pomrukiwania lodówki:

Raz sowa i kicia ruszyli na morze
W łódeczce o burtach zielonych,
Zabrali miód, pieniędzy w bród
W banknocik zgrabnie otulonych...

Oto siedziała, haftując, z maleńkimi srebrnymi nożyczkami zawieszonymi na różowej wstążce na szyi, rozwiązywała krzyżówkę albo czytając biografię Madame de Pompadour, mówiła do swojego białego kotka... tip, tip, tip. Harriet nawet teraz słyszała kroki ciotecznej babci, ten wyjątkowy stukot butów numer trzy, tip, tip, tip, długim korytarzem, żeby odebrać telefon. Libby! Jak bardzo zawsze cieszyła się Libby, kiedy Harriet dzwoniła — nawet późno w nocy — jakby właśnie ten głos najbardziej na świecie pragnęła usłyszeć!

— Och! To moje k o c h a n i e! — wołała. — Jakie to słodkie, że dzwonisz do biednej starej cioteczki...

Radość i ciepło jej głosu tak wzruszały Harriet, że nawet teraz, kiedy stała sama w ciemnej kuchni przy telefonie, zamknęła oczy i spuściła głowę, czując, że ciepło rozchodzi się w niej jak w uderzonym dzwonie. Czy telefon Harriet kogokolwiek tak radował? Nie, nikogo. Teraz mogła kręcić ten numer, kręcić do woli, kręcić go raz po raz aż po kres czasu, ale nigdy nie usłyszy w słuchawce głosu Libby: „Moje kochanie! Najdroższa!" Nie, cichy dom świecił pustkami. Zapachy drewna cedrowego i olejku wetiwerowego w zamkniętych pokojach. Wkrótce meble zostaną wyniesione, ale na razie wszystko znajdowało się dokładnie w takim stanie jak wtedy, gdy Libby wyruszyła w podróż — posłane łóżka, umyte filiżanki ułożone na suszarce. Przez pokoje ciągnęła nie zauważona procesja dni. Po wschodzie słońca szklany przycisk do papieru znowu rozjarzy się do życia, do krótkiego, lśniącego, trzygodzinnego życia tylko po to, by w południe ponownie zatopić się w mroku i drzemce, kiedy przesunie się po nim trójkąt światła. Dywan w splecione kwiaty — wielka, splątana plansza do gry z dzieciństwa Harriet — migotał tu i tam żółtymi pręgami światła, które wpadało przez drewniane żaluzje w późne popołudnia. Długie, rozproszone wiązki świetlnych pręg sunęły jak długie palce po oprawionych fotografiach na ścianach: Libby jako dziewczynka, chuda, wystraszona, trzymająca Edie za rękę; burzowe stare Utrapienie w tonacji sepii, w gromowej aurze tragedii zaduszonej winoroślą. Także to wieczorne światło miało zblaknąć i zniknąć, aż jedynym światłem będzie chłodny, błękitny poblask latarni ulicznych — wystarczający w sam raz, by widzieć — migoczący miarowo aż po świt. Pudła na kapelusze, schludnie poskładane rękawiczki drzemiące w szufladach. Wiszące w ciemnych szafach ubrania, które już nigdy nie poznają dotyku Libby. Wkrótce zostaną zapakowane i wysłane do misji baptystów w Afryce i Chinach — a może niedługo jakaś drobniutka Chinka w malowanym domu, pod złotymi drzewami i dalekim niebem, będzie piła herbatę z misjonarzami ubrana w różową sukienkę Libby ze szkółki niedzielnej. Jakże toczył się ten świat — ludzie pielęgnowali ogrody, grali w karty, chodzili do szkółki niedzielnej, posyłali do misji w Chinach używane ubrania i nieustannie gnali ku zawalonemu mostowi, który ział w ciemnościach? Takim torem biegły posępne myśli Harriet. Siadywała samotnie na schodach, w holu albo przy stole w kuchni, z głową w dłoniach; siadywała przy oknie w swej sypialni i wyglądała na ulicę. Dawne wspomnienia drapały ją i kłuły: dąsy, niewdzięczności, słowa, których nie mogła już cofnąć. Raz po raz myślała o tym, jak nałapała w ogrodzie czarnych żuków i wetknęła je w ciasto kokosowe, nad którym Libby pracowała przez cały dzień. Jak Libby płakała niczym mała dziewczynka, płakała z twarzą w dłoniach. Libby płakała też, kiedy Harriet wściekła się w dniu swoich ósmych urodzin i oświadczyła Libby, że nienawidzi prezentu — amuletu w kształcie serca do bransoletki.

— Zabawka! Chciałam z a b a w k ę!

Później matka odciągnęła Harriet na stronę i powiedziała, że amulet był drogi, że Libby nie mogła sobie na niego pozwolić. Najgorsze było to, że ostatnim razem, kiedy widziała Libby, ostatnim w ogóle, Harriet strąciła dłoń ciotki i pobiegła chodnikiem, nie oglądając się za siebie. Czasami, w ciągu niespokojnego dnia (godzinami wertowała tępo na sofie *Encyklopedię Britannica*) te właśnie myśli uderzały Harriet z taką świeżą siłą, że wczołgiwała się do szafy, zamykała drzwi i płakała, płakała z twarzą w taftowych spódnicach starych, zakurzonych wieczorowych kreacji matki; towarzyszyła jej przy tym mdląca pewność, że odtąd będzie się czuła tylko coraz gorzej.

Szkoła zaczynała się za dwa tygodnie. Hely uczestniczył w czymś, co nosiło nazwę Orkiestry Klinicznej; codziennie wychodzili na boisko, gdzie maszerowali tam i z powrotem w obezwładniającym skwarze. Kiedy na boisko wychodziła drużyna piłkarska, chłopcy wracali do krytego blachą gimnazjum, siadali na składanych krzesłach i ćwiczyli grę na instrumentach. Potem dyrygent rozpalał ognisko i piekł hot-dogi albo organizował grę w piłkę czy zaimprowizowane „jam session" ze starszymi dziećmi. W niektóre noce Hely wracał do domu wcześnie, ale mówił, że wtedy musi po kolacji ćwiczyć grę na puzonie.

Harriet w pewnym sensie cieszyła się z jego nieobecności. Czuła się zażenowana własnym smutkiem, zbyt wielkim, by można go było ukryć, a także katastrofalnym stanem domu. Po odejściu Idy matka Harriet uaktywniła się, podobnie do pewnych zwierząt nocnych w ogrodzie zoologicznym w Memphis: delikatnych torbaczy o oczach jak spodki, które — omamione lampami ultrafioletowymi oświetlającymi szklaną klatkę — jadły, myły się i wdzięcznie krzątały się wokół swych liściastych spraw, przepełnione złudzeniem, że znajdują się pod bezpieczną osłoną nocy. Przez noc pojawiały się tajemne szlaki, które biegły, krzyżując się, przez dom, szlaki znaczone chusteczkami higienicznymi, inhalatorami na astmę, buteleczkami z pigułkami, płynem do rąk, lakierem do paznokci, szklankami z topiącym się lodem, które zostawiały łańcuchy białych kółek na blatach stołowych. W szczególnie zagraconym i brudnym kącie kuchni stanęły sztalugi, a na nich, dzień po dniu, pojawiał się obraz wodnistych, purpurowych bratków (chociaż wazon, w których stały, nigdy nie wyszedł poza fazę szkicu ołówkiem). Nawet włosy Charlotte przybrały nowy, głęboki, ciemny odcień („Czekoladowy pocałunek", głosiła buteleczka pokryta lepkimi czarnymi kroplami, którą Harriet odkryła w wiklinowym koszu na śmieci w łazience na dole). Ignorując nie zamiecione dywany, lepkie podłogi, kwaśno cuchnące ręczniki w łazience, Charlotte poświęcała zdumiewająco dużo uwagi rzeczom trywialnym. Pewnego popołudnia Harriet zastała matkę na odpychaniu stert gratów na lewo i prawo, żeby mogła uklęknąć i wypolerować mosiężne klamki specjalnym płynem i specjalną ściereczką; innego popołudnia — nie dbając o okruchy, plamy tłuszczu, cukier rozsypany na kuchennym blacie, brudny obrus i górę naczyń piętrzących się niebezpiecznie nad zimną szarą wodą w zlewie, nade wszystko nie dbając o słodkawą woń zgnilizny dobiegającą zarazem zewsząd i znikąd — spędziła pełną godzinę na gorączkowym pucowaniu starego chromowanego tostera, aż zaczął lśnić jak zderzak limuzyny; potem przez dziesięć minut podziwiała swoje dzieło.

— Dajemy sobie radę, prawda? — powiedziała i dodała: — Ida nigdy porządnie niczego nie czyściła, co? Nie w ten sposób. — (Spojrzenie na toster). — Jest f a j n i e, prawda? Tylko my trzy?

Nie było fajnie. Mimo to matka się starała. Pewnego dnia, pod koniec sierpnia, wstała z łóżka, wykąpała się w pianie, ubrała, uszminkowała, usadowiła się na kuchennej drabinie i wertowała *Książkę kucharską Jamesa Bearda*, aż znalazła przepis na stek Diany, następnie udała się do sklepu, gdzie kupiła wszystkie składniki. Po powrocie do domu nałożyła na sukienkę fartuch z falbaną (prezent gwiazdkowy, którego nigdy nie nosiła), zapaliła papierosa, przyrządziła sobie colę z lodem i kropelką burbona, wreszcie popijając, upiekła stek według przepisu. Trzymając tacę wysoko nad głową, matka wcisnęła się do jadalni, a córki weszły za nią gęsiego. Harriet zrobiła miejsce na stole; Allison zapaliła dwie świece, które rzucały długie, chwiejne cienie na sufit. Harriet od dawna nie jadła tak doskonałej kolacji, chociaż trzy dni później brudne naczynia wciąż piętrzyły się w zlewie.

Obecność Idy była cenna również z tego, nie najmniej ważnego, dotąd nieprzewidzianego powodu: ograniczała zakres aktywności matki w sposób, który Harriet dopiero teraz, za późno, doceniła. Jak często Harriet tęskniła za towarzystwem matki, pragnęła, żeby wstała i opuściła sypialnię? Teraz — za jednym zamachem — jej życzenie zostało spełnione, a jeżeli wcześniej Harriet doskwierało osamotnienie i zniechęcenie na widok zamkniętych drzwi sypialni, to teraz nigdy nie była pewna, kiedy te drzwi się otworzą, matka wypłynie i zawiśnie melancholijnie nad jej krzesłem, jakby w oczekiwaniu, że ta wypowie słowo, które przerwie milczenie i sprawi, że wszystko między nimi stanie się łatwe i wygodne. Harriet z radością pomogłaby matce, gdyby tylko wiedziała, co ma powiedzieć. Allison potrafiła dodać matce otuchy, nie mówiąc ani słowa, samym spokojem swojej fizycznej obecności, ale z Harriet było inaczej. Miała wrażenie, że powinna coś zrobić czy powiedzieć, chociaż nie była pewna co, a presja matczynego wyczekującego spojrzenia odbierała jej mowę, zawstydzała, a czasami — jeśli spojrzenie było zbyt rozpaczliwe albo wisiało na Harriet zbyt długo — frustrowała ją i gniewała. W takich chwilach wbijała wzrok w dłonie, w podłogę, w ścianę naprzeciwko, gdziekolwiek, byle tylko odgrodzić się od błagalnego spojrzenia matki.

Matka Harriet nie mówiła często o Libby — trudno jej było wymówić imię Libby bez wybuchnięcia płaczem — ale jej myśli przez większą część czasu biegły właśnie ku niej, a ich tok był tak jasny, jakby wypowiadała je na głos. Libby była wszędzie. Rozmowy obracały się wokół niej, jeśli nawet samo imię nie padało. Pomarańcze? Wszyscy pamiętali plasterki pomarańczy, które Libby lubiła wkładać do ponczu na Gwiazdkę, ciasto pomarańczowe (smutny deser z książki kucharskiej z czasów reglamentacji drugiej wojny światowej), które Libby czasem piekła. Gruszki? Gruszki również budziły wiele skojarzeń. Libby imbirowe przetwory z gruszek; piosenka, którą śpiewała o małej gruszy; martwa natura z gruszkami, którą Libby namalowała w żeńskim college'u stanowym na przełomie wieku. Czasami, kiedy rozmowa dotyczyła wyłącznie przedmiotów, można było rozmawiać o Libby całymi godzinami, nie wypowiadając jej imienia. Niewypowiedziane odniesienia do Libby nawiedzały wszystkie rozmowy; każdy kraj czy kolor, każde warzywo czy drzewo, każda łyżka, klamka i deser były przepojone i pomalowane wspomnieniem o niej — i choć Harriet nie kwestionowała słuszności tej czci, czasami czuła się niezręcznie, jakby Libby zmieniła się z osoby w pewien mdlący, wszechobecny gaz, który sączył się przez dziurki od klucza i pod drzwiami. Był to bardzo dziwny sposób prowadzenia rozmów, tym dziwniejszy, że matka dała córkom jasno do zrozumienia na sto nie wypowiedzianych sposobów, że nie powinny wspominać o Idzie. Nawet kiedy robiły pośrednie aluzje do Idy, niezadowolenie matki było oczywiste. Kiedy Harriet (bezwiednie) wspomniała Libby i Idę w jednym smutnym zdaniu, matka zastygła z drinkiem uniesionym do ust.

— Jak śmiesz! — krzyknęła, jak gdyby Harriet postąpiła wobec Libby nielojalnie, nikczemnie, niewybaczalnie. — Nie patrz na mnie w ten sposób! — zawołała do Harriet, złapała za rękę zaskoczoną Allison, puściła i wybiegła z pokoju.

Chociaż Harriet nie wolno było zwierzać się ze smutku, smutek matki był stałą wymówką, a dziewczynka w mglisty sposób czuła się za niego odpowiedzialna. Czasami, szczególnie w nocy, smutek Charlotte wzbierał namacalnie, przenikając cały dom; gęsta chmura smutku zwieszała się nad pochyloną głową matki, nad jej ramionami, ciężka jak woń whisky, która towarzyszyła ojcu Harriet po piciu. Harriet podkradała się do drzwi i patrzyła bez słowa na matkę siedzącą przy kuchennym stole w żółtym świetle lampy, z głową w dłoniach i papierosem żarzącym się w palcach.

Kiedy jednak matka odwracała się i siliła na uśmiech albo na błahą rozmowę, Harriet czmychała. Nie cierpiała nieśmiałego, dziewczęcego dreptania matki na palcach po domu, wyglądania zza rogów, zaglądania do szafek, tak jakby Ida była jakimś tyranem, którego Charlotte z radością się pozbyła. Ilekroć podchodziła z tym nieśmiałym, drżącym uśmiechem, który oznaczał, że chciała „porozmawiać", Harriet czuła, jak zamienia się w bryłę lodu. Trwała nieruchomo niczym kamień, kiedy matka przysiadała się do niej na sofie i niezręcznie poklepywała po dłoni.

— Masz całe życie przed sobą — mówiła za głośno, jak aktorka.

Harriet milczała, wpatrując się ponuro w *Encyklopedię Britannica* otwartą na kolanach, na haśle Cavy. Była to rodzina gryzoni południowoamerykańskich, do której należała świnka morska.

— Rzecz w tym... — Matka zaśmiała się zdławionym dramatycznym śmiechem. — Mam nadzieję, że nigdy nie będziesz musiała przeżywać takiego bólu jak ja.

Harriet przyglądała się czarno-białej fotografii kapibary, największego przedstawiciela rodziny Cavy, jednocześnie największego żyjącego gryzonia.

— Jesteś młoda, kochana. Robiłam wszystko, żeby cię ochronić. Po prostu nie chcę, żebyś popełniła niektóre z moich błędów.

Matka czekała. Siedziała stanowczo zbyt blisko. Chociaż Harriet czuła się niezręcznie, nie poruszała się i nie chciała podnieść wzroku. Trwała w mocnym postanowieniu, że nie da matce najmniejszej satysfakcji. Matka pragnęła tylko pokazu zainteresowania (nie prawdziwego zainteresowania, ale przedstawienia), a Harriet doskonale wiedziała, co sprawiłoby jej przyjemność: powinna zdecydowanym ruchem odłożyć encyklopedię na bok, spleść ręce na podołku, przybrać współczujący wyraz twarzy i pozwolić matce mówić. Biedna matka. Tylko tyle, to by wystarczyło. Nie było to wiele, ale Harriet wprost dygotała z powodu niesprawiedliwości całej sytuacji. Czy matka słuchała, kiedy o n a chciała mówić? Kiedy tak milczała wpatrzona w encyklopedię (jak trudno było zachować stanowczość, nie odpowiadać!), przypomniała sobie, jak wpadła do matczynej sypialni zapłakana z powodu Idy, a matka leniwie, po królewsku uniosła palec, j e d e n p a l e c, ot tak...

Nagle Harriet zdała sobie sprawę, że matka wstała i patrzyła na nią. Uśmiech miała cienki i kolczasty jak haczyk na ryby.

— Nie będę ci przeszkadzać, skoro czytasz.

Harriet natychmiast pożałowała swego zachowania.

— Co, mamo? — Odepchnęła encyklopedię na bok.

— Nic takiego. — Matka odwróciła wzrok i ściągnęła pasek płaszcza kąpielowego.

— Mamo? — zawołała za nią Harriet, kiedy drzwi sypialni zatrzasnęły się nieco zbyt delikatnie. — Przepraszam, mamo...

Dlaczego ona ziała taką nienawiścią? Czemu nie mogła się zachowywać tak, jak chcieli tego inni ludzie? Harriet siedziała na sofie, łając się, a ostre, nieprzyjemne myśli przewalały się przez jej umysł jeszcze długo po tym, jak wstała i powlokła się do łóżka. Niepokój i poczucie winy nie ograniczały się tylko do matki, ani nawet do położenia, w jakim się znalazła; najbardziej dręczące myśli obracały się wokół Idy. A jeżeli Ida miała wylew? Albo potrącił ją samochód? Takie rzeczy się zdarzały, a Harriet wiedziała już aż zbyt dobrze: ludzie umierali, ot tak, po prostu padali na ziemię. Czy w takiej sytuacji córka Idy zawiadomiłaby ich? Czy raczej — co bardziej prawdopodobne — uznałaby, że nikogo w domu Harriet to nie obchodzi?

Przykryta szorstkim wełnianym szalem zrobionym na szydełku Harriet rzucała się, wierciła i wykrzykiwała rozkazy przez sen. Od czasu do czasu pokój rozświetlała na niebiesko sierpniowa błyskawica. Harriet nigdy nie zapomni, w jaki sposób matka potraktowała Idę: nigdy tego nie zapomni, nigdy nie wybaczy, nigdy. Mimo gniewu nie mogła całkowicie utwardzić serca przeciwko dręczącemu smutkowi matki. Największy ból pojawiał się wtedy, kiedy matka udawała, że żadnego smutku nie odczuwa. Paradowała w piżamie na dół, rzucała się na sofę przed milczącymi córkami jak szurnięta opiekunka do dzieci i proponowała „zabawę", jakby były paczką kumpelek. Miała zarumienioną twarz i błyszczące oczy, ale pod wesołością kryło się rozgorączkowanie i godne politowania napięcie, od których Harriet chciało się płakać. Matka chciała grać w karty. Chciała robić toffi, toffi! Chciała oglądać telewizję. Chciała, żeby pojechały do Country Club na stek, co nie było możliwe, bo w poniedziałki restauracja w Country Club była zamknięta, co ona sobie myślała. Poza tym matka sypała przerażającymi pytaniami:

— Czy chcesz stanik? Czy chcesz zaprosić przyjaciółkę? Czy chciałabyś pojechać do Nashville odwiedzić ojca?

— Myślę, że powinnaś urządzić przyjęcie — powiedziała do Harriet.

— Przyjęcie? — powtórzyła Harriet ostrożnie.

— No wiesz, małe przyjęcie z coca-colą albo lodami dla koleżanek z klasy.

Harriet oniemiała.

— Powinnaś... spotykać się z ludźmi. Zapraszać rówieśniczki do siebie.

— Dlaczego?

Matka Harriet machnęła ręką.

— Niedługo zaczniesz chodzić do liceum. Wkrótce będziesz musiała pomyśleć o kotylionach. I, no wiesz, kibicowaniu i oddziałach modelek.

O d d z i a ł a c h m o d e l e k? Harriet nie posiadała się ze zdumienia.

— Najlepsze dni twojego życia są jeszcze przed tobą. Myślę, Harriet, że szkoła średnia to będzie twój czas.

Harriet nie miała pojęcia, co na to powiedzieć.

— Chodzi o twoje ubrania, tak, kochanie? — Matka spojrzała na Harriet zachęcająco. — To dlatego nie chcesz zapraszać przyjaciółek?

— Nie!

— Zabierzemy cię do sklepu Youngland w Memphis i kupimy śliczne stroje. Niech twój ojciec za nie zapłaci.

Huśtawka nastroju matki odbijała się nawet na Allison, tak się przynajmniej zdawało, ponieważ Allison zaczęła bez wyjaśnień spędzać popołudnia i wieczory poza domem. Telefon dzwonił coraz częściej. Dwukrotnie w ciągu tego samego tygodnia Harriet odebrała telefon, kiedy dziewczyna, która przedstawiła się jako „Trudy", chciała rozmawiać z Allison. Harriet nie spytała, kim była „Trudy", zresztą nic jej to nie obchodziło, ale patrzyła przez okno, jak Trudy (skryta w cieniu postać w brązowym chryslerze) stawała pod domem i zabierała Allison czekającą boso na chodniku.

Przy innych okazjach Pemberton przyjeżdżał po Allison błękitnym cadillakiem i odjeżdżali, nie przywitawszy się z Harriet ani jej nie zaprosiwszy. Po ich odjeździe Harriet siedziała na piętrze w oknie swojej ciemnej sypialni i patrzyła na mętne niebo nad torami kolejowymi. W oddali widziała światła boiska do baseballu i światła kina samochodowego Jumbo. Dokąd pojechali Pemberton i Allison, co mieli sobie do powiedzenia? Ulica wciąż była śliska po popołudniowej burzy; ponad nią księżyc świecił przez strzępiastą dziurę w chmurach burzowych tak, że rozfalowane krawędzie były skąpane w sinym, majestatycznym świetle. Dalej — za szczeliną w niebie — wszystko było przejrzyste: zimne gwiazdy, nieskończone odległości. Przypominało to zaglądanie do przejrzystego basenu, z pozoru głębokiego zaledwie na kilka cali, ale gdyby wrzucić w tę szklistą wodę monetę, opadałaby i opadała spiralą bez końca, nigdy nie sięgając dna.

— Jaki jest adres Idy? — pewnego ranka Harriet zwróciła się do Allison. — Chcę jej napisać o Libby.

W domu było gorąco i cicho; na pralce piętrzyły się sterty brudnych ubrań. Allison podniosła pusty wzrok znad płatków kukurydzianych.

— Nie — powiedziała Harriet po długiej chwili niedowierzania.

Allison odwróciła wzrok. Ostatnio zaczęła malować oczy ciemnym tuszem, co nadawało jej nieuchwytny, niekomunikatywny wygląd.

— Nie mów, że nie wzięłaś jej adresu! Co się z tobą dzieje?

— Ona mi go nie dała.

— Nie p o p r o s i ł a ś?

Milczenie.

— Nie zrobiłaś tego? Co ci jest?

— Ida wie, gdzie mieszkamy — powiedziała Allison. — W razie, gdyby chciała napisać.

— Kochanie? — Matczyny głos w sąsiednim pokoju: pomocny, wkurzający. — Czy czegoś szukasz?

Po długiej przerwie Allison — ze spuszczonym wzrokiem — wróciła do jedzenia. Chrupanie płatków kukurydzianych było mdląco głośne, jak nagłośnione chrupanie jakiegoś liściożernego insekta w filmie przyrodniczym. Harriet odepchnęła krzesło i w jałowej panice powiodła wzrokiem po pokoju: które miasto wymieniła Ida, które dokładnie, jakie nazwisko po mężu nosiła jej córka? Czy miałoby znaczenie, gdyby Harriet to wiedziała? W Alexandrii Ida nie miała telefonu. Ilekroć chciały skontaktować się z Idą, Edie musiała wsiąść do samochodu i pojechać do jej domu, który nawet nie był domem, tylko przekrzywioną czarną chałupą na piaszczystym podwórzu, bez trawy, bez chodnika, samo błoto. Kiedy Edie zajechała tam z Harriet w pewien zimowy wieczór z ciastem owocowym i mandarynkami na Gwiazdkę dla Idy, z zardzewiałego blaszanego komina buchał dym. Wspomnienie Idy, która stanęła w drzwiach — zdziwiona w światłach samochodu, wycierając ręce w brudny fartuch — zdławiło Harriet nagłym, ostrym żalem. Ida nie wpuściła ich, ale widok wnętrza domu przez otwarte drzwi wzbudził w Harriet zamęt i smutek: stare puszki po kawie, stół przykryty ceratą, wiszący na kołku poszarpany stary sweter pachnący dymem — męski sweter — który Ida nosiła zimą.

Harriet rozwarła palce lewej dłoni i po kryjomu obejrzała ranę, jaką zadała sobie szwajcarskim scyzorykiem nazajutrz po pogrzebie Libby. W duszącym smutku cichego domu nacięcie wydarło z jej ust głośny okrzyk zdumienia. Scyzoryk spadł na podłogę łazienki z głośnym stukotem. Do oczu, już wcześniej gorących i piekących od płaczu, napłynęły świeże łzy. Harriet ścisnęła rękę i mocno zacisnęła usta, kiedy czarne monety krwi zaczęły kapać na ciemne kafelki; rozglądała się dokoła, patrzyła po rogach sufitu, jakby spodziewała się nadejścia pomocy z góry. Ból przyniósł dziwną ulgę — lodowaty, orzeźwiający, na swój szorstki sposób uspokoił ją i pozwolił zebrać myśli. Kiedy przestanie boleć, powiedziała do siebie, kiedy się zagoi, nie będę już czuć się tak fatalnie w związku z Libby.

Skaleczenie rzeczywiście się goiło. Bolało już właściwie tylko wtedy, kiedy zamykała dłoń w pewien określony sposób. W małej ranie wykwitła blizna koloru wina; stanowiła interesujący widok, jak kropla różowego kleju, w pozytywny sposób przywodziła jej na myśl Lawrence'a z Arabii, który parzył się papierosami.

— Sztuczka polega na tym, żeby nie przejmować się bólem — mówił w filmie.

Harriet zaczynała pojmować, że w rozległym i skomplikowanym planie cierpienia warto było opanować tę sztuczkę.

Tak minął sierpień. Na pogrzebie Libby kaznodzieja czytał z Psalmów.

— „Nie spałem i stałem się jak wróbel sam jeden na dachu".

Powiedział, że czas leczy wszystkie rany. Ale kiedy?

Harriet myślała o Helym, który grał na puzonie na boisku, w upalnym słońcu, co również przypominało jej Psalmy.

— „Grajcie Panu na cytrze, na cytrze i głosem psalmu, na puzonach i na kornetach głośnych!"

Uczucia Hely'ego nie były zbyt głębokie; żył na słonecznych płyciznach, gdzie zawsze było ciepło i jasno. Widział, jak tuzin gospodyń przychodzi i odchodzi. Nie rozumiał też żalu Harriet po stracie Libby. Hely nie lubił starych ludzi, bał się ich; nie lubił nawet własnych dziadków, którzy mieszkali w innym mieście.

Harriet tęskniła za babcią i ciotecznymi babkami, ale one były zbyt zajęte, by móc poświęcić jej dość uwagi. Tat pakowała rzeczy Libby: składała obrusy, polerowała srebra, zwijała dywany, wchodziła na drabiny, żeby zdjąć zasłony, próbowała zdecydować, co począć z zawartością szafek, cedrowych komód i szaf.

— Kochanie, to słodkie, że chcesz mi pomóc — powiedziała Tat, kiedy Harriet zadzwoniła do niej i zaoferowała pomoc. Chociaż jednak przyszła, nie mogła się zmusić do wejścia do środka, tak zaskoczyły ją zmiany w domu Libby: zachwaszczony klomb, zarośnięty trawnik, tragiczna nuta zaniedbania. Z frontowych okien Libby znikły zasłony, a ich brak był szokujący; w środku, nad kominkiem w salonie, gdzie wisiało lustro, teraz ziała wielka pusta plama.

Harriet stała oniemiała na chodniku; w końcu odwróciła się i pobiegła do domu. Wieczorem gnębiona wstydem zatelefonowała do Tat z przeprosinami.

— Cóż, zastanawiałam się, co się stało — powiedziała Tat nie tak przyjaznym głosem, jak Harriet by sobie życzyła.

— Ja... Ja...

— Kochanie, jestem zmęczona — przerwała jej Tat, w której głosie faktycznie dało się słyszeć wyczerpanie. — Czy mogę coś dla ciebie zrobić?

— Dom wygląda inaczej.

— Owszem. Trudno jest tam przebywać. Wczoraj usiadłam przy tym jej biednym małym stole w kuchni pełnej pudeł i płakałam, i płakałam.

— Tatty, ja... — Harriet także płakała.

— Posłuchaj, kochanie. To słodkie, że myślisz o Tatty, ale szybciej mi pójdzie, jeśli będę pracować sama. Biedny aniołku. — Teraz płakała również Tatty. — Kiedy skończę, zrobimy coś miłego, zgoda?

Nawet Edie — przytomna i stała jak profil wybity na monecie — zmieniła się. Po śmierci Libby schudła, jej policzki zapadły i jakby się zmniejszyła. Harriet niemal jej nie widywała od pogrzebu. Prawie codziennie jeździła nowym samochodem na główny plac, gdzie spotykała się z bankierami, adwokatami i księgowymi. W sprawach majątkowych

Libby panował chaos, przede wszystkim z powodu bankructwa sędziego Cleve'a i podejmowanych pod koniec życia nieporadnych prób podzielenia i ukrycia resztek majątku. Ten zamęt pobrzmiewał w znacznej mierze w niewielkim, unieruchomionym spadku, który zostawił Libby. Co gorsza, pan Rixey, staruszek, na którego samochód wpadła Edie, wytoczył jej proces, powołując się na „zagrożenie życia i szkody psychiczne". Ponieważ nie zgadzał się na polubowne załatwienie sprawy, wszystko wskazywało na to, że spotkają się w sądzie. Chociaż Edie zachowywała stoickie milczenie, najwyraźniej była zgnębiona.

— Cóż, to była twoja wina, kochanie — stwierdziła Adelaide.

Adelaide mówiła, że od czasu wypadku cierpi na bóle głowy; nie czuła się na siłach, żeby „bawić się pudłami" w domu Libby; nie była sobą. Po południu, po drzemce („Drzemka!", mówiła Tat takim tonem, jakby sama o czymś podobnym nie marzyła) Adelaide szła do domu Libby, odkurzała dywany i obicia (zbędne), przestawiała pudła spakowane przez Tatty, przede wszystkim jednak martwiła się majątkiem Libby. Prowokowała Tatty i Edie serdecznym, ale nie skrywanym podejrzeniem, że Edie i adwokaci usiłują pozbawić ją, Adelaide, tego, co nazywała swoim „udziałem". Noc w noc wydzwaniała do Edie i szczegółowo wypytywała ją o wszystko, co wydarzyło się tego dnia u adwokata (skarżyła się, że prawnicy są zbyt drodzy, i bała się, że honoraria adwokackie „zjedzą" jej „udział"). Ponadto przekazywała siostrze rady pana Sumnera dotyczące kwestii finansowych.

— Adelaide! — krzyczała Edie już po raz piąty czy szósty. — Wolałabym, żebyś nie informowała tego starca o naszych sprawach!

— D l a c z e g o   n i e? Przecież to p r z y j a c i e l rodziny.

— Moim przyjacielem nie jest!

— Lubię czuć, że komuś leżą na sercu moje interesy — odparła ze śmiertelną wesołością Adelaide.

— Pewnie uważasz, że mnie one nie leżą na sercu.

— Tego nie powiedziałam.

— Owszem, powiedziałaś.

Nie było to nic nowego. Między Adelaide a Edie nigdy się nie układało — nawet w dzieciństwie — ale sytuacja nigdy dotąd nie była tak napięta. Gdyby Libby żyła, pogodziłaby siostry znacznie wcześniej, nim doszłoby do obecnego kryzysu; Adelaide błagałaby o cierpliwość i dyskrecję, a do Edie, używając tradycyjnych argumentów, apelowałaby o wyrozumiałość. (— Ona jest najmłodsza... nigdy nie miała matki... Tata tak rozpieszczał Addie...).

Ale Libby nie żyła. Przy braku mediatora przepaść między Edie a Adelaide stawała się z każdym dniem zimniejsza i głębsza, aż Harriet (która przecież była wnuczką Edie) zaczęła odczuwać w towarzystwie Adelaide przykry chłód. Dziewczynka odczuwała niesprawiedliwość tej sytuacji tym bardziej dojmująco, że dawniej, ilekroć Addie i Edie się kłóciły, Harriet zwykła brać stronę Addie. Harriet wiedziała aż zbyt dobrze, że Edie potrafiła terroryzować otoczenie. Teraz po raz pierwszy zaczynała rozumieć powody przyświecające Edie i to, co miała na myśli, mówiąc „małostkowa".

Pan Sumner wrócił do domu — w Karolinie Południowej czy gdzie on tam mieszkał — ale między nim a Adelaide wywiązała się pracowita korespondencja, dzięki której Addie czuła się niezwykle ważna.

— Ulica Kameliowa — mówiła, pokazując Harriet adres zwrotny na jednym z listów, które jej przysłał. — Czyż to nie urocza nazwa? U nas ulice nie noszą takich nazw. Chciałabym mieszkać na ulicy, która nazywa się tak elegancko.

Odsunęła kopertę na długość ręki — z okularami opuszczonymi nisko na nos — i przyjrzała się listowi z upodobaniem.

— Poza tym jak na mężczyznę ma ładny charakter pisma, prawda? — zwróciła się do Harriet. — Schludny, tak bym go określiła, a ty? Och, tata był wysokiego mniemania o panu Sumnerze.

Harriet nie odpowiedziała. Według Edie, sędzia uważał pana Sumnera za „pochopnego luzaka", cokolwiek to znaczyło. Tatty — której opinia była tu decydująca — nie mówiła o panu Sumnerze ani słowa, dając jednak do zrozumienia, że nie ma do powiedzenia nic miłego.

— Jestem pewna, że ty i pan Sumner mielibyście wiele wspólnych tematów — mówiła Adelaide. Wyjęła widokówkę z koperty i oglądała ją z obydwu stron. — To prawdziwy kosmopolita. Czy wiesz, że mieszkał w Egipcie?

Mówiąc to, patrzyła na widokówkę, przedstawiającą scenę ze starego Charlestonu; na odwrocie Harriet dostrzegła wypisane staroświeckim pismem pana Sumnera zwroty *czymś więcej dla mnie* oraz *droga pani*.

— Sądziłam, że interesujesz się takimi rzeczami, Harriet — mówiła Adelaide, trzymając widokówkę na wyciągnięcie ręki i przyglądając się jej z przekrzywioną głową. — Wszystkimi tymi starymi mumiami, kotami i tym podobnymi.

— Czy ty i pan Sumner się zaręczycie? — wypaliła Harriet.

Adelaide dotknęła kolczyka z roztargnieniem.

— Czy twoja babcia kazała ci zadać mi to pytanie? Czy ona ma mnie za niedorozwiniętą?

— Nie, psze pani.

— Mam nadzieję — zaśmiała się lodowato Adelaide. — Mam nadzieję, że nie wydaję ci się aż tak b a r d z o stara... — Wstała, żeby odprowadzić Harriet do drzwi, a po drodze przejrzała się w lustrze w taki sposób, że Harriet zamarło serce.

Nadeszły hałaśliwe dni. W oddali, trzy ulice dalej ryczał ciężki sprzęt: buldożery, piły łańcuchowe. Baptyści ścinali drzewa i kładli chodnik wokół kościoła, bo — jak twierdzili — potrzebowali więcej miejsc parkingowych. Dobiegający z oddali łoskot był straszny; przypominał czołgi, armię nacierającą na ciche uliczki.

Bibliotekę zamknięto; w sali dziecięcej pracowali malarze. Malowali ściany na jasnożółty, lśniący, emaliowy kolor taksówek. To było potworne. Harriet kochała szacowne boazerie, które były w bibliotece, odkąd sięgała pamięcią — jak mogli zamalowywać to piękne, stare, ciemne drewno? Letni konkurs czytelniczy dobiegł końca, ale Harriet nie zwyciężyła.

Nie miała z kim rozmawiać, nie miała co robić, a jedynym miejscem, dokąd mogła pójść, był basen. Codziennie o trzynastej brała ręcznik pod pachę i wyruszała. Sierpień miał się ku końcowi; zaczęły się zajęcia z piłki nożnej, kibicowania, nawet przedszkole. Jeśli nie liczyć emerytów na polu golfowym i kilku młodych żon smażących się na leżakach, Country Club opustoszał. Powietrze było najczęściej rozgrzane i nieruchome jak szkło. Co pewien czas słońce przesuwało się pod chmurą, a podmuch wiatru marszczył wodę w basenie i trzepotał markizą. Harriet lubiła, kiedy pod wodą mogła walczyć i kopać w coś ciężkiego, lubiła białe frankensteinowe łuki elektryczności — jak z olbrzymiego generatora — skaczące po ścianach basenu. Zawieszona — w łańcuchach i pręgach światła, dziesięć stóp nad krzywizną dna po głębokiej stronie basenu — czasami zapominała się na całe minuty, zagubiona w echach i ciszy, wśród drabin błękitnego światła.

Rozmarzona unosiła się na wodzie twarzą w dół, patrząc na własny cień. Houdini wymykał się dość szybko podczas swoich podwodnych sztuczek, a kiedy policjanci zerkali na zegarki i poprawiali kołnierze, kiedy jego asystent wołał o siekierę, a żona krzyczała i osuwała się w udanym omdleniu, Houdini zazwyczaj już uwolniony — poza polem widzenia — unosił się spokojnie pod powierzchnią wody.

Harriet pracowała przez lato, by osiągnąć przynajmniej ten poziom. Bez trudu potrafiła wstrzymać oddech ponad minutę, a jeśli trwała zupełnie nieruchomo, wytrzymywała prawie dwie, choć już nie tak łatwo. Czasami liczyła sekundy, ale najczęściej zapominała: fascynował ją sam proces, trans. Jej cień — dziesięć stóp w dole — chybotał się na dnie głębokiego końca basenu, tak duży jak cień dorosłego człowieka. Statek zatonął, mówiła do siebie, wyobrażając sobie, że jest rozbitkiem unoszącym się na przestworzu ciepłych jak krew wód. O dziwo, ta myśl napawała ją otuchą. Nikt nie przybędzie mi na ratunek.

Unosiła się tak całe wieki — poruszając się tylko, żeby zaczerpnąć oddechu — kiedy usłyszała, jak ktoś woła ją z oddali po imieniu. Zamachnąwszy się delfinem, wypłynęła na powierzchnię: na skwar, blask i harmider pryszniców przed klubem. Zamglonymi oczami ujrzała, jak Pemberton (którego nie było na dyżurze, kiedy przyszła) macha do niej z wieżyczki ratownika, po czym skacze do wody.

Harriet uchyliła się przed rozpryśniętą wodą, a potem — zdjęta niewytłumaczalnym panicznym strachem — zrobiła przewrót pod wodą i popłynęła na płyciznę, ale Pemberton okazał się szybszy i odciął jej drogę.

— Hej! — powiedział, kiedy wypłynęła na powierzchnię, i wspaniale potrząsnął głową, rozsiewając krople. — Nieźle się podszkoliłaś na obozie! Jak długo potrafisz wstrzymywać oddech? S e r i o — dodał, kiedy Harriet nie odpowiedziała. — Zmierzmy ci czas. Mam stoper.

Harriet poczuła, jak się rumieni.

— No chodź. Dlaczego nie chcesz?

Harriet nie miała pojęcia. Głęboko na błękitnym dnie jej stopy — poprzecinane jasnoniebieskimi tygrysimi pręgami — wyglądały bardzo blado i dwukrotnie grubiej niż zazwyczaj.

— Jak sobie chcesz. — Pem wstał może na minutę, żeby odgarnąć włosy, po czym znowu zanurzył się w wodzie, aż ich głowy znalazły się na tym samym poziomie. — Takie wylegiwanie się w wodzie cię nie nudzi? Chris trochę się wkurza.

— Chris? — zdziwiła się Harriet. Brzmienie własnego głosu zaskoczyło ją jeszcze bardziej: suchy, ochrypły, jakby nie odzywała się od wielu dni.

— Kiedy przyszedłem go zmienić, Chris mówił tylko: „Spójrz na tę małą, która leży w wodzie jak pień". Matki małych dzieci wiercą mu o to dziurę w brzuchu, tak jakby Chris pozwolił utopionemu dzieciakowi pływać w basenie przez cały dzień.

Pem roześmiał się, a potem, kiedy nie udało mu się pochwycić spojrzenia Harriet, przepłynął na drugą stronę basenu.

— Chcesz colę? — zapytał, a wesołe nutki w jego głosie przywiodły jej na myśl Hely'ego. — Za darmo. Chris zostawił mi klucz do lodówki.

— Nie, dzięki.

— Słuchaj, dlaczego nie powiedziałaś mi, że Allison jest w domu, kiedy wczoraj zadzwoniłem?

Harriet posłała mu puste spojrzenie, na widok którego Pemberton zmarszczył brwi. To była prawda — powiedziała mu, że Allison nie ma, i odłożyła słuchawkę, mimo że siostra siedziała w drugim pokoju. Co więcej, Harriet nie wiedziała, czemu tak postąpiła; nie potrafiła nawet wymyślić przyczyny.

Pem skakał za nią; słyszała, jak rozpryskuje wodę. Dlaczego nie zostawi mnie w spokoju?, myślała zrozpaczona.

— Hej, słyszałem, że Ida Rhew odeszła — zawołał Pem, a po chwili wypłynął tuż przed nią. — Co to? — zdziwił się i przyjrzał się jej uważniej. — Płaczesz?

Harriet zanurkowała — zdrowo kopnąwszy mu w twarz wodą — i śmignęła pod powierzchnią: fruuu. Woda na płyciźnie była gorąca jak w wannie.

— Harriet? — wołał Pemberton, kiedy wychodziła po drabince z basenu.

W posępnym pośpiechu, ze spuszczoną głową, czmychnęła do przebieralni, zostawiając za sobą czarne ślady.

— Hej! Nie bądź taka. Możesz się bawić w topielca, ile tylko chcesz. Harriet? — zawołał znowu, kiedy z płonącymi uszami wbiegła za betonową barierkę do damskiej przebieralni.

Jedyne, co nadawało sens życiu Harriet, to myśl o Dannym Ratliffie. Myśl uwierała ją, a Harriet — perwersyjnie, jakby trącała zepsuty ząb — sprawdzała siebie, myśląc o nim; wściekłość raz po raz wybuchała z nieznośną przewidywalnością, z nagiego nerwu sypały się iskry.

W zapadającym mroku leżała na dywanie w sypialni, wpatrując się w cienką czarno-białą fotografię, którą wycięła ze szkolnego albumu. Dawno przestała zwracać uwagę na nieformalny, scentrowany charakter zdjęcia i teraz nie widziała na nim chłopaka ani nawet osoby, ale zło wcielone. Jego twarz stała się dla Harriet tak toksyczna, że dotykała tylko brzegów zdjęcia. Panująca w jej domu rozpacz była jego dziełem. Zasługiwał na śmierć.

Ciśnięcie węża na jego babkę nie przyniosło Harriet ulgi. To jego chciała dopaść. Kiedy twarz Danny'ego mignęła jej przed domem pogrzebowym, jednego była pewna: p o z n a ł j ą. Ich oczy się spotkały, a na widok Harriet nabiegłe krwią oczy Danny'ego rozbłysły tak dziwną gwałtownością, że na samo wspomnienie mocniej zabiło jej serce. Jakaś niesamowita jasność buchnęła między nimi, rozpoznanie, a chociaż Harriet nie była pewna, co znaczyło, odniosła dziwne wrażenie, że nękała myśli Danny'ego Ratliffa w nie mniejszym stopniu, niż on nękał jej myśli.

Harriet z niesmakiem myślała o tym, jak życie dawało po głowie znanym jej dorosłym, wszystkim bez wyjątku. W miarę jak się starzeli, coś ich dusiło, kazało wątpić we własne siły — lenistwo? Przyzwyczajenie? Ich uchwyt słabnął; przestawali walczyć i z rezygnacją poddawali się temu, co ich spotykało. „Takie jest życie", mówili wszyscy. „Takie jest życie, Harriet, po prostu takie jest, zobaczysz".

Cóż, Harriet nie zamierzała tego zobaczyć. Wciąż była młoda, łańcuchy nie zacisnęły się jeszcze wokół jej nóg. Całymi latami żyła w strachu przed dziewiątymi urodzinami — Robin zginął w wieku dziewięciu lat — ale te nadeszły i minęły, więc teraz Harriet nie bała się już niczego. Zrobi wszystko, co będzie do zrobienia. Uderzy teraz — kiedy jeszcze może, zanim zawiodą ją nerwy i duch — wspierana tylko przez własną gigantyczną samotność.

Harriet skoncentrowała się na problemie, jaki przed nią stanął. Po co Danny chodził do magazynów? Większość z nich zabito deskami, a Harriet wspięła się i zajrzała przez okna tych, których nie zabito — w przeważającej mierze świeciły pustkami, jeśli nie liczyć postrzępionych bali bawełny, poczerniałych ze starości maszyn i walających się po kątach zakurzonych pojemników ze środkiem owadobójczym. Szalone możliwości przelatywały przez jej umysł: więźniowie zamknięci w wagonie towarowym. Pogrzebane ciała; jutowe worki pełne kradzionych banknotów. Szkielety, narzędzia zbrodni, tajne spotkania.

Harriet uznała, że jedynym sposobem dowiedzenia się, co robi Danny, było pójście do magazynów.

Całe wieki nie rozmawiała z Helym. Jako jedyny uczeń siódmej klasy w Orkiestrze Klinicznej uważał teraz, że jest za dobry, żeby zadawać się z Harriet. Nie zważał na to, że zaproszono go tylko dlatego, że w sekcji dętej brakowało puzonów. Podczas ostatniej rozmowy z Harriet — przez telefon, i to ona zadzwoniła — Hely mówił wyłącznie o orkiestrze, sypał plotkami o starszych dzieciakach, jakby wszystkich świetnie znał, wymieniał po imieniu doboszkę i popularnych solistów na dęciakach. Gawędziarskim, ale odległym tonem — jakby Harriet była nauczycielką albo znajomą jego rodziców — podawał jej liczne techniczne szczegóły numeru, nad którym właśnie pracowali: była to mieszanka utworów Beatlesów, którą zespół miał zakończyć *Żółtą łodzią podwodną*, ustawiając się w wielką łódź podwodną (ze śrubą z wirującej pałeczki dyrygenta) na boisku. Harriet słuchała w milczeniu. Nie skomentowała też niejasnych, ale entuzjastycznych zachwytów Hely'ego nad „zwariowanymi" kumplami z zespołu.

— Gracze w piłkę nie mają ż a d n e j zabawy. Muszą wstawać i robić okrążenia, kiedy jeszcze jest ciemno, trener Cogwell stale się na nich wydziera, to jak służba w Gwardii Narodowej. Za to Chuck, Frank, Rusty i drugorocniacy z sekcji trąbek... oni są znacznie bardziej szaleni niż goście z drużyny futbolowej.

— Mhmmm.

— Oni tylko się odszczekują, opowiadają zwariowane dowcipy i przez cały dzień chodzą w okularach przeciwsłonecznych. Pan Wooburn jest fajny, nic go nie obchodzi. Na przykład wczoraj... poczekaj, poczekaj — powiedział do Harriet, a potem do jakiegoś zrzędliwego głosu w tle: — Co takiego?

Rozmowa. Harriet czekała. W końcu Hely wrócił.

— Przepraszam, ale muszę iść ćwiczyć — oznajmił jak pilny uczeń.

— Tata mówi, że muszę codziennie ćwiczyć, bo mój nowy puzon był bardzo drogi.

Harriet odłożyła słuchawkę, w nieruchomym, mętnym świetle holu oparła się łokciami o stolik i zamyśliła się. Czy on zapomniał o Dannym Ratliffie? A może po prostu nic go to nie obchodziło? Brak troski o chłodne zachowanie Hely'ego zaskoczyło Harriet, ale była zadowolona, że jego obojętność sprawiła jej tak mało bólu.

Poprzedniej nocy padał deszcz, ale chociaż ziemia była mokra, Harriet nie potrafiła stwierdzić, czy w niedalekiej przeszłości jakikolwiek samochód przejechał po rozległym żwirowisku (nie tyle drodze, co placu załadunkowym bawełny), które łączyło plac przetokowy z magazynami a magazyny z rzeką. Z plecakiem i pomarańczowym notesem pod pachą, na wypadek gdyby zechciała zapisać pewne wskazówki, stała na skraju rozległej, czarnej, mechanicznej równiny i patrzyła na skrzyżowania, pętle, początki i końce torów, białe krzyże ostrzegawcze i nieczynne latarnie sygnałowe, zardzewiałe wagony towarowe w oddali i wznoszącą się za nimi wysoką wieżę ciśnień na patykowatych nogach: olbrzymi okrągły zbiornik ze spiczastym dachem podobnym do kapelusza Blaszanego Drwala z *Czarnoksiężnika z Krainy Oz*. We wczesnym dzieciństwie Harriet w tajemniczy sposób związała się z wieżą ciśnień, być może z powodu tego podobieństwa; przypominała jakiegoś niemego, przyjaznego strażnika. Zasypiając, często myślała o samotnej, nie podziwianej przez nikogo wieży stojącej gdzieś w mroku. Potem, gdy Harriet skończyła sześć lat, niegrzeczni chłopcy wspięli się na wieżę w Halloween i namalowali na zbiorniku przerażającą gębę dyniowego potwora o skośnych oczach i ostrych zębiskach. Harriet nie mogła spać całymi nocami, myśląc o wiernym druhu (teraz wrogim i szczerzącym kły), który patrzył groźnie ponad cichymi dachami.

Przerażająca gęba wyblakła dawno temu. Ktoś inny namalował na niej złotym sprayem napis *Klasa '70*, ale i on zblakł na słońcu, zmyty deszczami. Melancholijne czarne zacieki zgnilizny znaczyły fasadę zbiornika od góry do dołu, ale chociaż diabelskiej gęby już tam nie było, wciąż płonęła w pamięci Harriet, jak powidok światła w dopiero co zaciemnionym pokoju.

Niebo było białe i puste. Z Helym, myślała, przynajmniej było z kim rozmawiać. Czy Robin przychodził tutaj się bawić, czy stał okrakiem na rowerze i patrzył na tory kolejowe? Próbowała zobaczyć wszystko jego oczami. Okolica chyba tak bardzo się nie zmieniła: może przewody telegraficzne opadały nieco niżej, może pnącza i powój zwisały z drzew w gęściejszych kiściach. Jak to wszystko będzie wyglądało za sto lat, po jej śmierci?

Harriet przecięła magazyny i przeskakując przez tory, podśpiewując, ruszyła w stronę lasu. Jej głos rozbrzmiewał w ciszy bardzo donośnie; nigdy wcześniej nie zapuszczała się sama na to pustkowie. Co by się stało, gdyby w Alexandrii wybuchła epidemia i wszyscy oprócz mnie by pomarli?

Zamieszkałabym w bibliotece, powiedziała sobie. Ta myśl dodawała otuchy. Harriet ujrzała siebie, jak czyta przy świecy, a cienie chyboczą się na suficie nad labiryntem półek. Mogłaby wziąć z domu walizkę z masłem orzechowym, krakersami, kocem i ubraniem na zmianę, zestawić dwa duże fotele w czytelni i spać do woli...

Kiedy wyszła na ścieżkę i zagłębiła się w cienisty las (soczysta roślinność przeciskała się przez ruiny jej uciszonego przez śmierć miasta, wybrzuszała chodniki, wiła się przez domy), przejście z ciepła w chłód przypominało wpłynięcie w chłodną źródlaną wodę jeziora. Chmary muszek uciekały od jej nagłego ruchu jak stworzenia w zielonej wodzie stawu. W świetle dnia ścieżka była węższa i bardziej zarośnięta, niż Harriet wyobrażała to sobie w ciemności; wąsy wyczyńca i perzu zbierały się w kitki, a koleiny w glinie pokrywał kożuch zielonych alg.

Nad głową Harriet rozległ się ochrypły krzyk, aż podskoczyła: to tylko wrona. Kapiące wielkimi łańcuchami i płachtami kudzu drzewa wznosiły się po obydwu stronach ścieżki jak gnijące potwory morskie. Szła powoli — patrząc w górę na ciemny baldachim — i nie zwróciła uwagi na głośne bzyczenie much, które nasilało się coraz bardziej, aż w nos uderzył ją smród i spojrzała w dół. Na ścieżce przed nią leżał martwy migotliwy zielony wąż — nie był jadowity, bo nie miał spiczastej głowy, ale nie przypominał żadnego węża, jakiego kiedykolwiek widziała. Długości około trzech stóp, został zgnieciony w połowie tak, że wnętrzności wylały się w ciemnych kulach, ale nadzwyczajną rzeczą była barwa gada — szartreza i połyskliwa łuska, jak na kolorowej ilustracji króla węży w starej książce z bajkami, którą Harriet miała od dzieciństwa. „Doskonale", powiedział król węży do dobrego pasterza. „Trzykrotnie plunę ci w usta i poznasz język zwierząt. Pilnuj jednak, żeby inni ludzie nie poznali twojej tajemnicy, w przeciwnym razie wpadną w gniew i zabiją cię".

Na poboczu ścieżki Harriet spostrzegła prążkowany ślad buta — dużego buta — wyraźnie odciśnięty w błocie; w tej samej chwili poczuła w gardle smak śmiertelnego wężowego smrodu i puściła się biegiem, z łomoczącym sercem, jakby gonił ją sam diabeł. Biegła, sama nie wiedząc dlaczego. Kartki notesu furkotały głośno w leśnej ciszy. Strząśnięte z pnączy krople wody kapały wokół niej; oszołomione ścięte drzewa ailanthus (różnej wysokości, jak stalagmity na dnie jaskini) wznosiły się blado i wyrywały z duszącego poszycia, a ich obciągnięte jaszczurczą skórą pnie jaśniały w półmroku.

Harriet wybiegła na słońce. Nagle poczuła, że nie jest sama, i stanęła. W sumaku gorączkowo grały świerszcze; osłoniwszy oczy notesem, rozejrzała się po jasnej, spalonej połaci...

W górnym rogu jej pola widzenia wyskoczył na nią srebrzysty błysk — jakby z nieba — i Harriet drgnęła na widok ciemnej sylwetki, która wspinała się na drabinkę wieży ciśnień, na wysokości może trzydziestu stóp, jakieś sześćdziesiąt stóp od niej. Światło błysnęło znowu: metalowy zegarek migoczący jak lusterko sygnałowe.

Z galopującym sercem cofnęła się w las i wyjrzała przez ociekające, splątane liście. To był on. Czarne włosy. Bardzo chudy. Obcisła koszulka z krótkimi rękawami, z napisem na plecach, którego nie mogła przeczytać. Część istoty Harriet poczuła dreszcz podniecenia, ale druga, bardziej opanowana, trzymała się z tyłu i zdumiewała małością i zwyczajnością tej chwili. Oto on, powiedziała do siebie (dźgając się tą myślą, próbując wywołać odpowiednie podniecenie), to on, to on...

Gałąź zasłaniała jej widok; uchyliła się, żeby lepiej go zobaczyć. Teraz wspinał się na ostatnie szczeble drabiny. Po wyjściu na wąski chodnik na szczycie wieży stanął ze spuszczoną głową, z rękami na biodrach, nieruchomy na tle surowego, bezchmurnego nieba. Potem — obejrzawszy się gwałtownie za siebie — pochylił się, oparł dłoń na metalowej barierce (była bardzo niska; musiał przechylić się nieco na bok) i pokuśtykał wzdłuż niej w lewo, znikając Harriet z oczu.

Dziewczynka czekała. Po pewnym czasie wyłonił się z drugiej strony. Właśnie wtedy świerszcz uderzył Harriet w twarz, a ona cofnęła się z cichym szelestem. Pod jej nogą trzasnął patyk. Danny Ratliff (ponieważ to był on; nawet w skulonej zwierzęcej pozycji wyraźnie widziała jego profil) odwrócił głowę w jej stronę. Niemożliwe, żeby usłyszał taki cichy odgłos tak daleko, a jednak w pewien niewiarygodny sposób u s ł y s z a ł, bo jego błyszczące, dziwne oczy wpatrywały się w jeden punkt...

Harriet trwała w bezruchu. Jakieś pnącze zwisało tuż przed jej twarzą, drgając delikatnie w rytm oddechu. Oczy Danny'ego — przesuwające się po niej zimno, kiedy lustrował teren — lśniły dziwnym, ślepym, marmurowym blaskiem, jaki Harriet widziała na starych fotografiach konfederatów: ogorzałych chłopców o przebitych światłem oczach, wpatrzonych w jądro wielkiej pustki.

Potem odwrócił wzrok. Harriet zobaczyła z przerażeniem, że zaczął szybko schodzić po drabinie, oglądając się przez ramię.

Minął półmetek, kiedy Harriet opanowała się, odwróciła i co sił w nogach pobiegła z powrotem wilgotną, bzyczącą ścieżką. Upuściwszy notes, wróciła po niego. Zielony wąż migotał w półmroku jak nabity na haczyk. Oganiając się oburącz od bzyczących much, przeskoczyła przez węża i biegła dalej.

Wypadła na polanę, na której stał magazyn bawełny: blaszany dach, martwe, zabite deskami okna. Daleko za sobą słyszała trzask poszycia; zdjęta panicznym strachem, zamarła rozpaczliwie niezdecydowana. Wiedziała, że w magazynie znajduje się wiele dobrych kryjówek — bale, puste wagoniki — ale jeżeli Ratliff osaczy ją w środku, nigdy nie uda się jej wydostać.

Słyszała, jak woła w oddali. Oddychając boleśnie i przyciskając dłoń do szwu z boku, Harriet wbiegła za magazyn (wyblakłe blaszane szyldy: Purina Checkerboard, General Mills) i popędziła żwirową drogą — znacznie szerszą, tak że zmieściłby się na niej samochód, z rozległymi łatami czarno-białego piasku, które prześwitywały przez czerwoną glinę, znaczoną cętkowanymi cieniami wysokich jaworów. Krew łomotała, myśli brzęczały w głowie jak monety w potrząśniętej śwince-skarbonce, nogi ciążyły, jakby biegła przez błoto czy melasę w koszmarze sennym i nie mogła ich zmusić, by uwijały się dostatecznie szybko, nie wiedziała, czy trzask łamanych gałązek (nienaturalnie głośny, jak wystrzały) to tylko odgłos jej własnych stóp, czy stóp, które ją doganiały.

Droga opadała stromo po zboczu. Harriet biegła coraz szybciej i szybciej, bała się upaść, ale bała się też zwolnić; stopy dudniły, jakby nie należały do jej ciała, ale były jakąś maszyną, która unosiła ją, aż droga opadła, i nagle wzniosła się znowu ku wysokim ziemnym wałom: grobla.

Grobla, grobla! Zwalniając, Harriet wbiegła do połowy stromej pochyłości, wreszcie opadła na trawę i dysząc z wyczerpania, wczołgała się na czworakach na szczyt.

Usłyszała wodę, zanim ją zobaczyła... a kiedy wreszcie wstała na chwiejnych kolanach, wiatr ochłodził jej spoconą twarz i ujrzała żółtą wodę wirującą przy brzegach. Wszędzie nad rzeką stali ludzie. Ludzie czarni i biali, młodzi i starzy, gadali, jedli kanapki, łowili ryby. W oddali warkotały motorówki.

— Powiem ci, który mi się podobał — mówił wysoki, wiejski głos, wyraźny męski głos — ten z hiszpańskim nazwiskiem. Według mnie wygłosił dobre kazanie.

— Doktor Mardi? Mardi to nie jest hiszpańskie nazwisko.

— Wszystko jedno. Jeśli chcesz znać moje zdanie, on był najlepszy.

Świeże powietrze pachniało błotem. Z zawrotami głowy, drżąc na całym ciele, Harriet wepchnęła notes do plecaka i zeszła z grobli w stronę kwartetu wędkarzy (teraz rozmawiali o tym, czy festiwal Mardi Gras był pochodzenia francuskiego czy hiszpańskiego), na chwiejnych nogach ruszyła w dół rzeki, minęła dwóch starych, pokrytych brodawkami wędkarzy (braci, sądząc po wyglądzie, w krótkich spodniach ściągniętych paskami na wydatnych brzuchach); minęła opalającą się na leżaku kobietę podobną do żółwia morskiego umalowanego różową szminką, w chustce takiego samego koloru; minęła rodzinę z radiem, chłodziarką pełną ryb i mnóstwem brudnych dzieci z podrapanymi nogami, które gramoliły się, przewalały, biegały tam i z powrotem, podjudzały się do włożenia ręki do wiadra z przynętą, potem znowu uciekały z wrzaskiem...

Harriet szła przed siebie. Zauważyła, że kiedy się zbliżała, ludzie milkli, a może tak jej się tylko zdawało. Przecież nikt nie mógł jej tutaj zrobić krzywdy — za dużo ludzi — ale właśnie wtedy poczuła kłucie w karku, jakby ktoś na nią patrzył. Nerwowo obejrzała się i stanęła, widząc chudego mężczyznę w dżinsach, o długich ciemnych włosach, stojącego zaledwie kilka stóp od niej. Ale to nie był Danny Ratliff, tylko ktoś podobny do niego.

Sam dzień — ludzie, chłodziarki, krzyki dzieci — rozgorzał własną groźbą. Harriet nieco przyspieszyła kroku. Słońce odbiło się od lustrzanych okularów nabitego mężczyzny (ohydnie żuł tytoń, odymając wargi) po drugiej stronie rzeki. Jego twarz była doskonale pozbawiona wyrazu. Harriet pospiesznie odwróciła wzrok, jakby tamten wykrzywił się do niej.

Niebezpieczeństwo: teraz ze wszystkich stron. A jeżeli zaczaił się na nią na ulicy? Tak właśnie postąpi, jeśli jest sprytny: wrócił po własnych śladach, zatoczy łuk i wyskoczy na nią zza zaparkowanego samochodu czy drzewa. Przecież musiała wrócić do domu, prawda? Będzie musiała mieć oczy szeroko otwarte, trzymać się głównych ulic i nie skracać sobie drogi przez samotne miejsca. Niedobrze, w starej części miasta roiło się od samotnych miejsc. A kiedy znajdzie się na ulicy Natchez, gdzie buldożery pracowały tak głośno przy kościele baptystów, kto ją usłyszy, jeśli zacznie krzyczeć? Jeśli krzyknie w nieodpowiednim momencie — nikt. Kto usłyszał Robina? Przecież on znajdował się na własnym podwórzu, w towarzystwie sióstr.

Brzeg rzeki zwęził się, stał się kamienisty i nieco opustoszał. Zamyślona wspięła się na kamienne schody (popękane, znaczone małymi, okrągłymi kępkami trawy podobnymi do poduszeczek na szpilki), które prowadziły na ulicę, odwróciła się i o mały włos nie wpadła na brudne dziecko z jeszcze brudniejszym niemowlakiem na kolanach. Przed dziećmi, na starej męskiej koszuli rozłożonej na kształt piknikowego koca, Lasharon Odum układała kawałki czekolady na dużym, strzępiastym liściu. Obok niej stały trzy plastikowe kubki z żółtą wodą, najwyraźniej zaczerpniętą z rzeki. Cała trójka była pokryta strupami i ukąszeniami komarów, ale uwagę Harriet zwróciły przede wszystkim czerwone rękawiczki — j e j rękawiczki, które dostała od Idy, teraz brudne i zniszczone — na dłoniach Lasharon. Zanim Lasharon — która mrugając, podniosła wzrok — zdążyła cokolwiek powiedzieć, Harriet wytrąciła jej liść z ręki, a kwadraciki czekolady rozsypały się, potem skoczyła na nią i przewróciła na chodnik. Rękawiczki były duże, luźne na palcach; Harriet zerwała lewą bez trudu, ale kiedy tylko Lasharon zrozumiała, o co jej chodzi, zaczęła walczyć.

— Oddaj mi! To moje! — ryknęła Harriet, a kiedy Lasharon zamknęła oczy i potrząsnęła głową, chwyciła ją za włosy. Lasharon wrzasnęła, uniosła dłonie do skroni, a Harriet momentalnie zdarła rękawiczkę i wepchnęła do kieszeni.

— To m o j e — syknęła. — Złodziejka.

— Moje! — wrzasnęła Lasharon z oburzeniem. — Una mi to dała!

Dała? Harriet oniemiała. Zamierzała spytać, kto jej dał rękawiczki (Allison? matka?), ale zmieniła zdanie. Dziecko i niemowlę wpatrywały się w Harriet dużymi, okrągłymi, przestraszonymi oczami.

— Una mi DAŁA...

— Zamknij się! — krzyknęła Harriet, trochę zakłopotana, że wpadła w taki szał. — Nigdy więcej nie przychodź żebrać do mojego domu!

Nastąpiła krótka chwila dezorientacji, po czym Harriet odwróciła się

— z dziko walącym sercem — i szybko weszła na schody. Zajście tak bardzo wytrąciło ją z równowagi, że na moment zapomniała o Dannym Ratliffie. Przynajmniej, powiedziała do siebie — cofnęła się szybko na krawężnik, bo tuż przed nią przemknął combi; musi uważać, gdzie idzie — przynajmniej odzyskałam rękawiczki. Moje rękawiczki. Były jedyną pamiątką po Idzie. Mimo to wcale nie była z siebie dumna; czuła lekkie wzburzenie i bunt. Słońce nieznośnie świeciło jej w twarz. Właśnie kiedy znowu miała wyjść na jezdnię bez patrzenia, powstrzymała się, przesłoniła oczy dłonią od słońca, spojrzała w lewo, w prawo i dopiero wtedy przebiegła przez ulicę.

— Och, co byś dał w zamian za swą duszę — śpiewał Farish, dźgając śrubokrętem w należący do Gum elektryczny otwieracz do konserw. Farish był w świetnym nastroju, czego nie można było powiedzieć o Dannym — kłębku nerwów, przerażenia i złych przeczuć. Siedział na aluminiowych stopniach swego domu na kołach i dłubał w zakrwawionej zanokcicy, podczas gdy Farish — w migotliwym nieładzie cylindrów, pierścieni sprężynujących i uszczelek porozrzucanych w ubitym kurzu — podśpiewywał sobie przy pracy. Niczym szurnięty hydraulik w brązowym kombinezonie, metodycznie przeszukiwał babciny dom na kołach, krytą dachem przybudówkę, szopy, otwierał skrzynki z bezpiecznikami, zrywał kawałki podłogi i rozdzierał (z triumfalnym sapaniem i wzdychaniem) najróżniejsze małe urządzenia, które przykuły jego uwagę, niestrudzenie poszukując przeciętych przewodów, zagubionych części i ukrytych lamp tranzystorowych, każdego subtelnego dowodu sabotażu w domowej elektronice.
— Natychmiast — rzucał, wyciągając za siebie rękę. — Powiedziałem n a t y c h m i a s t — mówił, ilekroć Gum podkradała się, jakby zamierzała coś powiedzieć. — Zajmę się tym, dobrze? — Ale jak na razie się nie zajął, a podwórze było tak zarzucone nitami, rurami, zatyczkami, kablami, przełącznikami i najrozmaitszymi metalowymi rupieciami, że ktoś mógłby pomyśleć, że wybuchła tu bomba i rozrzuciła śmieci w promieniu trzydziestu stóp.
Z zakurzonej ziemi dwie cyfry z zegara radiowego — podwójne zero, białe na czarnym tle — wpatrywały się w Danny'ego jak dwoje wytrzeszczonych oczu z kreskówki. Farish walczył z otwieraczem do konserw, krzątał się pośród rupieci jak gdyby nigdy nic, a chociaż nie patrzył na Danny'ego, uśmiechał się bardzo dziwnie. Lepiej zignorować Farisha z tymi jego chytrymi aluzjami, skrytymi gierkami amfetaministy, ale mi-

mo wszystko Farish najwyraźniej coś knuł, a Danny'ego martwiło, że nie wie, co to takiego. Podejrzewał, że cała ta wyszukana antyszpiegowska działalność Farisha była przedstawieniem na jego, Danny'ego, użytek. Zerknął na bok twarzy brata. Ja nic nie zrobiłem, powiedział do siebie. Wszedłem tylko na górę, żeby popatrzeć. Ale on wie, że chciałem to zabrać. Było coś jeszcze. Ktoś go obserwował. W zaroślach sumaku i kudzu za wieżą coś się poruszało. Biały błysk, jakby twarz. M a ł a twarz. Na omszałej, cienistej glinie ścieżki widniały dziecięce ślady stóp, wryte głęboko, rozbiegające się we wszystkie strony, i już samo to było wystarczająco straszne, ale dalej — obok zdechłego węża — znalazł słabe czarno-białe zdjęcie samego siebie. S i e b i e! Małą, szkolną fotografię z pierwszej klasy szkoły średniej, wyciętą z rocznego albumu. Danny podniósł zdjęcie i wbił w nie wzrok, nie wierząc własnym oczom. Cała masa dawnych wspomnień i lęków z tamtych odległych czasów obudziła się i zmieszała z cętkowanymi cieniami, z czerwonym gliniastym błotem i smrodem wężowego truchła... o mało nie zemdlał od nieopisanie dziwnego widoku samego siebie z młodości, w nowej koszuli, uśmiechającego się z ziemi, jak na tych pełnych nadziei fotografiach na świeżych grobach na wiejskich cmentarzach.

Zdarzenie było prawdziwe, nie wyobraził go sobie, ponieważ zdjęcie leżało teraz w jego portfelu i wyjmował je już dwadzieścia czy trzydzieści razy, oglądając z niedowierzaniem. Czy mógł je tam zostawić Farish? Jako ostrzeżenie? Albo niezdrowy żart, który miał nastraszyć Danny'ego jak podkładany pod nogi kapiszon albo haczyk na ryby dyndający niewidocznie na poziomie oczu?

Niesamowitość znaleziska nie dawała mu spokoju. Jego umysł obracał się w kółko i w kółko w tym samym jałowym rowku (jak klamka w jego sypialni, która obracała się bez trudu, ale nie otwierała drzwi), a jedyne, co go powstrzymywało przed ponownym wyjęciem fotografii z portfela i przyjrzeniem się jej, był Farish, który stał tuż przed nim.

Danny zapatrzył się w dal i (co często się zdarzało, odkąd zrezygnował ze snu) poczuł, jak paraliżuje go sen na jawie: po powierzchni przypominającej śnieg czy piasek wiał wiatr, w oddali majaczyła czyjaś postać. Myśląc, że to ona, podchodził coraz bliżej i bliżej, aż przekonywał się, że miał przed sobą tylko pustą przestrzeń. Kim b y ł a ta cholerna dziewczyna? Nie dalej niż wczoraj na stole Gum stały płatki śniadaniowe — w kolorowym pudełku, jakie lubił Curtis — a Danny zamarł w drodze do łazienki, bo z pudełka patrzyła j e j t w a r z. Ona! Czarne włosy obcięte na okrągło, blada twarz pochylona nad płatkami śniadaniowymi, od których bił magiczny blask. Wokół głowy dziewczynki tańczyły wróżki i iskierki. Danny podbiegł, chwycił pudełko i spostrzegł zmieszany, że zdjęcie wcale nie przedstawiało jej (już nie), ale inne dziecko, które pamiętał z telewizji.

Kątem oka dostrzegł maleńkie eksplozje, rozbłyskujące wszędzie żaróweczki. Nieoczekiwanie przyszło mu na myśl — znowu siedział zlany potem na stopniach domu na kołach — że kiedy ta dziewczyna prześlizgnęła się przez wymiar, z którego pochodziła, i przeniknęła do jego myśli, jej nadejście zostało poprzedzone w jego umyśle jakby otwartymi drzwiami, przez które buchnął jasny kłąb. Świetlne punkciki, migotliwe strzępki kurzu podobne do żyjątek pod mikroskopem — według naukowego wytłumaczenia byłyby to robaczki amfetaminowe, ponieważ każde wybrzuszenie, wszystkie mikroskopijne kawałki i drobiny pyłu, które przepływały przed twymi zmęczonymi oczami, przypominały żywe owady. Znajomość podstaw naukowych nie czyniła tego mniej rzeczywistym. Koniec końców robaki pełzały po wszelkich możliwych powierzchniach w długich, posuwistych szlakach, wijących się wzdłuż słojów desek podłogowych. Robaki na twej skórze, których nie mogłeś zetrzeć, chociaż szorowałeś do krwi. Robaki w jedzeniu. Robaki w twoich płucach, gałkach ocznych, nawet w twoim skręcającym się sercu. Ostatnio Farish zaczął zakrywać szklankę z mrożoną herbatą serwetką (podziurawioną słomką), żeby zagrodzić drogę niewidzialnym rojom, które raz po raz strzepywał z twarzy i głowy.

Danny też miał robaki — chociaż, dzięki Bogu, nie ryjące ani wijące, larwy i termity duszy — tyle że świętojańskie. Nawet teraz, w pełnym świetle, widział kątem oka, jak migotały. Strzępki kurzu w postaci elektronicznych wystrzałów: wszędzie, wszędzie migotanie. Związki chemiczne opanowały go, wzięły górę; to związki chemiczne — czyste, metaliczne, precyzyjne — wypływały na powierzchnię z bulgotem oparów, przejmowały funkcje myślenia, mówienia, nawet widzenia.

Dlatego właśnie myślę jak chemik, pomyślał uderzony klarownością tego prostego stwierdzenia.

Danny odpoczywał wśród iskier opadających na niego jak śnieżna epifania, kiedy nagle uświadomił sobie, że Farish już od pewnego czasu coś do niego mówił.

— Co? — spytał z poczuciem winy.

— Powiedziałem, że chyba wiesz, co oznacza środkowe „d" w słowie „radar" — powtórzył Farish, który, chociaż uśmiechnięty, miał rozpłomienioną do czerwoności twarz.

Danny — zesztywniały od tego dziwnego wyzwania, z przerażenia, które przeniknęło nawet do najbardziej niewinnej wymiany zdań z rodzo-

nym bratem — wyprostował się i spazmatycznie przekręcił ciało w poszukiwaniu papierosa, którego, o czym dobrze wiedział, nie posiadał.
— Detekcja. Radiolokacja. — Farish odkręcił pustą część otwieracza do konserw, spojrzał przez nią pod światło, wreszcie odrzucił. — Oto jedno z najbardziej wyrafinowanych narzędzi nadzoru — standardowe wyposażenie każdego wozu policyjnego — a jeśli ktoś usiłuje ci wmówić, że policja używa radaru do namierzania kierowców przekraczających szybkość, pieprzy bzdury.

Detekcja?, myślał Danny. Do czego on zmierza?

— Radar wynaleziono podczas wojny, ściśle tajnie, dla celów wojskowych, a dziś każdy cholerny departament policji w kraju używa go do obserwowania ruchów ludności amerykańskiej w czasach pokoju. Wszystkie te wydatki? Całe to szkolenie? Chcesz mi wmówić, że chodzi tylko o to, żeby się dowiedzieć, kto przekroczył ograniczenie szybkości o pięć mil? — prychnął Farish. — Bzdury.

Czy to była wyobraźnia Danny'ego, czy też Farish przyglądał mu się niezwykle przenikliwie. On ze mną zadziera, myślał Danny. Chce sprawdzić, co powiem. Koszmar polegał na tym, że chciał powiedzieć Farishowi o dziewczynie, ale nie mógł się przyznać, że był na wieży. Po co miałby tam chodzić? Kusiło go, by tak czy inaczej wspomnieć o dziewczynie, chociaż wiedział, że nie powinien; bez względu na to, jak ostrożnie by to uczynił, Farish nabrałby podejrzeń.

Nie, musiał trzymać gębę na kłódkę. Może Farish wiedział, że brat zamierza ukraść mu narkotyki. Możliwe też — Danny nie potrafił tego rozgryźć, ale nie mógł też wykluczyć — że to właśnie Farish miał związek z pojawieniem się dziewczyny przy wieży.

— Te krótkie fale wypływają... — Farish rozcapierzył palce — potem wracają i podają twoje dokładne położenie. Chodzi o dostarczanie informacji.

Sprawdzian, myślał Danny gorączkowo. W ten sposób Farish zabierał się do rzeczy. Od kilku dni zostawiał w laboratorium wielkie sterty proszku i gotówki, których Danny, rzecz jasna, nie tykał. Możliwe jednak, że ostatnie wydarzenia stanowiły część bardziej skomplikowanego sprawdzianu. Czy to przez czysty przypadek dziewczyna pojawiła się w misji tej samej nocy, kiedy Farish uparł się, żeby tam pójść, tej nocy, kiedy wypuszczono węże? W jej pojawieniu się na progu od samego początku było coś śmierdzącego. Ale Farish nie bardzo zwrócił uwagę na dziewczynę, prawda?

— Idzie mi o to — powiedział Farish, gwałtownie wciągnął powietrze nosem, a kaskada części otwieracza do konserw posypała się z brzękiem na ziemię — że jeśli te fale są do nas wysyłane, to ktoś musi się

znajdować na drugim końcu. Zgadza się? — Do wilgotnych wąsów przylgnął kryształ amfetaminy wielkości ziarnka grochu. — Wszystkie te informacje są bezwartościowe, jeśli nie odbiera ich ktoś wykształcony, ktoś
przeszkolony. Zgadza się? Mam rację?

— Zgadza się — potwierdził po krótkiej pauzie Danny, próbując znaleźć właściwy ton, ale wyszło mu trochę głucho. Do czego zmierzał Farish z tym swoim gadaniem o nadzorze i szpiegowaniu, jeśli nie posługiwał się nim, by ukryć prawdziwe podejrzenia?

Tylko że on o niczym nie wie, pomyślał Danny w panice. Nie może
wiedzieć. Farish nie prowadzi nawet samochodu.

Farish chrupnął kręgami szyjnymi i powiedział chytrze:

— Psiakrew, ty to w i e s z.

— Co? — Danny rozejrzał się, bo przez chwilę miał wrażenie, że mimowolnie się odezwał. Zanim jednak zerwał się, żeby zapewniać o swojej
niewinności, Farish ze wzrokiem wbitym w ziemię zaczął zataczać małe
kręgi.

— Wojskowe zastosowanie tych fal nie jest powszechnie znane naro-
dowi amerykańskiemu — mówił. — Powiem ci, kurwa, co jeszcze. Nawet pierdolony Pentagon nie wie, czym tak naprawdę s ą te fale. Och,
potrafią je g e n e r o w a ć, potrafią je w y k r y w a ć... — zaśmiał się
krótkim, wysokim śmiechem — ale nie mają pojęcia, z czego się, kurwa,
s k ł a d a j ą.

Muszę przerwać ten bełkot. Muszę tylko, mówił do siebie Danny,
upiornie świadomy muchy, która bzyczała mu w uchu jak pętla taśmy
magnetofonowej w jakimś nie kończącym się pieprzonym koszmarze,
muszę tylko umyć się i przespać dzień czy dwa. Mogę dziabnąć prochy
i prysnąć z miasta, a on będzie dalej siedział na ziemi, bredził o falach ra-
diowych i rozwalał tostery śrubokrętem...

— Elektrony uszkadzają mózg — oświadczył Farish, spojrzawszy
przy tym bystro na Danny'ego, jakby podejrzewał, że brat nie zgadza się
z nim w jakiejś kwestii.

Danny opadał z sił. Pora jego cogodzinnej działki już minęła. Jeżeli jej
nie weźmie, wkrótce się załamie; przeciążone serce trzepotało, ciśnienie
krwi opadło, grożąc całkowitym ustaniem, ponieważ sen przestawał być
snem, kiedy całkiem z niego rezygnowałeś; spiętrzony, nie do odparcia,
wtaczał się w końcu, miażdżył cię do nieprzytomności — wysoka, czarna
ściana, która bardziej niż sen przypominała śmierć.

— A czym są fale radiowe? — pytał Farish.

Bracia omawiali już ten temat.

— Elektronami.

— Właśnie, głąby! — Farish, z szalonym blaskiem Charlesa Manso-
na w oczach, pochylił się i zadziwiająco gwałtownie zaczął się walić po
głowie. — Elektrony! Elektrony!
Śrubokręt błysnął: bang, Danny zobaczył go na wielkim ekranie kino-
wym jak zimny wiatr wiejący z jego własnej przyszłości... ujrzał siebie
na przepoconym małym łóżku, obezwładnionego, bezbronnego i zbyt
słabego, by się poruszyć. Zegar tykał, zasłony falowały. Nagle skrzyp,
obite drzwi domu na kołach otworzyły się bardzo powoli, Farish zbliżał
się cicho do łóżka z nożem rzeźniczym w dłoni.
— N i e! — wrzasnął Danny, otworzył oczy i zobaczył, że Farish świ-
druje go zdrowym okiem jak wiertłem.
Bracia przyglądali się sobie przez długą, zdumiewającą chwilę.
— Spójrz na swoją rękę — warknął w końcu Farish. — Coś ty z nią
zrobił?
Zmieszany Danny uniósł drżące dłonie do oczu i ujrzał, że cały kciuk
pokrywa krew z rozdłubanej zanokcicy.
— Lepiej na siebie uważaj, bracie — poradził Farish.

Rano Edie — ubrana w stonowany granat — przyszła po matkę Harriet, żeby obie mogły zjeść śniadanie na mieście, zanim Edie pójdzie na
dziesiątą do księgowego. Trzy dni wcześniej zadzwoniła, żeby się umó-
wić, a Harriet — po podniesieniu słuchawki i przywołaniu matki do telefonu — podsłuchała początek rozmowy. Edie oznajmiła, że chce poruszyć pewien osobisty temat, ważny temat, ale nie ma zamiaru mówić
o tym przez telefon. Teraz w holu nie chciała usiąść, raz po raz zerkała
to na zegarek, to na szczyt schodów.
— Kiedy tam dotrzemy, przestaną podawać śniadanie — powiedziała
i ponownie skrzyżowała ręce na piersiach ze zniecierpliwionym ć, ć, ć.
Policzki miała blade od pudru, a usta (ostro umalowane w łuk kupidy-
na woskowatą szminką, którą zazwyczaj rezerwowała na wyjście do kościoła) przypominały nie tyle usta kobiety, co cienkie, ściągnięte usta
starego Sieur d'Iberville'a z podręcznika do historii Missisipi Harriet.
Kostium — zebrany w talii, z rękawami trzy czwarte — był bardzo pro-
sty, ale także stylowy w pewien staromodny sposób. Zdaniem Libby,
Edie wyglądała w tym kostiumie jak pani Simpson, która poślubiła króla
Anglii.
Harriet, która leżała rozciągnięta u stóp schodów i marszcząc brwi,
wpatrywała się w dywan, uniosła głowę i wybuchła:
— Ale DLACZEGO nie mogę pojechać?!

— Po pierwsze — odparła Edie, nie patrząc na wnuczkę, ale ponad jej głową — twoja matka i ja musimy coś przedyskutować.

— Będę cicho!

— Na osobności. W cztery oczy — powiedziała Edie i utkwiła w Harriet mrożące spojrzenie. — Nie jesteś ubrana do wyjścia. Może pójdziesz na górę i wykąpiesz się?

— Czy jeśli to zrobię, przywieziesz mi naleśniki?

— Och, mamo — zawołała Charlotte, zbiegając ze schodów w nie wyprasowanej sukience, z włosami wilgotnymi po kąpieli. — Bardzo cię przepraszam. Ja...

— Och! W porządku! — powiedziała Edie, ale jej ton jasno dawał do zrozumienia, że nie było w porządku.

Wyszły. Nadąsana Harriet patrzyła przez zakurzone organdynowe zasłony, jak odjeżdżają.

Allison wciąż spała na górze. Zeszłej nocy wróciła późno. Z wyjątkiem mechanicznych odgłosów — tykania zegara, szumu wentylatora i pomrukiwania grzejnika do ciepłej wody — w domu panowała cisza jak w łodzi podwodnej.

Na kuchennym blacie stała puszka z solonymi krakersami, kupionymi przed odejściem Idy i śmiercią Libby. Harriet zwinęła się w fotelu Idy i zjadła kilka z nich. Kiedy zamykała oczy i głęboko oddychała, fotel nadal pachniał Idą, ale był to ulotny zapach, który znikał, kiedy zbyt usilnie próbowała go pochwycić. Dzisiaj był pierwszy dzień, kiedy nie obudziła się z płaczem — albo chcąc płakać — od ranka wyjazdu na obóz de Selby, ale chociaż miała suche oczy i jasny umysł, towarzyszył jej niepokój; cały dom trwał w bezruchu, jakby na coś czekał.

Harriet zjadła resztę krakersów, otrzepała dłonie i wdrapała się na krzesło, żeby obejrzeć pistolety na górnej półce szafki z bronią. Spośród egzotycznych pistoletów szulerów (derringerów wysadzanych macicą perłową, zawadiackich kompletów do pojedynków) wybrała największą i najbrzydszą sztukę — dwustrzałowy rewolwer colt, najbardziej przypominający pistolety policyjne, które znała z telewizji.

Zeskoczywszy z krzesła, zamknęła szafkę, oburącz położyła rewolwer na dywanie (okazał się cięższy, niż na to wyglądał) i pobiegła do regału w jadalni po *Encyklopedię Britannica*.

Rewolwery. Patrz: Broń palna.

Harriet zaniosła tom F do salonu, otworzyła go za pomocą rewolweru, usiadła po turecku na dywanie, po czym zagłębiła się w diagramie i tekście. Techniczne słownictwo zbiło ją z tropu; po mniej więcej półgodzinie podeszła do regału po słownik, ale i on niewiele jej pomógł. Raz po raz wracała do diagramu, pochylając się nad nim na czworakach. Kabłąk spustowy. Cylinder wahadłowy... Ale w którą stronę się wahał? Broń na rysunku nie odpowiadała broni, która leżała przed Harriet: zapadka dźwignicy, zespół dźwignicy cylindrowej, pręt wyrzutnika... Nagle coś kliknęło; cylinder się wysunął: pusty. Pierwszy rodzaj kul, które próbowała wsunąć do otworów, nie pasował, drugi też nie, ale w pudełku znalazła kilka innych, które najwyraźniej pasowały idealnie. Ledwie zaczęła ładować rewolwer, kiedy usłyszała, jak frontowe drzwi się otwierają i matka weszła do domu. Jednym zamaszystym ruchem wepchnęła pod fotel Idy wszystko — broń, kule, encyklopedię — po czym wstała.

— Przyniosłaś mi naleśniki? — zawołała.

Żadnej odpowiedzi. Harriet wpatrzona w dywan czekała w napięciu (jak na śniadanie matka wróciła bardzo szybko) i słuchała kroków matki na schodach. Ze zdziwieniem usłyszała zduszone czkanie, jakby matka dławiła się lub płakała.

Dziewczynka — ze zmarszczonym czołem i rękami na biodrach — stała bez ruchu, nasłuchując. Kiedy nie było żadnego śladu życia, wyszła ostrożnie i zajrzała do holu akurat w chwili, gdy usłyszała, jak drzwi pokoju matki najpierw otwierają się, a potem zamykają.

Wydawało się, że upłynęły całe wieki. Harriet zerknęła na róg encyklopedii, która nieco wystawała spod przykrycia fotela Idy. W końcu — kiedy zegar w holu tykał dalej, ale nadal nic się nie wydarzyło — Harriet pochyliła się, wyciągnęła encyklopedię z kryjówki, położyła się na brzuchu, podpierając dłońmi podbródek, i jeszcze raz przeczytała hasło „Broń palna" od deski do deski.

Minuty sączyły się jedna po drugiej. Harriet wyciągnęła się na podłodze, uniosła tweedowe przykrycie fotela i spojrzała na ciemny kształt rewolweru, na leżące obok kartonowe pudełko z nabojami, a wreszcie zachęcona ciszą wyciągnęła je spod fotela. Pochłonięta bronią, nie usłyszała, jak matka schodzi po schodach, aż nagle rozległ się jej głos z holu, bardzo blisko:

— Złotko?

Harriet podskoczyła. Kilka kul wytoczyło się z pudełka. Harriet pozbierała je i jak popadło, garściami, pochowała w kieszeniach.

— Gdzie jesteś?

Ledwie znowu ukryła wszystko pod fotelem i wstała, matka stanęła w drzwiach. Puder osypał się z twarzy; miała czerwony nos i wilgotne oczy; Harriet ze zdziwieniem zobaczyła, że matka trzyma mały kostium kosa, należący kiedyś do Robina. Jaki był czarny, jaki mały; luźny i poszargany, zwisał z atłasowego wieszaka jak cień Piotrusia Pana, który jego właściciel próbował przykleić za pomocą mydła.

Matka próbowała coś powiedzieć, ale rozmyśliła się i ze zdziwieniem spojrzała na Harriet.

— Co ty robisz? — zapytała.

Zaniepokojona Harriet wpatrywała się w kostium.

— Dlaczego... — zaczęła, ale ponieważ nie była w stanie skończyć, skinęła głową.

Matka spojrzała na kostium tak zaskoczona, jakby niemal zapomniała, że go trzyma.

— Och. — Otarła kącik oka chusteczką. — Tom French spytał Edie, czy jego dziecko mogłoby go pożyczyć. Pierwszy mecz grają z drużyną o nazwie Kruki czy jakoś tak, a żona Toma pomyślała, że byłoby słodko, gdyby jedno z dzieci przebrało się za ptaka i wybiegło na boisko razem z cheerleaderkami.

— Jeżeli nie chcesz im pożyczyć tego kostiumu, powinnaś im to powiedzieć.

Charlotte zrobiła dość zdziwioną minę. Matka i córka przyglądały się sobie przez długą, dziwną chwilę.

W końcu matka odchrząknęła.

— Kiedy chcesz pojechać do Memphis po stroje do szkoły?

— A kto je poprawi?'

— Słucham?

— Ida zawsze skraca moje szkolne rzeczy.

Matka zaczęła coś mówić, ale potem potrząsnęła głową, jakby chciała ją oczyścić z nieprzyjemnej myśli.

— Kiedy ty się z tym pogodzisz?

Harriet wpatrywała się w dywan. N i g d y, pomyślała.

— Kochanie... wiem, że kochałaś Idę i... może nie wiedziałam, jak bardzo...

Milczenie.

— Ale... najdroższa, Ida chciała odejść.

— Zostałaby, gdybyś ją o to poprosiła.

Matka chrząknęła.

— Kochanie, jest mi z tego powodu równie przykro jak tobie, ale Ida nie chciała tu zostać. Twój ojciec nieustannie narzekał, jak mało pracowała. On i ja bez przerwy kłóciliśmy się o to przez telefon, nie wiedziałaś? — Charlotte spojrzała w sufit. — Uważał, że Ida nie robi dość, że za to, co jej płaciliśmy...

— Ty nic jej nie płaciłaś!

— Harriet, według mnie Ida od... od bardzo dawna nie czuła się tutaj szczęśliwa. Gdzie indziej dostanie lepszą pensję... Już jej tak nie potrzebuję, nie tak jak wtedy, kiedy ty i Allison byłyście małe.

Harriet słuchała lodowato.

— Ida była z nami tyle lat, że chyba sobie wmówiłam, że nie podołam bez niej, ale... jest w porządku, prawda?

Harriet przygryzła górną wargę i uparcie wbiła wzrok w kąt pokoju — wszędzie bałagan, stół zawalony długopisami, kopertami, tacami pod karafki, starymi chustkami do nosa, na stercie gazet stała przepełniona popielniczka.

— Nie jest? W porządku? Ida... — Matka powiodła dookoła bezradnym wzrokiem. — Ida po prostu poniewierała mną, nie widziałaś tego?

Zapadło długie milczenie, a Harriet kątem oka dostrzegła leżącą na dywanie pod stołem kulę, którą przeoczyła.

— Nie zrozum mnie źle. Kiedy ty i twoja siostra byłyście małe, nie poradziłabym sobie bez Idy. Pomagała mi n a d z w y c z a j n i e. Zwłaszcza przy... — Matka Harriet westchnęła. — Ale w ostatnich latach nie była zadowolona z niczego, co się tutaj działo. Przypuszczam, że wobec was była w porządku, ale na mnie była po prostu oburzona, stała tak z założonymi rękami i o s ą d z a ł a   m n i e...

Harriet wpatrywała się w kulę. Nieco znudzona, słuchając głosu matki, ale tak naprawdę nie słysząc go, ze wzrokiem utkwionym w podłodze, szybko odpłynęła w swój ulubiony sen na jawie. Maszyna czasu startowała; Harriet zapakowała prowiant dla wyprawy polarnej Scotta; wszystko od niej zależało. Listy rzeczy, listy rzeczy, a ostatecznie zabrał wszystko, czego nie trzeba. Trzeba walczyć do ostatniego biszkopta... Harriet ocali ich wszystkich za pomocą zapasów przywiezionych z przyszłości: kakao rozpuszczalne i witamina C w tabletkach, masło orzechowe, benzyna do sań, świeże warzywa z ogrodu i latarki na baterie...

Nagła zmiana tonu matki przykuła uwagę dziewczynki. Podniosła wzrok. Matka stała w drzwiach.

— Chyba nic nie umiem zrobić jak należy, prawda? — spytała.

Odwróciła się i wyszła z pokoju. Nie było nawet dziesiątej. W chłodnym salonie wciąż kładły się cienie; poza nim rozpościerały się przygnębiające głębie holu. W zakurzonym powietrzu utrzymywał się ulotny, owocowy aromat matczynych perfum.

W szafie zadzwoniły i zachrzęściły wieszaki. Harriet nie ruszała się z miejsca, a kiedy po kilku minutach usłyszała, że matka nadal krząta się w holu, podeszła do zabłąkanej kuli i kopnęła ją pod sofę. Przycupnąwszy na skraju fotela Idy, czekała. W końcu, po długim czasie, wyszła do holu, gdzie matka stała przed otwartą szafą i — niezbyt starannie — składała obrusy, które zdjęła z górnej półki.

Matka uśmiechnęła się jak gdyby nigdy nic. Z komicznym westchnieniem cofnęła się od bałaganu i powiedziała:

— Mój Boże, czasem myślę, że powinnyśmy po prostu spakować rzeczy do samochodu i wprowadzić się do twojego ojca. — Spojrzała na Harriet i dodała takim tonem, jakby z jej ust właśnie padła poważna groźba: — Hm? Co byś na to powiedziała?

Zrobi, co będzie chciała, pomyślała bezradnie Harriet. To, co powiem, nie ma znaczenia.

— Nie wiem jak ty — powiedziała matka, wracając do obrusów — ale według mnie nadszedł czas, żebyśmy zaczęli zachowywać się bardziej jak rodzina.

— Dlaczego? — spytała zaskoczona Harriet. Dobór słów matki był niepokojący. Ojciec Harriet przed wydaniem jakiegoś absurdalnego polecenia często stwierdzał: „Powinniśmy zacząć zachowywać się bardziej jak rodzina".

— Po prostu samotne wychowywanie dwóch dziewczyn przekracza moje siły — powiedziała matka rozmarzonym tonem.

Harriet poszła na górę, usiadła w oknie i wyjrzała na rozpalone, puste ulice. Przez cały dzień po niebie płynęły chmury. O szesnastej poszła do Edie, usiadła na frontowych schodach z podbródkiem wspartym na dłoniach i czekała, aż o piątej zza rogu wytoczył się babciny samochód.

Harriet wybiegła Edie na spotkanie. Edie postukała w okno i uśmiechnęła się. Granatowy kostium, wcześniej nieskazitelny, był nieco wymięty od upału, a babcia wysiadła z samochodu powoli i z trudem. Harriet biegła chodnikiem obok Edie, po schodach na werandę, z zadyszką wyjaśniając, że matka zaproponowała przeprowadzkę do Nashville, ale doznała szoku, kiedy babcia tylko wzięła głęboki wdech i potrząsnęła głową.

— Cóż, może to nie jest taki zły pomysł — powiedziała.

Harriet czekała.

— Obawiam, się, że jeżeli twoja matka chce być mężatką, musi zrobić pewien wysiłek. — Edie przystanęła na chwilę, westchnęła, w końcu przekręciła klucz w drzwiach. — Sprawy nie mogą toczyć się dalej w ten sposób.

— Ale d l a c z e g o?! — zawyła Harriet.

Edie zatrzymała się i zamknęła oczy, jakby bolała ją głowa.

— On jest twoim ojcem, Harriet.

— Ale ja go nie l u b i ę.

— Ja też mam go za nic — ucięła Edie. — Ale jeśli mają pozostać małżeństwem, to chyba powinni mieszkać w tym samym stanie, prawda?

— Tatę nic to nie obchodzi — odparła Harriet. — Jemu odpowiada obecny stan rzeczy.

— Tak, chyba masz rację. — Edie pociągnęła nosem.

— Czy nie będziesz za mną tęskniła, kiedy się przeprowadzimy?

— Czasami życie przybiera inny obrót, niż uważamy, że powinno — oświadczyła Edie, jakby wyjawiała pewien radosny, ale mało znany fakt.

— Kiedy zacznie się szkoła...

Gdzie?, pomyślała Harriet. Tutaj czy w Tennessee?

— ...powinnaś zagłębić się w nauce. Dzięki temu oderwiesz się od innych spraw.

Ona wkrótce umrze, myślała Harriet, patrząc na dłonie Edie, opuchnięte w kostkach i pokryte czekoladowymi plamkami jak ptasie jajo. Dłonie Libby — chociaż podobnego kształtu — były bielsze i szczuplejsze, z błękitnymi żyłami na wierzchu.

Wyrwała się z zamyślenia i z lekkim zaskoczeniem napotkała zimne, zamyślone oczy Edie, obserwujące ją bacznie.

— Nie powinnaś była rezygnować z lekcji fortepianu — powiedziała.

— To Allison! — Harriet zawsze była potwornie zaskoczona, kiedy babcia popełniała takie błędy. — Ja nigdy nie uczyłam się grać na fortepianie.

— W takim razie powinnaś. Nawet w połowie nie masz wypełnionego czasu, to jest twój problem, Harriet. W twoim wieku jeździłam konno, grałam na skrzypcach i szyłam wszystkie swoje stroje. Gdybyś nauczyła się szyć, być może bardziej zainteresowałabyś się własnym wyglądem.

— Zabierzesz mnie do Utrapienia? — spytała Harriet nieoczekiwanie.

— Tam nie ma nic do oglądania. — Edie wyglądała na zaskoczoną.

— Ale zabierzesz mnie tam? Proszę. Chcę zobaczyć to miejsce.

Edie nie odpowiedziała. Z dość pustym wyrazem twarzy patrzyła ponad ramieniem Harriet. Na odgłos samochodu, który przyspieszył na ulicy, Harriet obejrzała się przez ramię i ujrzała metaliczny błysk znikający za rogiem.

— Nie ten dom — powiedziała Edie i kichnęła: apsik. — Dzięki Bogu. Nie — powtórzyła, mrugając, i zaczęła szukać w kieszeniach chusteczki. — W Utrapieniu nie ma już nic do oglądania. Właściciel gruntu jest hodowcą kurczaków i może nawet nie pozwolić nam obejrzeć miejsca, gdzie stał dom.

— Dlaczego?

— Ponieważ jest starym tłustym draniem. Tam wszystko rozsypało się na kawałki. — W roztargnieniu poklepała Harriet po plecach. — A teraz biegnij do domu i pozwól Edie zdjąć te wysokie obcasy.

— Czy kiedy one przeprowadzą się do Nashville, mogę zostać i zamieszkać z tobą?

— Ależ Harriet! — Edie nie kryła zaskoczenia. — Nie chcesz być razem z matką i Allison?

— Nie. — Harriet przyglądała się babci z uwagą.

Ale Edie tylko uniosła brwi, jakby w rozbawieniu, i powiedziała tym swoim wkurzającym, szczebiotliwym tonem:

— Och, przypuszczam, że po tygodniu czy dwóch zmieniłabyś zdanie!

— Nie! — zawołała Harriet, czując, jak łzy napływają jej do oczu. — Dlaczego zawsze to mówisz? Wiem, czego chcę. Nigdy nie zmieniam...

— Przejdziemy przez ten most, kiedy do niego dotrzemy, dobrze? — powiedziała Edie. — Właśnie czytałam coś, co Thomas Jefferson, już jako stary człowiek, napisał do Johna Adamsa. Napisał, że większość rzeczy, którymi martwił się w życiu, nigdy się nie wydarzyła. „Ileż bólu kosztowało nas zło, do którego nigdy nie doszło". Albo coś w tym rodzaju. — Edie spojrzała na zegarek. — O ile jest to jakakolwiek pociecha, myślę, że twoją matkę wykurzyłaby z tego domu dopiero torpeda, ale to moje zdanie. A teraz biegnij — powiedziała do Harriet, która wpatrywała się w babcię żałośnie zaczerwienionymi oczami.

Zaraz za rogiem Danny zaparkował samochód przed kościołem prezbiteriańskim.

— Bożewszechmący — wykrztusił Farish, który oddychał ciężko nosem. — To była o n a?

Danny — zbyt naćpany i oszołomiony, by mówić — przytaknął. Słyszał najróżniejsze drobne, przerażające odgłosy: drzewa oddychały, przewody śpiewały, trawa rosła, chrzęszcząc.

Farish odwrócił się i spojrzał przez tylne okno.

— Cholera, mówiłem ci, żebyś poszukał tej małej. Chcesz powiedzieć, że teraz zobaczyłeś ją po raz pierwszy?

— Tak — odparł ostro Danny. Był wstrząśnięty nagłym pojawieniem się dziewczyny w niewygodnym skrawku jego pola widzenia, tak samo jak przy wieży ciśnień (chociaż nie mógł powiedzieć Farishowi o wieży ciśnień; w ogóle nie powinien być na wieży ciśnień). Teraz, kiedy jechali okrężną drogą donikąd (zmieniaj trasy, mówił Farish, zmieniaj godziny wyjazdu, sprawdzaj w lusterkach), skręcił za róg i kogo zobaczył na werandzie, jeśli nie dziewczynę?

Najróżniejsze rodzaje ech. Oddychające, lśniące, poruszające się. Tysiące luster migotały na wierzchołkach drzew. Kim była ta starsza pani?

Kiedy samochód zwolnił, jej wzrok napotkał spojrzenie Danny'ego, przez dziwną chwilę patrzyli sobie prosto w oczy, a oczy kobiety były dokładnie takie same jak dziewczyny... Jedno uderzenie serca — i wszystko zostało w tyle.

— Jedź — powiedział Farish, uderzając w tablicę rozdzielczą, a kiedy skręcili za róg, Danny musiał zatrzymać samochód, bo był na takim haju, bo działo się coś dziwnego, jakaś ostra wielopoziomowa telepatia amfetaminowa (windy jeździły w górę i w dół, kule dyskotekowe obracały się na każdym z pięter); wyczuli to obydwaj bracia, nie musieli mówić ani słowa, a Danny ledwie mógł spojrzeć na Farisha, wiedział bowiem, że obydwaj przypomnieli sobie tę samą diabelnie dziwaczną rzecz, jaka wydarzyła się tego ranka o szóstej: po nieprzespanej nocy Farish wszedł do salonu w slipach, z kartonem mleka, a w tym samym momencie brodata postać w slipach z kreskówki, trzymająca karton mleka, przeszła przez ekran telewizora. Farish stanął; postać stanęła.

— Widzisz to? — spytał Farish.

— Tak — odparł Danny, który zlewał się potem. Oczy braci spotkały się na chwilę. Kiedy ponownie spojrzeli w telewizor, obraz się zmienił.

Teraz siedzieli w rozgrzanym samochodzie, a serca łomotały im prawie słyszalnie.

— Zauważyłeś, że wszystkie ciężarówki, które mijaliśmy po drodze, były czarne? — zapytał nagle Farish.

— Co takiego?

— Coś przewożą. Ni cholery nie wiem co.

Danny milczał. Z jednej strony wiedział, że to bzdury, paranoiczne gadanie Farisha, ale z drugiej wiedział, że coś się działo. Minionej nocy trzy razy, dokładnie co godzinę, dzwonił telefon, ale ktoś odkładał słuchawkę, nie odzywając się. Poza tym na parapecie laboratorium Farish znalazł pustą łuskę od strzelby. O co w tym wszystkim chodziło?

A teraz to: znowu ta dziewczynka, dziewczynka. Soczysty, spryskany trawnik kościoła prezbiteriańskiego lśnił niebiesko-zielono w cieniu świerka: zaokrąglone ceglane ściany, przycięte bukszpany, wszystko schludne i zgrabne jak nakręcana kolejka.

— Nie mogę rozgryźć, kim ona, u diabła, jest — powiedział Farish, szukając w kieszeni amfetaminy. — Nie powinieneś pozwolić jej uciec.

— To Eugene jej pozwolił, nie ja. — Danny przygryzł usta od wewnątrz. Nie, to nie była jego wyobraźnia: dziewczyna wyparowała po wypadku Gum, kiedy jeździł po mieście, szukając jej. Ale teraz wystarczyło o niej pomyśleć, wspomnieć i pojawiała się w oddali, z tymi swoimi czarnymi włosami obciętymi na Chinkę i nienawistnymi oczami.

Bracia wzięli po działce, co trochę ich uspokoiło.

— Ktoś — powiedział Danny i wypuścił powietrze — ktoś nasłał tę małą, żeby nas szpiegowała. — Chociaż był na haju, pożałował tych słów w tej samej chwili, kiedy je wypowiedział.

Czoło Farisha pociemniało.

— Wiesz co? Jeżeli ktoś — warknął, ocierając wilgotne nozdrza wierzchem dłoni — jeżeli ktoś nasłał tę smarkulę, żeby m n i e szpiegowała, własnoręcznie ją rozerwę.

— Ona coś wie — powiedział Danny. Dlaczego? Ponieważ patrzyła na niego przez szybę karawanu. Ponieważ wkraczała w jego sny. Ponieważ nawiedzała go, prześladowała, manipulowała jego umysłem.

— Na pewno bardzo chciałbym wiedzieć, co robiła u Eugene'a. Jeżeli ta mała suka stłukła mi tylne światła...

Melodramatyczny ton brata wzbudził podejrzenia Danny'ego.

— Jeżeli stłukła ci tylne światła — powiedział, starannie unikając wzroku Farisha — to dlaczego zapukała do drzwi i powiedziała nam o tym?

Farish wzruszył ramionami. Skubał zaschniętą plamę na nogawce spodni, nagle bardzo go ona zajęła, a Danny nabrał przekonania, że Farish wiedział o dziewczynie (i o całej reszcie) więcej, niż mówił.

Nie, to nie miało sensu, ale jednak o coś w tym wszystkim chodziło. W oddali rozszczekały się psy.

— Ktoś — zaczął nagle Farish, poruszając się na siedzeniu — ktoś tam się wdrapał i uwolnił węże Eugene'a. Okna są zamalowane, z wyjątkiem tego w łazience. Tylko dziecko mogło się przecisnąć.

— Porozmawiam z nią — zapowiedział Danny. Zapytam ją o wiele rzeczy. Na przykład dlaczego nigdy wcześniej cię nie widziałem, a teraz widuję cię wszędzie? Dlaczego ocierasz się i tłuczesz o moje szyby jak ćma trupia główka?

Od tak dawna nie spał, że zamknąwszy oczy, znalazł się pośród zarośli, ciemnych jezior i zatopionych łodzi wiosłowych w mętnej wodzie. Oto ona, o bladej jak ćma twarzy, kruczoczarnych włosach, szeptała coś w wilgotnym mroku pełnym rozkrzyczanych cykad, coś, co prawie rozumiał, ale nie mógł dokładnie...

Nie słyszę, powiedział.

— Czego nie słyszysz?

Bing: czarna tablica rozdzielcza, błękitne świerki kościoła prezbiteriańskiego i Farish patrzący z siedzenia pasażera.

— Czego nie słyszysz? — powtórzył.

Danny zamrugał, otarł czoło.

— Zapomnij — powiedział. Zlewał się potem.

— W Wietnamie te małe saperki to były twarde sukinkotki — stwierdził wesoło Farish. — Latały z odbezpieczonymi granatami, jakby to wszystko było tylko zabawą. Dzieciaka można zmusić do robienia takich gównianych rzeczy, jakich nie spróbowałby nikt, tylko świr.

— Jasne — odparł Danny.

To była jedna z ulubionych teorii Farisha. Kiedy Danny był mały, Farish posługiwał się nią, żeby skłonić Danny'ego, Eugene'a, Mike'a i Ricky'ego Lee do odwalania za niego czarnej roboty, podczas gdy sam Farish wciągał w samochodzie amfę i wcinał miodowe babeczki.

— Złapią dzieciaki? Co z tego? Poprawczak? Cholera... — zaśmiał się Farish. — Kiedy byliście mali, w y s z k o l i ł e m was do tego. Ricky właził oknem, kiedy tylko nauczył się stawać mi na ramionach. Jeśli pojawił się gliniarz...

— Boże wszechmogący — przerwał bratu Danny, prostując się, bo we wstecznym lusterku właśnie zobaczył dziewczynę, która sama wyszła zza rogu.

Harriet — ze spuszczoną głową i zachmurzonym od myśli czołem — szła chodnikiem w stronę kościoła prezbiteriańskiego (i położonego trzy ulice dalej jej opustoszałego domu), kiedy drzwiczki samochodu zaparkowanego może dwadzieścia stóp od niej otworzyły się.

To był ten Trans Am. Niemal zanim zdążyła pomyśleć, zawróciła, skoczyła na wilgotny, omszały dziedziniec prezbiterian i pognała przed siebie.

Boczny dziedziniec kościelny prowadził przez ogród pani Claiborne (krzewy hortensji, maleńka cieplarnia) prosto na podwórze za domem Edie — odgrodzone sześciostopowym płotem. Harriet przebiegła ciemnym chodnikiem (po jednej stronie miała płot Edie; na skraju sąsiedniego podwórza rósł nieprzenikniony rząd tuj) i wpadła prosto na siatkę pani Davenport. Wspięła się na nią w panice; szczytowy drut zaczepił się o jej krótkie spodnie, skrętem całego ciała oswobodziła się i dysząc, zeskoczyła na ziemię.

Za nią, na chodniku w liściach, tupot kroków. Na podwórzu pani Davenport nie bardzo było gdzie się schować; Harriet rozejrzała się bezradnie, potem przecięła podwórze, otworzyła bramę i wybiegła na podjazd. Zamierzała zawrócić do domu Edie, ale kiedy znalazła się na chodniku, coś ją zatrzymało (skąd dobiegały te kroki?), zastanawiała się przez ułamek sekundy i pobiegła prosto przed siebie do domu O'Bryantów. Doznała szoku, bo kiedy znajdowała się pośrodku jezdni, zza rogu wyjechał Trans Am.

Czyli rozdzielili się. Sprytne. Harriet pobiegła — pod wysokimi sosnami, po sosnowych igłach zaścielających cieniste podwórze przed domem O'Bryantów — prosto do domku na tyłach, gdzie pan O'Bryant trzymał stół bilardowy. Chwyciła za klamkę, potrząsnęła — zamknięte. Zdyszana zajrzała do środka. Zobaczyła ściany wyłożone żółtawą sosnową boazerią, półki na książki, puste z wyjątkiem kilku starych rocznych albumów z Akademii Alexandrii, wiszącą na łańcuszku szklaną lampę z napisem coca-cola, potem skoczyła w prawo.

Na nic — kolejne ogrodzenie. Na sąsiednim podwórzu szczekał pies. Gdyby trzymała się z dala od ulicy, facet w Trans Amie na pewno by jej nie złapał, ale musiała uważać, żeby ten, który szedł piechotą, nie zapędził jej do rogu albo nie wypłoszył na otwartą przestrzeń.

Pędząc, z obolałymi płucami, skręciła w lewo. Za plecami słyszała zdyszane oddechy, ciężki tupot nóg. Pędziła dalej zygzakiem przez labirynty krzewów, śmigała to w jedną, to w drugą stronę, skręcała pod kątem prostym, kiedy ścieżka przed nią zarastała: przez obce ogrody, ponad płotami, w gmatwaninę trawników pokrytych szachownicą patio i płyt chodnikowych, minęła dziecko, które zagapiło się na nią szeroko otwartymi ze strachu oczami, po czym usiadło ciężko w piaskownicy. Dalej, kiedy Harriet zwolniła, żeby zaczerpnąć oddechu, z ulgą ujrzała pierwszego dorosłego, ale ten szkaradny starzec o twarzy buldoga uniósł się na leżaku stojącym na werandzie i wrzasnął:

— Wynoś się!

Te słowa były jak policzek; mimo strachu zatrzymała się na chwilę i mrugając w zaskoczeniu, spojrzała we wbite w nią zaczerwienione oczy, na piegowatą, pulchną starą pięść, wzniesioną jak do ciosu.

— Tak, ty! Wynoś się stąd!

Harriet pobiegła. Co prawda znała nazwiska niektórych ludzi z tej ulicy (państwo Wright, państwo Motley, pan i pani Price), ale znała ich tylko z widzenia, nie na tyle, by wbiec bez tchu po schodach i zapukać do ich drzwi: dlaczego dała się zapędzić na ten nieznany teren? Pomyśl, pomyśl, mówiła do siebie. Kilka domów wcześniej — tuż zanim ten stary zaczął jej wygrażać pięścią — minęła El Camino z puszkami farby i plastikowymi płachtami malarskimi; to mogłaby być idealna kryjówka...

Skryła się za zbiornikiem z propanem i — zgięta wpół, z dłońmi na kolanach — walczyła o oddech. Zgubiła ich? Nie, pies rasy airedale na końcu ulicy, który rzucił się na siatkę, kiedy Harriet przebiegała, teraz znowu się rozszczekał.

Harriet odwróciła się i pognała przed siebie na oślep. Przedarłszy się przez przecinkę w ligustrowym żywopłocie, o mały włos nie wpadła na Chestera, który na kolanach robił coś przy dziurkowanym wężu ogrodowym na pokrytym grubą warstwą mierzwy klombie.

Chester wyrzucił w górę ręce, jakby coś wybuchło.

— Uważaj! — Chester wykonywał rozmaite prace dla różnych ludzi, ale nie wiedziała, że pracował tutaj. — Co, u licha...

— Gdzie mogę się schować?

— S c h o w a ć? To nie jest miejsce do zabawy. — Przełknął ślinę i wyrzucił przed siebie zabłoconą rękę. — D a l e j. Zmykaj.

Harriet rozejrzała się w panice: szklany karmnik dla kolibrów, oszklona weranda, nieskazitelnie czysty stół piknikowy. Przeciwległy bok podwórza zarastał gąszcz ostrokrzewu; z tyłu odcinał jej odwrót mur krzewów różanych.

— Powiedziałem z m y k a j. Zobacz, jaką dziurę zrobiłaś w żywopłocie.

Obrzeżony nagietkami chodnik prowadził do przypominającej wymuskany domek dla lalek narzędziowni, pomalowanej pod kolor domu: piernikowy deseń, zielone drzwi otwarte na oścież. Zdesperowana Harriet przebiegła przez chodnik, wpadła do narzędziowni (— Hej! — zawołał Chester) i rzuciła się na klepisko, między stertą drewna opałowego a grubą belą izolacji z waty szklanej.

Duszne powietrze było pełne kurzu. Harriet zatkała nos. Z falującą piersią i swędzącą skórą na głowie patrzyła w półmroku na starą, wystrzępioną lotkę do badmintona obok sterty drewna, na kolorowe puszki z napisami „Benzyna", „Olej Gear" i „Prestone".

Męskie głosy. Harriet zamarła. Mijały długie chwile, kiedy wydawało się jej, że puszki z napisami „Benzyna", „Olej Gear" i „Prestone" są ostatnimi trzema przedmiotami we wszechświecie. Co oni mogą mi zrobić?, myślała histerycznie. Przy Chesterze? Chociaż wytężała słuch, ogłuszał ją własny oddech. Po prostu wrzeszcz, mówiła do siebie, jeśli cię złapią, wrzaśnij i wyrwij się, wrzeszcz i uciekaj... Z jakiejś przyczyny najbardziej bała się samochodu. Chociaż nie potrafiła powiedzieć dlaczego, czuła, że jeżeli wciągną ją do samochodu, będzie po wszystkim.

Nie sądziła, że Chester pozwoli im ją zabrać. Ale tamtych było dwóch, a Chester tylko jeden. Zresztą słowo Chestera nie wskórałoby wiele przeciwko dwom białym.

Mijały chwile. Co oni mówili, co trwało tak długo? Harriet z napięciem wpatrywała się w wysuszony plaster miodu pod ławą. Nagle wyczuła, że ktoś się zbliża.

Skrzypnęły drzwi. Na klepisko padł trójkąt bladego światła. Krew odpłynęła jej z głowy, przez moment poczuła, że zemdleje, ale to był tylko Chester, tylko Chester, który mówił:

— Wychodź, natychmiast.

Było tak, jakby szklana bariera rozsypała się w drobny mak. Odgłosy powróciły falą: śpiew ptaków, świdrujące ćwierkanie świerszcza zza puszki z olejem.

— Jesteś tam?

Harriet przełknęła ślinę. Kiedy się odezwała, jej głos zabrzmiał słabo i ochryple.

— Poszli sobie?

— Coś ty zrobiła tym ludziom? — Światło padało zza niego, nie widziała jego twarzy, ale to był Chester: jego głos jak zjechany papierem ściernym, charakterystyczna pajękowata sylwetka. — Zachowują się tak, jakbyś obrabowała im kieszenie.

— Poszli sobie?

— Owszem, poszli — zniecierpliwił się Chester. — Wyłaź stamtąd.

Harriet stanęła za belą izolacji i przetarła czoło przedramieniem. Całe ciało oblepiał jej żwir, do twarzy przylgnęły pajęczyny.

— Chyba niczego tam nie przewróciłaś, co? — Chester zajrzał w zakamarki narzędziowni, a potem obejrzał Harriet. — Jest na co popatrzeć. — Otworzył jej drzwi. — Dlaczego oni cię ścigają?

Harriet, która wciąż nie mogła złapać tchu, potrząsnęła głową.

— Tacy ludzie nie powinni się uganiać za dzieckiem — stwierdził Chester, oglądając się przez ramię i jednocześnie sięgając po papierosa do kieszeni na piersi. — Co zrobiłaś? Rzuciłaś kamieniem w ich samochód?

Harriet wyciągnęła szyję, żeby wyjrzeć za Chestera. Gęste krzaki (ligustr, ostrokrzew) całkowicie zasłaniały jej ulicę.

— Coś ci powiem. — Chester gwałtownie wypuścił dym nosem. — Masz szczęście, że tu dzisiaj pracowałem. Pani Mulverhill, jak nie na próbie chóru, to dzwoni na policję, że się tu wdarłaś. Tydzień temu każe mi polać wężem jakiegoś biednego starego psa, co wlazł na podwórze.

Chester palił. Serce wciąż łomotało Harriet w uszach.

— Czemu właściwie buszujesz w cudzych krzakach? — spytał Chester. — Powinienem się poskarżyć twojej babci.

— Co oni ci powiedzieli?

— Powiedzieli? Nic nie powiedzieli. Jeden z nich zaparkował samochód na tamtej ulicy. Drugi wetknął głowę przez żywopłot i zajrzał jak jaki elektryk, co szuka licznika. — Chester rozsunął niewidzialne gałęzie i naśladował gest, włącznie z dziwacznym przewróceniem oczu. — Miał na sobie kombinezon jak z przedsiębiorstwa elektrycznego stanu Missisipi.

Nad głową trzasnęła gałąź. Była to tylko wiewiórka, ale Harriet gwałtownie podniosła wzrok.

— Nie powiesz mi, dlaczego uciekasz przed tymi ludźmi?

— Ja... Ja się...

— Co?

— Ja się bawiłam — powiedziała Harriet słabym głosem.

— Nie powinnaś się tak nakręcać. — Chester przyglądał się jej chytrze przez kłęby dymu. — Dlaczego patrzysz w tamtą stronę z takim strachem? Chcesz, żebym cię odprowadził do domu?

— Nie — odparła Harriet, ale Chester wybuchnął śmiechem, bo jednocześnie przytaknęła głową.

— Kręci ci się w głowie. — Chester położył jej dłoń na ramieniu, ale mimo wesołego tonu miał zatroskaną twarz. — Coś ci powiem. Miałem wracać koło twojego domu. Daj mi minutę, żebym się umył pod hydrantem, to cię odprowadzę.

— Czarne ciężarówki — powiedział nieoczekiwanie Farish, kiedy wyjechali na autostradę prowadzącą do domu. Farish był cały nakręcony, oddychał z głośną astmatyczną chrypką. — Nigdy w życiu nie widziałem tylu czarnych ciężarówek.

Danny wydał niejasny odgłos i przetarł dłonią twarz. Mięśnie mu drżały i wciąż dygotał na całym ciele. Co by zrobili tej dziewczynce, gdyby ją złapali?

— Cholera, ktoś mógł tam wezwać do nas policję — powiedział Danny. Jak to miał ostatnio w zwyczaju, czuł, że w samym środku jakiegoś niewiarygodnego snu na jawie wraca mu rozum. Czy oni postradali zmysły? Żeby gonić dzieciaka w willowej dzielnicy w biały dzień? Porwania karano w stanie Missisipi śmiercią.

— To szaleństwo — powiedział na głos.

Ale Farish z podnieceniem wskazywał na okno, a duże, ciężkie pierścienie (różowy w kształcie kostki do gry) błyskały nieziemsko w popołudniowym słońcu.

— Tam — pokazał. — I tam.

— Co? — pytał Danny. — Co?

Wszędzie samochody; pola bawełny skąpane w tak intensywnym świetle, że przypominały światło na wodzie.

— C z a r n e ciężarówki.

— Gdzie? — Szybkość samochodu sprawiała, że czuł, jakby o czymś zapominał albo zostawił coś ważnego.

— Tam, tam, tam.

— Ta ciężarówka jest z i e l o n a.

— Nieprawda... t a m! — wykrzyknął Farish triumfalnie. — Widzisz, jedzie następna!

Danny — z bijącym sercem i ciśnieniem narastającym w głowie — miał ochotę powiedzieć to co, kurwa, z tego, ale nie chcąc prowokować brata, ugryzł się w język. Przeskakiwanie przez płoty, przebieganie przez schludne podwórka z grillem: komiczne. To wszystko było tak nienormalne, że Danny poczuł, że zaraz zemdleje. W tej części historii człowiek miał odzyskać przytomność i wyprostować się: zatrzymać się w miejscu, zawrócić samochód i na zawsze zmienić swoje życie; Danny nigdy nie wierzył w tę część.

— Popatrz. — Farish grzmotnął w tablicę rozdzielczą tak głośno, że Danny o mały włos nie wyskoczył ze skóry. — Wiem, że tamtą widziałeś. Te ciężarówy się mobilizują. Szykują się do wyjazdu.

Wszędzie światło, za dużo światła. Plamy na słońcu, cząsteczki. Samochód stał się obcą ideą.

— Muszę się zatrzymać — powiedział Danny.

— Co takiego? — spytał Farish.

— Nie mogę prowadzić. — Czuł, że jego głos staje się coraz wyższy, histeryczny; pojazdy śmigały obok nich, barwne smugi energii, zatłoczone sny.

Na parkingu White Kitchen siedział z głową na kierownicy i oddychał głęboko, podczas gdy Farish, uderzając pięścią w dłoń, tłumaczył, że wykańcza nie tyle sama amfetamina, co brak jedzenia. On sam jadł regularne posiłki, czy miał ochotę czy nie.

— Ale ty jesteś taki jak Gum — stwierdził, dźgając biceps brata palcem wskazującym. — Zapominasz o jedzeniu. Dlatego jesteś chudy jak szkielet.

Danny wpatrywał się w tablicę rozdzielczą. Wyziewy czadu i mdłości. Nie było miło myśleć, że w jakikolwiek sposób przypominał Gum, ale ze swoją ogorzałą cerą, zapadniętymi policzkami i kanciastym, wychudzonym ciałem, był jedynym z wnuków, który naprawdę był do niej podobny. Danny'emu nigdy wcześniej nie przyszło to do głowy.

— Zaraz — powiedział Farish, uniósł biodro i sięgnął po portfel: szczęśliwy, że może się przydać, szczęśliwy, że może pouczyć. — Dokładnie wiem, czego ci trzeba. Duża cola i gorąca kanapka z szynką. To cię postawi na nogi.

Pieczołowicie otworzył drzwiczki, dźwignął się z siedzenia (na sztywnych nogach, kołysząc się jak stary wilk morski) i wszedł do środka po dużą colę i gorącą kanapkę z szynką.

Danny siedział w milczeniu. W samochodzie utrzymywał się silny, charakterystyczny zapach Farisha. Ostatnią rzeczą, na jaką Danny miał ochotę, była gorąca kanapka z szynką, ale jakoś będzie musiał ją przełknąć.

Wspomnienie dziewczyny przelatywało przez jego umysł jak ślady spalin odrzutowca — ciemnowłosa plama, ruchomy cel. Jednak to twarz starej kobiety nie opuszczała Danny'ego. Kiedy, jak w zwolnionym tempie, przejeżdżał obok tamtego domu (jej domu?), oczy starej kobiety (silne, pełne światła oczy) przesunęły się po Dannym, nie zauważając go, a on doznał mdlącego szoku rozpoznania. Znał tę starą kobietę — blisko, ale odlegle, jak coś z dawnego snu.

Przez szybę ze szlifowanego szkła widział, jak Farish, pochylony nad kontuarem, gada z kościstą kelnereczką, którą lubił. Albo dlatego, że się go bały, albo zależało im na kliencie, a może po prostu były miłe — w każdym razie kelnerki w White Kitchen słuchały z szacunkiem szalonych historii Farisha, nie drażnił ich jego wygląd, chore oko ani poza wszechwiedzącego samochwały. Kiedy podnosił głos, podniecał się, zaczynał wymachiwać rękami i przewracał kawę, kelnerki zachowywały spokój i nie przestawały być uprzejme. Z kolei Farish, nawet naćpany do granic możliwości, wystrzegał się w ich obecności brzydkich wyrazów, a w walentynki przywoził do restauracji bukiecik kwiatów.

Nie spuszczając brata z oczu, Danny wysiadł z samochodu, obszedł restaurację wzdłuż rzędu wyschniętych krzaków, do budki telefonicznej. Połowa stron książki telefonicznej została wyrwana, ale na szczęście druga połowa; drżącym palcem Danny przesunął po abonentach na literę C. Nazwisko na skrzynce na listy brzmiało Cleve. Rzeczywiście, czarno na białym, przy ulicy Margin mieszkała pani E. Cleve.

O dziwo, informacja zaskoczyła. Danny stał w nagrzanej budce, pozwalając, by pamięć wróciła. Tę starą kobietę spotkał dawno temu, jak w innym życiu. Znano ją w okolicy nie tyle ze względu na nią samą, co jej ojca, kiedyś grubą rybę w polityce, i ze względu na dawny dom rodzinny zwany Utrapieniem. Dom — swego czasu sławny — dawno przestał istnieć; została tylko nazwa. Przy autostradzie międzystanowej, nieopodal miejsca, gdzie wznosił się dom, stała tania restauracja (z rezydencją z białymi kolumnami na billboardzie) nosząca nazwę Steak House Utrapienie. Billboard wciąż tam był, ale restaurację zabito deskami, porozstawiano znaki zakazujące wstępu, które szybko pokryło graffiti, klomby od frontu zarosły chwastami, jakby sama ziemia wyssała z budynku wszelką świeżość i nadała mu stary wygląd.

Kiedy Danny był mały (nie pamiętał, w której klasie, bo cały okres szkolny stanowił ponurą plamę), poszedł na przyjęcie urodzinowe do Utrapienia. Zachował wspomnienie wielkich, ciemnych, historycznych pokojów jak z opowieści o duchach, ze starą tapetą i żyrandolami. Starsza pani, do której należał dom, była babcią Robina, a Robin był kolegą z klasy Danny'ego. Robin mieszkał w mieście, a Danny — który często wałęsał się po ulicach, kiedy Farish grał w bilard — zauważył go pewnego późnego, wietrznego, jesiennego popołudnia, jak bawił się samotnie przed domem. Przez jakiś czas chłopcy przyglądali się sobie — Danny na ulicy, Robin na swoim podwórku — jak czujne zwierzątka. W końcu Robin powiedział:

— Lubię Batmana.

— Ja też lubię Batmana — odparł Danny. Potem zaczęli hasać po chodniku i bawili się razem aż do zmroku.

Ponieważ Robin zaprosił wszystkich z klasy na swoje przyjęcie (podniósł palce, żeby poprosić o pozwolenie, a potem chodził wzdłuż ławek, wręczając każdemu dziecku kopertę z zaproszeniem), Danny mógł bez trudu zabrać się z kimś samochodem, a jego ojciec ani Gum nie musieli się dowiedzieć. Dzieci w rodzaju Danny'ego nie urządzały przyjęć urodzinowych, a ojciec Danny'ego nie chciał, by syn na nie chodził, nawet jeśli go zapraszano (zazwyczaj zresztą nie), ponieważ żaden z jego chłopców nie będzie płacić za coś tak bezużytecznego jak prezent, w każdym razie nie dla syna czy córki jakiegoś bogacza. Jimmy George Ratliff nie zamierzał finansować takich bzdur. Babcia chłopców rozumowała inaczej. Gdyby Danny poszedł na przyjęcie, byłby „zobowiązany" wobec gospodarza. Po co przyjmować zaproszenia od ludzi z miasta, którzy (bez wątpienia) zapraszali Danny'ego tylko po to, żeby się z niego naśmiewać: z jego ubrań z drugiej ręki i wiejskich manier? Rodzina Danny'ego była biedna; byli „prostymi ludźmi". Wyrafinowanie tortów i eleganckich strojów nie było dla nich. Gum stale przypominała o tym wnukom, toteż nie istniało niebezpieczeństwo, że któryś z nich wbije się w dumę i o tym zapomni.

Danny spodziewał się, że przyjęcie odbędzie się w domu Robina (całkiem ładnym), ale doznał szoku, kiedy samochód combi, pilotowany przez matkę jednej z dziewcząt, wyjechał z miasta, minął bawełniane pola i długą aleją drzew dotarł do domu z kolumnami. Danny nie pasował do takiego miejsca. Co gorsza, nie przywiózł prezentu. W szkole próbował owinąć znaleziony samochodzik w kartkę z zeszytu, ale nie miał taśmy klejącej, więc całość wcale nie wyglądała jak prezent, ale jak zmięta kartka ze starej pracy domowej.

Nikt jednak nie zwrócił uwagi na to, że Danny nie ma prezentu; przynajmniej nikt nic nie powiedział. Z bliska dom nie prezentował się tak okazale jak z daleka; właściwie się rozpadał, mole przeżarły dywany, pękał tynk, na suficie widniały rysy. Starsza pani — babcia Robina — pełniła honory pani domu, ale była za duża, zbyt formalna i przerażająca. Kiedy otworzyła drzwi, Danny śmiertelnie się przestraszył tej sztywnej postaci z gniewnymi brwiami, w czarnym, najwyraźniej drogim stroju. Głos starszej pani brzmiał ostro, podobnie jak jej kroki stukające szybko po rozbrzmiewających echem pokojach, tak energicznie i wiedźmowato, że dzieci milkły, kiedy się zbliżała. Mimo to wręczyła Danny'emu piękny kawał białego ciasta na szklanym talerzyku — kawałek z pokaźną różą z lukru i dużą różową literą *W* ze słowa *WSZYSTKIEGO*. Spojrzała ponad głowami dzieci tłoczących się przy pięknym stole, potem wyciągnęła rękę i wręczyła Danny'emu (który trzymał się z tyłu) ten specjalny kawałek tortu z różową różą, jakby Danny był właśnie tą osobą w pokoju, której pragnęła go wręczyć.

A więc to była ta starsza pani. E. Cleve. Od lat jej nie widział ani o niej nie myślał. Kiedy Utrapienie stanęło w płomieniach — pożar rozświetlił nocne niebo w promieniu wielu mil — ojciec i babcia Danny'ego kiwali głowami z chytrą, rozbawioną powagą, jak gdyby zawsze wiedzieli, że taki dom musi się spalić. Napawali się widowiskiem „możnych państwa", którym trochę utarto nosa. Zwłaszcza Gum nie cierpiała Utrapienia, bo jako dziewczynka zbierała bawełnę na polach należących do posiadłości. Istniała pewna nadęta klasa białych — ojciec Danny'ego nazywał ich zdrajcami własnej rasy — którzy traktowali pokrzywdzonych przez los białych nie lepiej niż pierwszego lepszego czarnucha.

Tak: starsza pani zubożała, a taki upadek był czymś nieznanym, smutnym i tajemniczym. Rodzina Danny'ego nie bardzo miała z czego ubożeć. Robin (szczodry, przyjazny dzieciak) nie żył — nie żył już od dawna — zamordowany przez jakiegoś świra włóczęgę czy wstrętnego, starego bezdomnego, który przylazł od strony torów kolejowych, nikt dokładnie nie wiedział. W szkole w poniedziałek rano nauczycielka, pani Marter (wredna grubaska z kokiem, która kiedyś kazała Danny'emu przez cały tydzień nosić w szkole damską blond perukę, w ramach kary za takie czy inne przewinienie, już nie pamiętał), szeptała z innymi nauczycielami na korytarzu, a oczy miała zaczerwienione jak od płaczu. Po dzwonku na lekcję usiadła za biurkiem i powiedziała:

— Dzieci, mam bardzo smutną wiadomość.

Większość dzieciaków z miasta już wiedziała, ale nie Danny. Początkowo sądził, że pani Marter ich nabiera, ale kiedy kazała im wyjąć kredki oraz bloki rysunkowe i narysować kartki z kondolencjami do rodziny Robina, zrozumiał, że mówiła prawdę. Danny starannie narysował na kartce Batmana, Człowieka-Pająka i Niewiarygodnego Hulka, którzy stali w szeregu przed domem Robina. Chciał ich narysować w postawach walki — mieli uratować Robina i zetrzeć złych na proch — ale brakowało mu talentu; musiał się zadowolić postaciami stojącymi w szeregu i patrzącymi prosto przed siebie. Po namyśle, z boku dorysował siebie. Czuł, że zawiódł Robina. Zazwyczaj tej służącej nie było w niedzielę, ale tego dnia przyszła. Gdyby wcześniej Danny nie pozwolił, żeby go odpędziła, Robin mógłby żyć.

Po tym, co się stało, Danny czuł, że otarł się o śmierć. Ojciec często zostawiał jego i Curtisa samych; włóczyli się po mieście — często nocą — a gdyby jakiś świr zaczął ich gonić, nie mieli domu ani zaprzyjaźnionych sąsiadów, u których mogliby się schronić. Chociaż Curtis posłusznie się chował, nie rozumiał, czemu nie wolno mu się odzywać; trzeba go było nieustannie uciszać, ale mimo to Danny cieszył się z jego towarzystwa nawet wtedy, gdy Curtisa ogarniał strach i dostawał ataku kaszlu. Najgorsze noce były wtedy, kiedy Danny zostawał sam. Jak mysz pod miotłą, krył się w cudzych narzędziowniach, za żywopłotami, oddychał szybko i płytko w ciemnościach, do północy, kiedy zamykano salę bilardową. Potem wypełzał z kryjówki, pędził ciemnymi ulicami do rozświetlonej sali bilardowej, oglądając się za siebie przy najmniejszym szmerze. Fakt, że podczas tych nocnych wędrówek nigdy nie natknął się na nikogo strasznego, dodatkowo wzmagał jego lęk, jakby morderca Robina był niewidzialny i obdarzony tajemnymi mocami. Danny'emu zaczęły się śnić koszmary z Batmanem, w których Batman pojawiał się na pustkowiu i szybko szedł ku niemu z płonącymi, złymi oczami.

Danny nie był beksą — ojciec nie pozwalał na to nawet Curtisowi — ale pewnego dnia na oczach całej rodziny wybuchnął płaczem, zdumiewając wszystkich, z sobą włącznie. Kiedy nie mógł się opanować, ojciec poderwał go z krzesła za ramię i dał mu prawdziwy powód do płaczu. Po laniu pasem Ricky Lee zagrodził Danny'emu drogę w wąskim holu domu na kołach.

— On był pewnie twoim kumplem.

— Pewnie wolałbyś, żeby padło na c i e b i e — dorzuciła babcia serdecznym tonem.

Nazajutrz Danny poszedł do szkoły, przechwalając się tym, czego nie zrobił. W jakiś dziwny sposób próbował tylko wyjść z twarzą — o n nie bał się niczego, nie Danny — ale mimo to czuł się nieswojo, kiedy myślał o tym, jak smutek przerodził się w kłamstwa i przechwałki, a nie brakowało też zazdrości, jak gdyby życie Robina składało się z samych przyjęć, prezentów i tortów. Jedno było pewne: Danny nie miał lekko, ale przynajmniej żył.

Dzwonek nad drzwiami zadzwonił i Farish wyszedł na parking z zatłuszczoną papierową torbą. Na widok pustego samochodu zamarł.

Danny wyślizgnął się z budki telefonicznej — żadnych gwałtownych ruchów. W ostatnich dniach Farish zachowywał się w sposób tak niezrównoważony, że Danny zaczynał się czuć jak zakładnik.

Farish spojrzał na brata szklistym wzrokiem.

— Co ty tu robisz? — spytał.

— Hm, zero problemu, po prostu przeglądałem książkę telefoniczną — odparł Danny, ruszając szybkim krokiem do samochodu i zachowując miły, neutralny wyraz twarzy. W tych dniach najdrobniejsze odstępstwo od normy mogło sprowokować Farisha; zeszłej nocy coś, co zobaczył w telewizji, tak go zdenerwowało, że trzasnął szklanką mleka o stół z taką siłą, że pękła mu w dłoni.

Farish wpatrywał się w Danny'ego agresywnie, wodził za nim wzrokiem.

— Nie jesteś moim bratem.

Danny zatrzymał się z dłonią na drzwiczkach samochodu.

— Co takiego?

Bez żadnego ostrzeżenia Farish rzucił się i przewrócił Danny'ego na chodnik.

Kiedy Harriet wróciła do domu, matka rozmawiała z ojcem przez telefon na piętrze. Dziewczynka nie wiedziała, co to oznaczało, ale wyglądało na zły znak. Z podbródkiem w dłoniach usiadła na schodach i czekała. Po upływie może pół godziny matka wciąż się nie pojawiła, a Harriet przesunęła się o stopień wyżej, potem jeszcze jeden, aż w końcu dotarła na sam szczyt schodów, przycupnęła plecami do smugi światła sączącej się spod drzwi matczynej sypialni. Nasłuchiwała uważnie, ale chociaż ton głosu matki brzmiał wyraźnie (ochrypły szept), to same słowa nie.

W końcu zrezygnowała i zeszła do kuchni. Wciąż oddychała płytko, a co pewien czas w klatce piersiowej boleśnie drgał mięsień. Przez okno nad zlewem wlewał się do kuchni czerwony, purpurowy, wspaniały blask zachodzącego słońca, typowy dla późnego lata tuż przed huraganem. Dzięki Bogu nie pobiegłam do Edie, pomyślała, mrugając szybko. W panice o mały włos nie zaprowadziła prześladowców do samych frontowych drzwi Edie. Edie była twarda, ale mimo wszystko była starszą panią ze złamanymi żebrami.

Zamki w domu: same stare skrzynkowe zamki, łatwe do wyłamania. Frontowe i tylne drzwi były na górze wyposażone w bezużyteczne zasuwy. Sama Harriet napytała sobie kiedyś biedy, kiedy wyłamała zamek w tylnych drzwiach. Sądząc, że się zaciął, naparła na drzwi całym ciałem od zewnątrz; teraz, wiele miesięcy później, obudowa zamka wciąż dyndała na jednym gwoździu ze spróchniałej framugi.

Przez otwarte okno wpadł wietrzyk i smagnął policzek Harriet. Na piętrze i na parterze: wszędzie pootwierane okna, a w nich wentylatory, otwarte okna niemal w każdym pokoju. Myśl o nich sprawiała, że Harriet czuła się potwornie odsłonięta, bezbronna. Co mogło go powstrzymać przed przyjściem prosto do domu? Dlaczego miałby sobie zawracać głowę oknami, skoro mógł otworzyć właściwie każde drzwi?

Allison wbiegła boso do kuchni, podniosła słuchawkę, jakby zamierzała do kogoś zadzwonić, przez chwilę słuchała z zabawnym wyrazem twarzy, potem rozłączyła się i ostrożnie odłożyła słuchawkę.

— Z kim ona rozmawia? — spytała Harriet.

— Z tatą.

— C i ą g l e?

Allison wzruszyła ramionami, ale miała zatroskaną twarz; szybko wyszła z kuchni ze spuszczoną głową. Harriet stała przez pewien czas, marszcząc brwi, w końcu podeszła do telefonu i podniosła słuchawkę.

W tle usłyszała telewizor.

— ...nie powinnam cię winić — mówiła matka kłótliwym tonem.

— Nie bądź niemądra. — Znudzenie i zniecierpliwienie ojca dały się słyszeć w sposobie, w jaki oddychał. — Jeśli mi nie wierzysz, może tu przyjedziesz?

— Nie chcę, żebyś mówił cokolwiek przeciwko sobie.

Harriet cicho rozłączyła się i odłożyła słuchawkę. Wcześniej obawiała się, że rodzice rozmawiali o niej, ale było gorzej. Kiedy ojciec przyjeżdżał, było dostatecznie źle, bo w całym domu robiło się głośno, jego obecność tworzyła napiętą, pełną przemocy atmosferę, ale dla ojca liczyło się zdanie innych i w towarzystwie Edie i jej sióstr zachowywał się lepiej. Dzięki świadomości, że znajdowały się zaledwie kilka przecznic dalej, Harriet czuła się bezpieczniej. Poza tym dom był wystarczająco duży, żeby mogła chodzić po nim na palcach i przez większą część czasu unikać kontaktu z ojcem. Jednak jego mieszkanie w Nashville było niewielkie — tylko pięć pokojów. Nie będzie sposobu, żeby się od niego odczepić.

Jakby w odpowiedzi na te myśli, trach, coś trzasnęło za jej plecami, a Harriet podskoczyła z dłonią na gardle. Opadło okno, a cała masa przedmiotów (czasopisma, czerwone geranium w glinianej doniczce) zleciała na kuchenną podłogę. Przez niesamowitą, zapieczętowaną próżnią chwilę (zasłony wygładziły się, wiatr ustał) patrzyła na rozbitą doniczkę, na czarne grudy ziemi rozsypane na linoleum, potem podniosła wzrok i z niepokojem spojrzała na cztery ocienione kąty kuchni. Blask zachodzącego słońca na suficie wyglądał upiornie.

— Halo? — szepnęła w końcu do ducha (przyjaznego lub nie), który przemknął przez kuchnię. Harriet czuła się obserwowana. Panowała jednak cisza i po chwili dziewczynka odwróciła się na pięcie i wybiegła z kuchni, jakby gonił ją sam diabeł.

Eugene, w okularach z apteki, siedział cicho przy kuchennym stole Gum w letnim zmierzchu. Czytał starą poplamioną książeczkę zatytułowaną *Ogrody domowe. Owoce i rośliny ozdobne*, wypożyczoną z Centrum Edukacyjnego. Dłoń ukąszona przez węża, chociaż już dawno bez bandaża, wciąż wyglądała na bezużyteczną; zesztywniałe palce utrzymywały otwartą książkę jak przycisk do papieru.

Eugene wyszedł ze szpitala jako człowiek odmieniony. Doświadczył epifanii, kiedy leżał wsłuchany w idiotyczny śmiech z telewizora na końcu korytarza, wyłożonego nawoskowanymi kafelkami w szachownicę, której linie zbiegały się przy białych drzwiach skrzydłowych, otwierających się do wewnątrz na Nieskończoność. Całymi nocami modlił się aż po blady świt, wpatrzony w mroźną harfę światła na suficie, drżał w zdezynfekowanym powietrzu śmierci: szum promieni rentgenowskich, mechaniczne popiskiwanie monitorów serca, skryte kroki pielęgniarek na gumowych podeszwach i oddech umierającego człowieka na sąsiednim łóżku.

Epifania Eugene'a była trojakiego rodzaju. Po pierwsze: ponieważ nie był duchowo przygotowany do pokazów z wężami i nie został namaszczony przez Pana, Bóg, w swojej łasce i sprawiedliwości, zadał mu cios. Po drugie: nie wszyscy na świecie — nie każdy chrześcijanin, nie każdy wierny — był powołany do głoszenia Słowa; błędem Eugene'a było przekonanie, że kapłaństwo (do którego pod prawie wszystkimi względami nie posiadał kwalifikacji) stanowiło jedyną drabinę, po której sprawiedliwi mogli dotrzeć do nieba. Wydawało się, że Pan miał odmienne plany dla Eugene'a, miał je od samego początku — Eugene bowiem nie był mówcą, nie posiadał wykształcenia ani talentu językowego, nie nawiązywał łatwo kontaktów z bliźnimi; nawet znamię na twarzy czyniło go niewiarygodnym posłańcem, ponieważ ludzie wzdragali się i cofali przed takimi wyraźnymi znakami boskiej zemsty.

Skoro jednak Gene nie nadawał się do prorokowania czy głoszenia dobrej nowiny, co dalej? Znak, modlił się w bezsenne noce w szpitalu, w chłodnych, szarych cieniach... a kiedy się modlił, jego wzrok raz po raz wracał do obwiązanego wazonika z czerwonymi goździkami przy łóżku sąsiada — potężnego, śniadego, starego mężczyzny o bardzo pomarszczonej twarzy, którego usta otwierały się i zamykały jak pyszczek nadzianej na haczyk ryby; którego suche, brunatne jak piernik dłonie — z kępami czarnych włosów — chwytały i ciągnęły kołderkę z rozpaczą, której widok był upiorny.

Kwiaty stanowiły jedyny barwny przedmiot w całym pokoju. Podczas pobytu Gum w szpitalu Eugene wrócił do dawnego pokoju, żeby spojrzeć na sąsiada, z którym nigdy nie zamienił ani słowa. Łóżko było puste, ale kwiaty stały tam nadal, płonęły czerwono na stoliku przy łóżku, jakby we współczuciu dla czerwonego, basowego bólu, który pulsował w ukąszonej ręce, i nagle zasłona opadła, a Eugene pojął, że same kwiaty są znakiem, o który się modlił. Kwiaty były drobnymi żywymi istotami, stworzonymi przez Boga i równie żywymi jak serce Eugene'a: delikatne, smukłe cudniki, wyposażone w żyłki i naczynia, które piły wodę z nabijanego ćwiekami dzbanka i nawet w Dolinie Cienia Śmierci oddychały słabą, śliczną wonią goździków. Kiedy tak rozmyślał, sam Pan przemówił do Eugene'a, gdy stał w ciche popołudnie, i powiedział: Sadź moje ogrody.

To była trzecia epifania. Jeszcze tego popołudnia Eugene przeszukał paczuszki z nasionami na tylnej werandzie i posadził rząd kapusty ogrodowej oraz rząd wiecznie zielonej rzepy na wilgotnym, ciemnym spłachetku ziemi, gdzie do niedawna na czarnej folii leżała sterta starych opon do traktora. Kupił też dwa krzewy różane, które zasadził w marnej trawie przed babcinym domem na kołach. Jak można się było spodziewać, Gum nabrała podejrzeń, jak gdyby róże były chytrym numerem, który jej wykręcono. Eugene kilkakrotnie zastał babcię na podwórzu, kiedy patrzyła na biedne krzaczki jak na niebezpiecznych intruzów, pasożytów i darmozjadów, którzy zamierzali ich okraść do cna.

— Chciałabym wiedzieć — mówiła, kuśtykając za Eugene'em, który spryskiwał róże środkiem owadobójczym i podlewał z konewki — kto będzie się opiekował tymi rzeczami? Kto będzie płacił za ten fikuśny spryskiwacz i nawóz? Na kogo spadnie nieustanne podlewanie, mycie, opiekowanie się nimi? — Gum zerknęła na wnuka starym, zamglonym, udręczonym okiem, jakby chciała powiedzieć, że dobrze wie, iż obowiązek opieki nad różami zwali się na jej barki.

Drzwi domu na kołach otworzyły się z tak głośnym skrzypnięciem, że Eugene podskoczył, i do środka wtoczył się Danny: brudny, nie ogolony, z pustym wzrokiem, wyglądał na tak wysuszonego, jakby całymi dniami błądził po pustyni. Był tak chudy, że dżinsy opadały mu z bioder.

— Wyglądasz okropnie — stwierdził Eugene.

Danny posłał bratu ostre spojrzenie, po czym osunął się na krzesło przy stole, ujmując głowę w dłonie.

— To twoja wina. Powinieneś po prostu przestać brać to świństwo.

Danny podniósł głowę. Jego pusty wzrok był przerażający. Nagle powiedział:

— Pamiętasz tę małą czarnowłosą dziewczynkę, która zapukała do misji tej nocy, kiedy ugryzł cię wąż?

— No, tak — odparł Eugene, zamykając książkę na palcu. — Owszem, pamiętam. Farsh może chodzić i opowiadać, co mu ślina na język przyniesie, i nikt nie może mieć odmiennego zdania...

— Czyli pamiętasz ją.

— Tak. Zabawne, że o tym wspominasz. — Eugene zastanawiał się, od czego zacząć. — Ta dziewczyna uciekła ode mnie, zanim węże wydostały się przez okno. Zdenerwowana stała ze mną na chodniku, a kiedy tylko na górze rozległ się krzyk, czmychnęła. — Eugene odłożył książkę. — Powiem ci coś jeszcze, ja nie zostawiłem tych drzwi otwartych. Nie obchodzi mnie, co mówi Farsh. Kiedy wróciliśmy, drzwi były otwarte i...

Eugene cofnął głowę i mrugając, spojrzał na maleńką fotografię, którą Danny wepchnął mu nagle w twarz.

— Przecież to jesteś ty — powiedział.

— Ja... — Danny wzdrygnął się i skierował zaczerwienione oczy na sufit.

— Skąd to się wzięło?

— O n a to zostawiła.

— Gdzie zostawiła? — spytał Eugene, a potem dodał: — Co to za hałas? — Na dworze ktoś głośno zawodził. — Czy to Curtis? — spytał Eugene, wstając.

— Nie... — Danny wciągnął głęboki, urywany wdech. — To Farish.

— Farish?

Danny cofnął krzesło i powiódł szalonym wzrokiem po kuchni. Łkanie było poszarpane, gardłowe, rozpaczliwe jak płacz dziecka, ale gwałtowniejsze, jak gdyby Farish wypluwał i dławił się własnym sercem.

— Kurczę, tylko posłuchaj — powiedział bojaźliwie Eugene.

— Dopiero co miałem z nim ciężką przeprawę na parkingu White Kitchen — powiedział Danny, podnosząc brudne, obtarte dłonie.

— Co się stało? — spytał Eugene, podszedł do okna i wyjrzał. — Gdzie jest Curtis?

Curtis, który chorował na bronchit i miał problemy z oddychaniem, często dostawał ostrych ataków kaszlu, kiedy się czymś martwił albo kiedy ktoś się martwił, a to ostatnie martwiło go najbardziej w świecie.

Danny potrząsnął głową.

— Nie wiem — powiedział ochrypłym i napiętym jak od nadużywania głosem. — Mam dość bania się bez przerwy.

Ku zdumieniu Eugene'a Danny wyjął z buta groźnie wyglądający nóż ogrodniczy, który położył na stole z solidnym grzechotem. Na naćpanej twarzy malowała się powaga.

— To jest moja ochrona — oświadczył. — Przed nim. — Przewrócił oczami, pokazując białka, co, jak zrozumiał Eugene, miało oznaczać Farisha.

Straszny płacz ucichł. Eugene odszedł od okna i usiadł obok Danny'ego.

— Ty się zabijasz — powiedział. — Powinieneś się przespać.

— Powinienem się przespać — powtórzył Danny i wstał, jakby zamierzał wygłosić przemówienie, po czym usiadł.

— Kiedy dorastałam — powiedziała Gum, wtaczając się z chodzikiem, cal po calu, klik klik, klik klik — mój tata mówił, że jest coś nie w porządku z człowiekiem, który siada na krześle i czyta książkę.

Zdanie to wypowiedziała ze spokojną czułością, jak gdyby ta prosta mądrość przynosiła chlubę jej ojcu. Książeczka leżała na stole. Gum podniosła ją drżącą starą dłonią, odsunęła od siebie na długość ręki, spojrzała na okładkę, potem odwróciła książeczkę i spojrzała na tył.

— Błogosławione twoje serce, Gene — powiedziała.

— Co takiego? — Eugene popatrzył na babcię znad okularów.

— Och — odezwała się Gum po wyrozumiałej przerwie. — Po prostu nie chcę patrzeć, jak robisz sobie nadzieję. Ten stary świat jest ciężki dla takich jak my. Przykro myśleć o tych wszystkich młodych profesorkach, którzy stoją przed tobą w kolejce po pracę.

— Kochanie? Czy nie mogę tylko obejrzeć tej cholernej książki?

Babcia z pewnością nie miała złych intencji; była tylko biedną, zgarbioną staruszką, która przez całe życie ciężko pracowała i nigdy nic nie miała, nigdy nie dostała szansy, nie wiedziała nawet, co to jest szansa. Eugene nie był jednak pewien, dlaczego to oznaczało, że jej wnuki też nie miały szans.

— Wziąłem tę książkę z Centrum Edukacyjnego, kochanie. Za darmo. Powinnaś tam kiedyś pójść i się rozejrzeć. Mają książki o uprawie chyba wszystkich zbóż, warzyw i drzew, jakie tylko są.

Danny, który dotychczas siedział cicho, zapatrzony w dal, wstał trochę zbyt gwałtownie. Miał szkliste oczy i chwiał się na nogach. Eugene i Gum spojrzeli na niego. Danny cofnął się o krok.

— Dobrze ci w tych okularach — powiedział do Eugene'a.

— Dziękuję. — Eugene poprawił okulary nieśmiałym ruchem.

— Dobrze wyglądają — powtórzył Danny, a oczy szkliły mu się od niezdrowej fascynacji. — Powinieneś stale je nosić.

Odwrócił się, a wtedy ugięły się pod nim kolana i runął na podłogę.

Wszystkie sny, z którymi Danny walczył od dwóch tygodni, powaliły go w jednej chwili jak katarakta z przerwanej tamy, pełne odpadków z różnych etapów życia — więc znowu miał trzynaście lat, leżał na pryczy pierwszej nocy w Domu Poprawczym (brunatnym budynku z żużlowych bloków, z wentylatorem przemysłowym, który kołysał się tam i z powrotem na betonowej podłodze, jakby miał wystartować i odlecieć), ale miał też pięć lat — w pierwszej klasie — i dziewięć, kiedy matka leżała w szpitalu, a on tak strasznie za nią tęsknił, tak się bał jej umierania i pijanego ojca w sąsiednim pokoju, że leżał bezsennie w delirycznym przerażeniu, ucząc się na pamięć wszystkich nazw przypraw nadrukowanych na zasłonach, które wisiały wtedy w jego pokoju. To były stare kuchenne zasłony — Danny do dziś nie wiedział, co to jest kolendra czy gałka muszkatołowa, ale wciąż widział brązowe litery podrygujące na musztardowej bawełnie (gałka muszkatołowa, kolendra, goździki), a same te nazwy były wierszem, który przyzywał do łóżka Danny'ego wyszczerzony w uśmiechu koszmar w cylindrze...

Przewracając się w łóżku, Danny miał trzynaście, pięć i dziewięć lat, ale jednocześnie miał lat dwadzieścia — z wyrokiem więzienia za sobą, nałogiem narkotykowym na karku. Wirtualna fortuna amfetaminowa jego brata wołała do Danny'ego świdrującym, nieziemskim głosem z kryjówki wysoko nad miastem — w efekcie wieża ciśnień pomieszała mu się z drzewem, na które kiedyś się wdrapał i skąd zrzucił szczeniaczka psa myśliwskiego, żeby zobaczyć, co się stanie (szczeniak zdechł), a pełne winy myśli o oszukaniu Farisha zostały wstrzymane i wyparte przez wstydliwe dziecinne kłamstwa o jeżdżeniu samochodami wyścigowymi, o biciu i zabijaniu ludzi; przez wspomnienia ze szkoły, sądu i więzienia, wspomnienie gitary, na której ojciec kazał mu przestać grać, bo twierdził, że to za ciężka praca (gdzie była ta gitara? Danny musiał ją znaleźć, ludzie czekali na niego w samochodzie, jeśli się nie pospieszy, odjadą i zostawią go). Szarpanina wszystkich tych sprzecznych z sobą czasów i miejsc sprawiała, że Danny rzucał się tam i z powrotem na poduszce. Ujrzał matkę — swoją matkę! — która patrzyła na niego przez okno, a na widok troski malującej się na jej opuchniętej, dobrej twarzy Danny'emu zebrało się na płacz. Na widok innych twarzy cofał się w trwodze. Jak odróżnić żywych od zmarłych? Niektórzy byli przyjaźni, inni nie. Wszyscy mówili do Danny'ego i rozmawiali ze sobą, chociaż za życia się nie znali, wchodzili i wychodzili w dużych grupach jak biznesmeni i trudno było stwierdzić, gdzie było czyje miejsce i co oni wszyscy robili w jego pokoju, gdzie przecież nie było ich miejsce, ich głosy zlewały się z bębnieniem deszczu o blaszany dach domu na kołach, a oni sami byli równie szarzy i bezkształtni jak deszcz.

Eugene — w dziwnych, ni to akademickich, ni to aptekarskich okularach — usiadł przy łóżku brata. On i krzesło, na którym siedział, raz po raz oświetlani błyskawicą, byli jedynymi statycznymi przedmiotami pośród oszałamiającego i ciągle zmieniającego się wiru ludzi. Co pewien czas wydawało się, że pokój pustoszeje, a Danny prostował się w obawie, że umiera, w obawie, że ustał mu puls, krew stygła i nawet jego duchy go opuszczały...

— Siadaj, s i a d a j — powiedział Eugene. Eugene: z fiołem w głowie, ale — jeśli nie liczyć Curtisa — najłagodniejszy z braci. Farish miał w sobie sporą dawkę wstrętnego charakteru ojca — chociaż po strzeleniu sobie w głowę nieco spuścił z tonu. Najgorszy charakter miał chyba Ricky Lee. Przydawał mu się w więzieniu Angola.

Eugene nie tyle przypominał ojca, z jego poplamionymi tytoniem zębami i oczami kozła, co biedną, pijaną matkę, która umarła, wrzeszcząc o boskim aniele stojącym boso na kominie. Była prostą kobietą, niech ją Bóg błogosławi, a Eugene, który także był prosty — z tymi swoimi wąsko osadzonymi oczami i szczerym, kartoflowatym nosem — z twarzy bardzo przypominał matkę. Okulary nieco łagodziły szpetotę blizny. Puf: błyskawica za oknem rozświetliła go od tyłu na niebiesko; oparzenie rozlewało się nad lewym okiem za okularami jak czerwona gwiazda.

— Problem w tym — mówił, ściskając dłonie kolanami — że nie rozumiałem, że nie można oddzielić tego pełzającego węża od reszty stworzenia. Jeśli to zrobisz, o, stary, wtedy wąż cię ukąsi. — Zdumiony Danny wpatrywał się w brata. W okularach wyglądał obco, uczenie, jak dyrektor szkoły ze snu. Eugene wyszedł z więzienia ze zwyczajem mówienia długimi, niezbornymi akapitami — jak człowiek bez słuchaczy, przemawiający do czterech ścian — w czym również przypominał matkę, która tarzała się po łóżku, mówiła do nieobecnych gości, wzywała Eleanor Roosevelt, Izajasza i Jezusa.

— Widzisz, ten wąż też jest sługą Pana, Jego stworzeniem — ciągnął Eugene. — Noe zabrał go do arki razem z całą resztą. Nie możesz po prostu powiedzieć: „Och, grzechotnik jest zły", ponieważ Bóg stworzył w s z y s t k o. W s z y s t k o jest dobre. Jego ręka ukształtowała węża, tak jak ukształtowała owieczkę. — Eugene spojrzał w kąt pokoju, gdzie nie docierało światło, gdzie przerażony Danny zdusił pięścią krzyk na widok zdyszanej drobnej czarnej istoty z jego dawnego koszmaru, która gorączkowo dygotała, czołgała się na podłodze u stóp Eugene'a... i choć nie było o czym opowiadać, rzecz była bardziej żałosna niż potworna, to jednak jej obmierzły stary trzepoczący smak był dla Danny'ego nieopisanie przerażający, gorszy niż rozlew krwi, czarny ptak, czarni mężczyźni, kobiety i dzieci wyczołgiwali się na brzeg potoku, przerażenie i wybuchy, wstrętny, oleisty smak w ustach i dygot, jakby jego własne ciało rozpadało się na kawałki: spazmatycznie spięte mięśnie i zerwane ścięgna rozsypywały się na czarne pióra i wyblakłe kości.

Również Harriet — wcześnie tego samego ranka, w chwili, gdy wstawał dzień — usiadła na łóżku w panice. Nie wiedziała, co ją przestraszyło, jaki sen. Dopiero wschodziło słońce. Deszcz ustał, a w cichym pokoju kładły się cienie. Z łóżka Allison pomieszane pluszowe misie i zezowaty kangur przyglądały się jej ponad skotłowaną pościelą; jedyną widoczną częścią ciała siostry był długi kosmyk włosów unoszący się i powiewający na poduszce jak włosy topielicy na powierzchni wody.

W komodzie nie było żadnych czystych koszul. Po cichu wysunęła szufladę Allison i wśród skłębionych brudnych ubrań z radością znalazła wyprasowaną i schludnie złożoną koszulę: starą koszulę skautek. Harriet przysunęła ją do twarzy na długi rozmarzony oddech — nadal słabo pachniała praniem Idy.

Włożyła buty i na palcach zeszła na dół. Oprócz tykania zegara w domu panowała cisza; w porannym świetle, kładącym się na barierce i zakurzonym mahoniowym blacie stołu, bałagan wydawał się mniej przykry. Na schodach uśmiechał się szkolny portret matki Harriet: różowe usta, białe zęby, migotliwe wielkie oczy z białymi gwiazdkami, które błyskały, ting, w rozświetlonych źrenicach. Harriet przemknęła się — zgięta wpół, jak włamywacz obok fotokomórki — do salonu, gdzie pochyliła się i wydobyła rewolwer spod fotela Idy.

Szukając w szafie w holu czegoś, w czym mogłaby nosić broń, znalazła torbę z grubego plastiku zaciąganą na sznurek. Zauważyła jednak, że zarys rewolweru rysował się wyraźnie pod plastikiem. Wyjęła więc broń, owinęła w kilka grubych warstw gazet i zarzuciła sobie pakunek na ramię, jak Dick Whittington z książki, który wyruszył w świat szukać szczęścia.

Kiedy tylko wyszła z domu, zaśpiewał ptak, prawie prosto w ucho Harriet: słodka, wznosząca się fraza, która wybuchała, opadała i znowu się wznosiła. Chociaż sierpień jeszcze się nie skończył, w porannym powietrzu podzwaniało coś zakurzonego i chłodnego jak jesień; cynie na podwórzu pani Fountain — czerwone jak fajerwerki, płomiennie pomarańczowe i złote — zaczynały pochylać piegowate, więdnące główki.

Jeśli nie liczyć ptaków, których głośny, przenikliwy, szaleńczo optymistyczny śpiew przypominał wołanie o pomoc, ulica była opuszczona i cicha. Na pustym trawniku szumiała polewaczka; latarnie i oświetlone werandy lśniły w długich, pustych perspektywach, a nawet pozbawiony znaczenia stukot jej kroków na chodniku niósł się dalekim echem.

Zroszona trawa, szerokie, czarne, mokre ulice zdawały się ciągnąć w nieskończoność. Kiedy Harriet zbliżyła się do magazynów, trawniki zmniejszyły się, domy stały się obskurniejsze i gęściej stłoczone. Kilka ulic dalej — w stronę Italian Town — przejechał samochód. Zaledwie parę przecznic stąd, na ocienionym terenie Old Hospital wkrótce miały się zacząć zajęcia z kibicowania. Od kilku poranków Harriet słyszała tam krzyki i nawoływania dziewczyn.

Za ulicą Natchez chodniki były wybrzuszone, popękane i bardzo wąskie, ledwie na stopę. Harriet minęła zabite deskami domy z zapadającymi się werandami, podwórzami zawalonymi zardzewiałymi zbiornikami na propan i porośniętymi nie koszoną od tygodni trawą. Czerwony pies rasy chow o skołtunionej sierści szarpał łańcuch z głośnym grzechotem, w niebieskim pysku błyskały zęby: ciach, ciach. Chociaż chow był wredny, Harriet współczuła mu. Wyglądał tak, jakby nigdy w życiu go nie kąpano, a zimą właściciele zostawiali go na dworze tylko z blaszaną miską zamarzniętej wody.

Minęła urząd wydający kartki żywnościowe, potem spalony sklep spożywczy (trafiony przez piorun, nigdy nie odbudowany), skręciła w żwirową drogę prowadzącą do magazynów i kolejowej wieży ciśnień. Nie miała pojęcia, co zamierza zrobić ani co leżało przed nią — zresztą najlepiej było zbyt dużo o tym nie myśleć. Nie spuszczała wzroku z mokrego żwiru, zarzuconego czarnymi patykami i liściastymi gałęziami pozrywanymi przez burzę minionej nocy.

Dawno temu wieża ciśnień dostarczała wody dla parowozów, ale Harriet nie miała pojęcia, czy nadal jest używana w tym celu. Parę lat wcześniej ona i chłopak nazwiskiem Dick Pillow wdrapali się na górę, żeby sprawdzić, jak daleko rozciągał się widok z wieży — okazało się, że całkiem daleko, niemal do autostrady międzystanowej. Widok zachwycił Harriet: pranie furkoczące na sznurach, spadziste dachy jak pole figur z poskładanego papieru, dachy czerwone, zielone, czarne i srebrne, dachy kryte gontem, miedzią, papą i cyną, ciągnęły się pod nimi w powietrzną, senną dal. Harriet miała wrażenie, że patrzy w głąb innego kraju. W perspektywie było coś ulotnego, zabawkowego, co przywodziło na myśl oglądane fotografie Orientu — Chin i Japonii. W oddali wiła się rzeka o żółtej powierzchni, pomarszczonej i migotliwej, a odległości były tak bezmierne, że łatwo było uwierzyć, że tuż za horyzontem, za mulistymi smoczymi splotami rzeki, leży iskrząca się nakręcana Azja, która łomocze, mruczy i dzwoni milionem miniaturowych dzwoneczków.

W przeszłości widok tak całkowicie ją pochłaniał, że prawie nie zwracała uwagi na zbiornik. Mimo usilnych prób nie mogła sobie przypomnieć, jak było na szczycie ani jak zbiornik był zbudowany; pamiętała jedynie, że zbiornik był brązowy, a w dachu miał wycięte drzwi. W pamięci Harriet zarys drzwi miał może dwie stopy kwadratowe, z zawiasami i uchwytem jak w szafce kuchennej. Chociaż jej wyobraźnia była tak żywa, że nigdy nie miała pewności, co naprawdę pamiętała, a co ubarwiła wyobraźnia, żeby wypełnić luki, im więcej rozmyślała o Dannym Ratliffie skulonym na wieży (spięta pozycja, nerwowe oglądanie się przez ramię), tym bardziej utwierdzała się w przekonaniu, że coś chował albo sam próbował się schować. Jednak w umyśle dziewczynki raz po raz powracało niespokojne, scentrowane wspomnienie o tym, jak oczy Danny'ego napotykały jej spojrzenie, rozbłyskiwały, jakby na lusterko sygnałowe padł promień słońca: było tak, jakby Ratliff odbijał szyfr, alarm, rozpoznanie. W pewien sposób w i e d z i a ł, ż e H a r r i e t t a m b y ł a; znalazła się w jego polu widzenia; w dziwny sposób (uświadomiwszy to sobie, Harriet poczuła dreszcz) Danny Ratliff był jedynym człowiekiem, który od dawna naprawdę na nią spojrzał.

Oświetlone słońcem szyny błyszczały jak ciemna rtęć, arterie rozgałęziające się srebrzyście na przekładniach; stare słupy telegraficzne porośnięte kosmatym kudzu i pnączami, a ponad nimi wznosiła się wieża ciśnień o powierzchni wyblakłej od słońca. Harriet ostrożnie ruszyła ku wieży przez zachwaszczoną polankę. Zaczęła okrążać zardzewiałe metalowe nogi w odległości około dziesięciu stóp od wieży.

Wreszcie, obejrzawszy się nerwowo przez ramię (żadnych samochodów, żadnych odgłosów oprócz śpiewu ptaków), podeszła, żeby przyjrzeć się wieży. Dolny szczebel drabiny znajdował się wyżej, niż zapamiętała. Tylko bardzo wysoki człowiek nie musiałby do niego podskakiwać. Dwa lata temu, kiedy przyszła tu z Dickiem, stanęła mu na ramionach, a potem on — ryzykownie — stanął na cienkim siodełku swojego roweru i poszedł w jej ślady.

Mlecze, kępki zwiędłej trawy wystające spod żwiru, gorączkowo ćwierkające świerszcze; jakby wiedziały, że lato się kończy, że wkrótce przyjdzie czas umierać, a pilność ich śpiewu nadawała porannemu powietrzu gorączkowy, nietrwały, ulotny charakter. Harriet zbadała nogi zbiornika: metalowe dźwigary w kształcie litery H, co dwie stopy perforowane owalnymi otworami, biegły w górę do zbiornika pod łagodnym kątem. Wyżej konstrukcję podtrzymywały metalowe słupy, krzyżujące się w wielkim X. Gdyby dostatecznie wysoko wdrapała się po przedniej nodze (długa wspinaczka, Harriet nie potrafiła oceniać odległości), może zdołałaby przeczołgać się do drabiny po jednej z dolnych poprzeczek.

Dzielnie ruszyła w górę. Chociaż skaleczenie się zagoiło, lewa dłoń ciągle bolała, zmuszając do przenoszenia wysiłku na prawą. Otwory nadawały się w sam raz do wsuwania palców i czubków tenisówek.

Harriet wspinała się w górę, ciężko oddychając. Posuwała się powoli. Dźwigar pokrywała gruba warstwa rdzy, która barwiła jej dłonie na czerwono. Chociaż nie bała się wysokości — wysokość podniecała ją; uwielbiała się wspinać — nie bardzo miała za co się chwycić, więc każdy cal stanowił wysiłek.

Jeśli nawet spadnę, mówiła sobie, przecież się nie zabiję. W przeszłości Harriet spadała (i skakała) z bardzo dużych wysokości — z dachu narzędziowni, z dużej gałęzi na leszczynie na podwórzu Edie, z rusztowania przed kościołem prezbiteriańskim — i nigdy nie złamała kości. Mimo to znalazłszy się tak wysoko, czuła się wystawiona na spojrzenie wścibskich oczu, a każdy dobiegający z dołu odgłos, każdy trzask czy krzyk ptaka kazał jej odwracać wzrok od zardzewiałej belki oddalonej o sześć cali od jej nosa. Widziana z bliska belka stanowiła świat sama w sobie, pustynną powierzchnię rdzawej planety...

Dziewczynce zaczęły drętwieć dłonie. Czasami na placu zabaw — kiedy bawiła się w przeciąganie liny, zwisała na linie albo na najwyższym szczeblu drabinki w sali gimnastycznej — wzbierał w niej dziwny impuls, który kazał jej puścić i upaść; właśnie z tym impulsem zmagała się teraz. Podciągała się coraz wyżej, zaciskając zęby, koncentrując całą siłę na obolałych opuszkach palców, a w umyśle oderwała się i zadzwoniła rymowanka z książki dla dzieci:

Stary pan Czang, każdy to powie,
Koszyk nosi na głowie.
Mięso kraje nożyczkami,
A zajada pałeczkami...

Ostatnim wysiłkiem woli chwyciła najniższą poprzeczkę i podciągnęła się. Stary pan Czang! Kiedy była mała, jego rysunek w książce śmiertelnie ją przeraził: w tym jego spiczastym chińskim kapeluszu, z wąsami jak powrozy, o długich, chytrych oczach mandaryna, ale najbardziej przeraziły ją smukłe nożyczki, które tak delikatnie trzymał w górze, i jego cienki, szyderczy uśmiech...

Harriet zatrzymała się i oszacowała swoje położenie. Teraz — to była trudna część — musiała zarzucić nogę w przestrzeń, za poprzeczkę. Wziąwszy głęboki oddech, podciągnęła się w pustkę.

Ukośny widok ziemi uniósł się ku niej i przez chwilę była pewna, że spada. W następnym momencie stwierdziła, że leży okrakiem na belce i ściska ją jak leniwiec. Znajdowała się bardzo wysoko, mogła skręcić kark; zamknąwszy oczy, przez chwilę odpoczywała z policzkiem na szorstkim żelazie.

Stary pan Czang, każdy to powie,
Koszyk nosi na głowie.
Mięso kraje nożyczkami...

Harriet ostrożnie otworzyła oczy i — przytrzymując się dźwigara — usiadła. Jak wysoko nad ziemią się znalazła! Dokładnie tak samo siedziała — okrakiem na gałęzi, w zabłoconych majtkach, a mrówki kąsały ją po nogach — kiedy wdrapała się na drzewo i nie mogła zejść. To były wakacje po pierwszej klasie. Oddaliła się — chyba z Wakacyjnej Szkółki Biblijnej? Wspięła się bez lęku, „jak cholerna wiewiórka!", wykrzyknął staruszek, który akurat usłyszał zakłopotany głosik Harriet wzywający z góry pomocy.

Chwytając się dźwigara, Harriet wstała powoli na chwiejnych kolanach. Przeniosła uchwyt na poprzeczkę nad głową, po czym, dłoń po dłoni, zeszła na dół. Wciąż widziała tamtego zgarbionego staruszka o zakrwawionej twarzy, który patrzył na nią z dołu przez gąszcz gałęzi. „Czyja ty jesteś?", zawołał do Harriet ochryple. Dawniej mieszkał samotnie w szarym stiukowym domu przy kościele baptystów. Teraz nie żył, a na podwórzu, w miejscu, gdzie rosła leszczyna, widniał tylko pieniek. Jakże drgnął, kiedy usłyszał jej beznamiętne krzyki (— Na pomoc... na pomoc...), które spływały znikąd; patrzył w górę, rozglądał się dokoła, jakby duch postukał go w ramię!

Kąt iksa stał się zbyt płytki, by można w nim było stać. Harriet znowu usiadła okrakiem na belkach i chwyciła się belek po drugiej stronie. Kąt był trudny; siły opuszczały jej dłonie, z gwałtownie bijącym sercem wybiła się w przestrzeń — ręce drżały ze zmęczenia — i na drugą stronę... Wreszcie była bezpieczna. Ześlizgnęła się po lewej dolnej poprzeczce iksa jak po poręczy schodów we własnym domu. Tamten staruszek zginął w strasznych okolicznościach, Harriet ledwo mogła o tym myśleć. Złodzieje włamali się do jego domu, zmusili do położenia się na podłodze przy łóżku i zbili go do nieprzytomności kijem baseballowym; kiedy zaniepokojeni sąsiedzi weszli sprawdzić, leżał martwy w kałuży krwi.

Harriet oparła się o przeciwległy dźwigar; drabina znajdowała się tuż. Przestrzeń do przebycia nie była bardzo trudna, ale z powodu zmęczenia dziewczynka stawała się nieuważna; dopiero chwyciwszy za drabinkę, poczuła dreszcz przerażenia, bo obsunęła się jej stopa i w ostatniej chwili odzyskała równowagę. Niebezpieczna chwila minęła, zanim Harriet zdała z niej sobie sprawę.

Zamknęła oczy i trzymała się mocno, aż oddech się wyrównał. Kiedy znowu je otworzyła, było tak, jakby wisiała na drabince sznurowej napełnionego gorącym powietrzem balonu. Cała ziemia rozpościerała się pod nią panoramicznie, jak widok zamku w jej starej książce *Z okna wieży*:

> *Splendor opada na zamkowe mury,*
> *Na śnieżne szczyty stare,*
> *Drżą na jeziorach światła sznury,*
> *Gdzie katarakta opada w chwale...*

Nie było jednak czasu na marzenia na jawie. Ryk dmuchawy do zboża — który Harriet wzięła przez chwilę za samochód — nieprzyjemnie ją zaskoczył, dlatego odwróciła się i najszybciej jak potrafiła, wdrapała na szczyt drabinki.

♋

Danny leżał cicho na plecach wpatrzony w sufit. Światło było ostre i drażniące; czuł osłabienie, jakby dochodził do zdrowia po gorączce, i nagle pojął, że już od pewnego czasu patrzy na to samo pasmo światła.

Gdzieś na dworze Curtis wyśpiewywał raz po raz to samo słowo, brzmiące jak „żelek"; a leżąc tak, Danny uświadomił sobie dziwny łomot, jakby na podłodze obok łóżka drapał się pies.

Dźwignął się na łokciach i gwałtownie cofnął na widok Farisha, który (ze skrzyżowanymi rękami i podskakującą stopą) siedział na krześle Eugene'a i przyglądał się bratu powłóczystym, zamyślonym wzrokiem. Kolano Farisha podskakiwało; brodę miał zmoczoną, jakby coś na siebie wylał albo się ślinił, albo przygryzał usta.

Za oknem ćwierkał ptak — może rudzik, słodkie fijuit jak w telewizji. Danny zmienił pozycję i właśnie miał usiąść, kiedy Farish rzucił się do przodu i dźgnął brata w pierś.

— Nic podobnego. — Gorący, cuchnący amfetaminowy oddech zionął Danny'emu w twarz. — Dobiorę ci się do tyłka.

— Daj spokój — powiedział Danny słabo, odwracając twarz. — Pozwól mi usiąść.

Farish cofnął się i na krótką chwilę ich zmarły ojciec — ze skrzyżowanymi rękami — buchnął w górę z piekła i pogardliwie wyjrzał spoza oczu Farisha.

— Zamknij się — syknął i pchnął Danny'ego na poduszkę. — Nie odzywaj się i s ł u c h a j. Zeznawaj natychmiast.

Zupełnie skołowany, Danny leżał bez ruchu.

— Widziałem przesłuchania, widziałem naćpanych ludzi — mówił Farish. — Nieostrożność nas zabije. Fale snu są magnetyczne. — Postukał się dwoma palcami w czoło. — Kapujesz? Kapujesz? Oni mogą wymazać całą twoją mentalność. Otwierasz się na działanie fal elektromagnetycznych, które mogą raz dwa spieprzyć i zniszczyć twój cały system lojalności.

Całkiem mu odbiło, pomyślał Danny. Oddychając szybko nosem, Farish przeczesał dłonią włosy, potem skrzywił się i odsunął dłoń z rozcapierzonymi palcami od ciała, jakby dotknął czegoś śluzowatego czy wstrętnego.

— Nie próbuj żadnych sztuczek! — ryknął, kiedy zobaczył, że Danny na niego patrzy.

Danny opuścił wzrok i ujrzał Curtisa, który, z brodą na poziomie progu, zaglądał ciekawie przez otwarte drzwi. Usta miał umorusane na pomarańczowo, jakby bawił się babciną szminką, a na jego twarzy malowała się skryta, rozbawiona minka.

Ucieszony, że może oderwać uwagę, Danny uśmiechnął się do Curtisa.

— Cześć, aligatorze — pozdrowił go, ale zanim zdążył spytać o pomarańczowe usta, Farish okręcił się, wyrzucił przed siebie rękę — jak dyrygent, jak jakiś histeryczny brodaty Rosjanin — i wrzasnął:

— Wynoś się, wynoś się, w y n o ś   s i ę!

Curtis w mgnieniu oka zbiegł po metalowych schodach: bum, bum, bum. Danny podniósł się nieznacznie i zaczął się gramolić z łóżka, ale Farish odwrócił się i dźgnął go palcem.

— Powiedziałem, żebyś wstał? Powiedziałem? — Jego twarz była prawie purpurowa. — Coś ci wytłumaczę.

Danny zgodnie usiadł.

— Działamy na falach świadomości wojskowej. Odbierasz? O d-b i e r a s z?

— Odbieram — odparł Danny, kiedy tylko zrozumiał, że to właśnie ma powiedzieć.

— W porządku. System składa się z następujących czterech poziomów. — Farish wyliczył je na palcach. — Kod zielony. Kod żółty. Kod pomarańczowy. Kod czerwony. Kod zielony mogłeś odgadnąć ze swojego doświadczenia z prowadzenia pojazdu mechanicznego.

— Jechać? — spytał Danny po długiej, dziwnej, sennej pauzie.

— Z g a d z a   s i ę. Zgadza się. Wszystkie systemy na tak. W kodzie zielonym jesteś rozluźniony, nie czuwasz, nie istnieje żadne zagrożenie ze strony otoczenia. Teraz słuchaj — wycedził Farish przez zaciśnięte zęby. — N i e   m a kodu zielonego. Kod zielony nie istnieje.

Danny wpatrywał się w plątaninę pomarańczowych i czarnych przewodów na podłodze.

— Oto dlaczego kod zielony nie jest opcją. Powiem to tylko raz. Jeśli zostaniesz zaatakowany na poziomie kodu zielonego, rozwalą ci dupę.

Danny zobaczył kątem oka, jak pulchna rączka Curtisa wyciąga się i kładzie paczkę ciasteczek na parapecie otwartego okna przy jego łóżku. Danny bez słowa podpełzł i wziął podarunek. Palce Curtisa pomachały wesoło, po czym ukradkiem zniknęły z pola widzenia.

— Aktualnie działamy w kodzie pomarańczowym — mówił Farish. — W kodzie pomarańczowym niebezpieczeństwo jest wyraźne i bezpośrednie, a twoja uwaga koncentruje się na nim przez cały czas. Powtarzam: p r z e z   c a ł y   c z a s.

Danny wsunął ciastka pod poduszkę.

— Wyluzuj się, człowieku — powiedział. — Niepotrzebnie się nakręcasz.

Chciał, żeby to zabrzmiało... cóż, swobodnie, ale tak się nie stało. Farish okręcił się na pięcie. Twarz drżała mu z wściekłości, była nią wprost purpurowo posiniaczona.

— Coś ci powiem — powiedział nieoczekiwanie. — Ty i ja wybierzemy się na małą przejażdżkę. Potrafię czytać w twoich myślach, kretynie! — wrzasnął, uderzając się w bok głowy, a Danny patrzył na niego przerażony. — Nie myśl, że możesz wykręcać mi swoje numery! Danny na chwilę zamknął oczy, potem znowu otworzył. Czuł, że musi się wysikać jak koń wyścigowy.

— Słuchaj, stary — powiedział błagalnie do Farisha, który przygryzał wargę i groźnie wpatrywał się w podłogę. — Po prostu uspokój się na moment. Spokojnie — dodał, unosząc w górę dłonie, bo Farish nieco zbyt szybko podniósł wzrok, a wzrok miał trochę za bardzo rozbiegany i nieostry.

Zanim Danny zorientował się, co się dzieje, Farish szarpnął go za kołnierz i uderzył w usta.

— Spójrz na siebie — syknął, szarpiąc brata za koszulę. — Znam cię na wylot, skurwielu.

— Farish... — Oszołomiony bólem Danny pomacał szczękę. Doszło do sytuacji, której należało uniknąć za wszelką cenę. Farish był cięższy od Danny'ego o co najmniej czterdzieści kilogramów.

Farish pchnął brata na łóżko.

— Wkładaj buty. Ty prowadzisz.

— Dobrze — odparł Danny, przesuwając palcami po brodzie. — Dokąd? — Jeśli pytanie zabrzmiało nonszalancko (a tak właśnie zabrzmiało), stało się tak po części dlatego, że Danny zawsze prowadził.

— Nie próbuj sztuczek. — Głośny policzek wymierzony wierzchem dłoni. — Jeżeli brakuje choćby uncji towaru... nie, siadaj, czy powiedziałem, żebyś wstał?

Danny usiadł bez słowa i naciągnął buty motocyklowe na bose, lepkie nogi.

— Właśnie tak. Patrz dalej tam, gdzie patrzysz.

Drzwi z siatki domu na kołach Gum jęknęły i po chwili Danny usłyszał, jak babcia szura po żwirze w kapciach.

— Farish! — zawołała swoim wysokim, oschłym głosem. — Wszystko w porządku, Farish?

Jakie to typowe, pomyślał Danny, że martwiła się właśnie o niego.

— Wstawaj — rozkazał Farish, chwycił brata za łokieć, zaprowadził do drzwi i wypchnął na dwór.

Zrzucony głową w dół ze schodów, Danny wylądował twarzą w piachu. Kiedy wstawał i otrzepywał się, Gum stała z kamienną twarzą: sama skóra i kości, w cienkiej podomce przypominała jaszczurkę. Powoli, powoli odwróciła głowę.

— A j e m u co się stało? — spytała Farisha.

Farish odwrócił się w progu.

— Och, na pewno coś mu się stało! — wrzasnął. — Ona też to widzi! Myślisz, że możesz mnie nabrać... — zaśmiał się wysokim, nienaturalnym głosem — ale nie potrafisz nawet nabrać własnej babci!

Gum długo przyglądała się najpierw Farishowi, potem Danny'emu, spod półprzymkniętych powiek; po ukąszeniu przez kobrę miała permanentnie senny wyraz twarzy. Wreszcie wyciągnęła rękę, złapała Danny'ego za ramię, kciukiem i palcem wskazującym ścisnęła mocno, ale wężowo, tak delikatnie, że zarówno twarz, jak i małe, błyszczące oczka pozostały spokojne.

— Och, Farish, nie powinieneś traktować go tak ostro — powiedziała, ale coś w jej głosie sugerowało, że Farish ma dobry powód, żeby traktować brata ostro, naprawdę ostro.

— Ha! Zrobili to — powiedział Farish, jakby zwracał się do kamer stojących na linii drzew. — Dobrali się do niego. Do mojego rodzonego brata.

— O czym ty gadasz? — spytał Danny w intensywnej, wibrującej ciszy, jaka zapadła, i doznał szoku, tak słabo i nieszczerze zabrzmiał jego głos.

Danny cofnął się zdezorientowany, kiedy Gum powoli, powoli wchodziła po schodach do jego domu, do miejsca, gdzie Farish miotał z oczu błyskawice i oddychał szybko przez nos: cuchnące, gorące sapnięcia. Danny musiał odwrócić głowę, nie mógł nawet patrzeć na babcię, bo aż zbyt boleśnie widział, jak jej ślamazarność wkurza Farisha, doprowadza go do szału, każe wybałuszać oczy i tupać tą cholerną nogą; jak ona mogła być tak wścibska? Wszyscy widzieli (wszyscy oprócz Farisha), że nawet kiedy przebywał w jednym pomieszczeniu z babcią (szur..., szur...), dygotał z niecierpliwości, dostawał szału, odbijała mu palma — ale oczywiście Farish nigdy nie wściekał się na Gum, tylko wyładowywał frustrację na kimś innym.

Kiedy babcia w końcu dotarła na szczyt schodów, twarz Farisha przybrała szkarłatną barwę, a on sam dygotał jak maszyna, która lada chwila ma wybuchnąć. Gum łagodnie, łagodnie przysunęła się do Farisha i poklepała go po rękawie.

— Czy to jest naprawdę takie ważne? — spytała miłym tonem, który sugerował jednak, że owszem, to było bardzo ważne.

— Tak, do diabła! — ryknął Farish. — Nie pozwolę, żeby mnie szpiegowano! Nie pozwolę, żeby mnie okradano! Nie pozwolę, żeby mnie okłamywano... nie, nie! — Potrząsał głową w odpowiedzi na szarpanie babcinej drobnej, papierowej dłoni.

— Oj, Gum tak żałuje, że nie możecie się chłopcy porozumieć. — Mówiąc to, patrzyła na Danny'ego.

— Mnie nie żałuj! — wrzasnął Farish, po czym dramatycznie stanął przed Gum, jakby Danny mógł skoczyć i zabić ich oboje. — J e g o żałuj!

— Nie żałuję żadnego z was. — Gum przepchnęła się obok Farisha i zamierzała wejść do domu na kołach Danny'ego.

— Proszę, Gum — powiedział Danny bezradnie, wszedł najwyżej, jak śmiał, wyciągnął szyję i patrzył, jak wyblakła różowa podomka babci znika w półmroku. — Gum, nie wchodź tam, proszę.

— Dobranoc — dobiegł go jej słaby głos. — Pościelę to łóżko...

— Nie martw się o to! — krzyknął Farish, patrząc groźnie na Danny'ego, jakby to była j e g o wina.

Danny wyminął brata i skoczył do środka.

— Nie rób tego, Gum, proszę — powtórzył z udręką.

Nic nie doprowadzało Farisha do takiej wściekłości jak Gum, która brała na siebie „sprzątanie" po Dannym lub Genie, co nie znaczy, że którykolwiek ją o to prosił. Pewnego dnia wiele lat temu (Danny nigdy tego nie zapomni, nigdy) wszedł i zastał babcię na metodycznym spryskiwaniu jego poduszki i pościeli środkiem owadobójczym Raid...

— Boże, ależ te zasłony są brudne — powiedziała Gum, wchodząc do sypialni Danny'ego.

Od progu wpadł ukośnie długi cień.

— To ja z tobą rozmawiałem — powiedział Farish niskim, przerażającym głosem. — Wracaj tu i s ł u c h a j. — Chwyciwszy Danny'ego od tyłu za koszulę, ściągnął go z powrotem po schodach na ubity piach podwórza (zawalonego połamanymi krzesłami ogrodowymi, pustymi puszkami po piwie, napojach gazowanych, WD-40 i całą baterią śrubek, tranzystorów, kółek zębatych i rozkręconych skrzyń biegów), a zanim Danny zdążył wstać, skoczył i z całej siły kopnął go w żebra.

— Dokąd jeździsz, kiedy sam prowadzisz? — wydzierał się Farish. — Co? Co?

Danny poczuł, jak zamiera mu serce. Czyżby mówił przez sen?

— Powiedziałeś, że jedziesz wysłać rachunki Gum, ale wcale ich nie wysłałeś. Leżały na siedzeniu w samochodzie dwa dni po tym, jak wróciłeś nie wiadomo skąd, z oponami na stopę w błocie; chyba nie ochlapałeś ich, jadąc ulicą Main na pocztę, co?

Znowu kopnął Danny'ego, który zwinął się w kłębek i złapał za kolana.

— Czy Zębacz jest z tobą w zmowie?

Danny potrząsnął głową. W ustach czuł krew.

— Zabiję tego czarnucha. Zabiję was obu. — Farish otworzył drzwiczki Trans Ama od strony pasażera, złapał Danny'ego za szyję i wrzucił do środka.

— Ty prowadzisz! — krzyknął.

Danny — zastanawiając się, jak ma prowadzić po niewłaściwej stronie samochodu — dotknął zakrwawionego nosa. Dzięki Bogu nie jestem naćpany, pomyślał, ocierając wierzchem dłoni usta, pękniętą wargę i całą resztę, dzięki Bogu nie jestem naćpany, bo w przeciwnym razie bym oszalał.

— Jechać? — spytał pogodnie Curtis, który przytoczył się do otwartego okna. Umorusanymi na pomarańczowo ustami zrobił brum, brum. Nagle znieruchomiał na widok krwi na twarzy Danny'ego.

— Nie, kochany, ty nigdzie nie jedziesz — odparł Danny, ale Curtis nagle przestał się uśmiechać. Chwytając oddech, odwrócił się i czmychnął w tej samej chwili, kiedy Farish otworzył drzwiczki od strony kierowcy. Gwizd.

— Do środka — rozkazał Farish i zanim Danny zorientował się, co się dzieje, dwa wilczury Farisha wskoczyły na tylne siedzenie. Owczarek imieniem Van Zant dyszał mu głośno w ucho; jego gorący oddech cuchnął zgniłym mięsem.

Danny poczuł ucisk w żołądku. To był zły znak. Psy wytresowano do ataku. Suka podkopała się kiedyś pod siatką i ugryzła Curtisa w nogę przez dżinsy tak, że musieli mu zakładać szwy w szpitalu.

— Proszę, Farish — powiedział Danny, kiedy brat wyprostował siedzenie i zajął miejsce za kierownicą.

— Zamknij się. — Farish patrzył prosto przed siebie dziwnie martwym wzrokiem. — Psy jadą z nami.

Danny zaczął demonstracyjnie macać się po kieszeniach.

— Jak mam prowadzić, to muszę wziąć portfel. — W rzeczywistości potrzebował jakiejś broni, przynajmniej noża.

W samochodzie panował przeraźliwy skwar. Danny przełknął ślinę.

— Farish? Jeśli mam prowadzić, potrzebne mi jest prawo jazdy. Pójdę i przyniosę.

Farish oparł się, zamknął oczy i trwał tak przez chwilę nieruchomo, poruszając powiekami, jakby próbował zwalczyć zbliżający się atak serca. Potem, zupełnie nieoczekiwanie, wyprostował się i ryknął na całe gardło:

— E u g e n e!

— Hej, nie ma po co go wołać, sam przyniosę, dobra? — powiedział Danny, przekrzykując jazgotliwe ujadanie wilczurów. Sięgnął do klamki.

— O, widziałem to! — krzyknął Farish.

— Farish...

— To też widziałem! — Dłoń Farisha smyrgnęła do buta.

Czy on ma tam nóż?, pomyślał Danny. Kapitalnie.

Od upału brakowało mu tchu. Z ciałem pulsującym od bólu przez chwilę się zastanawiał. Co robić, żeby Farish znowu na niego nie skoczył?

— Po tej stronie nie mogę prowadzić — powiedział w końcu. — Pójdę po portfel, a potem zamienimy się miejscami.

Danny bacznie przyglądał się bratu, ale myśli Farisha błądziły w innych rejonach. Odwrócił się i pozwalał wilczurom lizać się po całej twarzy.

— Te psy — powiedział tonem pogróżki, unosząc podbródek ponad ich gorączkowe pieszczoty — te psy znaczą dla mnie więcej niż jakikolwiek człowiek, który kiedykolwiek się urodził. O te dwa psy dbam bardziej niż o jakiekolwiek ludzkie życie.

Danny czekał. Farish całował i pieścił wilczury, mruczał do nich w nieczytelnym dziecięcym języku. Po chwili (jego kombinezon firmy UPS był co prawda brzydki, ale jedno Danny musiał przyznać: ukrycie pod kombinezonem broni było trudne, o ile nie niemożliwe) otworzył drzwiczki, wysiadł z Trans Ama i ruszył przez podwórze.

Drzwi domu Gum zaskrzypiały jak lodówka. Eugene wystawił głowę, mówiąc:

— Powiedz mu, że nie życzę sobie, żeby odzywano się do mnie w ten sposób.

Z samochodu dobiegł odgłos klaksonu, na który wilczury odpowiedziały szczekaniem. Eugene zsunął okulary na nos i zerknął nad ramieniem Danny'ego.

— Na twoim miejscu nie pozwoliłbym tym psom jechać w samochodzie — stwierdził.

Farish cofnął głowę i ryknął:

— Wracaj tutaj! A l e j u ż!

Eugene wziął głęboki wdech i roztarł kark. Prawie nie poruszając ustami, powiedział:

— Jeśli on znowu nie wyląduje w Whitfield, to kogoś zabije. Dziś rano przyszedł tu i chciał mnie podpalić.

— Co takiego?

— Ty spałeś — powiedział Eugene, patrząc z niepokojem nad ramieniem Danny'ego w stronę Trans Ama. — Wyjął zapalniczkę i zagroził, że spali mi resztę twarzy. Nie wsiadaj z nim do samochodu. Nie z tymi psami. Trudno przewidzieć, co on zrobi.

— Nie zmuszaj mnie, żebym po ciebie poszedł! — krzyknął Farish z samochodu.

— Posłuchaj — powiedział Danny, oglądając się nerwowo na Trans Ama — zaopiekujesz się Curtisem? Obiecujesz?

— Dlaczego? Dokąd ty jedziesz? — spytał Eugene i ostro spojrzał na brata. Potem odwrócił głowę. — Nie — powiedział, mrugając — nie mów mi, nie mów więcej ani słowa...

— Liczę do trzech — zawołał Farish.

— Obiecujesz?

— Obiecuję i przysięgam na Boga.

— Raz.

— Nie słuchaj Gum — powiedział Danny, przekrzykując kolejny klakson. — Ona nie będzie robić nic innego, tylko cię zniechęcać.

— Dwa!

Danny oparł dłoń na ramieniu Eugene'a. Spojrzawszy szybko na Trans Ama (jedynym ruchem, jaki widział, było uderzanie ogonów o szybę), powiedział:

— Wyświadcz mi przysługę. Stój tu przez chwilę i nie wpuszczaj go do środka. — Danny szybko wślizgnął się do domu na kołach, z półki za telewizorem zdjął należący do Gum mały pistolet kaliber .22, podciągnął nogawkę spodni i wsunął broń do buta lufą w dół. Gum lubiła trzymać pistolet naładowany, więc modlił się, żeby tak właśnie było; nie miał czasu na zawracanie sobie głowy nabojami.

Ciężkie kroki na dworze.

— Nie podnoś na mnie ręki! — rozległ się wysoki, przestraszony głos Eugene'a.

Wygładziwszy nogawkę, Danny otworzył drzwi. Właśnie miał wykrztusić wymówkę („mój portfel"), kiedy Farish chwycił go za kołnierz.

— M n i e nie próbuj uciekać, synu.

Ściągnął Danny'ego po schodach. W połowie drogi do samochodu zbliżył się Curtis, który próbował objąć Danny'ego w pasie. Płakał, a raczej kaszlał i dławił się, jak to miał w zwyczaju, kiedy czymś się martwił. Wlokąc się za Farishem, Danny zdołał wyciągnąć rękę w tył i poklepać młodszego brata po głowie.

— Wracaj, maleński — zawołał za Curtisem. — Bądź grzeczny...

Eugene przyglądał się niespokojnie od drzwi; biedny Curtis płakał. Danny zauważył, że na jego przegubie widniała pomarańczowa plama w miejscu, gdzie Curtis przywarł ustami.

Kolor był szokująco jaskrawy; Danny zamarł na ułamek sekundy. Jestem już na to za stary, pomyślał, za stary. Po chwili Farish otworzył drzwiczki Trans Ama od strony kierowcy i wepchnął brata do środka.

— Prowadzisz — oznajmił.

ભ

Szczyt zbiornika na wodę okazał się bardziej chybotliwy, niż Harriet zapamiętała: postrzępione szare deski z gdzieniegdzie wystającymi gwoździami, w innych miejscach, gdzie drewno skurczyło się i popękało, ziały ciemne otwory. Całość pokrywały tłuste białe zawijasy i ślady ptasich odchodów.

Stojąc na drabinie, Harriet miała to wszystko na poziomie oczu. Ostrożnie wyszła na wieżę, zaczęła się wspinać do środka zbiornika, kiedy coś rozdarło się w jej piersi, deska skrzypnęła i zapadła się pod jej nogą jak przyciśnięty klawisz fortepianu. Ostrożnie, ostrożnie zrobiła wielki krok w tył. Deska podskoczyła z jazgotem. Harriet zesztywniała, z łomoczącym sercem podpełzła do krawędzi zbiornika przy barierce, gdzie deski wyglądały stabilniej — dlaczego powietrze tu na górze było takie rzadkie i dziwne? Choroba wysokościowa, cierpieli na nią piloci i alpiniści, a niezależnie od tego, co oznaczały te słowa, dokładnie opisywały jej obecny stan: mdłości w żołądku i iskierki w kącikach oczu. Blaszane dachy migotały w mglistej dali. Po drugiej stronie rozciągały się gęste zielone lasy, gdzie ona i Hely tak często się bawili, toczyli całodzienne wojny, bombardowali się pacynami czerwonego błota: soczysta, rozśpiewana dżungla, mały palmowy Wietnam, do którego można było skakać na spadochronach.

Dwukrotnie okrążyła zbiornik. Nigdzie nie znalazła śladu drzwi. Już zaczęła podejrzewać, że drzwi w ogóle nie było, kiedy w końcu dostrzegła je: wyblakłe, niemal idealnie zakamuflowane w jednolitej powierzchni, z wyjątkiem jednego czy dwóch śladów chromowej farby, która nie całkiem oblazła z klamki.

Harriet osunęła się na kolana. Zamaszystym pchnięciem, podobnym do ruchu wycieraczki samochodowej, otworzyła drzwi (zawiasy skrzypnęły jak w horrorze), a deski pod jej stopami zadrżały od łoskotu.

W środku panowała ciemność i cuchnęło. W stojącym powietrzu rozlegało się niskie, intymne byczenie komarów. Drobniutkie promienie słońca — wąskie jak ołówki — sączyły się przez otwory w dachu i krzyżowały w zakurzonych snopach, sproszkowanych, gęstych od pyłku jak nawłoć. Woda w dole była gęsta, atramentowa, w kolorze oleju silnikowego. Przy przeciwległym brzegu dostrzegła unoszące się na boku wzdęte zwierzę.

Skorodowana metalowa drabinka — chwiejna i do połowy przerdzewiała — schodziła w dół na może sześć stóp i kończyła się tuż nad powierzchnią wody. Kiedy oczy Harriet przywykły do półmroku, zobaczyła z podnieceniem, że do górnego szczebla coś przyklejono taśmą: jakąś paczkę owiniętą w czarny plastikowy worek na śmieci.

Harriet trąciła pakunek butem. Po chwili wahania położyła się na brzuchu, wyciągnęła rękę i poklepała paczkę. W środku znajdowało się coś miękkiego, ale było to ciało stałe — nie pieniądze, nic zebranego razem, ostrego ani wyraźnego, ale coś, co ustępowało pod naciskiem jak piasek. Paczkę owinięto wiele razy grubą taśmą. Harriet podniosła ją, pociągnęła oburącz, próbowała wsunąć paznokcie pod krawędź taśmy. W końcu poddała się i rozdarła kilka warstw czarnego plastiku. W środku było coś śliskiego, chłodnego, martwego w dotyku. Szybko cofnęła dłoń. Z paczki posypał się pył, kładąc się na wodzie perłową błoną. Harriet patrzyła na suchy, opalizujący proszek (trucizna? środek wybuchowy?) wirujący na wodzie. Wiedziała wszystko o narkotykach (z telewizji, z kolorowych zdjęć w podręczniku do zdrowia), ale tamte były ozdobne, rozpoznawalne bez trudu: skręcone ręcznie papierosy, strzykawki, kolorowe pigułki. Może to była tylko paczka na przynętę, jak w serialu *Dragnet*; może prawdziwą paczkę ukryto w innym miejscu, a to była tylko solidnie owinięta torba... czego?

W rozdartej torbie lśniło coś jasnego. Ostrożnie rozchyliwszy plastik, zobaczyła tajemnicze gniazdo połyskliwych białych woreczków jak grono wielkich owadzich jaj. Jeden z woreczków wpadł do wody z chlupotem — Harriet pospiesznie cofnęła rękę — i unosił się na wpół zanurzony jak meduza.

Przez jedną okropną chwilę myślała, że woreczki żyją. Wydawało się, że pulsują w wodnych odbiciach tańczących po wewnętrznych ścianach zbiornika. Teraz ujrzała, że były tylko przezroczystymi woreczkami, wypełnionymi białym proszkiem.

Dziewczynka ostrożnie dotknęła jednego z woreczków (drobny niebieski suwak był wyraźnie widoczny na górnej krawędzi), uniosła go i zważyła w dłoni. Proszek był biały — jak cukier czy sól — ale miał inną fakturę: był bardziej chrupki, krystaliczny, dziwnie lekki. Otworzywszy woreczek, zbliżyła go do nosa. Żadnego zapachu, może tylko słaba woń podobna do proszku Comet, którym Ida czyściła łazienkę.

Cokolwiek to było, należało do niego. Harriet cisnęła woreczek do wody. Unosił się na powierzchni. Popatrzyła na niego, a potem, nie zastanawiając się, co robi ani dlaczego, wsunęła rękę w czarny plastik (więcej białych woreczków, zbitych jak nasiona w strąku), wyciągnęła zawartość i leniwymi garściami po trzy i cztery zaczęła wrzucać do czarnej wody.

ൟ

Teraz, kiedy znaleźli się w samochodzie, Farish zapomniał, co go gryzło, albo tak się przynajmniej zdawało.

Jadąc przez bawełniane pola, okryte mgiełką porannego upału i środków owadobójczych, Danny raz po raz oglądał się nerwowo na brata, który — rozparty na fotelu — podśpiewywał razem z radiem. Kiedy tylko skręcili ze żwirowej drogi na asfalt, napięcie Farisha w niewytłumaczalny sposób ustąpiło miejsca radośniejszemu nastrojowi. Zamknął oczy, z zadowoleniem wciągnął chłodne powietrze z wentylatora, a teraz mknęli autostradą do miasta, słuchając *Porannego programu* z udziałem Betty Brownell i Caseya McMastersa w programie radiowym NHWM (zdaniem Farisha, skrót oznaczał Najgorszy Hałas W Mieście). NHWM to była lista czterdziestu największych przebojów, której Farish szczerze nienawidził. Teraz jednak lista przebojów mu się podobała; kiwał głową i bębnił po kolanach, na zagłówku fotela, na tablicy rozdzielczej.

Tyle że bębnił trochę za mocno. Danny zaczął się denerwować. Im starszy był Farish, tym bardziej upodabniał się do ojca: ten szczególny uśmiech, zanim powiedział coś złośliwego, nienaturalne ożywienie — rozmowny, przesadnie wylewny — poprzedzające niebezpieczny wybuch.

B u n t o wni c z y! B u n t o wni c z y! Pewnego razu Danny wymówił to słowo, ulubione słowo ojca, w szkole, na co nauczyciel oświadczył, że to nie było nawet słowo. Mimo to Danny nadal słyszał tamten wysoki, szalony trzask w głosie ojca, b u n t o wni c z y! Pas opadał mocno przy sylabie „wni", a Danny patrzył na własne dłonie: piegowate, porowate, pokryte bliznami, o kostkach zbielałych od ściskania kuchennego stołu. Danny bardzo dobrze znał swoje dłonie, naprawdę bardzo dobrze; w każdej ciężkiej chwili życia studiował je jak księgę. Stanowiły bilet do przeszłości: do kar cielesnych, łóż śmierci, pogrzebów, klęsk; upokorzenia na placu zabaw i wyroków w sali sądowej; do wspomnień bardziej realnych niż ta kierownica, ta ulica.

Dojeżdżali do rogatek miasta. Mijali cieniste tereny Old Hospital, gdzie grupa licealnych cheerleaderek w formacji V skoczyła w górę: „hej!" Nie miały na sobie uniformów, ani nawet jednakowych bluzeczek, a pomimo zgranych, dziarskich ruchów sprawiały wrażenie obszarpanych. Ręce biły powietrze jak semafory, pięści okładały powietrze.

Innego dnia — każdego innego dnia — Danny zaparkowałby za starą apteką i podglądałby dziewczyny. Teraz, kiedy jechał powoli przez cętkowane cienie liści, a włosy spięte w końskie ogony i opalone kończyny zostały w tyle, poczuł dreszcz, ujrzawszy przed sobą niższą, przygarbioną postać, całą w czerni, która — z megafonem w dłoni — przystanęła w rozmoczonym, chlupoczącym marszu, żeby przyjrzeć mu się z chodnika. Przypominała małego czarnego goblina, wysokiego najwyżej na trzy stopy, z pomarańczowym dziobem, o dużych pomarańczowych stopach i dziwnie przemoczonym wyglądzie. Kiedy samochód przejechał, postać odwróciła się płynnie, rozpościerając czarne skrzydła jak nietoperz... a Danny doznał niesamowitego uczucia, że już kiedyś spotkał tę postać, ni to kosa, ni to karła, ni to diabelskie dziecko; że jakimś cudem (pomimo nieprawdopodobieństwa takiej ewentualności) skądś ją pamiętał. Co dziwniejsze, że o n a pamiętała j e g o. Spojrzawszy w lusterko, zobaczył ją znowu, drobną, czarną istotę z czarnymi skrzydłami, która patrzyła za samochodem jak nieproszony gość z innego świata.

Granice się rozmywają. Danny'ego zaswędziała skóra na głowie. Droga biegnąca wśród soczystej zieleni nabrała aspektu pasa transmisyjnego do koszmaru, zgniatanego z obydwu stron przez ciemnozielony, gorączkowy cień.

Spojrzał w lusterko. Postać znikła.

To nie były narkotyki, wypocił je we śnie: nie, rzeka wystąpiła z brzegów, najróżniejsze odpadki i śmiecie oderwały się od dna i wypłynęły na światło dzienne, film katastroficzny, sny, wspomnienia, lęki, których nie można było wyznać — wszystko to lało się ulicą. Danny (nie po raz pierwszy) odniósł wrażenie, że ten dzień już kiedyś mu się przyśnił, że oto jedzie ulicą Natchez na spotkanie czegoś, co już się wydarzyło.

Potarł usta. Musiał się wysikać. Chociaż żebra i głowa bolały go po razach zadanych przez Farisha, mógł myśleć właściwie tylko o tym, jak bardzo chciało mu się siku. Poza tym narkotyki, które przestały działać, pozostawiły w ustach obmierzły chemiczny posmak.

Danny zerknął na Farisha wciąż pochłoniętego muzyką: kiwał głową, podśpiewywał pod nosem, bębnił kostkami dłoni o oparcie. Ale suka policyjna na tylnym siedzeniu przyglądała się groźnie Danny'emu, jakby dokładnie wiedziała, co mu chodzi po głowie.

Danny spróbował wziąć się w garść. Eugene — przy całym swoim religijnym odjeździe — zaopiekuje się Curtisem. Była też Gum. Samo jej imię wywoływało lawinę winy, ale chociaż Danny starał się ze wszystkich sił, zmuszając się do ciepłych uczuć wobec babci, nie czuł nic. Czasami, zwłaszcza kiedy w środku nocy słyszał kaszel Gum w sąsiednim pokoju, zaczynało go dławić sentymentalne współczucie dla mordęgi, jaką przeszła — dla nędzy, przepracowania, raka, wrzodów, artretyzmu i całej reszty — ale miłość do babci była uczuciem, którego doświadczał tylko w jej obecności i jedynie czasami: nigdy z dala od niej.

Jakie zresztą to wszystko miało znaczenie? Danny'emu tak bardzo chciało się siku, że pękały mu oczy; zamknął je i znowu otworzył. Poślę do domu pieniądze. Kiedy tylko przeniosę to gówno i się ustawię... Czy istniał inny sposób? Nie. Nie było innego sposobu oprócz tego, który leżał przed nim — do domu nad wodą w innym stanie. Musiał wycelować umysł w tę przyszłość, naprawdę ją zobaczyć, zbliżać się ku niej gładko i bez zatrzymywania się.

Minęli hotel Alexandria z zapadającą się werandą i spróchniałymi okiennicami. Ludzie mówili, że w hotelu straszy, czemu trudno się było dziwić — po wszystkich tych ludziach, którzy tam umarli; czuło się, jak hotel promieniuje całą tą starą, historyczną śmiercią. Danny chciał wyć do wszechświata, który porzucił go tutaj: w tej zapadłej dziurze, w zbankrutowanym okręgu, który nie widział pieniędzy od czasu wojny secesyjnej. Za pierwszy wyrok nawet nie ponosił winy: winny był ojciec, który kazał Danny'emu ukraść śmiesznie drogą piłę mechaniczną Stihl z warsztatu starego, zamożnego niemieckiego farmera, który strzegł swojej posiadłości ze strzelbą. Żałośnie było wspominać dziś, jak czekał na zwolnienie z więzienia, liczył dni do powrotu do domu, ponieważ nie rozumiał wtedy (był szczęśliwszy, nie wiedząc o tym), że kiedy człowiek raz trafił do więzienia, już nigdy się nie wydostawał. Ludzie traktowali cię jak inną osobę; wracałeś za kraty podobnie jak ludzie mają nawroty malarii albo ciężkiej choroby alkoholowej. Jedynym wyjściem było wyjechać tam, gdzie nikt cię nie znał, nikt nie znał twojej rodziny, i spróbować zacząć żyć od początku.

Powtarzające się znaki drogowe i słowa. Natchez, Natchez, Natchez. Izba Handlowa: ALEXANDRIA: TAK POWINNO BYĆ! Nie, nie tak, jak powinno być, pomyślał Danny z goryczą: tak jak, kurwa, jest.

Ostro skręcił na teren magazynów. Farish chwycił za tablicę rozdzielczą i spojrzał na brata zdumiony.

— Co ty robisz?!

— Kazałeś mi tu przyjechać — odparł Danny, starając się, żeby głos zabrzmiał jak najbardziej neutralnie.

— Tak?

Danny czuł, że powinien coś powiedzieć, ale nie miał pojęcia co. Czy Farish rzeczywiście wspomniał o wieży? Nagle stracił pewność.

— Powiedziałeś, że chcesz mnie sprawdzić — rzucił ostrożnie na próbę, żeby się przekonać, co się stanie.

Farish wzruszył ramionami, po czym — ku zaskoczeniu Danny'ego — znowu się oparł i wyjrzał przez okno. Przejażdżka zazwyczaj wprawiała go w dobry nastrój. Danny wciąż słyszał cichy gwizd Farisha, kiedy po raz pierwszy przyjechał Trans Amem. Jak on uwielbiał jeździć, po

468

prostu wskakiwać do samochodu i ruszać przed siebie! W tamtych pierwszych miesiącach jeździli we dwóch do Indiany, kiedyś śmignęli aż do zachodniego Teksasu — bez powodu, nic tam nie było do oglądania, tylko słoneczna pogoda, znaki na autostradzie migały nad ich głowami, szukali w radio piosenek.

— Coś ci powiem. Wstąpmy gdzieś na śniadanie — powiedział Farish.

Danny zawahał się. Faktycznie czuł głód. Potem przypomniał sobie o swoim planie. Wszystko było ustalone, nie było innego wyjścia. Czarne skrzydła machały do niego zza rogu, przyzywały go do przyszłości, której nie widział.

Nie skręcił, ale jechał dalej. Drzewa stłoczyły się wokół samochodu. Tak bardzo oddalili się od szosy, że mieli pod kołami wyboisty żwir.

— Szukam miejsca, żeby zawrócić — powiedział, zdając sobie sprawę, jak głupio to brzmi.

Potem zatrzymał samochód. Od wieży dzielił go długi spacer (droga była marna, zarośla wysokie, nie chciał jechać dalej i ryzykować, że ugrzęźnie). Psy rozszczekały się jak szalone, zaczęły się wyrywać i przepychać na przednie siedzenie. Danny odwrócił się, jakby zamierzał wysiąść.

— Jesteśmy — powiedział bezsensownie, po czym szybkim ruchem wyjął z buta pistolet i wycelował w Farisha.

Ale Farish nic nie zauważył. Siedział odwrócony do tyłu, z pokaźnym brzuchem kołyszącym się przy drzwiczkach.

— Siad — mówił do suki imieniem Van Zant. — Siad, powiedziałem: s i a d. — Zamierzył się, suka się skuliła.

— Próbujesz tego ze mną? Próbujesz swoich buntowniczych numerów? Nawet nie spojrzał na Danny'ego ani na pistolet. Chcąc zwrócić uwagę brata, Danny chrząknął.

Farish podniósł brudną czerwoną dłoń.

— Weź na wstrzymanie — powiedział, nie patrząc — wstrzymaj się, muszę opanować tego psa. Mam cię dość (uderzenie w głowę), ty żałosna suko, nie próbuj mi się stawiać. — Farish i wilczur mierzyli się wzrokiem. Suka położyła uszy po sobie, żółte oczy jarzyły się jednostajnym blaskiem.

— No, dalej. Zrób to. Tak cię zdzielę... nie, czekaj. — Uniósł rękę, obracając się do Danny'ego chorym okiem. — Muszę dać tej suce nauczkę. — Chore oko było zimne i sine jak ostryga. — No, dalej — powtórzył do psa. — Tylko spróbuj. To będzie ostatni raz, kiedy...

Danny zarepetował broń i strzelił Farishowi w głowę. Tak po prostu, bardzo szybko: trzask. Głowa Farisha poleciała do przodu, usta rozwarły się. Dziwnie swobodnym gestem przytrzymał się tablicy rozdzielczej, potem odwrócił się do Danny'ego, ze zdrowym okiem półprzymkniętym, ale chorym szeroko otwartym. Z ust wytoczyła mu się banieczka śliny zmieszanej z krwią; wyglądał jak ryba, jak nadziany na haczyk sum, plask, plask.

Danny strzelił ponownie, tym razem w szyję, a w ciszy, jaka rozdzwoniła się i rozpłynęła wokół niego w blaszanych kręgach, wysiadł z samochodu i zatrzasnął drzwiczki. Dokonało się, nie było odwrotu. Krew opryskała mu koszulę z przodu; dotknął policzka i spojrzał na rdzawą plamę na opuszkach palców. Farish runął do przodu, z rękami na tablicy rozdzielczej; jego kark zamienił się w miazgę, ale usta, pełne krwi, wciąż się poruszały. Czarny, mniejszy z psów, oparłszy przednie łapy na fotelu pasażera, pedałował tylnymi łapami, próbując się wdrapać na głowę pana. Drugi pies — wredna suka imieniem Van Zant — przelazła na przód. Ze spuszczonym nosem okręciła się dwukrotnie, zmieniła kierunek, potem siadła zadem na fotelu kierowcy i zastrzygła uszami jak diabeł. Na moment wbiła w Danny'ego swoje wilcze oczy, a potem zaczęła szczekać: krótkie, urywane, donośne ujadanie.

Alarm był równie czytelny jak gdyby suka wołała: „Pali się! Pali się!" Danny cofnął się. Na odgłos wystrzału wzbiła się w górę chmara ptaków. Teraz znowu osiadały na drzewach, na ziemi. W samochodzie wszędzie była krew — na przedniej szybie, tablicy rozdzielczej, szybie od strony pasażera.

Powinienem był zjeść śniadanie, pomyślał histerycznie. Kiedy ja jadłem?

Ta myśl uświadomiła mu, że bardziej niż czegokolwiek pragnął oddać mocz, że ta potrzeba towarzyszyła mu, od kiedy się obudził tego ranka.

Na Danny'ego spłynęło cudowne uczucie ulgi, które przeniknęło do krwi. Wszystko jest dobrze, pomyślał, zapinając rozporek i wtedy...

Jego piękny samochód, jego samochód. Jeszcze przed chwilą wszystko było cacy, teraz zamieniło się w miejsce zbrodni z pisma „Detektyw". Psy w samochodzie miotały się gorączkowo na wszystkie strony. Farish leżał twarzą na tablicy rozdzielczej. Leżał w dziwnie rozluźnionej, naturalnej pozie; ktoś mógłby pomyśleć, że schylił się po upuszczone klucze, gdyby nie kałuża krwi wylewająca mu się z głowy i kapiąca na podłogę. Krew spryskała całą przednią szybę — grube, lśniące krople, jak czerwone jagody ostrokrzewu, które przylgnęły do szkła. Na tylnym siedzeniu Czarny rzucał się w przód i w tył, tłukąc ogonem o okna. Siedząca obok pana Van Zant raz po raz trącała go nosem w policzek, cofała się, znowu się rzucała, nie przestając ujadać ostro, przenikliwie — cholera, była tylko psem, ale tego gwałtownego szczekania nie można było z niczym pomylić, równie dobrze ktoś mógł głośno wzywać pomocy.

Danny potarł policzek i powiódł dokoła szalonym wzrokiem. Impuls, który kazał mu pociągnąć za spust, już znikł, za to kłopoty mnożyły się, aż przesłoniły słońce. Dlaczego zastrzelił Farisha w samochodzie? Gdyby tylko wstrzymał się dwie sekundy. Ale nie, za wszelką cenę musiał skończyć sprawę, rzucił się jak idiota i strzelił, zamiast czekać na właściwy moment.

Kucnął, opierając ręce na kolanach. Mdliło go, czuł się lepki; serce waliło jak szalone, od tygodni nie miał w ustach nic oprócz świństw, lodów i napoju 7-Up; adrenalina opadła, a wraz z nią reszki sił, niczego tak nie pragnął, jak położyć się na rozgrzanej zielonej ziemi i zamknąć oczy.

Jak zahipnotyzowany wpatrywał się w ziemię, w końcu otrząsnął się i wstał. Mała działka doprowadziłaby go do ładu — działka, dobry Boże, na samą myśl łzy napłynęły mu do oczu — ale nie wziął z domu ani grama, a ostatnią rzeczą, jakiej pragnął, było otworzyć drzwiczki samochodu i przeszukać ciało Farisha, zapinać i rozpinać kieszenie tego starego, zasranego kombinezonu UPS.

Kuśtykając, przeszedł na przód samochodu. Van Zant rzuciła się w jego stronę, uderzając pyskiem o przednią szybę z takim łoskotem, że Danny odskoczył.

Przez chwilę stał tak z zamkniętymi oczami, psy szczekały, a on oddychał płytko, próbując uspokoić nerwy. Nie chciał tu być, ale był. Musiał zacząć myśleć, powoli, postępując krok za krokiem jak małe dziecko.

Harriet zaskoczyły ptaki, które wzbiły się w niebo z wielkim hałasem. Nagle wybuchły wokół niej, aż skrzywiła się i zasłoniła ręką oczy. Cztery czy pięć wron usiadło obok, chwytając łapkami barierkę zbiornika. Odwróciły łebki, przyjrzały się Harriet, po czym najbliższa wrona zatrzepotała skrzydłami i odleciała. Daleko w dole rozległo się coś jak szczekanie psów, psów, które wariowały. Harriet zdawało się jednak, że przedtem usłyszała inny odgłos, cichy trzask, bardzo niewyraźny w wietrznej, wyblakłej od słońca dali.

Usiadła nieruchomo, ze stopami na drabince i nogami w zbiorniku. Kiedy zdezorientowana rozglądała się wokół siebie, jeden z ptaków przykuł jej uwagę. Miał zawadiacki wygląd ptaka z kreskówki, a przekrzywiając łebek, patrzył prosto na Harriet, jakby chciał jej coś powiedzieć, ale kiedy na niego spojrzała, z dołu dobiegł drugi trzask, a ptak wzbił się w powietrze i odleciał.

Harriet nasłuchiwała. Stanęła, częściowo w zbiorniku, częściowo poza nim, podtrzymując się ręką; skrzywiła się, kiedy drabinka skrzypnęła pod jej ciężarem. Pospiesznie zeszła na deski, podczołgała się do krawędzi i najdalej jak mogła, wysunęła głowę.

Daleko w dole — za polem, pod lasem, zbyt daleko, by można go było dokładnie zobaczyć — stał Trans Am. Ptaki znowu zaczęły osiadać jeden po drugim na polanie: na gałęziach, w krzakach i na ziemi. Daleko od Harriet, przy samochodzie stał Danny Ratliff. Odwrócony plecami do niej, zatykał uszy, jakby ktoś na niego wrzeszczał.

Harriet skuliła się — jego napięta, pełna przemocy postawa przestraszyła ją — a po chwili zrozumiała, co zobaczyła, więc powoli znowu wstała.

Tak: jasnoczerwona. Opryskała kroplami przednią szybę tak jasno i szokująco, że widać ją było nawet z daleka. W samochodzie, za półprzezroczystym parawanem kropli, majaczył jakiś upiorny ruch: coś się tłukło, łomotało, miotało się na wszystkie strony. Czymkolwiek był ten ciemny chaos, Danny'ego Ratliffa najwyraźniej też napełniał strachem. Cofał się powoli jak robot, niby śmiertelnie postrzelony kowboj z westernu.

Harriet poczuła nagle dziwną pustkę i słabość. Stąd, z góry, wszystko to wyglądało płasko, banalnie, przypadkowo. Z nieba lał się biały, bezlitosny żar, a w jej głowie pulsowała ta sama powietrzna lekkość, która — kiedy wspinała się na wieżę — namawiała Harriet do rozluźnienia uścisku i poszybowania w dół.

Mam kłopoty, powiedziała do siebie, poważne kłopoty, ale trudno było to poczuć, nawet jeśli była to prawda.

W jasnej dali Danny Ratliff schylił się, żeby podnieść z trawy coś błyszczącego; serce Harriet zatrzepotało z przerażenia, kiedy poznała, przede wszystkim po sposobie, w jaki trzymał przedmiot, że to broń. Wydało jej się, że w strasznej ciszy słyszy słabą muzykę trąbek — orkiestra marszowa Hely'ego daleko na wschodzie — a kiedy spojrzała w tamtą stronę, w mglistej dali coś błysnęło złoto, jakby słońce padło na mosiądz.

Ptaki, wszędzie ptaki, wielkie czarne kraczące wybuchy, jak opad radioaktywny, jak szrapnele. Te ptaki to był zły omen: słowa, sny, prawa i liczby, burze informacji w jego głowie, nie do rozszyfrowania, kołujące w powietrzu. Danny zatkał uszy: w zachlapanej krwią przedniej szybie widział własne przekrzywione odbicie, wirująca czerwona galaktyka zastygła na szkle, nad jego głową płynęła cienka błona chmur. Mdliło go, czuł się wyczerpany; musiał wejść pod prysznic, zjeść porządny posiłek; musiał znaleźć się w domu, w łóżku. Nie potrzebował tego gówna. Zastrzeliłem brata, a dlaczego? Ponieważ tak bardzo chciało mi się siku, że nie mogłem trzeźwo myśleć. Farish zdrowo by się z tego uśmiał. Zawsze zaśmiewał się z chorych historii z gazet: pijak, który pośliznął się, sikając z wiaduktu, i zabił się na autostradzie; kretyn, którego obudził telefon, sięgnął po pistolet i strzelił sobie w łeb.

Pistolet leżał w zielsku u stóp Danny'ego, tam, gdzie go upuścił. Sztywno schylił się po niego. Czarny obwąchiwał policzek i szyję Farisha szperającym, dźgającym ruchem, od którego Danny'emu zrobiło się niedobrze; Van Zant śledziła każdy jego ruch żółtymi, złymi oczyma. Kiedy zbliżył się do samochodu, suka cofnęła się i rozszczekała ze zdwojoną siłą. Zdawała się mówić: tylko spróbuj otworzyć te drzwiczki. Tylko otwórz te pieprzone drzwiczki. Danny'emu przypomniała się tresura za domem, kiedy Farish, z rękami owiniętymi kołdrą i brezentowymi workami, wołał: „Bierz! Bierz!" Kłębki bawełny porozrzucane po całym podwórzu.

Danny'emu dygotały kolana. Potarł usta i spróbował wziąć się w garść. Podpierając pistolet drugą ręką, wycelował w żółte oko suki imieniem Van Zant i pociągnął za spust. Pocisk wybił w szybie otwór wielkości srebrnej dolarówki. Słysząc dobiegający z samochodu skowyt, miotanie się i wycie, Danny zacisnął zęby, przytknął oko do szyby, wsunął lufę przez otwór i znowu strzelił do suki. Potem przekrzywił pistolet i strzelił do drugiego psa. Na koniec cofnął rękę, po czym odrzucił broń najdalej, jak potrafił.

Stał w porannym słońcu, dysząc ciężko, jakby przebiegł milę. Skowyt w samochodzie był najstraszniejszym odgłosem, jaki słyszał w życiu: wysoki, nieziemski, jak zgrzyt zepsutego mechanizmu, metaliczna, łkająca nuta, która trwała nieprzerwanie, hałas, który zadawał Danny'emu autentyczny ból, czuł, że jeśli nie ustanie, to będzie musiał wepchnąć sobie patyk do ucha...

Ale skowyt nie ustał. Danny stał tak śmiesznie długo w półobrocie, w końcu podszedł sztywno do miejsca, gdzie rzucił pistolet, a psi skowyt wciąż dźwięczał mu w uszach. Posępnie ukląkł i zaczął szukać w rzadkich zaroślach, rozchylał je, z plecami napiętymi od energicznego skowytu.

Pistolet był pusty; naboje się skończyły. Danny wytarł broń koszulą i cisnął głębiej w las. Już miał się zmusić do podejścia do samochodu, kiedy nagle cisza zalała go miażdżącymi falami — a podobnie jak wcześniej skowyt, każda fala miała własną grzywę i spadek.

Teraz pewnie przynosi nam kawę, myślał, pocierając usta, gdybym pojechał dalej do White Kitchen, gdybym nie skręcił w tę drogę. Kelnerka imieniem Tracey, ta chuda z dyndającymi kolczykami i małym, płaskim tyłkiem, zawsze sama z własnej woli przynosiła kawę. Wyobraził sobie, jak Farish, poprzedzany przez własne okazałe brzuszysko, siedzi na odsuniętym krześle i wygłasza tradycyjną mowę na temat jajek (nie lubił ich p i ć, powiedz kucharce, że nigdy nie będą za twarde), a on, Danny, patrzy na zmierzwioną, starą, wstrętną głowę jak czarne wodorosty i myśli: nigdy się nie dowiesz, jak byłem blisko.

Wszystko to znikło. Danny patrzył na stłuczoną butelkę w zaroślach. Rozwarł i zacisnął jedną dłoń, potem drugą. Miał śliskie, zimne dłonie. Trzeba jechać, pomyślał w nagłym przypływie paniki.

Mimo to nie ruszał się z miejsca. Czuł się tak, jakby przepalił się bezpiecznik łączący ciało z mózgiem. Teraz, kiedy szyba samochodu się rozsypała, a psy przestały wyć i skomleć, Danny usłyszał cichą muzykę płynącą z radia. Czy ci ludzie, którzy śpiewali (jakieś pierdoły o gwiezdnym pyle we włosach), czy pomyśleli choćby przez minutę, że ktoś będzie słuchał tej piosenki na piaszczystej drodze przy opuszczonych torach kolejowych, mając przed sobą martwe ciało? Nie: ci ludzie ganiali po Los Angeles i Hollywood w białych strojach z cekinami, w okularach ciemnych na górze, przezroczystych na dole, pili szampana i wciągali kokainę ze srebrnych tac. Nigdy nie przyszło im do głowy — kiedy tak stali w studio przy fortepianie, z tymi swoimi iskrzącymi się chustami i fikuśnymi koktajlami — nigdy nie pomyśleli, że jakiś biedak będzie stał na piaszczystej drodze w stanie Missisipi, rozpracowując megaproblemy, a radio będzie grało: *W dniu, kiedy przyszłaś na świat, zebrały się anioły...*

Tacy ludzie nigdy nie musieli podejmować trudnych decyzji, myślał tępo Danny, wpatrując się w spryskany krwią samochód. Nigdy nie musieli kiwać pieprzonym palcem. Wszystko dostawali na tacy jak nowe kluczyki do samochodu.

Zrobił krok w stronę samochodu, jeden krok. Kolana zadrżały; chrzęst żwiru pod stopami przeraził Danny'ego. Muszę ruszać!, mówił do siebie histerycznie, powiódł dokoła szalonym wzrokiem (w lewo, w prawo, w górę na niebo), wyciągnął przed siebie rękę na wypadek, gdyby upadł. Jechać dalej z tym cyrkiem objazdowym! Dobrze wiedział, co musi zrobić; pytanie brzmiało jak, skoro nie można było ominąć faktu, że wolałby dać sobie obciąć rękę, niż tknąć ciało brata.

Na tablicy rozdzielczej — w całkiem naturalnej pozycji — leżała gruba, czerwona, poplamiona tytoniem dłoń brata, z dużym różowym pierścieniem w kształcie kostki do gry. Patrząc na tę dłoń, Danny próbował wmyślić się na powrót w sytuację. Potrzebował działki amfetaminy, żeby skoncentrować umysł i pobudzić serce. Na wieży znajdowało się mnóstwo towaru, a im dłużej będzie tu stał, tym dłużej w zaroślach będzie stać Trans Am z zabitym człowiekiem i dwoma martwymi psami policyjnymi, które krwawiły na siedzeniach.

Kurczowo ściskając barierkę oburącz, Harriet położyła się na brzuchu, zbyt przerażona, by oddychać. Ponieważ stopy miała wyżej niż głowę, krew spłynęła jej do twarzy, aż poczuła bicie serca w skroniach. Krzyki z samochodu ucichły, ostry, wysoki, zwierzęcy skowyt, który — jak się zdawało — nigdy nie ustanie, ale te nieziemskie wrzaski jakby rozciągnęły i rozdarły ciszę.

Oto na ziemi stał Danny Ratliff, bardzo mały na tej płaskiej przestrzeni. Wszystko trwało nieruchomo jak na obrazie. Każde źdźbło trawy, każdy liść na każdym drzewie wyglądał jak przyczesany, natłuszczony i wklejony na swoje miejsce.

Dziewczynkę bolały łokcie. Nieznacznie zmieniła niewygodną pozycję. Nie miała pewności, co zobaczyła — znajdowała się za daleko — ale strzały i krzyki usłyszała bardzo wyraźnie, ich echo wciąż dzwoniło jej w uszach: wysokie, nie do zniesienia. Cały ruch w samochodzie ustał; jego ofiary (ciemne postacie, chyba więcej niż jedna) znieruchomiały.

Nagle Danny odwrócił się; Harriet z bólu zamarło serce. Proszę, Boże, modliła się, proszę, Boże, nie pozwól mu tutaj wejść...

Ale Danny szedł w stronę lasu. Obejrzawszy się za siebie, szybko schylił się na polanie. Między koszulką z krótkimi rękawami a paskiem dżinsów mignęło białe jak budyń ciało. Złamał pistolet, obejrzał, potem wyprostował się i do czysta wytarł broń koszulą. W końcu cisnął pistolet w las, a ciemny cień broni przesunął się po zachwaszczonej ziemi.

Patrząc na to wszystko ponad ręką, Harriet walczyła z silnym impulsem, by odwrócić wzrok. Chociaż za wszelką cenę pragnęła się dowiedzieć, co robił Ratliff, trudno było utrzymywać wzrok na tym samym jasnym, odległym punkcie; musiała potrząsnąć głową, żeby odpędzić coś na kształt mgły, która przesłaniała jej wzrok jak ciemność zalewająca cyfry na szkolnej tablicy, kiedy wpatrywała się w nie zbyt intensywnie.

Po chwili Danny odwrócił się od lasu i ruszył z powrotem do samochodu. Stał tak, odwrócony spoconymi, umięśnionymi plecami do Harriet, z nieznacznie opuszczoną głową i sztywnymi rękami po bokach. Na żwirze przed nim leżał jego cień, czarna deska na godzinie drugiej. Widok cienia we wszechogarniającym blasku koił i chłodził oczy. Potem cień znikł, bo Danny odwrócił się i ruszył ku wieży.

Jakby ktoś kopnął Harriet w brzuch. Po chwili opanowała się i sięgnęła po broń, zaczęła odwijać ją drżącymi palcami. Stary pistolet, z którego nie umiała strzelać (ani nie była pewna, czy należycie go naładowała), wydał się jej bardzo małym przedmiotem jak na obronę przed Dannym Ratliffem, zwłaszcza w tak ryzykownym miejscu.

Rozglądała się nerwowo. Gdzie się ustawić? Tutaj? A może po drugiej stronie, trochę niżej? Coś zadzwoniło o metalową drabinkę.

Gorączkowo rozglądała się wokół siebie. Nigdy w życiu nie strzelała. Nawet gdyby go trafiła, nie powaliłaby go od razu, a chwiejny dach zbiornika nie dawał szansy na odwrót.

Brzdęk... brzdęk... brzdęk...

Harriet przez chwilę poczuła w całym ciele przerażający lęk przed upadkiem z wieży; wstała i już miała rzucić się przez drzwi zapadkowe, razem z pistoletem, do wody, kiedy coś ją powstrzymało. Machając rękami, cofnęła się i odzyskała równowagę. Zbiornik był pułapką. Spotkanie z nim twarzą w twarz w pełnym słońcu było dostatecznie niebezpieczne, ale tu, na dole, nie miała szans.

Brzdęk... brzdęk...

Pistolet był bardzo ciężki i zimny. Chwyciwszy go niezgrabnie, Harriet przeczołgała się bokiem w dół dachu, potem odwróciła się na brzuch, trzymając broń oburącz, i wysunęła się na łokciach, najdalej jak umiała, nie wystawiając głowy poza krawędź zbiornika. Pole widzenia zaciemniło się i zwęziło do pojedynczej szpary jak w przyłbicy rycerza, przez którą Harriet patrzyła z dziwnym dystansem; wszystko jawiło jej się dalekie i nierzeczywiste, wszystko oprócz rwącego, dojmującego pragnienia, by roztrwonić własne życie jak fajerwerk, w jednej eksplozji, prosto w twarz Danny'ego Ratliffa.

Brzdęk... brzdęk...

Z pistoletem drżącym w dłoni Harriet wysunęła się na tyle, by wyjrzeć poza krawędź. Wychyliwszy się jeszcze trochę, jakieś piętnaście stóp pod sobą zobaczyła czubek jego głowy.

Nie patrz w górę, myślała gorączkowo. Balansując na łokciach, uniosła pistolet, umieściła na wprost mostka nosa, a potem — patrząc wzdłuż lufy, celując możliwie najdokładniej — zamknęła oczy i pociągnęła za spust.

Bang. Pistolet uderzył ją z głośnym trzaskiem prosto w nos, dziewczynka krzyknęła, przetoczyła się na plecy i oburącz złapała za nos. W ciemności pod powiekami trysnął snop pomarańczowych iskier. Gdzieś w głębokich zakamarkach umysłu słyszała stukot pistoletu spadającego na ziemię, uderzającego kolejno w szczeble drabinki, jakby ktoś przesuwał kijem po metalowych kratach w ogrodzie zoologicznym, ale ból nosa przewyższał wszystko, co kiedykolwiek czuła. Między palcami trysnęła gorąca, śliska krew: polała się po dłoniach, Harriet poczuła jej smak w ustach, a patrząc na czerwone opuszki palców, nie mogła sobie przypomnieć, gdzie się znajduje ani dlaczego.

Wystrzał tak strasznie zaskoczył Danny'ego, że o mały włos nie puścił drabinki. Coś zadzwoniło ciężko o szczebel ponad nim, a chwilę później poczuł silne uderzenie w sam środek czoła.

Przez chwilę myślał, że spada, nie wiedział, czego się złapać, ale nagle drgnął i zobaczył jak we śnie, że nadal trzyma się drabinki oburącz. Ból wypływał mu z głowy potężnymi płaskimi falami, które zawisały w powietrzu i rozpływały się bardzo powoli.

Danny poczuł, że coś spada obok niego; miał wrażenie, że przedmiot uderzył o żwir. Dotknął głowy — czuł rosnący guz — potem odwrócił się najdalej, jak śmiał, i spojrzał w dół, żeby sprawdzić, co go uderzyło. Słońce świeciło mu prosto w twarz, nie widział nic poza wydłużonym cieniem zbiornika i własnym cieniem wydłużonego stracha na wróble na drabince.

Szyby Trans Ama na polanie ślepo odbijały blask słońca. Czy Farish założył na wieży ładunek wybuchowy? Wcześniej Danny o tym nie pomyślał, ale teraz zrozumiał, że nie ma pewności.

Oto był. Zrobił krok w górę na drabince, zatrzymał się. Zastanawiał się, czy zejść na ziemię i spróbować znaleźć przedmiot, który go uderzył, ale uznał, że byłaby to jedynie strata czasu. Zadanie na dole już wykonał: teraz pozostawało tylko wspinać się i skoncentrować na dotarciu na szczyt. Nie chciał wylecieć w powietrze, ale jeżeli tak się stanie, pomyślał desperacko, patrząc w dół na zakrwawiony samochód, pieprzyć to.

Mógł tylko wspinać się coraz wyżej. Roztarł obolałą głowę, wziął głęboki wdech i ruszył dalej.

Harriet ocknęła się i znowu znalazła się w swoim ciele, leżąc na boku; to było jak powrót do okna, od którego się oddaliła, ale do innej szyby. Miała zakrwawioną dłoń. Przez chwilę wpatrywała się w nią, nie pojmując, co to jest.

W końcu pamięć wróciła; Harriet usiadła gwałtownie. On się zbliżał, nie miała chwili do stracenia. Chwiejnie wstała. Nagle z tyłu wysunęła się dłoń, chwyciła ją za kostkę; Harriet krzyknęła, kopnęła i — nieoczekiwanie — uwolniła się. Skoczyła w stronę drzwi zapadkowych w tej samej chwili, kiedy za nią ukazała się potłuczona twarz i zakrwawiona koszula Danny'ego Ratliffa, który podciągnął się na drabince jak pływak wychodzący z basenu.

Był straszny, cuchnący, olbrzymi. Dysząc, prawie łkając z przerażenia, Harriet pobiegła ku wodzie. Jego cień padł na otwarte drzwi zapadkowe, zasłaniając słońce. Brzdęk: szkaradne buty motocyklowe wchodziły po drabince. Ruszył za nią, brzdęk, brzdęk, brzdęk, brzdęk.

Harriet odwróciła się, zeskoczyła z drabinki i uderzyła stopami o wodę. Zanurkowała w ciemny ziąb, wreszcie dotknęła nogami dna. Prychając, dławiąc się ohydną wodą, wzięła zamach i wypłynęła na powierzchnię potężnym delfinem.

Kiedy tylko wychynęła, silna dłoń zacisnęła się na jej przegubie i wyciągnęła ją z wody. Danny tkwił po pierś w wodzie, przytrzymywał się drabinki i wychylał, a srebrzyste, jarzące się w opalonej twarzy oczy przeszyły ją jak nóż.

Harriet wyrywała się, wykręcała, walczyła z siłą, o jaką się nie posądzała, ale choć wzbiła potężny wachlarz wody, na nic się to zdało. Wyciągał ją — przemoczone ubranie ciążyło, czuła, jak mięśnie Ratliffa dygocą z wysiłku — a ona raz po raz kopała mu wodą w twarz.

— Kto ty?! — krzyknął. Miał pękniętą wargę i spocone, zarośnięte policzki. — Czego chcesz ode mnie?!

Harriet wydała zduszony krzyk. Ból ramienia zapierał dech. Na bicepsie Ratliffa pulsował niebieski tatuaż: mroczny kształt ośmiornicy i nieczytelny napis staroangielski.

— Co ty tu robisz?! Mów! — Targał Harriet za ramię, aż mimowolnie krzyknęła i zaczęła wierzgać w wodzie w poszukiwaniu uchwytu. Błyskawicznie przygniótł jej nogę kolanem, po czym — z wysokim, kobiecym chichotem — złapał ją za włosy. Zwinnym ruchem wepchnął twarz Harriet w brudną wodę, potem wyciągnął. Drżał na całym ciele.

— Odpowiadaj mi, mała suko! — wrzasnął.

W istocie Danny trząsł się w równym stopniu z powodu szoku, co ze złości. Działał tak szybko, że nie miał czasu na zastanowienie; chociaż dziewczynka znalazła się w jego rękach, prawie nie mógł w to uwierzyć.

Jej nos krwawił; twarz — połyskującą w wodnistym świetle — pokrywały smugi rdzy i kurzu. Nastroszona jak sowa, posępnie patrzyła na prześladowcę.

— Lepiej zacznij mówić, i to t e r a z! — krzyknął Danny, a jego głos odbił się w zbiorniku szalonym echem. Przez szczeliny dachu sączyło się słońce, oddychało i migotało ciężko na klaustrofobicznych ścianach, chorobliwe, odległe światło jak w szybie górniczym czy zawalonej studni. Twarz dziewczynki wypłynęła nad wodę jak blady księżyc. Danny zdał sobie sprawę z jej pospiesznych, urywanych oddechów.

— O d p o w i a d a j, co tu, do diabła, robisz! — wrzasnął, znowu nią potrząsnął najmocniej, jak potrafił; przytrzymując się ręką drabinki, wychylił się nad wodę i ścisnął ją za szyję, aż z gardła wydarł się krzyk. Mimo zmęczenia i strachu owładnęła nim fala gniewu i ryknął tak gwałtownie, że z jej twarzy zniknął wszelki wyraz, a krzyki zamarły jej w ustach.

Danny'ego bolała głowa. Myśl, powtarzał sobie, myśl. Owszem, dostał dziewczynę, ale co miał z nią zrobić? Znalazł się w trudnym położeniu. Danny zawsze mówił sobie, że w razie potrzeby pływałby pieskiem, ale teraz (po pierś w wodzie, wisząc na cienkiej drabince) nie był wcale taki pewien. Jak trudne mogło być pływanie? Krowy pływały, nawet koty — dlaczego on by nie mógł?

Zdał sobie sprawę, że mała zręcznie usiłuje wywinąć się z jego uchwytu. Mocno chwycił ją znowu, wbijając jej palce w szyję, aż krzyknęła.

— Słuchaj, panienko. Gadaj szybko, kim jesteś, to może cię nie utopię.

To było kłamstwo i tak też zabrzmiało. Po popielatej twarzy małej Danny poznał, że również ona to wiedziała. Poczuł się źle, bo była tylko dzieckiem, ale nie miał innego wyjścia.

— Puszczę cię — powiedział, uważając, że brzmi to przekonująco.

Ku irytacji Danny'ego, dziewczynka wydęła policzki i jeszcze bardziej zamknęła się w sobie. Wyciągnął ją na światło, żeby lepiej widzieć; na czoło małej padł promień słońca. Chociaż było ciepło, dziewczynka sprawiała wrażenie na wpół zamarzniętej; niemal słyszał, jak szczękają jej zęby.

Ponownie nią potrząsnął, tak mocno, że zabolało go ramię — ale choć łzy płynęły jej po policzkach, z zaciśniętych ust nie wydobył się żaden odgłos. Nagle, kątem oka, Danny dostrzegł na wodzie coś jasnego: dwa czy trzy małe, białe pęcherze, do połowy zanurzone w wodzie obok jego piersi.

Danny cofnął się — żabi skrzek? — a po chwili krzyknął; wysoki, ogłuszający krzyk dobył się z samych wnętrzności i zaskoczył jego samego.

— Jezu Chryste! — Wpatrywał się w to, co widział, nie wierząc; potem spojrzał na szczyt drabinki, na strzępy czarnego plastiku zwisające z najwyższego szczebla. To był koszmar, to nie była prawda: narkotyki rozsypane, jego majątek przepadł. Farish zabity na darmo. Morderstwo pierwszego stopnia, jeśli go złapią. Jezu.

— Tyś to zrobiła? T y?!

Mała poruszyła ustami.

Danny dostrzegł na powierzchni wypełniony wodą pęcherz czarnego plastiku i zawył, jakby wsunął rękę do ognia.

— Co to jest?! Co to jest?! — krzyczał, pchając głowę małej ku wodzie.

Zduszona odpowiedź, pierwsze wypowiedziane przez nią słowa:

— Torba na śmieci.

— Coś ty z nią zrobiła?! Co?! Co?! — Dłoń zacisnęła się na szyi Harriet. Szybkim ruchem wepchnął jej głowę pod wodę.

Zanim ją wepchnął, Harriet (przerażona, wpatrzona w ciemną wodę) zdążyła zaczerpnąć powietrza. Bezgłośnie walczyła pośród fosforescencji, strzałów z pistoletu, ech. Oczami wyobraźni zobaczyła zamkniętą walizkę, która walała się na dnie rzeki, łup, łup, łup, łup, miotana prądem, turlała się po gładkich, śliskich kamieniach, a serce Harriet było uderzonym klawiszem fortepianu grającym tę samą ostrą, naglącą nutę, pod powiekami błysnęła potarta siarka, biały płomień zapałki sztormowej skoczył w ciemności...

Ból rozorał skórę na głowie Harriet, kiedy, plusk, szarpnął ją za włosy. Ogłuszał ją kaszel; hałas i echo obezwładniły ją; tamten wykrzykiwał słowa, których nie rozumiała, miał kamiennie czerwoną twarz, nabrzmiałą od gniewu i przerażającą. Dławiąc się, dusząc, tłukła rękami o wodę, kopała w poszukiwaniu punktu oparcia, a kiedy palcem u nogi natrafiła na ścianę zbiornika, zrobiła pełen, satysfakcjonujący wdech. Ulga była niebiańska, nieopisana (magiczny akord, harmonia sfer); wciągała powietrze, wciągała i wciągała, aż tamten wrzasnął, pchnął jej głowę w dół i woda znowu zmiażdżyła jej uszy.

Danny zazgrzytał zębami i trzymał. Grube sznury bólu wpiły mu się w ramiona; od zgrzytania i chybotania się drabinki oblewał się potem. Głowa małej podskakiwała mu w dłoni jak balon, który lada chwila mógł się wyśliznąć, a kopanie i wyrywanie się dziewczynki przyprawiało go o mdłości. Jakkolwiek by próbował się oprzeć czy wzmocnić pozycję, nie mógł się wygodnie usadowić; zwisając na drabince, bez żadnego stałego oparcia pod nogami kopał w wodzie, próbując stanąć na czymś, czego nie było. Ile czasu zajmowało utopienie człowieka? Paskudna robota, a dwa razy paskudniejsza, jeśli robiłeś to jedną ręką.

Obok ucha Danny'ego irytująco brzęczał komar. Od pewnego czasu robił głową uniki to w jedną, to w drugą stronę, ale sukinsyn najwyraźniej wyczuwał, że Danny nie ma wolnych dłoni, żeby go trzepnąć.

Komary wszędzie: w s z ę d z i e. W końcu go znalazły i zrozumiały, że się nie poruszał. Żądła zatopiły się wściekle, zmysłowo w brodzie, w szyi, w drżących ramionach Danny'ego.

Dalej, dalej, po prostu z tym skończ, mówił sobie. Przytrzymywał jej głowę prawą ręką — mocniejszą — ale wpatrywał się w dłoń zaciśniętą na drabince. Stracił mnóstwo czucia w tej dłoni, a jedynym sposobem na utwierdzenie się w przekonaniu, że ciągle się trzymał, było wpatrywanie się we własne palce zaciśnięte mocno wokół szczebla. Poza tym woda napawała go lękiem; bał się, że jeśli na nią spojrzy, straci przytomność. Tonący dzieciak mógł wciągnąć pod wodę dorosłego, doświadczonego pływaka, ratownika. Danny słyszał te historie...

Nagle pojął, że mała przestała walczyć. Danny znieruchomiał i czekał. Czuł jej miękką głowę w dłoni. Nieznacznie zwolnił uchwyt. Potem odwrócił się, żeby popatrzeć, ponieważ musiał (choć tak naprawdę nie chciał), i z ulgą zobaczył, że ciało małej unosi się bezwładnie w zielonkawej wodzie.

Ostrożnie rozluźnił uchwyt. Dziewczynka nie poruszyła się. Szpilki i igły przeszyły obolałe ręce Danny'ego, okręcił się na drabince, zamienił rękę i odegnał z twarzy komary. Jeszcze przez chwilę patrzył w tył na małą, jak na wypadek na autostradzie.

Zupełnie nieoczekiwanie tak bardzo zaczęły mu drżeć ręce, że ledwo mógł się trzymać drabinki. Przedramieniem otarł pot z twarzy, wypluł coś kwaśnego. Dygocząc na całym ciele, chwycił szczebel nad sobą, wyprostował łokcie, podciągnął się, a przerdzewiałe żelazo jęknęło pod nim głośno. Mimo zmęczenia, mimo pragnienia, by oddalić się od wody, zmusił się do spojrzenia na jej ciało po raz ostatni. Potem trącił małą nogą i patrzył, jak odpływa w cień, bezwładna niczym kłoda.

Harriet przestała się bać. Coś dziwnego wzięło górę. Łańcuchy trzasnęły, zamki pękły, siła grawitacji poturlała się w dal; Harriet płynęła w górę, w górę i w górę, zawieszona w nocy bez powietrza: nieważka astronautka z wyciągniętymi rękoma. W kilwaterze drżała ciemność, pozaplatane kółeczka rosły i rozchodziły się jak kręgi deszczu na wodzie.

Wielkość i obcość. W jej uszach brzęczało; kiedy tak szybowała ponad popielnymi równinami, rozległym pustkowiem, niemal czuła na plecach upalne słońce. Wiem, jakie to uczucie umierać. Gdyby otworzyła oczy, zobaczyłaby własny cień (z rozpostartymi ramionami jak gwiazdkowy anioł) migoczący niebiesko na dnie basenu.

Woda łagodnie lizała ciało Harriet od spodu mniej więcej w takt oddechu. To było tak, jakby woda — na zewnątrz jej ciała — oddychała za nią. Sam oddech był zapomnianą pieśnią: pieśnią aniołów. Wdech: akord. Wydech: zachwyt, triumf, utracone rajskie chóry. Już długo wstrzymywała oddech; mogłaby go wstrzymać jeszcze chwilkę.

Jeszcze chwilkę. Jeszcze chwilkę. Nagle czyjaś stopa trąciła ją w ramię i Harriet poczuła, jak odpływa na ciemną stronę zbiornika. Łagodny snop iskier. Płynęła dalej w chłód. Migoczcie, migoczcie: spadające gwiazdy, światła daleko w dole, miasta połyskujące w mrocznej atmosferze. Jej płuca przeszył ból, narastający z każdą sekundą, ale jeszcze chwilkę, mówiła sobie, jeszcze chwilkę, muszę walczyć do końca...

Uderzyła głową o ścianę zbiornika po przeciwnej stronie. Siła uderzenia odrzuciła ją w tył, głowa Harriet znalazła się nad wodą, dziewczynka zdążyła skraść króciutki oddech, po czym znowu zanurzyła się w wodę.

Znowu ciemność. Jeszcze ciemniejsza ciemność, o ile to było możliwe, wysysająca z jej oczu ostatni błysk światła. Harriet zawisła w wodzie i czekała, a ubranie łagodnie obmywało jej ciało.

Znajdowała się po nie nasłonecznionej stronie zbiornika, w pobliżu ściany. Miała nadzieję, że cienie i ruch wody zamaskowały jej oddech (drobniutieńki oddech, samym szczytem płuc); nie wystarczył, by ukoić straszliwy ból w piersiach, ale pozwolił walczyć jeszcze chwilkę.

Jeszcze chwilkę. Gdzieś tykał stoper. Bo to była tylko gra, gra, w której Harriet celowała. Ptaki śpiewają, ryby pływają, a ja potrafię to. Ukłucia igieł jak lodowate krople deszczu dziobały jej głowę i tył ramion. Zapach rozgrzanego betonu i chloru, plażowe piłki w paski, dziecięce stateczki, stanę w kolejce po mrożonego snickersa albo mrożony sorbet...

Jeszcze chwilkę. Jeszcze chwilkę. Zanurzyła się głębiej tam, gdzie nie było powietrza, płuca rozjarzyły się od bólu. Była małym, białym księżycem, płynącym wysoko ponad nieprzebytą pustynią.

Danny ściskał drabinkę, dysząc ciężko. Wysiłek związany z topieniem małej pozwolił mu na chwilę zapomnieć o narkotykach, ale teraz realność sytuacji znowu go dopadła; chciał drapać sobie twarz i wyć. Jak, do kurwy nędzy, miał wyjechać z miasta samochodem zachlapanym krwią i bez pieniędzy?! Liczył na amfetaminę, na sprzedawanie towaru w barach i na rogach ulic, jeśli zajdzie taka potrzeba. Miał przy sobie ze czterdzieści dolarów (wcześniej przeznaczył je na benzynę; raczej nie mógł płacić amfetaminą na stacji benzynowej Texaco), oprócz tego był najlepszy przyjaciel Farisha, wypchany portfel, który Farish zawsze trzymał w kieszeni na biodrze. Farish lubił go czasem wyjmować i popisywać się nim przy pokerze czy bilardzie, ale Danny nie miał pojęcia, ile pieniędzy mogło tam być. Gdyby dopisało mu szczęście — prawdziwe szczęście — może nawet tysiąc dolarów.

Tak więc dysponował biżuterią brata (Żelazny Krzyż nie był nic wart, ale pierścienie owszem) i portfelem. Danny przesunął dłonią po twarzy. Za pieniądze z portfela mógł żyć przez miesiąc czy dwa. Ale potem...

Mógłby sobie wyrobić fałszywe dokumenty. Albo znaleźć pracę, przy której nie wymagano żadnych dokumentów, pracę sezonową, jak zbieranie pomarańczy czy tytoniu. To była jednak marna nagroda, marna przyszłość w porównaniu z główną wygraną, na którą liczył.

Kiedy znajdą samochód, zaczną go szukać. Broń leżała w zaroślach, wytarta do czysta, w stylu mafii. Inteligentnie byłoby wrzucić ją do rzeki, ale teraz, po stracie narkotyków, broń stanowiła jeden z jego ostatnich wartościowych przedmiotów. Im więcej Danny rozmyślał o swoich możliwościach, tym bardziej wydawały mu się skąpe i nędzne.

Spojrzał na postać unoszącą się na wodzie. Dlaczego ona zniszczyła jego narkotyki? D l a c z e g o? Danny był przesądny, jeśli chodziło o tę małą. Była cieniem i pechem, ale teraz, kiedy umarła, zaczął się obawiać, że przynosiła mu też szczęście. Z tego, co wiedział, zabijając ją, popełnił wielki błąd — życiowy błąd — ale tak mi dopomóż, powiedział do topielicy, i nie mógł dokończyć zdania. Od tamtego pierwszego spotkania przed salą bilardową jego los splótł się z losem tej dziewczynki w sposób, którego Danny nie pojmował; tajemnica tego spotkania wciąż go gnębiła. Gdyby dopadł ją na suchej ziemi, wydobyłby z niej prawdę, ale teraz było za późno.

Z ohydnej wody wyłowił jedną z torebeczek z amfetaminą. Proszek był zbity i rozmoczony, ale może — gdyby go podgrzać — dałoby się strzelić w żyłę. Danny wyłowił jeszcze z pół tuzina mniej lub bardziej rozmoczonych torebek. Nigdy nie brał narkotyków dożylnie, ale czemu nie miałby zacząć?

Ostatnie spojrzenie i zaczął wchodzić po drabince. Szczeble — przerdzewiałe prawie na wylot — skrzypiały i uginały się pod jego ciężarem; Danny czuł, jak drabinka się poruszała, chybotała się pod nim o wiele bardziej, niżby sobie tego życzył. W końcu z wdzięcznością wychynął z zatęchłego zbiornika na jasność i upał i stanął na drżących nogach.

Wszystkie mięśnie bolały go, jakby został pobity, co — gdyby się nad tym zastanowić — było prawdą. Znad rzeki nadciągała burza. Niebo na wschodzie było słoneczne i błękitne; na zachodzie, gdzie znad rzeki napływały chmury burzowe, miało barwę czarnego metalu broni palnej. Nad niskimi dachami miasta szybowały cieniste plamy.

Danny przeciągnął się i roztarł plecy w krzyżach. Przemoczony ociekał wodą; długie pasma zielonych glonów przylgnęły mu do ramion, ale mimo wszystko samo wyjście z ciemności i wilgoci niesłychanie podniosło go na duchu. Powietrze było wilgotne, ale wiał lekki wietrzyk i Danny znowu mógł oddychać. Ruszył po dachu ku skraju zbiornika, kolana ugięły się pod nim z ulgi, kiedy w oddali ujrzał spokojnie stojący samochód, ze śladami biegnącymi za nim w wysokich trzcinach.

Radośnie, bezmyślnie, ruszył ku drabince, ale nieco stracił równowagę i zanim zorientował się, co się dzieje, trzask, noga ugrzęzła mu w spróchniałej desce. Nagle cały świat przekrzywił się na bok: ukośne szare deski, błękit nieba. Przez chwilę machał rękami jak wiatrak, próbując odzyskać równowagę, ale odpowiedział mu trzask i Danny zapadł się w deski po pas.

Unosząc się na wodzie twarzą w dół, Harriet zaczęła spazmatycznie drżeć. Ukradkiem próbowała wystawić głowę nad wodę, by zaczerpnąć powietrza nosem, ale bez powodzenia. Płuca odmawiały posłuszeństwa; wierzgały dziko, domagały się powietrza, a jeśli nie powietrza, to wody, i właśnie w chwili, kiedy usta same się otworzyły, wypłynęła na powierzchnię i drżąc, wciągnęła powietrze głęboko, głęboko, głęboko.

Uczucie ulgi było tak potężne, że o mały włos jej nie zatopiło. Nieporadnie przytrzymała się dłonią śliskiej ściany i dyszała, dyszała, dyszała: pyszne powietrze, czyste i wzniosłe powietrze lało się przez ciało Harriet jak pieśń. Nie wiedziała, gdzie jest Danny Ratliff; nie wiedziała, czy ją obserwuje, ani o to nie dbała; liczyło się już tylko oddychanie, a jeśli to miał być ostatni oddech w życiu, trudno.

Nad głową Harriet rozległ się głośny trzask. Chociaż jej pierwszą myślą był pistolet, nie zrobiła nic, żeby się odsunąć. Niech mnie zastrzeli, pomyślała, dysząc, z oczyma wilgotnymi z wdzięczności; wszystko było lepsze niż utonięcie.

Potem na ciemną wodę padł zielony, atłasowy promień słońca, a Harriet spojrzała w górę akurat w porę, by zobaczyć dwie nogi wierzgające w dziurze w dachu.

Deska pękła.

ભ

Kiedy woda popędziła Danny'emu na spotkanie, ogarnął go mdlący lęk. Z dalekiej przeszłości dobiegła go zniekształcona ojcowska przestroga, by trzymać język za zębami. Potem woda wlała mu się do uszu i Danny wydał zduszony krzyk, patrząc z przerażeniem w zielony mrok. Opadał w dół. Nagle — w cudowny sposób — uderzył stopami o dno. Plując, zagarniając wodę, wybił się na powierzchnię jak torpeda. Akurat starczyło mu czasu, by zaczerpnąć tchu, po czym znowu zanurzył się w wodę. Półmrok i cisza. Danny miał wrażenie, że warstwa wody nad głową ma zaledwie stopę grubości. Powierzchnia świeciła jasnozielono. Ponownie odbił się od dna — w miarę jak się podnosił, warstwy zieleni stawały się coraz bledsze i bledsze — i z głośnym pluskiem przebił się z powrotem ku światłu. Lepszy rezultat osiągał, kiedy trzymał ręce po bokach, a nie bił nimi na modłę pływaków.

Między skokami i oddechami zorientował się w swoim położeniu. Zbiornik zalewało słońce. Przez zawalony fragment dachu wpadało światło; oślizgłe, zielone ściany wyglądały upiornie. Po dwóch czy trzech skokach po swojej lewej stronie dostrzegł drabinkę.

Czy da radę?, zastanawiał się, gdy woda zamykała się wokół jego głowy. Gdyby skakał ku niej stopniowo, czemu nie? Będzie musiał spróbować; lepsze rozwiązanie nie przychodziło mu do głowy.

Wypłynął na powierzchnię. Doznał bolesnego szoku — tak gwałtownego, że wziął wdech w niewłaściwym momencie — kiedy ujrzał małą. Oburącz trzymała się najniższego szczebla drabinki.

Czyżby miał halucynacje?, zastanawiał się podczas zanurzania się na dno, prychał, banieczki powietrza przepływały mu przed oczyma. Coś w twarzy małej zwróciło jego uwagę; przez krótką, dziwaczną chwilę nie patrzył na dziewczynkę, ale na tę starszą panią: E. Cleve.

Krztusząc się i dusząc, znowu wypłynął na powierzchnię. Nie, nie ulegało wątpliwości, to była mała i ciągle żyła: na wpół utopiona, zziębnięta, z ciemnymi oczami w niezdrowo bladej twarzy. Powidok jarzył się pod powiekami Danny'ego, kiedy zanurzał się w ciemną wodę.

Gwałtownie wyskoczył nad wodę. Dziewczynka walczyła, szamotała się, unosiła kolano, podciągała się na drabinkę. W białym rozprysku sięgnął do jej kostki i chybił, a woda raz jeszcze zamknęła się nad jego głową.

Przy następnym wyskoku Danny chwycił zardzewiały i śliski dolny szczebel, ale wymknął mu się z palców. Skoczył ponownie, złapał szczebel oburącz, tym razem z powodzeniem. Nad jego głową dziewczynka wspinała się na drabinkę jak małpa. Woda spływała z niej na zwróconą ku górze twarz Danny'ego. Z energią zrodzoną z wściekłości Danny dźwignął się, zardzewiały metal jęknął pod nim jak żywe stworzenie. Tuż nad nim, pod tenisówką małej, ugiął się szczebel; Danny zobaczył, że dziewczynka się chwieje i chwyta poręczy, a stopa trafia w powietrze. Nie utrzyma jej, myślał zdumiony, patrząc, jak mała odzyskuje równowagę, wyciąga lewą nogę na brzeg zbiornika, nie utrzyma jej, nie utrzyma...

Szczebel złamał się w dłoni Danny'ego. Pojedynczym, tnącym ruchem — jakby suche gałązki zdarte z gałęzi — runął z drabiny przez przerdzewiałe szczeble z powrotem do zbiornika.

Harriet podciągnęła się na poplamionych rdzą dłoniach i dysząc, padła na gorące deski. W ciemnoniebieskiej dali dudnił grzmot. Słońce skryło się za chmurę, a niespokojny wiatr głaszczący wierzchołki drzew przyprawił ją o dreszcz. Dach między Harriet a drabinką częściowo się zapadł, oderwane deski biegły ku ziejącemu otworowi; na sam odgłos rzężącego oddechu robiło jej się niedobrze, a kiedy stanęła na czworakach, ostry ból przeszył jej bok.

Z głębi zbiornika dobył się gorączkowy plusk. Harriet padła na brzuch; oddychając nierówno, zaczęła okrążać zawaloną część dachu; serce jej się ścisnęło, kiedy pod jej ciężarem deski ugięły się niebezpiecznie w stronę wody.

Dysząc, poczołgała się w tył — w samą porę, bo kawałek deski runął do wody. Potem przez otwór, wysoko w powietrze trysnął wachlarz wody, opryskując jej twarz i ramiona.

W dole rozległ się zduszony skowyt, wilgotny i bełkotliwy. Niemal skamieniała z przerażenia Harriet wysunęła się na czworakach, a choć od zaglądania w otchłań kręciło jej się w głowie, nie mogła się powstrzymać. Przez otwór w dachu wlewało się dzienne światło; wnętrze zbiornika jarzyło się soczystą szmaragdową zielenią, zielenią bagien i dżungli, opuszczonych miast Mowgliego. Zielony jak trawa koc alg popękał jak lód, na matowej powierzchni wody pojawiły się czarne żyły.

Potem plusk: z wody wyskoczył pobladły, zdyszany Danny Ratliff, z ciemnymi włosami przyklejonymi do czoła. Dłonią macał drabinę, ale kiedy Harriet spojrzała w zieloną wodę, zobaczyła, że drabiny nie ma. Ułamała się na wysokości może pięciu stóp nad wodą, poza jego zasięgiem.

Patrzyła przerażona, jak pod wodą zanurza się ostatni fragment ciała Ratliffa: dłoń z połamanymi paznokciami kurczowo chwytająca powietrze. Potem nad powierzchnię, niezbyt wysoko, wyskoczyła głowa, powieki zatrzepotały, oddech ohydnie zagulgotał.

Danny widział ją w górze; usiłował coś powiedzieć. Jak ptak bez skrzydeł taplał się, szamotał w wodzie, a widok tej walki wzbudzał w Harriet uczucie, którego nie potrafiła nazwać. Kiedy się zanurzył, z ust dobył się niewyraźny bulgot, aż zniknął, pozostała tylko kępka włosów i białe banieczki na pełnej glonów wodzie.

Cisza, pęcherzyki powietrza zawrzały. Znowu się wynurzył, z twarzą jakby stopioną, z ustami jak czarna dziura. Trzymał się pływających desek, te jednak nie utrzymały jego ciężaru, a kiedy runął z powrotem w wodę, jego szeroko otwarte oczy napotkały wzrok Harriet — oskarżycielskie, bezradne oczy zgilotynowanej głowy pokazanej tłuszczy. Danny poruszał ustami; próbował wymówić jakieś nieczytelne słowo, które zostało połknięte, kiedy utonął.

Dmuchnął silny wiatr, pokrywając ramiona Harriet gęsią skórką, potrząsając liśćmi na wszystkich drzewach i nagle, w jednym tchu, niebo przybrało barwę ciemnoszarego łupku. O dachy zagrzechotał deszcz jak grad kamieni.

Był to ciepły, jakby tropikalny deszcz, szkwał podobny do tych, które hulały po Zatoce Meksykańskiej w porze huraganów. Krople bębniły głośno po zapadniętym dachu, ale nie na tyle głośno, by zagłuszyć dobiegające z dołu gulgotanie i plusk. Deszcz skakał po wodzie jak małe srebrzyste rybki.

Harriet gwałtownie się rozkaszlała. Wcześniej woda dostała się jej do ust i nosa, zgniły smak przeniknął ją do szpiku kości; teraz, kiedy deszcz smagnął ją w twarz, plunęła na deski, przewróciła się na plecy i zaczęła turlać głową w lewo i prawo, doprowadzona na skraj obłędu tym nikczemnym hałasem, jaki odbijał się echem od zbiornika — przyszło jej na myśl, że pewnie nie różnił się zbytnio od odgłosów, jakie wydawał Robin, kiedy się dusił. Dotychczas wyobrażała sobie, że dzieje się to czysto i szybko, żadnego taplania się ani przykrego wilgotnego duszenia się, tylko zaciśnięte dłonie i obłoczek dymu. Uderzyła ją słodycz tej myśli: jak uroczo byłoby zniknąć z powierzchni ziemi, cóż to za słodkie marzenie: ulotnić się z ciała, puf, niczym duch. Puste łańcuchy opadają na podłogę.

Gorąca, zielona ziemia parowała. Daleko w dole, w zaroślach, Trans Am skulił się w niepokojącej, poufałej ciszy, nad maską unosiła się delikatna, biała mgiełka deszczu; ktoś mógłby pomyśleć, że w samochodzie siedzi całująca się para. W późniejszych latach Harriet często miała widywać ten samochód właśnie tak — ślepo, intymnie, bez zastanowienia — na cienkim, niemym skraju snów.

∞

Była druga, kiedy Harriet — zatrzymawszy się, żeby podsłuchać (droga wolna) — weszła do domu tylnymi drzwiami. Z wyjątkiem pani Godfrey (która najwyraźniej jej nie poznała) oraz pani Fountain, która posłała jej niezmiernie dziwne spojrzenie z werandy (była przecież brudna, pokryta ciemnymi smugami mułu, który przywarł jej do skóry i wysechł na słońcu), nie napotkała nikogo. Ostrożnie, rozejrzawszy się w lewo i prawo, przebiegła przez hol do łazienki na parterze i zamknęła za sobą drzwi. Nieznośny smak rozkładu dymił jej w ustach. Rozebrawszy się (smród był niewiarygodny; zdejmowana przez głowę koszula skautek kazała jej ścisnąć krtań), wrzuciła rzeczy do wanny i puściła na nie wodę.

Edie często opowiadała historię o tym, jak o mały włos nie zatruła się ostrygą na weselu w Nowym Orleanie.

— Nigdy nie byłam tak chora.

Już w momencie, kiedy ją ugryzła, wiedziała, że ostryga jest nieświeża; natychmiast wyplula ją na serwetkę, ale kilka godzin później zaniemogła i musieli ją zabrać do szpitala baptystów. Ona też od chwili, kiedy łyknęła wody ze zbiornika, wiedziała, że się rozchoruje. Zgnilizna przeniknęła jej ciało i nic nie mogło jej zmyć. Wypłukała ręce i usta, przemyła gardło listeryną, złożonymi dłońmi czerpała zimną wodę z kranu i piła, piła, piła, ale smród wciąż przenikał wszystko, nawet czystą wodę. Wzbijał się z brudnych rzeczy w wannie, unosił się z porów jej skóry. Harriet wsypała do wanny pół pudełka Mr Bubble'a i puściła gorącą wodę, aż piana urosła do nadzwyczajnych rozmiarów. Jednak nawet po wypłukaniu ust aż do odrętwienia, wstrętny smak utrzymywał się na języku Harriet jak skaza, przywołując bardzo wyraźnie opuchniętą, na wpół podtopioną postać, podskakującą w wodzie pod ciemną ścianą zbiornika.

Pukanie do drzwi.

— Harriet, czy to ty? — zawołała matka. Dziewczynka nigdy nie kąpała się w dolnej łazience.

— Tak — odpowiedziała Harriet po chwili, przekrzykując szum wody.

— Czy robisz tam bałagan?

— Nie — odparła Harriet, patrząc na bałagan w łazience.

— Wiesz, że nie chcę, żebyś kąpała się w tej łazience.

Harriet nie mogła odpowiedzieć. Ogarnęła ją fala skurczy. Siedząc na skraju wanny, wpatrzona w zamknięte drzwi, kołysała się w przód i w tył, przyciskając dłoń do ust.

— Lepiej, żebyś tam nie nabrudziła — zawołała matka.

Woda, której Harriet napiła się z kranu, podchodziła jej do gardła. Zerkając na drzwi, wstała z wanny i — zgięta wpół przez ból brzucha — najciszej jak potrafiła, podeszła na palcach do szafki. Kiedy tylko odsunęła dłonie od ust, chlust, trysnął strumień wody, cuchnącej dokładnie tak jak stojąca woda, w której utonął Danny Ratliff.

W wannie Harriet napiła się więcej zimnej wody z kranu, uprała rzeczy, umyła się. Wypuściła wodę z wanny, wyszorowała ją cometą, spłukała muł i piach, po czym sama weszła z powrotem do wanny, żeby się opłukać. Mroczny odór zgnilizny przeniknął ją jednak na wylot tak, że nawet po namydleniu i opłukaniu czuła się zamarynowana w ohydzie: odbarwiona, żałosna, ze zwieszoną głową, jak skąpany w ropie naftowej pingwin, którego widziała w „National Geographic" u Edie. Biedny ptak stał w balii, rozpościerając małe, zabrudzone płetwy, żeby nie dotknąć nimi zbrukanego ciała.

Harriet ponownie wypuściła wodę z wanny, wyszorowała ją, wyżęła mokre ubranie i rozwiesiła. Łazienkę spryskała lizolem, sama spryskała się zieloną wodą kolońską z tancerką flamenco na matowej buteleczce. Teraz była czysta i różowa, kręciło jej się w głowie z gorąca, ale tuż pod perfumami wilgoć w łazience była wciąż nabrzmiała od smrodu zgnilizny, tej samej dojrzałej woni, która leżała ciężko na jej języku.

Jeszcze jedno płukanie ust, pomyślała, a wtedy, bez ostrzeżenia, kolejna głośna fala przezroczystych wymiocin chlusnęła jej z ust.

Kiedy było po wszystkim, Harriet położyła się na zimnej podłodze, policzkiem na morskozielonej terakocie. Nabrawszy nieco sił, dowlokła się do umywalki i obmyła się myjką. Potem otuliła się w ręcznik i zakradła na górę do swego pokoju.

Czuła się tak chora, tak skołowana i wycieńczona, że zanim zorientowała się, co robi, odciągnęła kołdrę i wsunęła się do łóżka, łóżka, w którym nie spała od tygodni. Uczucie okazało się tak niebiańskie, że wszystko jej zobojętniało; pomimo szarpiącego bólu żołądka zapadła w głęboki sen.

Dziewczynkę obudziła matka. Zapadał zmierzch. Harriet bolał brzuch, miała podrażnione oczy jak wtedy, kiedy miała jęczmień.

— Co takiego? — spytała, unosząc się ciężko na łokciach.

— Pytałam, czy jesteś chora?

— Nie wiem.

Matka pochyliła się, dotknęła czoła córki, zmarszczyła brwi i cofnęła się.

— Co to za zapach?

Kiedy Harriet nie odpowiedziała, matka nachyliła się i podejrzliwie powąchała jej szyję.

— Używałaś zielonej wody kolońskiej?

— Nie. — Kłamanie weszło Harriet w nawyk. Jeśli masz wątpliwości, najlepiej zaprzeczaj.

— Te perfumy są do niczego. — Zielone perfumy z tancerką flamenco ojciec Harriet podarował jej matce na Gwiazdkę; od lat stały na półce, nieodłączny element dzieciństwa Harriet. — Jeśli chcesz jakieś perfumy, kupię ci w drogerii Chanel numer 5. Albo Norell, tego właśnie używa matka. Osobiście nie przepadam za Norell, są trochę za mocne...

Harriet zamknęła oczy. Pozycja siedząca ponownie przyprawiła ją o potworne mdłości. Ledwo położyła głowę na poduszce, matka wróciła, tym razem ze szklanką wody i aspiryną.

— Może powinnaś zjeść bulion z puszki — powiedziała. — Zadzwonię do matki i spytam, czy ma.

Kiedy wyszła, Harriet wstała z łóżka i otulając się w szorstki, zrobiony na drutach sweter z wełny afgańskiej, ruszyła holem do łazienki. Podłoga była zimna, podobnie jak sedes. Wymioty (trochę) otworzyły drogę rozwolnieniu (mnóstwo). Myjąc się później w umywalce, z zaskoczeniem zobaczyła w lustrze, jak bardzo czerwone ma oczy.

Drżąc, wróciła do łóżka. Chociaż kołdra leżała na niej ciężko, nie dawała ciepła.

Matka potrząsała termometrem.

— Proszę, otwórz usta — powiedziała i wsunęła termometr.

Harriet leżała, patrząc w sufit. W żołądku wszystko się przewracało; bagienny smak wody wciąż ją prześladował. Zapadła w sen, w którym pielęgniarka podobna do pani Dorrier z pogotowia tłumaczyła jej, że ugryzł ją jadowity pająk i transfuzja krwi uratuje jej życie.

To byłam ja, powiedziała Harriet. Ja go zabiłam.

Pani Dorrier w asyście kilku innych osób ustawiała sprzęt do transfuzji. Ktoś powiedział: jest gotowa.

Nie chcę, powiedziała Harriet. Zostawcie mnie w spokoju.

W porządku, odparła pani Dorrier i wyszła. Harriet poczuła się nieswojo. Kilka innych kobiet zostało w pokoju, uśmiechały się do niej i szeptały, ale żadna nie oferowała pomocy ani nie kwestionowała decyzji Harriet o zakończeniu życia, chociaż trochę tego pragnęła.

— Harriet? — odezwała się matka i dziewczynka usiadła gwałtownie. W sypialni panowała ciemność; termometr zniknął z jej ust.

— Proszę. — Mięsna para unosząca się z kubka była treściwa i mdląca.

— Nie chcę. — Harriet przesunęła dłonią po twarzy.

— Proszę cię, kochanie! — Matka wepchnęła jej kubek z rubinowego szkła, który Harriet uwielbiała. Pewnego popołudnia, zupełnie bez uprzedzenia, Libby wyjęła kubek z szafki z porcelaną, owinęła w gazetę i podarowała Harriet, bo wiedziała, jak bardzo go kocha. Teraz, w ciemnym pokoju, kubek jarzył się czarno, z jedną złowrogą rubinową iskrą w środku.

— Nie — powtórzyła Harriet, odwracając głowę od kubka, który raz po raz trącał ją w twarz. — Nie, nie.

— H a r r i e t! — Matka stosowała starą sztuczkę: rozdrażniony ton, który nie dopuszczał sprzeciwu.

Kubek znowu znalazł się pod jej nosem. Harriet nie pozostało nic innego, jak usiąść i wziąć go. Za wszelką cenę próbując się nie udławić, wypiła mięsny, mdlący płyn. Potem otarła usta podsuniętą przez matkę serwetką i nagle, chlup, wszystko zwróciła na kołdrę, natkę pietruszki i całą resztę.

Matka Harriet wydała zduszony okrzyk. Nadąsana wyglądała dziwnie młodo, jak obrażona opiekunka do dzieci, która ma złą noc.

— Przepraszam — powiedziała Harriet żałośnie. Cała pościel cuchnęła jak woda z bagna zmieszana z rosołem.

— Och, kochanie, co za bałagan. Nie, nie rób tego... — zaniepokoiła się Charlotte, kiedy Harriet, ogarnięta zmęczeniem, próbowała się położyć w brudnej pościeli.

Wtedy wydarzyło się coś bardzo dziwnego i nagłego. Z góry, prosto w twarz Harriet, spłynęło silne światło. To była ozdoba ze rżniętego szkła na suficie w holu. Harriet spostrzegła zdumiona, że nie leży w łóżku, ani nawet w sypialni, ale na podłodze w holu na piętrze, w wąskim przejściu między stertami gazet. Najdziwniejsze było jednak to, że obok niej klęczała Edie, o posępnej, bladej twarzy bez szminki.

Całkiem zbita z tropu Harriet wyciągnęła rękę i przekręciła głowę z boku na bok, a w tym samym momencie matka rzuciła się ku niej z głośnym krzykiem. Edie zagrodziła jej drogę ręką.

— Pozwól jej oddychać!

Harriet leżała na klepce z twardego drewna i zastanawiała się. Oprócz zadziwiającego faktu, że znalazła się w innym miejscu, pierwsza myśl, jaka ją uderzyła, dotyczyła bólu głowy i szyi: s i l n e g o bólu. Potem pomyślała, że Edie nie powinna być na górze. Harriet nie pamiętała, kiedy ostatnio Edie zapuściła się w domu poza hol (utrzymywany w umiarkowanej czystości przez wzgląd na gości).

Jak ja się tu dostałam?, zwróciła się z pytaniem do Edie, ale słowa nie zabrzmiały tak, jak miały zabrzmieć (wszystkie jej myśli splątały się i zbiły razem), więc przełknęła ślinę i ponowiła próbę.

Edie uciszyła wnuczkę. Pomogła jej usiąść, a Harriet patrząc na swoje nogi i ręce, zauważyła dziwnie podniecona, że ma na sobie inne ubranie.

Dlaczego mam inne ubranie?, próbowała zapytać, ale również bez powodzenia. Ostrożnie zaczęła przeżuwać to zdanie w ustach.

— Ćśś. — Edie położyła palec na ustach Harriet i powiedziała do Charlotte (płakała z tyłu, a za nią stała Allison, obgryzając paznokcie): — Jak długo to trwało?

— Nie wiem — odparła matka Harriet, ściskając skronie.

— Charlotte, to jest w a ż n e, ona miała a t a k.

Szpitalny pokój był niestały i migotliwy jak sen. Wszystko było zbyt jasne — na powierzchni czyste jak łza, ale po bliższych oględzinach okazywało się, że krzesła są zniszczone i nierówne. Allison czytała wystrzępione pisemko dla dzieci, a dwie oficjalnie wyglądające panie z identyfikatorami próbowały rozmawiać ze staruszkiem o obwisłej twarzy, który siedział po drugiej stronie pokoju. Rozwalony ciężko na krześle jak pijak, wpatrywał się w podłogę, dłonie ściskał między kolanami, a tyrolski kapelusz przekrzywił zawadiacko na jedno oko.

— Jej nic nie można powiedzieć — mówił staruszek, potrząsając głową. — Ona za żadne skarby nie zwolni.

Kobiety spojrzały po sobie, po czym jedna usiadła obok staruszka.

Zapadł zmrok, a Harriet wędrowała samotnie w obcym mieście z wysokimi budynkami. Musiała odnieść książki do biblioteki przed zamknięciem, ale ulice coraz bardziej się zwężały, wreszcie miały tylko stopę szerokości. Harriet stała przed dużą stertą kamieni. Muszę znaleźć telefon, pomyślała.

— Harriet?

To była Edie. Tym razem stała. Przez drzwi wahadłowe w głębi pokoju weszła pielęgniarka, pchając przed sobą pusty wózek inwalidzki.

Była to młoda pielęgniarka, pulchna i ładna. Wymyślne skrzydła namalowane czarnym tuszem do rzęs i różowe półkole biegnące od kości policzkowej do łuku brwiowego upodabniały ją (zdaniem Harriet) do obficie umalowanych śpiewaków opery pekińskiej. Deszczowe popołudnia w domu Tatty, na podłodze z książkami *Japoński teatr kabuki* i *Ilustrowany Marco Polo z 1880 roku*. Kublai Chan na malowanym palankinie, ach, maski i smoki, złocone stronice i bibułka, cała Japonia i Chiny na wąskiej szafce na książki u stóp schodów!

Płynęły przez jasny hol. Wieża, ciało w wodzie rozwiały się już w odległy sen, nie pozostało po nich nic oprócz bólu brzucha (ostrych ukłuć, które nasilały się i ustępowały) i straszliwego bólu głowy. To od wody zachorowała, wiedziała, że musi im powiedzieć, musieli się dowiedzieć, żeby ją uzdrowić, ale nie wolno mi powiedzieć, myślała, nie mogę.

Ta pewność wzbudziła w Harriet uczucie sennego spokoju. Pchając Harriet korytarzem błyszczącym jak statek kosmiczny, pielęgniarka pochyliła się, żeby poklepać ją po policzku, a ona — chora i bardziej bezwolna niż zwykle — pozwoliła na to bez zastrzeżeń. Dłoń była miękka, chłodna, ze złotymi pierścieniami.

— Wszystko w porządku? — dopytywała się pielęgniarka, wepchnęła Harriet (Edie dreptała szybko za nią, a jej kroki odbijały się echem od kafelków) do małego, półprywatnego pomieszczenia, po czym zaciągnęła zasłonę.

Harriet zgodziła się, żeby ubrano ją w koszulę nocną, potem położyła się na szeleszczącym papierze i pozwoliła, by pielęgniarka zmierzyła jej temperaturę

„dobry Boże!"

„tak, to chora dziewczynka"

...i pobrała krew. Potem usiadła i posłusznie wypiła z maleńkiego kubeczka lekarstwo o kredowym smaku, które — jak zapewniła pielęgniarka — pomoże jej na żołądek. Edie siedziała na stołku naprzeciwko, obok przeszklonej szafki z lekarstwami i wagi z przesuwanym ciężarkiem. Kiedy pielęgniarka zaciągnęła zasłonę i wyszła, zostały same. Edie zadała pytanie, na które Harriet odpowiedziała tylko połowicznie, ponieważ częściowo znajdowała się w tym pokoju, czując kredowy smak w ustach, ale jednocześnie pływała w zimnej rzece, połyskującej srebrzyście i złowrogo, jakby światło księżyca odbijało się od ropy naftowej, podwodny prąd chwycił ją za nogi, odrzucił, jakiś upiorny starzec w mokrej futrzanej czapie biegł wzdłuż brzegu, wykrzykując słowa, których Harriet nie rozumiała...

— Dobrze. Proszę usiąść.

Harriet patrzyła w twarz nieznajomego w bieli. Nie był Amerykaninem, ale Hindusem o błękitnoczarnych włosach i sennych, melancholijnych oczach. Spytał Harriet, czy wie, jak się nazywa i gdzie się znajduje; poświecił jej w twarz punktową latareczką; zajrzał do oczu, nosa i uszu; potem pomacał brzuch i pod pachami lodowatymi dłońmi, od których Harriet się wzdrygnęła.

— ...jej pierwszy atak? — Znowu to słowo.

— Tak.

— Czy czułaś jakiś dziwny smak albo zapach? — lekarz zwrócił się do Harriet.

Jego nieruchome czarne oczy sprawiały, że czuła się nieswojo. Przecząco potrząsnęła głową.

Lekarz delikatnie uniósł jej podbródek palcem wskazującym. Harriet ujrzała, że falują mu nozdrza.

— Czy boli cię gardło? — zapytał swoim miodopłynnym głosem.

Z oddali dobiegł okrzyk Edie:

— Dobry Boże, co ona ma na szyi?

— Odbarwienie — wyjaśnił lekarz, pogłaskał miejsce palcami, a potem mocno przycisnął kciukiem. — Czy to boli?

Harriet wydała nieartykułowany odgłos. Bolało ją nie tyle gardło, co szyja. Poza tym nos — uderzony odbitym pistoletem — był nieprzyjemnie uwrażliwiony na dotyk, ale chociaż czuła, że bardzo spuchł, nikt nie zwracał na to uwagi.

Lekarz osłuchał serce Harriet, kazał jej wysunąć język. Bardzo uważnie zajrzał jej do gardła, świecąc latareczką. Z obolałą szczęką, Harriet spojrzała w bok na stół, gdzie stał pojemnik z wacikami i słoik ze środkiem dezynfekującym.

— Dobrze — westchnął lekarz, wyjmując szpatułkę.

Harriet położyła się. Brzuch zwinął się i skurczył. Przez zamknięte powieki pulsowało pomarańczowe światło.

Edie rozmawiała z lekarzem.

— Neurolog przychodzi co dwa tygodnie — mówił. — Jutro albo pojutrze mógłby podjechać z Jackson...

Lekarz mówił dalej monotonnym głosem. Kolejne potworne ukłucie w żołądku kazało Harriet przekręcić się na bok i chwycić za brzuch. Potem ból ustąpił. W porządku, pomyślała, osłabiona i wdzięczna za ulgę, już po wszystkim, po wszystkim...

— Harriet — powiedziała Edie głośno, tak głośno, że Harriet zdała sobie sprawę, że musiała przysnąć albo prawie... — spójrz na mnie.

Harriet posłusznie otworzyła oczy na bolesną jasność.

— Proszę spojrzeć na jej oczy. Widzi pan, jakie są czerwone? Wyglądają na z a i n f e k o w a n e.

— Objawy są wątpliwe. Będziemy musieli poczekać na wyniki badań.

Żołądek Harriet znowu gwałtownie się skręcił; obróciła się na brzuch, z dala od światła. Wiedziała, dlaczego ma czerwone oczy; od wody.

— A co z rozwolnieniem? A gorączka? No i, dobry Boże, te czarne znaki na szyi? Wygląda tak, jakby ktoś ją dusił. Jeżeli chce pan znać moje zdanie...

— Niewykluczone, że wdało się jakieś zakażenie, ale ataki nie są gorączkowe. Gorączkowe...

— Wiem, co to znaczy, proszę pana, byłam pielęgniarką — powiedziała Edie lakonicznie.

— Wobec tego powinna pani wiedzieć, że każde zaburzenie układu nerwowego stanowi priorytet — odparł nie mniej lakonicznie lekarz.

— A inne objawy...

— Są wątpliwe, jak już wspomniałem. Po pierwsze, podamy jej antybiotyk i płyny. Wyniki badań elektrolitów i krwi powinny być gotowe jutro po południu.

Harriet uważnie śledziła rozmowę, czekając na swoją kolej. W końcu straciła cierpliwość i powiedziała:

— Muszę iść.

Edie i lekarz odwrócili się do chorej.

— Proszę, i d ź — powiedział lekarz, skinął dłonią w geście, który wydał się Harriet królewski i egzotyczny, uniósł przy tym podbródek jak maharadża. Kiedy zeskoczyła ze stołu, usłyszała, jak lekarz przywołuje pielęgniarkę.

Za zasłoną nie było jednak pielęgniarki i żadna nie przyszła, więc Harriet pobiegła desperacko korytarzem. Inna pielęgniarka — o małych, migotliwych oczkach jak u słonia — dźwignęła się zza biurka.

— Szukasz czegoś? — spytała, po czym szeleszcząc fartuchem, leniwie sięgnęła po dłoń Harriet.

Przestraszona niemrawością pielęgniarki, Harriet potrząsnęła głową i uciekła. Biegnąc korytarzem bez okien, nie spuszczała wzroku z drzwi z napisem „Panie", a kiedy mijała salkę z krzesłami, nie zatrzymała się, chociaż jakiś głos zawołał:

— Hat!

Nagle tuż przed nią pojawił się Curtis. Za nim, z dłonią na ramieniu Curtisa, stał kaznodzieja (burze, grzechotniki), cały w czerni, a krwistoczerwone znamię na twarzy wyglądało jak środek tarczy strzelniczej.

Harriet szeroko otworzyła oczy, potem odwróciła się i pobiegła jasnym, antyseptycznym korytarzem. Podłoga była śliska; stopy uciekły spod niej, runęła na twarz, przekręciła się na plecy i zasłoniła oczy dłonią.

Szybkie kroki — gumowe podeszwy piszczące na kafelkach — a chwilę potem pielęgniarka Harriet (ta młoda, z pierścionkami i kolorowym makijażem) klęczała obok niej. „Bonnie Fenton" głosił identyfikator.

— Hopla! — powiedziała wesoło. — Potłukłaś się?

Harriet przywarła do ręki pielęgniarki i w najwyższym skupieniu utkwiła wzrok w jej jaskrawo umalowanej twarzy. Bonnie Fenton, powtórzyła w myślach niczym magiczne zaklęcie mające zapewnić bezpieczeństwo. Bonnie Fenton, Bonnie Fenton, Bonnie Fenton R.N....

— Właśnie dlatego nie wolno biegać po korytarzach! — powiedziała pielęgniarka, ale nie do Harriet. W końcu korytarza zza zasłony wyszedł lekarz i Edie. Czując na karku palący wzrok kaznodziei, Harriet wstała z podłogi, podbiegła do Edie i objęła ją w pasie.

— Edie, zabierz mnie do domu, zabierz mnie do domu!

— Harriet! Co w ciebie wstąpiło?

— Jeżeli wrócisz do domu, jak zdołamy ustalić, co ci dolega? — spytał lekarz, siląc się na przyjazny ton, ale jego senna twarz pod oczami, przypominająca stopiony wosk, nagle wydała się Harriet przerażająca, więc rozpłakała się.

Roztargnione klepnięcie w plecy: energiczne, konkretne, jakże w typie Edie, sprawiło tylko, że Harriet jeszcze bardziej się rozpłakała.

— Ona zwariowała.

— Zazwyczaj po pierwszym ataku przychodzi senność, ale jeżeli jest niespokojna, możemy dać jej coś na rozluźnienie.

Harriet z przestrachem obejrzała się przez ramię, ale na korytarzu nie było nikogo. Dotknęła kolana, obolałego po poślizgu na podłodze. Przed kimś uciekała; przewróciła się i potłukła; ta część nie przyśniła się jej, ale wydarzyła się naprawdę.

Pielęgniarka odciągała Harriet od Edie. Siostra Bonnie prowadziła Harriet z powrotem do pokoju za zasłoną... Siostra Bonnie otwierała szafkę, napełniała strzykawkę z małej buteleczki...

— E d i e! — wrzasnęła Harriet.

— Harriet? — Edie wsunęła głowę przez zasłonę. — Nie bądź niemądra, to tylko zastrzyk.

Na dźwięk głosu babci Harriet na nowo zachłysnęła się łzami.

— Zabierz mnie do domu, Edie. Boję się. Nie mogę tu zostać. Ci ludzie mnie ścigają. Ja...

Harriet odwróciła głowę i skrzywiła się, kiedy pielęgniarka wbiła jej igłę w ramię. Potem zaczęła się zsuwać ze stołu, ale pielęgniarka złapała ją za przegub.

— Nie, jeszcze nie skończyłyśmy, kochanie.

— Edie? Ja... Nie, nie rób tego! — krzyknęła, cofając się przed siostrą Bonnie, która zbliżała się z nową strzykawką.

Pielęgniarka zaśmiała się grzecznie, ale bez szczególnego rozbawienia, szukając jednocześnie wzrokiem Edie.

— Nie chcę spać! Nie chcę spać! — krzyczała Harriet nagle osaczona, z jednej strony odpychając Edie, z drugiej wyrywając się z miękkiego, uporczywego uścisku siostry Bonnie ze złotymi pierścieniami. — Boję się. Ja...

— Chyba nie tej i g i e ł k i, słodziutka. — Głos siostry Bonnie, początkowo kojący, stał się chłodny i przerażający. — Nie bądź niemądra. Tylko małe ukłucie i...

— Pojadę teraz do domu — powiedziała Edie.

— EDIE!

— Nie podnośmy głosu, kruszynko — powiedziała pielęgniarka, wbijając igłę w ramię Harriet i naciskając tłoczek.

— Edie! Nie! Oni są tutaj! Nie zostawiaj mnie! Nie...

— Ja wrócę... Posłuchaj — powiedziała Edie, unosząc podbródek, a jej głos ostro i sprawnie przeciął paniczny bełkot Harriet. — Muszę odwieźć Allison do domu, potem wpadnę do siebie po kilka rzeczy. — Zwróciła się do pielęgniarki: — Czy wstawisz łóżko do jej pokoju?

— Oczywiście, proszę pani.

Harriet roztarła ukłute miejsce na ramieniu. Ł ó ż k o. W tym słowie było coś kojącego, związanego z pokojem dziecinnym, jak plusz. Niemal czuła na języku to obłe, słodkie słowo: gładkie i twarde, ciemne jak mleczny koktajl słodowy.

Uśmiechnęła się do uśmiechniętych twarzy wokół stołu.

— Czy komuś chce się spać? — usłyszała głos siostry Bonnie.

Gdzie była Edie? Harriet za wszelką cenę próbowała powstrzymać się od zamknięcia oczu. Przygniatały ją bezmierne firmamenty, chmury pędzące w bajecznym mroku. Dziewczynka zamknęła oczy, ujrzała rozkołysane gałęzie i zanim się spostrzegła, zasnęła.

Eugene trzymając ręce splecione za plecami, krążył po chłodnych korytarzach. Kiedy w końcu pojawił się sanitariusz i wywiózł dziewczynkę z pokoju badań, Eugene trzymał się w bezpiecznej odległości z tyłu, żeby zobaczyć, dokąd ją zabierają.

Sanitariusz zatrzymał się przy windzie i nacisnął guzik. Eugene odwrócił się i wrócił korytarzem na schody. Wychodząc z rozbrzmiewającej echem klatki schodowej na pierwszym piętrze, usłyszał dzwonek, a po chwili, w końcu korytarza, przez drzwi z nierdzewnej stali wyjechało, nogami do przodu, łóżko na kółkach. Sanitariusz manewrował u wezgłowia.

Sunęli korytarzem. Eugene zamknął metalowe drzwi ewakuacji przeciwpożarowej najciszej, jak potrafił, i stukając butami, ruszył za nimi w dyskretnej odległości. Z daleka zobaczył pokój, w którym zniknęli. Potem zawrócił do windy, długo oglądał wystawę dziecięcych rysunków przypiętych do tablicy ogłoszeń i podświetlone słodycze w pomrukującym automacie na monety.

Eugene zawsze słyszał, że psy wyją przed trzęsieniem ziemi. Ostatnio, ilekroć wydarzyło się, albo miało się wydarzyć coś złego, to czarnowłose dziecko znajdowało się w pobliżu. Nie ulegało wątpliwości, że to była ona. Przyjrzał się jej dokładnie przed misją tamtej nocy, kiedy ukąsił go wąż.

Teraz pojawiła się znowu. Swobodnym krokiem przeszedł obok otwartych drzwi i zajrzał do pokoju. Z wnęki sufitowej spływało słabe światło, które stopniowo przechodziło w cień. W łóżku zobaczył niewiele więcej niż nieduży kłębek pościeli. W górze — blisko światła, jak meduza zawieszona w nieruchomej wodzie — unosiła się przezroczysta torebka z płynem, z której wychodziła rurka.

Eugene poszedł do automatu z wodą, napił się, patrzył, jak pielęgniarka przychodzi i odchodzi. Kiedy jednak znowu podkradł się do pokoju i zajrzał, zobaczył, że dziewczynka nie jest sama. W pokoju krzątał się czarny sanitariusz, stawiał łóżko polowe i całkowicie ignorował pytania Eugene'a.

Eugene kręcił się przy drzwiach, próbował nie wyglądać zbyt podejrzanie (co, rzecz jasna, nie było łatwe w pustym korytarzu), a kiedy wreszcie zobaczył pielęgniarkę wracającą z naręczem prześcieradeł, zatrzymał ją, zanim weszła do pokoju.

— Kim jest ta mała w środku? — zapytał swoim najbardziej przyjaznym tonem.

— Ma na imię Harriet. Z rodziny Dufresnes.

— A. — Nazwisko wydało mu się znajome, choć nie wiedział dlaczego. Ponad ramieniem pielęgniarki zajrzał do pokoju. — Nie widziałem jej rodziców, tylko babcię.

Pielęgniarka odwróciła się, dając do zrozumienia, że rozmowa dobiegła końca.

— Biedna mała — ciągnął uparcie Eugene, wsuwając głowę w drzwi. — Co jej dolega?

Zanim jeszcze pielęgniarka odpowiedziała, poznał po jej wyrazie twarzy, że posunął się za daleko.

— Przykro mi, ale nie mogę udzielać tego rodzaju informacji.

Eugene uśmiechnął się — miał nadzieję, że sympatycznie.

— Wiem, że to znamię na twarzy nie wygląda zbyt ładnie, ale nie jestem przez nie złym człowiekiem.

Kiedy Eugene wspominał o skazie, kobiety zazwyczaj miękły, ale pielęgniarka spojrzała na niego tak, jakby powiedział coś po hiszpańsku.

— Tylko pytałem — zastrzegł Eugene, podnosząc dłoń. — Przepraszam, że pani przeszkodziłem.

Ruszył za nią, ale pielęgniarka była zajęta prześcieradłami. Przyszło mu na myśl, żeby zaproponować pomoc, ale ułożenie pleców siostry ostrzegło go, żeby nie igrał z losem.

Eugene wrócił do automatu ze słodyczami. D u f r e s n e s. Dlaczego znał to nazwisko? Osobą, do której należało się zwrócić z tym pytaniem, był Farish; Farish wiedział, kto jest kim w mieście; Farish pamiętał adresy, koneksje rodzinne, skandale, wszystko. Ale Farish leżał na parterze szpitala w śpiączce i nie spodziewano się, że przeżyje noc.

Eugene stanął przy biurku pielęgniarek naprzeciwko windy — nikogo. Oparty o blat, udając, że ogląda kolaż fotograficzny przedstawiający storczyka dwulistnika w koszyku na prezenty, czekał. Dufresnes. Jeszcze przed rozmową z pielęgniarką zajście w holu (zwłaszcza starsza pani, której szorstkie obejście na odległość cuchnęło pieniędzmi i wysoką pozycją w hierarchii kongregacji baptystów) utwierdziło go w przekonaniu, że dziewczynka nie jest córką Oduma. Eugene zmartwił się tym, bo gdyby należała do Oduma, potwierdziłoby to zgrabnie jego podejrzenia. Odum miał powód, żeby zemścić się na Farishu i Dannym.

W końcu pielęgniarka wyszła z pokoju małej i spojrzała na Eugene'a. Była ładną dziewczyną, ale całą twarz wymalowała sobie szminką i tuszem jak końską dupę. Eugene odwrócił się — nonszalancko, z nonszalanckim machnięciem ręki — po czym ruszył z powrotem korytarzem, zszedł po schodach, minął pielęgniarkę z nocnego dyżuru (lampka na biurku upiornie oświetlała jej twarz) i znalazł się w pozbawionej okien poczekalni intensywnej terapii, z osłoniętymi abażurami lampami, które świeciły się przez okrągłą dobę, gdzie Gum i Curtis spali na kanapie. Nie było sensu kręcić się na górze i zwracać na siebie uwagi. Wróci tam, kiedy ta wypacykowana dziwka skończy dyżur.

Allison leżała w swoim łóżku, wyglądając przez okno na księżyc. Prawie nie była świadoma pustego, ogołoconego łóżka Harriet; zabrudzona wymiotami pościel leżała zwinięta w kłąb na podłodze. Allison śpiewała sobie w myślach — nie tyle piosenkę, co improwizowaną sekwencję niskich nut, powtarzanych w wariacjach, w górę i w dół, monotonnie, jak pieśń żałobnego, nieznanego nocnego ptaka. To, czy Harriet znajdowała się w pokoju czy nie, nie miało większego znaczenia, ale w końcu zachęcona panującą po drugiej stronie pokoju ciszą, Allison zaczęła podśpiewywać na głos, przypadkowe tony i frazy wznosiły się spiralami w ciemnościach.

Zasypianie szło opornie, chociaż nie wiedziała dlaczego. Sen był schronieniem Allison; witał ją z otwartymi ramionami, kiedy tylko się kładła. Teraz jednak leżała na boku, z otwartymi oczyma i lekkim sercem, śpiewała sobie w ciemnościach, a sen stanowił cienistą dal zapomnienia, wił się jak dym na opuszczonych strychach i śpiewał jak morze w perłowej muszli.

Edie, śpiącą na łóżku polowym obok łóżka Harriet, obudziło światło. Było późno: jej zegarek wskazywał kwadrans po ósmej, a o dziewiątej miała spotkanie z księgowym. Wstała i poszła do łazienki; na widok własnej zmęczonej twarzy w lustrze stanęła: winę ponosiło głównie światło jarzeniowe, ale jednak.

Umyła zęby, po czym ostrożnie zajęła się twarzą — nałożyła tusz na brwi, uszminkowała usta. Edie nie ufała lekarzom. Według jej doświadczenia, ci ludzie nie słuchali, ale woleli się popisywać, że znają wszystkie odpowiedzi. Pochopnie wyciągali wnioski; ignorowali to, co nie pasowało do ich teorii. Na domiar wszystkiego ten lekarz był cudzoziemcem. Kiedy tylko ten pan Dagoo, czy jak mu tam było, usłyszał słowo atak, wszystkie inne objawy małej straciły na znaczeniu; stały się „wątpliwe". Wątpliwe, myślała Edie, wychodząc z łazienki i przyglądając się śpiącej wnuczce (jakby była chorym krzakiem czy rośliną domową, która zapadła na tajemniczą chorobę), ponieważ to nie epilepsja jej dolega.

Z akademickim zainteresowaniem przyglądała się Harriet jeszcze przez chwilę, potem wróciła do łazienki, żeby się ubrać. Harriet była zahartowanym dzieckiem, a Edie nie martwiła się o nią tak bardzo, no, może tylko ogólnie. Tak naprawdę martwił ją — i przez większą część nocy spędzał sen z powiek na szpitalnym łóżku polowym — katastrofalny stan domu jej córki. Właśnie sobie uzmysłowiła, że nie weszła na piętro, odkąd Harriet była bardzo mała. Charlotte gromadziła różne rzeczy, a ta skłonność (o czym Edie wiedziała) nasiliła się po śmierci Robina, ale stan domu całkiem ją zszokował. Brud: nie było na to innego słowa. Nic dziwnego, że mała się rozchorowała; cud, że wszystkie trzy nie wylądowały w szpitalu. Zapinając sukienkę na plecach, Edie przygryzła policzek od środka. Brudne naczynia; sterty gazet, całe wieże, które z pewnością przyciągały robactwo. Najgorszy ze wszystkiego był zapach. Kiedy Edie przewracała się na nierównym szpitalnym łóżku w bezsenną noc, przez jej umysł przebiegały najróżniejsze nieprzyjemne scenariusze. Dziecko mogło zostać otrute, mogło dostać zapalenia wątroby; mógł ją we śnie ugryźć szczur. Edie była zbyt oszołomiona i zawstydzona, żeby zwierzać się z tych podejrzeń obcemu lekarzowi, zresztą teraz, w zimnym świetle poranka, nic się nie zmieniło. Co miała powiedzieć? A tak na marginesie, panie doktorze, moja córka ma brudny dom? Pewnie są tam karaluchy albo coś jeszcze gorszego. Coś należało zrobić, zanim Grace Fountain albo inna wścibska sąsiadka wezwie SANEPID? Konfrontacja z Charlotte wywołałaby tylko wymówki i łzy. Apelowanie do cudzołożnika Dixa było ryzykowne, ponieważ gdyby doszło do rozwodu (a mogło tak się stać), domowy brud dałby Dixowi argument w sądzie. Dlaczego, na Boga, Charlotte odprawiła tamtą kolorową służącą?

Edie upięła włosy z tyłu, popiła wodą dwie aspiryny (po nocy na łóżku polowym solidnie bolały ją żebra) i znowu weszła do pokoju. Wszystkie drogi prowadzą do szpitala, pomyślała. Od śmierci Libby Edie wracała do szpitala każdej nocy w snach — chodziła po korytarzach, jeździła windą w górę i w dół, szukała nie istniejących pięter i numerów pokojów — teraz nastał dzień, a ona znowu tu była, w pokoju bardzo podobnym do tego, w którym umarła Libby.

Harriet ciągle spała, i dobrze. Lekarz uprzedził, że prześpi większą część dnia. Po księgowym i kolejnym przedpołudniu zmarnowanym na zgłębianiu ksiąg finansowych sędziego Cleve'a (właściwie zaszyfrowanych) musiała się spotkać z adwokatem. Prawnik nalegał, by Edie poszła na ugodę z tym okropnym panem Rixeyem, w czym nie było nic niewłaściwego poza tym, że proponowany przez niego „rozsądny kompromis" pozostawiłby ją niemal bez środków do życia. Zamyślona (pan Rixey nie przyjął nawet „rozsądnego kompromisu"; dzisiaj miała się dowiedzieć, czy to zrobił) po raz ostatni przejrzała się w lustrze, wzięła portmonetkę i wyszła z pokoju, nie zauważając kaznodziei kręcącego się w końcu korytarza.

Pościel była chłodna i wspaniała. Harriet leżała w porannym świetle ze szczelnie zamkniętymi oczyma. Śniły się jej kamienne schody na jasnym, trawiastym polu, schody prowadzące donikąd, schody tak zmurszałe, że można by je wziąć za głazy, które ugrzęzły w bzyczącym pastwisku. Nieporęczna aparatura, połączona ze srebrną, chłodną igłą, nienawistnie wbitą w zagłębienie ręki, wznosiła się w górę, przez sufit, w białe niebo snu.

Przez kilka minut utrzymywała się zawieszona pomiędzy snem a jawą. Na podłodze zastukały kroki (zimne korytarze, rozbrzmiewające pałacowym echem), a Harriet leżała całkiem nieruchomo, w nadziei, że do pokoju zajrzy jakaś miła, oficjalna osoba, która zauważy ją: małą Harriet, bladą i chorą Harriet.

Kroki zbliżyły się do łóżka i stanęły. Harriet wyczuła, że ktoś się nad nią pochyla. Leżała cicho, trzepocząc powiekami, wystawiając się na badawczy wzrok. W końcu otworzyła oczy i z przerażeniem ujrzała kaznodzieję, którego twarz znajdowała się w odległości zaledwie kilku cali od jej twarzy. Blizna czerwieniła się jaskrawo jak indycze korale; pod stopioną tkanką łuku brwiowego lśniły wilgotne, srogie oczy.

— Bądź cicho — powiedział, przekrzywiając głowę jak papuga. Wysoki, śpiewny głos brzmiał niesamowicie. — Nie ma sensu hałasować, prawda?

Harriet z najwyższą chęcią narobiłaby hałasu, i to dużo. Zdezorientowana, skamieniała ze strachu patrzyła na kaznodzieję.

— Wiem, kim jesteś — powiedział, prawie nie poruszając ustami. — Tamtej nocy byłaś w misji.

Harriet spojrzała na puste drzwi. Ból przeszył jej skronie jak prąd elektryczny.

Kaznodzieja pochylił się nad nią, marszcząc brwi.

— Dobrałaś się do węży. Myślę, że to ty je wypuściłaś, co? — mówił swoim dziwnym, wysokim głosem. Brylantyna pachniała bzem. — Śledziłaś mojego brata, Danny'ego, prawda?

Harriet patrzyła mu w oczy. Czyżby wiedział o wieży?

— Dlaczego uciekałaś przede mną w tamtym korytarzu?

Nie wiedział. Harriet pilnowała, żeby się nie ruszać. W szkole nikt nie mógł z nią wygrać we współzawodnictwie: kto pierwszy odwróci wzrok. W głowie Harriet rozdzwoniły się dalekie dzwony. Nie czuła się dobrze; chciała przetrzeć oczy i zacząć ten dzień od nowa. Coś w położeniu jej twarzy, w przeciwieństwie do twarzy kaznodziei, nie miało sensu; czuła, jak gdyby był odbiciem, które powinna oglądać pod innym kątem.

— Odważna z ciebie mała — stwierdził, mrużąc oczy.

Harriet czuła się słabo, kręciło jej się w głowie. On nie wie, powtarzała sobie z uporem, on nie wie... Z boku łóżka znajdował się przycisk do wzywania pielęgniarki, ale chociaż bardzo pragnęła odwrócić głowę i spojrzeć na niego, zmusiła się do bezruchu.

Kaznodzieja nie spuszczał z niej wzroku. Poza nim biel pokoju rozciągała się w powietrzną dal, pustkę równie mdlącą na swój sposób, jak zamknięty mrok zbiornika z wodą.

— Posłuchaj, czego ty się boisz? — pytał, pochylając się jeszcze niżej. — Nikt nie tknął cię palcem.

Harriet spojrzała mu w twarz i nie mrugnęła.

— Może zrobiłaś coś, czego należy się bać? Chcę wiedzieć, dlaczego węszyłaś przy moim domu. Jeśli mi nie powiesz, dowiem się.

Nagle od drzwi doleciał wesoły głos:

— Puk, puk!

Kaznodzieja pospiesznie wyprostował się i odwrócił. Od progu machał Roy Dial, trzymający broszury ze szkółki niedzielnej i pudełko słodyczy.

— Mam nadzieję, że nie przeszkadzam — powiedział śmiało pan Dial. Zamiast garnituru i krawata, w których pojawiał się w szkółce niedzielnej, był ubrany nieformalnie: miał letnie półbuty i spodnie khaki; było w nim coś z oceanarium i Florydy. — Ależ, Eugene. Co ty tutaj robisz?

— Panie Dial! — Kaznodzieja zerwał się, wyciągając rękę.

Ton jego głosu uległ zmianie, pobrzmiewała w nim nowa energia, co mimo strachu i choroby nie uszło uwagi Harriet. On się boi, pomyślała.

— A, tak. — Pan Dial spojrzał na Eugene'a. — Czy wczoraj nie przyjęto do szpitala jakiegoś Ratliffa? W gazecie...

— Tak jest, sir! Mój brat Farish. On... — Eugene zmusił się, by zwolnić. — Został postrzelony, sir.

Postrzelony?, zdumiała się Harriet.

— W szyję, sir. Znaleźli go zeszłej nocy. On...

— Dobry Boże! — wykrzyknął pogodnie pan Dial z bufonadą, która jasno dawała do zrozumienia, jak niewiele obchodził go los rodziny Eugene'a. — Wielkie nieba! Przykro mi to słyszeć. Wstąpię do niego, jak tylko poczuje się lepiej. Ja...

Nie dając Eugene'owi szansy na wyjaśnienie, że Farish nie poczuje się lepiej, pan Dial wyrzucił w górę ręce, jakby mówił: cóż począć?, i położył słodycze na nocnym stoliku.

— Obawiam się, że nie są dla ciebie, Harriet — powiedział odwrócony delfinowym profilem i zerknął na nią lewym okiem. — Zamierzałem odwiedzić przed pracą drogą Agnes Upchurch (panna Upchurch, schorowana inwalidka i wdowa po bankierze, zajmowała wysoką pozycję na liście darczyńców na fundusz budowlany pana Diala) i na kogo wpadłem na dole, jeśli nie na twoją babcię! Dobry Boże, powiedziałem. Panno Edith! Ja...

Harriet zauważyła, że kaznodzieja przesuwał się ku drzwiom. Pochwyciwszy jej spojrzenie, pan Dial odwrócił się.

— Skąd pan zna tę przemiłą młodą damę?

Kaznodzieja, zatrzymany w pół drogi, zrobił dobrą minę do kiepskiej gry.

— Tak, sir. — Potarłszy kark, wrócił do pana Diala, jakby od początku zamierzał to zrobić. — Widzi pan, byłem tu, kiedy przywieźli ją zeszłej nocy. Nie mogła chodzić o własnych siłach. Była bardzo chorą dziewczynką — zakończył tonem, który sugerował, że wszelkie dodatkowe wyjaśnienia są zbędne.

— Czyli pan tylko... — Pan Dial wyglądał tak, jakby nie mógł się zdobyć na wymówienie tego słowa. — ...odwiedzał? Obecną tu Harriet? Eugene odchrząknął i odwrócił wzrok.

— Mój brat leży w tym szpitalu, skoro więc tu jestem, mogę odwiedzać i przynosić pociechę innym. Radością jest wyjść do maluczkich z drogocennym nasieniem.

Pan Dial spojrzał na Harriet, jakby chciał spytać: czy ten człowiek ci się naprzykrzał?

— Wystarczą dwa kolana i Biblia. Wie pan — powiedział Eugene, wskazując głową na telewizor — że to jest największa przeszkoda w zbawieniu dziecka, jaką można znaleźć w domu. Osobiście nazywam to skrzynką grzechu.

— Panie Dial, gdzie jest moja babcia? — spytała nagle Harriet słabym, odległym głosem.

— Chyba na dole — odparł pan Dial, patrząc na nią swoim chłodnym okiem jeżozwierza. — Rozmawia przez telefon. A co się stało?

— Nie czuję się dobrze — wyjaśniła Harriet zgodnie z prawdą.

Zauważyła, że kaznodzieja wychodzi z pokoju. Napotkawszy jej wzrok, przed samym wyjściem posłał jej spojrzenie.

— Co się stało? — powtórzył pan Dial, pochylając się nad nią i spowijając Harriet ostrym, owocowym zapachem płynu po goleniu. — Chcesz wody? Chcesz śniadanie? Czy jest ci niedobrze?

— Ja... ja... — Harriet usiadła z trudem. Nie mogła wyznać, czego chciała. Bała się zostać sama, ale nie mogła powiedzieć tego panu Dialowi, nie zdradzając jednocześnie, czego się bała i z jakiego powodu.

Właśnie w tym momencie zadzwonił telefon przy łóżku.

— Pozwól, że odbiorę — powiedział pan Dial, chwycił słuchawkę i podał Harriet.

— Mamo? — spytała słabym głosem.

— Gratulacje! Genialna sztuczka!

To był Hely. Jego głos, choć entuzjastyczny, miał blaszany, daleki pogłos. Z szumu w słuchawce Harriet wywnioskowała, że dzwonił z telefonu w sypialni.

— Harriet? Ha! Stara, zniszczyłaś go! Z a ł a t w i ł a ś!

— Ja... — Mózg Harriet nie funkcjonował na najwyższych obrotach; nie wiedziała, co odpowiedzieć. Mimo marnej jakości połączenia, wrzaski i wiwaty Hely'ego rozbrzmiewały tak głośno, że bała się, że usłyszy je pan Dial.

— Mistrzostwo świata! — W podnieceniu Hely upuścił słuchawkę z głośnym łoskotem. Jego zdyszany głos ogłuszał Harriet. — Pisali o tym w gazetach...

— Co?

— Wiedziałem, że to ty. Co robisz w szpitalu? Co się stało? Jesteś ranna? Postrzelili cię?

Harriet chrząknęła w umówiony sposób, który sugerował, że nie mogła swobodnie rozmawiać.

— A, prawda — oprzytomniał Hely. — Przepraszam.

Pan Dial wziął słodycze i powiedział bezgłośnie: „Muszę lecieć".

— Niech pan nie idzie — wyrzuciła z siebie Harriet, ale pan Dial właśnie przechodził przez próg.

„Na razie!", żegnał się bezgłośnie. „Muszę sprzedać trochę samochodów!"

— W takim razie odpowiedz tylko tak lub nie — mówił Hely. — Czy masz kłopoty?

Harriet patrzyła ze strachem na puste drzwi. Pan Dial bynajmniej nie był najlepszym czy najbardziej wyrozumiałym dorosłym, ale przynajmniej był kompetentny: sama rzetelność i słodkie moralne oburzenie. Nikt nie ośmieliłby się skrzywdzić Harriet w jego obecności.

— Czy oni cię aresztują? Pilnuje cię policjant?

— Hely, czy możesz coś dla mnie zrobić?

— Jasne — spoważniał nagle, czujny jak terier.

Nie spuszczając wzroku z drzwi, Harriet powiedziała:

— Obiecaj.

Chociaż mówiła półszeptem, w mroźnej ciszy, całej wyłożonej gładką formicą, głos niósł się dalej, niż sobie życzyła.

— Co takiego? Nie słyszę cię.

— Najpierw obiecaj.

— Harriet, daj spokój, po prostu powiedz.

— Przy wieży ze zbiornikiem. — Harriet wzięła głęboki wdech. Nie sposób było tego powiedzieć, nie zdradzając całej prawdy. — Na ziemi leży pistolet. Chcę, żebyś tam poszedł...

— P i s t o l e t?

— ...znalazł go i wyrzucił — dokończyła bezradnie. Po co właściwie ściszać głos? Kto wiedział, kto podsłuchiwał po jego stronie czy nawet jej? Harriet widziała, jak za drzwiami przeszła pielęgniarka; teraz przeszła druga, zaglądając ciekawie do pokoju.

— Jezu, Harriet!

— Hely, ja nie mogę tam pójść. — Chciało jej się płakać.

— Ale ja mam próbę orkiestry. Dzisiaj mamy ćwiczyć do późna.
Próba orkiestry. Harriet zamarło serce. Jak to się ma udać?
— Chyba że mógłbym pójść t e r a z. Gdybym się pospieszył. Mama
ma mnie zawieźć za pół godziny.
Harriet uśmiechnęła się słabo do pielęgniarki, która wsunęła głowę
przez drzwi. Zresztą co za różnica? Zostawić pistolet ojca na ziemi, żeby
znalazła go policja, albo posłać po niego Hely'ego. W południe będzie
o tym huczała cała orkiestra.
— Co mam z nim zrobić? — pytał Hely. — Ukryć go na twoim po-
dwórzu?
— Nie — odparła Harriet tak ostro, że pielęgniarka uniosła brwi. —
Wrzuć go... — Jezu, pomyślała, zamykając oczy, po prostu to powiedz.
— Wrzuć go do...
— Rzeki? — podsunął pomocnie Hely.
— Właśnie — powiedziała Harriet, przekręcając się na bok, by pielę-
gniarka (duża, kanciasta kobieta o sztywnych, siwych włosach i dużych
dłoniach) mogła poklepać jej poduszkę.
— A jeśli nie utonie?
Dopiero po chwili Harriet zrozumiała, o co mu chodzi. Hely powtó-
rzył pytanie, a w tej samej chwili pielęgniarka odczepiła kartę choroby
z łóżka Harriet i rozkołysanym krokiem wyszła z pokoju.
— To jest... metal — powiedziała Harriet. Zaskoczona pojęła, że
Hely z kimś rozmawia.
— Dobra! — odezwał się nagle. — Muszę lecieć!
Klik. Harriet siedziała ze słuchawką przy uchu, aż rozległ się sygnał; ze strachem (ani na moment nie spuściła oczu z drzwi) odłożyła
słuchawkę i oparła się na poduszkach, niespokojnie rozglądając się po
pokoju.

Białe godziny wlokły się bez końca po bieli. Harriet nie miała nic do
czytania, ale mimo strasznego bólu głowy bała się zasnąć. Pan Dial zostawił broszurę ze szkółki niedzielnej pod tytułem *Fartuchowe nabożeństwa*, z ilustracją rumianego dziecka w staromodnym czepeczku, pchają-
cego wózek z kwiatami, i w przypływie rozpaczy otworzyła ją. Broszura,
napisana z myślą o młodych matkach, błyskawicznie napełniła Harriet
obrzydzeniem.
Mimo to przeczytała broszurę od cienkiej okładki do cienkiej okładki,
a potem siedziała. I siedziała. W pokoju nie było zegara, żadnych obrazów do oglądania, nic, co mogłoby powstrzymać jej myśli i lęki od

żałosnych obrotów, nic, tylko ból, który raz po raz falami szarpał jej żołądek. Kiedy ustąpił, leżała, dysząc jak wyrzucona na brzeg morza, przez chwilę czysta, ale wkrótce zmartwienia wgryzły się w nią ze zdwojoną siłą. Hely właściwie niczego nie obiecał. Kto mógł wiedzieć, czy pójdzie po pistolet czy nie? Jeśli nawet to zrobi, czy starczy mu rozumu, żeby wyrzucić broń? Hely popisujący się pistoletem ojca Harriet podczas próby orkiestry. „Hej, Dave, spójrz na to!" Harriet skrzywiła się i wtuliła głowę w poduszkę. Pistolet ojca, pełen jej odcisków palców. I Hely, największa gaduła pod słońcem. Ale do kogo miała się zwrócić po pomoc, jeśli nie do Hely'ego? Do nikogo. Do nikogo.

Po dłuższej chwili pielęgniarka znowu wtoczyła się do pokoju (buty na grubych podeszwach miała całkiem zdarte po zewnętrznej stronie), żeby zrobić jej zastrzyk. Harriet, która rzucała głową i mówiła do siebie, usiłowała oderwać się od trosk. Z trudem skierowała uwagę na pielęgniarkę. Kobieta miała wesołą, pomarszczoną twarz, grube kostki u nóg i kaczy chód. Gdyby nie fartuch pielęgniarki, mogłaby uchodzić za kapitana żaglowca kroczącego po pokładach. Według identyfikatora nazywała się Gladys Coots.

— Zrobię to najszybciej, jak tylko mi się uda — mówiła.

Dziewczynka — zbyt słaba i zmartwiona, by stawiać zwykły opór — przekręciła się na brzuch i skrzywiła, kiedy igła wbiła się w jej biodro. Nie cierpiała zastrzyków, a kiedy była młodsza, wrzeszczała, krzyczała i wyrywała się tak bardzo, że Edie (która umiała robić zastrzyki) kilka razy niecierpliwie podwinęła rękawy w gabinecie lekarskim i przejęła strzykawkę.

— Gdzie jest moja babcia? — spytała, przekręcając się na plecy i rozcierając obolałe miejsce.

— Dobry Boże, to nikt ci nie powiedział?

— Czego?! — krzyknęła Harriet, gramoląc się z powrotem do łóżka jak krab. — Co się stało?! Gdzie ona jest?!

— Cśś. Uspokój się! — Pielęgniarka zaczęła energicznie poklepywać poduszki. — Po prostu musiała pojechać na trochę do miasta, to wszystko. To w s z y s t k o — powtórzyła, kiedy Harriet popatrzyła na nią podejrzliwie. — Teraz połóż się wygodnie.

W całym swoim życiu Harriet nie przeżyła tak długiego dnia. Ból pulsował bezlitośnie w skroniach; na ścianie lśnił nieruchomy równoległobok słońca. Siostra Coots, która wchodziła i wychodziła z kaczką, była prawdziwą osobliwością, powszechnie zwiastowanym białym słoniem powracającym może raz na sto lat. W ciągu tego nie kończącego się poranka pobrała krew, wpuściła krople do oczu, przyniosła Harriet wodę z lodem, piwo imbirowe, zieloną galaretkę, którą Harriet skosztowała i odsunęła, a sztućce zadzwoniły niespokojnie na jasnej plastikowej tacy. Przelękniona siedziała na łóżku i nasłuchiwała. Korytarz był spokojną siecią ech: rozmów przy biurku, śmiechów, stukania lasek i szurania chodzików szarych rekonwalescentów z fizykoterapii. Co pewien czas kobiecy głos wołał przez głośnik różne numery, wydawał niejasne polecenia: „Carla, wyjdź na korytarz, sanitariusz na dwójce, sanitariusz na dwójce..."

Harriet wyliczała na palcach to, co wiedziała, nie dbając, że wygląda, jakby postradała rozum. Kaznodzieja nie wiedział o wieży. Nie powiedział nic, co by sugerowało, że wie, iż Danny tam jest (albo że nie żyje). Wszystko to jednak mogło się zmienić, kiedy lekarz dowie się, że Harriet rozchorowała się od zgniłej wody. Trans Am stał zaparkowany na tyle daleko od wieży, że prawdopodobnie nikomu nie przyszło na myśl, żeby szukać na górze — a skoro dotychczas tego nie zrobili, to może już nie zrobią.

Z drugiej jednak strony, może to zrobią. Poza tym, był ojcowski pistolet. D l a c z e g o nie podniosła go, jak mogła zapomnieć? Oczywiście nikogo nie zastrzeliła, ale z pistoletu strzelano, dowiedzą się o tym, a fakt, że leżał pod wieżą, z pewnością wystarczy, by skłonić kogoś do przeszukania samej wieży.

Wreszcie Hely. Wszystkie te jego radosne pytania: czy aresztowali ją, czy pokoju pilnował policjant? Hely byłby niezwykle rozbawiony, gdyby istotnie ją aresztowali: niezbyt pocieszająca myśl.

Wtedy przyszedł jej do głowy straszny pomysł. A jeśli policja obserwowała Trans Ama? Czy samochód nie był miejscem zbrodni, jak w telewizji? Czy nie będzie go strzegł kordon gliniarzy i fotografów? Samochód z pewnością stał w sporej odległości od wieży, ale czy Hely będzie miał dość rozumu, by unikać tłumu? Czy w ogóle uda mu się zbliżyć do wieży? Jasne, bliżej samochodu znajdowały się magazyny i pewnie od nich zaczną poszukiwania. W końcu jednak dotrą do wieży, prawda? Harriet przeklęła się za to, że nie uprzedziła Hely'ego, żeby zachował ostrożność. Jeśli zastanie tam tłum ludzi, nie będzie miał innego wyjścia, jak wrócić do domu.

Około jedenastej troski te przerwał lekarz. Był stałym lekarzem Harriet, który badał ją, kiedy miała zaczerwienione gardło albo zapalenie migdałków, ale nie przepadała za nim. Młody, o topornej, nieruchomej twarzy i przedwcześnie opadłych policzkach, zachowywał się w sposób zimny i sarkastyczny. Nazywał się doktor Breedlove, ale — po części z powodu słonych cen, jakich żądał — Edie nadała mu przezwisko (które przyjęło się w okolicy) doktor Sknerus. Mówiono, że ze względu na szorstkie obejście nie piastował bardziej lukratywnej posady w lepszym mieście, był jednak tak oschły, że Harriet nie czuła się zobowiązana do fałszywych uśmiechów i mizdrzenia się, co stosowała wobec większości dorosłych, i z tego powodu mimo wszystko darzyła go niechętnym szacunkiem.

Kiedy okrążał łóżko, doktor Sknerus i Harriet unikali nawzajem swego wzroku jak dwa wrogie kocury. Potem obejrzał ją chłodno, zerknął na kartę choroby.

— Czy jesz dużo sałaty? — zapytał w końcu.

— Tak — odparła, chociaż wcale nie jadła.

— Czy moczysz ją w słonej wodzie?

— Nie — odpowiedziała Harriet, kiedy tylko zrozumiała, że właśnie takiej odpowiedzi od niej oczekiwano.

Lekarz mruknął coś o biegunce, o nie mytej sałacie z Meksyku, a w końcu — po posępnej przerwie — odwiesił kartę choroby na łóżko z brzękiem, odwrócił się i wyszedł.

Nagle zadzwonił telefon. Ignorując kroplówkę wbitą w ramię, Harriet podniosła słuchawkę, zanim przebrzmiał pierwszy sygnał.

— Hej! — To był Hely. W tle słyszała hałasy sali gimnastycznej. Szkolna orkiestra na składanych krzesłach ćwiczyła na boisku do koszykówki. Harriet słyszała cały ogród zoologiczny strojonych instrumentów: świergot, piski klarnetu i trąbienie trąbek.

— Poczekaj — przerwała potok słów Hely'ego. — Nie, wstrzymaj się chwilę. — Płatny telefon w sali gimnastycznej znajdował się w bardzo ruchliwym miejscu, nie nadającym się na poufną rozmowę. — Odpowiedz tylko tak czy nie. Znalazłeś go?

— Tak jest, sir. — Głos Hely'ego wcale nie przypominał Jamesa Bonda, ale Harriet domyśliła się, że to właśnie było jego zamiarem. — Odzyskałem broń.

— Wrzuciłeś go tam, gdzie ci kazałam?

— Q, czy kiedykolwiek cię zawiodłem? — zapiał Hely.

Zapadła krótka cisza, a Harriet usłyszała w tle szturchańce i szepty.

— Hely, kto jest z tobą? — zapytała, prostując się na łóżku.

— Nikt — odpowiedział odrobinę za szybko. Harriet usłyszała jednak szturchnięcie, jakby Hely odpychał łokciem jakiegoś dzieciaka.

Szepty. Ktoś zachichotał: dziewczyna. Gniew przeszył Harriet jak prąd elektryczny.

— Hely, lepiej, żeby nikogo tam z tobą nie było. Nie! — przekrzyczała jego protesty. — Posłuchaj mnie. Ponieważ...

— Hej! — Czy on się ś m i a ł? — Jaki masz problem?

— Ponieważ na tym pistolecie są t w o j e odciski palców — powiedziała Harriet najgłośniej, jak śmiała.

Oprócz orkiestry oraz poszturchiwania i szeptów dzieciaków w tle po drugiej stronie panowała całkowita cisza.

— Hely?

Kiedy w końcu się odezwał, głos mu się łamał.

— Ja... O d e j d ź — powiedział do jakiegoś anonimowego wesołka w tle.

Przepychanka. Słuchawka uderzyła o ścianę. Po chwili Hely wrócił.

— Poczekaj, dobrze? — powiedział.

Słuchawka znowu trzasnęła. Harriet słuchała. Ożywione szepty.

— Nie, t y — rozległ się czyjś głos.

Dalsze odgłosy przepychanki. Harriet czekała. Kroki, odgłosy ucieczki; ktoś coś krzyknął. Kiedy Hely wrócił do telefonu, dyszał.

— Jezu — szepnął z urazą. — Wystawiłaś mnie.

Harriet, która sama ciężko oddychała, milczała. Jej odciski palców też znajdowały się na pistolecie, ale oczywiście nie było sensu mu o tym przypominać.

— Komu powiedziałeś? — spytała po chwili zimnego milczenia.

— Nikomu. No, tylko Gregowi i Antonowi. I Jessice.

Jessica?, pomyślała Harriet. Jessica Dees?

— Daj spokój, Harriet — zaskowyczał Hely. — Nie bądź taka wredna. Zrobiłem to, co mi kazałaś.

— Nie kazałam ci mówić Jessice Dees.

Hely żachnął się z irytacją.

— To t w o j a wina. Nie powinieneś był nikomu mówić. Teraz masz kłopoty, a ja w niczym nie mogę ci pomóc.

— Ale... — Hely szukał słów. — To nie jest uczciwe! Nikomu nie powiedziałem, że to ty!

— Że co ja?

— Nie wiem, że zrobiłaś to, co zrobiłaś.

— Skąd wiesz, że cokolwiek zrobiłam?

— Tak, j a s n e.

— Kto poszedł z tobą do wieży?

— Nikt. To znaczy... — zaczął Hely nieszczęśliwym głosem, zbyt późno zdając sobie sprawę z pomyłki. — Nikt.

Cisza.

— W takim razie — stwierdziła Harriet (Jessica Dees! Czy on zwariował?) — to jest twój pistolet. Nie możesz nawet udowodnić, że cię poprosiłam.

— Mogę!

— Tak? W jaki sposób?

— M o g ę — powtórzył ponuro, ale bez przekonania. — Właśnie, że mogę, bo...

Harriet czekała.

— Bo...

— Nie możesz udowodnić niczego — powiedziała Harriet. — Twoje odciski palców są na całym sam-wiesz-czym. Dlatego lepiej wymyśl jakąś historyjkę dla Jessiki, Grega i Antona, chyba że chcesz trafić do więzienia i usmażyć się na krześle elektrycznym.

Harriet pomyślała, że łatwowierność Hely'ego została wystawiona na zbyt ciężką próbę, ale — sądząc po oszołomionym milczeniu w słuchawce — najwyraźniej nie.

— Posłuchaj, Heal — ulitowała się nad nim. — J a cię nie wydam.

— Nie? — spytał słabo.

— Nie! Jesteśmy tylko ty i ja. Nikt się nie dowie, jeśli t y nie powiesz.

— Nie?

— Posłuchaj, powiedz Gregowi i całej reszcie, że tylko robiłeś ich w balona — powiedziała Harriet, machając do siostry Coots, która wsunęła głowę przez drzwi, żeby się pożegnać po dyżurze. — Nie wiem, coś im naopowiadał, ale teraz powiedz, że to zmyśliłeś.

— A jeśli ktoś się dowie? — spytał Hely bezradnie. — Co wtedy?

— Czy kiedy poszedłeś do wieży, widziałeś kogoś?

— Nie.

— Widziałeś samochód?

— Nie — odparł Hely po chwilowym zaskoczeniu. — Jaki samochód?

Dobrze, pomyślała Harriet. Musiał się trzymać daleko od drogi i przyszedł od tyłu.

— Jaki znowu samochód, Harriet? O czym ty mówisz?

— O niczym. Czy wrzuciłeś go do rzeki w głębokim miejscu?

— Tak. Z mostu kolejowego.

— To dobrze. — Wspinając się tam, Hely ryzykował, ale nie mógł wybrać bardziej odludnego miejsca. — I nikt nie widział? Jesteś pewien?

— Nie. Ale mogą przeczesać rzekę. — Milczenie. — No wiesz, moje o d c i s k i.

Harriet nie wyprowadziła go z błędu.

— Posłuchaj — powiedziała. Ludziom takim jak Hely należało powtarzać jedną rzecz na okrągło, aż zrozumieli. — Jeżeli Jessica i ci ludzie nie wychlapią, nikomu nie przyjdzie do głowy, żeby szukać jakiegokolwiek... przedmiotu.

Milczenie.

— Co dokładnie im opowiedziałeś?

— Nie opowiedziałem im dokładnej historii.

To prawda, pomyślała Harriet. Hely nie znał dokładnej historii.

— Więc co? — powtórzyła.

— W sumie, to znaczy, mniej więcej to samo, co było dziś rano w gazecie. O tym, że Farish Ratliff został postrzelony. Nie napisali wiele, tylko że znalazł go hycel, kiedy gonił dzikiego psa, który czmychnął z ulicy i pobiegł w stronę starych sideł. Tę część o hyclu pominąłem. Zrobiłem z tego, no wiesz...

Harriet czekała.

— ...bardziej opowieść szpiegowską.

— Zrób z tego coś j e s z c z e b a r d z i e j szpiegowskiego — zasugerowała Harriet. — Powiedz im...

— Wiem! — Hely znowu był podniecony. — To kapitalny pomysł! Mogę z tego zrobić historię jak w filmie *Pozdrowienia z Rosji*. No wiesz, z tym neseserem...

— Który strzela kulami i gazem łzawiącym.

— Który strzela kulami i gazem łzawiącym! I buty! Buty.

Miał na myśli buty agenta Klebba, z nożami sprężynowymi w czubach.

— Tak, to świetny pomysł, Hely.

— I mosiężny kastet, no wiesz, kiedy ona wali tego wielkiego blondyna w brzuch.

— Hely? Na twoim miejscu nie mówiłabym za dużo.

— Nie. Nie za dużo. Ale żeby była historia — powiedział Hely wesoło.

— Właśnie, historia.

— Lawrence Eugene Ratliff?

Nieznajomy zatrzymał Eugene'a, zanim ten dotarł do schodów. Był potężnie zbudowanym mężczyzną o sympatycznym wyglądzie, z najeżonymi jasnymi wąsami, o szarych, wyłupiastych oczach, które patrzyły twardo.

— Dokąd pan idzie?

— A... — Eugene spojrzał na własne dłonie. Znowu wybierał się na górę, do pokoju małej, żeby sprawdzić, czy jeszcze coś uda mu się z niej wyciągnąć, ale tego oczywiście nie mógł powiedzieć.

— Mogę pójść z panem?

— Nie ma problemu! — odparł Eugene sympatycznym tonem, który tego dnia jak na razie nie przyniósł mu szczęścia.

Minąwszy schody, przeszli aż na koniec chłodnego holu, do drzwi z napisem „Wyjście". Kroki niosły się głośnym echem.

— Nie chcę zawracać panu głowy, zwłaszcza w takiej chwili, ale jeśli nie ma pan nic przeciwko temu, chciałbym zamienić z panem słowo — powiedział nieznajomy, otwierając drzwi.

Z antyseptycznego półmroku wyszli na skwar.

— Co mogę dla pana zrobić? — spytał Eugene, przygładzając włosy dłonią. Po nocy spędzonej w pozycji siedzącej na krześle czuł się wyczerpany i zesztywniały, ale chociaż ostatnio zbyt dużo czasu spędzał w szpitalu, upalne popołudniowe słońce było ostatnią rzeczą, o jakiej marzył.

Nieznajomy usiadł na betonowej ławie i gestem dłoni zaprosił Eugene'a do tego samego.

— Szukam pańskiego brata Danny'ego.

Eugene usiadł obok nieznajomego bez słowa. Miał wystarczająco dużo do czynienia z policją, by wiedzieć, że najmądrzejsza strategia polegała zawsze na trzymaniu kart przy medalach.

Gliniarz klasnął.

— Kurczę, ależ tu upał, co? — powiedział, wyjął z kieszeni paczkę papierosów i długo zapalał. — Pański brat Danny przyjaźni się z gościem o nazwisku Alphonse de Bienville — oświadczył, wypuszczając dym kącikiem ust. — Znasz go pan?

— Słyszałem o nim. — Zębacz miał na imię Alphonse.

— Wygląda na to, że to bardzo zajęty jegomość. — Potem poufnie dodał: — Macza palce w każdym cholernym interesie, który tu się kręci, co?

— Nie mam pojęcia. — Eugene miał z Zębaczem tak mało do czynienia, jak tylko możliwe. Luzacki, swobodny, obrazoburczy styl bycia Zębacza niezmiernie go krępował. W jego obecności Eugene trzymał język za zębami, czuł się nieswojo, zawsze brakowało mu odpowiedzi i przeczuwał, że Zębacz naśmiewa się z niego za plecami.

— Jaki on ma związek z waszym małym interesikiem?

Sztywniejąc w środku, Eugene siedział z dłońmi dyndającymi między kolanami i usiłował zapanować nad twarzą.

Gliniarz stłumił ziewnięcie, potem wyprostował rękę na oparciu ławy.

Miał zwyczaj nerwowo poklepywać się po brzuchu, jak człowiek, który właśnie schudł i chce sprawdzić, czy brzuch nadal jest płaski.

— Posłuchaj, Eugene, wiemy o wszystkim. Mamy pół tuzina ludzi na podwórzu twojej babci. Dlatego daj spokój, bądź ze mną szczery i oszczędź nam obydwu trochę czasu.

— Będę z panem szczery — powiedział Eugene, patrząc policjantowi prosto w twarz. — Nie mam nic wspólnego z tym, co się dzieje w szopie.

— Czyli wiesz o laboratorium. Powiedz mi, gdzie są narkotyki.

— Pan wie o tym więcej niż ja, taka jest prawda.

— Może chciałbyś wiedzieć o jeszcze jednym drobiazgu. Nasz funkcjonariusz zranił się jednym z ukrytych, naostrzonych kijków bambusowych, które rozstawiliście wokół domu. Całe szczęście, że wpadł z wrzaskiem do dołu, zanim ktoś nadepnął na drut i wysadził wszystko w powietrze.

— Farsh ma problemy psychiczne — powiedział Eugene, kiedy zaskoczenie minęło. Ze słońcem świecącym prosto w oczy czuł się bardzo niewygodnie. — Był w szpitalu.

— Owszem, odsiadywał też wyrok więzienia. — Gliniarz nie spuszczał z niego oczu.

— Niech pan posłucha — powiedział Eugene, nerwowo zakładając nogę na nogę. — Wiem, co pan myśli, przyznaję, że miałem problemy, ale to już przeszłość. Poprosiłem Boga o przebaczenie i spłaciłem długi wobec stanu. Teraz moje życie należy do Jezusa Chrystusa.

— Mhm. — Gliniarz milczał przez chwilę. — Powiedz mi, jaki związek z tym wszystkim ma twój brat Danny?

— On i Farsh pojechali gdzieś wczoraj rano. Nic więcej nie wiem.

— Twoja babka twierdzi, że się pokłócili.

— Nie nazwałbym tego kłótnią — odparł po namyśle Eugene. Nie było potrzeby jeszcze bardziej pogarszać sytuacji Danny'ego. Jeśli Danny nie zastrzelił Farisha, to cóż, będzie miał jakieś wytłumaczenie. A jeżeli to zrobił, czego Eugene się obawiał, w żaden sposób nie mógł mu już pomóc.

— Twoja babka twierdzi, że prawie się pobili. Danny zrobił Farishowi coś, co go wściekło.

— Nic podobnego nie widziałem. — Takie słowa były typowe dla Gum. Farish nigdy nie pozwalał Gum choćby zbliżyć się do policji. W swoich relacjach z wnukami była całkowicie stronnicza: gotowa skarżyć się na Danny'ego i Eugene'a, paplać na nich za to czy tamto, a jednocześnie wynosić Farisha pod niebiosa.

— W porządku. — Gliniarz zgasił papierosa. — Chcę tylko, żeby jedno było jasne, zgoda? To jest rozmowa, Eugene, nie przesłuchanie. Nie ma potrzeby, żeby zabierać cię na posterunek i czytać ci twoje prawa, chyba że będę musiał. Rozumiemy się?

— Tak, proszę pana — odparł Eugene, a kiedy napotkał spojrzenie policjanta, szybko odwrócił wzrok. — Doceniam to.

— Tak między nami: jak myślisz, gdzie jest Danny?

— Nie wiem.

— Z tego, co słyszałem, ty i on byliście bardzo blisko — ciągnął gliniarz tym samym poufnym tonem. — Nie wierzę, że dał nogę, nie mówiąc ci o tym. Czy powinienem wiedzieć o jakichś przyjaciołach? O znajomościach poza granicami stanu? Nie mógł uciec zbyt daleko pieszo, bez czyjejś pomocy.

— Skąd pan wie, że on uciekł? Skąd pan wie, że nie leży gdzieś martwy albo ranny jak Farish?

— Ciekawe, że o to pytasz. — Gliniarz klepnął się w kolano. — Właśnie dziś rano aresztowaliśmy Alphonse'a de Bienville'a, żeby zadać mu to samo pytanie.

Eugene rozważył tę nową informację.

— Myśli pan, że Zębacz to zrobił?

— Co zrobił? — spytał lekko policjant.

— Zastrzelił mojego brata.

— Cóż. — Gliniarz patrzył przez chwilę w przestrzeń. — Zębacz to przedsiębiorczy biznesmen. Z pewnością zobaczył szansę na zarobienie szybkiego dolara, wkraczając na wasz teren, bo wygląda, że to właśnie zamierzał zrobić. Sęk w tym, Eugene, że nie możemy znaleźć Danny'ego i nie możemy znaleźć narkotyków. Nie mamy też dowodów, że Zębacz wie, gdzie one są. Wróciliśmy do punktu wyjścia. Dlatego miałem nadzieję, że odrobinę mi pomożesz.

— Przykro mi, ale naprawdę nie wiem, co mógłbym dla pana zrobić. — Eugene potarł usta.

— W takim razie, może poświęć temu trochę więcej myśli. Ostatecznie mówimy o morderstwie.

— Morderstwie? — Eugene siedział jak rażony gromem. — Farish nie żyje? — Przez chwilę nie mógł złapać tchu w upale. Od ponad godziny nie zaglądał na intensywną terapię; pozwolił, by Gum i Curtis wrócili sami z bufetu po zjedzeniu zupy jarzynowej i budyniu bananowego. Sam został i napił się kawy.

Gliniarz wyglądał na zdziwionego, ale Eugene nie mógł stwierdzić, czy jest to zdziwienie autentyczne czy zagrane.

— Nie wiedziałeś? Widziałem, jak szedłeś stamtąd korytarzem, więc myślałem...

— Niech pan posłucha — powiedział Eugene, który zdążył wstać i oddalał się od ławy. — Muszę pójść do babci. Ja...

— Idź, idź — odparł gliniarz, machając ręką. — Wracaj tam i zrób, co jest do zrobienia.

Eugene wszedł do szpitala bocznymi drzwiami i przez chwilę stał oszołomiony. Przechodząca pielęgniarka pochwyciła jego spojrzenie, popatrzyła surowo i nieznacznie potrząsnęła głową, a Eugene nagle puścił się biegiem, głośno człapiąc, minął pielęgniarki otwierające szeroko oczy i wpadł na oddział intensywnej terapii. Usłyszał Gum, zanim ją zobaczył — suche, ciche, samotne wycie, na dźwięk którego poczuł w sercu ostry ból. Curtis — przestraszony i z trudem łapiący oddech — siedział na krześle w holu, ściskając pluszowe zwierzątko, którego wcześniej nie miał. Kobieta ze „Służby pacjentom" — zachowała się bardzo miło, kiedy przyjechali do szpitala, bez zbędnych ceregieli skierowała ich prosto na intensywną terapię — trzymała Curtisa za rękę i rozmawiała z nim cicho. Na widok Eugene'a wstała.

— Już przyszedł — powiedziała do Curtisa. — Wrócił, kochany, o nic się nie martw. — Potem spojrzała na drzwi sąsiedniego pokoju i powiedziała do Eugene'a: — Twoja babcia...

Eugene podszedł do babci z szeroko rozłożonymi ramionami. Odepchnąwszy go, wypadła na korytarz, wykrzykując imię Farisha dziwnym, wysokim głosem.

Pani ze „Służby pacjentom" złapała przechodzącego doktora Breedlove'a za rękaw.

— Doktorze — powiedziała, wskazując głową na Curtisa, który dusił się i był już siny na twarzy — ten chłopiec ma problemy z oddychaniem.

Lekarz zatrzymał się na pół sekundy, spojrzał na Curtisa i warknął:

— Epinefryna. — Pielęgniarka oddaliła się pospiesznie. Do drugiej pielęgniarki rzucił: — Dlaczego pani Ratliff nie podano jeszcze nic na uspokojenie?

Dziwnym trafem pośród całego zamieszania — sanitariuszy, zastrzyku dla Curtisa (— Już, kochanie, zaraz lepiej się poczujesz), dwóch pielęgniarek pochylających się nad jego babcią — jak spod ziemi znowu wyrósł gliniarz.

— Posłuchaj, rób, co jest do zrobienia — mówił z rękami w górze.

— Co takiego? — spytał Eugene, odwracając się.

— Czekam tam. — Policjant wskazał głową. — Myślę, że sprawy nabrałyby rumieńców, gdybyś pojechał ze mną na posterunek. Jak tylko będziesz gotowy.

Eugene powiódł wzrokiem wokół siebie. Nie zdążył przyswoić sobie tego, co się stało; miał wrażenie, że wszystko widzi jak przez mgłę. Babcia uciszyła się, a dwie pielęgniarki odprowadzały ją zimnym, szarym holem. Curtis rozcierał ramię, ale w cudowny sposób rzężenie i duszności ustały. Pokazał Eugene'owi wypchane zwierzątko wyglądające na królika.

— Moje! — oznajmił, rozcierając pięścią opuchnięte oczy.

Gliniarz wciąż patrzył na Eugene'a, jakby oczekiwał, że ten coś powie.

— Mój młodszy braciszek jest niedorozwinięty — wyjaśnił Eugene, przecierając twarz dłonią. — Nie mogę go tu zostawić samego.

— To weź go ze sobą — odparł policjant. — Jestem pewien, że znajdziemy dla niego batonik.

— Kochany? — powiedział Eugene i w tej samej chwili zatoczył się, bo Curtis wpadł na niego. Objął Eugene'a, wtulając wilgotną twarz w jego koszulę.

— Kocham — powiedział zduszonym głosem.

— No, Curtis, przestań, ja też cię kocham — powiedział Eugene, niezdarnie poklepując brata po plecach.

— To są słodkie stworzenia, prawda? — włączył się policjant. — Moja siostra miała dziecko z zespołem Downa. Chłopiec nie przeżył piętnastych urodzin, ale, na Boga, wszyscy go kochaliśmy. To był najsmutniejszy pogrzeb, na jakim byłem.

Eugene chrząknął niewyraźnie. Curtis cierpiał na liczne dolegliwości, niektóre poważne, ale była to ostatnia rzecz, o jakiej chciał teraz myśleć. Zrozumiał, że musi spytać kogoś, czy może obejrzeć ciało Farisha, spędzić z bratem kilka minut sam na sam, zmówić modlitwę. Farish nigdy szczególnie się nie troszczył o swój los po śmierci (ani na ziemi, skoro już o tym mowa), ale to nie oznaczało, że na koniec nie dostąpił łaski. Ostatecznie Bóg już wcześniej niespodziewanie uśmiechnął się do Farisha. Kiedy po wypadku z buldożerem strzelił sobie w głowę, a lekarze uznali, że tylko maszyny mogą podtrzymywać jego życie, zaskoczył wszystkich, zmartwychwstając jak Łazarz. Ilu ludzi dosłownie powstało z martwych, usiadło pośród urządzeń podtrzymujących życie i poprosiło o purée ziemniaczane? Czy Bóg wyrywałby duszę z grobu w tak dramatyczny sposób tylko po to, by cisnąć ją w zatracenie? Eugene czuł, że gdyby mógł zobaczyć ciało — spojrzeć na nie własnymi oczami — dowiedziałby się, w jakim stanie Farish odszedł.

— Chcę zobaczyć brata, zanim go zabiorą — powiedział. — Idę poszukać lekarza.

Gliniarz skinął głową. Eugene ruszył do wyjścia, ale Curtis, w nagłym przypływie paniki, chwycił brata za przegub.

— Jeśli chcesz, możesz go tu ze mną zostawić — powiedział policjant. — Zaopiekuję się nim.

— Nie, w porządku, może pójść ze mną — odparł Eugene.

Policjant popatrzył na Curtisa i pokręcił głową.

— Kiedy dzieje się coś takiego, to dla nich błogosławieństwo. To znaczy, fakt, że nie rozumieją.

— Nikt z nas tego nie rozumie — odpowiedział Eugene.

Lekarstwo, które podawali Harriet, usypiało ją. Ktoś zapukał do drzwi: Tatty.

— Kochanie! — zawołała, wpadając do pokoju. — Jak się miewa moje dziecko?

Zachwycona Harriet uniosła się na łóżku i wyciągnęła ręce. Nagle wydało jej się, że śni, a pokój jest pusty. Przetarła oczy, próbując ukryć zmieszanie.

Ale to naprawdę była Tatty. Pocałowała Harriet w policzek.

— Ależ ona dobrze wygląda, Edie — wołała. — Wygląda całkiem przytomnie.

— Cóż, jej stan bardzo się poprawił — odparła szorstko Edie i położyła książkę na nocnym stoliku Harriet. — Proszę, pomyślałam, że może chciałabyś ją zatrzymać dla towarzystwa.

Harriet oparła się na poduszce, słuchając, jak siostry rozmawiają; znajome głosy zaplatały się w radosnym, harmonijnym bezsensie. Potem znalazła się w innym miejscu, na ciemnoniebieskiej galerii pełnej zasłoniętych mebli. Deszcz padał i padał.

— Tatty? — powiedziała, siadając w jasnym pokoju. Było później. Słońce na przeciwległej ścianie rozciągnęło się, przesunęło, w końcu ześlizgnęło się po ścianie i rozlało lśniącą kałużą na podłodze.

Edie i Tatty zniknęły. Harriet kręciło się w głowie, jakby po poranku wyszła z ciemnej sali kinowej na oślepiające popołudnie. Na nocnym stoliku leżała gruba, niebieska, znajoma książka: kapitan Scott. Na jej widok serce Harriet zabiło gwałtowniej; chcąc się upewnić, że nic się jej nie przywidziało, dotknęła książki, a potem, mimo bólu i zawrotów głowy, z trudem usiadła na łóżku i próbowała czytać przez chwilę. W miarę jak czytała, cisza szpitalnego pokoju stopniowo przeniknęła do lodowej martwoty innego świata i wkrótce ogarnęło ją nieprzyjemne poczucie, że książka zwraca się do niej — do Harriet — w bezpośredni i bardzo niepokojący sposób. Co kilka linijek ostro wyodrębniała się nabrzmiała znaczeniem fraza, jak gdyby kapitan Scott zwracał się bezpośrednio do niej, jakby w swoich dziennikach polarnych zaszyfrował serię osobistych wiadomości. Harriet próbowała wybić sobie z głowy ten pomysł, ale bez powodzenia; wkrótce tak się zaczęła bać, że musiała odłożyć książkę.

Mijając otwarte drzwi, doktor Breedlove stanął jak wryty na widok Harriet, która siedziała na łóżku, z przestraszonym, ożywionym wyrazem twarzy.

— Dlaczego nie śpisz? — zapytał. Wszedł do środka, z beznamiętną twarzą buldoga obejrzał kartę choroby i wyczłapał na korytarz. Pięć minut później do pokoju wpadła pielęgniarka z kolejną strzykawką.

— Dalej, przekręć się na bok — powiedziała naburmuszonym tonem, jakby z jakiegoś powodu gniewała się na Harriet.

Po wyjściu pielęgniarki Harriet leżała z twarzą wtuloną w poduszkę. Koce były miękkie. Odgłosy rozciągały się i biegły gładko ponad jej głową. Potem runęła spiralą w dół, prosto w mrożącą serce, ziejącą pustkę pierwszych nieważkich koszmarów.

— Ale ja nie chciałam herbaty — powiedział niespokojny, znajomy głos.

W pokoju panowała ciemność. Siedziały tu dwie osoby. Za ich głowami płonęła słaba korona światła. Nagle z irytacją Harriet usłyszała głos, którego nie słyszała od dawna: głos ojca.

— Mieli tylko herbatę — mówił z przesadną uprzejmością, graniczącą z sarkazmem. — Oprócz kawy i soku.

— M ó w i ł a m ci, żebyś nie schodził do bufetu. W holu stoi automat z colą.

— Nie pij, jeśli nie chcesz.

Harriet leżała bez ruchu, z półprzymkniętymi oczami. Ilekroć rodzice znajdowali się razem w pokoju, atmosfera stawała się napięta i chłodna, niezależnie od tego, jak uprzejmie się do siebie zwracali. Dlaczego oni tu są?, myślała sennie. Wolałabym, żeby to były Tatty i Edie.

Nagle w szoku pojęła, że ojciec mówi o Dannym Ratliffie.

— Czy to nie okropne? W bufecie wszyscy o tym mówili.

— O czym?

— O Dannym Ratliffie. Nie pamiętasz małego przyjaciela Robina? Czasami przychodził bawić się na podwórze.

Przyjaciel?, myślała Harriet.

Całkiem rozbudzona, z sercem łomoczącym tak mocno, że z trudem powstrzymywała ciało od drżenia, leżała z zamkniętymi oczami i słuchała. Usłyszała, jak ojciec bierze łyk kawy. Kontynuował:

— Przyszedł do domu. Potem. Mały obdartus, nie pamiętasz? Zapukał do drzwi i przeprosił, że nie przyszedł na pogrzeb, ale nie miał się z kim zabrać.

Przecież to nieprawda, myślała Harriet w panice. Oni się nienawidzili. Ida mi mówiła.

— Ach, tak! — W ożywionym głosie matki zabrzmiał ból. — Biedny mały. Pamiętam go. Och, to straszne.

— Dziwne — westchnął ciężko ojciec Harriet. — Wydaje się, że nie dalej jak wczoraj Robin bawił się na podwórzu.

Harriet leżała zesztywniała z przerażenia.

— Było mi tak przykro, kiedy usłyszałam niedawno, że znowu wpadł w tarapaty.

— Musiało się tak stać, z taką rodziną.

— Cóż, nie wszyscy są źli. W holu spotkałam Roya Diala, który powiedział mi, że jeden z braci wpadł odwiedzić Harriet.

— Naprawdę? — Ojciec wziął kolejny, solidny łyk kawy. — Czy myślisz, że wiedział, kim ona jest?

— Wcale bym się nie zdziwiła. Pewnie dlatego do niej zajrzał.

Rozmowa rodziców zboczyła na inne tematy, a Harriet, sparaliżowana ze strachu, leżała nieruchomo z twarzą w poduszce. Nigdy wcześniej nie przyszło jej do głowy, że jej podejrzenia wobec Danny'ego Ratliffa mogły być błędne, po prostu błędne. A jeśli on nie zabił Robina?

Nie spodziewała się czarnego przerażenia, jakie wywołała ta myśl, jakby zamknęła się za nią pułapka; natychmiast spróbowała wypchnąć ją z umysłu. Danny Ratliff był winny, wiedziała to, wiedziała na pewno; tylko takie wytłumaczenie miało sens. Wiedziała, co zrobił, nawet jeśli nikt inny tego nie wiedział.

Mimo to wątpliwości ogarnęły ją nagle i z wielką siłą, a wraz z nimi lęk, że oto wdepnęła na oślep w coś strasznego. Próbowała się uspokoić. Danny Ratliff zabił Robina; wiedziała, że tak właśnie się stało. Kiedy jednak próbowała sobie przypomnieć, skąd to wiedziała, powody nie były już tak jasne jak wcześniej, a kiedy próbowała je sobie przypomnieć, nie potrafiła.

Harriet przygryzła policzek od środka. Dlaczego była taka pewna, że to on? Kiedyś jej pewność była niezachwiana; dobrze się c z u ł a z tą myślą, i to było ważne. Ale — podobnie jak wstrętny smak w ustach — mdlący lęk utrzymywał się tuż i nie chciał odejść. Skąd miała taką pewność? Owszem, Ida opowiedziała jej wiele rzeczy, ale nagle te relacje (o kłótniach, o skradzionym rowerze) przestały być przekonujące. Czy Ida nie nienawidziła Hely'ego absolutnie bez powodu? A kiedy Hely przychodził się bawić, czy Ida nie wściekała się często w imieniu Harriet, nie zawracając sobie głowy dociekaniem, kto ponosił winę za kłótnię? Może miała rację. Może Danny naprawdę to zrobił. Ale jak teraz mogła mieć pewność? Zebrało się jej na mdłości, kiedy przypomniała sobie dłoń wyciągniętą z zielonkawej wody.

Dlaczego nie spytałam?, pomyślała. On był tuż obok. Ale nie, była zbyt przerażona, chciała tylko uciec.

— Och, spójrz! — powiedziała matka Harriet, wstając. — Obudziła się! Harriet zesztywniała. Zatopiona w rozmyślaniach, zapomniała zamknąć oczy.

— Popatrz, kto przyszedł, Harriet!

Ojciec wstał i podszedł do łóżka. Nawet w ocienionym pokoju Harriet zauważyła, że przytył od ostatniego spotkania.

— Nie widziałaś starego tatusia jakiś czas, co? — spytał. Kiedy był w żartobliwym nastroju, lubił mówić o sobie „stary tatuś". — Jak się miewa moja mała?

Harriet zniosła pocałunek w czoło i ściśnięcie policzka. Tak wyglądały zwykłe ojcowskie pieszczoty, ale Harriet szczerze ich nie cierpiała, zwłaszcza że ta dłoń czasami gniewnie ją uderzała.

— Jak się masz? — pytał ojciec. Harriet poczuła, że palił cygara. — Ale nabrałaś tych lekarzy, dziewczyno! — powiedział takim tonem, jakby odniosła sukces w sporcie czy nauce.

Matka Harriet niespokojnie pochylała się nad łóżkiem.

— Może ona nie ma ochoty rozmawiać, Dix.

— Nie musi mówić, jeśli nie ma ochoty — odparł ojciec, nie odwracając się.

Patrząc w nalaną, czerwoną twarz ojca, w jego bystre oczy, Harriet zapragnęła zapytać go o Danny'ego Ratliffa. Lęk wziął jednak górę.

— Co takiego? — spytał ojciec.

— Nic nie mówiłam. — Jej głos zaskoczył ją samą, tak bardzo był ochrypły i słaby.

— Nie, ale miałaś zamiar. — Ojciec przyglądał się jej serdecznie. — Co takiego?

— Daj jej spokój, Dix — mruknęła cicho matka.

Ojciec odwrócił głowę szybko i bez słowa, ruchem doskonale znanym Harriet.

— Ona jest zmęczona!

— W i e m, że jest zmęczona. S a m jestem zmęczony — powiedział ojciec lodowatym, przesadnie uprzejmym głosem. — Jechałem tu osiem godzin samochodem, a teraz mam z nią nie rozmawiać?

Kiedy w końcu wyszli — odwiedziny kończyły się o dziewiątej — Harriet za bardzo się bała, żeby zasnąć, siedziała więc na łóżku w obawie, że kaznodzieja wróci. Nie zapowiedziana wizyta ojca sama w sobie stanowiła źródło niepokoju — zwłaszcza w świetle nowej groźby przeprowadzki do Nashville — teraz jednak Harriet martwiła się tym w minimalnym stopniu. Kto wiedział, co mógł zrobić kaznodzieja, teraz, kiedy Danny Ratliff nie żył?

Potem pomyślała o szafce z bronią i serce jej zamarło. Ojciec nie sprawdzał jej za każdym razem, kiedy przyjeżdżał do domu — zazwyczaj tylko w sezonie polowań — ale przy jej szczęściu pewnie ją sprawdzi. Możliwe, że wrzucenie pistoletu do rzeki było błędem. Gdyby Hely ukrył broń na podwórzu, mogłaby odłożyć ją na miejsce, ale teraz było na to za późno.

Nie przypuszczała, że ojciec tak wcześnie przyjedzie do domu. Oczywiście nikogo nie zastrzeliła z tego pistoletu — z jakiegoś powodu stale o tym zapominała — a jeśli Hely mówił prawdę, broń leżała na dnie rzeki. Gdyby ojciec sprawdził szafkę z bronią i nie znalazł pistoletu, w żaden sposób nie mógł połączyć tego faktu z jej osobą, prawda?

Był też Hely. Harriet nie opowiedziała mu prawie nic z prawdziwej historii — i dobrze — miała jednak nadzieję, że nie będzie za dużo myślał o odciskach palców. Czy w końcu zrozumie, że bez żadnych przeszkód mógł ją wydać? Zanim pojmie, że to było jego słowo przeciwko słowu Harriet, upłynie może dosyć czasu.

Ludzie nie zwracali uwagi. Nic ich nie obchodziło, zapomną. Wkrótce ślady, jakie zostawiła, całkiem się zatrą. Tak przecież stało się z Robinem, czyż nie? W umyśle Harriet zakiełkowała przykra myśl, że zabójca Robina — kimkolwiek był — na pewnym etapie musiał myśleć bardzo podobnie.

Ale ja nikogo nie zabiłam, powiedziała sobie, patrząc na pościel. On utonął, nic nie mogłam poradzić.

— Co, kochanie? — spytała pielęgniarka, która weszła, żeby sprawdzić kroplówkę. — Potrzebujesz czegoś?

Harriet siedziała nieruchomo, z kostkami dłoni w ustach i wzrokiem utkwionym w pościel, aż pielęgniarka wyszła.

Nie: nikogo nie zabiła. Ale ponosiła winę za jego śmierć. Może zresztą zabił Robina.

Takie myśli przyprawiały Harriet o mdłości, więc ze wszystkich sił starała się myśleć o czym innym. Zrobiła to, co musiała; niemądrze było na tym etapie wątpić w siebie i swoje metody postępowania. Pomyślała o piracie nazwiskiem Israel Hands, który unosił się w ciepłych jak krew wodach w pobliżu „Hispanioli", a w tych heroicznych mieliznach było coś koszmarnego, a zarazem wspaniałego: przerażenie, sztuczne niebo, bezmierne delirium. Statek przepadł; próbowała go odzyskać na własną rękę. Była niemal bohaterem. Teraz jednak obawiała się, że nie jest bohaterem, ale kimś zgoła innym.

Na koniec — na sam koniec, kiedy wiatr targał namiotem, a pojedyncza świeca topiła się na straconym kontynencie — kapitan Scott skostniałymi palcami opisał w notesie własną porażkę. Owszem, sięgnął dzielnie po to, co niemożliwe, dotarł do martwego, dziewiczego centrum świata, ale nadaremnie. Wszystkie sny na jawie zawiodły go. Harriet zrozumiała, jak bardzo musiał być smutny na tych lodowych polach, w antarktycznej nocy, kiedy Evans i Titus Oates już zginęli w śniegach, a Birdie i doktor Wilson leżeli nieruchomo w śpiworach, odpływali, śnili o zielonych polach.

Harriet spojrzała posępnie w antyseptyczny mrok. Przygniotła ją zmora i ciemność. Dowiedziała się rzeczy, o których wcześniej nie miała pojęcia, ale w których, o dziwo, kryło się przesłanie kapitana Scotta — że zwycięstwo i upadek bywają niekiedy tym samym.

Obudziwszy się późno po niespokojnym śnie, Harriet ujrzała przed sobą przygnębiającą tacę ze śniadaniem: galaretka owocowa, sok jabłkowy i — o dziwo — miseczka gotowanego białego ryżu. Przez całą noc przykro śnił jej się ojciec, który stał przy łóżku, chodził tam i z powrotem, karcił za coś, co stłukła, a co należało do niego.

Kiedy pojęła, gdzie się znajduje, żołądek ścisnął się jej ze strachu. Przetarłszy oczy, usiadła, żeby wziąć tacę, i ujrzała Edie siedzącą w fotelu przy łóżku. Babcia piła kawę — nie kawę ze szpitalnego bufetu, ale przyniesioną z domu w termosie w szkocką kratę — i czytała poranną gazetę.

— O, dobrze, że się obudziłaś — powiedziała. — Twoja matka wkrótce przyjdzie.

Edie zachowywała się powściągliwie i całkiem normalnie. Harriet próbowała wyrzucić z umysłu poczucie niezręczności. Przez noc nic się nie zmieniło, prawda?

— Powinnaś zjeść śniadanie — dodała Edie. — Dzisiaj jest twój wielki dzień, Harriet. Po badaniu neurologicznym mogą cię nawet wypisać do domu.

Harriet z najwyższym wysiłkiem zachowała równowagę ducha. Musi udawać, że wszystko jest w porządku; musi przekonać neurologa — nawet jeśli wiązało się to z koniecznością kłamania — że czuła się doskonale. Było niezmiernie ważne, żeby pozwolili jej wrócić do domu; musiała skupić energię na wydostaniu się ze szpitala, zanim kaznodzieja wróci do pokoju albo ktoś się domyśli, co się dzieje. Doktor Breedlove wspomniał coś o nie mytej sałacie. Musiała się tego trzymać, zakarbować sobie to w myślach i wspominać podczas badania. Za wszelką cenę musi ich powstrzymać przed skojarzeniem jej choroby z wieżą.

Gwałtownym wysiłkiem woli oderwała uwagę od tych myśli i skierowała ją na tacę ze śniadaniem. Postanowiła zjeść ryż; to będzie jak śniadanie w Chinach. Oto jestem, mówiła do siebie, jestem Marco Polo, jem śniadanie z Kublai Chanem, ale nie umiem jeść pałeczkami, więc jem widelcem.

Edie wróciła do lektury gazety. Harriet spojrzała na pierwszą stronę i zamarła z widelcem przy ustach. ZNALEZIONO PODEJRZANEGO O MORDERSTWO. Na zdjęciu dwóch mężczyzn podnosiło bezwładne ciało, trzymając je pod pachami. Upiornie blada twarz, z długimi włosami przyklejonymi po bokach, uległa takiemu zniekształceniu, że bardziej przypominała woskową rzeźbę niż prawdziwą twarz: czarna dziura w miejscu ust i duże czarne oczodoły jak w trupiej czaszce. Jednak mimo zniekształceń nie ulegało wątpliwości — to był Danny Ratliff.

Harriet usiadła na łóżku, przechyliła na bok głowę i próbowała przeczytać artykuł. Edie przewróciła stronę, a zauważywszy spojrzenie Harriet i nietypowe przekrzywienie głowy, odłożyła gazetę i zapytała ostro:

— Czy jest ci niedobrze? Mam przynieść miskę?

— Czy mogę zobaczyć gazetę?

— Naturalnie. — Edie wyjęła dodatek z komiksami, wręczyła Harriet, po czym spokojnie wróciła do lektury.

— Znowu podwyższają podatek miejski — powiedziała. — Nie wiem, co oni robią z tymi wszystkimi pieniędzmi, których się domagają. Zbudują nowe drogi, których nigdy nie dokończą, ot, co.

Harriet patrzyła na komiksy wściekłym, niewidzącym wzrokiem. ZNALEZIONO PODEJRZANEGO O MORDERSTWO. Jeżeli Danny Ratliff był podejrzany — jeśli takiego właśnie słowa użyto — to znaczyło, że żył, prawda?

Znowu zerknęła na gazetę. Edie złożyła ją wpół, zasłaniając pierwszą stronę, i zabrała się do rozwiązywania krzyżówki.

— Słyszałam, że Dixon odwiedził cię wczoraj wieczorem — odezwała się chłodnym tonem, jaki zawsze wkradał się do jej głosu, kiedy wspominała o ojcu Harriet. — Jak było?

— W porządku. — Całkiem zapominając o śniadaniu, Harriet usiadła na łóżku, próbując ukryć podniecenie, ale czuła, że umrze, jeśli nie zobaczy pierwszej strony i nie dowie się, co się wydarzyło.

On nie wie, jak się nazywam, powtarzała sobie. W każdym razie tak jej się wydawało. Gdyby w gazecie padło imię Harriet, Edie nie siedziałaby przy niej tak spokojnie i nie rozwiązywałaby krzyżówki.

On próbował mnie utopić, myślała. Raczej nie będzie się tym chwalił na lewo i prawo.

W końcu zebrała się na odwagę i spytała:

— Edie, kim jest ten człowiek na pierwszej stronie?

Edie odwróciła gazetę z pustym wyrazem twarzy.

— A, ten. Zabił kogoś. Chował się przed policją w tej starej wieży ze zbiornikiem wodnym, ugrzązł i o mały włos nie utonął. Przypuszczam, że się ucieszył, kiedy ktoś po niego przyszedł. — Przez chwilę patrzyła na gazetę. — Za rzeką mieszka rodzina Ratliffów. Wydaje mi się, że pamiętam starego Ratliffa, który przez pewien czas pracował w Utrapieniu. Tatty i ja bałyśmy się go śmiertelnie, bo nie miał przednich zębów.

— Co z nim zrobili? — spytała Harriet.

— Z kim?

— Z tym człowiekiem.

— Przyznał się do zabicia brata — odpowiedziała Edie, wracając do krzyżówki. — Poza tym poszukiwali go z powodu narkotyków. Spodziewam się więc, że zapakowali go do więzienia.

— Do więzienia? — Harriet umilkła. — Czy tak napisali w gazecie?

— Och, nic się nie martw, wkrótce wyjdzie — odparła Edie lakonicznie. — Ledwo tych ludzi złapią i zamkną, już wypuszczają. Nie chcesz śniadania? — spytała, zauważając nie tkniętą tacę.

Harriet udała, że wraca do ryżu. Jeżeli on nie zginął, myślała, to ja nie jestem morderczynią. Nic nie zrobiłam. Ale czy na pewno?

— Świetnie, tak lepiej. Powinnaś coś zjeść przed tymi badaniami, cokolwiek to ma być — powiedziała Edie. — Jeżeli pobiorą ci krew, może ci się trochę zakręcić w głowie.

Harriet jadła pilnie, ze spuszczonym wzrokiem, ale umysł miotał się jak zwierzę w klatce. Nagle tknęła ją tak potworna myśl, że wykrztusiła:

— Czy on jest chory?

— Kto? Masz na myśli tego chłopca? — spytała zrzędliwie Edie, nie podnosząc wzroku znad krzyżówki. — Nie wierzę w te bzdury o c h o-r y c h przestępcach.

Właśnie wtedy ktoś głośno zapukał w otwarte drzwi pokoju, a Harriet zerwała się z łóżka tak gwałtownie, że o mały włos nie przewróciła tacy.

— Dzień dobry, jestem doktor Baxter — powiedział mężczyzna, podając Edie rękę. Chociaż wyglądał młodziej — młodziej niż doktor Breedlove — łysiał na czubku głowy. W dłoni trzymał staroświecką czarną torbę lekarską, która sprawiała wrażenie bardzo ciężkiej. — Jestem neurologiem. — A. — Edie spojrzała podejrzliwie na buty lekarza, niebieskie, zamszowe buty do biegania na grubych podeszwach, jakie nosili biegacze w szkole średniej.

— Dziwię się, że tu u was nie pada — powiedział lekarz, otworzył torbę i zaczął w niej szperać. — Dziś rano przyjechałem z Jackson...

— Cóż, jest pan pierwszym lekarzem, który nie kazał nam czekać przez cały dzień — stwierdziła Edie, nadal patrząc na jego buty.

— Kiedy wyjeżdżałem z domu o szóstej, ostrzegano przed gwałtowną burzą w środkowym stanie Missisipi. Nie uwierzycie, jak tam lało.

Na stoliku obok łóżka rozłożył prostokąt szarej flaneli, na którym, w równym rządku, położył lekki srebrny młoteczek oraz czarny przedmiot z tarczami zegarowymi.

— Żeby się tu dostać, musiałem jechać w okropnej pogodzie — mówił neurolog. — W pewnym momencie obawiałem się, że będę musiał zawrócić.

— Coś podobnego — wtrąciła uprzejmie Edie.

— Całe szczęście, udało mi się. Wokół Vaiden szosy były naprawdę fatalne...

Odwróciwszy się, dostrzegł wyraz twarzy Harriet.

— Wielkie nieba! Dlaczego patrzysz na mnie w ten sposób? Nie zrobię ci krzywdy. — Przyglądał się jej przez chwilę, w końcu zamknął torbę. — Coś ci powiem. Zacznę od zadawania pytań.

Zdjął z łóżka kartę choroby i zaczął czytać, a jego oddech rozbrzmiewał głośno w cichym pokoju.

— Chyba nie boisz się odpowiedzieć na kilka pytań, co?

— Nie.

— Nie, sir — dodała Edie, odkładając gazetę.

— To będą bardzo łatwe pytania — zapewnił lekarz, siadając na skraju łóżka. — Chciałabyś, żeby wszystkie pytania na szkolnych klasówkach były równie proste. Jak się nazywasz?

— Harriet Cleve Dufresnes.

— Dobrze. Ile masz lat, Harriet?

— Dwanaście i pół.

Neurolog poprosił Harriet, żeby policzyła od dziesięciu do zera; poprosił, żeby się uśmiechnęła, zmarszczyła brwi, wysunęła język, trzymała głowę nieruchomo i wodziła wzrokiem za jego palcem. Dziewczynka wypełniała polecenia — wzruszała ramionami, dotykała nosem palca, zginała i prostowała kolana — przez cały czas utrzymując opanowany wyraz twarzy i spokojny oddech.

— To jest oftalmoskop — lekarz wyjaśnił Harriet. Wyraźnie pachniał alkoholem, chociaż nie potrafiła stwierdzić, czy alkoholem do nacierania, picia czy tylko płynem po goleniu o silnym alkoholowym zapachu. — O nic się nie martw, to urządzenie poświeci tylko silnym światłem w twój nerw wzrokowy, żebym mógł sprawdzić, czy coś uciska ci mózg...

Harriet spojrzała przed siebie. Przyszła jej do głowy nieprzyjemna myśl — jeżeli Danny Ratliff nie zginął, to jak miała powstrzymać Hely'ego od mówienia o tym, co się stało? Kiedy Hely dowie się, że Danny żyje, przestanie się przejmować własnymi odciskami palców na pistolecie. Będzie mówił, co mu się żywnie spodoba, nie bojąc się krzesła elektrycznego. Z pewnością zechce opowiadać o tym, co się stało; w to Harriet nie wątpiła. Będzie musiała wymyślić sposób, żeby go uciszyć...

Lekarz nie mówił prawdy. Badania stawały się coraz bardziej nieprzyjemne: patyk w gardle Harriet, żeby się zadławiła; wata w oku, żeby mrugnęła; uderzenie młoteczkiem w kolano i szpikulec wbijany to tu, to tam, żeby sprawdzić, czy czuje. Edie, z rękami skrzyżowanymi na piersiach, stała z boku i uważnie przyglądała się lekarzowi.

— Jest pan bardzo młody jak na lekarza — stwierdziła.

Neurolog, wciąż zajęty szpikulcem, nie odpowiedział.

— Czujesz to? — spytał Harriet.

Harriet, z zamkniętymi oczami, drgnęła niespokojnie, kiedy dźgnął ją w czoło, a potem w policzek. Przynajmniej pozbyła się pistoletu. Hely nie miał żadnego dowodu na to, że poszedł do wieży po pistolet. Musiała to sobie powtarzać. Sprawy wyglądały kiepsko, ale nadal było to jej słowo przeciwko słowu Hely'ego.

Z pewnością będzie miał mnóstwo pytań. Będzie chciał się dowiedzieć o wszystkim — wszystkim, co się wydarzyło w wieży — a co ona mogła mu powiedzieć? Że Danny Ratliff jej uciekł, że nie zrobiła tego, co zamierzała? Albo, co gorsza: że przez cały czas się myliła; że może wcale nie wiedziała, kto zabił Robina, i nigdy nie miała się tego dowiedzieć?

Nie, pomyślała w przypływie paniki, to nie wystarczy. Muszę wymyślić coś innego.

— Co? — spytał lekarz. — Czy to cię zabolało?

— Trochę.

— Jeżeli boli, to dobry znak — powiedziała Edie.

Może, myślała Harriet, patrząc w sufit i zaciskając usta, kiedy neurolog przeciągał czymś ostrym po jej stopie — może Danny Ratliff naprawdę zabił Robina. Byłoby prościej, gdyby tak się stało. To byłaby najprostsza wersja dla Hely'ego: Danny Ratliff przyznał się jej na koniec (może zabił Robina przez przypadek, może nie miał takiego zamiaru?), może nawet błagał o przebaczenie. Ewentualne kontynuacje historii zaczęły otwierać się wokół niej jak trujące kwiaty. Mogła powiedzieć, że szlachetnym gestem łaski darowała Danny'emu życie; mogła powiedzieć, że na koniec zlitowała się nad nim i zostawiła w wieży, żeby go odratowali.

— No, nie było tak źle, prawda? — powiedział lekarz, wstając.

— Czy teraz mogę wrócić do domu? — spytała szybko Harriet.

— Hola, nie tak szybko! — zaśmiał się neurolog. — Wyjdę na korytarz i chwilę porozmawiam z twoją babcią, dobrze?

Edie wstała. Kiedy oboje wychodzili z pokoju, Harriet usłyszała, jak babcia pyta:

— To chyba nie jest zapalenie opon mózgowych?

— Nie, proszę pani.

— Czy mówili panu o wymiotach i biegunce? I o gorączce?

Harriet cicho siedziała na łóżku. Słyszała neurologa, ale chociaż bardzo chciała wiedzieć, co o niej mówił, pomruk jego głosu był odległy, tajemniczy i o wiele za cichy. Patrzyła na swoje dłonie na białej pościeli. Danny Ratliff żył, a chociaż jeszcze pół godziny wcześniej nie uwierzyłaby w to, cieszyła się. Jeśli nawet oznaczało to, że zawiodła, cieszyła się. Jeżeli to, czego chciała, od początku było niemożliwe, jakaś samotna pociecha kryła się w fakcie, że wiedziała o tej niemożliwości, a jednak postanowiła działać.

— Kurczę — powiedział Pem, odsuwając się od stołu. Na śniadanie jadł bostońskie ciastko z kremem. — Był w wieży przez całe dwa dni. Biedny gość. Jeśli nawet zabił brata.

Hely podniósł wzrok znad chrupek z mlekiem i — prawie nadludzkim wysiłkiem — zmusił się do milczenia.

Pem potrząsnął głową. Włosy miał wciąż mokre po prysznicu.

— Wyobraźcie sobie, nawet nie umiał pływać. Przez dwa dni podskakiwał, próbując utrzymywać głowę nad wodą. To mi przypomina historię, o której czytałem, chyba z czasów drugiej wojny światowej. Samolot spadł do Oceanu Spokojnego. Ci goście przez wiele dni byli w wodzie, gdzie pływały t o n y rekinów. Nie mogli spać, musieli pływać i stale wypatrywać rekinów, bo inaczej podpływały i odgryzały nogę. — Pem spojrzał na zdjęcie w gazecie i wzdrygnął się. — Biedny facet. Całe dwa dni uwięziony w tym wstrętnym miejscu, jak szczur w kuble. To głupia kryjówka dla kogoś, kto nie umie pływać.

— To nie było tak — rzucił Hely, już dłużej nie mogąc się powstrzymać.

— Jasne — odparł Pem znudzonym tonem. — Ty akurat wiesz.

Hely machał nogami w podnieceniu, czekając, aż brat podniesie wzrok znad gazety albo powie coś jeszcze.

— To zrobiła Harriet — powiedział w końcu Hely.

— Hmm?

— To ona zepchnęła go do zbiornika.

— Kogo zepchnęła? — spytał Pem, patrząc na brata. — Masz na myśli Danny'ego Ratliffa?

— Tak. Dlatego, że on zabił jej brata.

— Danny Ratliff nie zabił Robina bardziej niż ja — prychnął Pem i przewrócił stronę gazety. — Wszyscy chodziliśmy do jednej klasy.

— Owszem, zabił — powtórzył Hely. — Harriet ma dowód.

— Tak? Jaki?

— Nie wiem, dużo rzeczy. Może to udowodnić.

— Jasne.

— W każdym razie — powiedział Hely, nie mogąc się opanować — poszła tam za nimi, goniła ich z pistoletem, zastrzeliła Farisha Ratliffa, a potem kazała Danny'emu wdrapać się na wieżę i wskoczyć do zbiornika z wodą.

Pemberton zaczął czytać komiksy na końcu gazety.

— Myślę, że mama pozwala ci pić za dużo coli — stwierdził.

— To prawda! Przysięgam! — zapewniał Hely. — Bo... — Przypomniawszy sobie, że nie wolno mu zdradzić, jak się dowiedział, spuścił wzrok.

— Jeśli miała pistolet, to dlaczego po prostu nie zastrzeliła ich obydwu? — spytał Pemberton, odsunął talerz i spojrzał na Hely'ego jak na kretyna. — Jak, u diabła, Harriet miałaby zmusić Danny'ego Ratliffa do wdrapania się na wieżę? Danny Ratliff to kawał silnego sukinsyna. Nawet gdyby miała pistolet, w dwie sekundy by go jej odebrał. Cholera, m n i e by odebrał pistolet w dwie sekundy. Jeśli zamierzasz kłamać, Hely, to musisz wymyślić coś lepszego.

— Nie wiem, jak ona to zrobiła — powiedział Hely, uparcie patrząc w chrupki z mlekiem. — Ale ona to zrobiła, wiem.

— Sam sobie przeczytaj — powiedział Pem, popychając gazetę do brata. — Zobacz, jaki z ciebie idiota. W wieży ukryli narkotyki. Pobili się o nie. Narkotyki pływały w wodzie. Dlatego w ogóle tam się znaleźli.

Hely z ogromnym wysiłkiem milczał. Nagle ogarnęło go niepokojące przekonanie, że powiedział więcej, niż powinien.

— Poza tym Harriet jest w szpitalu — powiedział Pemberton. — Wiesz o tym, matołku.

— A jeżeli ona była w wieży z pistoletem? — spytał gniewnie Hely.

— Jeżeli wdała się w walkę z tymi facetami i została ranna? Jeżeli zostawiła tam pistolet i poprosiła kogoś, żeby...

— Nie. Harriet leży w szpitalu, bo ma padaczkę. P a d a c z k ę — powtórzył Pemberton, pukając się w czoło. — Ty imbecylu.

— Och, Pem! — odezwała się matka chłopców od drzwi. Miała świeżo wysuszone suszarką włosy, a krótka spódniczka do tenisa odsłaniała opaleniznę. — Dlaczego mu powiedziałeś?

— Nie wiedziałem, że nie miałem mu mówić — naburmuszył się Pem.

— Mówiłam ci!

— Przepraszam. Zapomniałem.

Zdezorientowany Hely patrzył to na matkę, to na brata.

— To taka skaza dla dziecka w szkole — powiedziała matka, dosiadając się do synów. — Byłoby okropnie dla Harriet, gdyby to się rozniosło. Chociaż — dodała, sięgając po widelec i biorąc duży kawał ciasta, które zostawił — kiedy to usłyszałam, wcale się nie zdziwiłam, podobnie jak wasz ojciec. To wiele wyjaśnia.

— Co to jest padaczka? — spytał niepewnie Hely. — Czy to jest jak świr?

— Nie, Orzeszku — powiedziała pospiesznie matka, odkładając widelec. — Nie, nie, nie, to nieprawda. Nie opowiadaj tego. To tylko znaczy, że ona czasami traci przytomność. Ma ataki. Jak...

— O tak — powiedział Pem i wykonał szaloną imitację ataku epilepsji: wywalił język, przewracał oczami, wiercił się na krześle.

— Pem! Przestań!

— Allison wszystko widziała — powiedział Pemberton. — Mówiła, że to trwało około dziesięciu minut.

Matka Hely'ego na widok dziwnej miny syna poklepała go po dłoni.

— Nie martw się, skarbie. Padaczka nie jest niebezpieczna.

— Chyba że prowadzisz samochód — dodał Pem. — Albo samolot.

Matka posłała starszemu synowi surowe spojrzenie — tak surowe jak zawsze, czyli nie bardzo.

— Idę do klubu — oznajmiła, wstając. — Tata powiedział, że podwiezie cię na próbę orkiestry, Hely. Ale nie opowiadaj o tym nikomu. I nie martw się o Harriet. Obiecuję ci, że nic jej nie będzie.

Po wyjściu matki, kiedy usłyszeli, jak jej samochód odjeżdża, Pemberton wstał, podszedł do lodówki i zaczął myszkować na górnej półce. W końcu znalazł to, czego szukał: puszkę sprite'a.

— Jesteś takim debilem — powiedział, opierając się o lodówkę i odgarniając włosy z oczu. — Cud, że nie pokazują cię w programie o dzieciach specjalnej troski.

Chociaż Hely najbardziej na świecie pragnął opowiedzieć bratu o swojej wyprawie do wieży po pistolet, zacisnął usta i wbił wzrok w stół. Po próbie orkiestry opowie o wszystkim Harriet. Pewnie nie będzie mogła mówić. Ale zada jej pytania, a ona będzie mogła odpowiedzieć tak lub nie.

Pemberton otworzył puszkę i powiedział:

— Wiesz, to żenujące, że chodzisz i opowiadasz kłamstwa. Myślisz, że jesteś super, ale tylko wychodzisz na idiotę.

Hely nie odpowiedział. Zadzwoni do niej, kiedy tylko nadarzy się okazja. Gdyby się wymknął, może udałoby mu się zadzwonić ze szkolnego automatu. Kiedy tylko Harriet wróci do domu i znajdą się sami w szopie z narzędziami, opowie mu o pistolecie i o tym, jak wszystko zaplanowała: zastrzeliła Farisha Ratliffa i uwięziła Danny'ego w wieży. To będzie niesamowite. Misja została wypełniona, bitwa wygrana. W niewiarygodny sposób Harriet zrobiła dokładnie to, co zapowiedziała, i uszło jej to na sucho.

Hely spojrzał na Pembertona.

— Mów, co chcesz, nic mnie to nie obchodzi — powiedział. — Ona jest genialna.

— Pewnie, że tak — zaśmiał się Pem, wychodząc z kuchni. — W porównaniu z tobą.

PODZIĘKOWANIA

Proszę, by podziękowania przyjęli: Ben Robinson i Allan Slaight za uwagi dotyczące Houdiniego i jego życia, doktor Stacey Suecoff i doktor Dwayne Breining za nieocenione (i bogate) badania medyczne, Chip Kidd za niesamowite oko, Matthew Johnson za odpowiedzi na moje pytania o jadowite gady stanu Missisipi. Chciałabym też, by podziękowania przyjęły następujące osoby: Binky, Gill, Sonny, Bogie, Sheila, Gary, Alexandra, Katie, Holly, Christina, Jenna, Amber, Peter A., Matthew G., Greta, Cheryl, Mark, Bill, Edna, Richard, Jane, Alfred, Marcia, Marshall i Elizabeth, państwo McGloins, matka i Rebecca, Nannie, Wooster, Alice i Liam, Peter i Stephanie, George i May, Harry i Bruce, Baron i Pongo, i Cecil, i — przede wszystkim — Neal: bez was bym tego nie dokonała.

SPIS TREŚCI